창비
세계문학

김진석 옮김

서강대를 졸업하고 전문 번역가로 활동중이다. 옮긴 책으로 『마지막 증언』, 『심장 강탈자』, 『살인 위원회』, 『검은 비밀의 밤』, 『블루존』, 『연쇄살인범 파일』, 『도리언 그레이의 초상』, 『댈러웨이 부인』, 『뱀이 깨어나는 마을』 등이 있다.

# SACRIFICE

이 도서의 국립중앙도서관 출판예정도서목록(CIP)은 서지정보유통지원시스템 홈페이지(http://seoji.nl.go.kr)와 국가자료공동목록시스템(http://www.nl.go.kr/kolisnet)에서 이용하실 수 있습니다.
CIP제어번호: CIP2017020848

희생양의 섬

샤론 볼턴 장편소설

김진석 옮김

엘릭시르

# 차 례

그리고 그대 기쁨을 가져 안게 해줄게.
또는 네 가슴이 안게 한데 해드릴게.

# 들어가며

『희생양의 섬』은 가공의 작품이며 셰틀랜드제도의 전설에서 영감을 받았다. 사실성을 가미하기 위해 셰틀랜드에서 흔한 이름들을 사용하긴 했지만, 책에 등장하는 누구도, 그들이 죽었든지 살았든지 간에 실제 인물이 아니다. 프랭클린 스톤 병원은 (실제로 그곳에 있는) 길버트 베인 병원이 아니며, 말했다시피 트로날 섬은 존재하지 않는다.

　나는 이 책에 나오는 어떤 사건이라도 셰틀랜드에서 일어났으리라 믿지 않는다.

샤론 볼턴

늑대들은 숨을 죽이고 오직 달빛만
울부짖는 그런 밤들이 있다.

-조지 칼린

1

시체는 내가 처리할 수 있었다. 그럴 수밖에 없는 상황이었다.

　인간 육신의 연약함 덕분에 생계를 꾸려가는 우리 같은 사람들은 일종의 계약 조건을 받아들이듯 죽음과 더욱 친밀해진다. 보통 사람들에게 죽음이란 수수께끼의 장막에 가려진 영역으로, 영혼이 뼈와 근육과 지방과 힘줄로 이뤄진 지상의 고향을 떠나는 것을 의미한다. 한편 우리에게 죽음과 부패로 이어지는 일련의 사건은, 해부학 예비 수업 과정부터 시작해서 하얀 시트에 덮여 병실의 번득이는 철제 침대에 드러누운 사람 형체를 처음 마주하기까지, 서서히 그러나 무자비하게 맨얼굴을 드러낸다.

　나는 여러 해 동안 죽음을 목격하고 해부하고 냄새를 맡았을 뿐 아니라, 죽음을 부추기고, 무게를 재고 탐구했으며, 때로는 죽음의 소리(시신의 체액이 가라앉을 때 들리는, 속삭이는 듯 나지막한 소리)도 헤아릴 수 없이 들었다. 덕분에 나는 죽음이란 것에 완벽하게 익숙해졌다. 다만 그것이 벌떡 일어나 "으악!" 하고 고함칠 줄은 전혀 예상하지 못했다.

언젠가 누가 물었다. 점심시간 선술집에서 수많은 탐정 드라마의 가치에 대해 논쟁을 벌이던 중이었는데, 만약에 진짜 살아 있는 시체를 맞닥뜨리면 어떻게 대처할 거냐는 질문이었다. 나는 모르겠다고 대답했다. 하지만 가끔 그런 상황을 떠올려본 적은 있었다. 어느 날 갑자기 해부용 시신이 나를 덥석 붙잡는다면 어떡해야 할까? 순간 직업적인 초연함을 발휘하여 시신의 체온과 맥박을 재고, 그 상태와 상황을 머릿속에 새겨둘 수 있을까? 아니면 비명을 지르며 달아나게 될까?

그 답을 알게 된 날이 오고야 말았다.

아침에 빌려 온 소형 굴착기에 오르자 비가 내리기 시작했다. 차분한 빗소리에 상쾌한 기분마저 들었지만, 머리 위에 짙게 드리운 구름을 보아 하니 아무래도 이날 다시 햇볕을 기대하기는 어려울 듯싶었다. 오월 초순인데도, 한참 북쪽 지역인 이곳에는 여전히 매일같이 폭우가 쏟아졌다. 빗속에서 땅을 파는 일이 위험할지 모른다는 생각을 하면서도 나는 시동을 걸었다.

제이미는 이십 미터쯤 떨어진 언덕 위에 옆으로 누워 있었다. 두 다리, 오른쪽 앞발과 뒷발만 지면에 놓인 상태였다. 몸체에서 뻗어 나온 왼쪽 두 다리의 발굽 두 개는 모두 잔디밭에서 삼십 센티미터가량 허공에 들려 있었다. 그런 모습으로 잠이 들었다면 우습다고 말하겠지만, 이미 죽은 터라 기괴하게만 보였다. 제이미의 머리와 항문 주위에는 파리떼가 윙윙거렸다. 부패는 죽은 직후부터 시작되니 이미 제이미의 신체 내부에서도 진행중일 터였다. 눈에 보이지 않는 박테리아들이 내장을 먹어치우고 있을 것이다. 파리떼는 알을 깠을 테고, 몇 시간 뒤면 구더기가 부화해 살점을 파고들 것이다. 게다가 근처 울타리 위에는 뿔까마귀 한 마리가 제이미와 나를 번갈아 쳐다보며 앉아 있었다.

망할 까마귀는 제이미의 눈알을, 아름답고 다정한 갈색 눈동자를 노리는 것 같았다. 나 혼자서 제이미를 땅에 묻어줄 수 있을지 확신할 수는 없지만, 까마귀와 구더기떼가 가장 소중한 친구를 먹어치우는 광경을 지켜보고 앉아 있을 수만은 없었다.

나는 오른손으로 조절판 레버를 잡은 다음 뒤로 잡아당겨 엔진의 회전을 높였다. 유압펌프의 작동이 느껴지자 주행 레버 두 개를 함께 밀었다. 굴착기는 뒤뚱대며 앞으로 나아가 언덕을 오르기 시작했다.

경사가 가파른 지점에 다다르자 얼른 계산을 해보았다. 구덩이는 커야 할 것 같았다. 최소 2미터 어쩌면 2.5미터 깊이는 되어야 했다. 표준 체격인 제이미는 등 길이만 1.5미터였다. 나로서는 언덕 경사면에 너비 2.5미터짜리 정육면체 형태의 구덩이를 파야 했다. 많은 양의 흙을 퍼내기에 좋은 환경은 아닌데다 나는 굴착기 전문 기사도 아니었다. 굴착기 주인집에서 이십 분쯤 교육을 받은 뒤 혼자서 요령을 터득한 것이 전부였다. 스물네 시간 뒤면 덩컨이 집에 올 것 같았기 때문에 그때까지 기다리는 것이 좋을지 잠시 고민했다. 울타리 기둥 위에서 까마귀는 능글맞게 웃으며 한옆으로 거만하게 움직였다. 나는 이를 악물고 레버를 다시 앞으로 밀었다.

오른편의 작은 목장에서 찰스와 헨리가 울타리 너머로 고개를 늘어뜨린 채 의젓하면서도 슬픈 표정으로 나를 물끄러미 바라보고 있었다. 어떤 사람들은 말을 어리석은 동물이라고 얘기한다. 천만의 말씀! 영혼을 지닌 이 고귀한 동물들은 내가 굴착기를 몰고 제이미가 있는 곳으로 향하는 동안 함께 고통을 나누고 있었다.

거리가 이 미터쯤 남았을 때 나는 굴착기를 멈추고 뛰어내렸다.

제이미 옆에 무릎을 꿇고 그의 검은 갈기를 쓰다듬어줄 때는 파리떼도 정중히 자리를 피해주었다. 십 년 전 제이미가 어린 말이었을 때, 세인트 메리 병원에서 하우스 오피서*로 일하던 나는 당시 내 일생의 사랑(그때는 그렇게 생각했다)에게서 버림받은 뒤 슬픔에 잠겨 월트셔에 있는 부모님의 농장으로 차를 몰았다. 그곳에 제이미의 마구간이 있었다. 제이미는 내 차 소리를 듣고 우

---

◆   의대 졸업 후 거치는 전문의 과정.

리 밖으로 고개를 내밀었다. 나는 마구간으로 다가가 제이미의 콧등을 살며시 쓰다듬고 그의 얼굴 옆으로 고개를 숙였다. 삼십 분쯤 지났을 때 제이미의 콧등은 내 눈물로 흠뻑 젖었지만 제이미는 조금도 피하지 않았다. 만약 제이미가 팔이 있어서 나를 안아줄 수 있었더라면 그렇게 해주었을 것이다.

제이미, 아름다운 제이미는 바람처럼 빠르고 호랑이처럼 강인했다. 그의 튼튼하고 다정한 심장이 결국 멈추고 말았으니, 나는 큼직한 구덩이를 파주는 것말고는 그를 위해 할 수 있는 일이 아무것도 없었다.

다시 굴착기에 올라 기계의 팔을 올리고 버킷을 낮추었다. 처음에는 버킷의 절반쯤 흙을 채웠다. 나쁘지 않았다. 굴착기를 회전시켜 흙을 비우고, 본래 위치로 돌아와 같은 식으로 흙을 떠냈다. 이번에는 빽빽한 암갈색 흙이 버킷에 가득찼다. 처음 이곳에 왔을 때, 덩컨은 새 사업이 실패한다면 차라리 토탄* 농장 주인으로 자리를 잡겠다며 농담조로 이야기했었다. 우리 땅에는 깊이 일 미터에서 삼 미터 사이에까지 토탄 층이 있기 때문에 굴착기를 쓰더라도 일이 고된 상황이었다.

나는 다시 땅을 팠다.

한 시간이 지나자 비구름은 소임을 마쳤고 까마귀는 사라졌으

---

◆   땅에 묻힌 지 오래되지 않은, 완전히 탄화하지 않은 석탄.

며 땅에는 약 이 미터 깊이의 구덩이가 생겼다. 버킷을 내려 흙을 더 퍼내려는데, 뭔가 걸린 느낌이 들었다. 나는 굴착기의 팔 주변을 살펴보려고 고개를 낮추었다. 주변이 온통 진흙밭이라 알아보기가 어려웠다. 굴착기 팔을 조금 올리고 다시 살펴보았다. 구덩이 속에서 무엇인가 작업을 방해하고 있었다. 나는 버킷의 흙을 비운 다음 굴착기 팔을 높이 올렸다. 그러고는 조종석에서 내려와 구덩이 옆으로 다가갔다. 구덩이 속에 큼직한 물체가 있었다. 토탄의 갈색에 물든 천에 감싸여 흙 밖으로 절반쯤 불거져 나와 있었다. 막 구덩이 속으로 뛰어들려던 참에, 나는 굴착기와 구덩이 사이가 너무 가깝다는 것과 토탄이 비에 젖어 구덩이 가장자리가 허물어지려는 것을 알아챘다.

과연 그랬다. 비가 내리는 와중에 땅 밑 구덩이에 갇히고 싶지는 않았다. 머리 꼭대기에 1.5톤의 소형 굴착기를 남겨두는 것은 더욱 불안했다. 그래서 굴착기 조종석에 올라 오 미터쯤 후진한 다음 돌아와서 구덩이 속을 다시 살폈다.

그러고 나서 안으로 뛰어내렸다.

갑자기 주위가 고요해지고 어두워졌다. 바람도 느껴지지 않았고, 아마 바람의 영향인지 빗줄기도 가늘어진 듯했다. 근처 만灣에서 파도가 부딪치는 소리도, 간헐적으로 들리던 자동차 소리도 이제 분명하게 들리지 않았다. 땅 밑 구덩이 속에서 세상과 격리된 이 상황이 썩 달갑지 않았다.

천은 리넨이었다. 매끈하면서 까칠한 질감으로 미루어 틀림없었다. 주변 土양 때문에 진한 갈색으로 물들었지만 천의 짜임새를 알아볼 수 있었다. 언저리가 일정한 간격으로 해진 것을 보니 삼십 센티미터 폭의 기다란 천을 붕대처럼 써서 물체를 감아놓은 듯했다. 물체의 한쪽 끝은 비교적 넓적했는데 갑자기 폭이 좁아지다가 다시 넓어졌다. 물체는 일 미터가량 드러나 있었고, 나머지는 아직 묻힌 상태였다.

'범행 현장이야.' 머릿속에서 어떤 목소리가 들렸다. 내가 알지 못하는, 한 번도 들어본 적 없는 목소리였다. '아무것도 손대지 마, 경찰을 불러.'

'침착해. 오래된 잡동사니 더미를 조사해달라고 경찰을 부르진 않잖아. 애완견 시체인지도 몰라.' 내가 대답했다.

나는 오 센티미터쯤 올라온 진흙탕 속에 몸을 웅크렸다. 진흙 바닥은 금세 십 센티미터로 불어났다. 머리카락에서 떨어진 빗물이 눈으로 흘러들었다. 고개를 들어 하늘을 쳐다보니 머리 위의 회색 구름은 아까보다 더욱 짙어졌다. 연중 이맘때는 적어도 밤 10시까지 해가 떠 있지만, 오늘 다시 해를 볼 수 있을 거라는 생각은 들지 않았다. 나는 다시 아래를 내려다보았다. 만약 애완견이라면 꽤 큰 종류인 듯했다.

이집트의 미라를 떠올리고 싶지는 않았지만, 지금까지 드러난 물체의 형태는 분명 사람의 것으로 보였고, 그것도 누군가가 세심하게 천을 감았음을 알 수 있었다. 누가 잡동사니 따위를 이 정도로 세심하게 감싸놓는단 말인가? 어쩌면 아주 사랑하던 애완견인지도 모른다. 다만 그것이 개의 형체로는 보이지 않았다. 나는 겹쳐진 붕대 틈으로 손가락을 집어넣으려 해보았다. 붕대는 꼼짝도 하지 않았다. 칼을 쓰지 않고는 풀 수 없을 것 같았다. 결국 집까지 다녀오는 수밖에 없었다.

구덩이에서 빠져나오는 일은 들어가기보다 훨씬 어려웠다. 세 번째 시도에서마저 뒤로 굴러떨어지고 나자 문득 공포감이 엄습했다. 직접 자신의 무덤을 팠는데 알고 보니 그곳에 이미 임자가 있더라는 농담 같지 않은 이야기가 머릿속을 스쳤다. 네 번째 시도 끝에 간신히 구덩이에서 빠져나온 나는 언덕 아래의 집을 향해 뛰었다. 뒷문에 섰을 때 신고 있던 장화에 축축한 검은 토탄이 잔뜩 묻은 것을 깨달았다. 나는 저녁때 부엌 바닥을 닦는 수고를 무릅쓰고 싶지는 않았다. 집 뒤편에는 작은 창고가 있었다. 창고로 가서 장화를 벗고 낡은 운동화로 갈아 신은 뒤, 작은 정원용 모종삽을 꺼내 들고 집안으로 향했다.

주방의 전화기가 나를 향해 빛을 깜빡였다. 나는 전화기에 등을 돌린 채 찬장 서랍에서 톱니 모양의 채소용 칼을 꺼냈다. 그런 다음 그곳, 머릿속에서 끊임없이 '매장지'라는 소리가 들리는 곳으로 발걸음을 옮겼다.

'구덩이, 그건 그냥 구덩이야.' 나는 혼자 굳세게 말했다.

구덩이에 돌아와서는 바닥에 웅크리고 앉아 특이한 발견물을 기만히 응시하며 한참이나 있었던 것 같다. 지금까지 가본 적이 없는 길을 나서는 기분이 들었다. 이제 첫발을 떼면 내 인생은 완전히 다른 길로 가게 될 텐데 그 전망이 더 밝다는 보장도 없을 것이다. 차라리 구덩이를 빠져나가서 그냥 메워버리고 제이미에게는 다른 자리를 파주는 것이 어떨까? 그리고 내가 발견한 것에 대해서도 아예 못 본 척 입을 닫아버리는 게 어떨까? 웅크린 채 그런 생각을 하고 있자니 결국 몸이 뻣뻣해지고 추워져서 더는 가만히 있을 수 없게 되었다. 결국 나는 모종삽을 집었다.

흙은 부드러워서 얼마 파내지 않았는데도 물체의 다른 일부가 이십오 센티미터가량 더 드러났다. 나는 물체의 넓적한 부분을 잡고 살며시 당겼다. 슥, 하는 작은 소리와 함께 물체가 빠져나왔다.

나는 손을 뻗어 처음 드러났던 물체의 끝부분의 천을 잡아당겨서 헐겁게 했다. 그런 다음 칼끝을 집어넣고 왼손에 힘을 주어 위로 그었다.

사람의 발이 나타났다.

나는 비명을 지르지 않았다. 실은 미소를 지었다. 처음 리넨이 잘려나갔을 때 커다란 안도감을 느껴서였다. 내가 파낸 것은 양복점에 진열하는 마네킹이 틀림없었다. 사람 피부와는 색깔이 전혀 달랐다. 나는 크게 숨을 내쉬고 웃음을 터뜨렸다.

그러다가 웃음이 곧 멈췄다.

발의 색깔은 그것을 감싼 리넨 천과, 또 그것이 묻혔던 토탄 색과 정확히 일치했다. 나는 손을 뻗었다. 말로 표현하지 못할 만큼 서늘한 느낌이 들었다. 틀림없는 사람의 발이었다. 손가락을 천천히 움직이자 살가죽 속 뼈의 형태와 새끼발가락의 굳은살, 발꿈치의 거친 촉감이 느껴졌다.

내 발보다 약간 작고, 발톱에는 매니큐어가 칠해져 있었다. 발목은 가늘었다. 내가 찾은 것은 여자 시체였다. 이십 대 혹은 삼십대 초반의 젊은 여자 같았다.

나는 리넨에 감싸인 시체의 몸체를 보았다. 가슴이 있을 법한 자리에는 직경 삼십오 센티미터쯤 되는 큼직한 얼룩이 있었다. 리넨의 색깔도 더 진하고 거무스름했다. 토양의 특이 성분 때문에 천에 얼룩이 생겼든지, 아니면 매장되기 전에 오염된 것 같았다.

정말이지 시체를 더 자세히 살펴볼 마음은 없었다. 경찰을 불러 처리를 맡겨야 한다는 것도 알고 있었다. 하지만 어째서인지 거무스름한 리넨 천에서 손을 떼지 못하고 다시 한번 칼을 그었다. 칠 센티미터, 십 센티미터, 십오 센티미터를. 그런 다음 속에 뭐가 있는지 보려고 천을 잡아당겼다.

비명은 지르지 않았다. 나는 감각을 잃은 듯 아무 느낌이 없는 두 다리로 뒷걸음질을 치다가 구덩이 한쪽 벽에 부딪혔다. 그 즉시 돌아서서 죽기 살기로 풀쩍 뛰었다. 구덩이에서 기어나왔을 때, 불과 몇 미터 밖에 죽은 말이 놓여 있는 광경을 보고 깜짝 놀랐다. 나는 제이미를 아예 잊고 있었다. 하지만 까마귀는 달랐다. 까마귀는 제이미의 머리에 앉아 맹렬하게 쪼아대고 있었다. 그러다가 자신이 무슨 짓을 했는지 안다는 듯 고개를 들었고, 맹세컨대, 나를 보면서 웃었다. 까마귀의 부리에 매달린 번들거리는 살점에서 핏물이 뚝뚝 떨어졌다. 제이미의 눈알.

그제야 나는 비명을 질렀다.

◇ ◇ ◇

나는 제이미 옆에 앉아 기다렸다. 여전히 내리는 비로 옷 속까지 다 젖었지만 신경쓰지 않았다. 여러 창고 가운데 한 곳에서 초록색 낡은 캔버스 텐트를 가져와 제이미의 몸뚱이를 덮어주고 얼굴만 드러나게 남겨두었다. 불쌍한 늙은 말은 오늘 묻힐 수 없게 되었다. 나는 제이미의 사랑스러운 갈색 털을 쓰다듬어주고 갈기를 땋아주면서, 죽은 두 친구의 곁을 묵묵히 지켜주었다.

제이미를 지켜보기가 너무 힘겨워졌을 때 나는 고개를 들어 트레스타보로 알려진, 바닷물이 드나드는 좁은 만을 건너다보았다. 이 지역에서는 보, 즉 물에 잠긴 골짜기를 흔히 볼 수 있었다. 섬세한 비단처럼 굴곡진 해안가에 수십 곳의 보가 형성되어 있었다.

◆   스코틀랜드의 오크니제도와 세틀랜드제도에 형성된 후미 또는 좁은 만.

그 굽이지고 깎인 형태를 정확히 묘사하기란 불가능하지만 일단 설명해보자면, 우리집 위쪽 언덕에서 바라보면 우선 육지가 보이고, 그 위로 모래톱이 형성된 좁은 만의 바닷물이 나타났다가, 다시 좁다란 언덕 줄기가, 그리고 또다시 바닷물이 교차하는 것을 볼 수 있다. 내가 충분히 높은 곳에서 충분히 좋은 시력으로 내려다본다면, 육지와 바다, 또 육지와 바다가 한없이 교차하며 이어지는 광경을 볼 수 있을 것이고, 마침내 대서양이 나타나면서 육지가 싸움을 포기하고 사라지는 모습을 보게 되리라는 것도 알 수 있다.

내가 사는 곳은 아마도 영국제도諸島에서 가장 외지고 알려지지 않은 지역인 셰틀랜드제도다. 스코틀랜드의 최북단에서 백육십 킬로미터가량 떨어진 셰틀랜드제도는 백여 개의 섬으로 이루어졌다. 그중 열다섯 개의 섬에 사람이 살고 있으며, 모든 섬에 코뿔바다오리, 세가락갈매기, 큰도둑갈매기, 그 밖의 여러 야생동물들이 서식한다.

셰틀랜드제도는 사회적으로, 경제적으로, 또 역사적으로도 특이한 곳이고, 지리학적으로도 어떤 기이함의 경계에 있다. 우리가 처음 이곳에 함께 섰을 때, 덩컨은 두 팔로 나를 감싼 채 속삭였다. 오래전 거대한 빙산과 고대의 화강암 바위들이 끔찍한 전투를 벌였다고. 바다 동굴과 보, 폭풍우에 씻긴 절벽이 바로 셰틀랜드라고. 그때는 그 이야기가 마음에 들었지만, 지금은 그의 말이 틀

렸다고 생각한다. 사실, 가끔은 그런 생각이 든다. 셰틀랜드와 이
곳 주민든은 수 세기에 걸쳐 바람과 바다와 싸워고…… 결국 패배
하고 말았다고.

그들은 이십 분이 지나서야 도착했다. 독특한 파란 줄무늬에
한쪽 문짝에는 켈트족 문양이 그려진 흰색 차량이 맨 먼저 우리
집 뜰에 들어섰다. "Dion is Cuidich(보호와 봉사)"라는 표어도 적
혀 있었다. 경찰차의 뒤를 이어 크고 검은 사륜구동 차량과 깔끔
한 은색의 신형 메르세데스 스포츠카 한 대도 들어왔다. 경찰차
에서 제복을 입은 경찰관 두 명이 내렸고, 다른 차에 탔던 이들이
나를 향해 다가왔다.

메르세데스 운전자는 경찰치고 체구가 작아 보였다. 어깨까지
내려오는 새까만 머리카락이 그녀의 얼굴을 둘러싸고 있었다. 가
까이 다가오자 그녀의 작고 예쁜 이목구비와 녹갈색 눈동자가 눈
에 들어왔다. 코 주위에 기미가 약간 있을 뿐 피부는 매끈했고 옅
은 갈색이었다. 초록색 새 헌터 장화에 깨끗한 바버 코트와 진홍
색 양모 바지를 입었고, 귀에는 매듭 형태의 금색 귀걸이를, 오른
손에는 반지 몇 개를 끼고 있었다.

그녀의 옆으로 사륜구동 차량에서 내린 남자가 다가왔다. 키가
최소 180센티미터 후반에서 190센티미터쯤으로 체격이 크고 어
깨가 넓었다. 남자 역시 바버 코트 차림에 초록 장화를 신었는데,

그의 장화는 닳아서 번들거리는 게 십 년은 넘게 신은 것 같았다. 붉은 기가 도는 금발 머리카락은 숱이 많은 편이고, 얼굴은 불그스름했다. 야외에서 보내는 시간이 많은지 흰 피부에 홍조 증상이 나타난 모양이었다. 큼직한 손에는 굳은살이 박여 있었다. 농사꾼 같은 외모였다. 그들이 다가오는 동안 나는 일어나서 캔버스 천으로 제이미의 얼굴을 가렸다. 누가 뭐라 하든 간에, 말에게도 사생활을 지킬 권리가 있다고 나는 믿는다.

"토라 거스리 씨?" 남자는 이 미터쯤 떨어진 위치에서 걸음을 멈추고 나를 부르더니 내 발밑, 캔버스 천으로 덮어놓은 큼직한 물체를 내려다보았다.

남자가 다시 고개를 들어 나를 쳐다봤을 때 대답했다. "네, 아마 이쪽에 더 관심이 있으실 것 같은데요." 나는 구덩이를 가리켰다. 여자는 이미 구덩이 가장자리에 서서 아래를 내려다보고 있었다. 그녀의 뒤편으로 경찰차 두 대가 우리집 벌판으로 들어오는 것이 보였다.

농사꾼처럼 생긴 경찰관은 두 걸음을 옮겨서 구덩이 가장자리에 섰다. 그는 아래를 내려다본 다음 나를 향해 돌아섰다.

"전 북부 경찰 소속 앤디 던 경위입니다." 남자가 말했다. "이쪽은 데이나 툴로치 경사죠. 이제 그녀가 집안으로 데려다줄 겁니다."

"여섯 달쯤 되었어요." 언제쯤 이 떨림이 멈추게 될지 궁금해하며 내가 대답했다.

주방에 들어온 툴로치 경사와 나는 소나무 재질의 탁자 앞에 앉았다. 한쪽 구석에 다른 여자 경찰 한 명이 서 있었다. 여느 때이 집은 주방이 가장 따뜻했지만 오늘은 그렇게 느껴지지 않았다. 경사는 코트의 목단추를 풀었지만 옷을 벗지는 않았다. 그녀를 탓할 수 없는 노릇이긴 하지만 단단히 차려입은 모습을 보고 있으니더욱 춥게 느껴지는 것 같았다. 서 있는 여자 경찰도 코트를 벗지 않았는데 적어도 그녀는 우리에게 커피를 타주었다. 나는 뜨거운머그잔을 양손으로 거머쥐며 조금은 추위를 덜어낼 수 있었다.

툴로치 경사는 내게 묻지도 않고 작은 노트북컴퓨터를 꺼내 벽면의 콘센트에 연결하더니, 재빠르게 질문을 던지며 1950년대의타이피스트처럼 빠른 속도로 글자를 찍어나갔다.

우리가 실내에 들어온 지 삼십 분쯤 지났다. 나는 젖은 옷을갈아입어도 좋다는 허락을 받았다. 실은 그렇게 요구받았다. 입고있던 옷가지는 전부 그들이 수거해 가방에 담아 차에 실었다. 한편 샤워를 할 여유는 없었다. 토탄에 더럽혀진 두 손과 손톱 밑에긴 흑갈색 흙이 아주 거슬렸다. 내가 앉은 자리에서는 벌판이 보이지 않았지만 몇 대의 차량이 들어오는 소리가 들렸다.

이미 세 차례나, 지겨울 만큼 상세하게 마지막 상황을 설명한뒤였다. 이제 다른 방향의 질문을 받을 차례인 모양이었다. 나는 되풀이해서 말했다. "오륙 개월쯤 되었어요. 작년 십이월 초에 이곳으로 이사를 왔으니까요."

"왜죠?" 경사가 물었다. 나는 그녀의 부드럽고 정감 있는 동부 해안 지역 말투를 진작에 감지했다. 그녀는 셰틀랜드 출신이 아니었다.

"아름다운 풍광과 삶의 질 때문이죠." 그녀의 어떤 점이 나를 짜증나게 하는지 알 수 없었다. 딱히 불평할 만한 것도 없었다. 그녀는 정중했지만 조금 무심한 듯 직업적인 태도를 보여 다소 차갑게 느껴졌다. 특히 말을 아끼며 반드시 필요한 말 외에는 꺼내지 않았다. 이 자그마하고 예쁘장한 여성 앞에서 나는 그저 뚱뚱하고 옷차림도 엉망에다 지저분하며, 무엇보다 죄인이 된 기분마저 들었다.

"그리고 영국에서 살기에 가장 안전한 장소 가운데 한 곳이니까요. 적어도 구인 광고에는 그렇게 적혀 있더군요." 억지로 미소를 지으며 내가 덧붙였다. 그러면서 탁자 건너편의 여자에게 몸을 살짝 기울였다. 그녀는 나를 물끄러미 바라볼 뿐이었다.

나는 다시 주절거렸다. "약간 이상하다는 생각이 들긴 했어요. 말하자면, 새로운 직업을 찾을 때 가장 궁금한 게 뭘까요? 급여는 충분한지, 휴일은 며칠인지, 근무시간은 어떤지, 주변 집값은 어떤지, 지역에 좋은 학교가 있는지 등이잖아요? 그런데 안전하다니요? 그런 질문을 하는 사람이 얼마나 되죠? 뭔가 미심쩍은 구석이 있다는 생각이 들 수밖에요."

툴로치 경사는 내게는 꿈만 같은, 일종이 태연함을 갖춘 여성이었다. 그녀는 내게서 시선을 떼고 여태 손대지 않은 자신의 머그잔을 내려다보았다. 그러고는 머그잔을 들어서 신중하게 한 모금마시고 잔을 내려놓았다. 머그잔에 희미하게 분홍색 립스틱 자국이 남았다. 나는 평소 립스틱을 전혀 바르지 않는데다 립스틱 자국을 보는 것조차 꺼림칙하게 여겼다. 어떤 찌꺼기처럼 너무나 개인적인 흔적을 남기는 것이 창피한 기분이니까. 마치 남의 휴게실카펫에 생리대 포장지를 남겨두는 것 같다고나 할까.

툴로치 경사는 나를 쳐다보았다. 그녀의 눈빛에서 나로서는 알수 없는 낌새가 느껴졌다. 화가 났거나 즐기는 것처럼 보였다.

"남편은 선박 중개인이에요. 런던의 발트 상업 해운거래소에서일했어요. 지난해 중반쯤 이곳 사업소에서 협력 제의를 받았고요.조건이 너무 좋아서 거절할 수 없었죠."

"당신은 고민이 컸겠군요. 잉글랜드 남부와는 아주 머니까요."

나는 그녀의 말이 사실임을 인정하며 고개를 숙였다. 나는 내가 자란 영국 시골의 조용하고 비옥한 언덕에서 멀리 왔다. 덩컨과 내가 지난 오 년간 생활하고 일했던 런던, 그곳의 회색빛 시끄러운 거리와도 멀어졌다. 부모님과 형제들, 친구들과도 멀어졌다.말을 친구로 치지 않으면 말이다. 그렇다, 나는 고향에서 멀리 떨어진 것이다.

마침내 내가 대답했다. "나만 그랬을 거예요. 남편은 섬 출신이 거든요. 언스트에서 성장했어요."

"아름다운 섬이긴 하죠. 이 집은 소유하고 계신가요?"

나는 고개를 끄덕였다. 이 집을 찾아낸 것은 덩컨이었다. 그는 작년에 새 사업의 자질구레한 일들을 처리하느라 여러 번 이곳을 다녀가며 서류를 제출했다. 그가 서른 번째 생일에 가입했던 신탁 기금 덕분에 담보를 신청할 필요도 없었다. 내가 처음 새집을 보게 된 날, 집은 이미 우리 소유였다. 그날 우리는 이삿짐 차량의 뒤를 따라서 A970 도로를 타고 이곳에 도착했다. 지은 지 대략 백년이 지난, 돌로 된 커다란 주택이 눈앞에 나타났다. 집 정면의 큼직한 창문에서는 트레스타보가 내다보이고, 뒤편으로는 와이즈데일 언덕이 보였다. 해가 날 때면(장담하건대, 그런 날도 간혹 있긴 하다) 압도적인 전망이 펼쳐졌다. 집밖에는 말을 위한 드넓은 벌판이 있고, 집안에는 우리 부부뿐 아니라 누구라도 와서 머물 수 있을 만큼 방이 많았다.

"집을 누구에게서 구입하셨죠?"

그 질문이 얼마나 중요한지 알아차리며, 나는 잠깐의 백일몽에서 빠져나왔다. "확실히는 몰라요." 내가 대답했다.

경사는 아무 말도 하지 않고 눈썹만 치켜세웠다. 벌써 몇 번이나 지어 보인 표정이었다. 나는 그런 식의 신문 기법이 있는지 궁금해졌다. 말수를 최대한 줄이고 용의자가 떠들게 내버려두는 식.

그제야 비로소 내가 살인 사건의 용의자라는 점이 떠올랐다. 한편으로 사람이 겁을 먹은 상태에서 화도 나고 동시에 호기심까지 발동하는 것이 가능하다는 사실도 깨달았다.

"남편이 전부 맡아서 처리했으니까요."

그녀는 여전히 눈썹을 치켜세우고 있었다.

"난 계약 기간까지는 런던에서 일해야 했거든요." 내가 덧붙였다. 나는 금전적인 문제를 남자에게 전부 떠맡기는 부류의 여성으로 여겨지는 건 싫었다. 그게 사실일지언정. "아무튼 꽤 오랫동안 아무도 살지 않았다는 건 알아요. 우리가 이사 왔을 때는 집이 꽤 엉망이었거든요."

데이나 툴로치 경사는 결코 깔끔하다고는 할 수 없는 우리집 주방을 둘러보고 다시 나를 처다보았다.

"이전 소유주들은 어떤 기금 단체였어요. 교회와 관련되어 있던 것 같아요." 나는 관심이 거의 없었다. 직장 일로 바쁜 탓에 이사와 관련해서는 전적으로 냉담했고 다른 일에 정신이 팔려 있었다. 그저 덩컨이 하는 말에 고개를 끄덕이고 그가 시키는 대로 서명한 것이 전부였다. 나는 말을 이었다.

"맞아요, 확실히 교회와 무슨 관련이 있었어요. 적절하게 처신해야 한다는 조건에 서명했거든요."

경사의 눈빛이 어두워진 것 같았다. "무슨 뜻이죠?"

"글쎄요, 정말 황당한 것들이긴 했어요. 이 집을 어떤 종류의 예배 장소로도 쓰지 않겠다고 약속해야 했어요. 술집이나 도박장으로 바꿔도 안 되고요. 주술을 행해서도 안 된다고 했죠."

내가 이런 이야기를 늘어놓으면 사람들은 재미있다는 반응을 보이기 일쑤였다. 툴로치 경사는 지루해 보였다. "그런 조건을 강제할 수 있나요? 법적으로?" 그녀가 물었다.

"아마 아닐 거예요. 어쨌든 우리가 주술을 행할 일은 없을 테니 당시엔 문제삼지 않았던 거죠."

"그 점은 다행이군요." 미소도 띠지 않은 채로 그녀가 말했다. 혹시 내가 그녀를 불쾌하게 만들었는지 의문이 들었지만 개의치 않기로 마음먹었다. 그녀가 예민해서 그런 것이라면 스스로 직업을 잘못 택한 셈이니까. 주방 안은 점점 추워지는 것 같았고, 팔다리가 뻣뻣해질 지경이었다. 나는 몸을 쭉 펴고 일어나 창문을 향해 돌아섰다.

사건 현장이 보였다. 경찰들이 더 많이 도착했는데 그중 몇 명은 하얀 비닐로 지은 것 같은 방호복 차림이었다. 내가 구덩이를 팠던 곳에는 천막이 씌워져 있었다. 흰색과 빨간색 줄무늬 테이프가 울타리의 가시철조망을 따라 길게 쳐져 벌판에서부터 구덩이가 있는 곳까지 좁은 통로를 표시했다. 제복 차림의 경찰관 한 명은 제이미와 너무 가까이 서 있었다. 내가 지켜보는 동안 그는 제이미를 덮어놓은 천막 위에 담뱃재를 털었다. 나는 돌아섰다.

"그런데 시체의 상태로 미루어, 근처의 누가 요상한 장난을 친 것 같긴 해요."

경사가 똑바로 앉자, 따분한 기색도 사라졌다.

"무슨 말이죠?"

"부검 결과가 나올 때까지 기다려야겠죠. 내가 틀렸을 수도 있고요. 내 전공은 골반 부위지 가슴은 아니거든요. 참, 바깥 동료분에게 조심하라고 말해주시겠어요? 저 말은 내가 무척 아끼던 말이에요."

"닥터 거스리, 저 사람들은 지금 당신 말에 관심을 둘 여유가 없을 거예요."

"미스 해밀턴으로 불러주세요. 그리고 저분들도 어느 정도는 존중해줘야 하잖아요."

"무슨 뜻이에요?"

"여긴 우리 부부의 소유예요. 내 땅과 내 동물이라고요. 죽은 말도 마찬가지죠."

"아뇨, '미스 해밀턴'으로 부르라니요?"

나는 한숨을 쉬었다. "난 외과 전문의예요. 우린 '미스' 혹은 '미스터'로 호칭하죠. '닥터'라고 부르지 않아요. 또 거스리는 남편의 이름이죠. 내 이름은 따로 있다고요."

"그 점은 명심하죠. 아무튼 저 말은 어떻게든 처리해야 할 텐데요."

경사가 일어섰다. 나는 심장박동이 빨라졌다.

"말의 사체를 처리해야겠어요. 가능한 한 빨리요."

나는 그녀를 빤히 보았다.

"오늘 당장요." 내가 대꾸하지 않자 그녀가 재차 강조했다.

"당신들이 조사를 끝내면 말은 내가 직접 매장할 거예요." 나는 최대한 확고한 투로 말했다.

경사는 고개를 저었다. "유감스럽지만 그건 불가능할 겁니다. 본토에서 과학수사 지원팀 SSU가 곧 도착할 거예요. 그들이 모든 곳을 살필 거고요. 몇 주가 걸릴지도 몰라요. 말이 썩어가게 내버려둔 채로 조사를 할 수는 없잖아요."

나는 그녀의 단어 선택이 정확하지만 몰인정하다고 생각했다. 가슴속에 단단한 응어리가 생기는 것 같았고, 미친듯이 화가 났다. 하지만 그럴수록 더욱 신중하게 말해야 했다.

"그리고, 분명 알고 계시겠지만 죽은 말을 매장하는 건 몇 년 전부터 불법입니다." 경사가 말을 이었다. 나는 그녀를 노려보았다. 물론 너무나 잘 아는 사실이었다. 지난 삼십 년간 어머니는 승마교실을 운영하셨다. 하지만 당장 나는 셰틀랜드에서 말을 매장함으로써 치러야 할 불법의 대가에 관해 툴로치 경사와 언쟁을 벌일 마음이 없었다. 더구나 제이미를 가까이 두고 싶은 마음에 대해서도 (아주 감상적인 이유이긴 하지만) 털어놓고 싶지 않았다.

툴로치 경사는 일어나서 주위를 둘러보았다. 냉장고에 부착된 벽면 전화기를 보고는 그쪽으로 걸어갔다.

"직접 처리하시겠어요? 아니면 내가 할까요?" 경사가 물었다.

손지척 만하자면, 이 순간 그녀에게 주머질을 할 뻔했다. 신기어 그녀가 있는 쪽으로 성큼 발을 내디디며, 다른 여자 경찰이 한 발 앞으로 나서는 것도 곁눈질로 보았다. 우리 둘 모두에게 다행스럽게도, 툴로치가 수화기를 들기 전에 벨이 울렸다. 그녀가 전화를 받아서 수화기를 내게 건네자 더욱 짜증이 났다. "당신 전화예요." 그녀가 말했다.

"그런 말은 안 해도 돼요!" 나는 수화기를 받으러 가지도 않았다.

경사는 손을 거둬들였다. "받으실 건가요, 안 받으실 건가요? 중요한 용건 같은데."

나는 그녀를 쏘아본 다음 수화기를 받아 그녀에게서 등을 돌렸다. 목소리가 들려왔다.

"미스 해밀턴? 켄 기퍼드요. 스물여덟 살 된 환자가 있는데. 임신 삼십육 주 차. 십오 분 전에 도착했는데 출혈이 심하군요. 경미한 태아 곤란증도 나타나고요."

나는 집중하려고 애썼다. 켄 기퍼드가 대체 누구지? 전혀 짐작할 수 없었다. 하우스 오피서 가운데 한 명인가? 아니면 대진代診 의사인가?

"환자 이름은요?"

대답이 없었다. 종잇장을 넘기는 소리가 들렸다.

"재닛 케네디요."

나는 속으로 욕설을 내뱉었다. 재닛은 내가 눈여겨봐오던 환자였다. 그녀는 이십 킬로그램가량의 초과 체중에 전치태반 증상이 있으며 무엇보다도 RH 음성 혈액형이었다. 엿새 뒤에 제왕절개수술을 할 예정이었는데 진통이 일찍 시작된 모양이었다. 나는 시간을 확인했다. 5시 15분. 나는 잠시 생각에 잠겼다.

전치태반은 태반이 자궁 위쪽이 아닌 아래쪽에 자리잡은 것을 뜻한다. 태반이 자궁안 구멍을 막아서 아기가 빠져나올 수 없는 고약한 상황인 것이다. 태반이 자궁 내에서 위치를 벗어나 혈액 공급이 차단될 경우 상황은 더욱 심각해진다. 전치태반은 임신 2, 3분기의 출혈과 마지막 두 달 사이 발생하는 과다 출혈의 주요 원인이기도 하다.

나는 숨을 깊이 들이쉬었다. "환자를 수술실로 보내세요. 수술 중 출혈에 대비해야 해요. 혈액은행의 재고도 확인해야 하고요. 이십 분 안에 갈게요."

전화가 끊어졌을 때, 나는 비로소 켄 기퍼드가 러윅 프랭클린스톤 병원의 외과 최고 전문의이며 병원장이라는 사실이 기억났다. 쉽게 말하자면 그는 내 상사였다. 지난 육 개월간 안식 휴가로 자리를 비웠는데, 마침 내가 셰틀랜드에 도착했을 무렵 병원을 떠났다. 나의 임용을 승인한 사람이 그였지만 우리는 만난 적이 없었다. 이제 환자가 죽을지도 모를 심각한 수술 과정중에 그에게 내 실력을 선보이게 된 것이다.

나로선 최악의 하루라는 생각밖에 들지 않았다.

2

이십오 분 뒤, 가운을 걸치고 손을 씻은 다음 제2수술실로 향하고 있는데 하우스 오피서 한 명이 내 앞을 막아섰다.

"뭐죠?"

"피가 더 남지 않았습니다." 스코틀랜드 출신의 젊은 남자가 대답했다. "저장소의 AB 음성 혈액이 바닥났어요."

나는 그를 빤히 보았다. 대체 이게 무슨 소리란 말인가? "농담하는 거죠?" 내가 겨우 물었다.

농담이 아니었다. "희귀 혈액형이라서요. 이틀 전에 교통사고 환자가 있었어요. 지금은 1유닛이 전부입니다."

"아무튼 조금이라도 더 구해 와요, 제발!" 오늘 하루 많은 일을 겪었지만, 지금 맞닥뜨린 일이 가장 난감했다. 내가 품위를 지키지 못할 것 같아 걱정이 될 정도였다.

"저희두 마냥 손놓구 있었던 건 아닙니다. 주문두 이미 했구요. 그런데 지금은 헬리콥터가 뜰 수 없어요. 바람이 너무 강합니다."

그에게 눈을 부라린 뒤 수술실로 들어서니, 때마침 새파란 수술복 차림의 체격이 큰 남자가 재닛의 자궁을 마지막으로 절개하는 참이었다.

"석션." 남자가 지시했다. 그는 수술실 간호사에게서 넘겨받은 튜브를 삽입하여 양수를 걷어냈다.

마스크와 수술 모자로 얼굴이 가려졌는데도 불구하고, 나는 켄 기퍼드의 특이한 외모를 즉시 알아챘다. 잘생겼다기보다는 그 정반대였지만 확실히 눈에 띄는 인상이었다. 마스크 위로 드러난 피부는 하얬다. 피부 아래로 혈관이 비쳐 보이고 어느 정도 나이를 먹으면 불그스름하게 변하는 유형이다. 아직 그 정도로 늙지는 않았지만, 수술실이 더운 까닭에 그의 얼굴은 붉게 상기되어 있었다. 눈은 작고 움푹 파여서 웬만큼 떨어진 거리에서는 눈동자가 아예 보이지 않았고, 가까이에서조차 눈 색깔을 알기 어려울 정도였다. 청색이나 갈색, 혹은 초록이나 녹갈색도 아니었다. 연하다기보다는 짙은 색인데 아마 회색이 가장 가까울 듯싶었다. 아직 그를 제대로 보진 못했지만 회색 눈동자일 것이다. 두 눈 밑에는 큼직한 반달 형태의 그림자가 드리워져 있었다.

그는 나를 보더니 손을 어깨 높이로 들어올리며 뒤로 물러섰다. 내가 나서라는 듯이 고갯짓을 했다. 재닛과 그녀의 남편이 수술 장면을 보지 못하도록 가림막이 세워져 있었다. 나는 고개를 숙이고 당면한 작업 외에는 아무것도 생각하지 말기로 결심했다. 특히 내 왼쪽 어깨 뒤편에 불편하리만치 바싹 붙어 서 있는 기퍼드를 염두에 둬서는 안 되었다.

"저부 압박이 필요할 것 같아요." 내가 말하자 기퍼드는 수술대 옆을 돌아와서 나를 마주보았다.

나는 머릿속으로 평소의 점검 목록을 떠올리면서 아기의 자세와 탯줄 위치에 주목했다. 먼저 아기의 어깨 밑으로 손을 집어넣으며 조심스레 자세를 잡았다. 기퍼드가 재닛의 복부에 힘을 가하기 시작했고, 나는 다른 한 손을 아기의 엉덩이 부근에 집어넣었다. 다시 왼손을 빼면서 아기의 머리와 목을 받쳤고, 천천히 하라고 자신을 다독였다. 잠시 뒤, 나는 점액으로 범벅된 피투성이의 작은 몸뚱이를 들어서 세상 속으로 꺼내놓았다. 얼굴이 화끈거리고 눈물이 고이고 목소리까지 떨리는 완전한 감동, 승리감과 도취와 비탄이 동시에 섞인 감격의 순간이었다. 이 순간은 금세 지나간다. 언젠가는 이런 감정조차 느낄 수 없게 될 것이다. 새 생명을 세상에 내놓는 것에 너무나 익숙해지면 이 느낌조차 사라질 것이다. 나는 그러지 않기를 바란다.

아기가 울어대기 시작했다. 나는 미소를 지으며 부담을 잠시 덜어냈다. 곧이어 바싹 붙어 나를 지켜보던 기퍼드에게 아기를 넘겨준 뒤 다시 산모를 향해 돌아서서 탯줄을 집어 잘라냈다.

"아들인가요, 딸인가요? 이기는 무시헤요?" 가림막 뒤편에서 산모의 목소리가 들렸다.

기퍼드는 아기를 부모에게 건네어 체중 측정과 검사에 앞서 부모가 아들을 안고 환영할 시간을 잠깐 주었다. 이제 내 역할은 산모를 돌보는 것이었다.

검사 탁자 너머에서 기퍼드가 숫자를 불러주자 조산사는 숫자를 표에 기록했다.

"둘, 둘, 둘, 하나, 둘."

신생아의 건강과 신체 상태를 확인하기 위해 고안된 아프가 채점법에 따라 아기의 상태를 점검하는 절차였다. 아기의 점수는 9점이었고, 점검은 두 번 더 반복될 테지만 이제 나로서는 그 결과에 신경쓰지 않아도 되었다. 아기가 건강하다는 걸 알았으니까.

아기보다는 산모의 상태가 문제였다. 꽤 많은 피를 흘렸는데 수혈할 수 있는 양은 그보다 적었다. 무엇보다 출혈이 계속되는 중이었다. 출산 직후 마취 전문의가 산후 출혈 억제에 쓰는 신토시논을 주사했다. 대부분의 경우 약물은 효과를 보이고, 그렇지 않은 경우는 아주 드물었다. 지금이 바로 그렇지 않은 경우였다. 나는 태반을 넘겨준 뒤 상사를 불렀다.

"미스터 기퍼드."

그가 병실을 가로질러 왔고, 우리는 부부의 약간 뒤편에 섰다.

"산모의 출혈이 어느 정도인지 아세요?" 내가 물었다. 왼쪽으로 곁눈질을 하자, 내 눈높이에 그의 어깨가 닿았다.

"2유닛쯤, 혹은 조금 더 흘렸을지도."

"우리 저장소에는 딱 1유닛밖에 없어요."

그는 나지막이 욕을 내뱉었다.

"출혈이 계속되고 있어요. 더 계속되면 안 돼요."

기퍼드는 재닛의 옆으로 다가가서 그녀를 보았다. 그러고는 다시 내게로 시선을 돌렸다. 그가 고개를 끄덕였다. 우리는 가림막을 돌아 나와 케네디 부부를 마주보고 섰다. 아기를 안은 남편 존의 얼굴은 온통 기쁨으로 가득했다. 한편, 그의 아내는 상태가 그리 좋아 보이지 않았다.

"재닛, 내 말 들려요?"

그녀는 고개를 돌려서 나와 눈을 맞추었다.

"재닛, 피를 너무 많이 흘렸어요. 출혈을 막는 약물을 주사했지만 소용이 없고, 상태가 점점 악화되고 있어요. 자궁 절제술이 필요한 상황이에요."

산모는 놀라서 눈이 휘둥그레졌다.

"지금 말입니까?" 남편이 하얗게 질린 얼굴로 물었다.

나는 고개를 끄덕였다. "그래요, 지금. 가능한 한 빨리요."

그는 기퍼드를 쳐다보았다. "선생님도 같은 생각이신가요?"

"네. 안 그러면 아내분은 사망할 겁니다." 기퍼드가 대답했다.

내가 듣기에도 상당히 퉁명스러운 대답이었지만 그것을 따질 때가 아니었다.

케네디 부부는 서로 쳐다보았다. 존이 기퍼드에게 다시 물었다.

"직접 해주실 수 있습니까?"

"아뇨, 미스 해밀턴이 나보다 잘할 겁니다."

그 점은 다소 미심쩍었지만 언쟁을 벌일 만한 자리는 아니었다. 나는 마취 전문의 쪽을 보았다. 그녀는 내게 고개를 끄덕였다. 이미 수술에 필요한 마취약을 갖춰놓은 상태였다. 간호사가 동의서 양식을 가져오자 존 케네디와 그의 아들은 수술실에서 나갔다. 나는 잠시 눈을 감고 숨을 깊이 들이쉰 후 수술을 시작했다.

두 시간 뒤, 재닛 케네디는 기력을 잃었지만 안정을 찾았다. 이제 바람도 그쳐서 간절히 바라던 혈액이 운반되어 오는 중이었다. 그녀는 괜찮을 것이다. 타마리라는 이름이 붙은 어린 케네디는 건강했고, 남편 존은 아내의 침상 옆 의자에 앉아 졸고 있었다. 나는 샤워를 하고 옷을 갈아입었지만 혈액이 도착할 때까지는 병원에 머물러야 할 것 같았다. 집에 전화를 걸어 메시지를 확인했는데 덩컨에게서 온 전화는 없었다. 경찰이 아직 우리집에 남아 있는지 아닌지도 알 수 없었다.

내가 자궁 절제술을 하는 동안 기퍼드는 줄곧 수술실에 머물렀다. 케네디 부부 앞에서는 자신 있게 말하긴 했어도, 그는 수술이 진행되는 내내 나를 유심히 지켜보았다. 그는 딱 한 번 입을 열었다. 내가 집중력을 약간 잃었던 순간, "미스 해밀턴, 겸자 조심해요"라고 날카롭게 말했다. 수술이 끝나고는 아무 말 없이 수술실에서 나가, 내가 혼자서 마무리를 하도록 믿어주었다.

그가 내 수술 실력에 만족했는지 아닌지 확신할 수가 없었다. 수술 과정은 아주 순조로웠지만 그다지 말끔하지는 않았고, 분명 세련된 실력을 보여주지도 못했다. 마치 예전의 나처럼 보였을 것이다. 자격증을 딴 지 얼마 안 되어 안절부절못하며 실수하지 않으려고 애를 쓰던 신참 시절의 나 말이다.

이제 나는 그에게 짜증이 나기 시작했다. 적어도 무슨 말이든 해줘야 하는 것 아닌가. 그냥 나가버리지 말고 잔소리라도 해주는 편이 나았으리라. 나는 아주 뛰어나진 않았어도 수술을 무사히 마쳤다. 지친데다 금방이라도 눈물이 날 것 같고 무엇보다 격려의 말과 토닥임이 필요했다. 이렇게 남에게서 지속적으로 인정을 받아야 하는 내 성격이 정말로 마음에 들지 않는다. 어릴 때는 크면서 극복되리라 믿었다. 경험이 쌓이고 성숙해지면 자신감도 생겨날 거라고. 하지만 최근에는 그러한 믿음에 의심이 생겼고, 언제까지나 타인의 인정이 필요할지 모른다는 생각도 하던 터였다.

나는 사무실 창가에 선 채, 건물 아래 주차장을 오가는 사람들과 차들을 지켜보고 있었다. 이때 갑작스러운 전화벨 소리에 깜짝 놀라 얼른 책상으로 다가갔다. 혈액이 예상보다 빨리 도착한 모양이었다.

"미스 해밀턴, 스티븐 레니입니다."

"안녕하세요." 나는 느릿하게 대답했다. '레니? 들어본 것 같은데 누구지?'

"오셨다는 얘기 들었습니다. 혹시 많이 바쁘신 게 아니라면, 도움을 받을까 해서요. 잠시 들러주시겠습니까?"

"물론이죠. 제가 준비할 게 있나요?"

"아뇨, 아닙니다. 그냥 오시면 됩니다. 직업적인 긍지 때문이랄까, 아니면 자부심 때문이라고나 할까요, 아무튼 높은 분들이 방문했을 때 완벽한 보고서를 제출하고 싶어서 말입니다. 중요한 사항에 의문이 생겼거든요. 내일 아침, 본토에서 올 잘난 사람들에게 보고서가 꼬투리 잡힐까 봐서요."

그가 무슨 말을 하는지 알 수 없었지만 비슷한 이야기를 전에 들은 적이 있었다. 이곳 섬 거주민들은 본토에서 온 상대에게 어떤 식으로도 열등하게 여겨지는 것을 아주 꺼린다고. 그래서 자기들 스스로 탁월한 성과를 내든지, 목표를 초과 달성하려는 분위기가 형성되어 있으며 그것을 당연하게 받아들인다는 것이다. 때로는 그런 분위기가 일을 하는 데 방해가 되기도 했다. 적당한 수준의 성취만이 필요한 경우도 있으니까. 내 기분이 좋지 않을 때, 다소 반항적인 접수계원이 나를 힘들게 할 때면 나는 그것을 셰틀랜드 사람들의 집단적인 열등감 탓으로 돌리곤 했다.

"곧 갈게요. 몇 호실에 계신가요?" 내가 물었다.

"103호입니다." 그가 대답했다. 1층이었다. 나는 수화기를 내려놓고 사무실을 나섰다. 복도를 지나 계단으로 내려가 방사선과, 소아과, 응급실을 지나쳤다. 나는 방 번호를 확인하면서 복도를 따라 걸었다. 103호실이 어딘지, 스티븐 레니가 어느 과목을 담당하는지 나는 전혀 알지 못했다. 그러다가 103호실을 발견하고 문을 밀었다.

문 안쪽에는 앤디 던 경위, 툴로치 경사, 아직 수술복 차림이지만 마스크와 모자를 벗은 켄 기퍼드가 통로를 가로막고 있었다. 예전에 본 적이 있는, 머리숱이 듬성하고 작은 키에 안경을 낀 남자도 있었다. 그가 스티븐 레니인 것 같았다. 나는 완전히 바보가 된 기분으로 그가 병원의 임시 병리학자라는 사실을 마침내 기억해냈다.

103호실은 시체 안치소였다.

# 3

키 작은 남자가 앞으로 나서며 깡마른 손을 내밀었다. 손목 주위에 습진 흔적이 보였다. 나는 악수를 하면서 서늘한 감촉에 몸서리가 나는 것을 들키지 않으려 애썼다.

"미스 해밀턴, 스티븐 레니입니다. 와주셔서 정말 고맙습니다. 지금 막 경찰분들께 설명을 드렸는데요, 만전을 기하려는 의미에서……."

다시 문이 열리더니 바퀴 달린 수레를 끌고 누가 들어왔다. 수레가 지나갈 수 있게 우리는 모두 물러나 벽에 기대어 섰다. 곧 기퍼드가 입을 열었는데, 수술실에서의 긴장감이 사라진 덕분인지 비로소 나는 그가 하일랜드의 굵직하고 교양 있는 말투를 지녔음을 알아차렸다. 이곳으로 이사 오기 전에 그런 억양을 간혹 들을 때면 무릎 안쪽이 간질거리고 얼굴에 미소가 지어졌다. 예컨대 '오, 제발 말을 멈추지 말아줘요'라고 하고 싶은 목소리였다.

"스티븐, 자네 사무실로 자리를 옮기는 게 어떻겠나?"

스티븐 레니의 사무실은 좁고 창문이 없으며 터무니없을 만큼 깔끔했다. 펜과 잉크로 그린 그림 몇 점이 벽에 걸려 있었다. 책상 앞에는 오렌지색 플라스틱 의자 두 개가 거의 맞붙어 있었다. 그는 의자를 가리키며 툴로치 경사와 나를 번갈아 쳐다본 다음, 경위 쪽으로 시선을 돌렸다. 앤디 던은 고개를 저었다. 나도 자리에 앉지 않고 서 있었다. 레니는 긴장된 미소를 지으면서 책상 안쪽 자기 의자에 앉았다.

"이건 전적으로 부적절한 처사입니다." 툴로치 경사가 내 쪽을 가리키며 자신의 상사에게 말했다. 그녀의 말이 옳을지 모르지만, 내가 그런 식으로 거론되는 것이 탐탁지 않았다. 짜증이 치밀었다.

"미스 해밀턴은 용의자가 아니잖소?" 기퍼드가 나를 향해 웃어 보이며 말했다. 남자치고는, 특히 외과 전문의로서 특이하게 머리를 길게 기른 그의 모습에 나는 놀라는 한편 흥미도 느꼈다. 스티븐 레니의 책상 위에 매달린 강한 전깃불 아래서 그가 비스듬히 몸을 세우자 금발 머리카락이 번득거렸고, 그러자 햇볕 아래에서도 그럴 거라는 생각이 떠올랐다. 머리카락과 마찬가지로 엷은 빛깔의 눈썹과 속눈썹 또한 진부한 매력을 한껏 뿜어냈다.

"그녀는 이곳에 온 지 고작 육 개월밖에 되지 않았으니까." 기퍼드가 말을 이었다. "여러분 이야기를 들어보니, 이번에 발견된 시신은 영국박물관에나 보내는 게 옳을 듯싶은데. 앤디, 자네 생각은 어때? 청동기시대인가? 아니면 철기시대?" 기퍼드는 썩 유쾌하지만은 않은 미소를 지으며 말을 건넸다. 내가 보기에 앤디 던 경위는 청동기시대나 철기시대나 석기시대를 구분하지도 못할 것 같았고, 기퍼드는 그 점을 아는 것 같았다.

"음, 그렇긴 하죠……." 기퍼드 때문인지 다소 움츠러든 듯 스티븐 레니가 조용히 입을 열었다.

"그럴 수도 있겠지." 앤디 던이 동의한다는 투로 말했다. 그때 문득 나는 그가 기퍼드와 아주 닮았다는 사실을 깨달았다. 두 사람 모두 큰 체구에 새하얀 피부를 지녔으며, 다소 못생긴 금발 남자들이었다. 그들이 아니고도 내가 보아온 섬의 많은 남자들은 대개 흡사한 외모를 지니고 있었다. 혹시 노르웨이족의 침략이 있은 뒤로 섬의 고유한 유전자 집단이 고스란히 전해 내려오기라도 한 걸까?

"예전에도 시신이 발굴된 적이 있거든." 앤디 던이 말했다. "토탄 늪지는 악명이 자자해. 내 기억에 1980년대에 맨체스터에서 그런 일이 있었네. 경찰은 시신이 이십 년 전에 남편에게 살해된 여성이라고 발표했지. 그래서 남편을 체포하고 자백까지 받아냈단 말이야. 그런데 결과적으로 시신은 이천 년 전의 것으로 판명되고만 거지. 이번 시신도 그럴 것 같군."

툴로치 경사는 이쪽저쪽으로 시선을 돌리며 두 남자를 빠르게 쳐다보았다.

"그런데 제가……." 레니가 말을 꺼내려 했다.

"톨룬트인*을 본 적도 있어." 기퍼드가 말했다. "앤디, 고등학생 때 덴마크로 여행 갔던 일 기억나나? 정말 상상도 못 했던 노릇이지. 로마 철기시대 이전의 시신에서 턱수염 자국과 얼굴 주름까지 전부 볼 수 있었으니 말이야. 워낙 완벽하게 보존되었으니까. 심지어 위장의 내용물도 남아 있었지."

켄 기퍼드와 앤디 던이 고교 동창이라는 것을 듣고도 전혀 놀랍지 않았다. 셰틀랜드는 좁은 곳이었다. 모두가 서로를 알고 있다는 사실에 나는 이미 익숙했다.

"바로 그거야. 법의학 인류학자들이 벌써 오는 중이네. 좋은 기회인지도 몰라. 관광산업에도 좋을 테고." 앤디 던이 대답했다.

"경위님……." 툴로치가 입을 열었다.

"제 생각에는……." 레니도 말을 꺼냈다.

"아, 제발요! 그녀는 로마 시대 이전 사람이 아니에요." 내가 대뜸 말을 잘랐다.

던 경위는 내가 있는 줄 막 기억났다는 듯이 내 쪽으로 돌아서서 입을 열었다. "미안한 말씀이지만……."

---

◆　습하고 늪지가 많은 북유럽 땅에서 주로 발견되는 시신으로, 부패하지 않고 토탄의 흑갈색을 띤 피부가 특징이다. 땅이나 물의 정령에게 바친 제물이라는 설이 있다.

나는 그의 말을 가로막았다. "제 말이 틀렸으면 정정해주세요. 그렇지만 제가 알기로 로마 시대 이전의 여성이 발톱에 매니큐어를 칠하진 않았을 거예요."

던 경위의 얼굴에 당혹감이 스쳤다. 툴로치 경사는 입술을 슬쩍 일그러뜨리더니 다시 삐죽 내밀었다. 기퍼드는 멈칫했지만 표정은 읽을 수 없었다. 스티븐 레니만이 안도하는 것 같았다.

"제가 드리려던 말씀이 바로 그겁니다. 이 시신은 고고학적 유물이 아닙니다. 절대로요. 토탄 때문에 혼란이 생긴 겁니다. 토탄에 엄청난 보존 성분이 함유된 건 맞지만, 시신의 발톱과 손톱에 색을 칠했던 흔적이 있습니다. 더구나 현대적인 치과 치료를 받은 흔적도 있고요."

옆에서 기퍼드가 한숨을 짓는 소리가 들렸다.

"알겠네. 스티븐, 그럼 자네가 알아낸 건 뭔가?" 기퍼드가 물었다.

스티븐 레니는 책상 위에 놓인 파일 하나를 펼치고는 위쪽을 올려다봤다. 나는 혹시 그가 우리 네 사람의 주목을 받는 것을 불편해하는 건 아닐까 싶었는데, 사실은 키가 작은 탓에 그런 자세에 익숙한 모양이었다.

"시신이 이곳에 도착한 지 아직 세 시간도 지나지 않았다는 점을 이해해주셨으면 합니다. 이건 어디까지나 최초 보고서일 뿐입니다."

"물론 그래야지. 그래서, 지금까지 알아낸 게 뭔가?" 기퍼드가 재촉하듯 물었다.

나는 던 경위가 기퍼드를 날카롭게 쳐다보는 것을 알아차렸다. 법적으로 사건의 수사 책임은 경찰에게 있지만, 병원은 기퍼드의 영역이었다. 잘난 두 남성이 충돌하는 것을 보게 될까?

스티븐 레니는 헛기침을 한 다음 말을 시작했다. "시신은 스물다섯에서 서른다섯 살 사이의 여성입니다. 토탄 때문에 피부색이 검어졌지만, 시신의 안면과 골격 구조, 두개골을 자세히 살펴본 결과 백인종이 확실합니다. 그리고 사망 원인도 자연적인 연유에 따른 것이 아니라고 확신하는 바입니다."

글쎄, 일단은 어디까지나 대략적인 줄거리에 불과한 듯싶었다.

"그래서?" 기퍼드가 다시 물었다.

나는 기퍼드가 이 이야기를 어떻게 받아들이는지 보려고 고개를 돌렸다.

레니는 목청을 가다듬었다. 그가 나를 힐끔 쳐다보는 것이 곁눈으로 느껴졌다.

"사망 원인은 심장이 제거될 때의 과다 출혈로 보입니다."

기퍼드는 고개를 획 젖혔다. 그의 얼굴이 핼쑥했다. "맙소사!"

두 경찰은 아무런 반응도 보이지 않았다. 나와 마찬가지로 그들도 이미 시신을 보았을 테니까.

가장 심각한 내용을 언급한 덕분에 레니는 조금 편안해진 듯했다. "연속해서 난도질을 당했습니다. 아마도 열 번, 열두 번 정도. 아주 예리한 도구로요. 그것이 수술용 도구인지, 도살업자의 칼인지는 모르겠습니다."

"흉곽 사이로 그랬단 말인가?" 기퍼드가 물었다. 외과의다운 질문이었다. 나는 흉곽을 잘라낼 만한 수술용 도구는 아무것도 떠올릴 수 없었다. 그도 나와 같은 생각인지 눈살을 잔뜩 찌푸리고 있었다.

레니는 고개를 가로저었다. "흉곽이 먼저 개방됐습니다. 어떤 뭉툭한 도구로 무리하게 절개한 것으로 짐작됩니다."

입안에 침이 고였다. 앞에 놓인 오렌지색 플라스틱 의자가 매혹적으로 보이기 시작했다.

"그 심장을 다시 쓸 수 있었을까요?" 톨로치 경사가 물었다. "누군가 그녀의 심장이 필요해 그녀를 죽였을 수도 있나요?"

나는 톨로치 경사를 쳐다보았다. 그녀가 무슨 생각을 하는지 알 것 같았다. 사람을 납치해 장기를 강제로 떼어낸다는 식의 이야기는 누구나 들어보았을 것이다. 은밀하고 사악한 수술이 조직적으로 자행되며, 건강은 좋지 않지만 지갑이 두둑한 이들이 그 자금을 댄다는 식의 이야기 말이다. 그렇지만 그런 사건은 이름조차 희한한 먼 나라들에서나 벌어지는 것이었다. 사람의 목숨, 특히 가난한 이들의 목숨이 파리목숨처럼 값싸게 취급되는 곳 말이다. 이곳은 아니었다. 영국 본토, 특히 영국에서도 생활하고 직업을 구하기에 가장 안전한 장소라는 이곳 셰틀랜드에서는 상상조차 하기 어려운 일이었다.

레니는 대답하기에 앞서 뜸을 들이며 노트를 살폈다.

"그렇지는 않을 거란 것이 제 생각입니다. 시신의 하부 대정맥은 말끔히 제거되었습니다. 폐정맥도 마찬가지고요. 그런데 폐동맥과 상부 대동맥은 아주 난도질이 되었어요. 깔끔하게 잘라내지 못해 몇 번이나 시도한 것처럼 말이지요. 장기를 적출한 게 아니란 말씀입니다. 범인은 초보적인 해부학 지식을 갖추었지만 전문적인 외과의는 아니라고 말씀드릴 수 있겠습니다."

"그럼 난 혐의를 벗었군." 기퍼드가 빈정대듯 말했다.

툴로치는 그를 쏘아보았다. 나는 웃음이 터져 나오는 것을 참으려고 입술 안쪽을 깨물었다. 신경이 온통 곤두서 있었다. 정말로 농담을 던질 만한 상황이 아니었다.

"몇 가지 신속한 검사를 해봤는데, 그녀의 혈액에서 상당히 많은 양의 프로포폴이 검출되었습니다." 레니는 말을 이으며 던 경위를 쳐다보았다. "심장이 제거될 당시 완전히 의식을 잃은 상태였을 겁니다."

"그 점은 다행이군요." 여전히 기퍼드를 노려보며 툴로치 경사가 말했다.

"구하기는 쉬운가요, 프로······?" 그녀가 물었다.

"프로포폴 말이지요. 음, 매약업자에게서 구입할 수는 없지만,

정맥주사 방식의 마취 유도 물질로는 흔히 쓰입니다. 병원에 접근할 수 있는 사람이라면 구하는 데 어려움이 없을 겁니다. 제약 회사에서 일하는 사람도 그럴 테고요."

"요즘은 암시장에서도 뭐든 구할 수 있어." 던 경위가 말했다. 그는 툴로치 경사를 바라보았다. "지금은 주제에 집중하지."

"또 손목과 상부 팔뚝, 발목에서 외상의 흔적도 찾았습니다. 죽기 전 꽤 오랜 시간 동안 묶여 있었던 모양입니다." 레니가 말했다.

나는 부끄러움을 무릅쓰기로 결심했다. 앞으로 나서서 의자에 앉았다. 레니가 나와 눈을 맞추며 미소를 지었다. 나 역시 미소를 지어 보이려 했지만 그러기가 어려웠다.

"좋아, 사망 원인은 알았군. 그럼 시기는 언제라고 생각하나?" 기퍼드가 물었다.

나는 의자에 앉은 상태로 몸을 앞으로 숙였다. 오후 내내, 내가 다른 일에 온전히 집중하지 않을 때마다 신경이 쓰이던 문제였다. 설명을 덧붙이자면, 과거 산과학을 선택하기 전까지 나는 병리학 방면의 경력을 쌓을지 고민했고, 기초적인 병리학 교육도 받은 터였다. 물론 죽음보다 생명 탄생의 순간이 훨씬 매력적이라는 사실을 깨닫기 전의 일이다. 엄마는, 언제나 어떤 양극단 사이에서 선택을 고민하는 나를 보면서 특이하다고 말씀하시곤 했다. 어쨌든 그후 나의 선택에 엄마는 대단히 안도하셨고, 병리학 예비 과정을 거친 덕분에 나는 부패 과정과 관련해서 평균 이상의 지식을 갖게 되었다.

부패에 관하여 가장 명심해야 할 법칙. 부패는 사망 직후부터 시작된다. 그후에는 상황에 따라 다르다. 먼저 사체의 상태, 크기와 무게, 상처, 외상 여부에 따라 달라진다. 사체의 소재, 실내인지 실외인지, 따뜻한 곳인지 혹은 서늘한 곳인지에 따라 다르며, 기후에 노출되었는지, 아니면 격리되었는지에 따라서도 다르다. 청소동물이나 곤충이 존재하는지, 땅에 매장되었는지 약품으로 보존처리되었는지에 따라서도 부패의 진행은 달라진다.

예컨대, 시신이 영국 섬 같은 기후의 숲속에 버려진다면 어떻게 될까? 죽은 직후부터 사체 내부의 화학물질과 효소가 박테리아와 결합하여 조직이 파괴되기 시작한다.

죽은 지 나흘에서 열흘 사이에 사체는 썩기 시작한다. 체액이 사체의 빈 공간에 스며들며 다양한 가스를 발생시킨다. 사람에게는 구역질나지만, 곤충에게는 맛있는 식사만큼이나 유혹적인 냄새가 풍길 것이다. 가스의 압력이 사체를 팽창시키는 동안, 어린 구더기들은 사방으로 돌아다니며 박테리아를 퍼뜨리고 조직을 파괴한다.

죽은 지 열흘에서 열이틀이 지나면 검게 부패하는 단계에 이른다. 부풀었던 사체가 허물어지고 노출된 부위는 검게 변하며 지독한 부패의 냄새를 발산한다. 체액은 주변 토양에 흡수되는데, 이 단계에서는 여러 세대의 구더기와 다른 유충들이 점유자로서 이득을 향유할 것이다.

오십 일이 지나면 남아 있던 대부분의 살점이 제거되고 시체가 바싹 마르며, 부티르산酸이 치즈 냄새를 풍길 것이다. 지면과 맞닿은 부위는 발효되어 곰팡이가 핀다. 구더기의 주된 포식자인 딱정벌레가 자리를 차지할 테고, 조금이라도 남았을지 모를 축축한 살점을 없애려고 치즈파리가 뒤늦게나마 도착할 것이다.

죽은 지 일 년이 지나면 사체는 마른 부패 단계에 접어들어서 뼈와 머리털만 남는다. 나방과 박테리아가 먹어치우는 바람에 결국 머리털마저 사라지고 나면 남는 것은 해골뿐이다.

이것은 한 가지 사례에 해당한다. 알프스산맥의 얼음 속에서 냉동된 사체는 햇볕에 노출되거나 빙하의 이동으로 찢겨 나가지 않는 한 수백 년 동안 완전하게 제 모습을 유지할지 모른다. 한편 뉴올리언스의 여름철에 지상 저장실에 사체가 놓인다면 석 달도 지나기 전에 살점이 거의 사라질 것이다.

그리고 토탄 속에서도 상황은 다르다.

스티븐 레니가 말했다. "예, 그 점이 중요합니다. 언제일까요? 그녀가 언제 죽었을까요? 언제 매장되었을까요? 그것이 가장 핵심적인 질문입니다."

뒤쪽에서 짧게 숨을 들이마시는 소리를 들으며 나는 툴로치 경사에게 동정심을 느꼈다. 스티븐 레니는 다소 지나치게 흥을 내는 것 같았다. 나는 그 점이 거슬렸고, 툴로치 경사도 마찬가지일 거라고 짐작했다.

"또한 흥미로운 질문인데, 토탄에 파묻힌 사체에는 일반적인 부패 과정이 전혀 통하지 않기 때문입니다. 아시겠지만 전형적인 토탄 습지, 특히나 이곳 섬들의 경우엔 기온이 낮고 산소가 부족합니다. 산소는 대부분의 박테리아가 성장하는 데 필수적이지요. 그리고 습지의 물속에는 부식 산을 포함한 항생 성분의 유기물들이 존재하고요."

"미스터 레니, 제가 제대로 이해하고 있는지 모르겠군요. 유기물이 어떻게 부패를 억제한단 말인가요?" 툴로치 경사가 물었다.

레니는 경사를 보며 활짝 웃었다. "그러니까, 물이끼를 예로 들어보겠습니다. 부패성 박테리아가 소화효소를 분비할 때, 물이끼는 효소에 반응해서 박테리아를 토탄 속에 고정시킨답니다. 그러면 부패 과정이 즉시 중단되는 결과가 나타나지요."

"잘 알고 있군, 스티븐." 기퍼드가 말했다.

맹세컨대 이 시점에 스티븐 레니의 얼굴이 붉어졌다.

"음, 실은 제가 여가 시간에 틈틈이 고고학 공부를 하거든요. 일종의 아마추어 고고학자랄까요. 이 일을 택한 것도 부분적으로는 그 때문입니다. 이곳 섬의 기후는, 글쎄요……. 아무튼, 토탄 습지의 성질에 관해서는 제법 연구를 해야 했습니다. 처음 이곳에 와서는 책도 꽤 읽었지요. 땅을 파는 곳이 있으면 언제나 자원해서 따라갔고요."

나는 은밀히 톨로치 경사를 힐끔 돌아다보았다. 그녀가 소심해 보이는 스티븐 레기를 영화 〈인디에니 존스〉의 고고학사 애리슨 포드와 어떻게 연결시킬지 궁금했다. 그녀의 얼굴엔 흥미로운 기색이 전혀 없었다.

"혹시 내 말이 틀렸으면 미스 해밀턴이 고쳐주겠지만, 손톱 색칠 상태가 거의 백 년은 지난 것 같던데, 그녀가 땅에 묻힌 지 수십 년쯤 되었을 가능성은 없는 겁니까?" 던 경위의 입에서 갑자기 내 이름이 나오는 바람에 나는 깜짝 놀랐다.

톨로치는 자기 상관을 재빨리 힐끔 쳐다보았다. 그녀의 눈썹 사이에 세 가닥의 주름이 생겼다.

"글쎄요, 아뇨, 그렇진 않을 겁니다." 레니는 거창하게 사과하듯 대답했다. "신체의 부드러운 조직은 산성의 토탄 습지에서 잘 보존되는 반면에 뼈나 치아는 그렇지 않다는 사실을 아실 겁니다. 토탄 습지에서 뼈의 무기물질, 가령 수산화 인회석은 부식 산에 의해 분해가 되지요. 그 결과로 뼈 콜라겐 성분이 남는데 그것 역시 수축이 일어나 본래 뼈의 형태를 일그러지게 하고요. 손톱과 발톱의 경우에도 같은 현상이 나타납니다." 그는 나를 힐끔 보았다. "다른 신체 부위와는 독립적으로 보존되기는 하지만 말이지요. 제가 뼈 샘플을 채취해 그녀의 치아를 검사했는데, 그러한 과정이 발생한 흔적이 없다고 자신 있게 말씀드릴 수 있습니다. 시신의 손톱은 모두 온전한 상태입니다. 그 점만 놓고 보더라도 매장된

지 십 년이 지나지 않았고, 어쩌면 오 년 안쪽일 거라고 말씀드릴 수 있습니다."

"결국 당신이 용의자일 가능성이 있군, 미스 해밀턴." 내 뒤에서 기퍼드가 느릿하게 말했다. 나는 그 말을 무시하기로 했다.

레니는 놀란 듯 그를 올려다보았다. "아니, 아닙니다. 전 정말로 그렇게 생각하지 않습니다." 그는 다시 고개를 숙이더니 노트를 뒤적거렸다. "말씀드릴 것들이 조금 더 있습니다. 그러니까 처음 사체가 도착한다는 소식을 들었을 때 저는 미스 해밀턴이 거주하는 마을에 관해서 얼른 인터넷 검색을 해봤답니다. 트레스타라고 불리는 그곳이죠?"

레니는 내 대답을 기다렸다. 나는 고개를 끄덕했다.

"그렇죠. 음, 저는 그 지역에 습지가 발견된 기록이 있는지 궁금했습니다. 사실 그런 기록은 없었지만, 아주 흥미로운 사실을 찾아냈습니다."

그는 우리의 반응을 기다렸다. 우리들 가운데 누가 반응을 보일까? 정말이지 내가 먼저 말을 꺼내고 싶지는 않았다.

"그게 뭔가?" 기퍼드가 성급하게 물었다.

"2005년 1월에 그 지역에서 엄청난 바다 폭풍이 발생했답니다. 심한 강풍에, 해일도 세 차례나 밀어닥쳤고요. 방파제가 있긴 했지만 틈이 생겨서 전 지역이 며칠간 침수되었답니다. 마을 주민들은 피난을 가야 했고, 가축 수십 마리도 사라졌다는군요."

나는 고개를 끄덕였다. 집을 구입할 당시에 덩컨과 함께 그 이야기를 들었다. 그러한 기체는 천 년에 한 번꼴로 발생하는 것이라는 말도 들었고. 그래서 우리는 걱정하지 않기로 했다.

"그게 무슨 관련이 있죠?" 내가 물었다.

"습지가 침수된 경우에 말입니다. 바닷물 때문이든 폭우 때문이든, 자체의 조직 보호 능력이 손상되어버립니다. 부드러운 조직과 살점, 내부 장기의 부패가 빨라지고 백골화가 진행되지요. 폭풍이 발생했을 당시 사체가 매장되어 있었다면, 사체는 지금보다 훨씬 더 훼손된 상태였을 겁니다." 레니가 대답했다.

"이 년 반 전이니, 시기가 짧아진 셈이로군." 기퍼드가 곰곰이 생각에 잠기며 말했다.

"그런 사실들은 모두 확인을 거쳐야겠죠." 던 경위가 말했다.

"물론이죠, 물론입니다." 레니가 거듭 되풀이하고는 말을 이었다. "그리고 시신의 뱃속 내용물도 조사했습니다. 사망하기 두어 시간 전에 뭔가를 먹었더군요. 육류와 치즈를 섭취한 흔적이 있고, 곡물류, 아마도 통밀가루로 만든 빵을 먹었던 모양입니다. 게다가 확인하는 데 시간이 좀 걸리긴 했지만 다른 뭔가도 찾아냈습니다."

레니는 말을 멈췄다. 찾아낸 것이 무엇인지 아무도 묻지 않았지만 이번에는 우리가 자신의 말을 귀담아듣고 있어서인지 그는 흡족해 보였다.

"확신컨대, 그것들은 딸기씨였습니다. 실제 딸기 성분을 찾지는 못했지요. 그건 소화가 빨리 되니까요. 그렇지만 딸기씨는 확실합니다. 사망 시기가 초여름으로 나오는 셈이지요."

"딸기는 사시사철 어느 때든 구할 수 있어요." 내가 말했다.

"옳은 말씀입니다." 레니는 신이 난 듯 재빨리 대답했다. "그렇지만 씨가 유난히 작았답니다. 보통 딸기씨의 4분의 1 크기보다 작았습니다. 그렇다고 하면……."

그는 나를 바라보고만 있었다. 나는 그의 말뜻을 알아채지 못한 채 그를 마주보았다.

"야생 딸기로군." 기퍼드가 나지막이 말했다.

"맞습니다." 레니가 다시 말했다. "작은 야생 딸기였던 겁니다. 야생 딸기는 섬 전역에서 찾을 수 있지만 짧은 기간 동안만 볼 수 있습니다. 그 기간이 사 주가 채 되지 않지요."

"유월 하순에서 칠월 초순이야." 기퍼드가 말했다.

"2005년 초여름이었군요." 내가 말했다. 스티븐 레니를 과소평가했다는 생각이 들었다. 자부심 넘치고 짜증스러운 인물이긴 하지만 그는 아주 똑똑했다.

"아니면 2006년 초여름일 수도 있죠. 묻혀 있던 기간이 고작 일 년 남짓일 가능성도 있어요." 툴로치 경사가 말했다.

"예, 맞습니다. 색이 변하게 된 과정을 알아내는 것이 핵심일 겁니다. 토탄 속에 묻힌다고 즉시 색이 변하지는 않거든요. 변색되기까지는 시간이 걸릴 테니까요. 그런데 이 사체는 색이 완전히 변했답니다. 토탄 성분이 리넨 천에 스며들어서 사체까지 전부 오염시켰단 말씀입니다. 그러는 데 시간이 얼마나 걸리는지 안아내는 것이 핵심일 겁니다. 오늘밤에 연구를 해보려고 해요."

"고맙군요." 툴로치 경사가 진심인 듯이 말했다.

야생 딸기라니. 최후의 식사로는 너무 심했다는 생각이 들었다. 그녀는 야생 딸기를 먹고 몇 시간 뒤 누군가에 의해 심장이 도려내어졌다. 구역질이 날 것 같았다. 엽기적인 호기심은 충족되었으니 이제 이곳을 나가고 싶었다. 하지만 불행하게도, 아직 내 역할을 하지 못한 채였다.

"닥터 레니, 저를 부르신 이유는 뭐죠?" 내가 물었다.

"스티븐입니다." 그가 고쳐 말했다. "당신과 함께 확인할 것들이 있습니다. 그쪽 분야의 문제라서요."

"그녀가 임신중이었나요?" 툴로치 경사가 재빨리 물었다.

레니는 고개를 저었다. "아뇨, 그랬다면 저 혼자서도 알아냈을 겁니다. 자궁 속 태아는 아무리 작아도 확실히 구분할 수 있으니까요." 그는 나의 반응을 기다리는 듯했다.

"자궁 크기는 어느 정도인가요?" 내가 물었다.

"직경 십오 센티미터쯤 됩니다."

나는 고개를 끄덕인 다음 말했다. "아마도, 확실하게 알려면 직접 봐야 할 테지만, 그러려면……" 나는 던 경위 쪽으로 고개를 돌렸다.

"왜요?" 그는 나와 스티븐 레니를 번갈아가며 쳐다보았다.

"피해자는 출산을 한 상태였습니다." 스티븐 레니가 말했다. "제가 말씀드릴 수 없는 것은, 미스 해밀턴이 알아봐주셨으면 하는 바이지만, 출산 후 얼마 만에 사망했는지 하는 점입니다."

"임신 기간에는 자궁이 부풀어요." 내가 설명했다. "그리고 출산 직후부터 수축이 시작되고요. 보통 일주일에서 삼 주 정도 걸려요. 일반적으로 젊고 건강한 여성일수록 더 빠르게 진행되죠. 자궁이 부푼 정도로만 본다면, 그녀는 사망하기 전 이 주 안에 아이를 낳았다는 뜻일 거예요."

"미스 해밀턴이 시신을 검사해도 괜찮을까요?" 스티븐 레니가 물었다.

툴로치 경사는 자신의 상관을 재빨리 보았다. 던 경위는 손목을 들어 시간을 확인하고는 기퍼드에게 눈길을 주었다.

"해리스 총경이 사건을 맡으러 오나?" 기퍼드가 물었다.

앤디 던은 인상을 찌푸린 채 고개를 끄덕이고 대답했다. "이삼일 안에 오겠지."

나는 해리스 총경이 누구인지 몰랐지만, 적어도 본토에서 넘어오는 높은 인물이리라 짐작할 수는 있었다. 던 경위와 툴로치 경사가 신속하게 우리집에 도착했던 점으로 미루어 보아 이들은 지역 경찰에 불과하며 얼마 뒤에는 뒷전으로 물러날 것이 분명했다. 셰틀랜드에는 강력 범죄가 흔하지 않았고, 이번 사건이 그들에게 얼마나 짜증스러운 일인지는 툴로치의 표정만 봐도 알 수 있었다. 던 경위의 표정은 짐작하기가 어려웠다. 그는 난감한 표정이었다.

"그걸 조사한다고 해서 문제가 되진 않겠지. 토라, 할 수 있겠소?" 기퍼드가 물었다.

나는 절대로 승낙하고 싶은 기분이 아니었다.

그렇지만 고개를 끄덕였다. "물론이죠. 조사해볼게요."

우리는 가운을 입고 손을 씻은 뒤 다섯 명 모두 정해진 절차를 따르는지 서로를 지켜보았다. 장갑을 끼고, 마스크와 모자를 쓴 다음 스티븐 레니를 따라 다 같이 부검실로 들어갔다. 그러는 사이 십오 분이 흘렀고 나는 왠지 모를 조바심을 느꼈다. 시간이 점점 줄어드는 사이 어른들이 도착하기 전에 한시라도 빨리 놀이를 끝내야 하는 아이 같은 심정이었다.

시신은 하얀 타일이 깔린 방 한가운데 자리한 철제 수레에 놓여 있었다. 리넨 천이 말끔히 제거되어 벌거벗은 상태였다. 마치 조각 같았다. 아름다운 갈색의 황동 조각상에서 단지 광택만 사라진 것처럼 보였다. 나는 자신도 모르게 시신의 머리가 있는 쪽으로 향했다.

그녀가 아름다웠을 거라는 생각이 들었지만, 확실히 말하기에는 모호했다. 작고 오밀조밀한 이목구비와 비율은 완벽했다. 그러나 이목구비가 조화를 이룬다 해도 아름답다고 말하기에는 부족했다. 얼굴에 아름다움을 더해주는 그녀만의 색과 빛과 온기의 조화가 완전히 결여되어 있었기 때문이다.

머리카락은 아주 길었다. 손수레 양쪽으로 길게 늘어질 정도였다. 나선형의 긴 곱슬머리는 어릴 적 내가 갖고 싶어 했던 그런 종류였다. 그녀의 얼굴을 더 보고 있기가 힘들어져 나는 시신의 몸체로 눈을 돌렸다.

예전에 교육의 필수 사항으로 부검에 참여한 적이 있긴 하지만, 살해된 시신을 보는 것은 처음이었다. 설사 본 적이 있었더라도 지금 내 앞에 놓인 시신을 내려다보며 받는 충격에는 대비하지 못했을 것이다.

스티븐 레니는 시신의 내부 장기를 조사하기 위해 복부를 Y 자형으로 절개했었다. 절개 부위는 다시 조잡하게 봉합되어서 흉하게 손상된 상처가 남아 있었다. 가슴 부위의 손상은 더 광범위했는데, 이 부위에 대해서는 스티븐 레니를 탓할 수 없었다. 양쪽 가슴 사이에 달걀 형태로 오 센티미터가량의 깊은 상처가 있었다. 그곳으로 뭉툭한 기구를 집어넣었으리라. 가슴을 저렇게 절개하려면 어느 정도 힘을 가해야 했을까 상상하자, 앞서 스티븐 레니에게서 프로포폴 주입에 관해 미리 들었던 것이 다행인 듯 느껴졌다. 너덜너덜한 상처는 수직으로 길게 찢어지며 목 근처에서부터 거의 허리까지 이어졌다. 흉곽을 억지로 열어젖히느라 피부가 찢긴 모양이었다. 피로 붉게 물든 두 손이 그녀의 몸속으로 들어가는 광경이 문득 눈에 선했다. 가슴뼈를 부수고 억지로 잡아당기 느라 거칠고 큼직한 손가락 마디는 핏기가 걷혀 새하얬을 것이다. 나는 침을 꿀꺽 삼켰다.

내가 처음 그녀를 발견했을 때, 흉곽은 제대로 닫혀 있지 않았 다. 나는 사체 내부가 손상됐으리라 짐작했고, 장기가 사라진 것 도 확연히 표가 났다. 나로선 레니의 견해에 동의하고 싶어졌다. 그런 식으로 심장을 빼냈다면 다시 쓰지는 못했을 것이다.

부검실 안에 침묵이 감돌았다. 다들 나를 기다리고 있다는 것 을 그제야 알아차렸다.

"이쪽입니다." 뒤에서 레니가 말했다. 쇠로 된 접시를 들고 있었 다. 그는 접시를 든 채 부검실 벽면 세 곳에 길게 늘어선 작업대 로 향했고, 나는 그를 따라갔다. 툴로치 경사는 내 왼쪽에 섰고, 기퍼드는 조금 뒤쪽에 있었다. 오른쪽 귀 쪽에서 그의 숨소리가 들렸다. 던 경위는 멀찍이 거리를 유지했다.

나는 마음을 다잡고 자궁을 들어보았다. 죽은 여성의 체격에 비춰 볼 때 예상보다 크고 무거웠다. 자궁을 저울에 올렸다. 오십 삼 그램. 스티븐 레니가 자를 건네주었다. 나는 자궁의 길이와 가 장 넓은 구간의 폭을 쟀다. 그런 다음 이미 절개되어 있는 자궁을 열어보았다. 안은 널찍했고 근육층이 두껍게 형성되어 있었다. 정 상 임신 기간을 온전히 채웠음을 알 수 있었다. 검사에는 삼 분쯤 걸렸다. 검사를 다 마치고서 나는 스티븐 레니 쪽으로 돌아섰다.

"맞아요. 그녀는 사망하기 전 일주일에서 열흘 사이에 출산을 했어요. 정확한 일수는 알기 어렵지만요."

"가슴도 한번 보시겠습니까?" 자신의 견해가 옳았음이 증명되자 신이 난 듯 레니가 미소를 띠며 말했다. 나는 짜증이 치밀었지만 참았다. 그에게는 이디까지나 업무일 뿐이니까. 당연히 철지히 조사하고 싶을 것이다.

다시 수레로 다가갔다. 피해자는 호리호리했는데, 이제 보니 횡격막 둘레에 몇 겹의 임신 지방이 형성된 것도 알 수 있었다. 복부 둘레의 살은 늘어졌으며, 체격에 비해 유방도 커 보였다. 가까이 다가가 오른쪽 가슴을 만져보았다. 왼쪽 가슴은 심하게 훼손되어 있어서였다. 젖샘이 부풀었고 젖꼭지도 크고 갈라져 있었다.

나는 고개를 끄덕였다.

"수유를 했었군요." 나는 목소리가 떨리는 것도 개의치 않았다. 더이상 다른 곳을 보고 싶은 마음도 없었다. "이제 끝났나요?" 내가 물었다.

레니는 머뭇거렸다. "글쎄요, 궁금한 점이……." 그는 사체를 내려다보았다. 안 돼, 질은 검사하지 않을 거야. 무엇을 보게 될지 나는 알고 있었다.

"아마도 그쪽은 다른 사람들에게 맡기는 게 좋겠는데요." 내가 말했다.

레니는 잠시 뜸을 들였다. "다른 한 곳을 봐두어야 할 겁니다.

시신을 돌려 엎을 수 있게 도와주시겠습니까?"

기퍼드가 내 눈을 보았다. "내가 하지." 그가 앞으로 나섰다. 기퍼드는 수레의 위쪽으로 가 장갑 낀 손을 시신의 어깨 밑으로 집어넣었다. 스티븐 레니는 시신의 엉덩이를 감싸 안고 숫자를 셌다. "셋, 둘, 하나, 돌리세요." 시신은 공중에 들렸다가 엎어졌다. 그녀의 가냘픈 등과 주근깨가 생긴 어깨, 길고 가느다란 다리와 굴곡진 엉덩이가 우리 앞에 드러났다. 아무도 말을 꺼내지 않았다. 경찰 둘이 수레에 가까이 다가섰고, 나도 어쩔 수 없이 다가갔다.

"대체 이건 뭔가?" 마침내 기퍼드가 입을 열었다.

표식, 세 개의 그림이 그녀의 등에 새겨져 있었다. 하나는 양어깨 사이에, 다른 하나는 허리를 가로지르는 부위에, 마지막 하나는 엉덩이 위쪽에. 세 개의 표식 전부 각진 형태에 직선으로 그어져 있었다. 그중 두 개는 수직선을 기준으로 좌우로 대칭을 이루었고, 나머지 하나는 달랐다. 양 어깻죽지 사이에 있는 첫 번째 표식을 보면서 나는 기독교의 물고기 문양과 비슷하다는 생각을 했다.

허리에 새겨진 두 번째 표식은 꼭짓점이 서로 맞붙은 두 개의 삼각형 모양이었다. 아이들이 연줄 끝에 매다는 각진 나비매듭 같았다.

세 번째 표식은 두 개의 직선을 엇갈리게 그은 것으로, 기다란 직선은 오른쪽 볼기뼈 위에서부터 엉덩이 틈 쪽으로 비스듬하게, 다른 직선 하나는 사선으로 그어져 있었다.

표식들 중 가장 긴 선은 십오 센티미터나 되었다.

"얕은 상처입니다." 레니가 입을 열었고, 그를 제외한 나머지 사람들은 모두 표식에서 눈을 떼지 못했다. "고통스러웠겠지만 생명에 지장을 줄 정도는 아닙니다. 아주 예리한 칼로 그었습니다. 외과용 메스를 썼을 수도 있고요." 그는 기퍼드를 힐끔 보았다. 나도 그랬다. 기퍼드는 여전히 여인의 등을 보고 있었다.

"살아 있을 때 그런 건가요?" 툴로치 경사가 물었다.

레니는 고개를 끄덕였다. "예, 그렇습니다. 피를 약간 흘렸지만, 어느 정도 나을 시간이 있었고요. 죽기 하루이틀 전에 그런 것 같습니다."

"그래서 묶어놓았던 것일 수 있겠군." 던 경위가 말했다.

툴로치 경사는 시신에서 눈을 떼고는 고개를 들어 천장을 바라보며 두 주먹을 움켜쥐었다.

"이게 대체 뭐지?" 기퍼드가 다시 묵었다

"룬문자예요." 내가 대답했다.

모두의 시선이 내게 쏠렸다. 기퍼드는 그렇지 않아도 움푹 들어간 두 눈을 찡그리며, 계속 말해보라는 듯 이마에 주름을 잡았다.

"바이킹의 룬문자요. 우리집 지하실에도 있어요. 돌에 새겨져 있죠. 저희 시아버지께선 감정도 하셨어요. 지역 역사에 관해서 꽤 많이 아시거든요."

"이것들이 무슨 의미인지 당신도 안다는 말이에요?" 툴로치 경사가 물었다.

"난 몰라요. 노르웨이 사람들에게 전해진 고대 문자 종류라는 것만 알 뿐이에요. 섬을 돌아다니면 꽤 많이 볼 수 있어요. 관심만 있다면 말이죠." 나는 솔직하게 대답했다.

"당신 시아버지께서 표식이 무슨 의미인지 아실 거란 말인가요?"

나는 고개를 끄덕했다. "아마도요. 시아버지의 전화번호를 알려드릴게요."

"잘됐군." 기퍼드가 말했다. 그는 여전히 죽은 여성에게서 눈을 떼지 못하는 눈치였다.

나는 장갑을 벗고서 누구보다도 먼저 그 방에서 나왔다. 툴로치 경사도 곧장 내 뒤를 따랐다.

"이제 다음 계획은 뭔가?" 우리 네 사람이 복도로 나와서 병원 입구를 향해 가는 동안 켄 기퍼드가 물었다.

"우선 실종자 명단을 꼼꼼히 뒤져봐야지." 던 경위가 대답했다. "손톱에 뭐가 칠해졌는지 조사를 맡겨놨어. 성분이 뭔지, 어떤 종류인지, 어디서 판매하는지 알아봐야지. 시체를 감쌌던 리넨 천도 마찬가지고."

"DNA와 치과 기록을 확인하고, 또 임신했던 사실도 알았으니 그녀가 누구인지 밝히는 건 시간문제일 겁니다. 다행히 이곳에는 조사할 인구도 많지 않은 편이니까요." 툴로치 경사가 말했다.

"그렇다고 해도, 그녀가 이 섬의 주민이라 장담할 수는 없지. 단순히 시체를 버리기에 편한 장소였을 수도 있거든. 신원을 영원히 못 밝힐지도 모르지." 던 경위가 말했다.

속이 뒤틀리는 것을 느끼며, 나는 그런 가능성을 절대로 수긍할 수 없다고 생각했다. 그녀가 누구인지, 어째서 우리집 언덕에 묻히게 되었는지 알아내기 전에는 결코 문제가 해결되지 않을 것이다.

"그렇다고 해도, 저는 그녀가 지역 사람이 확실하다고 생각합니다." 툴로치 경사가 태연한 표정으로 말을 이었다. "가장 가까운 본토에서 이곳 사이에 바다가 몇 킬로미터나 펼쳐져 있는데 누가 뭐하러 이곳까지 와서 사체를 묻었을까요? 차라리 바다에 버리는 편이 낫지 않을까요?"

만약 누군가를 죽인다면 나라도 그렇게 했을 것이다. 셰틀랜드 제도는 둘레의 해안선만 대략 1450킬로미터에 이르는 데 비해 땅덩이의 넓이는 1468제곱킬로미터에 불과하다. 특이한 비율인 셈이다. 셰틀랜드 내륙의 어떤 곳도 해안에서 8킬로미터 이상 떨어진 곳은 없으며, 보트를 구하는 것만큼 손쉬운 일도 없다. 배를 타고 몇 킬로미터쯤 나가 무거운 사체를 바다에 던져버리는 편이 땅에 묻는 것보다 들킬 확률도 훨씬 낮다.

이때 나와 기퍼드의 호출기가 동시에 울렸다. 재닛 케네디의 혈액이 도착한 모양이었다. 두 경찰은 우리에게 고맙다는 말을 남기고는 본토에서 오는 수사팀을 만나러 공항으로 출발했다.

한 시간 뒤, 모든 일을 무사히 마친 나는 사무실로 돌아와 집으로 돌아갈 기력을 모으는 중이었다. 창가에 선 채 바다에서 안개구름이 몰려와 날이 점점 어둑해지는 것을 지켜보았다. 이제 유리창에 내 모습이 희미하게 비쳤다. 평소 집에 가기 전에는 옷을 갈아입지만, 오늘은 아직 수술복 바지와 수술실에서 겉옷 안에 항상 착용하는 꽉 끼는 조끼 차림이었다. 어깨 뒤의 근육이 찌르듯이 쑤셔서 마사지를 하려고 두 팔을 뒤로 넘겼다.

그때 따뜻하고 큼직한 두 손이 내 어깨를 눌렀다. 나는 화들짝 놀라 펄쩍 뛰기는커녕, 긴장이 풀려 손을 가만히 내려놓았다.

"두 팔을 쭉 펴서 들어요, 최대한 높이." 귀에 익은 목소리가 들렸다. 나는 시키는 대로 했다. 기퍼드는 내 양어깨를 잡고 눌러서 뒤쪽과 아래쪽으로 돌려주었다. 너무 아팠다. 정말로 고통스러웠다. 몸이 아픈 만큼이나 이 상황이 부적절한 것 같다는 생각이 들어 그만두라고 해야 할 것 같았다. 하지만 나는 아무 말도 하지 않았다.

"이제, 양옆으로 뻗어요." 그가 말했다. 나는 시키는 대로 팔을 뻗었다. 기퍼드는 두 손으로 내 목을 감아서 위로 당겼다. 그만하라고 말하고 싶었지만 입이 떨어지지 않았다. 그는 내 목을 오른쪽으로 한 번 비튼 다음에야 나를 놓아주었다.

나는 돌아섰다. 고통이 사라져 있었다. 어깨가 욱신거리긴 해도 한결 나아진 느낌이었다. 마치 열두 시간 동안 잠이라도 잔 듯 개운했다.

"어떻게 하신 거죠?" 내가 맨발이라 그는 나를 내려다보다시피 했다. 나는 뒤로 물러서다가 창틀의 딱딱한 모서리에 부딪혔다.

그가 빙긋 웃었다. "난 의사잖아. 한잔하겠소?"

얼굴이 달아올랐다. 갑작스러운 제안에 어떡해야 할지 몰라 시계를 내려다보았다. 저녁 6시 45분.

"당신과 할 얘기도 있고, 앞으로 며칠은 꽤 바쁠 것 같거든. 게다가 당신도 목을 축여야 할 것처럼 보이는데."

"맞는 말씀이에요." 나는 코트와 신발을 챙겨서 그를 따라나섰다. 사무실 문을 잠글 때, 문득 그가 어떻게 문을 열었는지, 카펫이 깔리지도 않은 사무실에서 어떻게 아무런 소리도 내지 않고 다가왔는지 의아했다. 게다가 어째서 유리창에 그의 모습이 비치는 것을 내가 보지 못했을까? 아무래도 백일몽에 깊이 빠졌던 모양이다.

이십 분 뒤, 우리는 와이즈데일의 선술집에서 창가 좌석을 찾아냈다. 좁은 만의 풍경은 회색 일색이었다. 회색 바다에 회색 하늘, 회색 언덕까지. 나는 창을 등지고 벽난로를 바라보았다. 런던에 살았다면 지금쯤 공원에 꽃이 만발했을 텐데. 관광객이 거리를 메우고, 술집마다 야외 식탁의 먼지를 털어내는 광경도 볼 수 있었으리라. 이곳 셰틀랜드의 봄은, 억지로 예배에 참석한 십 대 아이처럼 느지막이 시무룩하게 찾아왔다.

"술을 마시지 않는다고 들었는데." 기퍼드가 레드와인이 담긴 커다란 잔을 내 앞에 놓으며 말했다. 그는 의자에 앉아 손가락으로 머리를 쓸어넘겨 얼굴을 드러냈다. 그냥 늘어뜨리면 어깨까지 닿을 만큼 머리가 길었다. 이마를 훤히 드러낸 층진 머리, 젊은 시절의 반항심을 완전히 떨쳐내지 못한 남자들에게서 간혹 볼 수 있는 스타일이었다. 왕립의사협회 회원에게는 우스울 만큼이나 격에 맞지 않는 것 같았고, 나는 그가 대체 뭘 보여주고 싶은 건지 궁금한 생각마저 들었다.

"맞아요." 나는 잔을 들면서 대답했다. "이젠 마시지 않죠. 많이 마시진 않아요. 평소에는요." 진실을 말하자면, 한때 나는 어느 누구 못지않게 술을 많이 마셨다. 덩컨과 아이를 가지려고 노력하기 전까지는. 나는 술을 끊기로 맹세했고, 덩컨에게도 술을 끊도록 설득했다. 그런데 최근 그 결심이 점점 약해졌다. 작은 산 한 잔쯤은 괜찮을 거라고 스스로에게 속삭이기란 너무나 쉬운데, 그러다가 자신도 모르는 사이에 한 잔이 반병이 되고, 난자의 성장에 심각한 영향을 미치게 되는 것이다. 이따금씩 신체의 작동 원리에 대해 내가 잘 몰랐으면 좋았을 거라는 생각이 든다.

"당신은 핑계가 꽤 많은 것 같군. 월터 스콧의 『아이반호』를 읽어봤소?" 기퍼드가 물었다.

나는 고개를 저었다. 고전은 내 취향이 아니었다. 애를 써보긴 했지만, 고교 졸업시험을 준비하면서 찰스 디킨스의 『황폐한 집』을 읽다가 결국 포기하고 말았다. 그후로는 과학에만 전념했다.

기퍼드는 자신의 음료, 몰트위스키가 든 큰 잔을 집어 들었다. 겉보기에는 그렇지만 실은 사과주스인지도 몰랐다. 그의 주의가 다른 데 쏠린 동안 나는 그를 자세히 살펴보았다. 얼굴은 확실히 계란형이고, 우뚝 솟은 코는 길고 두꺼우며 완벽한 일직선으로 얼굴과 조화를 이루었다. 제법 그럴싸한 넉넉한 입 모양새에, 입술은 두툼하면서 큐피드의 활처럼 완벽한 곡선을 그렸다. 지나치게 크지만 않다면 여성에게도 잘 어울릴 것 같은 모양이었다. 이날 저녁 그 입술은 약간 미소를 띠고 있어서, 코 양쪽으로 팔자 주름이 깊이 패어 있었다. 어떤 기준에서 보더라도 잘생긴 얼굴은 아니다. 확실히 덩컨과는 비교도 되지 않았지만 덩컨과 마산가지로 믠가 특별한 것이 있었다.

그가 나를 돌아보았다. "이런 역겨운 경우가 있다니. 당신은 괜찮은 거요?"

당황스러운 질문이었다.

"으음, 사체를 찾아낸 것 말인가요? 부검실에 들어갔던 일요? 아니면 『아이반호』를 읽지 않은 것 말인가요?" 내가 물었다.

술집 안은 점점 붐벼갔다. 주로 남자들이고 대부분 젊었다. 가족도 없이 술보다는 동료를 원하는 석유 회사 노동자들이었다.

기퍼드는 웃었다. 크고 흰 치아는 들쑥날쑥했고, 특히 앞니가 두드러져 보였다. "당신을 보니 영화 속 등장인물이 떠오르는군." 그가 말했다. "이사한 곳은 어떤가?"

"좋아요, 모두 친절해요." 실제로는 그렇지 않았지만 지금은 불만을 털어놓기에 적절한 때가 아닌 듯했다. "영화는 본 적이 있어요." 내가 말했다.

"이미 여러 편이 나왔지. 저 요트는 너무 얕은 곳까지 왔군."

그는 내 어깨 너머로 창밖을 내다보았다. 고개를 돌려보니 구 미터 길이의 웨스틸리 요트가 해안 가까이 접근하고 있었다. 옆으로 기울어졌는데, 선장이 조심하지 않으면 선체가 크게 손상될 것 같았다. "돛을 너무 올렸네요." 내가 말했다. "엘리자베스 테일러가 맡았던 배역 말인가요?"

"레베카 말인가? 아니, 내가 말한 건 다른 쪽이오, 로위나 공주 말이지."

"아." 나는 짧게 대답하고 그의 자세한 설명이 이어지기를 기다렸다. 그는 말을 잇지 않았다. 좁은 만에서 요트는 갈지자를 그리다가 본래 진로에서 약간 방향을 틀어 속도를 뚝 떨어뜨렸다. 요트 위의 누가 마룻줄을 풀자 큰 돛대의 돛이 접혔다. 삼각돛이 펄럭거리기 시작했고 요트 뒤쪽에서 거센 물살이 일었다. 엔진을 켠 모양이었다. 다시 중심을 잡은 요트는 정박지가 있는 곳으로 향했다. 아슬아슬한 순간이었다.

"매번 저런단 말이지." 우습다는 투로 기퍼드가 말했다. "바람이 서쪽 해안으로 너무 거세게 불거든." 그는 내게 고개를 돌렸다. "당신도 꽤나 고생을 했군."

"그렇긴 했어요."

"이제 끝났으니 됐지."

"지금도 경찰이 우리집 뜰을 파헤치고 있는걸요."

그는 다시 커다란 앞니를 드러내며 미소를 지었다. 나는 그와 있는 것이 대단히 불편했다. 그의 체격 때문은 아니었다. 나는 키가 큰 편이고 체격이 큰 남자들과 어울리는 데 거리낌이 없었으니까. 체격이 큰 것말고도 그에게는 남다른 무언가가 있었다. "그럼 다시 말하지. 곧 끝날 테니 됐소." 그러고는 술을 한 모금 마셨다. "산과학에 뛰어든 이유가 뭐요?"

켄 기퍼드와 이야기를 나누면서, 나는 그의 두뇌가 보통 사람들보다 두 배는 더 빠르게 돌아간다는 것을 알게 되었다. 머릿속에서 하나의 화제가 다른 화제로 전환되는 속도가 터무니없을 만큼 빨랐다. 마치 이 꽃에서 꿀을 따다가 딴 꽃으로 가고, 금세 다시 처음 꽃으로 되돌아오는 벌새를 보는 듯했다. 그런 대화 방식에 점차 익숙해지기는 했지만, 이날 처음 만나 이야기를 나눌 때만 해도 나는 신경이 곤두선 상태라 그의 말이 어리둥절하기만 했다. 도무지 긴장을 놓을 수가 없었다. 돌이켜 생각해보더라도, 그가 주위에 있을 때 내 마음이 편한 적은 한 번도 없었다.

"이 분야에 여성 인력이 더 필요하다고 생각했거든요." 앞에 놓인 술을 홀짝이며 내가 말했다. 나는 너무 빠르게 마시고 있었다.

"그렇게 말할 줄 알았지. 설마 여자들이 더 상냥하고 교감을 잘한다는 둥, 낡고 틀에 박힌 소릴 하려는 건 아니겠지? 그런 거요?"

"그보다는 여자들이 덜 오만하고, 덜 으스대고, 또 자신이 직접 겪어보지 않은 일에 대해서 이래라저래라 할 가능성이 적다고 말씀드리고 싶네요."

"당신도 아기를 낳은 적이 없잖소. 그러면 특별히 다를 게 뭐요?"

나는 술잔을 내려놓았다. "좋아요, 왜 그런지 말씀드리죠. 대학 3학년 때, 맨체스터 어떤 병원의 산부인과 관련 주요 인사인 테일러인지 타일러인지 하는 사람이 쓴 책을 읽었어요."

"누구를 말하는지 알 것 같군. 계속 얘기해봐요."

"그는 온통 쓸데없는 소리만 늘어놓았더군요. 그의 주된 논지는 임신중에 임산부들이 겪게 되는 모든 문제가 그들의 머리가 나빠서, 또 자신들을 돌보지 못해서 생긴다는 거였어요."

기퍼드는 미소를 짓고 있었다. "그렇지, 나도 논문에 그런 문구를 인용한 적이 있소."

나는 그의 말을 못 들은 체했다. "그런데 내가 정말로 분개한 부분은, 출산 직후의 산모가 수유를 하기 전에, 또 수유를 하고 난 뒤에 매번 젖가슴을 씻어야 한다고 주장했다는 점이에요."

이제 기퍼드는 아주 재미있다는 듯 의자에 몸을 기댔다. "그 점이 문제인 이유는……."

"젖가슴 씻기가 얼마나 힘든지 알기나 해요?" 누가 우리 쪽을 힐끔거리는 것이 곁눈으로 보였다. 나는 주장을 펼칠 때 늘 그렇듯이 목소리가 커졌다. "출산 직후의 산모는 하루에도 열 번, 혹은 그보다 자주 아기에게 젖을 먹여야 해요. 그렇다면 하루에 스무 번이나 상의를 벗어야 하고, 온수가 나오는 세면기에 몸을 숙여서 비누칠을 해야 하고, 갈라진 젖꼭지가 따가우면 매번 이를 악물어야 하고, 젖가슴을 말린 다음에 다시 옷을 입어야 한다는 말이에요. 아기가 배고파서 울 때마다요. 그 남자는 정신이 나간 거예요!"

"아무렴." 기퍼드는 술집 안을 힐끔 둘러보았다. 이제 몇 사람이 우리 얘기에 귀를 기울이고 있었다.

"그리고 방금 든 생각이지만 제아무리 실력이 출중하더라도 그런 의사는 스트레스를 받은 쇠약한 여자들과 접촉해서는 안 돼요."

"그 말에 전적으로 동의해요. 출산 직후 수유 때마다 젖가슴을 씻도록 하는 원칙은 없애기로 하지."

"고맙군요." 나 역시 입가에 저절로 미소가 번졌다.

"내가 사람들하고 얘길 나눠보니 다들 당신에게 큰 감명을 받은 것 같더군." 기퍼드가 몸을 가까이 숙이며 말했다.

"고맙네요." 내가 다시 말했다. 전혀 새로운 얘기였지만 아무튼 좋은 소식인 것은 분명했다.

"당장 일을 관두게 해서 미안할 뿐이오."

내 입가의 미소가 사라졌다. "무슨 말씀이죠?"

"그런 사체를 발견하게 되면 누구라도 마음이 불안해지기 마련이오. 며칠 쉬는 게 어떻소? 부모님을 찾아뵐 수도 있고."

휴직은 내가 전혀 고려하지 않던 바였다. "아뇨. 왜 제가 그래야 하죠?"

"정신적인 충격 때문이지. 당신이 잘 대처하고 있긴 하지만 어쩔 수 없소. 충격에서 완전히 벗어나야 하니까."

"알아요. 벗어날 거예요."

"혹시 그 사건에 대해 누군가에게 털어놓아야 한다면, 섬 밖에 나가서 하는 편이 좋을 거요. 그러지 않는 편이 더 낫겠지만."

"누구에게 좋단 말이죠?" 마침내 나는 알게 되었다. 우리가 편안한 선술집에 잠담을 나누러 온 진짜 이유를.

기퍼드는 의자에 몸을 기대고는 눈을 감았다. 몇 초 동안 꼼짝도 하지 않아, 나는 그가 잠이 든 건 아닌지 궁금하기까지 했다. 그를 지켜보고 있자니 코가 아니라 입이 가장 두드러져 보였다. 입술은 거의 아름답기까지 했다. 나도 모르게 손가락으로 윤곽을 따라 더듬어보고 싶다는 생각이 떠올랐다.

기퍼드가 몸을 똑바로 세우는 바람에 나는 화들짝 놀랐다. 그는 주위를 두리번거렸다. 우리 이야기를 엿듣던 사람들은 이제 자신들의 대화에 빠져 있었지만, 그래도 그는 목소리를 낮추었다.

"토라, 우리가 거기서 무엇을 봤는지 생각해보라고. 이 사건은 평범한 살인이 아니오. 만약 당신이 누군가를 죽이고 싶었다면 그냥 상대의 목을 베든지 베개로 얼굴을 덮어버렸겠지. 엽총으로 머리를 쏘아버리기만 해도 되잖소. 그 불쌍한 여자에게 그런 짓까지 할 필요는 없었다고. 내가 경찰은 아니지만, 이 사건은 모종의 기이한 의식의 절차 같은 낌새가 풍긴단 말이오."

"광신도들이 그런 짓을 저질렀단 말인가요?" 주술에 대해 내가 데이나 툴로치에게 빈정거렸던 것이 뇌리를 스쳤다.

"누가 알겠소? 그런 건 내가 추측할 수 있는 사안도 아니지. 몇 년 전 오크니제도에서 있었던 아동 학대 사건 기억하오?"

나는 고개를 끄덕였다. "대충은요. 사탄 숭배라든지, 그런 종류였죠."

"사탄 숭배라니, 그런 엉터리 같은 소릴! 지금까지도 누굴 학대하거나 비행을 저지른 흔적은 발견된 게 없소. 그런데도 이곳에서까지 가정이 붕괴될 조짐이 나타나고, 어린아이들은 부모의 손에서 벗어나려고 비명을 질러대게 되었지. 그 사건이 이곳 섬들과 섬 주민들에게 어떤 영향을 끼쳤는지 아나? 그 충격이 아직도 남아 있단 말이오. 외딴섬에서 어떤 소문과 불안이 걷잡을 수 없이 번지면 어떻게 되는지 알게 되었지. 그런 일이 반복되는 것을 난 결코 바라지 않는단 말이오."

나는 딱 굳어 경직된 채로 술잔을 내려놓았다. "정말 그렇게 중대한 사건이란 말예요?"

기퍼드가 내 쪽으로 몸을 기울이자 그의 숨결에서 알코올 냄새가 풍겼다. 그는 말했다. "정말로 중대하고말고. 스티븐 레니가 보살피고 있는 그 여인에 대해서는 관심을 둘 필요도 없소. 경찰이 알아서 수사할 테니까. 앤디 던은 바보가 아니고, 툴로치 경사는 내가 이곳에서 오랫동안 지켜본 경찰들 가운데 가장 똑똑하지. 아무튼 내 역할은, 당신도 마찬가지지만, 병원이 차분히 운영되게 하는 것이고, 또 섬 주민들이 황당한 공포심에 사로잡히지 않도록 하는 것이란 말이오."

그의 턱에 삐죽 솟은 뾰족한 수염 하나가 눈에 띄었다. 대부분 옅은 금발인 수염이 어떤 건 빨갛고, 회색인 것도 있었다. 나는 억지로 고개를 들어 눈을 보려 했지만, 그를 똑바로 쳐다보기가 불편했다. 어쩐지 그의 눈빛이 너무 강렬한 탓이었다. 초록색, 그의 눈은 진한 올리브색이었다.

"당신은 끔찍한 경험을 했지만, 이제 그 일을 숨겨둘 필요가 있소. 그럴 수 있겠소?"

"물론이죠." 내가 대답했다. 나로선 다른 선택권이 없었다. 그는 나의 상사고, 그의 말은 부탁처럼 여겨지지도 않았다. 다만 그러기 쉽지 않을 거라는 예감이 들었다.

기퍼드가 다시 의자에 몸을 기댔다. 그가 내 몸에 손을 댈 수 있을 만큼 가까이 다가왔던 것도 아닌데 안도감이 들었다. "토라, 독특한 이름이군. 섬에서도 들어봤을 법한데도 처음 들어봐." 그가 말했다.

"본래 세례명은 도라예요." 수년 만에 처음으로 나는 내 이름의 본뜻을 이야기했다. "배우 도라 허드처럼요. 내가 충분히 용감해졌을 때 토라로 바꿨죠."

"내가 본 중에서 가장 끔찍한 시신이었소." 그가 말했다. "심장이 어떻게 됐을지 궁금하군."

나도 뒤로 물러나 앉았다. "제가 본 가장 끔찍한 시신이기도 해요." 내가 중얼거렸다. "전 아기가 어떻게 되었을지 궁금하네요."

# 4

"토라, 대체 무슨 생각을 한 거야?"

집 거실은 어두침침했다. 해는 이미 사라진 것 같았는데 덩컨은 전등 스위치를 켜기도 싫은 모양이었다. 그는 낡고 오래된 가죽 의자에 앉아 있었다. 우리가 처음 결혼했을 때, 런던 캠든 마켓 근처에서 '발견'한 것이었다. 나는 문간에 서서 그의 형체만을 바라보고 있었다. 그림자 때문에 얼굴이 제대로 보이지 않았다.

"혼자서 말을 묻으려 했다니. 대체 말 무게가 얼마나 나가는지 알기나 해? 잘못하면 깔려 죽는 수도 있어." 그가 말을 이었다.

그 점은 나도 생각했다. 한순간의 부주의로 굴착기가 뒤집히기라도 했으면 아마 토탄 속에서 시체로 발견된 사람은 바로 나였을 것이다. 오늘 철제 수레에 내가 누워 있고, 꼼꼼한 스티븐 레니는 나를 검사하고 측정하고 무게를 쟀을지도 모른다.

"게다가 불법이라고." 그가 덧붙였다.

제발, 내게도 말할 틈을 달라고. 월트셔에서도 그 일이 불법이긴 마찬가지인데, 그렇다고 해밀턴가※의 여자들을 막은 적이 있었던가? 엄마와 나는 몇 년에 걸쳐 수십 마리의 말을 묻었다. 지금에 와서 그 일을 그만둘 생각은 없었다.

"일찍 왔네?" 나는 뻔한 사실을 물었다.

"앤디 던이 전화를 했어. 내가 와야 한다고 생각했나 봐. 어휴! 언덕이 어떤 상태인지 봤어?"

나는 덩컨에게서 등을 돌리고 주방으로 들어갔다. 전기포트의 무게를 가늠한 다음 전원을 켰다. 포트 옆에는 탈리스커 위스키 병이 놓여 있었다. 양이 확연히 줄어든 것 같았다. 뭐, 나도 조금 전 선술집에 들렀잖아? 과연 내게 그를 나무랄 자격이 있을까?

등뒤의 인기척에 나는 깜짝 놀랐다. 덩컨이 나를 따라 주방에 들어와 있었다.

"미안해." 팔로 나를 감싸며 그가 말했다. "조금 충격을 받아서 그래. 집에 돌아와서 그런 소식을 접하게 될 줄은 몰랐으니까."

갑자기 모든 문제가 한결 수월해진 듯싶었다. 어쨌든 덩컨은 내 편이 되어줄 테니까. 나는 돌아서서 그의 허리를 감싸고 그의 가슴에 머리를 기댔다. 그의 목에서 따뜻하고 쿰쿰한 냄새가 났다. 제지소에서 막 뽑아낸 새 종이 같은 냄새.

"전화하려고 했어." 나는 서툴게 말했다.

덩컨은 고개를 숙여 내 머리 위에 턱을 괴었다. 우리가 가장 좋아하는 포옹 자세, 다정하고 위로가 되는 느낌이었다.

"제이미 일은 정말 안됐어." 덩컨이 말했다.

"당신은 제이미를 싫어했잖아." 그의 목을 파고들며 내가 말했다. 덩컨의 가장 좋은 점 가운데 하나는 나보다 훨씬 키가 크다는 것이었다. (가장 나쁜 점 가운데 하나는 그의 청바지가 내 것보다 두 치수나 작다는 것이고.)

"안 싫어했어."

"안 싫어하긴 뭘. 제이미를 저승에서 온 말이라고 불렀으면서."

"자꾸 나를 저승에 보내려고 하니까 그랬던 거지."

나는 덩컨의 얼굴을 보려고 몸을 뒤로 젖혔다. 벌써 백만 번이나 그랬듯이 밝고 파란 눈빛이 나를 감동시켰다. 그의 눈동자와 창백한 피부와 뾰족한 검은 머리카락이 만들어내는 색채의 대비가 얼마나 멋진지. "그게 무슨 소리야?"

"음, 가만있어봐. 그때 생각나? 제이미가 헤이즐다운 언덕에서 자전거 타던 사람들 때문에 겁을 집어먹고는 허공에 뛰어올랐잖아. 공중에서 180도 회전해서 고급 승용차 앞을 아슬아슬하게 가로지른 다음에야 언덕 아래서 멈춰 섰어. 당신은 '고삐를 당겨! 망할 고삐를 잡으라고!'라며 고래고래 소리를 질렀고."

"제이미가 자전거를 좋아하는 편은 아니었지."

"그후로 말을 탈 때마다 내가 자전거를 얼마나 조심하는지 알잖아?"

나는 웃음을 터뜨렸다. 불과 삼십 분 전만 해도 내가 이렇게 웃게 되리라고는 상상도 할 수 없었는데. 인생을 통틀어 덩컨처럼 나를 웃게 만드는 사람은 아무도 없었다 나는 수많은 이유로 덩컨을 사랑하게 되었다. 이를 드러내고 활짝 웃을 때 지나치게 커보이는 입이라든지, 엄청나게 빠른 다리라든지, 절대로 자신만을 중요하게 여기지 않는 태도라든지, 또 모든 사람들이 그를 좋아하며 그 역시 다른 사람들을, 그중에서도 나를 가장 좋아한다는 사실까지도. 말하자면 사랑이 시작된 이유는 수없이 많은데, 그 사랑을 유지할 수 있게 해준 것은 나를 웃게 하는 그의 태도였다.

"케닛 강을 건널 때 물에 뛰어든 적도 있었잖아?"

"더워서 그랬지."

"그래서 난 찬물 목욕을 해야 했어. 아, 그리고……."

"그만, 그만. 무슨 말인지 알았다고."

덩컨은 나를 안은 팔에 힘을 주었다. "그래도 미안해."

"알아. 고마워."

덩컨이 나를 약간 밀어내 우리는 눈을 마주보게 되었다. 그의 손날이 내 뺨을 쓸어내렸다.

"괜찮은 거야?" 이제 제이미에 관한 이야기는 끝이다.

나는 고개를 끄덕였다. "그런 것 같아."

"그 얘기 하고 싶어?"

"못 할 것 같아. 그들이 여자에게 무슨 짓을 했는지…… 말 못 하겠어." 이야기를 이어갈 수 없었다. 내가 본 것들을 말할 수 없었다. 그렇기는 해도 생각이 중단되지는 않았다. 내가 본 것들을 머릿속에서 떨쳐낼 수 있을까?

출산을 경험한 여성은, 특히 처음 아기를 낳는 경우라면 첫 며칠 동안 심하게 나약해지고 신체적, 감정적으로 붕괴를 겪는 경우도 종종 있다. 몸이 약해진 상태에서 출산의 고통과 온몸 곳곳에서 과다 분비된 호르몬 때문에 혼란 상태에 빠지게 된다. 매 시간 젖을 먹이기만 해도 체력은 금세 고갈된다. 뿐만 아니라 자신이 조금 전 낳아놓은 작은 생명체에 대한 애착을 주체하지 못해 감정의 동요를 겪는 경우도 잦다.

산모가 넋이 나가 좀비처럼 행동한다든지, 걸핏하면 눈물을 쏟으며 앞으로 영원히 평범한 인생을 살 수 없을 것처럼 구는 것도 무리가 아니다. 그러한 상태의 여성을 데려다 꼼짝 못 하게 묶어두고 살을 도려내는 행위는 나로선 상상조차 하기 힘들 만큼 잔혹한 짓이었다.

덩컨은 쉿 소리를 내고 다시 나를 안아주었다. 말없이 서서 한참을 그렇게 있었던 것 같다. 이윽고, 나는 습관처럼 손가락으로 그의 목덜미에 난 머리카락을 매만졌다. 최근에 이발을 해서인지 머리가 아주 짧았다. 짧은 머리칼이 매끄럽게 느껴졌다.

그의 몸이 떨렸다. 그렇다, 우리는 나흘이나 떨어져 지냈다.

"경찰이 당신과도 얘길 하자고 할 거야." 나는 몸을 똑바로 세우며 말했다. 배가 고팠고 목욕도 해야 했다.

덩컨의 팔이 옆으로 떨어졌다. "이미 끝냈어." 그는 냉장고로 가서 냉장고 문을 열고는 몸을 숙여 혹시 뭐라도 있기를 바라는 듯 안을 들여다보았다.

"언제?" 내가 물었다.

"전화로 전부 끝냈어. 더 귀찮게 하는 일은 없을 거라고 던이 그러더군. 시신은 우리가 이사 오기 전에 묻힌 게 거의 확실해."

"예전 집주인이 누구냐고 물었어."

"그래, 알아. 내일 경찰서에 들러 계약서를 보여주기로 했어." 덩컨은 몸을 일으켰다. 그의 손에 들린 접시에는 반쯤 남은 닭고기가 있었다. 그는 식탁에 접시를 내려놓고 다시 냉장고로 향했다. "토라, 이 사건에 대해서는 그냥 잊는 게 좋을 것 같아."

두 시간 전에 다른 누군가도 그런 말을 했었다. 이날 오후 집 뒤쪽 벌판에서 발견한, 심장이 사라지고 아기마저 사라진 시신을, 그걸 파냈던 사실을 잊으라고.

"여보, 경찰이 땅을 파헤치고 있어. 또 다른 사체를 찾고 있다고. 당신은 어떤지 몰라도, 나로선 그렇게 모른 체하기가 어려울 것 같아."

덩컨은 마치 떼를 쓰는 아이를 달래는 자상한 부모처럼 고개를 저었다. 그는 샐러드를 준비하고 있었는데, 나는 그가 칼로 붉은 고추를 써는 것이 마음에 들지 않았다.

"시체는 더 나오지 않을 거래. 경찰은 내일 서녁쯤 조사를 끝낼 거고."

"경찰이 그걸 어떻게 알아?"

"알 수 있는 장비가 있나 봐. 정확히 어떤 것들인지는 나한테 묻지 마. 아마 나보다 당신이 더 잘 알 테니까. 부패하는 시체는 열을 발산한다면서. 장비를 써서 그걸 찾아낼 수 있다던데. 금속 탐지기 같은 걸로."

하지만 벌판에 사체가 있다면 전부 토탄에 묻혀 있을 것이다. 그러면 사체들은 부패하지 않는다. "난 경찰이 벌판을 전부 파헤쳐볼 작정인 줄 알았는데."

"그럴 리가. 현대 기술이 얼마나 발전했는데. 경찰은 벌써 1차 조사를 마쳤고 아무것도 찾지 못했어. 죽은 토끼조차 나오지 않았는걸. 확실히 하기 위해 내일 다시 한번 조사하겠대. 그런 다음 철수할 거라고. 뭘 좀 마시겠어?"

나는 물병에 수돗물을 채우고 냉동실의 얼음을 넣었다. 세틀랜드에 살면서 좋은 것 중 하나는 병에 든 물을 사서 마시지 않아도 된다는 점이었다. 이 지역의 훈제 연어도 꽤 맛있다. 그건 그렇고, 아무튼 나는 이해가 되지 않았다.

"툴로치 경사는 안 그럴 것 같았어. 경찰이 당분간 이곳에 머물면서 조사할 거라고 했거든."

"맞아, 하지만 그 말의 숨은 뜻을 알아야지. 내 생각에 그 여자 경찰은 지나치게 집착하는 경향이 있는 것 같아. 실적을 쌓으려고 안달이 났든지, 이것저것 들쑤셔볼 생각이겠지."

내가 데이나 툴로치 경사에게서 받은 인상은 달랐다. 나는 그녀가 자신의 카드를 단단히 감추고 있는 듯한 느낌을 받았다.

"던 경위와 아주 친한 모양이지? 전화 한 통화로 모든 얘길 끝내다니."

"아, 예전부터 알던 사이거든."

미처 몰랐던 사실이었다. 시체를 발견하는 데 아무런 역할도 하지 않은 덩컨이 순전히 같은 섬 출신이라는 이유만으로 나보다 훨씬 많은 정보를 얻었다는 것에 약간 짜증이 났다.

우리는 식탁에 앉았다. 나는 빵에 버터를 발랐다. 덩컨은 차가운 닭고기 한 접시로 자신의 저녁 식사를 마련했다. 닭고기의 살점에 여전히 핏기가 남았고, 그 주위에 젤리 성분이 응고되어 있었다. 그걸 보는 순간, 낮에 부검실에서 참았던 구역질이 다시 치솟으려 했다. 대단하군, 이 분야에서 거의 십오 년이나 일을 했으면서 이런 것에 메스꺼움을 느끼다니. 나는 샐러드와 치즈 한 조각으로 저녁을 때웠다.

"집에 왔을 때 기자들은 없었어?" 내가 물었다. 내가 귀가할 무렵, 9시 직전에는 집 주위가 황량했고 경찰 한 명만 보초를 서고 있었다. 질문을 퍼붓는 기자들 사이를 뛰어서 통과해야 할지 모른 다고 각오까지 다졌던 나로선 약간 안도하는 한편 놀라기도 했다.

덩컨은 고개를 저었다. "전혀. 던은 모든 일을 감춰누려고 해. 분명 그의 상관에게서 압박을 받았겠지. 이곳 업계에 좋을 게 없을 테니까. 여름철 관광 시즌을 앞둔 상태잖아."

"맙소사, 또 그 얘기야? 조금 전에 기퍼드한테서도 같은 소릴 들었어. 병원 홍보에 좋지 않다는 둥. 당신들, 우선순위를 좀 따져 봐야 할 것 같은데? 이곳은 셰틀랜드 인민공화국이 아냐. 바깥세 상에 숨긴다는 건 말도 안 돼."

덩컨은 식사를 중단한 상태였다. 나를 쳐다보고 있었지만, 내 말에 귀를 기울이는 것 같지는 않았다.

"왜 그렇게 봐?" 내가 물었다.

"기퍼드?" 그가 되물었다. 그의 눈에 그늘이 드리운 것 같았다.

"새로운 상사야. 돌아왔어. 조금 전까지 그를 만났거든." 함께 술을 마셨다는 이야기까지 하면 절대 안 될 것 같았다.

덩컨은 자리에서 일어나 잔에 든 순수한 셰틀랜드 생수를 싱크 대에 비우고는 위스키를 약간 따랐다. 그는 창밖을 내다보며 술을 들이켰다. 나를 등진 채였다.

"이곳에 무슨 사연이 있다고밖에 생각할 수 없네." 내가 말했다.

덩컨에게서는 대답이 없었다.

"내가 모르는 게 뭐지?" 다시 물었다.

덩컨은 진작 알았어야 했는데 라는 식의 욕설 섞인 말을 중얼 거렸다. 나와 달리, 그는 평소 험한 말을 내뱉는 경우가 극히 드물 었다. 이쯤 되자 나는 못된 호기심이 발동했다.

"목욕을 해야겠어." 덩컨은 돌아서서 그 말을 남기고 주방에서 나갔다.

나는 그를 따라가기에 앞서 십 분만 기다리기로 마음먹고 어슬 렁거리며 거실로 향했다. 거실에는 책장이 하나 있는데 책은 많지 않았다. 나는 책을 많이 읽는 편이 아니었다. 덩컨은 남들에게 내 가 작가의 이름이 프랜시스(딕이거나 클레어거나 상관없이)가 아닌 책은 소설로 여기지도 않는다고 말하곤 했다. 덩컨이 나보다 조 금 나은 편이지만, 그 역시 고전을 즐겨 읽지는 않았다. 단지 자기 할아버지에게 서재를 물려받았으며, 그래서 책장 맨 위 칸에 디킨 스, 트롤럽, 오스틴, 호손의 책이 몇 권 있을 뿐이다. 나는 책장을 자세히 살폈다. 월터 스콧의 저서는 없었다.

텔레비전을 켜보니 마침 마감 뉴스가 시작하는 참이었다. 만 일 내가 주도적인 배역을 원했더라면 완전히 실망할 뻔했다. 뉴스 의 마지막 소식은 이십 초 분량으로, 러윅에서 몇 마일 떨어진 토 탄층에서 시신이 발견되었다는 내용이었다. 장소는 정확히 언급되 지 않았고, 우리집을 알려줄 단서도 전혀 없었다. 앤디 던 경위가 러윅 경찰서 건물 바깥에서 인터뷰를 통해 최소한의 정보만을 말 로 전달했을 뿐이다. 그런데 그는 시신이 고고학적 유물일 가능성이 있다는 확실하지도 않은 이야기로 인터뷰를 끝냈다. 그 장면을 녹화한 시점이 우리가 스티븐 레니를 만나기 전일 거라고 나는 생각했다. 상황을 축소하려는 시도가 뻔히 느러났는데, 그것이 Γ의 진짜 의도일 터였다.

시간을 충분히 주었다는 판단이 섰을 때, 나는 계단을 올라갔다. 덩컨은 욕조 안에서 눈을 감고 있었다. 물을 가득채운 탓에 배수관으로 물이 흘러넘쳤다. 보나마나 물 온도는 거의 사십 도쯤 될 게 뻔했다. 덩컨과 욕조를 함께 써본 적은 없었다. 정자 시험을 하기 일 년 전쯤 나는 그가 뜨거운 물로 목욕하는 탓에 우리의 임신이 실패하는 건 아닌지 의심했었다. 뜨거운 물이 정자에 미치는 영향에 대해서는 이미 잘 알려져 있었기에, 하루에 오 분 고환을 얼음물에 담그는 방법을 써보면 어떻겠느냐는 제안도 해봤다. 그는 내 눈을 똑바로 쳐다보며 물었다. "어떻게?" 그 문제는 여전히 고민중이다. 언젠가 내가 남성의 생식기를 차갑게 적시는 편리한 기구를 발명할지도 모른다. 덕분에 서구의 출산율이 치솟는다면 떼돈을 벌겠지.

나는 세면대에 몸을 기댔다. 덩컨은 내가 욕실에 들어온 줄 모르는 듯했다.

"그렇게 가버리면 어떡해? 나는 남자들과도 일을 해야 해. 아마 몇 달 안에 그와 그의 아내를 초대해서 함께 저녁 식사를 하게 될지도 모른다고."

"기퍼드는 미혼이야."

나는 놀라움과 동시에 안도감을 느끼며 움찔했다. 혹시 내가 무슨 암시라도 줬던 걸까? 그래서 덩컨이 뭔가 눈치챈 걸까?

"그래서 뭐?" 내가 다시 물었다.

덩컨은 눈을 떴지만 나를 보지 않았다. "우린 같은 학교를 다녔어. 난 그를 좋아하지 않아. 그도 마찬가지겠지만."

"그도 언스트 섬 출신이야?"

덩컨은 고개를 저었다. "아니, 중학교를 함께 다녔다고." 그러고 보니 알 것 같았다. 셰틀랜드의 외진 섬에 사는 아이들은 러윅의 중학교에 다니려고 하숙을 하거나 친척집에서 지내는 경우가 흔했다.

"그래서?" 내가 물었다.

덩컨은 몸을 일으켜 앉으며 나를 위아래로 훑어보았다. "들어올 거야?"

나는 팔을 뻗어서 욕조에 손을 담갔다가 재빨리 뺐다. "아니."

덩컨이 목욕용 수세미를 집어 내밀었다. 뭔가 변태스러운 초대 같았다. 내가 그것을 받으면 우리는 섹스를 할 것이다. 받지 않으면 그를 거부하는 셈이고, 앞으로 며칠간 부루퉁해진 그를 달래야겠지. 나는 몇 초쯤 생각했다. 생리가 시작될 즈음이긴 하지만 정확한 날짜를 확신할 수가 없었다. 시도해볼 가치는 있다. 나는 수세미에 손을 뻗었다. 덩컨이 수도꼭지 쪽으로 몸을 숙이며 늘씬

92

하고 탄탄한 등을 드러냈다.

　"당신도 옷을 벗는 게 좋겠어." 그가 말했다.

　나는 한 손에 수세미를 쥐고 그의 등을 위아래로 문지르기 시작했다. 그러면서 다른 손으로 내 셔츠의 단추를 끌렀다.

5

덩컨과 사랑을 나눈 뒤에 나는 깊은 잠에 빠졌다. 무언가 나를 깨우기 전까지는. 나는 침실의 어슴푸레한 불빛 속에서 곁에 있는 덩컨의 규칙적인 숨소리에 귀를 기울였다. 그의 숨소리말고는 아무 소리도 들리지 않았다. 하지만 분명 어떤 소리가 들렸었다. 깊은 잠에 빠진 사람이 아무런 이유도 없이 불쑥 잠에서 깰 리는 없지 않은가. 나는 귀를 쫑긋 세웠다. 주위는 고요했다.

고개를 돌려 시계를 확인했다. 새벽 3시 15분, 어둑하지만 아주 캄캄하지는 않은, 셰틀랜드의 여느 여름밤과 다르지 않았다. 나는 방안의 모든 사물을 볼 수 있었다. 체리나무로 된 가구, 옅은 자색의 전등갓, 홀로 선 거울, 의자 등받이에 걸쳐놓은 옷가지까지도. 창문 블라인드 주위에 마치 이른 새벽처럼 창백한 빛이 감돌았다.

나는 몸을 일으켰다. 덩컨의 숨소리가 달라져서 순간 동작을 멈췄다가 잠시 뒤 창가로 걸어갔다. 천천히, 소리가 나지 않게 블라인드를 끌어올렸다.

지금은 셰틀랜드에서 백야를 볼 수 있는 시기가 아니었다. 여전히 가랑비가 내리는 듯했는데, 그래도 바깥 풍경을 전부 알아볼 수 있었다. 경찰이 쳐놓은 하얀 텐트, 붉고 흰 선이 그어진 테이프, 이웃한 벌판의 양떼, 우리집 정원 구실을 하는 마당에 솟은 고독한 가문비나무까지도. 찰스와 헨리는 말짱하게 깨서 울타리 너머로 고개를 내밀고 있었다. 보통은 옆쪽 벌판에 사람이 있을 때 하는 행동이다. 말은 사람을 좋아하며 누구라도 보면 가만히 있지를 않는다. 곁에 다가가기만 해도 누구인지 살펴보려고 얼른 달려온다. 그렇다면 말들은 누굴 보려고 저러는 걸까?

이때 불빛이 나타났다.

경찰 텐트의 하얀 천막 안쪽에서 희미하지만 밝은 빛이 한순간 깜빡였다. 재빠르게 켜졌다가 금세 사라진 불빛은 곧이어 또 한번 더 깜빡였다.

벌거벗은 내 엉덩이에 뭔가 스쳤다. 곧이어 덩컨의 따뜻한 몸이 뒤쪽에서 내게 기대어 왔다. 그는 내 머리카락을 위로 쓸어 한쪽 어깨로 넘기고는 고개를 숙여 내 목에 입을 맞추었다.

"벌판에 누가 있어." 내가 말했다. 그의 손이 내 허리를 감으며 파고들어 더 위쪽으로 향했다.

"어디?" 귀 뒤편에 코를 비비며 그가 물었다.

"텐트에. 전등이 있어. 저기."

"아무것도 안 보이는데." 그가 말하며 내 가슴을 더듬었다.

"음, 그렇겠지. 당신은 보고 있지도 않잖아." 내가 밀쳐내자 덩컨의 손이 창틀에 닿았다.

"경찰일 거야. 던이 밤에도 누굴 남겨둔다고 했거든."

"그럴 테지."

우리는 어둠 속을 내다보며 기다렸지만 불빛은 다시 나타나지 않았다.

"그들이 여자에게 몹쓸 짓을 했어?" 일이 분쯤 지났을 때 덩컨이 물었다. 목소리가 너무 작아서 겨우 알아들을 수 있었다.

나는 깜짝 놀라 돌아서서 그를 향해 눈을 부릅떴다. "심장을 도려냈잖아."

덩컨의 하얀 얼굴에 핏기가 가셨다. 그는 뒤로 물러나 팔을 옆으로 축 늘어뜨렸다. 곧바로 거친 말을 내뱉은 것이 후회되었다. "던 경위가 그 얘기는 하지 않았나 봐? 미안⋯⋯."

그는 쉿 하고 내 말을 막았다. "괜찮아. 그들⋯⋯ 아니 그자가⋯⋯ 여자를 잔인하게 죽였단 말이야?"

"아니." 나는 스티븐 레니에게 들었던 딸기며 마취제며 모든 이야기를 떠올렸다. "그게 가장 이상해. 그⋯⋯ 아니 그들⋯⋯ 그들은 여자를 굶기지도 않았고, 진통제까지 놓아주었어. 거의⋯⋯ 그녀를 보살펴줬던 것 같아." 그들은 여자를 보살폈다. 끈으로 묶어놓고 북유럽 계통의 표식을 몸에 새기기 전까지는. 대체 그것들은 무슨 의미일까? 나는 눈을 감았지만 그 표식들이 생생하게 떠올랐다.

덩컨은 두 손으로 자신의 얼굴을 문질렀다. "맙소사, 정말 끔찍하군."

굳이 그 말에 대답할 필요는 없는 것 같아 나는 침묵을 지켰다. 덩컨은 침대로 돌아갈 기미를 보이지 않았고, 나도 마찬가지였다. 곧 한기가 느껴졌다. 눈을 감은 채로 덩컨에게 몸을 기댔다. 다정한 느낌보다도 온기를 찾고 싶어서였는데 덩컨은 두 팔로 나를 감쌌고 손으로 내 등을 따라 내려갔다. 문득 손의 움직임이 멎었다. "여보, 입양 생각은 없어?"

나는 눈을 떴다. "아기 말이야?"

그가 한쪽 엉덩이를 꼬집었다. "아니, 바다코끼리. 농담이야, 당연히 아기 말이지."

글쎄, 뜻밖의 얘기였다. 나는 입양에 대해서는 생각해본 적이 없었고, 우리가 그럴 단계까지 갔다고도 생각하지 않았다. 아직도 다른 가능성이 많이 남아 있었다. 입양은 가장 마지막 선택지가 아닌가.

"섬에 괜찮은 프로그램이 있어. 적어도, 예전에는 그랬다는 얘기야. 이곳에선 입양이 까다롭지 않대. 그러니까 신생아로 말이지.

비뚤어진 십 대들말고."

"어떻게 그렇지?" 내가 물었다. 입양에 관한 법은 이곳이나 영국의 다른 지역이나 별반 차이가 없을 게 분명했다. "다른 곳들보다 셰틀랜드에 아기들이 더 많다는 말이야?"

"나도 몰라. 전에 여기 살면서 들었던 얘기가 방금 떠올랐거든. 어쩌면 이곳에선 미혼모를 보는 시선이 더 구식이라 그런지도 모르지."

그럴 법한 얘기였다. 이곳 사람들은 본토 사람에 비해 교회에 다니는 비율이 더 높았다. 도덕적인 잣대 역시 영국의 다른 지역에 비해 어림잡아 이삼십 년쯤은 뒤처진 것 같았다. 셰틀랜드에서는 버스에 노파가 타면 십 대들이 자리를 비켜주곤 했다. 도로에서도 운전자는 다가오는 차를 제치고 질주하기보다는 먼저 지나가도록 공간을 비워주고 기다리는 쪽이었다. 지금껏 고려해본 적은 없지만, 어쩌면 입양이야말로 정말로 가능한 선택지일지도 몰랐다.

이때 덩컨이 내 허리를 감아서 들어올렸다. 그는 창틀에 나를 내려놓았다. 등에 맞닿은 유리창에서 차갑고 약간 축축한 기운이 느껴졌다. 그는 내 다리를 들어서 자기 허리에 감았다. 뭘 하려는지는 생각할 것도 없었다. 창틀은 딱 알맞은 높이였고, 전에도 이런 적이 있었다.

"물론, 그때까지 노력을 게을리해선 안 되지." 그가 말했다.

"조금 더 오래 애를 써야 할지도 몰라." 블라인드를 내리는 그를 바라보며 내가 속삭였다.

우리의 노력은 계속되었다.

# 6

세라는 의자 끝에 걸터앉았다. 그녀의 눈에는 **표정**이 있었다. 분노
와 부끄러움과 초조함이. 그중에서 달이 바뀌며 점점 증폭되었을
분노는 이제 또 한 번의 실패를 알리는 월경과 함께 서서히 절망
에게 자리를 내어주고 있었다. 물론 임신 소식을 듣게 되는 순간
완전히, 그리고 영원히 사라질 절망이다. 나는 그 표정의 의미를
잘 알았다. 늘 보아왔으니까. 그 표정은 환자들의 얼굴에서만 볼
수 있는 게 아니니까.

한데 로버트의 표정은 가늠하기가 어려웠다. 그는 줄곧 내 눈을
똑바로 쳐다보고 있었다.

이번이 우리의 첫 만남이긴 했지만, 세라와 로버트 툴리 부부
는 이미 수많은 시험과 검사, 상담사와의 면담을 거쳐온 터였다.

부부의 인내심은 바닥이 나고 말았다. 남편은 술집에 앉아 사람들의 축하를 받고 주말이면 장난감 기차 모형이 그려진 팸플릿을 훑어보는 게 꿈이었다. 아내는 다리를 들어올린 채 혈관에 주입되는 인공 호르몬을 기분 좋게 즐기고 싶어 했다.

"우리를 체외수정 프로그램 목록에 올려주셨으면 해요." 여자가 말했다. "국민 보건 서비스의 대기자 명단이 있다는 건 알지만, 그래도 우린 돈을 제법 모아놨거든요. 한시라도 빨리 시작하고 싶어요."

나는 고개를 끄덕였다. "그러실 테죠. 이해합니다." 나는 그들의 심정을 정말로 잘 이해하고 있었다. '임신을 시켜주세요. 어떤 수를 써서라도요. 나중에 무슨 일이 닥치든지 그건 신경쓰고 싶지 않아요. 속이 메스껍고, 기력이 떨어지고, 등이 결리고, 임신선이 남고, 사생활을 모조리 빼앗기고, 또 내가 상상조차 못 한 고통을 겪게 되더라도 상관없어요. 그냥 의사 선생님이 마술 지팡이를 흔들어주기만 하면 돼요. 난 그걸로 만족해요'라는.

나는 그들이 받아들이기 힘든 제안을 할 참이었다. 인내심과 생식을 위한 생물학적 조언에는 타협이 없는 법이니까. "저는 두 분께 다른 제안을 드리고 싶어요."

"시도를 한 지도 벌써 삼 년째란 말이에요." 세라는 딸꾹질 비슷한 소리를 내며 흐느끼기 시작했다. 로버트는 임신에 실패하는 것이 전적으로 내 탓이라도 된다는 양 나를 향해 눈을 부라리며,

들고 있던 손수건을 아내에게 건넸다.

나는 부부에게 잠시 시간을 주기로 판단했다. 의자에서 일어나 창가로 걸어갔다.

이날 아침 러윅으로 올 때부터 비가 내리고 있었다. 구름은 낮고 무겁게 깔렸으며, 도시는 어두침침하고 축축했다.

셰틀랜드에서 가장 큰 섬의 동부 해안에 자리잡은 회색 벽돌의 도시 러윅은 짧은 해협을 사이에 두고 브리세이 섬과 마주보고 있다. 섬의 다른 지구들과 마찬가지로 딱히 알려진 건축물도 없다. 건물들은 단순하고 기능적일 뿐 아름다움과는 거리가 멀다. 슬레이트 지붕을 얹은 건물들의 전통적인 건축 재료는 이 지역의 화강암이다. 대부분 지역에서 섬 주민들은 집을 이 층으로만 지어도 충분하다고 여기는데, 아마 강풍 때문에 지붕이 날아갈 것을 염려한 듯하다. 그래도 오래된 시가지와 항구 주변에서는 삼 층이나 사 층 건물들이 몇몇 눈에 띄기도 한다. 욕심이라는 게 별로 혹은 아예 없는 섬 주민들의 모습을 반영하는 것 같다.

빗물에 씻긴 러윅 시내를 바라보는 건 울적한 기분에 전혀 도움이 되지 않았다.

나오려는 하품을 억지로 참았다. 지난밤에는 푹 잘 수 없었다. 잠에서 깨어 비몽사몽일 때에도, 침대에서 벗어난 뒤에도 계속 불안했고, 전날 찾아낸 여자 시신에 대한 생각이 머릿속을 온통 채우고 있었다. 나는 그녀를 보고 만졌을 뿐만 아니라 그녀가 무슨 일을 겪었는지도 알았다. 소름 끼치는 일이었다. 정말이지 소름이 끼칠 수밖에 없는 일이고, 실제로 그랬는데…… 어쩐지 화도 났다 왜냐하면 애초에 나는 제이미의 무덤에 눈풀꽃을 심고 제이미가 그것들을 먹으려 했던 때를 떠올리고 싶었던 것뿐이니까. 어느 날인가 저녁때 집밖에 나가 제이미를 불렀는데, 제이미의 입가에 작고 흰 꽃들이 삐져나와 있었다. 꼭 플라멩코 댄서의 말 같았는데. 이제는 절대로 그럴 수 없게 되었다. 어떤 정신 나간 미친놈이 자신의 역겨운 작업물을 묻어둘 장소로 우리 땅을 골랐기 때문이다. 더구나 제이미는 이미 도축업자의 차에 실려 가버린 터였다.

뒤에서 초조한 기색이 느껴졌다. 세라는 울음을 그친 참이었다. 나는 다시 앉아 그녀를 보았다.

"당신은 겨우 서른한 살이에요. 시간이 없다고 걱정하기에는 아직 일러요." 반면에 나는 서른세 살이다. "체외수정을 하더라도 아기가 생긴다는 보장은 없어요. 제가 말씀드린 진료소의 성공률은 평균 이십칠 퍼센트인데, 솔직히 두 분의 경우엔 성공 확률이 더 낮을 수도 있어요."

"왜죠?" 로버트가 물었다.

나는 책상에 놓인 파일을 다시 내려다보았다. 내용은 이미 알고 있었다.

"두 분의 경우, 정자의 기능이 평균 이하에 생리도 불규칙해요. 지난번에 방문하셨을 때 받은 검사와, 그때 작성하신 생활 습관에 대한 질문지의 답변만 보더라도 그 원인을 짐작할 수 있어요."

마치 내가 자신들의 잘못을 탓한다는 듯 부부는 방어적인 모습을 보였다. 뭐, 어떤 면에서 보면 사실이었다.

"그래서요?" 로버트가 물었다.

"임신하는 데 필요한 특정 미네랄이 두 분 모두에게시 결핍된 것으로 나와요. 세라, 당신의 경우에 아연, 셀레늄, 마그네슘 수치가 아주 낮아요. 체내 알루미늄 수치는 너무 높고요. 로버트, 당신 역시 아연 수치가 낮아요. 그렇지만 더 걱정스러운 점은 카드뮴 수치가 굉장히 높다는 거예요." 나는 잠시 말을 끊었다. "담배 연기에는 독소가 들었어요. 하루에 담배를 스무 개비쯤 피우시죠? 거의 매일 술을 마시고요. 세라, 당신도 그렇죠."

"내 아버지는 성인이 되고부터 하루에만 마흔 개비를 피웠어요. 매일 위스키도 마셨고요. 그런데도 나이 서른이 되기 전에 자식을 다섯이나 낳으셨단 말입니다." 로버트가 말했다.

나는 이들 부부에게 실망을 안겨주었다. 하지만 그들에게 그릇된 희망을 심어주기 위해서 내 신념을 양보할 생각은 없었다. 한편으로, 그들이 체외수정을 시도해서 단번에 임신에 성공할 수도 있다. 그렇게 큰 행운이 따르는 경우라면 시간과 정성을 들이라는 나의 설득은 어쩌면 그들에게 피해를 입히는 것일지도 모른다.

"제가 드리고 싶은 제안은, 앞으로 육 개월 동안은 두 분이 임신에 대한 생각은 아예 잊은 채 가능한 한 건강을 되찾는 데만 전

넘하시라는 거예요." 로버트가 내 말에 끼어들려고 했다. "로버트 씨, 건강한 사람이 임신 가능성두 높아요. 당신이 담배를 끊고, 두 분 모두 술을 마시지 않았으면 해요."

로버트는 내 어리석음에 두 손 들었다는 듯 고개를 가로저었다.

나는 말을 이었다. "쉽지 않으리란 건 알아요. 하지만 아기를 갖기를 원하시면 노력을 해야죠. 살을 빼는 것도 도움이 될 거예요. 두 분에게 부족한 여러 영양 성분을 보충할 수 있도록 처방전을 써드릴게요. 두 분 모두 몇몇 감염병에 대해서도 검사를 받으시면 좋겠고요."

부부는 내 말을 따르지 않을 것이다. 그들은 어떤 복잡한 의학적 처방을 구하러 이곳을 찾았는데 내 처방은 비타민C에 불과한 꼴이었다.

"그렇게 하면 정말로 도움이 될까요?" 세라가 물었다.

나는 고개를 끄덕했다. "그럼요. 필요한 사항을 전부 적어놓았어요." 나는 세라에게 글자가 적힌 종이 한 장을 건넸다. "이 계획을 따르기만 한다면 육 개월 뒤에 두 분은 지금보다 훨씬 건강해지고, 체외수정이 성공할 확률도 상당히 올라갈 거예요." 나는 애써 미소를 지었다. "어쩌면 체외수정도 필요 없을지 모르죠."

부부는 선물을 받지 못한 아이처럼 부루퉁해져서 일어났다. 그들은 내가 준 계획을 따를까, 아니면 스코틀랜드 본토의 다른 병원을 찾아갈까? 다른 곳을 찾아간다면 아마 그곳에서는 훨씬 우호적인 대접을 받으리라. 임신을 원하는 사람들의 건강과 영양 섭취의 중요성과 관련해서 모든 의사가 나와 똑같은 신념을 가지고 있진 않으니까.

세라는 문 쪽으로 돌아서며 말했다. "무슨 말씀인지는 알겠어요. 그렇지만 우린 아기가 너무 갖고 싶어요."

부부의 발걸음 소리가 복도에서 멀어졌다. 나는 책상의 맨 위 서랍을 열어 오렌지색 파일을 꺼냈다. 파일 첫 장에는 열두 달 전 런던에서 실시한 정자 검사의 결과가 나와 있었다.

총 정자 수: 600만 마리/ml—정상
한 시간 내 생존 확률: 65퍼센트—정상
형태 수치: 55퍼센트—정상
항체 수치: 22퍼센트—정상

마지막까지 결과는 똑같았다. 모든 게 정상이었다. 서류의 맨 위에는 모든 것이 정상인 내 남편 덩컨 거스리의 이름이 적혀 있었다. 덩컨은 다 해서 세 번이나 검사를 받았다. 앞선 두 번의 검사 결과도 마찬가지였다. 우리의 문제가 무엇인지는 몰라도 어쨌든 그에게는 아무 문제가 없었다.

내 검사 결과는 바로 뒷장에 있었다. 난포 자극 호르몬, 황체 형성 호르몬, 에스트로겐, 프로게스테론 수치 모두 정상 범위였다.

내 호르몬 수치에도 이상은 없었다. 다소 부적절하게 내가 스스로 검사한 결과이기는 해도 모든 수치가 적절해 보였다

툴리 부부를 끝으로 예약 환자의 진료를 전부 끝냈지만, 이십 분 뒤에는 회진을 나가야 했다. 회진을 마치고 나면 그 즉시 북쪽으로 차를 몰아서 배로 갈아타고 옐 섬에 가야 했다. 매달 한 번씩 그곳의 조산사들을 만나고 임신중인 여성 여덟 명을 진찰해야 한다.

나는 일어나서 다시 사무실 창가로 갔다. 사무실 바로 아래층에는 주차장이 있었다. 나는 아무 생각도 없이 기퍼드의 은색 BMW를 찾고 있었다. 그만 잊어버리라고 그는 말했다. 경찰에게 수사를 맡기라고. 물론 그의 말이 옳다. 하지만 내게는 아직 십팔분의 여유 시간이 남아 있었다.

나는 책상으로 돌아와 병원의 내부 전산망에 접속했다. 잠시 생각을 가다듬은 뒤 몇 개의 아이콘을 누르고, 다시 두어 개를 더 눌렀다. 병원 웹 사이트는 놀라울 만큼 찾아보기 쉽게 꾸며져 있었다. 원하는 자료를 찾기까지는 오래 걸리지 않았다. 나는 병원 기록의 전산화가 시작된 후로 섬에서 태어난 아기들의 목록을 찾아냈다.

스티븐 레니는 벌판에서 발견된 여성이 죽은 지 이 년 정도 지났을 거라고 추측했는데, 그 말은 곧 그녀가 2005년 언제쯤 아기를 낳았다는 의미였다. 딸기씨에 관한 그의 견해가 옳다면 아기가

태어난 시기는 여름일 가능성이 가장 컸다. 나는 삼월에서 팔월까지의 기간을 선택해 출력을 눌렀다. 그런 다음 출력된 A4 용지 다섯 장을 책상에 펼쳐놓았다.

만일 그녀가 섬 주민이고 임신했을 당시 병원에서 진료를 받았다면, 그녀의 이름이 지금 내 앞에 있어야 했다. 목록에 나온 이름을 모두 조사해서 산모가 아직 살아 있는지만 확인해보면 될 것 같았다.

셰틀랜드에서는 보통 한 해에 이백 명에서 이백오십 명의 산모가 아기를 낳는데, 2005년에는 그 중간인 이백스물일곱 명이 출산을 했다. 그중 삼월에서 팔월 사이에 아기를 낳은 경우는 백사십 건이었다. 나는 컴퓨터 화면을 다시 확인하고 몇 개의 개별 항목을 열어 산모가 스물다섯 살에서 서른다섯 살 사이의 백인 여성인 경우를 찾아보았다. 열어본 자료들에 필요한 정보가 거의 담겨 있었다. 십 대 산모 몇 명과 삼십 대 후반 여자들은 제외해도 될 듯싶었다. 인도인이 두 명, 중국인도 한 명 있었다. 그들을 제외한 나머지 여성들 가운데 심장을 빼앗긴 희생자가 있을 가능성이 컸다. 툴로치 경사가 다른 증거를 찾아 오지만 않는다면.

툴로치 경사가 어떻게 수사를 하고 있을지 궁금했다. 나는 이날 아침 집을 나서기 전에 텔레비전을 통해 스코틀랜드 지역 뉴스를 몇 분간 지켜보았다. 뉴스에는 내가 발견한 시신에 대하여 어떤 언급도 없었다. 셰틀랜드에서 살다 보면, 이곳 섬에서 벌어진 사건을 스코틀랜드 지역 뉴스에서 그리 중요하게 다루지 않는다며 불평하는 소리를 자주 듣는다. 나는 무엇보다 경제적인 이유 때문에 그럴 거라고 생각해왔다. 방송사 직원이 셰틀랜드까지 날아오려면 비용이 많이 드니까. 그렇다고는 해도 살인 사건에 대해서는 조금 더 관심을 가져줘야 옳지 않을까?

나는 목록을 위아래로 훑었다. 백사십 명의 여성과 백사십 명의 아기가 있었다.

생각이 어떤 장벽에 부딪혔을 때, 어떻게 돌아가야 할지 알 수 없을 때 흔히 그렇듯이 머릿속에서 이런저런 생각이 두서없이 떠올랐다. 문득 덩컨이 했던 말이 떠올랐다. 셰틀랜드에서는 영국의 어느 지역에서보다 아기를 쉽게 입양할 수 있다고 했었다. 어떻게 하면 그 내용을 재빨리 확인할 수 있을까 잠시 고민했다. 아기를 입양 보내는 산모는 주로 어떤 부류일까? 거의 틀림없이 아직 어리고 결혼하지 않은 여성들일 것이다.

나는 병원 내부 전산망에서 빠져나와 인터넷에 접속해 '스코틀랜드 주민 등록 사무소'를 검색했다. 즉시 나온 해당 사이트에서 가장 최근의 연보를 클릭했다. '일람표 3.3'에서 스코틀랜드 미혼모의 출산에 관한 세부 내용과 산모의 나이를 확인할 수 있었다. 나는 통계표에 익숙하지 않지만 일람표의 내용은 알아보기가 쉬웠다. 섬 지역에서 십 대의 임신율은 매우 낮았다. 사실상 내가 찾아본 해의 경우에는 스코틀랜드 다른 지역보다 거의 삼십 퍼센트나 낮은 비율이었다. 덩컨은 아기들이 많다고 했는데, 그렇다면 아기들은 이곳 섬의 십 대 산모가 낳은 아기가 아닌 셈이었다.

다시 한번 2005년에 태어난 출산 목록을 살펴보았다. 백사십이나 되는 숫자를 줄일 방법은 없을까? 툴로치 경사의 이론대로 죽은 여인이 이 지역 사람이라면(아무래도 상식적인 살인자라면 시체를 싣고 바다를 건너와 우리집 벌판에 묻지는 않았을 테니까) 그녀는 아마도 여기 프랭클린 스톤 병원에서 출산을 했을 것이다.

안타깝게도 그러한 사실은 별로 도움이 되지 않았다. 셰틀랜드 제도에 사는 사람들 대부분이 가장 큰 섬 메인랜드에 거주하며, 결과적으로 거의 모두가 이 병원에서 출산을 했다. 목록을 훑어보니 드물게 다른 작은 섬들, 그러니까 옐, 언스트, 브리세이, 페어아일, 트로날, 또 언스트, 파파스투어에서 출산한 경우가 있었다. 그 경우를 제외하더라도 숫자는 별반 차이가 나지 않았다.

트로날? 생소한 이름이었다. 다른 섬들은 아는 곳이었다. 전부 의료 센터와 지역 조산사, 상시적으로 문을 여는 임산부 진료소를 갖춘 곳이었다. 하지만 트로날 섬은 내가 가보기는커녕 들어보지도 못한 곳이었다. 그곳에서도 매년 몇 명의 아기가 태어나는 것 같았다. 나는 수를 세어보았다. 트로날 섬은 모두 네 번 나왔다. 그렇다면 한 해에 대략 여섯 건에서 여덟 건의 출산이 있으리라 짐작되는데, 나머지 작은 섬들보다 숫자가 많은 편이었다. 나는 가능한 한 빨리 트로날 섬에 대해 알아봐야겠다고 마음먹었다.

이제 회진을 나가야 한다고 생각하면서도 나는 목록을 한 번 더 보았다. 목록에는 산모의 이름과 나이, 출산일과 시간, 잔수, 아기의 성별, 체중, 상태(가령 생존했는지, 사산아인지 여부라든지)가 적혀 있었다. 다른 것도 있었다. 명단 끝에 KT라는 이니셜이 표시된 것이 눈에 띄었다. 산부인과에서 KT로 줄여 표시하는 어떤 상태나 결과가 있는지 떠올려보려 했지만 생각나는 것이 없었다. 나는 목록을 위에서부터 다시 살폈다. 또 있었다. 옐 섬에서 오월에 태어난 남자아이의 경우에도 항목 끝에 KT라는 표시가 있었다. 그리고 또 있었다. 유월에 이곳 러윅에서 가정 출산을 한 경우였다.

나는 시계를 확인했다. 시간이 다 됐다. 물건들을 챙기는 동안 문을 두드리는 소리가 들렸다.

"네, 들어오세요!" 나는 크게 소리를 질렀다. 문이 열렸고, 고개를 들자 툴로치 경사가 뽐내듯이 모습을 드러냈다. 그녀는 바지와 재킷이 한 벌로 된 빳빳하고 매끈한 재질의 진회색 슈트를 입고 있었다. 한 군데도 구겨진 곳이 없었다.

"안녕하세요." 그녀가 인사를 건넸고, 나는 다시 한번 그녀보다 적어도 두 계절쯤 유행에 뒤처진 것처럼 초라해진 기분이었다. 그녀가 대회에서 우승한 아라비아산 암말이라면 나는 우람한 짐말일 것이다. "시간 있어요?" 문간에 선 채로 그녀가 물었다.

"회진을 나가야 해요." 내가 말했다. "십 분쯤 늦어도 괜찮긴 하지만요."

툴로치 경사가 눈썹을 치켜세웠다. 어쩐지 그녀의 그런 표정이 싫어지려 했다.

"우리 계약서에 그렇게 적혀 있거든요." 내가 말을 이었다. "바쁘고 중요한 용건이 있는 듯한 인상을 남길 것. 환자에게 시간이 제한되어 있다는 느낌을 줄 것. 지나친 요구를 못 하게 할 것."

그녀는 웃지 않았다.

"오늘 중으로 우리집 벌판에서 철수한다고 들었는데, 맞는 거죠?" 내가 물었다.

"맞아요, 그렇게 들었어요." 내 책상으로 다가오면서 그녀가 대답했다. 그녀는 책상에 놓인 서류를 집어 들었다. 조금 유치해 보였겠지만, 나는 종이를 돌려받으려고 냉큼 다가갔다.

"이것 때문에 왔어요." 그녀가 말했다.

나는 손을 내밀었다. "환자 정보를 무작정 넘겨드릴 순 없어요. 그걸 내려놔달라고 말씀드려야겠네요."

툴로치 경사는 나를 쳐다보며 서류를 책상에 내려놓았고, 뒷짐을 지더니 내려놓은 종이를 눈으로 계속 훑었다. 나는 손을 뻗었다. 그녀가 손을 들어 나를 제지했다.

"대충 보니 이 서류들은 공공 기록에 속하는 내용이군요. 다른 곳에서도 구할 수 있어요. 당신을 찾아오면 더 빠를 것 같았지만요. 아마 나를 도와주고 싶을 텐데요?"

글쎄, 그 말은 옳았다. 개인적인 비호감을 제쳐둔다면, 그녀와 나는 같은 편에 서야 했다. 아무튼 나는 서류를 집었다. 우리는 가만히 서서 서로를 쳐다보았다. 툴로치 경사는 나보다 키가 십 센티미터 이상 작았는데, 어째서인지 키가 더 크다는 사실만으로는 그녀를 위압하지 못할 것 같았다.

"몇 명이죠?" 그녀가 물었다.

"백사십 명요."

"모두 이십 대에서 삼십 대의 건강한 백인 여성인가요?"

"거의요."

"그 정도면 괜찮군요. 우리가 늘 하는 일이니까. 며칠 걸리긴 하겠지만요. 만약 당신이 나를 다른 곳에 보내든지 영장을 받아 오라고 한다면, 하루 혹은 그 이상의 시간이 허비될 거예요."

"내가 그전에 정말 확인해야 할……."

"토라." 툴로치 경사가 처음으로 내 이름을 불렀다. "난 경찰에서 십 년을 일했어요. 주로 도시 중심에서요. 그렇지만 어젯밤 검시실에서 본 것처럼 충격적인 경우는 없었어요. 난 최대한 빨리 사무실에 돌아가서 우리 팀원들에게 전화를 걸어보게 할 거예요. 이 여성들이 살아 있는지, 두 살짜리 아이를 제대로 돌보느라 바쁜지 알고 싶어요. 한시라도 빨리요."

나는 그녀에게 서류를 건넸다. 종이를 넘겨받자 그녀의 표정은 어딘지 모르게 누그러졌다.

"제왕절개 항목에 나온 여성들은 제외해도 될 거예요." 내가 말했다. 미처 왜 그 생각을 못 했는지 의아할 뿐이었다. "그녀한테는 흉터가 없었으니까요." 글쎄, 제왕절개를 한 상처가 없었을 뿐이다.

"그리고 다른 건요?"

나는 고개를 저었다. "지금은 없어요. 본토의 병리학자들은 아직 조사가 덜 끝났대요?"

툴로치는 대꾸를 하지 않았고, 나는 그녀의 손에 들린 서류를 날카롭게 쏘아보았다.

"거의 끝나가요." 그녀가 말했다. "전문가 몇 명과 얘길 해봤어요. 토탄이 리넨 같은 유기물질에 어떤 영향을 미치는지에 대해서 말이죠. 스티븐 레니는 2005년 봄이나 여름에 그녀가 죽었다고 했죠. 이 목록이 중요한 단서가 될 거예요."

그녀는 내게 고맙다고 말하고는 문으로 향했다. "나중에 댁에 잠시 들러도 될까요? 당신 집의 룬문자를 살펴보려고요." 그녀가 돌아보며 말했다.

나는 미소를 억누르며 고개를 끄덕였다. 6시쯤 집에 도착할 거라고 말했고, 그녀는 떠났다. 컴퓨터의 전원을 끄려고 보니, 새로운 메일이 와 있었다. 켄 기퍼드가 보낸 것이었다.


모든 직원에게 알림.

북부 경찰서에서 살인 사건 수사가 개시된 것과 관련하여 모든 직원은 경찰이나 언론의 인터뷰에 일체 응하지 말 것. 본인의 사전 허가 없이는 어떠한 병원 정보도 유출하지 말 것을 명심하기 바람.

불멸의 시인이 무슨 말을 남겼던가? 이런 젠장.

회진은 금방 끝났다. 나는 코트를 걸치고 구내식당에서 샌드위치 하나를 집었다. 승강기를 타러 가다가 등뒤에서 인기척이 느껴져 고개를 돌렸다. 켄 기퍼드가 있었다. 그는 내게 고개를 까닥였지만 말을 걸지는 않았다. 승강기가 도착하자 우리는 함께 올랐다. 문이 닫혔다. 여전히 그는 말이 없었다.

그런 부류의 사람들이 있다. 남을 전혀 의식하지 않아서 사람들과 함께 있으면서도 조금의 난처함도 없이 입을 꾹 다물고 있을 수 있는 사람. 기퍼드가 그런 사람이었다. 그는 승강기가 내려가는 동안에 나를 쳐다보지도 않았고 승강기 단추에만 시선을 고정했다. 어떤 생각에 골몰한 것 같았다. 병원에서 흔히 볼 수 있는, 손수레를 실을 수 있도록 크게 만들어진 이 승강기에는 우리 둘만 타고 있었다. 나는 닫힌 공간에서 다른 이와 단둘이 있는 것이 불편해졌다. 그가 아예 모르는 사람이었더라도 무언가 얘길 나누려 했을 것이다. 사람이 셋이면 괜찮았을 텐데. 다른 두 사람이 얘길 나누게 내버려두면 되니까. 그런데 지금은 나와 다른 한 사람뿐이니 무슨 말이라도 꺼내야 했다. 내가 고백을 선택한 것은 아마 그래서였을 것이다.

"오전에 툴로치 경사에게 약간의 정보를 줬어요. 이메일을 받기 전에요."

기퍼드는 고개를 돌리지 않았다. "알고 있소. 다시는 그러지 말아요. 숙취가 심하진 않았소?"

다행이다. 우린 대화를 나누게 되었다.

"약간요." 나는 인정하고서 다시 말을 이었다. "이곳 섬의 출산 관련 목록이에요. 2005년 봄에서 여름 사이에 분만한 여성에 대한 자료요. 그것들이 공공 기록물에 속한다고 하더군요."

말을 꺼낸 순간 후회되었다. 마치 변명하는 것 같았기 때문이다. 기퍼드는 고개를 돌려서 나를 쳐다보았다. "그 이유뿐이란 말인가?" 맙소사, 그의 눈동자가 무슨 색이었지? 진한 회색이었나?

"아뇨. 정보를 준 건 도움을 주고 싶어서죠."

그가 가까이 다가왔다. "그럴 테지. 지난밤에 우리가 무슨 얘길 나눴지?"

그 말에 짜증이 솟았다. 그는 내 상사이지 아버지가 아니니까.

"음, 『아이반호』랑 요트랑……." 승강기 문이 열렸다. "……오크니제도에서 있었던 아동 성 학대 사건과 젖가슴을 씻기 어려운 이유에 대해서요." 나는 필요 이상으로 크게 대답했는데, 마침 우리가 내릴 땐 하우스 오피서 두 명이 승강기에 타려는 참이었다. 두 사람의 호기심 어린 시선이 먼저 나에게, 그리고 기퍼드에게 향했다.

나도 감히 그를 보았다. 기퍼드는 미소를 짓고 있었다.

"수술실에서는 어이없을 만큼 긴장했더군. 요가를 배워보면 어떻소? 태극권이라든지?" 그가 말했다.

그가 내 목덜미에 대고 숨을 내쉬지만 않았어도 그렇게 긴장하지는 않았을 거라고 대꾸할까 생각했지만, 좋은 생각이 아닌 것 같았다. 또한 전적으로 옳은 생각도 아니었다. 그의 말대로 수술실에서 나는 긴장했으니까. 하지만 그 얘길 직접 들으니 그가 상사이기는 하지만 어쩐지 잘난 체를 하는 느낌이었다. 나를 비웃는다는 기분도 들었다.

"당신과 내 남편이 서로를 싫어하는 이유가 뭐죠?"

기퍼드는 계속 미소를 띠고 있었다. "그가 나를 싫어한다고? 가엾은 덩컨."

그가 출입문을 열어주었고, 나는 다른 곳으로 갈 수 있다는 사실에 매우 안도하며 바깥으로 나왔다.


옐의 진료소에서는 시간이 많이 지체되었고 돌아오는 배를 탈 때는 줄을 서서 기다려야 했다. 예상보다 몇 시간이나 늦게 도착해보니 우리집 뜰에는 데이나 툴로치의 스포츠카가 주차되어 있었다. 나는 그녀가 들르기로 했던 사실을 까맣게 잊고 있었다. 나는 얼른 시계를 확인했다. 그녀가 제시간에 왔으면 거의 세 시간이나 기다렸을 터였다. 젠장! 이런 엄청난 결례를 저지르다니. 아무래도 그녀에게 친절하게 대해야 할 것 같았다. 내가 차에서 내리자 그녀도 차에서 내렸다.

"정말 미안해요. 미리 전화했어야 했는데. 여기서 지금까지 기다린 거예요?"

"물론 아니죠. 당신이 6시에 오지 않아서 전화를 몇 군데 돌려봤어요. 여긴 십 분 전쯤 다시 왔고요."

허기가 지고 커피가 절실했지만 그녀를 더 기다리게 해서는 안 될 것 같았다. 그녀는 나를 따라 집안으로 들어왔고, 우리는 곧장 지하실로 향했다. 주방에 난 돌계단 여덟 칸을 내려가면 지하실이 나왔다.

"맙소사." 계단을 다 내려가서 단 하나뿐인, 전혀 밝지 않은 전구를 켜자 그녀는 탄성을 질렀다. "집 아래 이런 공간이 있을 거라고는 상상도 못 했겠는데요? 안 그래요?" 그녀는 가방에서 손전등을 꺼내 이곳저곳에 빛을 비추며 앞장섰다.

우리집 지하실은 아마도 이 집에서 유일하게 흥미로운 공간일 것이다. 무엇보다 지하실은 집보다 더 오래되었다. 불에 탄 흔적이 곳곳에 남은 것으로 보아 본래 있던 집은 예전에 허물어졌으리라 짐작할 수 있었다. 더구나 집보다 지하실이 더 넓다는 점에서 예전 건물이 지금 집보다 훨씬 컸으리라는 점도 알 수 있었다. 천장이 낮은 여러 개의 방들이 돌로 된 아치형 통로로 연결되어 마치

프랑스 대저택의 지하 와인 저장고를 축소해놓은 것처럼 보였다. 나는 데이나를 가장 큰 방으로 안내하여 북쪽을 면한 벽 앞에서 멈췄다.

"벽난로예요? 지하실인데?" 그녀가 물었다.

우리 부부도 의아하게 여겼는데, 실제로 그곳에는 벽난로가 있었다. 돌로 된 화상火床이 있고, 지붕 위 굴뚝으로 연기가 빠져나가도록 연통까지 갖춘 더없이 기능적인 벽난로였다. 난로 위쪽에는 돌로 된 상인방이 박혀 있고, 거기에 룬문자가 새겨져 있었다. 모두 다섯 개였다. 전부 나로서는 알 수 없는 글자들이다.

"모두 다르게 생겼군요." 데이나는 혼잣말하듯 말했다. 그러고는 작은 디지털카메라로 사진을 몇 장 찍었다.

"저희 시아버지께 전화해보셨어요?" 내가 물었다.

그녀는 고개를 저었다. "아직 그럴 필요까진 없을 것 같아요. 책을 찾았거든요." 그녀가 말했다.

그녀는 사진을 다 찍은 뒤 다른 지하실 방으로 이어지는 아치 통로 쪽을 쳐다보았다.

"조금 둘러봐도 될까요?" 그녀가 물었다.

"그러세요." 내가 대답했다. "난 올라가서 뭘 좀 먹으려는데 괜찮겠어요?"

그녀는 고개를 끄덕이고 돌아섰다. 나는 계단으로 향했다. 계단을 두 칸 오르다가 내가 그녀를 불렀다.

"아, 경사님, 혹시 뭐라도…… 시체라도 찾아내면 말이에요. 오늘밤에는 나한테 얘기하지 말아줘요. 난 정말 지쳤거든요!"

데이나는 대답하지 않았다. 내 유치한 면모를 이미 그녀가 알아차렸을 것이다.

십 분 뒤 그녀가 모습을 드러냈을 때, 나는 크림과 햄을 곁들인 전자레인지용 파스타를 게걸스레 먹고 있었다. 나는 맞은편 의자를 가리켰다. "홍차 좀 드세요." 그녀가 저녁을 먹지 않았을 거란 생각에 식탁에 비스킷 몇 개도 준비해놓았다. 룬문자에 관해서 그녀의 이야기도 듣고 싶었다.

데이나는 비스킷을 힐끔 보고는 자기 시계를 확인하더니 잠시 망설이다가 의자에 앉았다. 그녀는 찻잔을 집어서 한 손으로 살짝 받쳤다. 그러고는 차를 쭉 들이켰고, 비스킷 하나도 두 번 만에 다 먹었다. 나는 묵묵히 식사를 계속했다. 전략은 통했다. 먼저 말문을 연 것은 그녀였다.

"이 집의 내력에 대해 알고 있어요?"

나는 어깨를 으쓱했다. "잘 몰라요. 남편이 알아서 구매했거든요. 난 별로 관심이 없었어요."

"남편분은 언제 돌아오시죠?"

나는 다시 어깨를 으쓱했다. "요즘은 정말로 종잡을 수가 없어서요."

그녀의 안색이 흐려졌다.

"전화해볼 순 있어요." 뒤늦게 협조하겠다는 듯 내가 덧붙였다.

그녀는 고개를 저었다. "아무튼 주사팀은 꾸려서 내일 디시 이곳을 살펴보고 싶어요. 이곳에서 발견된 시체와 당신 집에서 비슷한 룬문자가 발견된 건 우연이 아닐 거예요."

"그럴 수도 있겠군요." 나는 동의했다. 그녀가 무엇을 찾으려 하는지 확실히 알 수는 없었지만, 어쩐지 그 말이 불길한 느낌을 주었다. "혹시 그녀가 이 집에서 살해되었을 거란 말인가요? 지하실에서?"

이번엔 그녀가 어깨를 으쓱했다. "당신들보다 먼저 이 집을 소유했던 사람들이 누구인지 알아내야겠어요."

"덩컨이 오늘 아침 경찰서에 들러서 계약서를 제출한다고 했는데요."

"맞아요. 그런데 서류로는 많은 걸 알아내지 못했어요. 어떤 교회인지 종교 시설이 이곳에 있었는데, 오랫동안 버려진 상태였더군요. 이 집을 지으면서 철거한 거죠. 서류에는 신탁 관리자의 이름이 나와 있는데, 지금까지 알아본 바로는 대부분 죽었어요."

"죽었다고요?"

그녀는 고개를 저었다. "노령으로요. 특이한 점은 없어요."

나는 식사를 마쳤다. 허기는 사라졌지만 흡족하지 않았다. 사실 편안한 식사도 아니었다. 나는 일어나 접시와 식사 도구를 식기세척기로 가져갔다.

"룬문자는 어땠어요?" 내가 물었다.

데이나는 비스킷 한 조각을 깨문 상태로 나를 쳐다보았는데, 생각을 정리하는 것 같았다. 잠시 뒤 몸을 숙여 가방에서 카메라와 수첩, 겉면이 가죽으로 된 작고 파란 책을 꺼냈다. 책의 겉표지에는 금색 잉크로 룬문자가 찍혀 있었고, 비록 거꾸로 놓여 있긴 했지만 "룬 석과 바이킹 문자"라고 적힌 제목이 보였다. 글자가 너무 작아서 저자의 이름은 읽기 어려웠다.

"남편분의 아버지께서 이 분야를 잘 아신다고 했죠?" 그녀가 물었다.

나는 고개를 끄덕였다. "아주 잘 아세요. 이 섬의 역사에 관해서라면 제 시아버지보다 더 잘 아는 사람이 얼마나 있을지 의문이죠."

그녀는 책을 내가 있는 방향으로 돌려주었다. 책의 겉표지 안쪽에 스물다섯 개의 룬문자가 그려져 있었다. 전부 단순하고, 대부분 모난 형태였다. 문자들에는 그 의미를 설명하는 '붕괴', '정지', '관문' 같은 말들이 적혀 있었다. 내 시아버지인 리처드가 바이킹족이 쓰던 말로 그것들을 설명해준 적이 있었다.

"난 잘 모르겠네요." 데이나가 말했다. "여기 나온 건 스물다섯 개뿐이에요. 각각이 고유의 특별한 의미를 지닌 것 같아요. 어떻게 이것들을 영어의 알파벳처럼 써서 단어를 만든다는 거죠? 그러기에는 문자의 수가 너무 적어요."

나는 책을 넘겨보았다. "아마 중국 글자와 비슷할 수도 있겠죠. 각각의 문자에 본래 의미가 있고 몇 가지 보조적인 의미도 함께 있는 거죠. 그리고 둘 이상을 함께 사용하면, 각각의 문자가 서로 조금씩 영향을 주고받아 독특한 의미를 생성하는 거죠. 그런 결합체가 일종의 단어고요. 그렇게 이해하면 되지 않을까요?"

"그렇겠죠. 하지만 중국 글자는 이천 자가 넘어요."

"바이킹족은 말수가 적었는지도 모르죠."

데이나는 수첩을 펼쳐서 내 쪽으로 돌렸다. 수첩에는 전날 시체 안치소에서 우리가 보았던 룬문자 세 개가 그려져 있었다. "여기에 나온 문자들은 '분리', '타개', '속박'이라는 의미예요. 피해자의 몸에 새겨져 있던 거죠. 그건 무슨 뜻일까요?" 그녀가 물었다.

나는 수첩 대신 책에 눈길을 돌렸다. 책의 다음 장에도 룬문자가 그려져 있었고 바이킹족의 명칭도 적혀 있었다. 물고기 모양의 표식은 '오틸라'로 분리를 뜻했다. 연의 나비매듭처럼 생긴 '다가즈'는 타개한다는 뜻, 비스듬한 칼 모양 문양은 '노티즈', 속박을 의미했다. 나는 고개를 들어 그녀를 보았다. 그녀는 나를 유심히 바라보고 있었다.

"이 문자들의 보조적인 의미는 뭐죠?" 내가 물었다.

"거기 나와 있어요." 그녀가 말했다.

옆면에 룬문자 각각의 보조적인 의미가 나열되어 있었다. '오틸라'는 '자산' 또는 '물려받은 재산', '태어난 땅', '고향'이라는 뜻을 지니고 있었다. '다가즈'는 '낮', '신의 빛', '번영'과 '다산'을 의미했다. '노티즈'는 '욕구', '필요', '슬픔의 원인', '교훈', '고충'을 뜻했다.

"중요한 내부 장기가 신체에서 분리된다는 뜻일까요?" 나는 심각하지 않은 투로 넌지시 물었다. 툴로치가 격려하듯 고개를 끄덕였다. 다시 책을 내려다보았다. "타개……. 음, 가슴의 벽을 깨부숴서 심장에 닿는다는 걸까요? 속박은…… 그녀를 묶어놓았죠, 맞죠? 발목과 손목에 멍의 흔적이……. 또 그녀는 분명 심한 고통을 겪었는데……." 나는 말꼬리를 흐리며 데이나를 보았다.

"당신이 보기엔 그럴듯한 것 같아요?" 그녀가 물었다.

나는 고개를 저었다. "아뇨. 헛소리로만 보이네요."

"아무 의미 없는 낙서 같은 걸까요?"

"낙서를 고상하게 한 것 같긴 해요." 나는 동의했다. "지하실의 문양들은 어땠어요?"

데이나는 카메라 버튼을 눌러서 십 분 전에 찍은 것을 보여주었다. 벽난로 상인방에는 다섯 개의 문양이 새겨져 있었다.

"위쪽을 가리키는 화살표라." 내가 말했다.

데이나가 책의 맨 뒤쪽을 넘겼다. "'테이와즈', '전사'와 '전투에서의 승리'를 뜻해요."

나는 그녀를 보았다. 우리 둘 다 어리둥절한 표정이다.

"그다음 문양은 F를 기울여놓은 것처럼 보이는데요." 나는 손을 뻗어서 책에 나온 그림을 가리켰다. "이거네요. 뭐라고 적혀 있죠?"

"'안수즈', '징조', '신'과 '하구'를 뜻해요."

"그리고 세 번째 문양은 섬광처럼 보이고요."

"'소웰루', '완전함', '태양'이란 뜻이에요." 그녀는 다시 고개를 들었다.

"이것도 그냥 헛…… 아무 의미 없는 낙서 같은데요." 내가 말했다.

"확실히 그런 것 같아요." 그녀도 동의했다. "남은 두 개는 어때요?"

"탁자를 뒤집어놓은 것 모양인 '퍼스'의 의미는…… 아!"

"왜요?"

"'창시'를 뜻해요."

그녀는 인상을 찌푸렸다. "이 단어는 늘 불길한 느낌이에요."

"무슨 말인지 알겠어요. 그리고 마지막으로, 구부러진 H 같은 글자는 '하갈라즈', '붕괴'와 '자연력'을 의미해요."

"'전사', '징조', '완전함', '창시', '붕괴'로군요." 데이나가 요약해서 말했다.

나는 양손을 들었다. "아무 의미도 없는……."

"헛소리죠." 데이나가 말하고는 빙긋 웃었다. 예쁜 미소였다.

나는 웃음을 터뜨렸다. "아무래도 덩컨의 아버지와 얘길 나눠봐야겠어요. 무슨 맥락이 있을지도 모르죠."

"우리 아버진 왜?" 문간 쪽에서 목소리가 들렸다. 덩컨이 가까이 와 있었다. 그가 빙긋이 웃으면서 데이나와 나를 번갈아 쳐다보자 나는 뱃속이 당기는 느낌이었다. 나말고 다른 예쁜 여성과 있는 자리에 덩컨이 함께 있을 때면 항상 그랬다. 어째서인지 덩컨의 주위에서 여자들은 연약해지는 것 같았다. 얼굴이 빨개지고, 눈을 반짝이고, 본능적으로 몸을 그에게 기울였다. 데이나도 여느 여자들과 같은 반응을 보일 거라 예상했지만, 의외로 그녀는 달랐다. 이날 밤 데이나 덕분에 나는 전혀 생소한 경험을 했다. 내 잘생긴 남편과 그와 마찬가지로 매혹적인 여성이 함께 있는데도 아무런 질투심이 생기지 않은 것이다. 두 사람은 농담을 몇 마디 주고받았고, 덩컨이 룬문자에 대해 나보다도 아는 것이 없다는 것이 확인되자 그녀는 떠났다. 다시 연락하겠다는 말 같은 것도 남기지 않고.

# 7

"달려, 달려." 헨리가 속도를 높일수록 나는 재촉을 이어갔다. 그러고는 안장에서 일어나 헨리의 목 위로 몸을 숙이며 균형을 잡았다. 헨리는 해안 길을 따라 힘차게 내달렸다.

셰틀랜드에서 내가 말타기를 가장 즐기는 곳, 반달 모양의 진한 분홍빛 해변이었다. 군데군데 풀에 덮인 절벽이 오목한 그릇의 양면처럼 짙은 청록색의 만의 주위를 높이 에워싸고 있었다. 말을 타고 달리는 동안 시야가 물보라에 흐려져 색채말고는 아무것도 분간할 수 없었다. 초록색 풀과 터키옥색 바다, 분홍빛 모래, 푸근한 청록색의 대양까지. 가끔은 이 섬에 꽃이라는 존재가 필요하지 않다고 느낄 때도 있었다.

셰틀랜드에는 바람이 잠잠한 경우가 드물지만, 그래도 이날 아침에는 약간 살랑대는 정도였고, 하얀 물거품이 작게 일기는 했어도 바다 역시 조용했다.

나는 헨리의 머리를 돌려 밀려오는 파도 사이를 가로질러 왔던 길을 되돌아왔다. 우리 둘 다 숨을 헐떡이고 있었다. 아무 생각도 나지 않던 더없이 좋은 순간이 사라지고, 다시 현실이 느껴지기 시작했다.

목요일은 쉬는 날이다. 전화기를 근처에 두고서 뭔가 위급한 상황이라도 발생하면 즉시 대응해야 했지만, 그것만 아니라면 마음껏 쉴 수 있다. 작은 희망 사항인 셈이다. 덩컨은 지금 내가 '정신적인 긴장' 상황에 있다고 했다. 나는 밤에 잠을 제대로 자지 못했고, 아침에는 너무 일찍 깼으며, 하루 종일 피곤한 상태가 지속되었다. 깨어 있는 동안에도 은연중에 이를 악물고 주먹을 꽉 쥔 채 시간을 보냈다. 만성적인 두통으로 일을 하기조차 힘든 지경이었고, 하루 온종일 아스피린과 해열진통제인 파라세타몰에 절어 지냈다.

도대체 내게 무슨 일이 생긴 걸까?

글쎄, 우선 첫 번째 문제는, 덩컨에게 뭔가 걱정거리가 있는데 그게 무엇인지 내게 말해주지 않는다는 점이었다. 우리는 대화를 거의 나누지 않았다. 침대에서만 말없는 대화를 나눌 뿐이다. 예상과 다르게 그의 새 사업이 자리를 잡는 데 어려움을 겪었다. 그는 나처럼 늦게까지 일하면서도 일주일에 엿새, 때로는 일주일 내

내 일을 나갔다. 아기 얘기를 두어 번 꺼냈을 때도 그는 굳은 표정으로 서둘러 화제를 바꾸려 했다. 입양에 관한 얘기도 두 번 다시 하지 않았다. 이날 아침 그는 거래처 고객과의 면담이 있다며 런던으로 사흘간의 출장을 떠났다. 며칠이나마 집에 혼자 있을 수 있다는 사실, 또 매사에 아무런 문제가 없는 척하지 않아도 된다는 사실에 나는 거의 안도감을 느낄 정도였다.

두 번째 문제는, 내가 일을 능숙하게 해내지 못한다는 사실이었다. 아직까지는 큰 실수를 저지르지 않았다. 내가 맡은 아기들은 모두 무사히 태어났으며 건강한 상태였다. 이틀 전에는 팀원들의 도움으로 재닛 케네디의 목숨까지 구한 터였다. 하지만 그게 전부가 아니었다. 수술실에서도, 분만실에서도 나는 어색하고 서툴렀다. 병원의 팀원들이나 환자들 가운데 정말로 나를 좋아하는 사람이 없을 거라는 확신도 들었다. 그건 내 잘못이다. 느긋하고 자연스럽게 행동하지 못했으니까. 워낙 딱딱하고 차가운 성격이라 그 방식을 바꾸려고 애를 썼는데, 그러다보니 어울리지 않는 농담을 내뱉고 멀뚱한 시선들을 마주하게 되는 식이었다.

세 번째 문제는, 살인 사건 수사가 어떻게 진행되는지 알고 싶어서 좀이 쑤신다는 것이다. 툴로치 경사가 다녀간 다음날 나는 인버네스에서 온 형사와 새로 면담을 하게 되었다. 그는 툴로치 경사가 했던 질문을 되풀이했다. 내가 살해된 여성이 섬 주민일 가능성과 관련한 던 경위의 이론을 똑같이 들려주자 놀랍게도 그는 점잖게 고개를 끄덕이기까지 했다. 나중에 덩컨에게 듣기로는 본토의 수사관들 대부분이 소환되었다고 했다. 그리고 던 경위와 툴로치 경사가 다시 수사 책임을 맡게 되었다는 말도, 던 경위는 원래는 셰틀랜드가 아니라 본토의 윅에 상주한다는 말도 들었다.

데이나 툴로치에게 전화를 걸어볼 생각도 했지만, 달갑지 않다는 반응이 돌아올 게 뻔했기에 그만두었다. 지난 며칠 동안 저녁마다 뉴스를 지켜봤지만 새로운 사실은 없었다. 지역 언론과 셰틀랜드 방송에서 사건을 일부 다루긴 했어도 내 기대에는 훨씬 미치지 못했다. 병원에서도 나를 향해 보내는 의심스러운 시선을 한두 차례 느꼈는데, 그럼에도 누구도 그 일에 대해 직접 묻지는 않았다. 주변에서 다정하게 소란을 떨어줄 이웃도 없었다.

병원 구내식당에서 다른 직원들과 함께 식사를 하면서, 나는 믿기 힘들 정도로 짜증이 나 있는 스스로를 깨달았다. 그들은 겨우 학교 운동회라든지, 버스 요금 인상이라든지, A970 도로의 보수 작업에 관해서 잡담이나 주고받을 뿐이었다. 고함을 지르고 싶을 지경이었다. 불과 나흘 전에 우리는 병원에서 십오 킬로미터 밖에 떨어져 있지 않은 곳에서 사체를 파냈다고. 죽은 여성이 지금도 병원 시체 안치소에 있다고. 그런데 아무도 신경쓰지 않느냐고 말이다. 물론 실제로 입 밖에 내지는 못했다. 그러다가 혹시 그날 밤 술집에서 기퍼드가 내게 애매하게 던졌던 경고가 병원에서도 반복된 것은 아닐까 하는 의문이 들었다. 섬에서 발생한 그 유난히 소름 끼치는 살인 사건에 대해 논의하지 말 것. 왜냐하면 그래봐야 이 섬의 사회적 경제적 안정을 해칠 뿐이니까. 말하지 않으면 금세 지나가게 될 테니까.

그러고 보니, 켄 기퍼드도 문제였다.

그를 만난 게 불과 나흘 전인데, 이후 나흘 동안 그는 본래의 권한을 넘어 내 머릿속에 너무 많이 등장했다. 심지어 나는 월터 스콧의 『아이반호』를 직접 구입해 그가 나를 닮았다고 했던 소설 속 등장인물에 대한 묘사를 닥치는 대로 섭렵하고, "월등한 신장", "더없이 하얀 피부", "갈색과 황갈색의 중간쯤 되는 풍성한 머릿결" 같은 묘사를 읽으면서 황당하리만치 들뜨고 말았다.

내가 결혼한 지는 오 년이 되었고, 그동안 매력을 느낀 남자는 기퍼드가 처음은 아니다. 또한 내가 만났던 남자들 중에는 내게…… 흥미를 보인 이들도 제법 있었다. 그런 경우가 실제로 문제가 된 적은 없었다. 내게는 간단한 검증 방법이 있다. 자신에게 물어보는 것이다. "토라, 네가 보기에 아무리 상냥하고 유쾌한 남자가 있다고 해도, 솔직히 그가 덩컨과 비교가 돼?" 내 대답은 늘 같았다. 천만의 말씀이라고. 그런데 기퍼드의 경우에는 분명한 대답이 나오지 않았다.

요컨대, 고민할 것이 너무 많았다.

내 심정을 알아차렸는지 헨리가 수면 위를 스치듯 달리기 시작했다. 그러다가 바다오리가 가까이 날아들었고, 헨리는 자신을 방어하느라 물속으로 뒷걸음질을 쳤다. 헨리는 강물과 개울과 연못은 말할 것도 없고, 파도 속을 헤치고 다닌 적도 많았다. 당연히 발굽에 와 닿는 바닷물이 성가시게 느껴질 이유가 없는데, 무슨 이유에서인지 이날은 달랐다. 껑충 뛰어오르며 발길질을 하더니 물속에서 빙빙 돌며 더 깊은 곳으로 향했다. 헨리가 발을 힛딛는 바람에 나는 안장에서 떨어질 뻔했다. 고삐를 잡아당겨 재빨리 그를 바로 세웠다.

"멈춰!" 나는 호통을 치고는 헨리가 바다가 아닌 해변을 바라보도록 고삐를 잡아 돌렸다. 헨리는 옆걸음질을 치며 더 뒤쪽으로 이동했다.

이제 약간 불안해진 나는 채찍을 가져오지 않은 것을 후회하며 헨리가 전진하도록 발길질을 했다. 말 머리를 높이고 다시 한번 발을 찼다. 순간 헨리가 앞으로 달려나갔는데, 그때 절벽 꼭대기에서 한 남자가 우리를 내려다보며 서 있는 것이 보였다.

가장 먼저 떠오른 사람은 기퍼드였지만 그가 맞는지 확신할 수는 없었다. 절벽이 우리의 동쪽 편에 솟아 있고 해는 여전히 낮게 깔려 있어서, 남자는 이른 아침 햇살의 파편에 가려진 작은 그림자로밖에 보이지 않았다. 큰 키에 체격이 좋고, 길게 늘어진 머리카락은 황금처럼 번득이는 듯했다. 나는 햇빛에 눈이 부셔서 잠시 시선을 돌린 채 눈을 거의 감다시피 찡그렸다. 그러고서 다시 눈을 떠보니 남자는 사라지고 없었다.

나는 헨리를 파도 바깥으로 몰아 해안을 따라 걷게 했다. 집까지는 삼 킬로미터가 남았고, 찰스는 아직 운동시키지도 않았다.

찰스는 운동을 시킬 상황이 아니었다.

헨리가 사라지고 자신을 진정시켜줄 제이미도 없다보니, 찰스는 겁을 먹고 울타리를 뛰어넘었다가 옆쪽 벌판의 울퉁불퉁한 지면에 발부리가 걸려 부지 아래로 흐르는 도랑에 빠져버렸다. 사실 그 자체로는 별문제가 아니었지만, 찰스가 도랑에서 미끄러지다가 낡은 가시철조망을 들이받는 바람에 자리를 이탈한 철조망이 찰스의 왼쪽 뒷다리에 감기고 말았다. 분별력이 없는 말은 철조망의 날카로운 가시가 살에 박힌 채 도랑에 갇혀버렸다. 당연히 고통은 극심했다. 눈알을 희번덕거리는 찰스의 회색 털가죽은 땀에 젖어 짙게 변해 있었다.

나는 최대한 서둘러 헨리의 마구를 벗기고 목장 안으로 밀어넣었다. 찰스의 울부짖는 소리를 들은 헨리는 울타리로 달려가서 친구를 부르기 시작했다.

말들은 다치거나 스트레스를 받으면 독특한 울음소리를 낸다. 좀처럼 듣는 경우가 드물다는 것이 다행스러울 만치, 겁에 질린 아이의 비명처럼 마음을 찢어지게 만드는 소리다. 찰스의 울음소리는 두 배나 커졌고, 이제 그는 몸부림을 치며 발을 차대기 시작했다.

철조망을 끊어낼 절단기 같은 장비가 없이는 찰스를 풀어줄 수 없다는 것을 깨닫고 나는 방향을 돌려 집안으로 뛰어들어갔다. 내가 신은 초록색의 낡은 사냥용 장화는 앞서 제이미를 매장하려다 실패했던 날 묻은 진흙이 아직 더께를 이루고 있었다. 덩컨이 장비를 보관해둔 위층으로 뛰어 올라갈 때 말라붙은 진흙이 카펫에 조각조각 떨어져나왔다. 나는 펜치를 찾아 들었다가 만약을 대비해 더 큰 펜치를 골라 거머쥐고는 아래층으로 뛰어 내려왔다. 계단을 네 칸 남기고 미끄러지는 바람에 층계에 꼬리뼈를 심하게 부딪혔다. 아프긴 했지만 억지로 일어나서 움직였다.

집밖으로 달려나와보니 찰스와 헨리가 서로 흥분을 부추기고 있었는데, 헨리는 당장이라도 울타리를 뛰어넘어 도랑에 빠진 찰스에게 합류할 기세였다. 헨리를 묶어둬야 할 것 같았지만 굴레를 찾고 녀석을 붙잡아둘 만한 시간적 여유가 없었다. 찰스의 다리에서 피가 흐르고 있었다. 가까스로 찰스에게 감긴 철조망을 풀어준다 해도(흥분한 지금 상태로 볼 때 그러기도 점점 어려워질 것 같았지만) 이미 다리에 회복하기 힘들 정도의 부상을 입은 것 같았다. 일주일 사이에 또 말을 잃고 싶지는 않았다.

나는 침착하라고 자신을 다독이며 찰스에게 다가갔다. 도랑은 폭이 좁은데다 골풀과 기다란 풀잎에 가려 눈에 띄지 않는 경우도 있었다. 여름철에도 수량이 많진 않은데 그래도 깊이는 제법 되었다. 찰스는 앞발을 버둥거리며 도랑에서 벗어나려 했지만 뒷다리가 묶여서 빠져나오지 못했다. 게다가 애를 쓸수록 힘이 빠지고, 고통은 심해졌으며, 철조망의 뾰족한 가시는 살 속으로 더욱 끼고 들었다. 나로서는 전혀 겪어본 적이 없는 상황이었다. 잠시 고개를 돌려 도와달라고 고함을 질러야 하는 게 아닐까 하는 생각이 들었다. 하지만 도와줄 사람이 아무도 없다는 것을 알고 있었다.

나는 찰스의 발굽에 차이지 않을 만큼만 거리를 두고서 녀석을 진정시키려고 했다. 머리를 쓰다듬을 수만 있다면 해볼 만할 것 같았다.

"진정해, 진정, 진정하라고, 워, 진정하렴." 나는 찰스에게 팔을 뻗었다. 찰스는 고개를 치켜들어 나를 물려고 했다. 그러고는 몸을 휙 돌려 다시 버둥거리며 몸부림을 쳤다. 나는 찰스가 두 살일 때부터 녀석을 봐왔다. 찰스는 어머니의 농장에 와서 길이 들었고, 찰스의 등에 오르는 사람은 내가 유일했다. 그렇지만 고통과 두려움이 극심한 나머지 지금 찰스는 나를 적으로 간주하고 있었다. 나는 아래쪽을 내려다보았다. 왼쪽 뒷다리는 전혀 빼낼 수 없는 상태였고, 울타리와 연결된 철선 두 줄, 아니 세 줄이 다리에 감긴 것 같았다. 그쪽으로 다가가기만 한다면 철선을 잘라내고 찰스를 도랑에서 빼낼 수 있을지도 모른다.

나는 도랑으로 뛰어내렸다. 찰스는 나를 향해 고개를 휙 돌리더니 눈을 부라렸다. 커다란 말의 발굽에 한번 차이면 설사 죽지는 않더라도 큰 부상을 입을 터였다. 하지만 가까이 다가가지 않고는 찰스를 도울 방법이 없었다. 나는 내 목소리가 차분하게 들리기를 바라면서 천천히 말을 건네며 앞으로 다가갔다. 찰스는 몹시 헐떡였고 눈알을 희번덕거렸다. 만약 나를 향해 두 앞발을 치켜든다면 나는 그 아래 갇히고 말 것이다. 혹시 쓰러지기라도 한다면 아예 깔려버릴지도 몰랐다. 모든 일이 불가능해 보여서 순간적으로 전부 포기하고 수의사에게 전화를 걸고 싶은 유혹을 느꼈다. 그렇지만, 내가 찰스를 도랑에서 빼내줄 가능성이 희박하다 해도 찰스의 목숨을 구할 가능성이 있는 한 한시라도 빨리 그를 철조망에서 풀어주어야 했다.

내가 다시 앞으로 나서자 찰스는 철조망에 감긴 뒷다리로 불안정하게 균형을 잡으며 앞발을 들었다. 그러다가 다시 앞으로 고꾸라졌고, 나는 녀석이 일어서기 전에 앞으로 움직였다. 더이상 찰스에게 말을 걸지도 않았다. 목소리가 제대로 나오지 않아서였다. 나는 도랑에 몸을 웅크리고서 머리 위에 오백 킬로그램의 근육과 뼈가 드리우고 있는 것을 애써 외면한 채 철조망의 첫 번째 두꺼운 선을 펜치로 집었다. 철선이 하나 끊어지기 무섭게 찰스가 뒷다리를 박찼다. 그러는 바람에 남은 철선이 말굽 뒤쪽으로 더 깊이 파고들어 찰스는 고통스러운 비명을 내질렀다. 그러고는 다시 앞발을 치켜들며 몸을 일으켰는데, 이번에는 무서운 두 앞발이 곧장 나를 덮쳐들었다. 피해야 했다!

"그 자리에 가만히 있어." 목소리가 들렸다.

나는 얼어붙었다.

머리 위로 맑게 갠 파란 하늘이 눈에 들어왔다. 희고 엷은 구름도. 그리고 임박한 무서운 죽음의 그림자까지.

쿵 소리를 내며 찰스의 두 앞발이 도랑의 비탈면을 찍었고 이제 녀석은 끽끽대며 울었다. 물론 말이 흐느끼는 소리를 들어본 사람은 드물 테고 그것이 가능한지조차 의문을 품겠지만, 정말로 그랬다. 찰스는 흑흑거렸다. 햇볕에 그을리고 기미가 낀, 미세한 금색 털에 뒤덮인 팔이 찰스의 목을 휘감고 커다란 두 손으로 갈기를 거머쥐어 찰스를 움직이지 못하게 만들었다. 불가능한 일이었다. 어느 누구도 겁에 질린 말을 가만히 붙잡아둘 만큼 힘이 셀 수는 없다. 그런데 기퍼드는 채찍도 없이, 굴레도 씌우지 않은 말을 꼼짝 못 하게 붙들고 있었다.

나는 손 하나 까딱하지 못한 채 도랑에 몸을 반쯤 걸치고 드러누운 상태로 기퍼드가 찰스의 갈기를 쓰다듬는 모습을 보았다. 기퍼드는 머리로 찰스의 콧등을 누르면서 내가 이해할 수 없는 말을 나지막이 속삭였다. 게일어라든지, 이해하기 힘든 셰틀랜드 사투리 같았다. 찰스는 여전히 괴로워 보였고 몸을 부들거렸지만 그것말고는 완전히 잠잠해졌다. 이제 내게 기회가 온 셈이다. 재빨리 움직인다면 남은 두 개의 철선을 잘라낼 수 있을 것이다. 기퍼드가 찰스를 오랫동안 붙잡고 있을 수는 없을 테니 당장 움직여야 했다. 그런데 충격을 받은 탓인지 아직도 몸을 움직일 수가 없었다.

"당신 머리 뒤쪽, 조금 왼편에 펜치가 있소." 말을 꽉 껴안은 채로 기퍼드가 말했다. 그의 왼손은 여전히 찰스의 갈기를 거머쥐었고, 오른손은 찰스의 목을 짧고 빠르고 단호하게 어루만지는 중이었다. 마치 날을 삼새우려는 것처럼. "이시 서둘러요." 그의 말에 나는 몸을 뒤집었다. 배를 깔고 엎드린 채로 펜치에 팔을 뻗었다가 얼른 몸을 일으켜 찰스의 뒷다리로 다가갔다. 찰스가 몸을 부르르 떨자 기퍼드는 게일어로 된 조용한 자장가를 다시 부르기 시작했다. 어느 순간 말발굽이 나를 내리찍으면 나는 등뼈가 부러지고 최소한 불구가 될 터였다. 그런 생각을 머릿속에서 아예 차단한 채 양손을 앞으로 뻗어서 가장 가까이에 있는 철선을 펜치로 잘랐다. 이어서, 다른 생각을 할 겨를도 없이 남은 하나의 철선을 찾아 끊었다. 철선이 끊어지며 난 고음의 날카로운 소리가 좁은 만 주위까지 메아리치는 것 같았다.

"어서 빠져나와요." 기퍼드가 소리쳤다. 나는 몸을 굴리고 다시 굴렸다. 그제야 안전한 곳으로 나왔다는 생각이 들었다. 내가 고개를 돌렸을 때 기퍼드는 찰스를 벌써 도랑에서 끄집어내어 가만히 붙잡아두느라 여전히 힘을 쏟고 있었다. 찰스는 마침내 고통스러운 압박에서 벗어난 것을 알고서 도망쳐 달아나려는데 기퍼드가 허락을 해주지 않았다. 그는 찰스의 목에 매달린 채 말의 엄청난 힘에 이끌려 이리저리 흔들리면서도 중얼거림을 멈추지 않았다. 일 분 혹은 이 분쯤 지나자 찰스는 패배를 받아들였다. 몸을 축 늘어뜨리며 기퍼드에게 거의 기대다시피 했다.

한마디로, 믿기 힘든 광경이었다. 물론 동물을 진정시킬 수 있는 초자연적인 능력을 지닌 사람들에 대해서는 들어본 적이 있었다. 영화 〈호스 위스퍼러〉를 본 적도 있고 원작 소설을 절반쯤 읽기도 했지만, 현실에서 이런 광경을 보기는 처음이었다.

"토라, 이리 좀 와줘요." 조금은 격앙된 듯, 조금은 들뜬 듯 기퍼드가 말했다. 겨우 몸을 일으킨 나는 아까 도랑에서 몸을 굴려 빠져나올 때 놓쳐버린 펜치를 찾느라 주위를 두리번거렸다. 그건 어디에도 보이지 않았지만 대신 다른 작은 펜치가 근처에 놓여 있었다. 나는 그것을 집어 들고 이 마술이 얼마나 오래 지속될지 몰라 초조한 마음으로 기퍼드를 쳐다보며 찰스에게 다가갔다. 이제 찰스는 평소 마구간에서 그러던 것처럼 쉽게 다리를 내주었다.

나는 천천히 조심스럽게 찰스의 다리에 감긴 철조망을 잘라냈다. 다섯 번을 자르고 나서야 철조망은 모두 풀렸다. 떨어진 철조망을 주워서 뒤로 물러서자 기퍼드가 말을 놓아주었다. 찰스는 앞발을 치켜들며 껑충 뛰어오르더니 울타리를 향해 빠르게 달려갔다. 지금까지 초조하게 모든 광경을 지켜보던 헨리가 있는 곳이었다. 찰스는 몇 걸음을 달리다가 천천히 걷기 시작했다. 절뚝거렸지만, 다친 다리로도 체중을 지탱하고 있었다. 나로선 어쨌든 상처가 덧나지 않기를 바라는 수밖에 없었다.

"어떻게 한 거죠? 나는 곁에 다가오지도 못하게 하던데." 찰스에게서 눈을 떼지 않은 채로 내가 물었다.

"당신이 더 겁을 먹었으니까." 기퍼드가 대답했다. "말은 느낄 수가 있거든. 그래서 더 겁을 먹게 되지. 난 겁을 먹지 않았소. 특별한 수를 쓴 건 아니오."

그럴듯한 말이었다. 말은 무리를 짓는 동물이고, 상대가 말이든 사람이든 강한 지도자에게 철저히 복종한다. 말들은 누가 대장인지를 알고 싶어 한다.

"그리고 최면술을 약간 썼지. 말을 진정시켜야 했으니까."

황당한 소리였다. 나는 고개를 돌려 기퍼드를 보았다.

"동물들은 최면에 아주 쉽게 들거든. 말이나 개들은 특히." 그가 말했다.

"농담하시는 거죠?" 긴가민가하며 내가 물었다.

그는 정말로 진지해 보였다.

"맞소, 농담이오. 이제 진통제와 파상풍 주사가 필요하겠군. 가능하면 항생제도."

"수의사를 부를게요." 울타리를 사이에 두고 서로 코를 비벼대는 찰스와 헨리를 보며 내가 말했다.

"당신 얘기요." 기퍼드가 말하고는 내 오른쪽 팔뚝에서 어깨 쪽을 손으로 쓸었다. 나는 깜짝 놀라며 그만큼 예리한 통증을 느꼈다. 어쩌면 찰스가 결국 나를 찼는데 내가 몰랐든지, 아니면 뾰족한 돌멩이 위로 넘어진 것인지도 몰랐다. 나는 기퍼드를 향해 돌아섰는데, 맙소사, 쥐구멍에라도 숨고 싶을 정도로 뜻밖의 충동에 통증은 사라져버렸다. 맹세컨대 기퍼드는 지난번에 만난 뒤로 키가 오 센티미터는 더 커진 것 같았다. 청바지에 티셔츠 차림인 것으로 보아 일을 하다 온 것은 분명 아니었다. 그의 얼굴은 땀에 젖어 번들거리고 있었다.

"들어가지. 내 가방에 뭐가 들었는지 살펴보자고." 그가 말했다.

기퍼드의 자동차는 우리집 뜰에 세워져 있었다. 뜰을 지날 때 그가 차 트렁크에서 가방을 꺼냈다. 나는 주방에서 승마용 헬멧을 벗고 식탁 앞에 앉았는데, 아직 남아 있는 아침 식사의 흔적이 너무나 신경쓰였다. 붉고 땀에 젖은 얼굴과 엉망이 된 머리도. 내게서 고약한 냄새가 풍길 거라는 생각도 들었다. 기퍼드는 수도꼭지를 틀고 김이 날 때까지 기다렸다.

"당신을 병원에 데려가서 제대로 치료를 받도록 하는 수도 있소. 그게 싫다면 내가 부적절한 행동은 하지 않으리라 믿어주든지."

틀림없이 내 얼굴이 달아올랐을 테지만, 아마 처음부터 붉었던 탓에 그는 알아채지 못했을 것이다. 나는 덩컨이 입던 오래된 셔츠의 단추를 풀고 몸을 꿈틀거리며 옷소매에서 팔을 빼냈다. 그러고는 셔츠를 들어 필요 이상으로 몸을 가렸다. 솔직히 말하자면 내 브래지어가 불시의 경우를 대비해 고른 순백색 레이스가 달린 종류가 아니기 때문이었다.

기퍼드는 내 팔뚝을 닦아내기 시작했고, 나는 고개를 돌려 상처를 살펴보았다. 위팔에 이미 멍이 크게 번져 있었다. 심하게 긁힌 자국에서 피가 흘렀는데 상처가 깊어 보이지는 않았다. 어쩌다가 그렇게 다쳤는지 기억나지 않았지만 이제 아드레날린의 분비가 끝나서인지 상처가 맹렬하게 아파왔다.

기퍼드는 상처를 소독한 뒤 파상풍 주사를 놓아주었다. 그런 다음 마지막으로 작고 흰 알약 두 개를 건넸다. 일반인이 약국에서 구할 수 있는 것보다 훨씬 강한 진통제였다. 나는 기꺼이 알약을 받았다.

기퍼드가 시계를 확인했다. "이십 분 뒤에 수술이 예약되어 있거든." 그는 짐을 꾸리기 시작했다.

"이곳에서 뭘 하고 있었던 거죠?"

그는 웃었다. "고마워요, 미스터 기퍼드. 내 목숨을 살려주고 내 말도 구해주셨으니까요. 즉각적이고 아주 간편하게 응급조치까지 해주셨죠." 그는 가방을 닫았다. "당신을 대신해 수의사를 불러줄 생각이었는데, 더는 그러고 싶지 않군."

"무례하게 굴었다고 기분 나빠하진 마세요. 이곳에는 왜 오신 거죠?"

"당신더러 병원에서 나가라는 얘길 하고 싶어서."

나는 다시 마음이 요동치는 것을 느꼈다. 나쁜 소식을 듣게 되리라는 것은 직감하고 있었다.

"네?"

"불만들이 많소."

"저에 대해서요?"

그는 고개를 끄덕였다.

"누가요?"

"그게 중요한가?"

"저한테는요."

"내가 지금껏 지켜본바 당신에게서 꽤 깊은 인상을 받았다고 그들에게 말했소. 훌륭하게 일을 수행하고 있으니 어떻게 해서든 당신을 팀에 남겨두고 싶었거든. 다만 당신이 새로운 환경에 처하다 보니 한동안 좀 유별나 보일 수 있고, 그래서 당신에게 여유를 줄 필요가 있다고도 말했지."

"고맙군요." 말은 그렇게 했지만 기분이 전혀 나아지지 않았다. 모두가 나를 싫어하는데 단 한 명의 친구로 충분할 리가 없지 않은가.

"고마워할 것 없소." 그는 가방을 닫아 들었다.

"왜 그 이야기를 나한테 하는 거죠?"

"당신도 알아야 하니까. 당신도 노력해야지. 기술적인 면에서 당신 실력은 나무랄 데가 없지만, 사람을 다루는 기술은 충분치가 않소."

그 말은 나를 완전히 화나게 했다. 아마도 틀린 말이 아님을 알았기 때문이리라. 나는 일어섰다. "병원에서 제 행동에 문제가 있다면 정해진 절차대로 처리하면 될 일이죠. 굳이 그런 말씀을 하러 오실 필요까지는 없었어요."

기퍼드는 조금도 위축되지 않았다. "아, 진정해요. 당신이 원한다면 규정대로 처리할 수 있소. 시간이 한참 걸릴 텐데 우린 그럴 여유가 없고, 어차피 최종 결과도 달라질 게 없지. 그러려니 번거롭고 어쩌면 당신 경력에 해로울지 모를 기록만 잔뜩 남을 것 같아 왔던 거요. 아무튼 내일 보도록 하지."

그가 돌아서서 가버린 뒤 나는 혼자 남았다. 팔의 통증이 극심해졌고, 내 자존심은 갈기갈기 찢겨졌다.

8

십 분 뒤 수의사에게 연락을 했고 욱신거리던 팔의 통증은 어느 정도 줄어들었다. 나는 울타리에 앉아 절뚝거리며 돌아다니는 찰스를 지켜보았다. 찰스를 위해 내가 할 수 있는 일이 아무것도 없다는 건 알았지만 그래도 혼자 남겨두기가 꺼려졌다. 펜치는 둘 다 찾아내 그중 강한 펜치로 부러진 울타리 기둥에서 뻗어 나온 철조망 몇 가닥을 잘랐다. 잘라낸 철조망은 모아서 뜰에 가져다 놓았다.

망할 기퍼드는 선심을 베푸는 척하며 속임수를 일삼는 야비한 작자였다. 그가 무슨 계획을 세웠는지도 정확히 알 것 같았다. 전에도 똑같은 전략에 당한 적이 있었다. 초등학교 운동장에서 처음 그런 경험을 했다. 샐리 카터가 나를 운동장 한구석으로 슬그

머니 데려가 우리 반에서 나를 좋아하는 여자아이가 아무도 없다고 일러주었었다. 다들 내가 건방지고 권위적이며 똑똑한 체한다고 생각한다는 것이었다. 하지만 나는 걱정하지 않아도 되었는데, 왜냐하면 샐리 카터가 나를 멋있다고 여기고 지지해주었기 때문이었다. 지금 이날까지도 그 순간 맞닥뜨린 혼란스러운 감정이 생생하다. 인기가 없다는 사실을 막 깨달아 비참함을 느끼는 동시에 그래도 친구가 적어도 한 명은 있다는 애처로운 사실에 고마움을 느끼고, 그러면서도 바로 그 친구가 모든 사실을 들려주어 나의 좋은 시절을 망쳐버린 것에 대한 분노와 결국 그녀가 내 감정을 이토록 상하게 만들었으니 그녀 역시 썩 좋은 친구는 아닐 거라는 비밀스러우면서 불확실한 의심이 깔린 그런 감정이었다. 나는 나이를 먹는 동안 또 다른 샐리 카터들을 만나면서, 그렇게 노골적이면서 대단히 효과적이고 상습적인 술책을 알아채는 법을 배우게 되었다.

나는 펜치를 들고 집안으로 들어갔다. 자신의 도구를 세심하게 관리하는 덩컨은 내가 도구를 쓰거나 함부로 다루는 것을 탐탁지 않게 여겼다.

물론, 그런 술책을 알아채는 것과 그것에 대처하는 것은 별개의 문제다. 비위에 거슬리는 그런 일종의 권력 다툼은 (종종 유혹을 느끼기는 해도) 내가 무시할 수 있는 것이었다. 다른 한편으로, 나는 스스로 인기가 없다는 점을 늘 실감하며 살았다. 나는 사소한 잡담을 나누는 재주도 없고, 인원이 많은 집단에 속하는 것도 불편했다. 또 내가 여간해서는 미소를 짓지 않으며, 서투른 발언과 때에 맞지 않는 농담에 일가견이 있다는 사실도 익히 아는 터였다. 오랜 시간 동안 달라지려고 노력해봤지만 성공하지 못했다. 그럼에도 가끔은 주위 사람들을 향해 제발 좀 어른답게 굴라고 소리를 지르고 싶기도 했다. 어디까지나 나는 더없이 유능한 의사다. 열심히 일하고, 범행을 저지르지 않으며, 비열하거나 명예롭지 않은 행동을 일부러 하지도 않는다. 나는 엄청나게 괜찮은 사람인데, 단지 겉으로 드러나는 매력이 부족한 탓에 주위 사람들에게 비호감의 대상이 되는 운명에 처한 것이다. 그러니까, 그런 쓸데없는 놀이는 이제 집어치우라고!

계단 세 번째 칸에 금색 반지가 놓여 있었다.

나는 가만히 서서 그것을 바라보았다. 면이 넓은 그 반지는 위쪽과 아래쪽 둘레에 어떤 무늬가 새겨져 있었다. 기퍼드가 먼저 떠올랐지만 그는 이 집에 머무는 동안 주방에만 있었다. 어쨌거나 반지는 한동안 아무도 끼지 않은 것이었다. 마른 진흙이 들러붙어 있었으니까.

나는 반지를 집으려고 허리를 굽혔다. 들러붙은 진흙이 일부 떨어져 나갔는데 제법 큼직한 진흙 덩어리 한쪽 면에 어떤 자국이 선명하게 남아 있었다. 나는 계단에 앉아서 장화 한 짝을 벗었다. 사냥용 장화의 바닥에 난 특유의 무늬와 꽤 비슷한 것이 반지에서 떨어진 진흙에도 찍혀 있었다. 반지는 지난 며칠간 내 장화 밑바닥에 들러붙어 있던 것이 분명했다. 앞 계단을 뛰어올랐을 때, 혹은 내려오다가 미끄러졌을 때 떨어져나왔을 가능성이 컸다.

문득 겁이 났다. 나는 이 장화를 지난 일요일 시체를 발견했을 때 신었고, 칼을 가지러 집안에 들어올 때는 벗어놓았다. 경찰 법의학 팀이 내가 갈아 신었던 운동화를 수거해 갔는데, 그동안 장화에 대해서는 까맣게 잊고 있었다. 중요한 수사를 훼방 놓은 꼴이었다.

'그 여자의 반지일 거야. 그날 밤 현장에서 경찰이 찾으려고 했던 것.'

나는 계단에 앉아서 곰곰이 생각했다. 정말로 이 반지가 우리 집 벌판에서 발견된 죽은 여성과 어떤 식으로도 관련된 것이 아니었으면 싶었다. 우선, 내가 그녀의 반지를 장화 바닥에 붙인 채로 돌아다녔다는 사실이 무엇보다 마음을 불안하게 했다. 그리고 만약 누군가 반지를 찾으려 했다면, 그녀를 죽인 범인이 누구든 간에 당연히 이 섬에 남아 있을 것이기 때문이었다.

갑자기 마음이 초조해졌다. 마치 누군가 당장이라도 내게 몰래 달려들지 모른다는 듯, 나는 자리에서 일어나 집안에서 들리는 소리에 귀를 기울였다. 그런 다음 주방으로 가 뒷문을 닫았다. 혹시 문을 잠가야 할지도 고민했다. 그러는 대신 나는 주방 싱크대로 가서 미지근한 물을 오 센티미터가량 받았다. 이어서 반지를 물에 담그고 몇 초 동안 기다렸다가 반지를 손바닥 사이에 넣고 비볐다. 그런 다음 행주로 물기를 닦아내고 다시 반지를 집어서 빛이 환한 쪽으로 비춰보고는, 정말로 아무 생각도 없이 내 왼손 가운뎃손가락에 반지를 끼워넣었다. 반지는 손가락 마디에 걸려 더 들어가지 않았다. 반지 주인은 손가락이 아주 가느다란 모양이었다.

시체 안치소 수레 위에 놓여 있던 여성이 바로 그렇게 날씬했었다. 지금 눈앞에 있는 것이 그녀의 반지인 걸까? 그녀를 감쌌던 리넨 천을 잘라냈을 때, 나는 그녀 가슴의 끔찍한 상처에만 정신이 팔렸었다. 만약 그때 그녀의 손가락에서 반지가 빠져나와 떨어졌다면 나는 그걸 밟은 채 깨닫지 못했을 수도 있었다.

물론 반지가 그녀의 것이든 아니든 툴로치 경사에게 이 사실을 즉시 알려야 했다. 당연히 그녀는 화를 낼 것이다. 내가 범행 현장에서 결정적인 증거를 없앴다가 며칠이 지나 뒤늦게 찾아준 셈일 테니까. 게다가 반지에 묻은 진흙을 씻어낸 것도 분명 잘못이다. 법의학적 증거물을 심하게 훼손한 것이었다.

나는 반지를 주방 조리대에 내려놓고 전화기를 향해 다가갔다. 번호를 누르려는데 문득 창을 통해 들어온 햇살에 반지가 번득거렸다. 수화기를 내려놓고 반지를 다시 집었다. 반지 안쪽에 글자가 새겨져 있었다.

너무 쉬워, 나는 생각했다. 너무, 정말 너무 쉬운 것 아닌가. 다시 문을 힐끔 바라보았다. 이번에는 직접 가서 문을 잠그고, 그런 다음 반지를 들어 환한 빛을 향해 비춰보았다. 반지 안에 새겨진 글자는 읽기 어려웠다. 예쁘장하지만 알아보기 힘든 글씨체였는데, 이탤릭체로 쓴 캘리그래피 종류인 것 같았다. 오랫동안 토탄 속에 파묻혀 있었지만 글자는 변하지 않은 듯했다.

반지 안쪽에 새겨진 글자의 맨 앞 철자는 J, 두 번째 것은 H 혹은 N이었다. 그 뒤에 K, 그다음은 C나 G 같았다. 숫자도 있었다. 4, 5, 0, 2. 만약 이 철자들이 결혼한 부부의 머리글자이고 숫자가 결혼 날짜라면, 그리고 정말로 그 반지가 죽은 여인의 것이라면, 나는 큰 발견을 한 셈이었다. 그녀가 누구인지 알 수 있을 테니까.

고개를 돌려 전화기를 보았다. '어서 이리 와, 당장!' 전화기가 소리쳤다. 나는 전화기에서 돌아서서 전화번호부를 찾았다. 셰틀랜드에는 스무 곳의 등록 사무소가 있었다. 먼저 러윅 사무소에 전화를 걸었다. 이내 상대가 전화를 받았다. 심장이 쿵쾅거렸고, 우스꽝스럽지만 말로 설명할 수 없는 죄책감이 들었다. 우선 숨을 깊이 들이쉰 다음 상대에게 내가 누구인지 설명하고 병원에서 선임 직위에 속한다는 점을 강조했다.

늘 그렇듯이 그 방식은 통했다. 그녀는 관심을 보이며 기꺼이 나를 도우려 했다.

"장신구를 하나 찾아냈는데요, 주인을 찾는 데 도움을 받을 수 있을까요?"

"그럼요, 어떻게 도와드리면 될까요, 미스 해밀턴?"

"제 생각엔 결혼반지인 것 같아요. 안쪽에 결혼 날짜와 이니셜이 새겨져 있어요. 결혼과 관련된 기록도 거기에 보관되어 있지 않나요?"

"네, 러윅에서 결혼한 기록들은 전부 보관하고 있답니다. 이곳에서 결혼식을 올리셨나요?"

"확실하진 않은데 그런 것 같아요. 이름을 모르니까요. 혹시 날짜로 기록을 확인할 수 있을까요?"

"음, 특정 일자의 결혼식은 전부 확인하실 수 있답니다. 이니셜이 일치하는 사람이 있는지 찾아보실 수도 있고요."

정말 그렇게 간단하단 말인가?

"제가 직접 확인할 수 있다고요? 일반인이 방문해서 기록을 열람할 수 있단 말씀인가요?"

"당연하죠. 보통은 시간당 십 파운드의 수수료를 받지만, 선생님의 경우에는 저희가 특별히……." 여성은 제안을 얼버무렸다.

"미리 예약해야 하나요?"

"아뇨, 그냥 오시면 됩니다. 개방 시간은 오전 10시부터 오후 1시, 그리고 오후 2시부터 4시까지예요."

나는 시계에 눈길을 돌렸다. 수의사는 곧 도착할 것이고, 나는 다른 일정이 없었다. 시간을 더 끌고 싶지 않았다.

툴로치 경사에게 반지를 넘겨주고 수사를 맡겨야 했다.

"고마워요. 오후에 들르도록 하죠." 내가 말했다.

두 시간 뒤, 나는 러윅의 등록 사무소에 도착했다. 수의사는 다녀갔다. 찰스는 좋아질 것으로 예상되었다. 며칠간 다리를 절겠지만 곧 나을 거라고 했다. 그래서인지 기퍼드에 대한 앙금이 약간 누그러들었다. 그가 내 연약한 식업석 사신감에 충격을 가히기는 했지만 적어도 내 말의 목숨을 구했으니까.

집에서 나서기 전에 나는 툴로치 경사에게 전화를 걸어 음성 사서함에 짤막한 메시지를 남겼다. 살인과 관련되었을지 모를 뭔가를 찾아냈으니 시내에 나가면서 경찰서에 맡겨두겠다고. 구체적인 설명은 생략했다. 나는 반지를 비닐봉투에 담아 봉한 다음 간략한 메모를 적어서 큼직한 갈색 봉투에 넣었다. 경찰서에 갔을 때도 데이나 툴로치는 아직 돌아오지 않아서 그녀의 이름을 표시한 뒤 안내처에 맡겼다. 내가 이제 막 불꽃놀이의 도화선에 불을 댕겼고, 멀찍이 물러나지 않으면 안 될 것만 같은 느낌이 들었다.

나와 통화했던 매리언이라는 여성이 컴퓨터 화면 앞으로 나를 안내했다. 나는 시계를 확인했다. 12시 30분. 사무소가 점심시간에 문을 닫기 전까지는 삼십 분의 여유밖에 없었다. 나는 가방에서 접어놓은 포스트잇 쪽지를 꺼내 경찰서에 반지를 맡기기 전에 적어둔 숫자를 다시 확인했다. 4, 5, 02. 2002년 5월 4일이라는 뜻이다. 나는 해당 연도를 먼저 선택해 화면을 아래로 내려 오월의 결혼식을 찾아냈다. 오월은 결혼식이 많이 열린 달이었다. 그해 오월에는 토요일이 모두 네 번 있었고, 매주 토요일마다 서너 건의 결혼식이 열렸다. 주중에 결혼식을 한 경우도 있었다. 모두 합쳐 스물두 건이나 되었다. 나는 목록을 죽 내려 5월 4일을 확인했고, 즉시 유력한 결혼식을 찾아냈다. 세인트 마가렛 교회에서 열린 카일 그리피스Kyle Griffiths와 재닛 해먼드Janet Hammond의 결혼식이었다. 목록을 더 확인하기에 앞서 그들 결혼식의 세부 사항을 전부 옮겨 적었다. 그 밖에 다른 결혼식은 없었다.

"뭐라도 찾았나요?"

갑작스러운 질문에 화들짝 놀란 나는 이내 숨을 깊이 들이쉬었다. 죄를 지은 듯 행동해서는 안 되고, 아무 생각 없이 사과를 하거나 횡설수설하지도 않기로 마음을 다졌다. 나는 몸을 돌렸다.

검은 바지와 단순한 붉은 상의, 상당한 고가일 게 분명한 검고 붉고 흰 격자무늬의 재킷, 평소처럼 완벽한 차림으로 데이나 툴로치가 서 있었다. 경사의 봉급을 받으면서 어쩌면 이렇게 옷을 잘 차려입는지 정말 모를 일이다.

"멋지군요." 미처 생각할 겨를도 없이 말이 불쑥 튀어나왔다.

데이나 툴로치는 놀랐다는 표정을 지으며 내 옆으로 의자를 끌어당겼다. 나는 그녀에게 내가 휘갈겨 쓴 것을 보여주었다. 그녀가 고개를 끄덕거렸다.

"확인해볼게요. 다른 건요?"

나는 고개를 저었다. 데이나는 가방에 손을 넣어 내가 앞서 경찰서에 남겼던 투명한 비닐봉투를 꺼냈다. 봉투 안에서 반지가 반짝거렸다. 내가 쓴 쪽지는 떼어낸 상태였다.

"이건 언제 찾았죠?" 내가 아니라 반지를 쳐다보면서 그녀가 물었다.

"오늘 아침에요. 오전 늦게."

그녀는 고개를 끄덕였다. "이 반지가 사건 현장에서 나온 게 맞는지 어떻게 확신하는 거예요?"

"확신하는 건 아니에요. 다만 지난 일요일 이후로 내가 그 사냥용 장화를 신은 적이 없는 건 확실하거든요."

"장화를 SSU에 넘겼어야죠."

나는 SSU가 뭔지 기억이 나지 않았는데, 아무튼 내가 곤경에 처했다는 건 알 수 있었다.

"그럴 정신이 없었어요. 너무 충격을 받아서." 나는 솔직하게 말했다.

"물로 씻었더군요." 두 손 다 들었다는 투로 그녀가 말했다.

"장화는 씻지 않았어요." 나는 넌지시 대꾸했다.

그녀는 고개를 저었다. "도무지 이해할 수가 없네요."

데이나의 뒤편에서 매리언이 부산을 떠는 중이었다. 점심시간이 되어 문을 닫고 싶은 듯했다. 나는 목소리를 낮추었다. "심장이 사라진 그녀도 분명 당신과 같은 생각일 거예요."

데이나는 한숨을 내쉬고 의자에 몸을 기댔다. "당신이 여기 온 것도 정말 잘못된 일이에요."

나는 그녀의 눈을 똑바로 보았다. "그럼 어떡해요? 내가 그녀를 파냈잖아요. 나도 관련이 있다고요."

"알아요. 하지만 수사는 우리에게 맡겨야죠." 데이나는 내 시선을 외면한 채 자신의 손톱을 내려다보았다. 물론 그녀는 손톱도 완벽했다. 이제 그녀가 일어섰다. "당신 시아버님을 만나봤어요. 알고 싶은 모든 것이 내가 가진 책에 충분히 나와 있을 거라고 하시더군요. 그 이상의 도움을 주지 못해 유감이라면서요."

나도 일어섰다. "섬 남부에만 등록 사무소가 여덟 곳 더 있어요."

그녀는 나를 빤히 보았다. "그래서요?"

"난 오늘 다른 일정이 없고요."

그녀는 고개를 저었다. "좋은 생각이 아니에요."

그녀의 말투가 그다지 단호하지 않아서 나는 이 논쟁이 끝나지 않았음을 알 수 있었다. 전화번호부에서 뜯어낸 페이지를 그녀에게 보여주었다.

"여기부터예요. 난 월스에 갔다가 팅월로 갈 거예요. 5시쯤에는 모두 돌아볼 수 있을 것 같은데, 그때쯤이면 아마 더글러스 암스에서 한잔하고 싶어질 것 같아요. 내일부터는 병원에 다시 나가야 하니 무료로 개인적인 봉사를 할 수도 없을 거예요. 내가 당신 입장이라면 최대한 나를 써먹을 거고요."

나는 사무소를 빠져나왔다. 그녀가 나를 제지할지 궁금했지만 그럴 거라는 생각은 들지 않았고, 어쨌든 경찰과 내 상사, 특히 내 상사가 찬성하지 않을 일을 감행하게 되었다는 사실에 다소 통쾌한 기분마저 느꼈다.

◇ ◇ ◇

5시 15분에 나는 러윅으로 돌아왔다. 더글러스 암스의 어둑한 실내에 들어서자 한쪽 구석 테이블에 혼자 앉아 있는 데이나가 보였다. 그녀는 노트북컴퓨터 화면에 시선을 고정하고 있었다. 나는 음료를 주문하고 그녀 옆에 앉았다.

"여기 자주 와요?" 내가 물었다.

그녀는 고개를 들더니 인상을 찡그렸다. "성과는요?" 그녀가 물었다. 심하게 화가 난 모습이었다. 차갑고 도도하던 데이나의 태도가 조금씩 누그러지는 중이라고 생각했는데.

나는 수첩을 펼쳤다. "두 건이 더 있어요. 커스틴 조지슨Kirsten Georgeson, 스물여덟 살, 러윅의 세인트 마그누스 교회에서 조스 하윅Joss Hawick과 결혼했어요. 그리고 칼 기번스Karl Gevvons라는 남자가 스물다섯인 줄리 하워드Julie Howard와 결혼했고요. 혼인신고만 했지만요. 두 여성 모두 나이는 그럴듯해요."

그녀는 묻지도 않고 수첩의 메모를 찢어냈다.

"당신은 어때요?" 내가 물었다.

"사무소 세 곳에는 일치하는 사람이 없어요. 그리고 당신이 앞서 찾아냈던 걸을 확인했어요. 재닛 해먼드는 이혼해서 애버딘에서 살고 있어요. 아주 활기차게요." 그녀가 말했다.

"음, 그녀로선 다행이네요."

"그렇죠. 내 생각에 이렇게 찾는 건 시간 낭비 같아요."

"왜요?"

그녀가 탁자 위에서 마우스를 굴려 새로운 화면을 띄웠다. 내가 사흘 전에 줬던 셰틀랜드의 출생 목록이었다. "수사팀이 확인을 거의 마쳤어요." 그녀가 말했다.

나는 몸을 앞으로 숙였다. 노트북 화면이 너무 작고 각도가 맞지 않아 표를 알아보기가 어려웠다. "그렇군요." 나는 즉시 대꾸했다.

"적당한 연령대와 인종에 속한 사람들을 거의 대부분 조사한 결과예요. 결국 그녀는 이 지역 주민이 아닌 것 같아요."

나는 잠시 생각해보았다. "그럼 범위를 더 넓혀야겠네요."

"맞아요."

비로소 나는 데이나가 화나 보이는 까닭을 알았다. 상관의 의견이 옳고 그녀가 틀렸다는 것이 곧 판명될 참이니까.

술집 문이 열리면서 차가운 공기가 대번에 밀려들었다. 이어서 남자들 한 무리가 안으로 들어왔다. 술집 안은 한층 소란스러워졌다. 무리 가운데 한두 명이 우리를 쳐다보길래 나는 재빨리 시선을 피했다. 데이나는 남자들이 들어온 것도 모르는 눈치였다.

"트로날에 대해선 아는 게 있어요?" 그녀가 물었다.

나는 잠시 생각을 가다듬어야 했다. 내가 준 목록에는 2005년에 트로날에서 태어난 아기도 몇 명 있었다. 그 섬에 대해서는 기퍼드에게 물어볼 생각이었다.

"섬이죠. 목록에는 네 명의 여성이 그곳에서 출산한 걸로 나와요." 내가 말했다.

데이나는 고개를 끄덕였다. "그중 둘에 대해서는 아직 행적을 알아내지 못했어요. 그래서 어제 던 경위님과 내가 그곳을 다녀왔어요. 언스트 해안에서 팔백여 미터 떨어진 곳이더군요. 개인 소유이고요. 보트 한 척을 보내 우리를 마중나오더군요."

"그곳에 의료 센터가 있던가요?" 내가 물었다.

"최신식 사설 산과 병원이 있어요. 자선기금으로 운영하는데, 지역 입양 기관과 연계되어 있고요." 내가 놀란 표정을 짓자 데이나는 즐거운 것 같았다. "그들이 한 말을 고스란히 옮기자면, 그들은 '불행하고 뜻하지 않은 임신에 대한 세심한 해결책'을 제공한대요."

"잠시만…… 그럼…… 그 여성들은 전부 어디서 왔단 말이죠?"

그녀는 고개를 저었다. "영국 전역에서요. 심지어 외국에서까지. 대체로 젊은 직업여성들인데, 결혼할 준비가 안 된 경우들이죠."

"그러면 아기를 그냥 떼어버리지 않나요?"

"트로날 섬에서도 그렇게 해요. 단지 어떤 여성들은 윤리적인 이유로 낙태 수술을 꺼린다고 하더군요. 지금 이 시대에 말이죠. 많은 얘길 나누진 못했지만, 내 생각에는 근처 가톨릭 국가들에서도 고객을 모으는 것 같아요."

나는 내가 전혀 알지 못했던 산과 시설이 있다는 점이 여전히 마음에 걸렸다. "의사는 누구예요?"

"그곳에 상주하는 산과 의사가 있던데요. 모텐슨 씨라고, 당신과 동창이던데. 뭐라더라, 왕립의사협회?"

나는 고개를 끄덕였지만 의문이 완전히 사라지지는 않았다. 산부인과 전공의 왕립의사협회 출신 동창이라니? 더구나 한 해 출산 건수가 채 열 건도 되지 않는 곳에?

"좋은 사람 같더군요. 온전한 자격을 갖춘 조산사 두 명이 그를 돕고요." 데이나가 말을 이었다.

"그럼 아기들은 어떻게 돼요?" 내가 물었다. 한편 내가 이미 답을 알고 있다는 생각이 들었는데, 요전날 입양에 관해 이야기를 나눌 때 덩컨 또한 트로날 섬을 염두에 뒀을 터였다.

"아기들은 대부분 이 섬으로 입양돼요." 데이나가 내 추측을 확정해주었다.

"그럼 당신은 우리집 벌판에서 발견된 여성도 트로날 섬에서 출산했을 거라고 생각해요? 아기를 포기하려다가 마음을 바꿔먹었을지 모른다는 말인가요?"

"그럴 가능성도 있죠. 당신이 준 출산 목록에서 생사가 확인되지 않는 유일한 여성일 수도 있어요."

나는 침묵에 잠긴 채 트로날 섬에 대해 의문을 품었다. 어째서 여태까지 그곳에 대해 전혀 들어본 적이 없지? 그러다가 문득 지금까지 데이나가 해명을 하고 내가 그녀에게 질문을 거듭 쏟아내고 있다는 사실을 깨달았다.

"KT는 무슨 뜻이죠?"

"뭐라고요?"

"KT요. 단어를 줄여놓은 걸로 보이던데요. 당신이 준 명단에서 일곱 건이나 돼요. 그게 뭘 뜻하는 거죠?"

그것도 잊고 있었다. 결국 내가 아무리 열의를 보인다 해도 실은 허술한 탐정이라는 사실을 비로소 실감했다. 나는 솔직히 고백했다. "몰라요. 내일 확인해볼게요."

데이나는 다시 침묵에 잠겼다. 나는 화장실에 다녀와야 했다.

돌아와보니 그녀는 한참 깊은 생각에 빠져 있느라 내가 옆에 앉은 것도 알아채지 못하는 듯했다. 그녀의 시선은 다시 컴퓨터에 가 있었는데, 화면에 전화번호 목록 같은 것이 보였다.

"뭐죠?" 내가 물었다.

데이나는 놀라서 고개를 들었다가 다시 화면을 내려다보았다. "당신이 오늘 찾아낸 여성들을 추적하고 있어요. 2002년 5월 4일에 결혼한 두 사람 말이에요. 줄리 하워드는 지금은 줄리 기번스로 이름이 바뀌었을 거예요. 아직 살아 있다면 말이죠." 그녀는 몇 개의 화면을 건너뛰다가 다시 멈췄다. "기번스 가족은 이곳에 살고 있어요. 경찰서로 가는 길 중간에요. 직접 들러서 기번스 부인이 얼마나 건강해 보이는지 살펴볼래요?"

"당연하죠."

우리는 십 분쯤 차를 달려 쾌적하고 현대적인 골목 맨 안쪽의 두 채로 된 연립주택 바깥에 차를 세웠다. 영국 어디에서나 흔히 찾아볼 수 있는 종류의 주택으로, 집을 처음 구입하는 사람이나 젊은 신혼 가정을 염두에 두고 지어진 것들이었다. 나는 늘 그런 집을 행복하고 희망이 가득한 곳으로 여겼고, 그곳에는 결혼 선물 상자가 가득하고 또 미래에 대한 계획이 충만할 거라고 생각하곤 했다. 그런 집들을 보면 포근하면서도 동시에 서글픈 느낌이 들었다. 집 앞 잔디밭에는 작은 세발자전거가 쓰러져 있었다.

데이나가 노크를 했다. 나는 그녀보다 약간 뒤에 섰다. 문을 열어준 젊은 여성은 임신한 지 오 개월쯤 된 것으로 보였다. 엷은 자색 잠옷을 입은 어린아이가 엄마의 다리에 매달린 채 우리를 보며 까꿍 놀이를 했다. 나도 긴장이 풀려 저도 모르게 아이에게 미소를 지었다.

"기번스 부인이신가요?" 데이나가 신분증을 들어 보였다.

여자는 어리둥절해하다가 이내 놀란 표정을 지었다.

"네." 데이나와 나를 소심하게 쳐다보며 여자가 대답했다.

"늦은 시간에 놀라게 해서 미안합니다. 우리가 반지를 하나 찾았는데 당신과 남편분의 이름과 같은 머리글자가 새겨져 있어서요. 혹시 반지를 잃어버리신 적이 있나요? 안쪽에 글자가 새겨져 있는데."

데이나가 질문을 하는 사이 나는 줄리 기번스의 왼손을 힐끔 보았다. 그녀는 반지를 끼지 않았는데 나는 그 이유를 짐작할 수 있었다.

기번스 부인은 자신의 손을 내려다보았다. "아닐 거예요. 전 몇 주 전부터 반지를 끼지 않았어요. 손이 부어서요." 확신에 찬 표정은 아니었다.

"혹시 반지가 집안에 있는지 확인해보실 수 있을까요?" 데이나가 물었다.

기번스 부인은 고개를 끄덕이고는 아이를 떠밀며 함께 집안으로 들어갔다. 문이 닫혔다.

데이나와 나는 기다렸다. 일이 분쯤 지나서 줄리 기번스가 돌아왔다. 그녀는 가느다란 금색 테두리의 반지를 들고 있었다. 우리가 가진 반지와 크게 달라 보이지 않았다. 그곳을 떠나면서, 나는 그녀가 부어오른 세 번째 손가락에 반지를 끼워 넣으려 하는 모습을 보았다.

# 9

데이나는 자동차로 다가가더니 우뚝 멈춰 섰다. 운전석 문손잡이를 가만히 쳐다볼 뿐 문을 열려고 하지 않았다. 나는 어리벙벙한 채로 그녀를 지켜보며 서 있었다.

"으흠." 내가 짐짓 소리를 냈다.

데이나는 고개를 들었다. "미안해요." 그녀가 자동차 리모컨의 버튼을 누르자 차에서 경쾌한 삑 소리가 났다.

"나중에 당신 집에 들를게요. 경찰서에 가기 전에요." 그녀가 말했다.

"지금 곧장 가지 않고요?"

나의 호기심이 어딘가 주제넘고 잘못된 것인 듯 그녀는 인상을 찡그렸다. 오늘 우리가 어색한 휴전을 했을지는 모르지만, 어디까지나 수사는 그녀의 몫이었고, 그런 면에서 당연히 나는 그녀를 훼방 놓는 셈이었다.

"하윅 부부도 조사해봐야 해서요. 이 반지 때문에 혼란이 생긴 걸지도 몰라요. 서둘러 확인을 마치고 싶어요." 그녀가 말했다.

"같이 갈까요?" 나는 그녀가 승낙할 거라고는 전혀 기대하지 않은 채 과감하게 물었다.

그녀는 다시 인상을 찡그렸지만, 이내 고개를 끄덕였다. "그래요, 고마워요. 그러는 게 좋겠어요."


우리는 차에 올랐다. 확인이 필요한 하윅이란 이름의 가족은 두 곳에 살았다. 첫 번째 하윅은 러윅 외곽의 A970 도로와 인접한 곳에 살고 있었다. 캐슬린 하윅을 처음 보자마자 우리는 그녀를 명단에서 제거해야 한다는 사실을 알 수 있었다. 그녀는 오십대였고, 뚱뚱했다. 살집에 가려 잘 보이지도 않는 낡은 결혼반지는 그녀가 죽기 전까지는 손가락에서 빠져나오지 못할 것 같았다. 우리가 고맙다는 말을 남기고 그곳을 벗어나자, 그녀는 흡족해하며 한창 진행중이던 게임 방송 소리가 새어 나오는 집안으로 들어갔다.

다른 하윅 가족은 셰틀랜드의 옛 중심지인 스칼로웨이에 살고 있었다. 러윅에서 서쪽으로 십 킬로미터가량 떨어진 작은 마을이었다. 도로는 한산했고 우리는 십오 분쯤 지나서 도착했다.

데이나는 차를 길가에 대고 노트북컴퓨터를 꺼냈다. 그녀가 컴퓨터를 몇 번 톡톡거리자 스캄로웨이의 지도가 나타났다.

"이 물건을 아주 잘 다루는군요?" 그녀가 노트북을 내 무릎에 넘겨주고 차를 다시 출발시킬 때 내가 말했다. "끝에서 왼쪽요. 수첩과 연필은 안 써요?"

"러윅 경찰서에서는 아직 쓰고 있어요."

"오른쪽 두 번째 집이에요." 우리는 차의 속도를 늦추어 J. 하윅이 사는 거리에 들어섰다. 길은 마을의 남쪽 해안을 따라 곧장 뻗어 있었다. 하윅의 집은 전망이 대단히 좋았지만, 자연의 보호는 거의 받지 못했다. 우리가 차에서 내린 순간 마치 전투라도 벌이듯 바람이 휘몰아쳤다. 현관문 앞에서 기다리는 동안에도 데이나의 머리카락과 내 머리카락이 휘날리며 서로 엉겨붙었다. 문을 연 하윅은 분명 자신을 찾아온 것이 헝클어진 머리를 한 인어 두 명이라고 생각했을 것이다.

조스 하윅의 체격과 머리색을 보고 나는 그가 삼십 대 중후반일 거라 짐작했는데, 어쩐지 그의 얼굴은 족히 십 년쯤 더 늙어 보였다. 불면증이나 장기간의 스트레스에 시달린 사람 같았다. 흰 셔츠는 약간 거무스름했고, 다림질도 제대로 되어 있지 않았다.

데이나는 신분증을 내보이고 자신과 나를 소개하며 일상적인 절차를 거쳤다. 하윅은 약간의 흥미를 느끼는 듯했으나 잃을 것이 전혀 없는 사람인 양 불안한 기색은 없었다.

"무슨 일로 그러십니까?" 그가 물었다. 스코틀랜드 출신이지만 섬 주민은 아닌 것 같았다. 남쪽 지역, 아마도 던디나 에든버러 출신일 거라고 나는 생각했다.

데이나가 반지와 글자에 대해 설명했다. 그녀의 설명이 채 끝나기도 전에 하윅은 고개를 흔들었다.

"미안해요, 경사님. 헛걸음하셨네요. 그럼, 실례합니다."

그가 물러서면서 문이 막 닫히려는 참이었다.

데이나는 가만있지 않았다. "선생님, 중요한 용건이에요. 아내분이 반지를 잃어버리지 않은 게 확실한가요? 아내분을 직접 뵐 수 있을까요?"

"경사님, 내 아내는 죽었답니다."

데이나는 멈칫했지만 나는 조금도 놀라지 않았다. 조스 하윅은 너무나 맥없고 공허한 표정을 짓고 있었는데, 그 표정은 상을 당한 사람에게서 볼 수 있었다. 이 남자는 초상을 치렀을 것이다. 그리고 아직 그 일에서 벗어나지 못했으리라.

"유감입니다. 혹시 최근에 돌아가셨나요?" 내가 처음으로 말을 꺼냈다.

"삼 년 전 여름에요." 내 예상보다 훨씬 앞선 시기였다. 남자는 아내의 죽음에 대해 쉽사리 털어놓으려 하지 않았다.

"결혼 생활은 오래하셨나요?" 옆에서 데이나가 조급해하는 것이 느껴졌지만 나는 모른 체했다.

"겨우 이 년 같이 살았습니다. 지난 금요일이 결혼기념일이었죠." 그가 말했다.

나는 재빨리 머리를 굴렸다. 오늘은 수요일이고 5월 9일이다. 금요일이면 닷새 전, 5월 4일이 맞는다. 그런데 연도가 틀렸다. 이 남자의 아내는 2005년이 아니라 2004년에 죽었다. 해일이 발생한 해를 기준으로, 스티븐 레니는 피해자가 땅에 묻힌 지 채 이 년이 지나지 않는다고 확신했으며 인버네스에서 온 수사팀도 그 견해를 뒷받침했다.

"하윅 씨, 저희가 가진 반지에 새겨진 날짜는 2002년 5월 4일이에요. 그때 결혼하신 게 맞는 거죠?"

이제 그는 성난 얼굴로 데이나와 나를 쳐다보았다. 우리는 아직 아물지도 않은 그의 상처에 생채기를 내는 중이었다.

"대체 이러시는 이유가 뭡니까?" 그가 볼멘소리를 냈다.


우리는 집안으로 들어갔다. 환한 실내와 유행에 맞는 가구를 갖춘 그 집은 아직 젊고 부유한 부부의 가정으로 꾸며진 듯 보였지만 퀴퀴한 냄새가 풍겼다. 나이든 사람이 거주하는 집에서, 그들 자신의 몸에서 뿜어 나오는 그런 냄새였다. 벽난로 선반과 우리 뒤쪽의 창틀 위에는 먼지가 층층이 쌓여 있었다. 그가 마실 것을 권했지만 우리는 사양했고, 그는 자신이 마실 것을 가지러 가느라 거실을 비웠다. 거실 안을 둘러보니 때 타고 노란 소파의 모서리 바닥에 더러운 유리잔 두 개가 놓여 있고 담배꽁초가 가득한 재떨이도 보였다. 마룻바닥을 덮은 양탄자는 한동안 진공청소기로도 쓸어내지 않은 것 같았다.

벽난로 위에는 백랍으로 만든 동물 인형과 역시 백랍으로 된 사진틀 속에 큼직한 사진이 있었다. 지금보나 젊고 행복해 보이는 조스 하윅이 정면을 바라보며 활짝 웃고 있었다. 머리에 하얀 면사포를 둘러쓴 아내가 옆에 있었다. 커스틴 하윅은 키가 크고 매력적인 여인이었다. 곱슬하니 길고 붉은 머리카락이 허리까지 내려왔다. 나는 재빨리 데이나를 쳐다보았다. 그녀도 사진을 본 모양이었다. 그녀는 내게 인상을 찡그렸는데, 그 표정의 의미는 분명했다. 입다물 것!

하윅은 돌아와서 우리 맞은편에 놓인 의자에 앉았다. 그가 가져온 커다란 잔에는 위스키가 든 것 같고 물도 섞지 않은 듯했다. 나는 손이 떨리는 것을 느꼈다. 손을 허벅지 아래로 감추며 데이나가 대화를 주도하리라는 사실에 안도했다. 고개를 돌려서 사진을 한 번 더 보고 싶은 충동에 사로잡혔지만, 그러면 최악의 상황을 마주하게 될지 모른다는 점을 재차 상기했다.

"상심이 크실 텐데 정말 유감입니다." 데이나가 입을 열었다.

하윅이 나를 쳐다보아서 순간 뜨끔했다.

"당신은 왜 왔죠? 병원에서 일을 잘못 처리했다는 말이라도 하려는 겁니까?"

상황 통제가 어려워질 것을 우려한 듯 데이나가 재빨리 말을 받았다.

"미스 해밀턴은 이곳 병원에 온 지 여섯 달밖에 되지 않았어요. 아내분이 돌아가실 때의 상황에 대해선 아는 게 없어요. 제가 몇 가지 질문을 드릴까 하는데요."

그는 고개를 끄덕이고는 술을 들이켰다.

"아내분의 결혼 전 이름을 알려주실 수 있나요?"

"조지슨요." 그가 말했다. "커스틴 조지슨입니다." 그는 다시 술을 마셨다. 홀짝이는 정도가 아니었다.

나는 데이나를 힐끔 보았다. 그녀는 감정을 드러내지 않았지만, 그래도 그 이름이 우리가 아는 것과 일치하는지는 확인해야 했다. KG와 JH. 날짜도 일치한다. 나는 표정을 들킬까 봐 두려워 고개를 숙이고 카펫을 내려다보았다. 탐정 드라마를 많이 봐온 터라, 살인 사건의 첫 번째 용의자는 늘 피해자의 배우자라는 사실을 잘 알고 있었다. 조스 하윅의 표정을 보면 슬퍼하고 있는 것 같았지만, 어쩌면 범행이 들킬까 봐 두려워서 그런 것일 수도 있고, 혹은 죄책감 때문에 그런 것인지도 모른다. 데이나와 나는 살인자일지도 모를 남자와 한 방에 있는 것일 수도 있다. 나는 다시 데이나를 쳐다보았다. 그녀도 나처럼 두려운지 몰라도, 내색하지 않았다.

그렇다고는 해도 사망 연도가 달랐다. 우리집 벌판에서 찾아낸 여성은 몇 월인지 모르지만 2005년에 죽었다. 하윅은 자신의 아내가 2004년에 죽었다고 주장했다.

"아내분이 어디서 어떻게 돌아가셨는지 말씀해주실 수 있나요?" 하윅에게서 한시도 눈을 떼지 않은 채 데이나가 물었다.

남자는 다시 나를 쳐다보았다. "병원에서요. 당신네 병원요." 그는 비난하듯 말을 뱉었다. "말을 타다가 사고를 당했습니다. 그녀의 말이 여기서 북쪽으로 약 삼 킬로미터 떨어진 곳에서 화물차에 치였어요. 병원으로 옮길 때까지는 살아 있었지만 머리를 심하게 다치고 목뼈도 부러진 상태였죠. 세 시간이 지난 뒤에는 장치의 전원을 껐고요."

"누가 그녀를 담당했었죠?" 내가 물었다.

"이름은 기억이 안 납니다. 아무튼 자기 입으로 선임 레지던트라고 했어요. 아내가 회복될 가망이 전혀 없다더군요. 지금 그가 틀렸다는 말을 하러 오신 건가요?"

"아뇨, 아니에요." 나는 얼른 대답했다. "그런 건 아니에요. 전 다른 걸 좀 여쭤보려고 해요. 자꾸 슬픈 일을 들먹여서 정말 죄송한데, 혹시 아내분이 돌아가시기 직전에 출산을 하셨나요?"

남자는 움찔하는 것 같았다. "아뇨. 아이를 가질 계획은 있었지만, 커스틴은 승마 선수였습니다. 아기가 생기기 전까지 몇 년쯤은 대회에 나가고 싶어 했습니다."

꽤 그럴듯한 대답이었다. 하지만 자신이 한 말들을 내가 곧 확인할 거라는 사실은 모르는 모양이었다.

데이나가 자리에서 일어섰다. 긴장이 고조됐다. 나도 일어섰다.

"토라." 그녀가 문을 향해 몸짓을 했다. 나는 재빠르게, 거의 종종걸음으로 뛰다시피 복도를 지나 혹시라도 문이 잠겼을지 모른다는 생각을 하며 현관문 손잡이를 잡았다. 문은 그냥 열렸고 나는 그 자리에 멈춰 서서, 좁은 만에서 불어온 바람이 집안에 들이닥치도록 내버려둔 채 데이나가 오기를 기다렸다.

"한 가지 궁금한 점이 있는데요." 데이나와 내가 문간에 섰을 때 그가 말을 꺼냈다. 데이나는 차분해 보였고, 나는 언제라도 달려나갈 수 있도록 마음을 단단히 먹었다.

"뭔가요?"

"아까 아내의 반지를 찾았다고 하셨죠. 그걸 볼 수 있을까요?"

데이나는 거짓말에 능숙했다. "미안합니다. 반지는 경찰서에 있어요. 혹시 아내분이 반지를 잃어버리셨으면 저희가 확인한 뒤 돌려드릴 생각이었어요. 반지 안쪽에 글자가 새겨져 있어서 확인은 어렵지 않거든요."

하웍은 고개를 흔들었다. "진작 그 말을 하려고 했는데. 아내의 반지일 리가 없습니다."

"어째서요?"

"반지에 이름을 새긴 건 맞지만, 반지가 아내 손에 꼭 맞았거든요. 반지를 억지로 빼내고 싶지도 않았고요. 아내를 묻을 때 반지를 낀 채로 묻어달라고 했습니다."

나는 참을 수가 없었다. "어딘가요? 아내분이 묻힌 곳이?"

그는 놀란 표정이었다. 내 질문을 무례하게 여긴 듯 조금 화가 나 보이기도 했다. 실제로 무례했다손 치더라도 나로선 어쩔 수 없었다.

"세인트 마그누스 교회. 우리가 결혼식을 올린 곳입니다."


"젠장, 차를 각자 가져왔어야 했나 봐요." 데이나가 말했다. 그녀는 시동을 켰고, 그 집에서 우리가 보이지 않을 때까지 도로를 따라 오백 미터쯤 차를 몰았다.

나는 가방을 뒤져서 휴대전화를 꺼냈다. 몇 분 안에 지역 택시가 우리 있는 곳으로 오기로 했다. 데이나는 수첩을 꺼내 뭔가를 급히 적기 시작했다.

"그는 거짓말을 했어요." 내가 말했다.

"알아요." 그녀는 계속 뭔가를 적었다. 나는 수첩을 들여다보았다. 커스틴 하윅, 본래 성은 조지슨. 2004년 여름 사망. 머리 부상. 프랭클린 스톤 병원. 선임 레지던트가 진료.

"그녀예요." 내가 말했다.

"아마도요."

"당신도 사진을 봤죠? 머리가 그렇게 긴 여자는 흔치 않아요. 그녀가 틀림없다고요." 나는 말을 멈출 수가 없었다.

"토라, 진정해요. 사진이 작았잖아요. 확신하기에는 일러요." 그녀는 또 다른 뭔가를 끄적거렸다. 숫자였다.

"내 휴대전화 번호예요." 수첩을 찢어서 건네며 그녀가 말했다. "어서 빨리 병원에 가서 확인해줘요. 아무한테도 말하지 말고. 난 여기 남아서 당신 전화를 기다릴게요."

나는 고개를 끄덕였다. "괜찮겠어요?"

"물론이죠. 차에 가만히 앉아서 지켜보기만 할 거예요."

"무전으로 지원을 요청할 순 있죠?"

그녀는 웃었다. 내가 수사 드라마에서 들었던 말을 따라 했기 때문이다.

"당신 연락을 받은 다음에요. 확실하다는 판단이 서기 전까지는 우리만 알고 있어야 해요."

곧 택시가 도착했고, 나는 그곳을 떠났다.


십오 분 뒤 그녀에게 전화를 걸었다. 벨이 울리자마자 그녀가 전화를 받았다.

"나예요. 통화할 수 있어요?" 내가 물었다.

"얘기해요."

나는 숨을 깊이 들이마셨다. "그가 말한 건 전부 사실이에요."

침묵. 스칼로웨이 만의 윙윙대는 바람 소리가 귀에 들리는 것 같았다.

"이제 어떡하죠?" 내가 물었다.

데이나는 잠시 생각한 뒤 말했다. "경찰서에 들러야겠어요. 일단 집으로 가요. 나중에 내가 들를게요."

저녁 8시를 조금 넘긴 시각이었고, 프랭클린 스톤 병원은 아직 부산했다. 나는 건물을 빠져나오면서 아는 사람을 마주치지 않기를 바랐다. 마음이 너무도 불안한데다 아무리 상태가 좋을 때라도 나는 거짓말에 능숙하지 않았기 때문이다.

커스틴 하윅은 내가 우리집 벌판에서 발견한 여성이어야 했다. 죽음은 많은 것을 바꿔놓지 못했다. 희미한 주근깨 자국이 있기는 해도 그렇게 섬세하고 하얀 피부는 스코틀랜드 여성에게서만 볼 수 있었다. 토탄에 묻힌 동안 검게 변했지만 그녀의 얼굴형은 사진에서 본 것과 똑같이 완벽한 달걀형이었다.

하지만 나는 조금 전에 그녀의 진료 기록을 조회했다. 그녀는 정말로 (토탄 속에서 찾아낸 여성이 살해된 것으로 추정된 시기보다 거의 일 년이나 앞선) 2004년 8월 18일에 병원에 입원했으며, 심각한 머리 부상과 상부 척추 부위에 다수의 골절상을 입었다. 오후 7시 16분에 사망 선고를 받았고, 그 이틀 뒤에 매장을 위해 양도되었다. 부검도 이루어졌다.

나는 병원 접수처 앞에 걸음을 멈췄다. 저녁 6시부터는 야간 경비원이 접수처를 지킨다. 그는 반쯤 남은 커피잔을 쥔 채 신문을 읽고 있었다.

"안녕하세요!" 나는 실제보다 명랑하게 인사를 건넸다.

경비원은 눈을 치켜떴다가 나를 대수롭지 않게 여긴 듯 다시 신문으로 시선을 돌렸다.

"혹시 시내의 거리 지도를 가지고 계시면 잠시 볼 수 있을까요?" 내가 물었다.

그는 고개만 저을 뿐 나를 쳐다보지도 않았다.

나는 가방을 뒤적여 병원 신분증을 찾아서 조심스럽게 신문 위에 올렸다. 그는 다시 고개를 들었다.

"지도 말인데요. 접수처에서 가지고 있어야 할 것 같은데, 일을 제대로 하고 계신다면 말이죠. 정말로 하나도 없다고 하시면 난 공식적인 경로를 통해 불만을 제기할 거예요. 야간 접수처에 필요한 물품도 갖춰놓지 않는다고 말이죠."

그는 눈을 부라리더니 의자에서 일어나 뒤쪽 서류함을 뒤졌다. 삼십 초가 지났다. 그가 지도를 가져와서 펼쳤다.

"어딜 가시려고?"

"세인트 마그누스 교회요."

그가 담배에 찌든 손가락으로 지도의 한 지점을 짚었다.

나는 지도를 유심히 살피며 위치를 기억해두었다. 교회는 병원에서 멀지 않았다.

"고마워요."

그는 지도를 내게 내밀었다. "가져가쇼."

"괜찮아요. 필요한 사람한테 주세요."

나는 돌아서서 선물을 나왔다. 병원에서 아직도 친구를 만들 수 있다는 사실에 흥분되고 안심이 드는 기분이었다.


다행스럽게도, 세인트 마그누스 교회에 도착했을 때까지 날이 아직 저물지 않았다. 나는 큰 도로에 차를 세운 다음 좁고 짧은 길을 따라 걸으며 날이 어두워진 뒤였더라면 용기를 내지 못했을 거라고 생각했다. 주위는 황량했다. 높다란 화강암 건물만 머리 위로 우뚝 솟아 있었다. 이제 사무실들로 바뀐 저곳 사람들은 저녁이 되어 떠나고 없었지만, 그래도 나는 수십 곳이나 되는 창문에서 누군가, 나를 지켜보고 있다는 느낌을 받았다.

교회 맞은편 담으로 둘러싸인 정원 안쪽에는 커다란 옛날 주택이 자리잡고 있었다. 한 번도 본 적이 없는 종류의 나무들이 자갈이 박힌 진입로를 따라 늘어서 있었다. 버드나무 종류로 보이긴 했지만, 영국 강변에 늘어선 높고 우아한 나무들과는 판이하게 달랐다. 나무들은 모두 사 미터가 채 되지 않았고 가운데의 몸통 줄기도 없는 것 같았다. 그 대신 땅에서부터 솟아난 굵고 옹이진 가지들이 비틀리고 꼬인 채 하늘 위로 뻗어 있었다. 아직 싹이 트지 않은 앙상한 가지들은 무시무시한 동화 속의 마법에 걸린 숲을 연상시켰다.

담벼락에 둘러싸인 자그마한 교회 묘지에 들어가기란 쉽지 않았다. 정식으로 묘지를 방문하려면 교회를 통해야 하는 것 같았다. 나는 용기를 끌어모으느라 얼마간 뜸을 들인 다음에야 담벼락을 뛰어넘었다. 근처 묘석들에 모두 19세기 이전의 날짜가 새겨져 있어서 풀이 무성한 좁은 통로를 따라 뒤쪽으로 돌아갔다. 묘지 안쪽의 왼쪽 모퉁이 지점이 내가 찾는 곳인 것 같았다. 아직 맨 땅바닥으로 남은 곳이 보이고, 주변 무덤들도 잘 가꿔진 편이었다. 봉긋하게 솟은 한 무덤에는 장례식 꽃들의 흔적도 남아 있었다.

그녀의 무덤을 찾는 데는 오 분이 더 걸렸다. 거무스름하고 반질반질한 큼직한 직사각형 묘석에 새겨진 글귀는 단순했다.

커스틴 하워
1975~2004
가장 사랑했던 아내

묘지의 봉분은 평평하게 가라앉았고 주위에 봄철의 꽃들이 심겨 있었다. 수선화 몇 그루가 아직 꽃을 피우고 있었지만, 다른 꽃들은 메말라 누렇게 시든 모습이었다. 봄꽃들을 단정하게 한데 묶어서 잘라내고 그 자리에 여름철에 피는 꽃을 심어야 할 것 같은

데, 조스 하윅은 이곳에 자주 들르지 않는 모양이었다. 사랑하던 사람의 묘지와 관계를 이어가는 방식에 대해서, 나는 그것이 사람마다 제각각이라고 여긴다. 어떤 사람들은 죽은 사람과도 아주 밀접하게 개인적 관계를 유지할 필요성을 느낀다. 그들은 묘지 옆에 서서 혹은 앉아서 몇 시간이라도 보낼 수 있다. 한편 어떤 사람들에게는 묘지가 단지 발밑에서 일어나는 신체의 부패 과정만을 연상시키는 다소 무서운 장소로 여겨질 수도 있으리라.

나는 무릎을 꿇었다. 무엇을 해야 할지 몰라 그냥 봄꽃의 줄기들을 한데 묶기 시작했다. 잡초가 무성하긴 했지만 꽃줄기들을 모두 묶어버리니 무덤은 한결 단정해 보였다. 최근에 비가 내린 덕분에 잡초는 쉽게 뽑혔고, 내 손은 이내 더러워졌다.

"감동적이군." 목소리가 들렸다.

나는 고개를 휙 돌려 남자 두 명이 뒤에 서 있는 것을 확인했다. 두 사람 모두 키가 컸다. 저무는 태양을 등지고 선 터라 누구인지 즉시 알아볼 수가 없었다. 곧 그들을 알아본 나는 심장이 덜컥 내려앉았다. 마음을 단단히 먹기로 결심하고 일어나 무덤을 내려다보았다. "여기 누가 묻혔는지 안다는 말씀인가요?" 내가 물었다.

앤디 던은, 엄청난 시간과 공을 들였는데도 또다시 자신을 실망시킨 말썽쟁이 자식을 바라보는 부모처럼 나를 보았다.

"커스틴 하윅이 묻혔죠. 조스 하윅은 대단히 화가 났던데요. 아마 공식적으로 불만을 제기할 모양이고."

글쎄, 내가 비록 영민하지는 않아도, 그가 허튼소리를 한다는 건 대번에 알 수 있었다.

"뭐가 문제인지 모르겠네요. 우린 아주 정중했어요. 방문도 완전하게 합법적이었고요. 그 반지가 (나는 내가 내 땅에서 반지를 찾은 사실을 밝히고 있었다) 그의 아내의 것일 가능성도 충분했고요." 내가 말했다.

"말은 상태가 어떤가?" 기퍼드가 물었다. 내 생각을 방해하려는 작전이었다면 성공이었다. 맙소사, 그 일이 고작 오늘 오전에 있었던 일이라고?

"제발, 켄." 지겹다는 투로 앤디 던이 말했다.

나는 기퍼드의 말을 무시하기로 마음먹었다. 적어도 그러려고 노력했다. 그래서 앤디 던을 똑바로 쳐다보며 말했다. "저녁때 그녀의 사진을 봤어요. 같은 사람이 맞아요. 그렇지 않다면 그들의 결혼 날짜와 머리글자가 새겨진 반지가 사건 현장에서 나왔을 리가 없잖아요. 내가 그녀를 파냈던 구덩이에서 말이에요."

"토라." 기퍼드가 다시 끼어들었다. "당신은 그 시신을 두 번밖에 보지 못했지. 처음에는 토탄에 파묻혀 있었고 당신은 당연히 충격을 받은 상태였소. 두 번째로 검시실 수레에 놓여 있을 때도, 솔직히 시신의 얼굴을 제대로 본 건 아니지."

나는 기퍼드에게 시선을 돌렸다. 그의 눈동자는 내가 기억하던 것보다 더 크고 밝은 빛을 띠고 있었다. 이날 저녁, 처음으로 나는 스스로의 생각에 의심을 품게 되었다.

"이곳 섬들의 여자들 대다수가 그녀와 닮았소. 머리는 붉고, 피부는 희고, 이목구비는 자그마한 전형적인 스코틀랜드 인종이지. 그런데 난 커스틴 하윅을 알거든. 우선 그녀는 키가 당신만큼이나 컸소. 당신이 찾아낸 시신보다 십 센티미터는 더 크단 말이지." 기퍼드가 말했다.

나는 고개를 저었지만 그의 말은 그럴듯하게 들렸다.

그는 팔을 뻗어서 내 어깨에 한 손을 올리고는, 마치 던 경위가 듣지 못하게 하려는 듯 조용하게 말을 이었다. "의사 두 명과 간호사 한 명, 그녀의 남편도 기계를 멈추던 그때 그 자리에 있었어. 커스틴 하윅은 우리 병원에서 사망했단 말이오."

쉽게 넘어갈 수는 없었다. "그럼 그녀의 시신이 도난당한 거군요. 아마 병원 시체 안치소에서요. 그녀의 심장을 원하는 누군가가 시신을 훔친 거예요."

그들은 정신 나간 사람을 쳐다보듯 나를 보았다.

"왜 그랬는지는 나한테 묻지 마세요. 하지만 누군가의 소행이 분명해요. 누가 시신을 훔쳐서 심장을 빼내고 우리집 벌판에 버린 거라고요."

"당신 집 벌판에서 발견된 여성은 출산을 한 직후였지. 커스틴 하윅은 임신한 적이 없다니까."

글쎄, 그가 정곡을 찔렀다는 점을 인정할 수밖에 없었다. 더구

나 스티븐 레니는 그녀가 죽어서가 아니라 살아 있을 때 심장을 제거당했다고 했다,

"게다가 시기도 맞지 않잖소." 앤디 던이 기퍼드의 부드러운 말투를 흉내내며 말했다. "스티븐 레니와 인버네스의 병리학 팀에도 확인을 했지. 그들은 시체를 철저하게 검사했고 주변의 토탄층에 대해서도 온갖 실험을 다 했어요. 당신 부지에서 발견된 여성이 2004년에 죽었을 가능성은 없단 말입니다."

나는 무덤을 내려다보았다. "그렇다면 확인할 방법은 하나뿐이네요."

그 말이 자제하고 있던 앤디 던의 분노에 일격을 가했다. 그는 얼굴을 붉히며 나를 노려보았다. "당치도 않은 소리. 무덤을 파헤칠 수는 없어요. 얼마나 큰 소동이 벌어질 줄 알고? 그 가족뿐 아니라 지역사회 전체에 고통을 안겨줄 생각입니까?"

내 어깨에 올라왔던 기퍼드의 손이 아래로, 나의 다친 팔뚝을 타고 미끄러졌다. 그가 팔을 살짝 꼬집자 나는 움찔하지 않으려고 이를 악물었다. "내가 우려하던 것도 바로 그거요. 토라, 난 당신을 비난하고 싶지 않소. 다만 이 일이 누군가에게는 지나친 상처가 된단 말이지. 당분간 일을 쉬는 것에 대해서도 다시 한번 생각해봤으면 좋겠군."

적어도 나를 당장 해고한 건 아니었다. 하지만 나는 일을 쉴 생각이 없었다. 제법 까다로운 출산을 몇 건 처리해야 했고, 병원에

는 내가 필요했다. 나는 고개를 저었다.

"알겠지?" 기퍼드는 앤디 던을 쳐다봤는데, 마치 '난 할 만큼 했어. 내가 어떻게 하는지 봤지?'라고 말하는 듯했다.

어쩌면 그의 말이 옳은지도 모른다. 나는 정말로 이 일에서 약간 발을 빼야 할 것 같았다. 살인 사건은 잊어버리고 그저 내 일에 열중하면서 수사는 경찰에게 맡기는 게 좋을지도.

"내일 아침에 진료가 있을 텐데?" 기퍼드가 물었다.

나는 고개를 끄덕였다.

"그전에 잠시 봤으면 좋겠군. 8시까지 올 수 있겠나?"

나는 다시 끄덕였다. 이해심 넘치는 부모를 대하는 비행 청소년이라도 된 기분이었다.

기퍼드는 내게 미소를 지었다. 그러고는 내 어깨에 팔을 걸치더니 통로 쪽으로 살며시 밀었다.

"어서, 차까지 데려다줄 테니."

앤디 던은 우리 뒤를 따르며 통로를 지나 교회 묘지에서 벗어날 때까지 침묵을 지켰다. 나는 차를 몰고 떠나며, 도롯가에 서서 나를 지켜보는 두 사람의 모습을 백미러를 통해 보았다.


집에 도착했을 때 한 시커먼 형체가 현관으로 달려왔다. 그림자가 내 쪽으로 다가왔을 때 나는 비명을 질렀다.

"놀라지 말아요. 나예요." 데이나가 불빛으로 나왔다. 몸이 머리보다 늦게 반응하는 경우가 있다. 무서워할 것이 아무것도 없다는 걸 알면서도 내 신경은 완전히 곤두선 상태였다. 그녀는 주위를 두리번거렸다.

"자동차는 어디 있어요?"

"도로 쪽에요."

나는 멍한 눈으로 그녀를 바라보며 가까스로 물었다. "왜요?"

"당신 집 바깥에 차를 세워둔 걸 누구에게도 들키고 싶지 않아서요. 여기서 만나기로 했잖아요, 기억 안 나요?" 그녀가 재빨리 말했다.

"기억하죠, 그런데…… 오늘 저녁에 당신 상관을 만나지 못했나 보군요."

"만났는데요. 왜요? 혹시 당신도?"

나는 고개를 끄덕였다. "세인트 마그누스 교회 묘지에서요. 커스틴의 무덤요."

데이나는 눈썹을 치올렸다. "그가 그곳에 있었다고요?"

"전부 설명해줬어요. 그와 켄 기퍼드가요."

데이나는 흥미로운 표정을 짓는 동시에 안됐다는 듯이 나를 쳐다보았다. "그들이 한 말을 믿는단 말이에요? 토라 해밀턴, 내가 당신을 잘못 본 모양이군요."

## 10

"데이나, 난 그녀의 무덤을 봤어요. 가능성이 없단 말이에요."

우리는 문을 전부 잠그고 블라인드도 모두 내린 채 주방 탁자에 앉아 있었다. 나는 피곤했고, 불과 삼십 분 전에 행복하게 돌아 나온 곳으로 다시 이끌려 들어온 듯 불안한 기분이었다. 우리는 뜨겁고 진한 커피를 마시는 중이었다. 데이나에게 레드와인을 마시겠느냐고 묻자 그녀는 고개를 저었다. "같이 생각해봐야 할 것 같아요." 그녀가 말했다. 같이? 불길한 단어였다. 갑자기 우리는 한편이 되어 상관들의 명백한 지시를 어기는 중이었다. 두말할 것도 없이 어리석은 짓이다. 만에 하나 들키기라도 하면, 아니 들키지 않더라도 온갖 소란이 벌어지고 우리는 곤란한 상황에 처할 것이 뻔했다.

먹을 것을 권하자 이번엔 데이나는 모호한 표정을 지어 보였다. 먹겠다는 건지, 먹지 않겠다는 건지 알 수가 없었다. 나는 배기 고파 냉장고의 차가운 햄과 식료품 창고의 신선한 빵이 간절했다.

"불가능하진 않아요. 단지 그들이 어떻게 그렇게 한 건지를 알 수 없을 뿐이죠."

"그들이라면 정확히 누구를 말하는 거죠? 내 상사를 말하는 모양이군요. 맙소사, 그는 왕립의사협회 회원이라고요. 그녀의 생명유지 장치를 끌 때 병실에 다른 사람들도 있었고요. 커스틴 하윅은 죽었어요. 우리 피해자보다 거의 일 년 전에요."

데이나는 혀를 찼다. "맞아요, 맞아……. 그 얘기는 이미 들었어요. 하지만 다른 식으로 생각해봐요. 당신은 시신을 발견한 곳에서 결혼반지를 찾았어요. 반지 안쪽에 새겨진 글자가 죽은 여인이 누구인지 알려준 거예요. 바로 그 하윅 부인은 우리의 피해자와 나이가 비슷하고 인종도 같아요. 게다가 결혼사진에 나온 모습도 그녀와 아주 닮았죠. 이 모든 게 우연의 일치라고요? 정말로 그럴 가능성이 있다고 생각해요?"

전혀 아니라는 것이 내 솔직한 대답이었다. 하지만 커스틴이 사망했다는 증거 역시 아주 확고했다. 나는 일어섰다. 내 집에서 샌드위치를 만드는 동안에는 위협을 받지 않을 테니까. 나는 햄과 버터와 빵을 꺼냈다.

"바보 같은 짓을 했어요. 무덤에서 잡초를 뽑던 나를 보면서 그들이 무슨 생각을 했을까요?" 내가 물었다.

"그 둘이 교회 묘지까지 당신을 따라갔다는 사실이 더 이상하지 않아요? 당신이 그곳에 간 줄 어떻게 알고서? 왜 그렇게까지 신경을 썼을까요?" 데이나는 말을 멈추고 잠시 생각에 잠겼다가 다시 입을 열었다. "내가 너무 집착하는 걸까요?"

나는 어깨 너머로 힐끔 그녀를 보았다. "완전히요."

"고맙군요." 기특하게도 그녀는 미소를 지어주었다.

"천만에요." 나는 냉장고 안쪽에 있는 마요네즈를 찾느라 다시 몸을 숙였다. 몸을 일으켰을 때, 그녀는 다시 심각해져 있었다.

"당신에게 부탁할 게 있어요." 그녀가 말했다.

설마 위험한 일은 아니겠지. "뭐죠?"

데이나는 서류 가방에서 초록색 마분지로 된 얇은 서류철을 꺼내, 거기서 흑백으로 된 투명한 사진필름을 빼냈다.

"우리 시신의 치아 엑스레이 사진이에요. 팀에서 실종 명단에 오른 여성들의 치아 기록과 대조해봤어요. 모든 사진을 대조하지는 못했지만, 그래도 지금까지는 일치하는 사람을 찾지 못했어요."

나는 음식을 식탁으로 가져다 놓고 식기를 가지러 다시 움직였다. "내가 뭘 도우면 되죠?"

"내가 던 경위에게 간청도 해보고 애원도 해보고 그를 들볶기까지 해봤어요. 하지만 그는 조스 하윅에게 아내의 치과 기록을 제출하도록 요청할 생각이 아예 없어요."

그녀가 원하는 게 뭔지 나로서는 알 수가 없었다. "그러니까……."

"당신이 그걸 찾아줬으면 해요."

나는 식탁으로 돌아와 빵에 버터를 바르기 시작했다. 나는 고개를 저었다. "치과 의사들은 대부분 독립적으로 일을 해요. 누구도 그들의 진료 기록을 확인할 수가 없다고요. 설사 커스틴을 진료한 치과 의사가 누구인지 알아낸다고 해도 그가 기록을 보여줄리는 없어요. 조스 하윅의 허락이 없으면요."

"토라, 잉글랜드에선 그렇죠. 하지만 여긴 달라요. 주민 대부분은 국민 보건 서비스의 지원을 받는 치과에 다녀요. 그리고 일 년 전부터 전산화 시범 계획이 실시되었어요. 모든 섬 주민의 치과 기록을 전산화해서 모아둔단 말이죠."

"그렇다고는 해도……."

"당신 병원에도 부속 치과 기관이 있잖아요. 커스틴의 기록을 컴퓨터 전산망으로 확인할 수 있고요. 당신이 접근할 수 있단 말이죠."

그녀의 말이 맞는 것 같았다.

"난 치과 의사가 아니에요." 나는 궁색하게 대답했다.

"해부학을 공부했잖아요. 엑스레이를 판독하는 법도 알 테고 일치하는 부분이 있는지 찾는 건 나보다 당신이 나을 거예요."

직감을 따르는 것과 잘 알지도 못하는 누군가에게 불법적인 조사를 부탁하는 것은 별개의 일이었다. 그녀는 내게 뭘 감추고 있는 걸까?

"부탁 들어줄 거예요?" 그녀가 물었다.

나는 망설였다.

"일치하는 기록이 없으면 그걸로 끝이에요. 반지는 연막에 불과한 거고, 우린 더이상 반지 때문에 시간을 허비하지 않을 거예요."

일을 종결짓는다는 점에서 확실히 그녀의 말은 일리가 있었다. 시신이 커스틴이 아니라는 것을 데이나에게 증명할 수 있을 것이고, 그걸로 의문은 풀리리라.

"알았어요. 내일 찾아볼게요."

나는 음식을 가리켰다. "좀 드시죠." 데이나는 햄은 무시한 채 버터 바른 빵 조각을 집었다.

반대로 이제 나는 배가 고프지 않았다.

# 11

밤중 언제쯤부터 방안에 누가 있다는 의심이 들었는지는 모르겠다. 대충 새벽 2시쯤인 것 같았는데, 왜냐하면 그 시각에 내가 가장 깊은 잠에 빠지고 깨어나기도 가장 어려워하기 때문이다. 밤중에도 불려 나가야 하는 일을 십 년간 하면서 나는 내 수면 리듬을 아주 잘 알게 되었다.

덩컨이 토요일 아침 전까지는 돌아오지 않을 예정이라 새벽 2시 혹은 그 무렵에 나는 혼자였는데, 의식이 가물가물 돌아오면서 전혀 느껴서는 안 될 꺼림칙한 두려움에 사로잡혔다. 누군가 내 침실에 들어와 있었다.

그 사실을 어떻게 알았는지는 설명하기 어렵다. 그냥 알았다. 배우자를 항상 곁에 두고 잠들다 보면 곁에 있는 상대를 의식하는 감각이 예민해지고, 잠에서 깼을 땐 그(혹은 그녀)가 여전히 그 자리에 있는지 그 즉시 감지하게 하는 십여 가지의 장치들이 생기는 법이다. 상대의 살 냄새, 숨소리, 다른 신체가 뿜어내는 온기라든지. 그러면 안심하고 다시 잠이 든다. 자신이 혼자가 아니며, 편안하고 친근한 상대가 곁에 있다는 걸 알기 때문이다.

그런데 이때의 느낌은 편안하지도 친근하지도 않았다. 그 존재는 잠든 남편에게서 느껴지는 아늑한 온기와는 전혀 다른 기운을 풍겼다. 낯설고 거슬리고 잔인한 느낌이었다.

이런 경우 흔히 그러듯이, 나는 침대에 몸을 웅크리고 이불을 얼굴까지 끌어올렸다. 무서운 요괴를 피해 숨으려는 아이처럼, 마치 그렇게 하면 이불이 나를 보호해줄 거라고 생각했다. 즉 아무 일 없는 척 가만히 누워 있으면 그러면 아마도, 정말로 아마도, 아무 일도 일어나지 않을 거라고. 방안에 무엇이 있든 간에, 그게 이제 아주 가까이 있다는 걸 느끼면서도, 이내 망각의 꿈속으로 사라지게 될 거라고 믿는 것이다. 잠이 덜 깬 나의 일부는 그렇게 위험을 감수한 채 무의식 속으로 돌아가고 싶어했다.

그와 동시에, 잠이 깬 나의 일부는 평소의 밤중과는 다른 낌새를 느끼고 필사적으로 정신을 차리려 애썼다. 어쩌다가 마룻바닥이 삐걱댄다거나 이웃집 쓰레기통이 바람에 덜컹거린다거나 하는 대수로운 일이 아니었다. 무엇보다, 이상하리만치 조용했다. 바람은 잠잠했고, 집안의 온수 가열 장치도 밤사이 마지막 가동을 끝냈으며, 셰틀랜드에서는 곧잘 아주 시끄럽게 울어대는 밤의 새들마저 휴식을 취하는 중이었다. 쥐 죽은 듯한 고요한, 깊고 캄캄히고 이해할 수 없는 정적이 감돌았다.

나는 움직여야겠다고 마음먹고 벌떡 일어나려 했다. 상대가 누구든지 그와 일전을 벌이기로 했다. 그리고, 감히 그럴 수 없다는 사실을 깨달았다. 바로 옆의 위협에 완전히 노출되어 있는데도 나는 가만히 누운 채 손가락 하나 까닥할 수 없었다. 눈조차 제대로 뜰 수가 없었다. 얼마나 시간이 흘렀는지 모르겠다. 한참인 듯 느껴졌지만 실제로는 일이 분 정도였을 것이다. 문득 내 뺨을 스치는 미세한 공기의 흐름이 느껴졌다. 침실의 공기가 바뀌었고, 이제 일어나 앉을 수 있었다.

침실은 평소보다도 훨씬 캄캄했다. 셰틀랜드에는 여름에 빛이 완전히 사라지는 법이 없는데, 이때는 내가 기억하는 가장 어두운 밤이었다. 나는 주위를 둘러보며 칠흑 같은 어둠 속에서도 사물을 분간하려고 애썼다. 침실에 있어서는 안 될 것은 아무것도 없었고, 아무도 없었다. 하지만 냄새가 있었다.

나는 너무 급하게, 공황에 빠진 듯 얕고 빠르게 숨을 쉬고 있었다. 억지로 호흡을 늦추어 코를 통해 제대로 숨을 들이쉬고서, 그 냄새가 내 상상에서 나온 것이 아님을 확신했다.

새 향수의 향기를 시험하듯이 주위의 공기를 면밀히 음미해보았다. 희미하지만 틀림없이 땀냄새가 느껴졌다. 그리고 순한 담배

냄새도. 흡연자가 내뿜는 그런 냄새가 아니라 연기가 꽉 찬 방을 잠시 지나친 사람에게서 풍길 법한 냄새였다. 그리고 또 다른 가장 희미한 냄새는 어머니의 향신료 찬장을 연상시키는 계피라든지 생강 같은 냄새였다. 하루에 스무 번이 넘게 맡으면서도 전혀 의식하지 않는 종류의 냄새나. 복도를 지나다니는 사람에게서, 열차에 올랐을 때, 낯선 사람과 악수를 할 때 풍기는 냄새. 그저 평범하고 일상적인 향이며 모든 남자들이 풍기는 냄새 말이다.

도대체 한밤중에 내 침실에서 무슨 일이 벌어지고 있는 걸까?

뭔가 이상한 점을 발견한 건 그때였다. 침실 문이 조금 열려 있었다. 이상하게 들릴지 모르지만, 나는 주위의 문을 열어놓은 채로는 잠을 잘 수가 없다. 복도로 통하는 문, 복도에서 욕실로 통하는 문, 심지어 옷장 문도 닫아야 했다. 덩컨이 나를 놀리곤 했고 스스로도 어이가 없긴 했지만, 그래도 잠자리에 들기 전에는 어김없이 모든 문을 닫았다.

나는 침대에서 꼼짝도 못 한 채 생전 그 어느 때보다도 귀를 쫑긋 세웠다. 아무 소리도 들리지 않았다. 침대 곁탁자에는 전화기가 놓여 있었고, 경찰이나 적어도 데이나는 즉시 우리집으로 출동해줄 터였다. 그런데 정확하게 뭘 신고해야 하지? 냄새가 난다고? 문이 제대로 닫혀 있지 않다고?

나는 이런 상황에 어떻게 대처해야 하는지 기억을 떠올리려 애쓰며 힘겹게 침대를 빠져나왔다. 소란을 피워야 할까, 아니면 침묵해야 할까? 전화기를 들고 큰 소리로 경찰을 부르는 척하는 게 옳을까? 문으로 다가가서 문을 살며시 열어보았다. 복도는 딩 비어 있었다. 복도에는 문이 네 개가 더 있는데, 세 개는 여분의 침실로, 나머지 하나는 큰 욕실로 통하는 것이었다. 아래층에서 뭔가 나무로 된 바닥을 스치고 있었다.

나는 얼른 침실로 돌아와 옷장을 열고 맨 위 선반에 손을 뻗었다. 찾는 것이 손가락에 닿자 그것을 끄집어냈다. 볼트가 채워졌는지 확인한 다음, 텔레비전에서 사람들이 하던 방식대로 앞을 향해 겨누었다. 내 손에 들린 것은 말을 죽이는 용도로 만든 자비로운 무기였다. 쇠와 구리로 된 잔인하고 비효율적인 이 무기는 오십 년이나 묵은 것이었다. 본래는 할아버지의 물건으로 부상을 당하거나 늙은 말을 처리하기 위해 만들었는데, 쇠로 된 십 센티미터 크기의 볼트를 말의 머리에 발사할 수 있었다. 덩컨은 제발 그것을 없애라며 여러 차례 부탁했었다. 나는 항상 반대했다. 그래서 정말 다행이었다. 이 총은 목표물이 아주 가깝지 않으면 전혀 효력을 발휘할 수 없지만 보통 사람들이 그런 사실을 알 리 없었다. 적어도 이 무기를 가진 덕분에 나는 아래층으로 내려갈 용기를 낼 수 있었다.

현관문은 계단 바로 아래에 있다. 나는 현관문이 닫혀 있는지 잠겨 있는지 재빨리 확인했다. 주방으로 통하는 문을 열어 안을 둘러보았다. 특이한 점은 없었다. 홀 건너편의 거실은 훨씬 넓다.

큰 소파가 세 개 있는데 그 뒤에 누가 숨었을지도 몰랐다. 나는 걸음을 옮기며 하나씩 확인했다.

홀 안쪽에서 뭔가 깨지더니, 달리는 발소리와 문이 덜컹 열리는 소리가 이어졌다. 나는 거실을 나와 주방으로 달려가면서 전등 스위치를 찾느라 손으로 벽을 더듬었다. 주방 조리대 가장자리에 올려둔 유리병이 바닥에 떨어져 산산조각 나 있었다. 뒷문이 열려 있어서 차가운 밤공기가 실내로 밀려들었다. 나는 달려가 뒷문을 닫고 잠금장치를 돌리고 걸쇠도 모두 걸었다.

전화기를 향해 돌아선 순간, 지하실로 통하는 문이 열려 있고 그곳에 불이 켜진 사실도 알아챘다. 나는 단걸음에 지하실의 계단 꼭대기로 다가갔다.

지하실에서 무슨 일이 벌어졌는지 확인할 마음은 결코 없었다. 우리집 지하의 그곳은 언제나 으스스한 분위기를 풍겼다. 그런데 계단 밑바닥에 뭔가 있었다. 분명 그곳에 있을 만한 건 아니었다.

포도송이 크기의 무언가를 천으로 감싸놓은 물건이었다. 나는 여전히 멀찌감치 떨어져 있었고, 지하실 전등도 그다지 밝지 않았다. 그래도 그 천이 리넨이라는 건 거의 확실해 보였다. 내용물 때문에 밝은 주홍빛 얼룩이 비치긴 했지만 천은 아이보리빛이었다.

머리는 경찰을 부르라고 했다. 그게 무엇이든 경찰이 알아서 처리할 거라고. 그런데 발이 한 걸음 나아갔고 다시 한 걸음을 더 내디뎠다. 계단은 여덟 칸밖에 되지 않아서 금세 계단 밑까지 내려와 물체를 만져볼 수 있게 되었다. 나는 그 옆에 몸을 쭈그렸다.

얼룩은 아직까지 축축했다. 붉은 액체가 새어 나와 지하실의 돌로 된 바닥에 스며들었다. 나는 온기가 느껴지리라 예상하며 손을 뻗었다. 하지만 물체는 차가웠고, 그 냄새도 전혀 뜻밖이었다. 나는 그것을 집어 들어 리넨을 벗겼다. 물체의 일부가 흩어지며 바닥에 떨어졌다. 나머지는 내 손안에 있었다.

나는 딸기를 내려다보고 있었다.

야생 딸기가 아니라(지금은 철도 아니었다) 영국 전역의 슈퍼마켓과 청과상에서 볼 수 있는 평범한 과수원 딸기였다. 딸기는 짓뭉개져서 붉은 과즙이 리넨 천을 통과해 뚝뚝 떨어지며 달콤한 여름의 냄새를 풍겼다. 지하실의 침침한 불빛 아래 무릎을 꿇으면서, 내가 겨우 이것 때문에 그토록 겁에 질렸다는 사실에 미칠 듯이 화가 났다. 이제 두려움은 완전히 사라지고 분노가 끓어올랐다. 나는 바닥에 떨어진 딸기를 주워 모은 뒤, 볼트 총을 겨드랑이에 낀 채로 주방으로 통하는 계단을 다시 올라왔다. 계단 꼭대기에 오른 다음 문을 닫고 전화를 걸러 가려던 참이었다.

나는 우뚝 멈춰 섰다. 숨이 턱 막히고 주방이 온통 캄캄해지는 듯했고, 내 앞에 놓여 있는 것에서 눈을 떼지 못했다. 약 일이 초 동안은 아무 생각도 떠오르지 않았다. 그것이 내 눈앞에 있다니, 불가능한 일이다. 겨우 이 분 전에 주방에 들어왔었는데 주방 식탁에 놓인 그것을 보지 못했을 리 없었다.

딸기는 바닥에 떨어졌다. 볼트 총마저 놓칠 뻔했지만 겨우 붙잡 았다. 나는 돌아서서 덮치다시피 수화기를 거머쥐었다. 그런 다음 주방에서 뛰어나가 홀을 가로질러 1층 화장실로 들어갔다. 문을 쾅 닫고 어이없을 만큼 허술한 빗장을 건 뒤 바닥에 주저앉고 말 았다. 등을 세워 문을 밀면서 빈대편 벽에 두 발을 지탱했다. 구역 질을 참으며 경찰에 전화를 걸었다.

# 12

이십 분쯤 지나 경찰이 도착할 때까지 나는 화장실에서 거의 움직이지 않았다. 점점 추워졌지만 몸의 떨림이 멈추지 않는 이유는 기온 때문만이 아니었다. 몇 분 간격으로 계속 구역질이 났는데 잠시 게워내자 고맙게도 괜찮아졌다. 덩컨의 휴대전화로 통화를 시도했지만 전화기가 꺼진 상태였다. 메시지는 남기지 않았다. 대체 그에게 무슨 말을 할 수 있단 말인가?

누구보다도 아빠와 통화를 하고 싶었다. 지금까지 일어난 일을 아빠에게 전부 얘기하고, 괜찮아질 거라는 얘기를 듣고 싶었다. 나는 네 번이나 부모님의 전화번호를 눌렀지만 마지막 버튼을 차마 누르지 못했다. 도대체 아빠가 해줄 수 있는 게 뭐가 있을까? 아빠는 수백 킬로미터나 떨어져 있는데.

마침내 집 앞뜰에 차들이 멈춰 서는 소리를 들은 뒤에야 나는 겨우 몸을 일으켜 그들을 맞이했다. 앤디 던이 내 상태를 확인하더니 여자 경찰 한 명과 거실에 앉아 있으라고 지시했다. 담요 한 장을 덮어쓰고 앉은 채로 나는 몸을 부들거리며 여자 경찰과 형사의 질문에 대답하려 했다. 주방에서 앤디 넌이 짧게 숨을 들이쉬는 소리와 동행한 경찰의 탄성이 들려왔다. 데이나는 코빼기도 보이지 않았다. 곧 던 경위의 무전 소리가 들렸다.

"그래. 주거침입이야. 주방 식탁에 뭔지 모를 신체 장기가 남아 있군. 심장처럼 보이는데…… 맞아, 사람의……"

나는 두 경찰의 제지를 무시한 채 몸을 일으켜서 주방으로 들어갔다. 심장은 아직 그 자리에 있었다. 핏물 웅덩이 속에서 번들거렸다. 이제 주방에는 비릿하고 역겨운 냄새가 진동했다. 나는 숨을 깊이 들이쉬지 않으려고 애를 썼다.

"사람의 것은 아닌 것 같아요." 내가 말했다.

던 경위는 무전을 멈추고 됐다는 식으로 중얼대더니 무전기를 껐다.

"뭐라고요?" 그가 물었다. 그는 평소보다 창백해 보였다. 새벽에 잠자리에서 끌려 나오다 보니 당연히 그럴 수도 있을 성싶었다.

나는 고개를 흔들었다. "처음에는 나도 그런 줄 알았어요. 그런데 곰곰이 생각해보니……" 사실 장담할 수는 없었다. 심장을 다시 살펴보니 어느 쪽인지 판단하기가 애매했다.

다른 경찰 한 명이 주방으로 들어왔다. "침입한 흔적은 없습니다. 망가지거나 부서진 것도 없고요."

던 경위는 경찰에게 고개를 끄덕했다. 그런 다음 나를 향해 돌아섰다. "그렇다면 뭐란 말입니까? 어디서 온 거죠? 다른 동물의 심장이라는 말인가요?"

나는 침을 꿀꺽 삼키고 물었다. "무게를 달아봐도 될까요?"

던 경위는 부하 경찰을 힐끔 쳐다보았다. "글쎄……."

"어차피 의사에게 확인을 받아야 하잖아요. 나도 의사예요."

던 경위는 아무 말도 하지 않았다. 나는 주방을 가로질러 가서 내 가방 안을 뒤져 수술용 장갑 묶음을 찾았다. 그런 다음 주방 저울을 식탁으로 가져왔다.

"포유류 동물은 심장 형태가 거의 비슷해요." 나는 전문가다운 말투를 쓰려고 했지만 그러지 못하는 건 스스로 알고 있었다. "심장에는 대혈관이라는 다섯 개의 주요 혈관이 연결되어 있어요. 상부와 하부 대정맥, 폐와 연결된 두 개의 혈관, 그리고 대동맥이에요." 나는 심장을 잡아 돌려놓았다. 이미 응고가 시작된 핏덩이가 쏟아지며 식탁을 더럽혔다. 여자 경찰이 작게 헉 소리를 냈다. 나는 이를 악물고 숨을 깊게 들이쉬었다. "두 개의 방으로 나눠져 있고요. 좌심실과 우심실은 모두 두꺼운 근육질 벽으로 이루어져 있는데, 실제로는 왼쪽이 오른쪽보다 더 커요. 그리고 우심방과 좌심방이 있어요. 여기, 보시는 대로예요."

"그런 설명까지는 필요 없는데……." 던이 말을 꺼냈지만 나는 물러서지 않았다. 그들에게, 무엇보다 나 자신에게 증명해야 했다. 내가 수없이 살펴보고 만져보기까지 했던 심장 따위에, 불과 몇 분이라도 기겁하는 일은 없다는 것을. 나는 심장을 들어서 저울에 올렸다.

"사람의 심장은 보통 250에서 350그램이 나가요." 내가 말했다. 저울의 숫자는 345그램을 표시했다.

"범위 안이로군." 던이 말했다.

"그래요." 나는 동의했다. "따라서 이건 덩치가 큰 성인 남자의 것일 가능성이 가장 커요. 백팔십 센티미터 이상의 건장한 체격을 가진 사람요. 그런데 나한테 내기를 하라면, 난 덩치 큰 돼지 심장이라는 데 돈을 걸겠어요."

주방 안에서 안도하는 소리가 또렷하게 터져 나왔다. 나는 다시 거실로 가서 질문에 대답해야 했다. 더 많은 경찰이 도착했다. 그들은 지문을 채취했으며, 우리집 부지 경계까지 개들을 데려가 살피고, 심장과 딸기도 전부 수거했다. 그런데도 데이나는 아직 보이지 않았다.

마지막으로 던 경위가 내가 있는 소파로 와서 앉았다.

"지금은 안정을 취해야 해요. 경찰 두 명을 아침까지 집에 남겨둘 테니까 당신은 아주 안전할 겁니다." 상냥하기까지 한 말투로 그가 말했다.

"고마워요." 나는 가까스로 대꾸했다.

"덩컨은 토요일에 돌아오죠, 맞나요?"

나는 고개를 끄덕였다.

"내일 밤에는 다른 숙소를 찾는 편이 좋을 것 같군요. 누가 짓 궂게 장난을 친 것 같은데, 침입한 흔적이 없다는 점이 마음에 걸 리긴 해서요. 이 집 열쇠를 가진 사람이 누가 있는지 조사할 예정 입니다. 자물쇠를 바꾸는 것도 나쁘지 않을 거예요."

나는 다시 고개를 끄덕였다.

그는 손을 뻗어 내 팔을 건드렸는데, 그런 다음에는 어떡해야 하는지 모르는 것 같았다. 내 팔을 살짝 토닥거리는 것으로 마무 리했다. 그러고 나서 일어섰다. "미스 해밀턴, 좀 쉬십시오." 다시 말한 뒤 그는 떠났다.

나는 2층으로 올라가며 생각했다. 만약 이게 짓궂은 장난이라 면, 전혀 재미있지 않아. 더구나 장난처럼 느껴지지도 않았다. 누 군가 나를 협박하려 한 거라고 나는 생각했다.

## 13

"여보, 그 반지는 내가 찾은 거야."

"뭐? 당신이 찾았다니?"

다음날 아침 7시 45분이었다. 나는 늦어서 급하게 차를 몰고 있었다. 덩컨이 전화를 걸어 중요한 추가 모임이 잡혔다고, 그래서 괜찮다면 토요일 저녁에 돌아올 거라고 했다. 새로운 거래가 성사될 가능성 때문인지 그의 목소리는 들떠 있었고, 그의 흥분이 느껴져 나는 지난밤의 사건에 대해서는 말을 꺼낼 엄두조차 내지 못했다. 그에게 찾아온 좋은 기회를 망칠 수는 없으니까. 하룻밤 더 홀로 지내더라도 괜찮을 거라며 나는 스스로를 다독였다. 잠이야 병원에서 자도 될 테니까.

대신 전날 낮에 있었던 일들을, 그때만 해도 중요한 것 같던 것들을 덩컨에게 전부 털어놓았다. 내 장화에서 반지를 발견하고, 여러 등록 사무소를 찾아가고, 하윅 가족을 만나러 두 집을 방문하고, 무덤에 갔었던 것까지. 내가 아직도 얼마나 불안한지 그가 눈치채지 못하기를 바라며 빠르게 말을 쏟아냈다. 심지어 허가도 받지 않고 치과 기록을 살펴볼 계획이 있다는 얘기까지 했다. 그런데 내가 말을 끝마칠 때까지 참을성 있게 얘기를 들어주던 덩컨이 갑자기 깜짝 놀랄 만한 소리를 꺼낸 것이다.

"몇 달 전에 내가 찾은 거야."

나는 그 말을 받아들일 수 없었다. 반지는 내 장화의 밑창에 붙어 있었다. 반지의 주인과 함께 백팔십 센티미터 깊이의 토탄에 묻혀 있었던 것이다.

"어디서? 어떻게?"

"언덕 아래쪽에서. 지난 십일월이었던 것 같은데, 당신이 오기 전이었지. 울타리 기둥을 세우느라 콘크리트를 깔 때였어. 흙더미 위에 반지가 있더라고. 내가 파냈던 모양이야."

"그런데, 어째서…… 그런 얘긴 해주지도 않았잖아!"

"대수롭지 않게 생각했으니까. 그게 뭔지도 몰랐고. 아무튼 반지가 너무 더러웠고, 일을 끝내는 게 급선무였거든. 연장통에 던져놓고는 잊어버렸지."

그러자 문득, 모든 상황이 완전히 선명해졌다. 반지는 덩컨의 연장통에 있었다. 내가 찰스의 다리에 감긴 철선을 끊으려고 연장통을 뒤졌을 때 빠져나와서 계단에 떨어졌고, 그후에 내가 발견한 것이다. 내가 신었던 사냥용 장화와는 아무런 관련이 없으며, 무엇보다 무덤 근처엔 있지도 않았다. 덩컨이 언덕 아래 세운 울타리 기둥은 내가 제이미를 묻으려고 했던 곳에서 백 미터가량 떨어신 아래쪽에 있었다. 결국 반지는 완전히 엉뚱한 물건인 셈이었다.

"그런데 반지가 왜 그곳에서 나왔을까?" 반지가 엉뚱한 물건이든 아니든 여전히 그 점은 이해가 되지 않았다.

"좋은 질문이야. 그 반지가 정말로 그 죽은 여자의 것이라고 가정하자고. 이름이, 커스틴이라고? 그럴 수도 있지 않겠어? 반지에 새겨진 글자가 얼마나 선명해?"

"뚜렷하진 않아." 반지에 새겨진 이름에 대해서는 애초부터 확신이 없던 터였다. 확실한 건 결혼 날짜뿐인데, 알아본 바로는 그날 하루만도 여러 건의 결혼식이 있었다.

"토라, 정말로 치과 기록까지 뒤지는 건 안 돼. 그래봐야 시간 낭비일 뿐이고, 의사 직분이라는 면에서는 최악의 행동이야. 심지어 불법이잖아. 이제 더는 관여하지 말란 말이야."

덩컨이 내게 뭔가 요구를 하는 경우는 흔치 않았다. 어쩌다가 간혹 그런 경우가 생기면 나는 거의 언제나 그의 뜻을 따랐다.

"알겠어, 당연히 그래야지. 당신 말이 맞아." 나는 진심으로 말했다. 이젠 나도 진저리가 날 지경이었다.

"그래야지. 내일 돌아가서 봐. 사랑해."

오랫동안 그에게서 듣지 못한 말이었다. 나도 사랑한다고 말하려 할 때, 그는 전화를 끊었다.

이제 러윅에 거의 도착해 나는 얼른 병원으로 차를 몰았다. 차의 시계를 확인했다. 십 분 지각이다. 차를 세우고 뛰어내리면서 나는 인상을 찡그렸다. 혹시 여름철 감기 바이러스라도 달고 온 건가? 팔다리가 전부 쑤시고, 전날 술을 아예 마시지 않았는데도 머리가 지끈거렸다. 마치 일주일 내내 한숨도 못 잔 것 같은 기분이었다. 그리고 이젠 십 분이나 늦은 것에 대해서 켄 기퍼드에게 잔소리를 들어야 할 차례다.

그는 이미 파란 수술복 차림에 긴 머리를 뒤로 묶은 모습으로 내 사무실에서 창밖을 내다보며 기다리고 있었다.

"기분은 어떤가?" 그가 돌아서며 물었다.

"나아졌어요." 내가 대답했다.

사실 기분은 엉망이었다. 기퍼드 역시 상태가 썩 좋아 보이지는 않았다. 그의 실눈은 더 가늘어졌고 눈 밑 그림자도 더욱 짙어 보였다.

"늦어서 죄송해요." 내가 말했다. "오는 길에 남편의 전화를 받느라고요. 그래서 조금 더 늦었어요." 그러고서 기퍼드에게 반지를 찾은 것이 덩컨이라는 소식을 전했다. 내가 말을 마치자 그는 고개를 끄덕였다.

"조스 하윅에게는 내가 전화하지. 그의 아내의 반지가 아닌 게 거의 확실하지만, 그래도 반지를 보고 싶다고 하면 경찰서에 직접 들러서 확인하라고 하는 수밖에. 그런데 만에 하나 그의 아내의 반지가 맞는다면 우리 중에 좀도둑이 있다고 볼 수밖에 없겠군. 누군가가 시체 안치소에서 도둑질을 했다는 말인데, 그럼 꽤나 성가시게 되겠지. 토라, 이런 모든 일이 일어나서 유감이오. 온갖 소란이 쉽게 진정되지 않으니 더더욱. 커피 마시겠소?"

"고마워요." 내가 대답하자 그는 사무실 구석의 커피메이커로 가서 두 잔을 따랐다.

"만능열쇠라도 가지고 계신가 봐요?" 내가 물었다.

김이 나는 머그잔을 양손에 하나씩 든 채 돌아 선 기퍼드가 눈썹을 치켜세웠다.

"저녁에 사무실 문을 잠가놓는데 어떻게 들어와서 커피까지 준비해놓으셨네요. 크루아상도 구우셨나요?"

"기꺼이 빵집에 다녀와야겠군. 스티븐슨 씨를 그냥 지나친 지가 석 달이나 됐는데, 아무튼 삼십 분 정도 시간을 지체해도 지장은 없겠지. 그런데, 틀렸어. 만능열쇠를 소지하거나 사용하는 건 아주 의사답지 못한 행동이잖나? 물론, 청소부는 예외지만. 여기 왔을 때 마침 청소를 하고 있던 덕분에 들어와서 커피를 준비해놓을 수 있었지. 당신에게 대접할 생각으로." 그는 머그잔을 건넸다. 두 손 안에 느껴지는 온기가 오랜 친구에게 포옹을 받는 듯 위안을 주었다. 기퍼드는 나와 아주 가까이 서 있었고, 나는 피하지 않았다.

"조금 전에 던 경위가 들렀소. 그 심장이 사람의 것이 아니라는 확답을 받고 싶었나 보더군. 스티븐 레니에게서." 그가 말했다.

"그래서……." 지난밤의 내 판단이 거의 확실하다고 생각하면서도 정답이 궁금해졌다.

기퍼드는 사무실 구석 안락의자가 있는 곳으로 나를 데려갔다. 앉으라는 시늉을 하기에 시키는 대로 했다. 그도 의자에 앉았다.

"돼지의 것이더군." 그가 말했다. "앤디가 섬에 있는 도축업자들을 전부 조사하도록 시켰소. 지난 며칠 사이에 돼지 심장을 사 간 사람이 있다면 누군지 곧 알게 될 거야."

"누가 짓궂은 장난을 쳤을 거라는 말은 않던가요?"

켄 기퍼드는 고개를 끄덕했다. "그의 말이 맞는 것 같던데, 당신 생각은 어떻소? 혹시 살인범이 아직 이곳에 있다고 가정한다면, 그가 왜 그런 큰 모험을 감행할까? 간밤엔 당신에게 들킬 뻔까지 하면서."

'그랬다면 난 지금쯤 죽었을 테지.'

기퍼드가 말을 이었다. "앤디가 구체적인 내용은 최대한 비밀로 유지하려고 애쓰는데, 이곳은 워낙 좁거든. 말이 새어 나간단 말이지. 당신이 시체를 발견했는데 심장이 사라졌다든지, 그 뱃속에 뭐가 들었다든지 하는 것들을 아는 사람이 이미 적지 않을 거요. 장난으로 넘기기에 썩 유쾌하진 않겠지만 우리 주변에 꽤 이상한 사람들도 있기 마련이거든."

"전 그 정도로 유명한 사람이 아니에요."

"글쎄, 난 잘 모르겠지만." 그는 일어섰다. "오늘밤 잘 곳이 필요하지 않소? 우리집에 남는 방이 있긴 한데 덩컨이 찬성할는지 모르겠군."

갑자기 그를 바로 쳐다볼 수가 없었다.

"던 경위의 사건 수사는 진전이 있나요?" 내가 물었다. 섬의 경찰들이 나보다는 같은 섬 출신에게 더 우호적이라는 확신도 들고, 한편으로는 화제도 바꿔야 할 것 같아 꺼낸 질문이었다.

"피해자가 섬 주민이 아니라고 확신하는 것 같더군. 실종자 명단에는 그녀와 일치하는 사람이 없거든. 앤디가 수사팀에 영국 나머지 지역의 실종자 명단을 조사하도록 지시했소. 혹시 유력한 인물이 있으면 치아 기록을 확인해서 누구인지 확증할 수 있겠지." 그가 말했다.

그녀의 치아 기록은 지금 내 서류 가방에 들어 있었다. 나는 분명 죄지은 사람처럼 보였을 텐데 기퍼드는 아무런 내색을 하지 않았다.

"박진감도 없고 화려하지도 않지만 경찰 업무는 확실한 것을 찾는 것이니 조만간에 결과가 나올 거요."

"그렇게 생각할 수도 있지만, 만약에……." 나는 말을 멈췄다. 기퍼드는 던과 학창 시절부터 아는 사이고, 나를 알게 된 지는 겨우 며칠밖에 되지 않았다. 그가 나를 믿고 오랜 친구에게 거짓말을 할 수 있을까?

"만약에?" 그가 물었다.

"제가 보기엔…… 가끔은……." 말을 이어갈 수가 없었다. 기퍼드는 나를 바라보며 말이 이어지기를 기다렸다. 나는 겨우 입을 뗐다. "그가 이 사건을 그리 심각하게 여기는 것 같지 않아서요. 처음에는 시신을 고고학적 유물이라고 했고, 나중에는 피해자가 섬 주민일 가능성이 없다고 했어요. 그리고 지난밤의 일은 짓궂은 장난으로 받아들였고요. 실제보다 대수롭지 않게 여기면서 줄곧 사건을 가볍게 다루려고만 할 뿐이라고요."

기퍼드는 나를 보며 인상을 찌푸렸다. 내 말을 믿지 못하고 그래서 짜증이 난 것인지, 아니면 내 말을 듣고 놀라서 그런 것인지 분간이 되지 않았다.

"데이나 툴로치의 생각도 나와 같아요. 그녀가 무슨 말을 해준 건 아니고, 그런 점에서 그녀의 직업 정신은 아주 투철하거든요. 아무튼 그녀의 의중을 간혹 짐작할 수 있어요."

기퍼드는 한숨을 내쉬었다. "토라, 툴로치 경사에 관해서는 당신도 알아둬야 할 게 있소."

"그게 뭐죠?"

"나 때문에 온갖 직업에 대한 신뢰가 깨질는지도 모르겠는데, 어쨌든 앤디 던과 나는 오랫동안 알던 사이란 말이지."

"알아요. 두 분 모두 이곳 출신이죠."

그는 미소를 지었다. "데이나가 경사로 부임한 곳은 여기가 처음이 아니오. 던디에서도 경사로 있었지. 맨체스터에서 근무한 경력도 있고. 두 곳에서 모두 성과를 내지 못해 두 번이나 전근을 한 셈이오. 내가 받은 느낌은, 이번이 경찰로서 그녀의 마지막 기회라는 거요."

나는 깜짝 놀랐다. "하지만 그녀는 아주…… 유능한걸요."

"그럼, 충분히 똑똑하지. 아이큐도 최상급이고. 그녀가 오래 버텨온 이유도 그 때문일 거요. 하지만 다른 문제들이 있거든."

"문제라뇨?" 나는 이런 대화가 싫었다. 바로 전날 그녀에게 호감을 가지게 되었고 그녀가 좋아지려던 참이 아닌가. 그녀 모르게 이런 이야기를 나누는 것이 옳지 않게 느껴졌다.

"심리학 시간에 배운 것들 중에 기억나는 게 많진 않지만, 내가 보기에 그녀는 강박성 신경 질환 증세가 있는 것 같소. 과거에 음식 섭취에도 문제가 있었던 것 같고, 지금도 그런지는 모르지만 아주 말랐지. 또 정리 정돈이라든지, 겉으로 드러나는 모습에 강박적으로 집착하잖소. 누가 자기 책상의 스테이플러를 옮겨놓았다고 대단히 화를 냈다는 소문도 있고."

"그만큼 깔끔한 거죠." 나는 내 사무실을 힐끔 둘러보았다. 평소와 마찬가지로 쓰레기가 넘쳐났다. "어휴, 그런 문제들은 누구에게나 있어요."

"옷차림만 봐도 알 수 있지. 그녀의 옷이 깨끗하지 않은 걸 본 적 있소? 경찰서 경사의 봉급만으로 어떻게 그럴 수 있을까? 그녀가 모는 자동차는 어떻고? 고급 외제 승용차를, 그것도 이제 막 전시장에서 가져온 것 같은 차를 몰잖소. 내가 지금까지 만나본 경찰들은 모두 허름한 국산 차만 몰고 다니더군. 카 매트 위에 담배꽁초나 포장 음식 찌꺼기, 초콜릿 바 껍데기를 버리는 정도는 아니지만. 그랬다가는 매트를 새로 장만해야 하니까 말이오. 그녀의 차는 매일 진공 청소를 하는 모양이던데."

"무슨 말씀을 하시는 거예요?"

그는 창가로 걸어갔다. "그녀가 심각한 채무에 시달린다는 소문이 있소." 창밖의 갈매기를 보며 그가 말했다. 그러더니 다시 나를 향해 돌아섰다. "그런데도 소비를 줄이지를 못하지. 그녀는 돈이 없어. 더구나 팀의 일원으로서 일을 제대로 해내는 것도 아니고. 비밀스러운 면도 있지. 그래서 던도 짜증을 내고, 동료들 사이에서 인기가 없는 거요. 사람들이 그녀의 방식에 의문을 제기하면, 그녀는 늘 다른 사람들이 문제라는 식으로 말한다더군. 자신을 음해하려고 남들이 모종의 음모를 꾸민다는 식으로 말이오."

나는 전날 저녁 그녀의 행동을 떠올렸다. 그녀는 동료 경찰 대신 나와 같이 수사를 하려고 했고, 자신이 어디에 있는지, 무슨 계획을 세웠는지 다른 경찰에게 알리려 하지도 않았다. 그때 약간 이상하게 여겼던 점들이 이제는 분명하게 이해가 되었다. 그녀는 기퍼드와 던의 행동을 문제삼기 전부터도, 또 공개되지 않은 기록을 불법으로 조사해달라고 나를 설득하기 전부터도, 이미 이상한 태도를 보였다. 오 이런, 새로 사귄 나의 좋은 친구가 정신병자였다니!

"내가 보기에 데이나 툴로지는 전문가의 도움이 필요한 것 같소. 한편, 당신은 지금까지 일어난 일과 진행중인 일들을 인정하고 받아들일 필요가 있고."

"전에도 그런 말씀을 하셨죠."

"역시 같은 말을 하게 되는군. 이 사건은 아마 풀리지 않을 테니까."

나는 그를 쳐다보고는 고개를 저었다.

"다른 경찰에게 물어보면 알겠지만, 살인 사건은 최초 스물네 시간 안에 해결될 가능성이 가장 높지. 단 하루만 지나도 수사의 실마리는 사라지게 돼. 이 사건은 벌써 이 년이 지났고, 시체 안치소의 여성과 일치하는 사람을 실종자 명단에서도 찾을 수 없었소. 그해에 섬에서 아기를 낳은 사람들 중에도 일치하는 사람이 없고. 이곳 사람이 아닌 것이 거의 확실하지."

물론 그의 말은 옳았다. 어른들의 말은 결국 늘 옳기 마련이다. 그는 자기 시계를 들여다보았다. "9시가 다 됐군. 아침에 진료가 있다고 했나?"

나는 고개를 끄덕했다. 서둘러야 했다. 열 건의 진료가 예약되

어 있는데다 오후에는 제왕절개수술이 두 건 잡혀 있고, 재닛과 타마리 케네디 부부도 퇴원시켜야 했다

"이제 가야겠군. 스티븐슨 씨가 내 행방을 궁금해하겠어."

그가 문에 다가섰을 때 내가 그를 불렀다. "기퍼드, KT가 무슨 뜻이죠?"

그는 고개를 돌렸다. "뭐라고?"

"KT요. 전산 기록에 나오던걸요. 2005년 여름의 출산 기록에요."

이제 날이 밝아오는 것 같았다. "아, 그것 말이지. 나도 물어본 적이 있는데, 그건 켈로이드 트라우마를 뜻하지."

"뭐라고요?"

"아, 이곳에서 우리가 고안한 용어요. 당연히 처음 들어봤겠지. 잠시만, 나도 기억을 좀 해봐야……."

기퍼드는 문틀에 기댄 채 천장을 올려다보았다. 나는 그를 지켜보았다. '켈로이드'라는 용어는 수술이나 부상을 입었을 때 간혹 피부 섬유조직이 과민 반응하는 경우를 의미한다. 그 결과 두껍고 단단한 흉터가 남게 된다.

잠시 뒤 기퍼드가 말했다. "한참 전에 이곳에서 연구를 했소. 우리 대학원생 중 한 명이 주도해서. 그때 나는 이곳에 없어서 실제로 그 논문을 읽어봤다고 할 순 없는데, 그래서 대략적인 말밖에 해줄 수가 없군. 아, 기억이 나. 출산 시 회음절개를 하고 난 뒤

심각한 흉터가 남게 되는 유전적 소질들이 있더군. 둘째 아이를 낳을 경우 문제가 생길 수 있지. 그래서 켈로이드 트라우마라고 한 거요."

"저도 유의해야 할 사항이군요." 내가 말했다. 적어도 의문 하나는 풀린 셈이니 마음이 놓였다.

"관련 서류가 있는지 찾아보고 당신에게 주도록 하지." 그는 문을 향해 돌아섰다가 다시 멈춰서 어깨 너머로 나를 돌아보았다.

"덩컨은 나를 좋아하지 않아. 내가 그의 여자친구를 빼앗았거든." 그는 나를 보며 싱긋 웃었다. 얇은 입술이 길고 서글프게 늘어졌다. "한 번이 아니었소."

## 14

고맙게도 이날 아침에는 진료를 하느라 바빴다. 정말로 다른 것에 신경쓰지 않고 일에만 열중해야 하는 직업을 가졌다는 게 얼마나 행운인지. 네 시간 동안 나는 태아의 심장박동을 확인하고, 혈압을 재고, 소변에 당 성분이 과다한지 여부를 검사하고, 또 여러 단계로 부풀어 오른 복부를 진찰했다. 팬티가 축축해지는 이유가 양수가 일찍 터져서인지, 혹시 임신 말기의 요실금 때문일 가능성은 없는지에 대해 무표정한 얼굴로 토론을 했고, 넷째 아이를 가진 임신 삼십팔 주 차의 임산부가 브랙스톤 힉스 수축*이 어떤 느낌인지 정확히 설명해달라고 요구했을 때는 두 손 들고 포기하고

◆  자궁이 출산에 대비해 수축 연습을 하는 것.

싶은 것도 참았다. 사랑의 힘으로.

점심시간에야 삼십 분쯤 짬이 생겨 나는 병원 매점에서 샌드위치를 집었다. 잡담을 나누고 싶은 생각이 없어서 샌드위치를 가지고 사무실로 돌아왔다. 당장 급한 업무가 사라지자 지난밤의 일이 떠오르기 시작했다. 널 익힌 쇠고기로 만든 샌드위치를 고른 것은 현명한 선택이 아니었다. 피에 물든 심장을 더는 생각하지 않으려 애쓰다 보니 문득 병원에서 멀지 않은 곳에서 말을 타다가 사망했다는 커스틴 하윅이 떠올랐다. 나는 일곱 살 때부터 말을 탔고, 자랑인지는 모르지만 승마 실력도 꽤 좋다고 자부하는 편이다. 그런데 커스틴의 사고 소식을 들었을 때는 꺼림칙한 생각이 들었다. 아무리 말을 잘 타는 사람도 잠시 방심할 수 있고, 말은 지독할 만큼 예측하기 힘든 동물이었다. 특히 도로변이라면 더더욱. 나는 더 많은 사실을 알고 싶었다. 그녀의 잘못일까? 화물차를 몰던 운전기사는 어떻게 되었을까? 나는 컴퓨터를 켜고 인터넷에 접속했다.

《셰틀랜드 타임스》가 이 섬에서 발행되는 유일한 신문은 아니지만 그래도 발행 부수가 가장 많다고 했다. 신문사 웹 사이트는 쉽게 찾을 수 있었다. 나는 검색창에 '커스틴 하윅', '승마 사고'라고 찍고 검색 버튼을 눌렀다. 몇 초가 지나자 2004년 8월에 나온 기사를 볼 수 있었다. 기사에는 슈퍼마켓 배송 차량이 B9074 도로의 사각지대 모퉁이로 다소 빠르게 진입했으며, 운전기사는 커다란 회색 말에 탄 여성을 덮친 것을 알고서도 차를 세울 수 없었다고 나와 있었다. 병원에서 커스틴 하워이 사망 소식을 일렸는네 그녀를 담당한 선임 레지던트의 차분하고 동정 어린 발언도 인용되어 있었다. 경찰은 이 사고를 난폭 운전으로 인한 과실치사로 판단했다.

사고와 관련한 후속 기사가 더 있을 것 같았지만 나는 흥미를 잃었다. 기사에는 커스틴의 사진도 나와 있었다. 근래에 도보 휴가를 떠났을 때 그녀의 남편이 찍은 것이라는 설명이 달려 있었다. 산맥을 배경으로 찍은 사진 속에서 그녀의 뒤편으로 호수가 보였다. 방수복 차림에 장화를 신은 그녀는 무척 행복해 보였다. 턱까지 내려오는 단발 머리카락은 나처럼 곧은 머리였다. 전날 밤 하워의 집에서 사진을 보았을 때 데이나와 내가 그녀의 풍성한 결혼식용 헤어스타일에 속은 것이 분명했다. 우리는 그 헤어스타일을 보고 부검실 탁자에 누워 있던 여인의 길고 구불구불한 곱슬머리와 비교한 것이다. 사망 당시 커스틴 하워의 머리는 짧은 직모였다. 나는 결국 확신을 얻었다. 한숨을 내쉬고 내게 온 메시지가 있는지 확인한 뒤(데이나에게서 온 연락은 없었다), 컴퓨터를 끈 다음 수술실로 내려갔다.

6시가 되었을 무렵 나는 너무 지쳐서 넋이 나갈 정도였는데, 그래도 집으로 돌아가고 싶은 생각은 들지 않았다. 덩컨이 너무나 그리웠다. 다가오는 주말을 어떻게든 재결합의 기회로 삼을 수 있게 노력해야 한다. 페리를 타고 언스트 섬으로 가서 그의 부모님 집에서 이틀 밤을 지내고 오면 어떨까? 아니면 여름을 대비해 마련해놓은 레이저 2호로 요트 타기를 즐길 수도 있을 것이다. 지역의 요트 클럽이 주말에도 문을 연다면 요트 경주에 참가할 수도 있을지 모른다.

데이나에게 전화가 오지 않아서 나는 대단히 안도했다. 그녀에게 무슨 말을 해야 할지 몰랐던데다 아무튼 그녀의 요청을 거부하기로 결심했기 때문이다. 이제 나는 우리집 벌판에 묻힌 여인이 커스틴 하윅이 아니라고 믿게 되었다. 이 사건을 파고들면 파고들수록 내가 더 곤란한 상황에 처하게 될 건 분명했고, 무엇보다 나는 이미 덩컨과 약속을 했다. 데이나가 내게 준 치아 엑스레이 사진은 아무도 모르게 다시 돌려줄 작정이었다. 나는 내가 점검하고 사인해야 하는 조산사들의 근무 시간표를 한 뭉치 집어서 첫 장 내용을 훑은 다음 맨 밑에 서명을 했다.

'네가 진실에서 멀어졌다면 너를 겁줄 이유가 있었을까?'

나는 펜을 든 채로 동작을 멈췄다. 그러고는 아래를 내려다보았다. 책상 옆에 서류 가방이 놓여 있었다. 나는 가방을 집어 파일을 꺼냈다.

하지만 난 이미 덩컨과 약속했다.

파일을 도로 집어넣고 가방을 닫았다. 지난밤의 일은 누가 나를 놀리려고 짓궂은 장난을 친 것일 뿐, 아무것도 아니다. 기퍼드의 말이 옳았다. 작은 마을에서 소문은 들불처럼 번지기 마련이다. 점심시간에 식당에서는 내 등뒤의 누군가가 속삭이는 소리도 들었다. "심장이 있더래." 숨죽인 웃음소리와 누군가 팔꿈치로 옆구리를 찌르는 듯 부산한 소리가 이어졌다. 나는 못 들은 척했지만, 내가 겪은 일이 이미 남들에게 알려졌고 그걸로 우스갯소리를 하는 사람들도 있다는 것을 깨달았다. 나는 몸을 숙여 근무 시간표를 다시 점검했다.

'누군가 네 침실에 서 있었잖아. 네가 잠든 모습을 지켜보면서. 그게 장난일까?'

나는 셋째 장과 넷째 장에 서명을 했다. 시간표의 내용이 눈에 들어오지 않았다.

'창문을 깨지도, 문을 억지로 열지도 않고 네 집에 들어왔어. 그런데도 그게 그냥 장난꾸러기의 소행일까?'

나는 펜을 내려놓고 다시 서류 가방에 눈을 돌렸다.

'괜찮아, 상관없을 거야. 커스틴이 아닌 것만 확인하면 되지, 그럼 끝이잖아?'

나는 마분지로 된 파일에서 흑백의 필름을 꺼내어 책상의 흰 종이 위에 올려놓았다. 누군가 복도를 지나가는지 문밖에서 소리가 들렸다. 문을 잠그려고 일어섰는데, 손가방에 사무실 열쇠가 없었다. 열쇠를 집에 두고 오는 경우가 이번이 처음이 아니라 다른 걱정은 접어둔 채 책상 서랍에서 여분의 열쇠를 꺼내 문을 잠 갔다. 그런 뒤 책상 앞에 다시 앉아 엑스레이 사진을 들여다보았 다. 파노라마식 방사선사진에는 입안의 치아가 한 장에 들어오도 록 찍혀 있었다.

사람의 영구치는 보통 서른두 개이고, 치아 방사선사진을 살펴 볼 때 지켜야 할 첫 번째 원칙은 치아 개수를 확인하는 것이다. 사진에 나온 치아는 윗니가 열다섯 개, 아랫니가 열여섯 개로 모 두 서른한 개였다. 오른쪽 상악 어금니는 주로 세 개인데 사진에 는 두 개만 있었다. 왼쪽 상악 어금니 한 곳은 치관을 씌운 것처 럼 보이기도 했다. 그리고 오른쪽 상악 앞어금니 한 곳에 치근의 기형 증상이 보였다. 다른 치근들과 다르게 말단이 굽은 형태가 두드러졌다. 다른 치아들은 대체로 평범했는데, 다만 오른쪽 하악 의 첫째와 둘째 앞어금니 사이에 제법 공간이 있었다. 이가 빠진 것으로 여길 만큼 간격이 크지는 않았고, 아마도 웃을 때도 거의 알아보지 못할 정도의 틈에 불과했다. 안쪽 치아 몇 개는 때운 흔 적이 있었다. 비록 치과 의사는 아니지만 내가 사진 속의 치아와 다른 치아 사진을 비교해서 서로 관련이 있는지 알아볼 수는 있 을 것 같았다.

전화벨이 울렸다. 여러 의사들을 한꺼번에 보조하는 비서가 데 이나 툴로치에게 전화가 왔다고 알려주었다. 나는 내가 아직 수술 실에 있으니 나중에 전화하겠다는 말을 전하도록 부탁했다.

사무실 문을 잠갔다는 걸 알면서도 나는 다시 한번 문을 힐끔 확인하고는 병원의 내부 전산망을 찾아 치과 부서에 접속해보았다. 곧 내가 첫 번째 장애물에 부딪혔음을 깨달았다. 병원의 산부인과 전문의로서 나는 내부 전산망의 거의 전부에 접속할 수 있지만, 치과 부서만큼은 정중하게 접속 암호를 요구했던 것이다. 병원의 전산과에 전화를 걸어볼까 싶기도 했으나 병원 내에서 새로운 정보 권한을 얻으려면 먼저 기퍼드의 승인을 받아야 할 것이 뻔했다. 나는 일어나서 창가로 갔다. 주차장에는 기퍼드의 BMW가 아직 남아 있었다. 나는 사무실 벽장에서 진한 분홍색 서류철을 꺼내 엑스레이 사진을 그 안에 넣었다. 그런 다음 사무실을 나왔다.

최근에 문을 연 국민 보건 서비스 부속 치과는 병원 구역 내에서 몇 걸음 떨어진 별도의 건물을 쓰고 있었다. 아직 수술복 차림이었던 나는 오른쪽 재킷 주머니 위의 직책을 나타내는 배지가 잘 보이는지 확인했다. 지나치게 똑똑하거나 관심이 많은 치과 간호사를 만나지 않기만 바랄 뿐이었다.

이중으로 된 문을 밀고 들어가면서 나는 최대한 미소를 지으려 애썼다. 접수계의 간호사가 나를 쳐다보았다. 그녀의 배지에 셜리라는 이름이 적혀 있었다. 손님이 왔는데도 그녀는 미소를 짓기는커녕, 반가운 기색조차 찾아볼 수 없었다.

"반가워요! 처음 보는 것 같은데, 난 토라 해밀턴이라고 해요." 나는 배지를 내밀고 그녀가 배지를 확인할 때까지 기다렸다. "산 괴학 소속이죠." 다소 불필요하게 덧붙이고는 그녀를 쳐다보면서 정중한 관심을 보여주기를 기대했다. "당신도 여기 신참인가요?"

그녀는 고개를 끄덕였다. "세 달째예요." 셰틀랜드 지역 말투였다. 지금까지는 괜찮다.

나는 친숙한 척 살갑게 몸을 앞으로 기댔다. "실은, 곤란한 문제가 좀 있어서요."

대뜸 그녀 얼굴에 흥미로운 기색이 떠올랐다.

"전임자가 사무실을 난장판으로 만들어놓고 떠나버린 바람에 지금 정리를 하는 중이거든요. 그러다가 치과 기록 같은 걸 찾았는데, 그게 누구 것인지를 몰라서요. 지금 와서 닥터 매클레인을 곤란하게 만들고 싶진 않아요. 그분은 은퇴했고 모든 일에서 손을 뗐으니까요. 그래도 이런 기록이 함부로 돌아다니면 안 되잖아요, 그렇죠? 이런 기록은 기밀에 속하지 않나요?"

그녀는 고개를 끄덕였다. "네, 그렇죠."

"그러던 차에 기록의 주인을 알아낼 방안이 떠올랐어요. 혹시 확인이 가능하면 내가 당신에게 기록을 넘겨줄게요. 그럼 그쪽이 기록이 있어야 할 곳을 찾아서 보관해두면 문제가 해결되겠죠."

"엑스레이에 이름이 나오지 않아요?"

나는 미처 그 생각을 못 했다는 듯 필름을 꺼냈다. 사진 맨 밑에 병원 시체 안치소의 기호가 적혀 있었지만, 확신컨대 셜리는 그것을 알아차리지 못할 것이다.

"혹시 누구의 기록인지 짐작되는 분은 없나요?" 그녀가 물었다.

"커스틴 하윅요. 이곳 환자였어요."

"그런데 이제 저녁이라 곧 문을 닫을 거라서요. 아침에 다시 오셔서 닥터 맥더글러스를 만나보시면 안 될까요?"

나는 안타깝다는 표정을 지으며 고개를 저었다. "내일은 하루종일 수술을 해야 돼서요." 새빨간 거짓말이었다. 내일 내가 있을 유일한 장소는 침대였다. 다만 어느 곳의 침대에 누울 건지를 아직 정하지 못했을 뿐. "그럼 공식적인 절차를 밟아 처리하는 수밖에 없겠군요. 맙소사, 서류 작업을 또 해야 하다니. 당신도 그렇겠지만, 정말 넌더리가 나거든요. 아무튼 즐거운 저녁 시간 보내세요. 아마 약속이 있겠죠?"

나는 돌아서려 했다.

"기록을 직접 보실 수도 있어요. 아시겠지만, 컴퓨터로요."

나는 돌아섰다. "그건 알아요. 그런데 아직 암호를 배정받지 못했거든요. 다른 일들을 익히느라 너무 바빠서요. 여기 오기 전에 전산과에 전화를 해봤는데, 저녁이라서 모두 퇴근해버린 모양이더라고요."

"그러실 법도 하네요." 그녀가 이해한다는 표정으로 말했다. 그러더니 좋은 생각이 떠오른 것 같았다. "그럼 암호만 알면 된다는 말씀이세요?"

나는 어리둥절한 척했다. "아마도요. 혹시 암호를 알아요?"

"당연하죠." 그녀가 대답과 함께 뭔가를 적었다. 나는 성급하게 행동하지 않으려 애쓰면서 손을 내밀어 포스트잇 종이를 받았다. 종이에 적힌 암호를 읽은 다음 그녀를 보며 알겠다는 표정을 짓자 셜리는 미소를 지었다.

"맥더글러스 선생님이 가장 좋아하는 영화예요."

"나도 그래요." 완전히 거짓말은 아니다. 나는 고맙다는 말을 남기고 그곳에서 나왔다.


사무실로 돌아온 뒤에는 내가 저지른 일에 경악해야 할지, 아니면 그 영리함에 기뻐해야 할지 판단이 서지 않았다. 셜리는 분명 모든 일을 자신의 상사에게 보고할 것이다. 이 일이 기퍼드에게까지 알려지지는 않더라도, 나는 닥터 맥더글러스에게서 관련법과 그에 따른 대답하기 곤란한 질문을 받게 될 것이다.

정말로 이렇게까지 하고 싶은 걸까? 적어도 여태까지는 어떤 잘못도 저지르지 않았다. 물론 병원의 어린 동료를 속여서 알아내면 안 될 정보를 빼낸 것은 인정하지만, 그래도 그 정보를 써먹은 건 아니니까. 아직은 죄를 짓지 않았으니 더 나은 방법을 찾는 중이었다고 합리화하면 책임을 면할 수 있지 않을까?

내 컴퓨터 화면에는 아직까지 치과 홈페이지가 떠 있었다. 나는 'Terminator(터미네이터)'라고 찍고 기다렸다. 곧 접속이 되었다. 나는 환자 기록을 찾아내 커스틴 하윅의 이름을 찍었다.

아무 기록이 없었다.

다행이다. 그런데 작은 찜찜함이 고개를 들더니 급속히 커졌다.

나는 잠시 생각에 잠겼다. 커스틴이 사망한 시기는 결혼한 지 얼마 되지 않은 때였다. 어쩌면 병원에 남겨진 이름을 바꾸지 않은 건 아닐까? 나는 커스틴 조지슨이라는 이름을 찍었고, 그러자 기록이 나왔다. 나이, 주소, 간략한 병력, 방문 기록, 국민 보건 서비스에서 제외되는 치료 기록이 상세히 이어졌다. 그녀의 엑스레이 사진과 함께.

형식은 달랐지만 사진을 비교하는 것은 예상대로 간단했다. 부검실에서 찍은 것은 입을 정면에서 찍은 전면 사진 한 장뿐이었다. 치과 진료를 하면서 찍은 사진은 입안을 여러 부분으로 나누어 찍은 것이었다. 여섯 장의 작은 엑스레이 사진과 커다란 사진 한 장을 비교해야 했다. 우선 구별이 쉬우리라 여겨지는 왼쪽 상악 구석부터 비교를 시작했다. 먼저 치관을 씌운 부분을 찾아보았다. 없었다.

이번에는 오른쪽 하악 구석에서 작은 틈을 찾아보았고, 그런 다음엔 치아 개수를 세었다. 여러 장으로 서로 겹쳐서 찍힌 치아들은 구분하기가 까다롭고 시간도 걸렸지만 그 점은 문제가 아니었다. 굳이 치과 의사의 견해를 듣지 않더라도 시신의 엑스레이 사진과 커스틴 하윅의 치과 기록이 일치하지 않는다는 것은 분명히 알 수 있었다. 물론 예상했던 바였고, 이제 데이나도 패배를 받아들일 수밖에 없을 터였다. 죽은 여인은 커스틴 하윅이 아니다.

나는 화면을 닫으려다가 잠시 기억을 더듬었다. 데이나는 셰틀랜드의 치과들 대부분이 국민 보선 서비스의 지원을 받는다고 말했다. 그 말이 사실이라면, 환자가 이 섬에 흩어진 여러 곳의 병원을 방문하더라도 진료 기록은 이 한 곳의 중앙 전산망에 남게 되고, 그 덕분에 조금 유별난 암호를 찍어야 하긴 했지만 나도 접속이 가능했다. 하지만 내가 치과 전산망에 접속한 것이 발각되면 암호가 다시 바뀔 것이다. 내게 기회는 이번 한 번뿐이었다.

'그럴 계획은 아니었잖아. 애초의 의문은 이미 풀렸어. 토탄에서 찾아낸 사체는 커스틴이 아니야. 이제 경찰에게 맡겨야 해.'

하지만 다른 모든 의료 기록들처럼 치과 기록도 기밀 사항이다. 살인 사건을 수사하는 경찰도 기록에 함부로 접근할 수 없다. 적어도 법원의 명령이 필요한데, 나는 경찰이 법원에 영장을 신청할 거라는 얘기를 들은 적이 없었다. 따라서 내게는 아주 드문 기회가 주어진 셈이었다. 살인 사건 수사팀의 어느 누구도 지금 나처럼 기록을 마음껏 살펴볼 수 없다. 하지만 중요한 문제가 떠올랐다. 과연 어디까지 기록을 조사할 수 있을까? 내가 얼마나 많은 치과 기록을 살펴보아야 하는 걸까?

'아니, 그건 중요한 문제가 아니야, 토라! 중요한 문제는 네가 당

장 짐을 꾸리고, 밤을 보낼 곳을 찾아야 한다는 거야!'

나는 인터넷을 열어 스코틀랜드 인구 조사국 사이트에 접속했다. 유전에서 일하는 이주 노동자를 포함한 셰틀랜드 인구가 이만 오천 명쯤 된다는 사실은 이미 알고 있었다. 다만 나는 스물다섯에서 서른다섯 살 사이의 여성 숫자가 얼마나 되는지 모르고 있었다. 이 지역에 거주하는 산부인과 의사로서 내 주된 고객층이 얼마나 되는지도 모른다니, 어쩌면 별로 전문가답지 못한 면일 수도 있다. 스코틀랜드 인구 조사국의 가장 최근 기록은 2004년의 것이고, 자료에 따르면 섬에 거주하는 스무 살부터 서른네 살 사이의 여성 숫자는 2558명이었다. 내가 확인하기에는 불가능한 숫자였다.

'잘됐네, 그럼 어쩔 수 없지, 이제 가서 휴식을 취해.'

숫자를 줄일 방법이 전혀 없을까? 섬 주민 모두가 치과에 등록되어 있지는 않을 것이다. 꽤 많은 사람들이 자신의 치아 관리에 소홀하다는 기사를 어디선가 읽은 기억이 떠올랐다. 거의 인구 절반에 가까운 비율이었다. 그렇다면 조사할 숫자는 1200명쯤으로 줄어든다. 우리집 벌판에 묻힌 여성은 치과 진료를 받았다. 만약 그녀가 섬 주민이고 국민 보건 서비스의 지원을 받는 환자였다면, 그녀의 기록도 여기 어딘가 있을 것이다.

'그녀는 섬 주민이 아냐. 던 경위의 수사팀이 섬에서 실종된 여인들 중에는 그녀가 없다는 걸 알아냈어. 너와 데이나가 틀린 거

라고.'

틀렸다는 말은 싫다. 나는 혹시 숫자를 추려낼 수 있지 않을까 생각하면서 치과 전산망에 다시 접속했다. 자료 배열 버튼을 눌러 내가 정한 기준을 입력했다. 여성 환자, 섬 거주민, 열여섯에서 서른네 살까지. 나이 범위를 더 좁히고 싶었지만 전산 시스템 사정상 그렇게는 지정할 수 없었다. 그러고서 환자의 이름을 쭉 훑었다. 맨 마지막 페이지까지. 모두 1700명이었다. 여전히 내가 확인할 수 없을 만큼 많은 숫자였다. 나는 일어나 커피메이커 앞으로 갔다.

좋아, 생각을 해보자, 머리를 써, 생각을. 열여섯에서 서른네 살 사이의 여성은 1700명이다. 내가 토탄 속에서 발견한 여인은 분명 그중에 있을 것이다. 사진만 확인할 수 있다면……. 물론 할 수 있지! 나는 얼른 책상으로 돌아가 명단의 검색 기준으로 어떤 것이 더 있는지 훑었다. 그래, 이거야! 최종 진료일자. 그녀는 2005년 초여름에 사망했으니 그 이후에 병원에서 진료받은 여성을 제외하기만 하면 된다. 나는 실수를 줄이기 위해 넉넉히 2005년 9월 1일이라는 날짜를 입력한 뒤 확인 버튼을 눌렀다. 몇 초가 지난 뒤 남은 명단은 모두 예순세 명이었다.

이 정도 숫자라면, 시간이 오래 걸리기는 해도 확인할 만했다. 환자 한 명에 오 분이면 되니까. 이제 벌써 7시 30분이었고 나는 탈진하기 직전이었다. 다른 한편으로 이번이 마지막 기회라는 생각이 들었다. 내일 아침이면 내가 권한도 없이 치과 진료 기록을 뒤진 것이 들통나서 더이상 이 목록을 볼 수 없을 텐데…….

'아마 병원에서 쫓겨날 가능성도 다분하겠지.'

……적어도 내 노력을 헛수고로 돌아가게 할 순 없었다.

책상의 '서류철 및 기타'로 표시된 서랍에는 지난번 내가 데이나에게 주었던 출력물, 즉 2005년 봄에서 여름 사이에 출산한 여성들의 목록이 한 부 들어 있었다. 나는 두 목록을 비교했다. 먼저 그해 여름에 아기를 낳은 여성들 가운데 2005년 여름 이후 치과 진료를 중단한 사람이 있는지 찾아보았다. 두 목록 모두 이름이 아닌 날짜순으로 명단이 배열된 탓에 시간이 좀 걸리기는 했지만, 삼십 분 동안 커피 두 잔을 소모하며 비교해본 결과 두 목록에서 일치하는 사람이 없다는 것을 확신하게 되었다.

이때는 피곤함이 절정에 이르렀다. 이제 출산 기록에 연연할 필요는 없다. 아기를 가지고 그해 여름 이 섬에서 출산한 여성이라면 당연히 그녀의 이름은 명단에 있어야 했다. 그녀는 개인 비용을 들여서 치과 진료를 받았을 것이다. 유감스럽게도 나는 새벽 2시까지 남아 예순세 명의 치과 기록을 조사해야 했고, 그러지 않으면 그녀가 누구인지 알 방법이 없었다.

전화벨이 울렸다. 기퍼드가 나를 자기 사무실로 부르려는 것 같았다. 전화를 받지 않으려 했지만, 그러면 그가 내 사무실에 들이닥칠 것이 뻔했다.

"여보세요?"

"데이나예요. 괜찮은 거예요?"

"괜찮아요. 좀 피곤하지만요."

"조금 전에 경위님에게 소식을 들었어요. 간밤에 아무도 내게 연락을 하지 않았다니 도대체 말도 안 돼요. 정말로 놀랐겠어요."

"그렇긴 했어요. 당신이 보이지 않아서 약간 놀랐죠." 나는 솔직하게 말했다.

"이 빌어먹을 수사의 담당자는 나로 정해져 있어요. 그런데 난 공식적으로 연락을 받지도 못했어요. 그 일이 사건과 직접적인 관련이 없어서 연락하지 않았대요. 지난밤에 일어난 일이 단순히 누군가의 장난에 불과하다면서요."

논리적으로 따져볼 때, 데이나가 지난밤의 사건을 나만큼이나 심각하게 받아들였다면 나로선 더 불안해져야 마땅했다. 그런데 위로를 받는 느낌이었다. 선택권이 주어진다면 대부분의 사람들은 안전한 기만보다는 위험한 진실을 택하리라고 나는 믿는다.

"당신도 그 말에 동의하는 건 아니죠?" 내가 물었다.

"장난해요? 이제 어떻게 할 생각이에요?"

나는 치과 간호사를 속여서 암호를 알아냈으며 커스틴 하윅의 기록을 살펴보았다고 털어놓았다. 실망했는지도 모르지만 그녀는 표시를 내지 않았다. 그래서 나는 이제 나머지 사람들의 기록을 살펴볼 계획이라는 것도 얘기했다.

"몇 명이나 되죠?" 그녀가 물었다.

"예순세 명요." 내가 대답했다.

"내가 가서 도와줄게요. 당신 혼자 그곳에 남아 있는 건 썩 좋은 생각 같지가 않아요."

나는 일어서서 창밖을 내다보았다. 기퍼드의 자동차가 아직 그대로 있었다.

"아뇨. 당신은 너무 눈에 띄어요. 난 괜찮을 거예요. 병원에는 사람이 많거든요. 조사가 끝나면 연락할게요."

"고마워요, 토라. 진심으로요. 참, 내 집 주소와 전화번호를 알려줄게요. 언제든 상관없으니 들러요."

나는 데이나가 불러주는 내용을 급하게 받아 적고 전화를 끊었다. 이제 조사는 내 몫이 되었다. 애초 내가 세운 최선의 계획은 이런 것이 아니고, 나보다 현명한 사람들의 선한 충고도 이와는 달랐지만, 어쨌든 나는 첫 번째 엑스레이 사진을 화면에 띄웠다.

## 15

두 시간이 지났을 땐 명단에서 스물두 명의 이름이 제거되어 있었다. 처음부터 완전히 헛짓거리를 하는 느낌이었지만, 나는 적어도 일을 끝마치기 전까지는 자리를 뜨는 사람이 아니다. 조사가 끝날 때까지 멈추지 않으리라는 것을 나는 알고 있었다.

그래도 우선은 양분이 필요했다. 나는 사무실 문을 잠그고 매점으로 내려갔다. 쟁반에 고지방의 탄수화물 음식을 높이 쌓아올리고 다이어트 콜라도 추가했다. 그런 다음 쟁반에서 눈도 떼지 않고 로봇처럼 그것들을 먹어치운 뒤 다시 사무실로 돌아왔다. 다시 한 시간 반이 지나는 동안 커피 두 잔을 더 마셨는데 병원의 전기 시설에 문제가 생긴 건지 아니면 너무 졸려서 그랬는지, 어느새 주위가 극심하게 어두워져 있었다. 나는 고개를 들어 머리

위의 네온등을 쳐다보았다. 전등은 전혀 깜빡이지 않았는데 불빛이 몇 시간 전만큼 환하지 않았다. 이미 자정이 가까워지긴 했지만 창밖의 하늘도 이상하게 어두웠다. 틀림없이 폭풍이 다가오는 모양이었다.

다시 화면으로 눈을 돌렸는데 사진을 알아보기가 어려웠다. 선명하던 엑스레이 사진이 흐릿해졌고 형체와 명암이 알아볼 수 없을 만큼 뒤섞였다. 글자도 마찬가지였다. 아직 열여덟 건의 기록을 더 살펴보아야 한다는 걸 알았지만, 그러기가 불가능했다. 사진을 출력해두고 잠시 눈을 붙였다가 아침에 다시 살펴볼 생각이었다. 나는 눈을 감고서 고개를 흔들었다가 다시 눈을 떴다. 전혀 나아진 것이 없었다. 오히려 더 심해졌다. 조금 전까지는 밝은 초록색 글자가 적힌 검은 화면을 들여다보고 있었는데, 이제 글자들은 색깔도 없이 그저 흐릿하게 빛을 내며 점점 커지는 것만 같았다.

나는 출력 화면으로 들어가 인쇄 버튼을 눌렀다. 전기에 문제가 있는 게 분명했다. 깨닫지도 못한 사이에 전등이 완전히 꺼졌고, 사무실 안은 칠흑같이 어두워졌다. 사무실 저편의 프린터에서 날카로운 삑 소리가 계속해서 들렸다. 중요할 때면 어김없이 그렇듯이 용지가 다 떨어진 모양이었다. 일어서려 해봤지만 그럴 수가 없었다. 책상의 키보드를 밀어내려는 순간, 나는 책상에 머리를 찧었다.

그후에 어디선가 아득하게 휴대전화 벨소리가 울렸던 것이 기억난다. 나는 고개를 들고 숨을 크게 내쉬었다. 머릿속이 쿵쿵 울렸다. 누가 내 등뼈를 부러뜨리기라도 한 것처럼. 그러지 않고서야 이렇게 무지막지하게 아플 리가 없었다. 구역질이 나려고 해서 눈을 감은 채 열까지 세었다. 그러고는 다시 눈을 떴다. 나는 아직 책상 앞에 앉아 있었다. 사무실은 거의 암흑이었다. 컴퓨터 화면도 꺼져 있었는데, 나지막이 윙 소리가 들리는 걸 보니 아직 전원은 켜져 있는 모양이었다.

나는 움직이지 않고 전화벨 소리가 어디서 들리는지 귀를 기울였다. 휴대전화는 내 재킷 주머니에 들어 있고, 재킷은 문 뒤편에 걸려 있다. 나는 일어나(세상에, 너무 아팠다) 사무실을 가로질렀다. 전화기를 찾아 화면을 확인했다. 데이나였다. 나는 전화기를 껐다. 다시 책상으로 돌아오면서 걷는 것조차 무척 힘겹다는 것을 깨달았다. 팔다리가 갑자기 세 배쯤 무거워진 느낌이었다. 대체 나한테 무슨 문제가 생긴 걸까?

책상에 다 왔을 때쯤에는 다소 나아진 느낌이었다. 조금 움직였을 뿐인데도 몸이 약간 풀린 듯했다. 그제야 내가 뭘 하고 있었는지 기억났다. 컴퓨터 키보드를 누르자 화면이 되살아났다. 아무것도 없었다. 화면보호기만 작동하고 있었다. 혹시 내가 치과 기록 창을 최소화해놓았는지 몰라 나는 마우스를 쥐고서 화면 이곳저곳을 클릭했다. 치과 창이 저절로 꺼졌을 리는 없다.

그렇지만 창은 꺼져 있었다. 다시 치과 전산망에 접속하자, 또 암호를 요구했다. 'Terminator'라고 써 넣었다,

접속 거부

다시 시도했다.

접속 거부

사무실 벽면이나 책상에 그 이유가 적혀 있기라도 한 듯, 나는 사무실 안을 획 둘러보았다. 사무실은 깔끔했고 모든 물건이 제자리에 놓여 있었다. 그런데⋯⋯.

내 책상이 원래 이렇게 깔끔했나? 책상 위의 서류들이 단정하게 포개져 있었다. 내가 썼던 컵은 싱크대에 있었다. 이미 설거지까지 된 상태였고 커피메이커도 마찬가지였다. 나는 한 적이 없다. 벽으로 가서 전등 스위치를 켜자 불빛이 번쩍거리더니 환하게 켜졌다. 평소와 똑같았다. 어안이 벙벙할 뿐이었다.

나는 비틀거리며 싱크대로 가서 물 한 잔을 받았다. 그런 다음 가방에서 며칠 전 기퍼드에게 받은 진통제를 찾아 두 알을 삼켰다. 두통이 잦아들기를 기다리며 싱크대에 기대고 있었지만 머리가 아픈 건 그대로였다. 팔다리가 저리던 건 서서히 나아졌다.

병원은 조용했다. 아래층 병동 부근은 사람들 때문에 북적거릴 테지만 이곳은 다르다. 희미한 전등 소리와 컴퓨터에서 나는 소음뿐이었다. 시계가 4시 26분을 가리켰다. 거의 네 시간이 넘게 잠든 셈이었다.

책상으로 돌아가려고 보니 프린터에서 깜빡거리는 버튼이 보였다. 작은 화면에 '용지 없음' 표시가 떠 있었다. 나는 별다른 기대도 없이 몸을 숙여 프린터 아래의 서랍에서 용지 몇 장을 꺼내고는 프린터의 용지 칸에 밀어넣었다.

기계가 윙윙거리며 돌아가더니 출력물이 나오기 시작했다. 나는 맨 첫 장을 집었다.

왼쪽 상악이 찍힌 엑스레이 사진의 두 번째 어금니에 치관이 씌워져 있었다.

'그만해, 토라, 그 정도면 할 만큼 했잖아.'

다음 장을 집어 들었다. 이번에는 앞니의 중앙과 측면이었다. 치아의 배치가 그럴듯해 보였다. 다음 장을 집었다. 다시 그다음 장도 확인했다. 치아의 개수도 헤아렸다. 그리고, 이때 처음으로 사진 맨 위쪽에 적힌 환자 이름을 확인했다. 이름이 적힌 부분을 매만지면서 나는 작게 속삭였다.

"멀리사 게이어."

울고 싶었다. 책상 위로 뛰어올라 드디어 찾았다며 고함이라도 지르고 싶었다. 그러면서도 마음이 내 평생 가장 차분해지는 기분이었다.

나는 연이어 나오는 출력물을 힐끗 보았다 먼저 그녀의 출생인을 확인하고 나이를 계산했다. 서른두 살. 그녀는 결혼을 했고, 러윅에 살았다. 지금 내가 있는 곳에서 겨우 삼 킬로미터밖에 떨어지지 않은 곳이었다. 그녀가 정기적으로 치과에 다녔다는 것도 알게 되었다. 거의 십 년 가까이 여섯 달에 한 번꼴로 진료를 받은 기록이 있었다. 마지막으로 진료를 받은 것은 2003년 크리스마스 직전이었다.

물론 그 점은 사실과 꼭 들어맞지 않았다. 신경쓰이는 몇 가지 것들을 이해하려고 애쓸수록 머리가 더 지끈거렸다. 우리집 언덕에서 발견된 여인은 멀리사 게이어였다. 치과 기록이 정확히 일치한다. 그런데 그렇게 열심히 치과에 다니던 그녀가 어째서 죽기 전 열여덟 달 동안에는 치과에 들르지 않았을까? 한동안 섬을 떠났다가 다시 돌아왔고, 그후 불운한 죽음을 맞은 것일까?

만약 그렇다면 그녀의 이름은 섬에서 아기를 낳은 여성들의 명단에 빠졌을 수도 있었다. 나는 서류를 집어서 재빨리 훑었다. 그랬다. 멀리사 게이어가 섬에서 아기를 낳은 기록은 없었다. 그녀는 섬 바깥에서 아기를 낳고 이 주가 채 지나기 전에 돌아왔던 것이다. 아기를 출산한 지 이 주밖에 되지 않은 여성이라면 대부분 인생의 큰 변화에 대처할 준비가 되어 있지 않을 것이다. 그녀가 섬에 돌아온 이유가 어쩌면 살해 단서를 제공할지도 모른다.

나는 죽을 만큼 졸렸지만 우선 데이나에게 사실을 알려야 했다. 전화기를 들어서 그녀의 휴대전화 번호를 눌렀지만 전화가 연결되지 않았다. 나는 엉거주춤 일어서려다가 한 가지 더 확인해야 할 사항을 떠올렸다. 멀리사 게이어에 대한 정보를 최대한 많이 모아두어야 데이나에게 도움이 될 거라는 생각도 들었다.

나는 컴퓨터 앞에 앉아 병원의 기록에 접속했다. 검색창에 멀리사의 이름을 넣고 몇 초간 기다렸는데, 사실 무엇이 나오리라고는 그리 기대하지 않았다. 건강한 젊은 여성이라면 병원에 입원한 적이 있을 것 같지 않으니까.

잠시 후, 그녀의 이름이 나왔다. 나는 파일을 열어 내용을 한 번 읽고, 다시 읽고, 날짜를 확인하고 다시 한번 확인했다. 다시 맹렬한 두통이 밀려와 순간적으로 내가 꼼짝도 할 수 없다는 사실밖에는 무엇도 생각할 수 없었다. 만일 몸을 움직일 수 있었다면, 나는 아마 컴퓨터 화면을 주먹으로 내려쳤을 것이다.

## 16

데이나의 집으로 가는 동안 다른 차들은 눈에 띄지 않았다. 다행이었다. 안 그랬으면 아마 내가 그 차들을 들이받았을 테니까. 나는 병원을 나서면서 도로 경계석을 두 번이나 들이받고 페인트 자국을 남겨놓았다.

주소를 확인하고 주차를 한 뒤 차에서 내렸다. 데이나의 집에서 가장 가까워 보이는 주차장에는 그녀의 차가 보이지 않았다. 나는 술에 취한 사람처럼 비틀거리면서 돌로 된 아치 길을 통과하고 길게 이어진 내리막 계단과 가파른 경사의 자갈길을 지났다. 해가 뜨려면 한 시간은 더 기다려야 했지만 동쪽 하늘은 이미 훤했다. 그래도 좁다란 골목길에는 여전히 어둠이 드리워 있었다.

러윅의 좁은 골목길은 이 지역에서 가장 오래되고 흥미로운 곳

가운데 하나다. 내리막인 골목길들이 같은 방향으로 길게 이어지는데 언덕 꼭대기에서 상점이 늘어선 거리까지의 길이가 사백 미터나 되었다. 상점 거리에서 항구까지는 걸어서 이 분밖에 걸리지 않았다. 포석이 깔린 좁은 골목길은 경사가 가파르고 중간 중간 짧은 돌계단도 많았다. 차를 몰고 그곳을 지니기기란 불가능했다. 어떤 곳은 폭이 너무 좁아서 어른 두 사람이 나란히 서서 걷기도 힘들 정도다. 골목길 양편에는 주택과 상점이 결합된 건물들이 삼사 층 높이로 솟아 있다. 이런 유별난 골목길은 관광객들에게 인기가 많았고, 유행을 좇으려는 도심 주민들의 수요도 많았다. 그렇지만 해가 진 뒤 주위에 아무도 얼씬거리지 않을 때면 캄캄하고 분명 무서운 느낌도 주었다.

나는 데이나의 휴대전화로 세 번이나 통화를 시도했지만 응답을 받지 못했다. 처음에는 그녀가 잠들었을 거라고 생각했는데 이제는 그게 아닐지도 모른다는 느낌이 들었다. 나는 그녀의 집을 찾아내 몇 분 간격으로 문을 두드렸다. 아무도 나오지 않았다. 그녀는 집에 없었고, 나는 차를 몰아 다른 어디로 갈 수 있는 상태가 아니었다. 차를 세워둔 곳으로 천천히 걸어서 올라왔다. 자동차 뒷좌석에는 코트와 낡은 말 담요가 있었다. 그녀에게 다시 전화를 걸어볼까 잠깐 생각했지만 그럴 기운도 없었다. 그녀는 어딘가 연락이 닿지 않는 곳으로 간 모양이었다. 나는 코트와 담요를 몸에 감은 채로 금세 잠이 들었다.

차창을 두드리는 소리에 잠에서 깼을 땐 막 해가 뜨려는 참이었다. 춥고 몸이 뻣뻣해 조금 움직이기라도 하면 후회하게 될 것이 뻔했다. 몇 번 심하게 고생한 적은 있지만 이제까지와 달리 생전 경험해보지 못한 숙취가 밀려왔고, 지압 마사지를 받은 것처럼 온몸이 욱신거렸다. 그렇지만 다른 수가 없다. 데이나가 의심스러운 표정으로 내려다보고 있으니 어서 일어나야 했다. 나는 겨우 일어나 앉았다. 맙소사, 생각보다 상태가 훨씬 나빴다. 팔을 뻗어 잠금장치를 풀자 데이나가 차문을 열었다.

"토라, 난 거의 밤새도록 당신 집에 가 있었어요. 정말이지 난……."

나는 팔을 휘저어 그녀를 밀어내고 자동차 뒷바퀴에 몸을 굽힌 채 구토를 했다. 그렇게 몸을 접은 채 얼마쯤 더 기침과 헛구역질을 하고, 이럴 때 콧속을 가로막는 역겨운 물질들도 빼내려 했다. 갑작스레 이렇게 죽는다면 그조차 고역일 거라는 생각이 들었다.

그러고서 기억나는 건 데이나에게 이끌려서, 혹은 실려서 그녀의 집 현관문을 지나 소파에 몸을 던졌다는 것이다. 그녀는 내가 시키는 대로 항염증제와 해열진통제를 황당할 만치 가져다주고 뜨겁고 달콤한 차와 버터를 바르지 않은 토스트를 만들러 나갔다. 그녀가 자리를 비운 동안 나는 거실을 가만히 살펴보며 구역질을 진정시키려 했다. 내가 예상했던 꼭 그대로의 모습이었다. 얼룩 하나 없이 깔끔했고 의심할 여지 없이 고급스러웠다. 거실 바닥은 광택 나는 떡갈나무 재질로, 갈색과 황갈색과 옅은 초록색의 사각형 무늬가 들어간 융단이 한편에 깔려 있었다. 소파도 같은 초록색 계열이었고, 양쪽 창문에 걸린 로만 블라인드 또한 갈색과 황갈색으로 골랐다. 천의 재질로 보아 미터당 오십 파운드는 될 것 같았다. 한쪽 벽에는 평면 텔레비전이 붙어 있고, 창문 아래에 뱅앤드올룹슨 스테레오 장비가 갖춰져 있었다. 데이나는 먹을거리를 가지고 거실로 돌아왔다가 다시 나갔다. 위층으로 뛰어 올라가는 소리가 들렸다. 그녀는 큼지막한 오리털 이불을 가져와 아픈 아이를 돌보는 엄마처럼 나를 감싸주었다. 나는 토스트를 한입 베어 물고 애써 삼켰다. 데이나는 내 앞쪽의 발 받침대에 앉았다.

"무슨 일이 있었는지 이제 말해줄 수 있겠어요?"

"밤새 조사를 했어요. 그런 다음엔 새벽까지 차 안에 있었고요." 내가 겨우 말했다. 뜨거운 홍차는 너무나 훌륭했다.

데이나는 나를 쳐다보다가 자신을 내려다보았다. 그녀의 리넨 바지는 구겨져 있었지만 깨끗했고 여전히 근사해 보였다. 분홍색 면 셔츠도 예쁘고 카디건과 잘 어울렸다. 피부는 생기가 넘쳤고, 머리도 마치 십 분 전에 빗질을 한 것처럼 보였다.

"나도 그랬어요." 그녀가 말했다. 물론 그랬겠지.

"우선 내가 알아낸 것들을 말해줄게요." 내가 말했다. 이 집에 들어온 뒤로 나는 어떻게 하면 설명을 제대로 할 수 있을지 궁리했던 참이다. 덩컨은 내게 무슨 용건을 말하려 할 때면 정말 짜증나는 질문을 하는 습관이 있었다. 그런데 무슨 이유에선지 그런 질문 방식이 지금 같은 상황에 아주 적절할 것 같았다.

"여보, 좋은 소식과 나쁜 소식이 있어" 하고 그는 말을 건넨다. 내가 뭐라고 대답하든 그건 전혀 중요하지 않다. 그는 약간 얼뜨기 같은 농담을 준비해놓고서 여지없이 환호성을 지르고, 당연히 나는 여지없이 짜증을 내는 식이다. "좋은 소식부터 들을게." 내키지도 않으면서 나는 억지로 대답한다. "좋은 소식은, 별로 나쁜 소식이 없다는 거야!" 하고 그는 대답한다. 우리는 이미 칠 년째 그런 놀이를 했으며, 이제 나는 그 놀이가 하나도 재미없다. 내 취향에도 전혀 맞지 않고 말이다. 그런데 이날 아침에는 정말이지 나답지 않았던 것이, 당장 그녀에게 다른 식으로는 말을 꺼낼 수가 없었기 때문이었다.

'데이나, 좋은 소식과 나쁜 소식이 있어요. 뭐부터 들을래요?'

'좋은 소식요? 우리집 들판에 묻혔던 여자가 누구인지 알아냈어요.'

'나쁜 소식요? 안 돼요, 정말 당신은 믿으려고도 하지 않을걸요.'

데이나가 나를 빤히 보고 있었다. 나는 그녀가 아주 걱정스러워하고 있다는 것, 또 내가 실제보다 더 상태가 나빠 보인다는 것을 깨달았다. 나는 숨을 깊이 들이쉬었다.

"일치하는 사람을 찾았어요." 내 말을 듣자마자 그녀의 눈이 반짝 빛을 냈고 표정이 살아났다. "물론 당신도 확인을 해봐야겠지만, 난 구십팔 퍼센트 확실하다고 믿어요."

그녀는 팔을 뻗어 내 손을 잡고 꼭 쥐었다. "맙소사, 잘했어요! 누구죠?"

나는 차를 한 모금 더 마셨다. "멀리사 게이어요. 서른두 살. 섬 주민이에요. 러윅에 살았고, 이곳 사람과 결혼했어요."

데이나는 주먹을 움켜쥐더니 살짝 찌르는 동작을 해 보였다. "그런데 왜 실종자 명단에 없죠? 어째서 2005년에 아기를 낳은 명단에서 빠졌을까요? 그녀는 분명 없었잖아요?"

"그래요, 그녀는……."

"어떻게……."

"그녀는 그전에 이미 죽었어요."

데이나는 나를 빤히 보았다. 그녀의 눈썹 사이에 작은 주름 세 가닥이 잡혔다.

"병원 기록을 확인했거든요. 그녀는 2004년 9월 29일에 입원했는데, 유방의 악성종양이 급속히 폐로, 척수와 신장으로 퍼졌어요. 그녀의 주치의가 그 이 주 전에 정기검진을 하면서 혹을 발견했어요. 애버딘으로 이송되어 치료를 받았지만 소용없었고요. 10월 6일에 사망했죠. 처음 진단을 받은 지 불과 삼 주 반 만에요."

"젠장." 데이나가 욕을 하는 건 처음이었다.

"또 욕해도 돼요." 내가 말했다.

그녀는 시키는 대로 했다. 몇 번이나 더. 그러더니 자리를 박차고 일어나 거실을 가로질러 걷다가 벽이 자신의 앞을 가로막자 걸음을 멈췄다. 그러자 돌아서서 다시 걷기 시작했고 또다시 벽에 가로막혔다. 다시 방향을 돌려 몇 걸음을 더 걸었다. 문득 그녀가 우뚝 서서 나를 쳐다보았다.

"치과 기록은 확실한 거예요?"

새벽 4시쯤엔 거의 그랬다. 지금은…….

"정식으로 치과 의사를 데려와서 확인해봐야겠지만…… 난…… 확실하다고 생각해요. 같은 사람이에요."

"혹시 다른 사람과 착각한 건 아니고요? 동명이인이라든지? 러 웍에 사는 멀리사 게이어가 두 명이라든지."

그 점에 대해서는 나도 생각해보았다. 나는 고개를 저었다. "생 년월일이 같았어요. 혈액형도요. 같은 사람이 맞아요."

"빌어먹을!" 데이나는 또다시 거실 안을 오락가락하며 욕을 해 댔다. 완벽해 보이던 그녀가 자제력을 잃은 모습을 보는 것이 흥미 로웠다. 다른 한편으로 그녀를 멈춰 세우고 싶었다. 그녀 때문에 머리가 더 아팠으니 말이다.

"저번에도 그랬죠. 똑같이 그랬다고요. 커스틴을 조사할 때도 우린 그녀가 거의 확실하다고 믿었어요."

"커스틴에 대해선 잊어요. 치과 기록이 전혀 달라요. 그녀는 아니에요."

"그건 받아들이죠. 하지만 우연이라 하기에는 겹치는 점이 너무 많잖아요. 우선 당신 집 벌판에서 시신과 반지가 나왔죠. 죽은 사람은 둘 다 젊은 여성이고, 아마도 2004년에 사망했을 것으로 추정됐어요. 한 명은 틀렸지만요. 실제로는 거의 일 년이 지나서 사망했잖아요. 병리학자의 말이 맞는다면 말이죠."

"머리가 아파요!" 나는 고통을 호소했다.

"좋아요, 좋아." 그녀는 걸음을 멈추고 다시 발 받침대에 와서 앉았다. 그러고는 목소리를 낮췄다. "이제 당신이 겪은 일을 말해 봐요."

나는 고개를 저었다. "그건 다른 문제예요."

그녀는 내 손을 붙잡고 자신을 쳐다보게 했다. 나는 다 비운 머그잔을 아직 한 손에 쥐고 있었다.

"중요한 문제예요. 말해봐요."

나는 입을 열어 이틀 밤에 걸쳐 두 번이나 겪은 일에 대해 털어놓았다. 누가 잠긴 문을 통과했고 내가 있는 곳으로 와서 자신의 존재를 드러냈다고. 병원의 튼튼한 보안도 소용없었다고. 특히 두 번째 경우에는 내가 잠든 동안 누군가 나를 지켜보았으며, 이때에도 나는 나를 해칠지 모를 누군가에게 완전히 노출된 채 무방비 상태였다고.

"흔적을 남기지 않았나 보군요. 전혀……."

"선물 같은 거요? 아뇨. 하지만 내 커피잔과 주전자를 씻어놓고 갔어요. 아주 철저하게요."

"혹시 당신이 약에 취했던 건 아니에요?"

"그럴 가능성도 있어요. 지난 며칠 동안 상태가 안 좋았거든요. 독감이나 무슨 병에 걸린 것처럼 말이죠. 그렇지만 이렇게 심하지는 않을 텐데."

"의사부터 만나볼 필요가 있겠어요." 그녀가 내 표정을 살피며 미소를 지어 보였다. "아니면 우리가 직접 검사해보든지요. 혈액검사라든지, 다른 뭐라도."

"벌써 했어요. 병원에서 나오기 전에 피를 좀 뽑았어요. 내 사무실 냉동실에 넣어두었죠. 월요일에 보낼 거예요. 그렇지만 확실히 뭘 알아내기 전까지 그 일에 대해서는 침묵하는 게 어떨까요? 제발요. 괜히 정신만 산만해지는 것 같아서요."

데이나는 천천히 고개를 끄덕였는데, 그녀의 눈은 탁해졌고 초점도 흐린 상태였다. 뭔가를 골똘히 생각하는 것 같았다. 나로서는 이제 집에 돌아가야 한다는 얘기를 어떻게 꺼내야 할지 난감했다. 이렇게 충격적인 사실을 알리고서 그녀 혼자 남겨둔 채 떠나기는 싫지만 더 버틸 수가 없었다. 나는 일어섰다.

"데이나, 미안하지만 집에 가야겠어요."

그녀가 재빨리 고개를 들었다. "덩컨이 오기로 했나요?"

"아뇨." 나는 놀라 대답했다. "그는 오늘 저녁에나 올 거예요." 어쩌면 다행이었다. 이런 모습을 그에게 보여주고 싶지는 않으니까.

"기면 안 돼요."

"네?"

"당신에겐 이곳이 안전해요. 위층으로 가요. 괜찮으면 샤워를 하고 남는 침실을 써요. 그가 돌아오면 석방을 허락해줄게요."

나는 가만있었다. 나는 그녀를 잘 알지 못한다. 그녀를 믿어도 되는지, 내 안전을 맡겨도 되는지 전혀 확신할 수 없다. 내 표정에서 뭔가를 알아챘는지 그녀의 말투가 단호해진 것 같았다. "어때요?"

나는 다시 앉았다. 그러고서 기퍼드가 그녀에 대해 했던 말들을 전부 털어놓았다. 데이나는 가만히 들으며 한두 번 눈썹만 찡그릴 뿐, 다른 반응을 보이지는 않았다. 이야기가 전부 끝나자 그녀는 입을 앙다물었다. 화가 난 게 뻔히 보였지만 내 잘못은 아니라고 생각했다.

그녀가 말문을 열었다. "아버지가 삼 년 전에 돌아가셨어요. 어머니를 잃은 건 열다섯 살 때였고, 난 외동이라 아버지의 재산을 전부 물려받았어요. 아버진 부자는 아니었지만 그래도 제법 재산을 모으셨죠. 약 사십만 파운드를 받았어요. 덕분에 차와 집과 또 여기 보이는 것들을 살 수 있었고요. 돈이 많아서 좋기는 하지만, 그래도 아버지가 살아 계셨다면 더 좋았을 거예요."

그녀는 숨을 깊이 들이쉬었다.

"무슨 잘못을 저질러서 매체스터른 떠난 건 이니에요. 닌 핑장한 실적을 쌓았고 추천서도 최고 등급으로 받았어요. 던디로 옮겼던 건 스코틀랜드에서 일을 하고 싶었기 때문이죠. 던디를 떠났던 건 나보다 훨씬 선임인 다른 경찰과의 관계 때문이고요. 우리 관계가 업무에 유익하지 않다는 데 서로 동의했거든요."

여전히 기분을 가라앉히지 못한 채 데이나는 일어나 거실을 가로질러 스테레오 장비가 있는 곳으로 갔다. 그녀는 손가락으로 유리 진열장을 쓱 문지른 다음 먼지가 있는지 살폈다. 내가 보기에는 아무것도 없을 게 뻔했지만. 그녀가 다시 나를 돌아보았다.

"글쎄, 이곳에선 적응을 잘 못 한 것 같고, 그 점에 있어서는 그들의 말이 맞아요. 이곳 섬들은 작지만 강력한 패거리가 다스리고 있거든요. 체격이 큰 금발의 남자들 말이죠. 모두 같은 학교를 나오고, 같은 스코틀랜드 대학을 다녔고, 노르웨이 부족의 침략이 있던 시절부터 가족끼리 서로 알고 지낸 사람들 말이에요. 토라, 생각해봐요. 병원의 아는 의사들이나, 학교의 교장이나, 경찰이나 치안판사, 또 상공회의소, 지역 시의회까지, 그들이 전부 차지하고 있다고요."

그 점에 관해서는 따로 생각할 필요도 없었다. 꽤 많은 섬 주민들이 눈에 띄게 비슷한 외모를 지녔다는 사실을 나도 이미 여러 차례 실감한 터였다.

"맞아요, 바이킹 부족들이 북적거리는 곳이죠. 이곳의 유일한 특징이기도 하고요. 나도 늘 그렇게 생각했어요."

"섬의 유명 인사들 가운데 이곳 출신이 아닌 사람의 이름을 다섯 명만 대봐요." 나의 허술한 농담에 아랑곳하지 않은 채 데이나는 말을 이었다. "그들은 전부 서로 아는 사이예요. 그들끼리 사교를 즐기고, 함께 사업을 하고, 직장을 구해주고, 유리한 계약을 맺는단 말이죠. 이곳 섬들에는 내가 본 중에 가장 큰, 금발 청년들의 구직 클럽이 운영되고 있어요. 아주 드물게 외부인이 끼어들려는 경우가 있는데 그러면 그 혹은 그녀는 뭘 하든 매번 방해를 받고 지체되고 좌절을 겪게 돼요. 외부인들은 대부분 조만간에 쫓겨나죠. 내가 그런 일을 겪는 중이고, 아마 당신도 그럴 거란 생각이 들어요. 말이 딴 곳으로 새서 미안한데, 아무튼 그런 점들 때문에 난 너무 화가 난다고요."

"이해해요."

"난 빚을 지지도 않았고 식욕부진을 겪지도 않아요. 난 제법 많이 먹고, 그래서 밤마다 운동을 해요. 쇼핑도 꽤 많이 하긴 하죠. 그런 걸 아마 전위 행동이라고 부르죠. 여긴 그러기에 딱히 좋은 곳은 아니지만요. 그리고, 난 헬렌이 그립단 말이에요."

"헬렌요?" 내가 멍청하게 물었다.

"헬렌 롤리 경감요. 던디 경찰서의 형사 반장이에요. 나와 특별한 관계를 맺었던 사이인데, 기회가 되면 지금도 그럴 거예요. 내 여자친구죠."

그런 솔직한 말을 듣게 될 줄은 생각지도 못했다.

"자, 이제 당신은 여기 남아서 꽤나 고된 경찰 일을 도와줄 수 있어요. 아니면 집에 돌아가 또 한 번 누군가 당신의 휴식을 방해하는 걸 감내할 수도 있고요. 그도 아니면 위층에 올라가서 눈을 붙여도 돼요."

결정하기 어려운 문제도 아니다. 나는 돌아서서 거실에서 나갔다.


잠에서 깼을 때, 목소리가 들렸다. 정확히 말하면 두 사람, 데이나와 어떤 남자의 목소리였다. 나는 일어나 앉았다. 데이나의 손님용 침실은 작지만 아름답게 꾸며져 있었고, 그녀의 집 다른 곳들처럼 잘 정돈되어 있었다. 블라인드가 내려져 있었지만 그 뒤편으로 환한 햇빛을 볼 수 있으리란 생각이 들었다. 침실에는 시계가 없었다. 나는 창가로 가서 블라인드를 걷었다. 러윅 항구와 브리세이 해협이 보였다. 대략 정오쯤 된 것 같았는데, 그 말은 곧 내가 다섯 시간을 내리 잤다는 뜻이었다.

기분은 나아졌다. 여전히 잠이 부족해 현기증이 나고 온몸 구석이 쑤시기는 했지만 지독하던 메스꺼움은 사라졌다.

나는 주저앉아 신발을 신었다. 기다란 책장이 작은 침실의 한쪽 벽을 차지하고 있었다. 구석 책상에는 컴퓨터가 놓였는데 최신식 장비 같았다. 컴퓨터 모니터 옆에 놓인 액자 속에는 데이나가 박사 학위 졸업식 가운을 입고서 백발에 하얀 피부의 키 큰 남자 옆에 서 있었다. 사진을 찍은 곳은 틀림없이 케임브리지 주의 대학 중 한 곳일 것이다.

데이나와 손님은 여전히 자분하게 이야기를 나누고 있었다. 니는 소리를 죽여 아래층으로 향했지만 그들이 내 발소리를 들은 게 분명했다. 맨 아래 계단에 이르자 말소리가 그치고, 이어서 침묵이 내가 거실에 들어오기를 기다리고 있었다. 두 사람은 앉아 있다가 내가 들어서자 남자가 먼저 일어섰고 데이나도 따라서 일어섰다. 남자는 사십 대 초반으로 평균보다 약간 키가 컸다. 연푸른색 눈동자에 숱 많은 머리카락은 후추에 소금을 섞은 색깔이었다. 토요일이라서 그런지 말쑥하게 차려입은 모양새가 어쩌면 골프 클럽에서의 점심 식사를 염두에 둔 것처럼 보였다. 남자는 매력적일 뿐 아니라, 무엇보다 자상해 보였다. 눈가에 잡힌 많은 주름들이 그가 평소 웃음이 많다는 것을 드러냈다.

"이분은 스티븐 게이어 씨예요."

나는 놀라서 데이나에게 고개를 돌렸다.

"멀리사의 남편요." 그녀가 덧붙였지만, 사실 그럴 필요도 없었다. 나는 즉시 이해했다. 믿기지 않을 정도였다. 데이나는 나를 가리켰다. "이쪽은 토라 해밀턴 씨예요."

남자는 손을 내밀었다. "말씀은 많이 들었습니다. 몸은 좀 어떠신가요?"

"당신이 밤새 일했다는 것도 아세요. 우린 당신이 깰 때까지 기다렸어요. 우리가……."

데이나는 남자를 쳐다보았는데, 그다음 말을 할지 말지 망설이는 듯했다.

"함께 가서 내 아내의 엑스레이 사진을 확인해야 하니까요." 스티븐 게이어가 대신 말했다. 그 말에 데이나는 무척 안심하는 듯했다.

"저런, 무척 바빴겠어요." 나는 겨우 그렇게밖에 말할 수 없었다. 일이 이렇게 쉽게 진행되어도 되는 건가?

어쨌든, 미처 깨닫지도 못한 사이에 우리는 다 같이 자리에 앉았다. 두 사람은 내가 무슨 얘기를 꺼내기를 기다리는 것 같았다. 나는 둘을 번갈아가며 쳐다보다가 스티븐 게이어에게 시선을 고정했다.

"데이나에게 무슨 말씀을 들으셨는지……?" 맙소사, 데이나는 그에게 무슨 말을 한 걸까? 내가 엿새 전에 우리집 벌판에서 그의 아내를 파냈다고?

"간략하게 요약을 해볼까요?" 그가 제안했다.

나는 고개를 끄덕이며 의아하다는 생각을 했다. '간략하게 요약을 해볼까요?'라니. 조금 전 엄청나게 충격적인 소식을 들은 사람의 말투치고는 너무 차분한 것 아닌가?

그는 설명을 시작했다. "지난 일요일에 당신 집 부지에서 시신이 발견됐죠. 아마 꽤 놀라셨을 겁니다. 아무튼, 그 시신은 2005년 초여름 무렵에 살해된 젊은 여성이고, 내가 상세하게 듣지는 못했지만 끔찍하게 살해된 것 같더군요. 당신은 병원에서의 지위를 이용해서 치과 기록을 비교해보았습니다. 그런 행동은 윤리에 어긋나고 아마도 불법이지만, 당신이 사건과 무관하지 않다는 점에서 전적으로 납득할 수 있습니다. 현재 당신은 그 시신과 죽은 내 아내 멀리사의 치과 기록이 정확히 일치한다고 믿고 계신 겁니다. 지금까지의 설명이 맞습니까?"

"아주 정확해요." 나는 스티븐 게이어의 직업이 무엇인지 궁금했다.

"다만 한 가지 문제가 있습니다. 내 아내는 2004년 10월에 병원에서 유방암으로 사망했습니다. 살인이 발생한 때보다 몇 달, 아니 반년 가까이 먼저 죽은 셈이지요. 그러니 당신 집에서 발견된 시신은 내 아내가 아닐 겁니다. 내 설명이 괜찮습니까?"

"두말하면 잔소리죠." 내 남편 덩컨의 표현을 빌려서 내가 대답했다. 문득 데이나의 걱정스러운 눈길이 느껴졌다. 내가 무슨 약에 취했거나, 취하지 않았더라도 아직 온정신이 아니라고 생각하는 것 같았다.

게이어는 미소를 지었다. 너무나 밝은 미소였는데, 어쩌면 이날 아침 내 기분이 지나치게 들떠서 그렇게 느꼈는지도 모를 일이다.

"고맙습니다." 그가 말했다.

"문제는 엑스레이 사진이 일치하는지 여부예요." 내가 말했다. "불법이든, 아니든 그건 중요하지 않아요. 만약 내가 그녀의 남편이라면, 난 그 이유를 알고 싶을 거예요."

미소는 사라졌다. "난 정말 알고 싶습니다." 그가 말했다. 이제 전혀 자상해 보이지 않았다.

데이나는 곤란한 듯 보였다. 그녀는 일어섰다.

"그럼 갈까요? 토라, 당장 출발해도 괜찮겠어요?"

"그럼요. 그런데 어디로 가죠?"


우리는 병원의 치과 건물로 향하고 있었다. 나는 데이나의 차를 얻어 탔고, 스티븐 게이어는 자기 차로 우리 뒤를 따라왔다. 십분이 걸려 병원에 도착했을 때 주차장에는 이미 차 석 대가 세워져 있었다. 나는 기퍼드의 은색 BMW와 던 경위의 검은 사륜구동을 보고도 전혀 놀라지 않았다. 데이나를 획 돌아보았는데 그녀 역시 그들이 와 있을 줄 예상한 것 같았다. 스티븐 게이어는 차에서 내려 데이나와 나를 슥 보고는 병원 입구로 걸어갔다.

"수상해요." 내가 말했다.

"이곳 러윅에서 가장 큰 법률사무소의 선임 변호사예요."

"아, 그랬군요." 우리는 둘 다 움직이지 않았다. "저 사람이 경찰에 밀고한 건 아닐까요?"

"대체 텔레비전에서 뭘 본 거예요? 아닐 거예요. 치과의 맥더글러스가 알렸겠죠. 부탁인데 앞으로 그런 유치한 농담은 삼가는 게 좋겠어요."

"분부대로 하지요, 경사님."

우리는 둘 다 움직이지 않았다. "당신과 당신 상관은 뭐가 문제죠?" 내가 물었다.

넌지시 살펴본 그녀의 표정은 무거워져 있었다. 혹시 내가 주제넘은 질문을 한 것일까? "무슨 말이죠?" 그녀가 물었다.

물러설 길이 없었다. "그를 믿지 않잖아요, 아닌가요?"

다시 한번 반박당할 각오를 하고 던진 말이었는데, 놀랍게도 그녀는 내 말을 곰곰이 되씹고 있었다.

"전에는 달랐어요. 처음 이곳에 왔을 땐 꽤 잘 지냈죠. 그런데 지난 며칠 사이 그가 변했어요." 그녀는 말을 멈췄다. 너무 많이 말하는 건 아닌지 걱정스러운 것 같았다.

"지켜보는 사람이 없을 땐 당신도 꽤 많은 얘기를 하잖아요." 내가 과감하게 말했다. "첫날 시체 안치소에서 당신은 불만스러워 보였어요. 조스 하윅을 만나러 갔던 날에도 당신 혼자 위험을 감수해야 했죠. 그리고 이틀 전 밤에는 그가 당신을 우리집으로 부르지도 않았고요. 죽은 여인이 섬 주민인지 아닌지에 대해서도 줄곧 의견이 달랐고요."

그녀는 고개를 끄덕였다. "그의 행동에 구체적으로 불만을 제기할 만한 건 없어요. 단지 나는 내 직감에 따라 수사를 하는데 그는 다른 방향의 지시를 한다는 게 문제죠." 우리는 스티븐 게이어가 치과 문을 당겨서 열고 안으로 들어가는 것을 지켜보았다. "우리도 가죠." 데이나가 말했다.

우리는 차에서 내렸다. 나는 아직까지 전날 입었던 수술복 차림에 거의 스물네 시간 동안 샤워를 하지도, 이를 닦지도, 머리를 빗지도 않았다. 완전히 엉망인 상태로 기퍼드를 만나게 될 텐데, 지금으로선 할 수 있는 것이 아무것도 없었다.

"저곳에 진실이 있어요, 툴로치 경사님." 치과의 여닫이문을 향해 가면서 내가 말했다.

데이나는 '그만 좀 하죠' 하는 표정으로 나를 쳐다보았고, 자동문이 열리자 우리는 안으로 들어갔다.


"상당히 불쾌하군요." 닥터 맥더글러스가 말했다. 치과 의사의 이 말이 내게는 다소 빈정대는 것처럼 들렸다. "미스 해밀턴, 당신의 행동은 비난받아 마땅합니다. 전에 있던 곳에서는 어땠는지 모르지만, 스코틀랜드에서는……."

"그 점에 대해선 내가 대신 사과를……." 기퍼드가 끼어들었다.

"안 돼요, 그러시지 마세요." 이제는 내 차례였다. 나는 기퍼드를 쳐다보았다. "기퍼드, 실례인 줄은 알지만, 사과는 제가 직접 할 수 있어요." 굉장한 문구라는 생각이 들었다. '실례인 줄 알지만'이라는 문구를 달고 말을 꺼내면 상대에게 마음껏 무례하게 굴어도 무사히 넘어갈 수가 있다. 나는 치과 의사 맥더글러스에게 고개를 돌렸다. 키가 크고 마른 체형에, 처음 보자마자 넌더리가 날 만큼 거만해 보이는 인물이었다. 나는 다시 한번 활용해봤다. "대단히 실례인 줄은 알지만요, 닥터 맥더글러스, 지금은 내 행동이 중요한 문제가 아니에요. 만약 내 주장이 틀리면 그땐 직접 형식을 갖춰서 불만을 제기하면 됩니다. 그러면 여기 계신 기퍼드 씨께서 보건 당국에서 정해준 절차에 따라 처리해주실 거예요."

기퍼드가 내 팔에 손을 올렸지만 나는 물러서지 않았다. 기세가 끓어올랐다.

"반대로 내 주장이 옳으면 더 큰 재앙이 닥친 셈인데, 솔직히, 그때쯤은 나에 대한 불만이야 신경쓸 정신도 없어질걸요."

"당신의 그런 불경한 언행이 나로서는 대단히 당혹스러울 뿐입니다." 장로교 신도인 심술궂은 치과 의사가 쏘아붙였다.

"글쎄요, 심하게 훼손된 시신을 파내다 보니 나 역시 대단히 당혹스럽긴 마찬가지예요. 부탁인데, 그러니 확인을 해보면 되지 않겠어요?"

"여기선 아무것도 확인할 수 없습니다. 정당한 권한 없이는."

"내 뜻도 그렇습니다." 앤디 던이 말했다.

나는 스티브 게이어를 가리켰다. "정당한 권한을 가진 사람이 여기 있잖아요. 그는 자기 아내의 엑스레이 사진을 확인하러 왔어요. 적어도 방금 여기 도착하기 전까지 그렇게 말했죠. 게이어 씨, 혹시 마음이 바뀌셨나요?" 게이어가 우리를 도와주지 않을 것 같다는 마음에, 말을 하면서도 심장이 두근거렸다. 애초부터 그는 우리가 자기 아내의 기록을 공식적으로 확인하도록 도울 생각이 없었어. 협조하는 척하면서 우리를 이곳까지 데려왔고, 우리에게 망신을 줄 수 있는 사람들 앞에서 모든 정황을 받아들이게 만들려는 속셈이었던 거야. 스티븐 게이어는 데이나와 나를 배신했고, 우리는 그의 말에 감쪽같이 속아넘어간 거라고.

"아뇨, 내 생각에는 변함이 없습니다." 게이어가 대답했다.

아차, 어쩌면 내가 상황을 잘못 이해했던 걸까? 나는 잠시 입을 다물기로 마음먹었다.

"우리가 뭘 확인해야 하는지 정확히 안다면 도움이 될 텐데. 엑스레이 사진은 누가 가지고 있소?" 기퍼드가 물었다.

"켄, 이러는 건 정말……." 앤디 던이 끼어들었다.

"내가요." 데이나는 자기 상관의 말을 무시한 채 가방에서 이날 아침 내게 받은 서류철을 꺼냈다. 병원 시체 안치소에서 찍은 커다란 파노라마 필름과, 그보다 더 작은, 서로 겹쳐진 사진 여섯 장. 지난밤 내가 치과 전산망에서 출력한 그것은 틀림없는 멀리사의 엑스레이 사진이었다.

"어떻게 생각합니까, 리처드?" 기퍼드가 물었다.

리처드 맥더글러스는 자기 책상에 놓인 사진들을 물끄러미 내려다보았다. 다른 사람들도 마찬가지였다. 그의 표정을 보려고 몇 번이나 고개를 들어보았지만 도무지 파악하기가 어려웠다. 집중하는 듯 눈썹에 주름을 잡고 입술을 일그러뜨린 채 찡그린 모습이었다. 과감하게 데이나의 얼굴도 한 번 쳐다보았는데 그녀는 허공을 응시하고 있었다. 다른 사람들의 표정이 어떤지는 알고 싶지도 않았다.

그렇게 오 분쯤 시간이 흐르고 나서야 맥더글러스는 고개를 흔들었다.

"모르겠습니다." 그가 말했다. 안도의 한숨이 사방에서 들렸다.

맙소사, 말도 안 돼! "닥터 맥더글러스!" 다른 누가 입을 열기도 전에 내가 소리를 질렀다. "상악 왼쪽의 어금니 부분이 안 보이세요?" 그는 기퍼드를 쳐다보고 다시 던을 쳐다보았지만, 둘 다 말을 꺼내지 않았다. "파노라마식 방사선사진을 먼저 보세요, 제발."

그가 사진을 보았다.

"어금니에 치관을 씌운 게 보이시죠?"

그는 고개를 끄덕였다. "그렇게 볼 수도 있겠군."

"그럼 엑스레이 사진의 같은 치아를 보세요." 나는 해당 부위가 찍힌 사진을 그에게 내밀었다. "여기, 이쪽 치아에도 치관이 있죠?"

그는 다시 고개를 끄덕였지만 말은 하지 않았다.

"이제, 상악 오른쪽 어금니를 보세요. 어금니가 없다는 사실에 동의하시나요?"

"대답하기 어렵군요. 작은 어금니일 수두 있겠고."

"뭐든 간에요." 나는 다른 사진을 그의 앞에 내밀었다. 그는 짜증스러운 표정이었다. 내 태도가 필요 이상으로 공격적이었던 건 사실이지만 참는 것도 한계가 있지 않은가. "이 사진이 방금 본 것과 일치하는 멀리사의 엑스레이 사진이에요. 어금니, 혹은 작은 어금니가 빠진 게 보이잖아요?"

그는 치아 개수를 세었다.

"맞아요, 그렇군요."

기퍼드가 몸을 숙이더니 앤디 던과 시선을 주고받았다. 이제 나는 비장의 카드를 내놓을 참이었다.

"닥터 맥더글러스, 이 치아의 치근을 잘 봐주세요." 나는 파노라마식 방사선사진에 나온 치아 하나를 콕 집었다. "난 이게 두 번째 작은 어금니라고 생각하는데, 내 말이 맞나요?"

그는 고개를 끄덕했다.

"치근이 아주 특이하게 굽어 있죠. 중심부인지, 말단부인지 말씀해주실 수 있겠어요?"

그는 진지하게 살피는 척했지만 나올 대답은 뻔했다.

"말단부가 휘었군."

"그럼 이건요?" 나는 멀리사의 엑스레이에서 같은 치아를 가리켰다.

사진을 내려다보던 그가 마침내 입을 열었다. "미스 해밀턴의 말이 정확합니다. 적절한 조사가 필요할 만큼 상당히 유사해 보이는군요."

스티븐 게이어가 파노라마사진을 가리키며 기퍼드를 쳐다보았다. "이 사진이 내 아내의 사신이란 말입니까? 내 아내가 지금 시체 안치소에 있다고요? 대체 무슨 일이 일어난 겁니까?"

"자, 됐습니다." 앤디 던은 목소리가 컸다. 필요할 때 적절하게 권위를 내세울 수 있을 만큼 무게감도 있는 목소리였다. "경찰서로 가도록 하죠. 게이어 씨, 함께 가시겠습니까? 닥터 맥더글러스, 당신도요."

이때 내 호출기에서 소리가 울렸다. 나는 양해를 구하고 복도로 나와 전화를 걸었다. 환자 가운데 한 명이 분만 2기의 막바지 단계에 이르렀으며, 아기가 위험한 상태에 빠질 기미가 있다는 연락이었다. 조산사는 응급 제왕절개가 필요할 것 같다고 했다. 나는 사무실로 들어가 사정을 설명했다.

"내가 돕도록 하지. 나중에 그쪽에 들르겠네, 앤디." 기퍼드가 말했다.

앤디 던이 입을 벌렸지만, 기퍼드의 행동이 더 빨랐다. 그는 문을 열고는 누가 뭐라고 할 틈도 없이 나를 내보냈다. 나는 데이나의 눈을 언뜻 보았다. 놀란 표정이었고, 전혀 기뻐 보이지 않았다. 우리를 교묘하게 떨어뜨려놓는다는 느낌을 지울 수 없었다.

일단 바깥으로 나오자 기퍼드는 앞장서서 성큼성큼 걸었고, 나는 최대한 그를 따라잡았다. 주차장을 가로질러 병원의 주 출입구로 이어지는 포석 깔린 통로를 지날 때까지도 그와 보조를 맞추지 못했다. 나는 기운이 다 빠질 만큼 빠르게 걸음을 옮기며, 내가 일으킨 말썽에 대해 그가 언제쯤 입을 열고 악담을 퍼부을지 궁금해했다.

내게도 할말이 많았지만 내가 일단 입을 열면 조리 있게 말할 수 있을지, 자신이 없었다. 나는 그를 비난하고 싶었고, 해명을 요구하면서 내 행동이 정당했음을 입증받고 싶었다. 그러면서 동시에, 괜히 두서없이 떠들다가 불리해지는 일이 생겨서는 안 된다는 점을 명심했다. 먼저 말을 꺼내 어떤 식으로든 해명해야 하는 것은 그의 몫이고, 나는 그가 입을 열 때까지 참기로 했다.

병원에 들어설 때까지도 여전히 기퍼드는 말이 없었다. 그는 응급실을 지나쳐 왼쪽으로 방향을 틀었고, 산과 병동이 있는 쪽으로 향했다. 도중에 계단이 나오자 올라가기 시작했다.

"조금 전에 도와준다고 하시지 않았나요?" 내가 물었다. 바가지를 긁는 아내의 말투처럼 들렸지만 상관없다. 나는 도덕적으로 그보다 우위에 있으며 양보할 마음도 없었다.

벌써 계단을 네 칸이나 오른 기퍼드는 걸음을 멈추고 돌아섰다. 계단 창의 햇빛이 그의 뒤쪽에서 환하게 쏟아져서 표정은 알아볼 수 없었다.

"도움이 필요하단 말인가?" 그가 물었다.

나는 순간적으로 바보가 된 기분이었다. 당연히 나는 도움을 받을 필요가 없다. 그렇지만 이런 식으로 무시당하기는 싫었다. 간호사 두 명과 청소원 한 명이 복도에서 다가오는 중이었다. 우리 사이의 긴장된 분위기를 느꼈는지 그들의 말소리가 잦아들었다. "조금 전에 나를 도우러 가신다고 했잖아요?" 나는 굳이 목소리를 낮추려 하지 않았다.

기퍼드도 다른 사람들이 오는 것을 알아챈 모양이었다. "난 가봐야 해요. 일이 있거든." 그러고는 돌아서서 계단을 올랐다. 나는 자리를 뜨지 않은 채 그를 지켜봤다. "미스 해밀턴, 당신은 산과로 가야 하지 않소? 일을 마친 뒤 내 사무실로 와줘요." 그의 말투는 단호했다.

세 직원이 나를 지나쳐서 그를 따라 계단을 올라갔다. 그들 중 나와 안면이 있는 간호사는 호기심 어린 표정을 감추지 않은 채 내게 슬쩍 미소를 지었다. 내가 곤경에 처한 줄 알지만 조금도 안타까워하지 않는 듯했다.

나는 기퍼드를 따라 계단을 올라갈 수 없었다. 병원 직원들 앞에서 해명을 요구할 수도 없었다. 그의 말이 옳다. 나는 산과에 가야 했다. 나는 돌아서 복도를 따라 걸었다. 도중에 손을 씻고 머리를 묶은 다음 분만실로 성큼 들어섰다.

분만실에는 두 명의 조산사가 있었다. 이 지역 출신인 중년의 조산사는 이십 년 동안 이 일을 해왔고 평소 나를 불필요하게 여기는 사실을 감추려 하지도 않았다. 다른 한 사람은 이십 대 중반의 실습생이었다. 나는 그녀의 이름이 생각나지 않았다.

임산부는 마우라 레논, 서른다섯 살이고 첫아이를 낳을 예정이었다. 침대에 누운 그녀는 눈을 커다랗게 뜬 채 얼굴은 창백하고 땀에 젖어 번들거렸다. 극심하게 몸을 떨었는데 나는 그것이 마음에 들지 않았다. 옆에는 남편이 앉아 아기의 심장박동을 표시하는 기계를 초조하게 쳐다보는 중이었다. 내가 다가가자 마우라는 신음 소리를 냈고, 조산사 중 나이가 많은 제니가 그녀를 일으켰다.

"됐어요, 마우라, 최대한 힘을 줘요."

마우라는 얼굴을 찡그리며 용을 썼고, 나는 제니를 대신해 침대 발치에 자리를 잡았다. 아기의 머리가 보이기는 했지만 당장 몇 분 안에 빠져나올 것 같지는 않았다. 우선 아기를 꺼내는 것이 급선무였다. 마우라는 탈진하기 직전인데다 고통이 심한 상태였다. 그녀는 용을 썼지만 너무 힘이 약했고, 자궁의 수축이 풀리자 흐느끼면서 나가떨어지고 말았다. 나는 모니터를 확인했다. 아기의 심장박동이 확연히 느려져 있었다.

"이 상태로 얼마나 오래 있었죠?" 내가 물었다.

"십 분쯤요." 제니가 대답했다. "산모는 가스와 공기를 제외하고는 진통 처방을 하지 않았어요. 절개도 안 된다고 하고, 겸자도 쓰지 못하게 하고, 제왕절개도 하지 않으려 해요."

나는 책상 쪽으로 눈을 돌렸다. 빨간 카드로 된 분만 계획서가 놓여 있었다. 계획서를 집어서 재빨리 넘겨보았다. 네 쪽 분량의 계획서에 글자가 빼곡했다. 당사자인 산모를 제외하고 누가 그것을 실제로 읽을까? 나 역시 그럴 경황이 없었다.

나는 침대 옆으로 다가가서 손을 뻗어 환자의 이마에 들러붙은 축축한 머리카락을 걷어주었다. 그런 식으로 환자의 몸에 손을 대는 것은 처음이었다.

"마우라, 기분이 어때요?"

그녀는 신음 소리를 내며 시선을 피했다. 어리석은 질문이었다. 나는 그녀의 손을 잡았다.

"진통은 얼마나 되었죠?"

"열다섯 시간요." 마우라 대신 제니가 대답했다. "지난밤에 유도제를 맞았어요. 사십이 주 차고요." 마지막 말이 나를 질책하는 듯 들렸다. 임신 사십이 주 차라니, 누가 반기겠는가. 나는 더더욱 그렇다. 그때가 되면 태반의 기능이 감소하기 시작한다. 간혹 심각한 경우에는 사산할 확률이 극도로 높아지기도 한다. 일주일 전에 마우라를 만났을 때 그녀는 유도 분만을 하지 않겠다는 결심이 확고했다. 그녀의 고집대로 사십이 주가 될 때까지 기다려보기로 했지만 그건 내 직감에 반하는 것이었다.

또다시 수축이 시작되자 마우라는 몸을 벌떡 일으켰다. 제니와 어린 조산사는 고함을 지르며 그녀를 격려했고, 나는 모니터를 주시했다. "하우스 오피서는 누구죠?" 내가 실습생에게 물었다.

"데이브 리널드요." 그녀가 대답했다.

"어서 오라고 해요."

그녀는 얼른 밖으로 나갔다.

수축이 지나간 뒤 제니의 표정을 보니 마치 우리가 가장 힘든 고비를 넘어서지 못하고 있다고 말하는 듯했다.

나는 마우라의 맨손을 잡았다. "마우라, 나를 봐요." 그녀와 억지로 눈을 맞추었다. 눈빛이 흐렸지만 그녀는 내게서 눈을 떼지 않았다. "당신은 너무 힘든 과정을 겪었고, 지금까지 버틴 것만 해도 정말 놀라워요." 내가 말했다. 분만 유도제는 약효가 강해서 대부분의 경우 경막외마취를 병행해야 한다. "그렇지만 이젠 우리의 도움을 허락해줘야 해요."

모니터에서는 또 한 번의 수축을 예고하고 있었다. 시간이 점점 사라진다.

"이제 국소마취를 할 거예요. 겸자를 쓸 거고요. 이 방법이 통하지 않으면 우린 즉시 수술실로 가서 응급 제왕절개를 해야 돼요. 무슨 말인지 알겠어요?"

그녀는 나를 쳐다보며 갈라진 목소리로 물었다. "일 분만 더 생각해보면 안 될까요?"

나는 고개를 저었고 마침 하우스 오피서와 간호사가 분만실에 들어왔다. 겸자를 써서 분만하는 경우 규모가 큰 병원에서는 대개 소아과 의사가 참관하지만, 우리는 당직의가 그 역할을 대신했다. 제니가 실습생에게 뭔가를 속삭이자 그녀는 다시 밖으로 뛰어나갔다. 만약을 대비해 수술실에 알리려는 것이다.

"안 돼요, 마우라. 시간이 없어요. 지금 아기를 낳아야 해요." 나는 그녀의 침묵을 묵인으로 받아들였다. 제니는 모든 도구를 갖춰놓았고, 요청하기도 전에 이미 마우라의 다리를 들어 받침대에 올리고 있었다. 나는 회음부에 마취제를 주사하고 질 입구를 확장하기 위해 약간 절개를 했다. 그런 뒤 겸자를 집어넣고서 다음 수축이 시작되기를 기다렸다. 마우라가 용을 쓰는 동안 나는 조금씩, 조금씩 당겼다. 아기의 머리가 더 가까워졌다.

"힘을 빼요, 지금은 힘을 빼라고요. 곧 더 큰 진통이 올 거예요." 내가 말했다.

마우라가 다시 용을 쓰기 시작했고 나는 겸자를 당겼다. 거의 다 됐다, 조금만, 조금만 더……. 머리가 밖으로 나왔다. 겸자를 풀어서 제니에게 넘겨준 뒤 손을 뻗으려는데…… 맙소사! 삼 센티미터 길이의 회색 막이 보였다. 하마터면 아기의 목에 탯줄이 감긴 것을 못 볼 뻔한 것이다. 나는 손가락 하나를 밑으로 넣어 아기의 목에 감긴 탯줄을 머리 위로 빼내고, 다시 어깨 쪽으로 손을 뻗었다. 마우라가 마지막으로 힘을 줬을 때 어깨가 쑥 빠져나왔고, 이제 아기의 몸뚱이가 전부 나왔다. 단단하고 미끈거리는, 말로 표현할 수 없이 예쁘고 자그마한 몸뚱이를 제니에게 넘겨주자 제니는 아기를 받아서 부모에게 보여주었다. 흐느껴 우는 소리가 들렸는데, 순간적으로 나는 내가 내는 소리라고 생각했다. 나는 고개를 저으며 소매로 눈가를 훔치고 태반을 받아냈다. 실습생(그레이스, 나는 그녀의 이름이 그레이스인 것이 이제 생각났다)이 봉합과 산모의 뒤처리를 도왔다. 눈가가 젖어 있었지만 그녀는 재빨랐고 모든 일을 깔끔하게 해냈다. 훌륭한 조산사가 될 것 같았다.

검사 탁자에서 하우스 오피서가 주어진 검사를 끝마쳤다.

"아무 이상 없습니다." 아기를 산모에게 넘겨주며 그가 말했다.

## 17

나는 분만실에 십오 분을 더 머물면서 산모와 아기가 모두 괜찮은지 확인했다. 그런 다음 정해진 규칙대로 마우라에게 샤워를 시키고 나머지 환자들이 있는 병동을 재빨리 돌아보았다. 주 중반이 되기 전까지는 출산이 예정된 환자가 없는 덕분에 이번 주말은 조용히 보낼 수 있을 것 같았다. 굳이 남아 있을 필요가 없을 것 같아 나는 출구로 향했다.

막 그곳을 나서려 할 때 조산사 제니가 병동으로 들어왔다.

"수고하셨어요, 미스 해밀턴." 듣자마자 빈정거림이 느껴지는 말투였다.

"무슨 문제라도 있어요?" 나는 화가 치미는 것을 느끼며 질문을 던졌다.

그녀는 당황한 듯했다. "이젠 없죠. 그렇지만 당신이 오기 전까지는 정말이지 아기가 살아남지 못할 줄 알았거든요. 몇 년 만에 수고했다는 말을 해본 거였는데."

내 표정에서 뭔가를 알아챘는지 그녀는 앞으로 다가와서 목소리를 낮췄다.

"내가 저 여자 때문에 열네 시간 동안 얼마나 곤혹스러웠는지 모르죠? 소리를 지르고, 발로 차고, 욕을 해댔다고요. 내 손을 얼마나 세게 쥐었는지 하마터면 뼈가 부러지는 줄 알았어요. 하지만 이제 그녀와 남편의 칭찬은 모두 당신에게 돌아가겠죠. 내가 아니라."

제니는 내 팔을 잡아서 꼬집었다.

"아무튼, 수고했어요."


나는 의료진 가운데 고참 의사들의 사무실이 있는 층을 향해 계단을 걸어 올라갔다. 기퍼드의 사무실은 복도 맨 끝 구석에 있는 가장 큰 방이다. 그곳에 가본 건 처음인데, 약간 놀랍게도 학창 시절에 찾아가던 면담실을 떠올리게 하는 곳이었다. 버터밀크색 벽면에 두꺼운 줄무늬 커튼, 갈색 장식 못이 박히고 가죽으로 된 안락의자와 진한 색 목재로 된 책상까지. 책상이 진짜 골동품인지 모조품인지도 분간할 수 없었다. 책상에는 거의 아무것도 없었다. 덮개를 씌워놓은 노트북컴퓨터와 서류철 하나뿐이었다. 서류철 안에는 틀림없이 멀리사 게이어의 기록이 들어 있을 것 같았다.

기퍼드는 문을 등진 채였다. 팔꿈치를 창턱에 올리고 몸을 앞으로 기울여 바깥 건물 너머의 바다를 바라보고 있었다. 나는 노크를 하지 않고 열려 있던 문을 그냥 밀었다. 무늬가 있는 두꺼운 카펫 때문에 아무 소리도 나지 않았다. 그가 고개를 돌렸다.

"일은 어떻게 되었소?" 그가 물었다.

"여자아이예요." 카펫을 가로질러 사무실 가운데로 다가가며 내가 대답했다.

"잘됐군." 창가에 서서 나를 바라보는 그는 침착해 보였다. 그러다가 어느 순간 고개를 한옆으로 살짝 기울이며 정중하지만 단호한 표정으로 물었다. "그럼 이제 다 된 거요, 미스 해밀턴?"

글쎄, 난 전혀 그렇게 생각하지 않았다. 나는 왼손을 내밀어 소금을 집듯이 손가락을 약간 벌렸다. "난 인생의 고민을 겨우 요만큼만 덜어낸 기분이에요. 그리고 아세요? 내 생각엔 내가 곧 잘릴 것 같은데요."

"제발 그러지 말아요." 그는 사무실 안을 지나와서 자신의 책상에 몸을 기댔다. "머리가 쪼개질 것처럼 아프군."

"그러실 만도 하죠. 대체 당신들은 무슨 수작을 부리는 거죠? 도대체 이 일이 얼마나 심각한 문제인지 알기나 하세요?"

문득 그는 아주 지쳐 보이는 모습으로 한숨을 쉬었다. "토라, 당신이 바라는 게 뭐지?"

"전부요. 해명을 듣고 싶어요."

그는 지친 듯이 미소를 지었다. 고개를 살짝 흔들며 코웃음을 쳤는데, 잠깐 즐거워 보이기까지 했다. "그건 누구도 원하지 않아." 그는 두 손으로 얼굴을 감싸고 머리카락을 쓸어넘겼다. 그의 겨드랑이에 젖은 흔적이 보였다. "당신이 분만실에 있는 동안 무슨 일이 벌어졌는지 알려주지. 그러면 될까?"

"일단 말씀해보세요."

"좀 앉겠소?" 그는 의자를 향해 고갯짓을 했다. 나는 앉았다. 실은 앉아야만 했다. 그의 낙담한 심정이 전염된 것 같았다. 의자는 황당하리만치 편안했으며 사무실 안은 후끈했다. 나는 몸을 꼿꼿이 세웠다.

"해리스 총경이 인버네스에서 오는 중이야. 그가 상황을 직접 통제하기로 했지. 이십 분 전에 앤디 던이 와서 당시 게이어 부인을 진료했던 의사 둘과 간호사 세 명의 구체적인 신상을 캐 갔소. 그들 다섯 명 중 셋은 지금 경찰서에서 면담을 하고 있고. 한 명은 휴가중이고 나머지 한 명은 은퇴했는데 행방을 찾는다더군. 게이어 부인의 주치의도 경찰서에 있소."

"당신은요?"

그는 내 마음을 읽은 듯 다시 미소를 지었다.

"난 보통 늦여름이나 가을에 휴가를 떠나지. 게이어 부인이 입원했을 무렵에도 뉴질랜드에 가 있었소. 돌아왔을 땐 그녀가 죽은 지 닷새 후였고."

나는 그가 하는 말을 곰곰이 되씹어보았다. 이 병원에서 어떤 몹쓸 짓이 벌어진다면, 켄 기퍼드가 전혀 관여하지 않는 게 가능할까?

"그녀의 부검을 맡았던 병리학자는 에든버러에서 병가중이라……"

"잠시만요." 내가 끼어들었다. "스티븐 레니가 부검을 한 게 아니에요?"

기퍼드는 고개를 저었다. "스티븐은 여기서 일한 지 여덟 달밖에 안 됐소. 당신보다 조금 먼저 왔지. 본래 그 일을 맡았던 조너선 휠러라는 친구를 대신해서 말이지. 내가 어디까지 얘길 했지? 아, 그래, 지금 이 순간 툴로치 경사가 조너선을 면담하러 비행기를 타고 가는 중이라지. 아무튼 그때의 보고서는 여기 있소."

그가 책상에 놓인 마닐라 서류철을 가리켰다. "아주 꼼꼼히 작성한 것 같던데. 당신도 볼 텐가?"

나는 그가 넘겨주는 서류철을 받았다. 정말로 보고 싶어서라기보다는 생각할 시간을 벌고 싶었다. 나는 보고서를 펼쳤다. 양쪽 가슴과 림프절, 폐까지 암이 광범위하게 번져 있었다. 속발성 종양이……. 기타 등등의 상세한 내용이 이어졌다.

나는 고개를 들었다. "그녀의 무덤은요? 그러니까 실제 무덤 말이에요. 그건 어디에 있죠? 무덤도 파내고 있나요?"

"안됐지만, 그건 불가능해. 게이어 부인은 화장되었거든. 물론 지금 알기론 말이오."

"정말 편리하군요."

"지금 이 상황에서 뭐가 편리하겠소?"

"그렇다면 어째서 삼 년 전에 암으로 죽은 여성이 우리집 언덕에 묻힐 수 있단 말이죠?"

"가장 그럴듯한 추측을 말해도 될까?"

"그럴듯하지 않은 추측도 있다는 말씀인가요? 정말 놀랍네요. 난 도무지 짐작조차 못 할 사건인데요."

"글쎄, 어떤 추측이든 허점이 있긴 한데, 가장 희망적인 의견을 말하는 것이 가장 적절할 수도 있겠지. 나로선 우리가 '버크와 헤어 사건'◆과 비슷한 경우를 보고 있는 게 아닐까 싶거든."

"사체 도굴꾼들 말인가요?"

그는 고개를 끄덕였다. "누가 무슨 이유로, 그 이유는 나 역시 알 수 없고 알아봐야 하는 게 맞겠지만, 어쨌든 그녀의 시신을 시체실에서 훔쳤을지 모른다는 거요. 그런 다음 시신이 없는, 비슷한 무게의 관을 화장한 거지."

황당하기 그지없었다. 켄 기퍼드, 내가 만나본 남자들 중에 가

---

◆　1800년대 스코틀랜드 에든버러에서 발생한 시체 매매 사건.

장 똑똑한 그가 이 병원에서 추악한 소행이 벌어졌다고 생각한다
는 말인가?

"하지만 그녀는 2004년 10월에 죽지 않았어요. 병리학자의 의
견에 따르면, 그녀는 거의 일 년이나 지나서 죽었다고요."

"그녀의 시신이 일 년 뒤에 토탄에 묻혔을 수도 있지. 만약 몇
달간 냉동 상태로 보관되었다면 어땠을까?"

나는 그 점에 대해 생각했다. 아주 잠깐.

"그녀는 아기도 낳았어요. 냉동 상태의 시신이 임신 기간을 온
전히 채울 수는 없어요."

"음, 그렇다면 내 이론이 벽에 부딪힌 셈인데, 그건 인정해야겠
군. 아무튼 난 당신과 스티븐 레니의 생각이 완전히 틀렸기를 간
절히 바라는 수밖에 없겠소."

"우린 틀리지 않았어요." 나는 작게 말했다. 인버네스에서 온 법
의학 병리학자 팀도 사체를 조사했다는 것이 떠올랐다. 우리가 전
부 틀렸을 리는 없다.

"토탄은 이상한 물질이지. 우린 아직 그것에 대해 모르는 게 많
아. 어쩌면 토탄 때문에 부패 과정이 뒤죽박죽되었을지도 모르
고."

"그녀는 아기를 낳았다고요." 내가 다시 말했다.

"멀리사 게이어는 임신 상태였소."

"정말이에요?"

"그녀의 주치의와 통화했소. 사십 분 전에. 경찰이 그를 데려가기 전에 말이지."

"그에게 경찰이 갈 거라고 미리 알려줬단 말이군요?"

"토라, 진정해요. 피터 잡스와는 열 살 때부터 알던 사이요. 대단히 강직한 인물이야. 내 말을 믿어요."

나는 그 점은 그냥 넘어가주기로 판단했다. "그래서 그는 뭐라고 했죠?"

"2004년 9월에 그녀가 찾아왔다고 하더군. 왼쪽 가슴에 혹이 있다면서. 더구나 그녀는 임신한 직후였소. 피터는 애버딘의 전문의에게 진찰을 받을 수 있게 약속을 잡아주었지. 그런데 이 주 뒤에 극심한 고통 때문에 그녀가 병원에 입원을 했다는 거요. 전문의를 만나기로 한 날보다 사흘 앞서서."

그는 일어나서 사무실을 가로질러 갔다. "커피 마시겠소?"

나는 고개를 끄덕였다.

기퍼드는 내 사무실에 있는 것과 비슷한 기계에서 커피를 뽑아 머그잔 두 개를 가지고 돌아왔다. 하나를 내게 건넨 그는 다른 쪽 의자에 가서 앉았다. 내가 그를 보려면 몸을 옆으로 돌려야 했다. 그는 정면을 응시한 채 나와 눈을 마주치기를 거부했다.

"처음 엑스레이 사진을 찍었을 때부터 암이 광범위하게 퍼져 있었다더군. 이곳에는 그녀를 치료할 만한 사람이 없어서 이송을 보낸 거지. 그녀는 최대한 편안하고 신속하게 애버딘으로 보내졌소.

그들은 암 부위를 열어보고 닫은 뒤 다시 이곳으로 돌려보냈고. 그녀는 진통제를 맞고 며칠 뒤에 사망한 거요."

열어보고 닫았다면, 수술이 불가능하다는 걸 확인하고 즉시 포기했다는 뜻이다. 애버딘의 의사들은 멀리사의 환부를 열어본 후 수술로 암을 제거하기에는 범위가 너무 넓나는 깃을 깨달았을 테고, 그래서 도로 봉합한 것이다. 아마 그녀가 깨어났을 때 침대 옆에는 집도의가 서서 기다리고 있었을 것이다. "게이어 부인, 정말 유감스럽습니다만, 저희는 수술을 진행할 수 없습니다." 차라리 그가 검은 망토를 걸치고 큰 낫을 든 채 서 있는 편이 나았을지도 모른다.

"가엾은 멀리사."

기퍼드는 동의한다는 듯 고개를 끄덕했다. "서른두 살밖에 되지 않았지."

그리고 당시 그녀의 몸속에는 새 생명이 움트고 있었다. 얼마나 슬픈 일인가?

그런데……. "아니, 말도 안 되는 소리예요!" 나는 다시 일어나서 고함을 질렀다. 하마터면 내가 그런 헛소리에 속을 뻔했다니 믿을 수가 없다. "멀리사는 암으로 죽은 게 아니에요. 누가 뭉툭한 도구로 그녀의 복장뼈를 부수고 억지로 흉곽을 열어 다섯 개의 주요 동맥과 그보다 작은 몇 개의 혈관을 자르고 심장을 꺼냈기 때문에 죽은 거예요. 아마 그때까지도 그녀의 심장은 뛰고 있었을 거라고요."

"토라." 기퍼드가 일어나서 나를 향해 다가왔다. 나는 숨이 기
빠졌고 머리가 어찔했다.

"그녀가 죽은 건 어떤 몹쓸 놈들이 그녀를 죽였기 때문이죠. 온
갖 무리가 그 사실에 대해 거짓말을 늘어놓고 있고요. 당신도 그
중 한 명일 테죠."

기퍼드가 내 어깨에 양손을 올리자 엄청난 온기가 내게 쏟아져
들어오는 느낌이었다. 우리는 서로를 쳐다보았다. 회색, 그의 눈빛
은 회색을 띠고 있었다. 그는 천천히 거센 숨을 몰아쉬었다. 그의
숨소리에 맞춰 내 호흡도 서서히 느려지는 것이 느껴졌다. 흐릿하
던 머릿속이 맑아졌다. 문을 두드리는 소리가 들렸다.

"기퍼드 씨, 괜찮으신 건가요?"

"아무 일도 없어. 가보게." 기퍼드가 대답했다.

물러가는 발걸음 소리가 들렸다.

"기분이 좀 나아졌소?" 기퍼드가 물었다.

나는 고개를 저었는데, 사실은 오기 때문이었다. 정말로 기분이
조금 나아져 있었다.

기퍼드가 손을 들어 내 머리를 쓸어내렸다. 그의 손은 내 목의
맨살에 닿자 멈췄다.

"내가 당신을 어떻게 할 것 같소?"

글쎄, 머릿속에 몇 가지 생각이 떠올랐지만 그 모든 것들과 무

관하게, 기퍼드와 함께 서 있는 것 자체가 근사하다는 기분이 들었다. 이렇게 바보 같은 가구들로 채워진 사무실에서 그의 손에 붙들려 있는데도.

"머리가 긴 남자는 질색이에요." 내가 말했다.

왜 그런 대답이 튀어나왔는지는 모르겠다. 그간 수많은 기회가 있었는데, 왜 하필 그 순간 그런 대답을 한 걸까?

그는 미소를 지었다. 이런 상황에 어울리는 미소였고, 나는 도대체 어떻게 그에게 질색이라는 말을 할 수 있는지 의아한 생각이 들었다.

"그럼 머릴 자르도록 하지." 그가 말했다.

나는 그에게 한 걸음 다가서서 고개를 숙인 채 그의 셔츠의 옷감을 빤히 바라보았다. 이미 적절한 관계의 한계를 넘은 것도, 또 내가 정말로, 정말로 이래서는 안 된다는 것도 알고 있었다.

"이제 당신 마음에 들지 않을 얘길 좀 해야겠군." 그가 말했다.

나는 얼른 고개를 들고 한 걸음 물러서기까지 했다. 무슨 뜻이지? 지금까지는 내 마음에 드는 이야기를 했다는 걸까?

"이 주 동안 당신의 직무는 정지될 거요. 급여는 전액 지급되겠지만."

나는 물러섰다. "정말 농담을 잘하시네요."

그는 대꾸가 없었다. 농담이 아닌 것이다.

"그럴 순 없어요. 난 아무런 잘못도 없는걸요."

그는 웃으며 창가로 걸어갔다. 내게서 등을 돌린 그를 발로 차고 싶었지만 잠자코 있었다.

기퍼드는 창유리에 비친 나를 보며 말을 이었다. "법적으로 당신이 꽤 많은 잘못을 저질렀다는 걸 알게 될 거요. 경찰의 수사를 방해하고, 병원 규정도 꽤 많이 어겼지. 내가 직접 지시한 사항을 무시했고, 환자의 비밀을 누설했고, 이 병원과 지역공동체의 원로들을 화나게 했소." 다시 돌아선 그는 여전히 미소를 짓고 있었다. "하지만 그것 때문에 정직을 결정한 건 아니야."

"그럼 무엇 때문이죠?"

그는 집게손가락을 들어 보였다. "첫째, 당신이 계속 병원에서 근무한다면 지금까지 해왔던 방식과 똑같이 행동할 테고, 그러면 난 당신을 영원히 보호해줄 수가 없게 되지."

"아니에요. 경찰에게 전부 맡길 거예요."

그는 고개를 저었다. "믿을 수 없소. 둘째, 치과에서 당신이 열변을 토했듯이, 앞으로 며칠간 이 병원은 벌집을 쑤셔놓은 꼴이 될 테고 많은 사람들이 아주 불행해질 거요. 난 당신이 그 주인공이 되거나, 혹은 문제를 야기한 장본인이 되는 걸 바라지 않아."

"사람들이 나를 어떻게 생각하든 난 신경 안 써요."

"신경을 써야 해. 모든 소동이 지나간 후에 당신이 여기서 일할 거라면 말이지. 모두가 당신을 싫어한다면 그럴 수도 없겠지만."

"소란을 피해서 도망가면 사람들은 나를 더 싫어할 거예요. 내가 그들을 마주볼 자신이 없는 거라고 여기겠죠. 젠장, 정직을 당하면 사람들은 내가 사건과 연관이 있다고 믿을지 모른다고요."

"난 지금까지 이곳에서 벌어진 일 때문에 당신이 너무 지치고 당황했다고 말할 생각이오. 당신은 분노가 아니라 연민의 대상이 되겠지. 셋째, 앞으로 며칠 농안 나는 할 일이 무척 많아. 내 평판은 말할 것도 없고, 병원이 입게 될 피해를 최소화해야 하니까. 아무 말도 하지 말아요." 내가 끼어들려고 하자 그는 말을 가로막았다. "난 경찰이 아니거든. 나는 이 병원의 안위를 가장 신경쓰고, 당신 때문에 주의가 흐려지는 걸 바라지 않소."

그 말에는 즉시 대꾸할 말이 없었다. 뭔가 이상하다는 느낌만 아니었어도, 그의 세심한 배려가 너무나 고마워 뱃속에서 행복한 느낌이 요동을 친다고 말했을지도 모른다.

"넷째." 그의 말에 나는 또다시 놀랐다. 넷째라니, 그렇게 많아? "난 당신이 안전한 곳에 머물길 바랄 뿐이오." 행복한 느낌은 사라졌다! 새로운 사실을 발견하고 그 정당함을 주장하느라 바빠서 살인자가 존재한다는 사실을 까맣게 잊고 있었던 것이다. 또 어쩌면 내가 지금껏 이 병원에 있을지도 모를 그의 뒤를 캐려고 했으며, 그가 그것을 원하지 않는다는 사실도 잊고 있었다.

기퍼드는 다시 앞으로 다가와 이번엔 내 위쪽 팔뚝을 잡았다. "당신은 꽤 오래 쉬어야 할 것 같아. 당신은 너무 지쳐 보여. 얼굴도 백지장 같고, 손도 계속 떨리고, 약에 취한 것처럼 눈동자의 초

점도 흐려졌거든. 병균을 지닌 사람과 접촉해 감염이라도 되었다 가는 즉시 뻗어버릴 거요. 당신이 병원에서 일히 는 길 용납할 수 없소."

마지못해서긴 했지만 내가 약을 먹은 건 사실이다. 그런데, 정 말 그 정도로 지쳐 보이는 걸까? 혹시 기퍼드가 뭔가 숨기는 게 있는 건 아닐까? 다시 궁금증이 떠올랐다. 어떻게 누군가 잠겨 있는 내 사무실 문을 통과할 수 있었을까? 전날 아침엔 켄 기퍼 드가 그랬다. 그는 청소부의 허락을 받았다고 주장했지만, 그래 도……

이때 문이 열리며 차가운 공기가 사무실 안으로 밀려들었다. 기 퍼드는 이제 내가 아닌 문간에 선 누군가를 보고 있었다. 나는 획 돌아섰고, 비로소 내 일과도 끝이 났다. 덩컨이었다.

"내 아내에게서 손 떼, 기퍼드." 그는 차분하게 말했다. 표정은 전혀 차분해 보이지 않았지만.

기퍼드는 내 어깨에 양손을 올리고 있었는데, 한순간에 온기가 사라졌다. 나는 기퍼드를 피해 앞으로 나서며 남편에게 다가갔다. 덩컨은 나를 보고도 그다지 반가운 표정이 아니었다.

"왜 이렇게 늦었나?" 기퍼드가 물었다.

"비행기가 연착했어." 덩컨이 눈을 부라리며 대답했다. 그는 사 무실 안으로 한 발을 내디디고 주위를 둘러보았다. 그러고는 어이 없다는 듯 짧게 웃었다. "이게 뭐야. 여기가 할리 스트리트°의 산부인과 병원이라도 된다는 건가?"

"마음에 든다니 기쁘군. 하지만 이 방을 설계한 건 내 전임자란 말이지."

나는 옆에서 덩컨의 몸이 뻣뻣해지는 것을 느꼈다.

"설계를 바꾸느라 돈을 쓰기가 뭣해서 말이지. 왜 그러나? 자넨 이곳에 초대받은 적이 없나 보군?" 기퍼드가 말했다.

나는 두 남자를 번갈아 쳐다보았다. 덩컨은 화가 난 상태였다. 나로선 그게 나 때문이라고밖에 생각할 수 없었다. 하지만, 맙소사, 과민 반응이 아닐까? 일반적인 남편의 입장에서야 기퍼드와 내가 지나치게 친밀한 듯 보였을지는 모르지만, 그렇다고 우리가 소파에서 무슨 부끄러운 짓을 벌인 것도 아니지 않은가.

"왜 그래?" 내가 물었다. 최근에 내가 이 말을 너무 자주 쓴다는 생각이 들었다.

기퍼드는 내게 고개를 돌렸다. "내 전임자 말이지. 은퇴하기 전까지 십오 년 동안이나 이곳 병원장이었거든. 내게는 스승과도 같은 분이지. 그에게 안부 전해주겠나?"

나는 덩컨을 쳐다보았다.

"정신 차려, 여보. 내 아버지 얘기야." 그가 짜증내듯 말했다.

처음 듣는 사실이었다. "아버님은 에든버러에서 일하셨다고 했

---

◆   할리 스트리트는 런던 중심부의 고급 개인 병원이 밀집한 거리다.

잖아. 당신이 그랬어."

우리가 만난 직후 덩컨이 자신의 아버지가 의사이고 마침 전문의였다고 말해주었을 때 당연히 나는 관심을 가지고 들었다. 어릴 적에는 아버지가 주로 집을 떠나서 일했으며 일주일에 한 번만 집에 왔었다고도 했다. 덩컨의 가족이 지금과 같은 관계가 된 이유가 부분적으로 그 때문이라고 나는 늘 생각했다.

"아버진 내가 대학에 들어갈 무렵에 돌아오셨어. 당신 차는 어디 있어?" 덩컨이 물었다.

"모르겠어." 내가 대답했다. 요 며칠 많은 일들이 너무 빨리 지나간 탓인지 기억이 나지 않았다.

"툴로치 경사의 집 주차장에 있지. 충분히 안전하게. 누구나 그렇기를 바라겠지만." 기퍼드가 말했다

덩컨이 차를 몬 지 얼마 지나지 않아 나는 잠이 들었다. 그리고 이상하고 갈피를 잡기 힘든 꿈을 꾸었다. 수술실이었는데, 나는 아무런 기록도, 제대로 된 도구도 갖추고 있지 않았다. 환자는 덩컨의 아버지였고, 마스크 너머로 나를 뚫어지게 쳐다보는 수술실 간호사는 덩컨의 어머니인 엘스페스의 얼굴이었다. 우리는 특이한 해부학 수술실에 있었다. 가운데 수술대가 놓여 있고 그 주위로 둥글게 배치된 의자는 제법 높이 솟아 있었다. 의자마다 내가 아는 사람들, 데이나, 앤디 던, 스티븐 레니, 내 부모님, 세 오빠, 동

생, 대학 시절 친구들, 걸가이드*의 늙은 지도교사가 앉아 있었다. 전형적인 불안 증세 때문에 그런 꿈을 꾸었다는 건 해석할 필요도 없었다. 덩컨이 길을 잃은 양 한 마리를 보고 급하게 차의 제동을 건 순간, 나는 벌떡 깨어났다. 평소 집으로 가던 도로가 아니었다.

"어딜 가는 거야?" 내가 물었다.

"웨스팅." 덩컨이 대답했다. 덩컨의 부모님이 계시는 언스트 섬의 고향 마을이었다. 덩컨은 그곳에서 태어나고 자랐다.

나는 잠시 생각했다. "말들은 어떻게 하고?"

"메리가 돌봐주기로 했어."

나는 고개를 끄덕였다. 이곳 출신인 메리는 내가 바쁠 때면 말들을 먹이고 운동시키는 것도 도와주었다. 그녀는 말에 대해 잘 알았고, 말들도 그녀를 알아보았다. 말들은 괜찮을 것이다. 다시 눈꺼풀이 무거워지는 것을 느끼며 나는 지난밤에 있었던 일에 대해 덩컨에게 말해야 할지 고민했다. 그에게 트로날 섬에 대해 아는지도 묻고 싶었다.

나는 힐끗 옆을 보았다. 그는 정면을 똑바로 바라보고 있었다. 이 도로를 잘 아는데다 아직 어둡지 않은데도 집중하는 것처럼 얼굴 근육이 굳어 있었다. 안 돼, 차 속도가 지나치게 빨랐다. 말

---

◆  소녀들의 수양과 봉사를 위한 단체로 1909년에 창설됨.

을 건네기에 적당하지 않은 것 같았다. 나중에 말해도 되겠지. 나는 다시 눈을 감고 잠이 들었다, 페리가 옐 섬으로 향할 때에야 잠깐 잠에서 깼다.

"기퍼드가 전화하지 않았어? 집에 누가 침입했다고 전했을 텐데."

나를 쳐다보지도 않은 채 덩컨은 고개만 끄덕였다. 나는 마음이 불편해졌다. 덩컨과 기퍼드가 서로를 싫어하는지 모르겠지만, 나를 대할 때 그들은 힘을 합쳤다. 혹은 그것도 이미 지난 일이 된 걸까? 기퍼드와의 사소하지만 친밀한 만남이 혹시 덩컨을 위해 꾸며놓은 상황은 아닐까? 기퍼드가 우리 둘을 가지고 놀았다는 말인가?

옐 섬까지는 오래 걸리지 않아 9시가 되었을 무렵 우리는 여정의 마지막 단계를 거치고 있었다.

덩컨을 안 지 칠 년이 되었고 그중 오 년을 부부로 보냈는데도, 솔직히 말해서 나는 그의 부모님을 잘 모른다. 그 점에 대해 나도 꽤 오랫동안 이상하다고, 심지어 약간 걱정스럽다고까지 생각했다. 나는 소란스러운 식구들 사이에서 자랐기 때문이다. 우리는 서로 대화를 많이 나누고, 비밀도 곧장 탄로가 나는 솔직하고 참견 잘하는 가족이었다. 덩컨이 자기 부모님에 대해 잘 모른다는 것을 나는 나중에야 알게 되었다. 그 점은 내가 개인적으로 간섭할 문제가 아니라고 생각했다.

덩컨은 외아들이었다. 비교적 늦게 결혼한 부부의 경우, 아마도 자식을 가지지 못할 거라는 생각에 오랫동안 체념하고 비관하고 결국 포기하는 단계에 이른다. 그러던 와중에 자식이 태어나면 누구보다 소중하게 여기고 더 많은 사랑을 주려고 하는 법이다. 그런데 덩컨의 경우는 그렇지 않았다.

그의 가족은 친밀한 관계였던 적이 없었다. 어머니는 외아들을 대하는 다른 나이든 어머니들처럼 그를 귀여워해주었지만 서로 편안하고 허물없는 관계는 아니었다. 그들이 농담을 주고받거나 어린 시절의 추억을 함께 이야기하는 것을 나는 거의 듣지 못했다. 어머니에게 야단을 맞았다는 말은 더더욱 듣지 못했다. 덩컨과 어머니의 관계는 서로 예의를 지킨다고 하는 편이 가장 적절한 것 같은데, 경우에 따라서는 간혹 그것이 불편한 관계로 보일 여지도 있었다.

덩컨과 아버지의 관계는 더 쉽게 설명할 수 있지만 여전히 이해할 수 없었다. 그들의 관계는 형식적이고 정중했으며, 적어도 내가 보기에는 의심할 여지 없이 냉랭했다. 아예 대화를 나누지 않는 것은 아니었다. 두 사람은 꽤 많은 대화를 했다. 덩컨의 일에 대해, 경제에 대해, 시사 문제에 대해, 섬에서의 삶에 대해 이야기를 나누었지만 개인적인 문제를 건드린 적은 없었다. 함께 배를 타고 나간 적도 없으며, 절벽에서 산책을 즐기지도 않았다. 그의 어머니와 내가 저녁을 준비하는 동안 둘이서 몰래 술집에 간 적도 없었다.

식사가 끝나고 나서 텔레비전 앞에서 같이 곯아떨어지는 일도 없었고 지금껏 한 번도 다투지 않았다.

옐에서 언스트까지 십오 분쯤 페리를 타고 가는 동안, 내가 물었다. "은퇴를 일찍 하신 거야?" 나는 시아버지 리처드가 몇 살인지도 몰랐지만 어쨌든 칠십 대로 보긴 힘들었다. 내가 그를 알았을 때부터 그는 일을 한 적이 없었다. 이곳으로 오는 동안 내가 시아버지의 이야기를 꺼내지 않았는데도 덩컨은 누구를 말하는지 즉시 알아들었다.

"십 년 전에." 그가 정면을 바라보며 말했다.

"왜?" 내가 물었다. 만약 리처드가 어떤 불명예스러운 이유로 지위에서 물러났다면 적어도 덩컨이 아버지의 예전 직업에 대해 말하지 않은 이유를 납득할 수 있을 것 같았다.

덩컨은 나를 쳐다보지 않고 어깨만 으쓱했다. "다른 할 일이 있으셨어. 그리고 후임자를 가르쳐야 했거든."

"기퍼드 말이군?"

덩컨은 침묵했다.

"당신 둘은 어떤 사이지?"

이제야 그는 나를 쳐다보았다. "내가 당신에게 할 질문 아닌가?"

"그가 당신 여자친구를 빼앗았다고 했어."

덩컨의 눈빛이 어두워졌고, 그 순간 나를 바라보는 얼굴은 내가 모르는 사람 같았다. 곧 그는 날카롭게 성난 웃음을 터뜨렸다.

"꿈에서 그랬겠지."

페리가 부두에 닿았고, 우리보다 늦게 배에 올랐던 다른 차량 세 대가 시동을 걸었다. 덩컨도 차의 시동을 켰다. 페리의 엔진 소리가 높아졌고, 항구의 묵직한 경사로가 쿵 하고 내려앉을 때 덩컨이 나지막이 무슨 말을 중얼거렸는데, 나는 무슨 말을 했는지 물어볼 용기가 나지 않았다.

## 18

그린란드 남단과 같은 위도에 자리잡은 언스트 섬에는 칠백여 명의 섬 주민과 오만 마리의 코뿔바다오리가 산다. 영국제도 가운데 사람이 거주하는 최북단 섬으로 길이는 약 이십 킬로미터, 폭은 팔 킬로미터쯤 된다. 큰 도로는 페리 선착장이 있는 동남부의 벨몬트에서 북동쪽의 노위크까지 이어지는 A968 도로가 유일하다.

페리에서 내려 삼 킬로미터를 달린 뒤 우리는 왼편의 1차선 도로로 접어들어 호수 가장자리의 굽이진 언덕을 오르내렸다. 길 끝자락, 말 그대로 한줌의 건물들이 있는 곳이 웨스팅이다. 차갑고 웅장한 화강암으로 지어진 덩컨의 고향집은 그곳에 있었다.

엘스페스가 덩컨을 껴안은 뒤 차가운 뺨을 내게 비볐다. 리처드는 아들과 악수를 나누고 나에게 고개를 끄덕여 보였다. 부부는 서쪽으로 난 커다란 거실로 우리를 안내했다. 나는 창 바깥의 색채에 이끌려 창가로 다가갔다. 등뒤에서 잠시 정적이 감돌았다. 가족들이 전부 나를 쳐다보는 느낌이 들어 머리털이 곤두섰다. 이내 코르크 마개를 뽑는 소리가 들렸다.

해가 거의 저물어 하늘은 사슷빛으로 변했다. 웨스팅외 해안가에는 거대한 화산암이 여러 개 솟아 있는데, 그것들은 모두 아득한 옛날에 대서양의 폭압에 맞서 싸운 고대 절벽의 잔해였다. 화산암의 빛이 닿지 않는 부분은 칠흑처럼 시커먼 색을 띠었지만, 모진 풍파에 시달린 뾰족한 가장자리는 금을 녹인 것처럼 번쩍거렸다. 구름이 이미 짙어져 부드럽고 어스레한 분홍색 그림자가 세상을 뒤덮었고 해안가에 밀려오는 파도는 은빛의 불꽃 같았다.

곁에 인기척이 느껴져 고개를 돌렸다. 리처드가 내게 레드와인이 담긴 잔을 건넸다. 그는 나와 나란히 서서 함께 창밖을 내다보았다. 해는 이미 옐 섬의 절벽들 너머로 모습을 감추며 절벽을 빛으로 물들이고 있었다. 마치 청동으로 만든 것처럼 보였다.

"세상에서 가장 사랑스럽고 외로운 풍경이란다." 내 생각을 꿰뚫기라도 한 듯 리처드가 말했다.

나는 와인을 크게 한 모금 들이켰다. 훌륭한 맛이다. 엘스페스와 리처드의 집 아래에도 거대한 지하실이 있다. 우리집과 달리 그곳에는 와인을 제대로 보관할 수 있었다. 리처드가 내 팔을 잡아 벽난로 앞의 안락의자로 데려갔고 엘스페스는 음식을 가득 담은 접시를 재빨리 들고 나왔다. 나는 그들의 환대에 모든 걸 맡긴 채 기꺼이 식사와 음료를 즐기며 엘스페스이 정중한 대화에 최선을 다해 맞장구를 쳤다.

삼십 분쯤 지나 덩컨과 그의 아버지가 섬의 도로 상태와 이곳의 토탄 자원을 채취하려는 계획에 대해 이야기를 나누기 시작하자 나는 양해를 구하고서 우리가 묵게 될 2층 방으로 올라갔다. 덩컨의 부모님 집에 머물 때면 우리는 가장 안락한 손님방에서 잠을 잔다. 처음에 나는 덩컨이 예전에 쓰던 방에서 잠을 자게 되리라 기대했지만, 덩컨 얘기로는 자신이 쓰던 다락방이 창고로 바뀌었다고 했다. 어린 시절의 먼지투성이 기념품들을 모두 어디에 치워두었는지는 묻지 않았다.

나는 가방에서 휴대전화를 꺼내 남겨진 메시지가 있는지 확인했다. 데이나가 보낸 메시지가 세 통 있었다. 그녀에 대한 호의적인 마음이 완전히 식지는 않은 터였다. 적어도 그녀는 사건의 실체에서 나를 배제하려는 음모를 지닌 자들과 한패는 아니니까. 이곳 최북단에서는 휴대전화로 통화하기가 쉽지 않다는 것을 알고 있었기에 나는 침실의 유선전화를 쓰기로 마음먹었다. 벨이 두 번째 울렸을 때 그녀가 전화를 받았다.

"맙소사, 토라, 지금 어디예요?"

"시베리아 황무지로 추방당했어요." 침실 전화기는 창가에 있었다. 창문은 동쪽으로 나 있었다. 진한 장밋빛 석양에 물든 더 많은 언덕이 보였고 집 너머에 있는 내지 호수는 불그스름한 분홍빛을 띠고 있었다.

"뭐라고요?"

나는 상황을 설명했다.

"음, 차라리 다행이에요. 적어도 그곳은 안전할 테니까요."

어째서 모든 사람들이 줄곧 나의 안전에 대해 신경쓰는 걸까? 아무래도 나로선 기운 빠지는 얘기였다.

"상황이 어떤지 말해줄 수 있어요?" 창틀에 내려앉은 코뿔바다오리 한 마리가 나를 똑바로 쳐다보았다.

"물론이죠. 난 에든버러에서 조금 전에 돌아왔어요. 조너선 휠러를 만나러 갔었거든요. 그는 당신네 병원의 정식 병리학자예요. 몇 달째 병가를 낸 상태고요."

"맞아요, 나도 그 얘기는 들었어요. 뭐 알아낸 거 있어요?" 코뿔바다오리는 이제 나에게 싫증이 났는지 다채로운 색깔의 부리를 창틀의 돌로 된 선반에 문지르기 시작했다.

"글쎄, 별거 없었어요. 나를 만나기 전에 미리 연락을 받았던 것 같아요. 덧붙이자면, 당신 친구 기퍼드에게 수사 방해의 대가를 치르도록 해야겠지만 그럴 가능성은 거의 없죠. 그와 내 상사는 오랜 불알친구이고, 럭비를 하고 샤워실에서 비누를 함께 나눠 썼든지 어쨌든지, 아무튼……."

"데이나!" 나는 그녀의 말을 끊었다. 기퍼드에 대한 독설 때문이 아니라 시간이 없어서였다. 아래층에서 부산한 소리가 들려왔다.

"미안해요. 어쨌든 그런 점득을 고려한다고 해도 그는 페 링직한 사람 같긴 했어요. 에든버러 경찰서로 데려가 면담실에서 삼십 분 동안 진땀을 빼놨거든요. 모든 수를 다 써봤어요. 그도 사건을 기억하더군요. 음, 어쩌면 그의 상사가 기억을 짜맞춰준 건지도 모르지만, 꽤 자세한 상황까지 거리낌없이 말해주던걸요. 내가 수첩을 꺼내 비교해본 건 아니지만, 그래도 그가 한 말은 우리가 들은 내용과 전부 일치하는 것 같아요. 젊은 여성의 양쪽 가슴에 악성 종양이 발생했고, 암이 그녀의 주요 장기 대부분에 광범위하게 퍼졌다고 했죠. 그런데 맞지 않는 것도 있어요."

"뭐죠?"

"음, 주치의를 처음 만났을 당시 멀리사 게이어는 임신중이었던 게 분명해요. 아주 초기였고요. 스티븐 게이어조차 그 사실을 몰랐어요."

"난 기퍼드에게 들었어요."

헉하는 숨소리가 들렸다. "망할, 그자는 만사에 초를 치는군요. 아무튼 멀리사와 그녀의 주치의는 소변검사로 임신 사실을 알게 되었는데, 삼 주 뒤에 부검을 했을 땐 임신 상태가 아니었다는 거예요."

데이나의 들뜬 기분을 가라앉히게 되어서 유감이었지만, 그녀가 헛다리를 짚는 것을 두고 볼 수는 없었다.

"그 이유는 쉽게 설명할 수 있어요."

"어떻게요?"

"임신 초기에 유산이 되는 경우는 많아요. 난자가 수정되면 혈액에 임신 호르몬이 분비되니 검사를 하면 양성으로 나오는데, 그러다가 난자가 죽는 경우가 있거든요. 멀리사가 주치의를 만나고 병원에 입원하기 전까지, 그동안에 생리를 했을 가능성도 있어요. 초기에 자연유산이 된 거겠죠. 암이 급속히 퍼진 점을 고려하면 실제로 가능성이 꽤 크다고 생각해요."

침묵이 흘렀다. 데이나는 내가 방금 한 말을 곰곰이 따져보는 것 같았다.

데이나의 침묵이 길어져서 내가 다시 말을 꺼냈다. "데이나, 난 다른 경우를 생각해봤어요. 어쩌면 멀리사 게이어는 암으로 병원에 입원해 그곳에서 죽었고, 우리가 지금까지 조사를 벌인 대상이 그녀가 아닐 수도 있어요. 기록이 뒤섞였는지도 모르죠."

"그 점도 생각해봤잖아요."

"그래서……."

"그녀가 맞아요. 그녀의 주치의는 멀리사가 자신을 찾아왔다고 완강하게 주장하더군요. 그는 이미 여러 해 전부터 멀리사를 알고 있었대요. 병원의 접수계 직원과도 얘길 해봤는데, 그녀도 멀리사를 알고 있었고요. 병원 직원들은 개인적으로는 그녀를 몰랐지만 사진을 보자 모두 그녀의 사진이라고 확신했어요. 물론 병원에 입원할 무렵 그녀의 외모가 꽤 바뀌긴 했어요. 고통을 겪다 보니 그럴 수밖에 없었겠죠. 어쨌든 그들은 그녀의 머리카락이나 피부결을 또렷이 기억했어요. 그녀의 외모가 시선을 끌었으니까요."

"그들이 전부 거짓말을 하는 걸 수도 있어요."

데이나는 잠시 잠잠해졌다.

"음, 그럴 가능성도 있겠죠. 그렇지만 그들의 말은 모두 완벽하게 일치해요. 몇 번이나 찾아가 조사했는데 마찬가지였고요."

나는 잠시 생각했다. "혹시 그녀에게 쌍둥이 자매가 있는 건 아닐까요?"

"아뇨. 오빠가 한 명 있는데 미국에 살아요."

"스티븐 레니와 내가 틀렸단 말이에요? 내가 치아 기록을 잘못 해독했을까요?" 믿을 수가 없지만 그것말고는 다른 설명이 가능할 것 같지 않았다.

"아뇨, 당신이 틀린 건 아니에요. 우린 다른 치과 의사에게도 기록을 보여줬어요. 시체 안치소의 여성은 멀리사가 분명해요. 그녀가 아기를 가진 것도 거의 확실하고요. 그들은 그녀의 왼쪽 가슴에서 작은 덩어리도 하나 찾아냈어요. 현재 조사중이긴 하지만, 그들 말로는 아마도 악성은 아닐 거라더군요."

나는 잠시 입을 다물었다. 새로 알게 된 사실들이 내 머리로는 납득이 되지 않았다.

"쳇바퀴를 돌고 있는 것 같아요." 내가 결국 말했다.

"자세히 말해봐요."

"다음 계획은 뭐죠?"

"아무도 몰라요. 병원 직원과 주치의는 모두 집으로 돌려보냈어요. 스티븐 게이어도 마찬가지고요."

"그들을 풀어줬단 말이에요?"

수화기를 통해서도 데이나의 짜증이 느껴졌다. "토라, 우리의 용의자가 누구죠? 우리가 무슨 수로 그들을 고발하죠? 우린 여섯 명, 아니 일곱 명의 관련 인물들을 알고 있어요. 그들은 모두 의료업에 종사하는 사람들이고, 전부 한결같은 얘길 한다고요. 멀리사 게이어라는 이름의 여성이 2004년 9월에 급성 유방암으로 입원을 했죠. 암이 급속히 퍼진 상태여서 몇 주밖에 살지 못할 것이라 예상했고, 실제로 병원에서 죽었어요. 모든 일이 규칙대로 처리됐어요. 그들의 이야기를 의심할 근거가 없단 말이에요."

"너무 명백한 게 문제죠." 내가 말했다. 코뿔바다오리는 나를 향해 고개를 휙 돌리더니 날아가버렸다. 눈 깜짝할 사이에 절벽 너머로 사라졌다.

"스티븐 게이어를 포함해서 그들 일곱 명이 죽음을 위장하려고 공모했다는 증거를 찾아야 할까 봐요. 어떻게 그런 일이 생길 수 있는지, 동기는 무엇인지 알 도리가 없지만요. 그들을 당장 기소할 방법도 없고요."

더이상 할말이 떠오르지 않았다. 그러다가 문득 생각이 났다.

"생명보험 말예요. 그녀의 보험금은 얼마나 되죠?"

"게이어의 재정 상태를 확인중이긴 한데, 아무래도 일곱 명 가자에게 돌아갈 몫으로는 충분하지 않겠죠. 그리고 또 한 가지, 스티븐 게이어가 시체 안치소의 여성을 확인했어요. 그는 자신의 아내가 틀림없다고 했어요."

"삼 년 전에 죽었던 아내를 다시 만나다니." 내 목소리가 커졌다.

"진정해요. 난 그저 소식을 전하는 것뿐이에요. 내가 강조하고 싶은 점은, 과연 그가 삼 년 전의 사기극에 가담했다면 그 시신을 자기 아내라고 말했겠느냐 하는 점이에요."

"여보, 무슨 일이야?" 덩컨이 계단 아래쪽에서 큰 소리로 나를 불렀다.

"끊어야겠어요. 내가 다시 전화할게요."

◇ ◇ ◇

덩컨은 토탄 난롯불을 등지고 있었다. 그의 부모님도 가까이 앉아 있었다. 오월인데도 언스트 섬의 공기는 유독 서늘한 기운이 감돌았다. 덩컨은 와인을 다 마셨고 이제 라가불린 위스키를 마시려는 참이었다. 내겐 썩은 베이컨을 연상시키는, 스코틀랜드 고지의 유일한 몰트위스키였다.

"누구랑 통화했어?" 덩컨이 물었다.

"데이나." 싱글 몰트위스키의 맛을 알아보기에 지금이 적당한 때일지 생각하며 내가 대답했다. 멜리사 게이어는 한 명이다. 그런데 아주 다른 방식으로 두 번 죽었다. 어떻게 한 사람이 두 번 죽을 수 있단 말인가?

덩컨은 눈을 지그시 감았다가 떴다. 화가 났다기보다 슬퍼 보였다. 그래서 나는 미안한 마음이 드는 동시에 화가 나려 했다. 지금까지 벌어진 온갖 일들에 대해 왜 모든 사람들 중에서 내가 미안한 기분을 느껴야 한단 말인가?

"정말이지 난 당신이 그 일에서 빠졌으면 좋겠어." 내가 모르는 것을 자신이 알고 있다는 듯 점잖은 투로 그가 말했다. 나는 곁눈질로 엘스페스와 리처드를 보았다. 내가 빠져야 하는 일이 정확히 무슨 일인지 두 사람은 묻지도 않았다. 나는 그들이 이미 알고 있으리라 짐작했다.

여태껏 여러 번 보긴 했지만 한 번도 자세히 들여다보지 않았던 뭔가가 덩컨의 어깨 너머에 있었다. 나는 그쪽으로 다가가 집게손가락으로 윤곽을 따라 더듬었다.

리처드와 엘스페스의 거실에 놓인 벽난로는 아주 컸다. 길이가 약 이 미터, 깊이는 일 미터는 넘어 보였다. 가운데의 화상은 대략 이십 제곱센티미터 넓이에, 굴뚝 바닥도 비슷한 면적이었다. 공기의 흐름이 나쁜 탓인지 휴일이나 축일에 불을 피워도 불꽃은 작은 모닥불 크기밖에 되지 않았다. 그렇지만 내가 바라본 것은 난로의 불꽃이 아니었다. 나는 난로 위쪽을 가로지르는 돌로 된 상인방을 보고 있었다. 길이는 이 미터가 넘고, 폭은 이십 센티미터쯤 되는 상인방은 돌로 된 튼튼한 기둥이 양쪽에서 떠받치고 있었다. 상인방의 화강암에 새겨진 문양은 내가 아는 것이었다. 위쪽을 향한 화살표, 기울어진 F, 일그러진 번갯불 모양. 그 문자들, 때로는 위아래가 뒤집히고 또 어떤 것은 거울에 비친 듯 좌우가 뒤바뀐 형태로 여러 차례 반복되어 나타났고 상인방의 가장자리 둘레에도 어떤 각진 문양이 새겨져 있었다. 우리집 지하실에 있던 것들보다 훨씬 복잡해 보였지만 전체적으로는 상당히 비슷한 형태였다. 우리집의 벽난로에서 데이나와 내가 궁금하게 여겼던 바이킹 룬문자 다섯 개도 모두 들어 있었다.

"툴로치 경사를 만나보셨죠?" 내가 '창시'라는 뜻을 확실히 기억하고 있는 룬문자의 윤곽을 손으로 더듬으며 물었다. "제가 찾아낸 시신에 새겨져 있던 룬문자에 대해서 아버님께 조언을 구한다고 했거든요."

엘스페스의 표정이 굳어지는 것이 곁눈으로 보였다.

"그래, 그랬지." 리처드는 평소처럼 느릿하게 말을 이었다. "그런데 이미 관련된 책을 구했더구나. 난 그 책에 나온 해석말고는 더해줄 말이 없다고 했다. 영국도서관에 가보라고도 일러주었지."

불쌍한 데이나, 셰틀랜드에서 그런 식의 대단한 호의를 늘 접하겠지. 나로서는 시아버지가 이 섬의 역사에서 빼놓을 수 없는 주제에 관해 더 해줄 말이 없었다는 사실 자체가 믿기지 않았다. 혹시 그도 섬에서 발생한 흉악한 사건을 감추려는 음모에 가담한 게 아닐까? 멀리사의 살인범이 병원과 관련이 있는 인물이라면 전직 병원장인 리처드 거스리도 진실을 감추고 싶어 할 테니까. 내가 안전한 곳을 찾아 본능적으로 이곳 언스트 섬까지 오게 된 것이 과연 바람직한 선택이었는지 의심이 들기 시작했다.

"이 문양들은 우리집 지하실에 새겨진 것들과 똑같아요. 이것들이 의미하는 게 뭐죠?" 직설적인 내 질문에 리처드가 어떻게 반응할지 궁금했다.

"내일 아침에 내가 책 한 권을 보여주마."

"이건 '창시'라는 뜻이죠." 룬문자의 윤곽에서 손가락을 떼지 않은 채로 내가 말했다.

리처드는 내가 있는 곳으로 다가왔다. "너는 책이 필요 없을 것도 같은데."

"어째서 집안 벽난로에 '창시'라는 뜻의 룬문자를 새겼을까요? 이해가 되지 않아요." 내가 말했다.

리처드는 나를 내려다보았고, 나는 뒤로 물러서지 않으려고 마음을 단단히 먹었다. 그는 키가 크고 골격도 아주 우람했다. 그 체격은 방대한 지식이나 재치와 더불어 언제나 위협적인 느낌을 주었다. 그와 언쟁을 벌여본 일이 없었던 나는 이제 심장이 점점 쿵쾅거리는 것을 느낄 수 있었다.

"이 룬문자들이 무슨 의미인지를 정확히 아는 사람은 없다. 수천 년 전에 생겨난 것들인데다 본래의 의미와 쓰임새도 거의 사라졌다고 봐야 할 테니까. 툴로치 경사의 책에 나온 것도 그런 일련의 의미일 뿐이지. 다른 책들도 마찬가지고. 넌 그냥 마음에 드는 책을 고르기만 하면 된다." 이제 지루해진 듯 그는 한숨을 내쉬고 문으로 향했다. "이만 양해를 바라마. 난 자야겠구나."

"잘 생각하셨어요." 엘스페스가 일어서며 말했다. "자러 가기 전에 너희들 뭐 필요한 게 있니?"

"당신은 아버지를 전혀 닮지 않았어." 덩컨이 옷을 벗을 때 내가 말했다.

"전에도 그 말을 했었지." 스웨터를 머리 위로 끌어올린 탓에 덩컨의 목소리가 둔탁하게 들렸다.

"우선 아버님은 체격이 훨씬 크시잖아. 그리고 젊었을 땐 금발 아니셨어?"

"아무래도 난 어머니를 닮았나 보지." 덩컨이 청바지의 단추를 풀며 말했다. 그는 아직도 내게 짜증이 나 있었다.

나는 생각해보았다. 엘스페스는 키가 작고, 나쁘게 말하자면 우울한 편이다. 나로서는 모자가 그리 닮았다는 생각이 들지 않았다. 그러나 유전자의 흐름은 종잡을 수 없기 마련이고, 과연 어떤 인간의 속성이 어느 자손에게서 발현되는지에 대해서는 누구도 알 수 없는 일이다.

"침대에 눕기 전에 샤워할 거야?" 덩컨의 질문을 듣고서야 내게서 발정기의 스컹크처럼 고약한 냄새가 풍긴다는 것을 깨달았다. 한참 동안 샤워를 하고서 침대에 들어갔을 때 덩컨은 이미 잠들어 있었다. 오 분 뒤, 막 잠이 들려던 순간 나는 리처드 거스리가 자신의 아들과는 거의 닮지 않았지만 켄 기퍼드와 꼭 닮은 것 같다는 생각을 했다.

# 19

방안을 가득채우며 알랑대는 환한 햇빛에 나는 잠에서 깼다. 동쪽을 향한 창문의 커튼이 걷혀 있었고, 덩컨은 김이 피어오르는 홍차가 든 머그잔을 들고 침대 옆에 서 있었다.

"일어났어?"

나는 머그잔을 보았다. "내 거야?"

"그럼." 그는 머그잔을 침대 옆 탁자에 내려놓았다.

"이제 깼어." 놀랍게도 기분이 훨씬 좋아져 있었다. 정말이지 잠을 푹 자는 것만큼 기분 좋아지는 일이 있을까?

덩컨이 침대에 걸터앉았다. 나는 그를 보며 미소를 지었다. 침대에 누워서 홍차를 마시는 것은 내게 가장 즐거운 일 가운데 하나였다.

"요트 타러 갈까?" 그가 물었다. 이미 옷도 다 입고 있었다.

"지금?"

"클럽 회관에서 베이컨 샌드위치를 먹자." 그가 유혹했다.

나는 잠시 생각했다. 오전에 집안을 어슬렁거리면서 엘스페스에게 도와줄 일이 있는지 공손하게 묻는다거니, 리처드와이 맡다툼을 피하려고 애쓰며 시간을 보내느니…….

"당신이 원하는 건……." 내가 말을 꺼냈다.

덩컨은 침대에서 벌떡 일어섰다. "바다를 질주하는 거지!" 그가 말을 끝맺었다. 우리는 손뼉을 맞부딪쳤다.


이십 분 뒤 우리는 우에예 클럽 하우스에서 진한 밀크커피에 적신 베이컨 샌드위치를 베어 물며 우에예사운드 너머를 내다보고 있었다.

"맙소사, 저기였군!" 내가 입안을 가득채운 채 말했다.

"뭐가?" 덩컨이 웅얼거렸다. 그는 벌써 샌드위치를 두 개째 먹고 있었다. 모든 장비를 갖추고 구명조끼도 완전히 착용한 상태였다.

"트로날 섬 말이야. 저곳에 산부인과 진료소가 있어. 입양 센터도 있고."

"가지." 덩컨이 일어서며 말했다. "한 시간 반 뒤에는 비가 쏟아질 거야."

우리 머리 위의 하늘은 새파란 빛깔이었지만, 대양 쪽으로 몇 킬로미터 떨어진 옐 섬 너머의 하늘에는 불길한 구름이 낮게 깔려 있었다. 풍력 5쯤 되는 거센 바람이 동쪽으로 불어와다 덩컨의 말이 옳았다. 폭풍이 다가오는 중이었다.

"저기까지 사백 미터도 안 되는 것 같아." 딩기 요트*를 경사로로 밀어내는 동안에도 나는 트로날 섬에서 눈을 떼지 못했다.

덩컨은 대답도 하지 않았다.

"가볼까?" 물가에 닿아 덩컨이 요트를 수레에서 내리는 동안 내가 물었다.

"아니, 절대 못 가. 우선 저곳은 개인 소유의 섬이고, 내비게이션도 먹통이야. 게다가 암석들 때문에 가까이 가기도 전에 선체가 찢겨 나갈걸." 그가 말했다.

어쨌든 트로날 섬에서 눈을 떼지 못하는 나를 덩컨은 어쩌지 못했다. 이내 그는 선창을 빠르게 벗어나 선미 조타석에 자리를 잡았고 나는 삼각돛을 조정했다. 분명 열 번도 넘게 보았을 텐데 여태까지 저곳이 트로날 섬이라는 걸 깨닫지 못했다니. 사실 나는 저곳이 섬인 줄도 몰랐다. 셰틀랜드의 해안선이 너무 복잡하게 꼬여 있는 터라 육지에 붙어 있는지 아닌지조차 구분하기 어려웠기 때문이다.

수면에 낮게 자리잡은 트로날 섬에는 셰틀랜드 섬들의 특징이

---

◆   엔진과 선실을 갖추지 않은 소형 세일 요트.

라고 할 만한 우뚝 솟은 절벽도 없었다. 파란 하늘을 배경으로 이른 아침의 햇살 속에서 바라보니 그곳의 작은 길과 언덕 너머 건물 꼭대기도 보였다. 그것을 제외하면 사람의 흔적은 찾을 수 없었다.

바람은 완벽했다. 딩기는 쏜살같이 내달리다가 이내 기울어지기 시작했다. 덩컨이 트래피즈*를 빼라며 신호를 보냈고 몇 분 뒤 나는 수면에 거의 스치듯이 몸을 눕혔다. 비행기처럼 빠른 속도감이 느껴졌다. 딩기가 거친 파도에 부딪쳐 몇 번이나 튀어 올랐고 물보라가 눈을 때렸다. 머리 밑의 바다는 반짝거리는 다이아몬드 덩어리처럼 보였다.

"준비해!" 덩컨의 고함을 듣고 나는 돛의 방향을 바꿀 준비를 했는데 이때 트로날 섬이 수십 미터나 가까이 다가온 것을 알았다. 섬 밑부분에 허물어진 돌담이 보였고 바로 그 바깥쪽에 철조망 울타리가 세워져 있었다. 이중의 장벽 너머 섬의 경작지에서는 때 이른 수확물의 초록 새싹이 땅을 뚫고 솟아나와 있었다. 어떤 남자가 무릎을 꿇은 채 땅을 파는 모습이 보였다. 진한 갈색 옷차림 때문에 지면과 잘 분간이 되지 않았다. 그는 일을 멈추고 고개를 돌렸다. 나는 그의 시선을 좇아 이십여 미터 떨어진 언덕 위에 여자 한 명이 있는 것을 보았다.

---

◆  요트의 균형을 잡기 위해 몸을 바깥으로 빼서 지탱할 때 거는 줄.

"야호!" 덩컨이 환성을 지르고 딩기가 방향을 트는 순간, 나는 언제나처럼 방향감각을 잃었다. 감각을 되찾아 고개를 돌렸을 땐 이미 섬에서 한참 멀어진 뒤였고 흐릿한 배경 때문에 사람도 알아볼 수 없었다.

우리는 이제 남서쪽으로 향했다. 바람이 강하게 불고 폭풍이 다가왔기 때문에 덩컨은 드넓은 북해가 아니라 북쪽의 언스트 섬, 서쪽의 옐 섬, 남쪽의 페틀러 섬 사이에 있는 훨씬 더 안전한 해역으로 방향을 잡았다. 우리는 돛의 방향을 다시 바꾸었고 덩컨은 내게 조심하라고 소리를 쳤다. 그러나 조금 전에 보았던 여자에 대한 생각이 내 머릿속을 꽉 채우고 있었다. 아주 잠깐 본 거라 장담할 수는 없지만 그녀는 만삭인 듯했다. 자신의 아기를 포기해야 하는 불쌍한 처지의 여성들 중 하나가 아닐까, 나는 의문이 들었다.

나는 트래피즈에 체중을 완전히 실었지만 요트는 급하게 기울었고, 덩컨의 표정도 유난히 긴장되어 보였다. 우리가 위치한 바다는 동쪽의 탁 트인 해역이나 언스트 섬 서쪽보다 안전하긴 해도 바람이 지독하게 변덕스러웠다. 무엇보다도 돌풍이 불어 무수한 섬이나 곶 중 한 곳에 충돌이라도 하게 되면, 그다음에 벌어질 일은 정말 예상하기도 어려웠다. 더구나 우리는 페리가 지나다니는 삼각 해역으로 흘러든 터라 주위를 살피는 데 정신을 모아야 했다. 그런 큰 배들은 짐승처럼 빠르게 내달리는데다 조심성 없는 딩기를 피하려고 방향을 틀어줄 가능성도 희박했다. 우리는 작은 링가 섬을 빠르게 지났고, 벨몬트를 통과한 뒤로는 큰 배들도 보이지 않아 나는 안도의 한숨을 내쉬었다. 요트를 타본 적이 없는 사람은 이해하지 못할 것이다. 요트를 타는 동안 기분이 순식간에 바뀐다는 사실을, 환호성을 내지르다가도 이내 불안감에 정신이 멍해질 수도 있다는 것을 말이다. 이제 나는 불안해져서 요트 안쪽으로 오르려 했다. 바람이 더 거세져 트래피즈가 균형을 잡아주지 못했다. 요트가 삐걱거리기 시작했다.

"안으로 들어와." 그때서야 덩컨이 소리를 질렀다. 나는 줄을 당겨 몸을 일으킨 뒤 그나마 안전한 요트 안쪽으로 들어왔다.

이때 귀청을 찢는 듯한 충격음이 들렸다. 벼락이 떨어진 것만 같았다. 나는 생각했다. 폭풍이 예상보다 한 시간 먼저 온 거라고. 그런데 곧 엄청나게 커다란 쾅 소리가 들렸고 덩컨의 고함 소리가 이어졌다. 내 몸은 허공에 내던져져 블루멀 협곡의 차가운 물속으로 곧장 빠지고 말았다.

본능적으로 몸을 똑바로 뒤집자 머리 위 몇 미터쯤에 햇빛과 투명한 물거품이 보였다. 나는 발을 세게 차서 수면을 뚫고 올라갔다. 코에서 물을 연거푸 내뿜다 보니 숨을 들이쉴 여유조차 없었다. 나는 다시 물속에 잠겼다.

수면 아래에서 나는 입고 있는 구명조끼가 부풀지 않은 것을 떠올렸다. 겁을 먹지 않으려고 애쓰면서 물속에 더 가라앉기 전에 물을 힘껏 박차고는 조끼 안쪽은 더듬어 구명 손집이의 빨산 끈을 찾으려고 했다. 그런데 망할 끈을 찾을 수가 없었다!

침착해야 한다는 걸 알았기에 붉은 끈을 찾는 것은 포기하고 다시 수면에 떠올랐다. 이번에는 코로 물을 내뿜는 동안에도 숨을 들이쉴 여유가 있었다. 파도는 생각했던 것보다 더 거칠어서 사방에서 쉴 새 없이 밀려드는 물살만 보였다. 요트는 보이지 않았다. 덩컨도 찾을 수가 없었다.

끈 찾기를 포기하고 나는 이제 구명조끼를 직접 부풀릴 수 있게 해주는 공기 흡입구를 찾아보았다. 흡입구를 쉽게 발견한 나는 마개를 제거한 다음 공기를 불어넣기 시작했다. 그렇게 여덟 번 숨을 불어넣고 나니 기운이 빠졌다. 나는 흡입구의 마개를 닫고 물에 드러누웠다. 자연적인 부력 덕분에 수면에 떠 있기는 했지만 파도가 거세게 얼굴을 때리는 바람에 다시 공황에 빠질 것 같았다. 도로 몸을 똑바로 세웠다. 하지만 열여섯 번이나 공기를 불어넣고 나서는 패배를 인정할 수밖에 없었다. 구명조끼는 부풀지 않았고, 나는 기운이 다 빠져버렸다.

이때는 완전히 포기했던 것 같다. 나는 크게 흐느끼며 고함을 질렀지만 바람 소리에 묻혀서 나조차 내 목소리를 들을 수 없었다. 내가 어디쯤 있는지 알아보려고 수면에서 몸을 더 띄웠다. 내가 빠진 곳은 폭이 팔백 미터가 채 되지 않는 블루멀 협곡의 중간 지점인 듯했다. 물속에서 주위를 둘러보니 요트가 눈에 들어왔다. 하얀 점처럼 보이는 요트는 협곡 안쪽으로 사백 미터 혹은 그보다 멀리 떨어져 있었다. 돛은 수면에 떠 있는데 돛대는 사라진 것 같았다. 덩컨은 보이지 않았다.

나는 얼른 생각했다. 언스트? 옐? 언스트 섬이 너 가까워 보였다. 집으로 가려면 그쪽이 나을 거란 생각이 본능적으로 떠올랐지만, 언스트 섬은 주위의 다른 섬들보다 절벽이 가파르고 험하다. 섬까지 가서 삼십 미터 절벽 밑에 도착해봐야 죽음만이 나를 기다릴 터였다. 나는 옐 섬으로 방향을 틀어 헤엄을 치기 시작했다.

몇 분이 더 지난 뒤에도 나는 물속에서 전혀 앞으로 나아가지 못한 채였다. 협곡 안에서 조류가 어느 쪽으로 흐르는지 기억나진 않았지만 나는 방향을 거스르고 있었다. 다시 주위를 둘러보았다. 가망이 없다는 걸 알고 있음에도 누군가가 나를 봐주기를 바랐다. 지나가는 낚싯배라든지, 절벽을 산책하는 사람이라든지, 아니면 다른 딩기 요트라도. 그리고 바로 이때, 내 생명을 구해줄 만한 것이 눈에 띄었다. 시시각각으로 어두워지고 짙어지는 파도에 가려서 잘 보이지는 않았지만 십 미터도 떨어지지 않은 곳에 부서진 널빤지 조각이 떠 있었다. 나는 그리로 헤엄쳤다. 몇 번이나 닿았다가 놓치기를 거듭한 끝에 결국 널빤지가 내 손에 잡혔다. 나는 널빤지에 매달려 물을 박차기 시작했다.

바람이 거센데다 파도는 더 거칠어졌고 빗줄기도 굵어졌다. 이

따금씩 바닷새들이 가까이로 급강하해서 나를 보며 까악거렸다. 처음에는 새들이 단지 호기심에 그러는 줄로만 여겼는데, 삼시 우에는 저 새들이 내게 무슨 말을 전하려는 것이 아닐까 싶기도 했다. '그쪽이 아냐. 그리로 가면 역조逆潮를 만나게 돼. 이제 남쪽으로 헤엄쳐. 그러면 조류를 타고 갈 수 있어.' 그러다가 나중에는 저 새들이 썩은 고기를 먹고 싶어 저런다는 생각까지 들었다.

이날 얼마나 오랫동안 물속에 있었는지 나는 정확히 알고 있다. 요트를 탈 때마다 방수 손목시계를 찬 덕분이다. 시계는 정말이지 널빤지만큼이나 큰 도움이 되었다. 시계가 없었다면 시간이 얼마나 흐르는지도 모른 채 당황해서 허둥거렸을 것이다. 그러나 시계 덕분에 작은 목표를 세울 수 있었고, 심지어 나 자신과 게임을 하기까지 했다. 나는 십 분 동안 헤엄친 뒤 이 분 동안 쉬기로 규칙을 정하고, 단 일 초도 규칙을 어기지 않았다. 그리고 나 자신과 내기를 걸었다. 몇 분이 지나야 내가 절벽의 바닷새를 알아볼 수 있을까? 암석의 야생화를 알아볼 수 있을 때까지 몇 분이나 더 걸릴까?

널빤지 덕분에 나는 물 위에 떠 있었고, 시계는 내가 정신을 잃지 않게 도와주었으며, 매일 승마를 해서 튼튼해진 내 다리는 나를 육지까지 헤엄치게 해주었다.

요트가 전복된 곳에서부터 옐 섬까지 사백 미터를 헤엄쳐 가는 데 세 시간 이십 분이 걸렸다. 실제 거리는 동네 수영장을 서른 번 오고가는 정도에 불과했지만, 지독하게 느렸던 것에는 이유가 있다. 조류가 없고 파도도 치지 않으며 물이 얼음장처럼 차갑지도, 굵은 빗방울이 퍼붓지도 않는 수영장과는 너무 달랐으니까. 마침내 그런 어려움을 극복하고 12시를 십 분 남겨놓았을 즈음, 내가 익사할 운명을 타고나진 않았음을, 적어도 오늘은 그런 일이 발생하지 않을 것임을 확신할 수 있었다. 삼십 초가 더 흐른 뒤, 나는 해안에 엎어진 채 이리저리 흔들리고 있었다.

추위에 노출되어 죽을 가능성도 있었기 때문에 계속 움직여야 했다. 나는 힘겹게 일어나서 주위를 둘러보았다. 눈앞에 절벽이 보였다. 아주 높지는 않지만 그래도 절벽인 것은 분명했다. 모래사장이 거의 없다시피 한 비좁은 해안 너머에 작은 호수를 둘러싼 얄팍한 둑길이 있었다. 절벽 꼭대기 두 곳에서 물줄기가 흘러내렸는데, 그 물줄기를 따라 올라가야 할 것 같았다.

나는 절벽을 오르기 시작했다. 내가 따라가는 물줄기가 오랜 세월에 걸쳐 무수히 많은 바위를 가르고 작은 골을 형성해놓아 절벽을 오르기도 쉽지 않았다. 실수로 미끄러지기라도 하면 끝장이었다. 절벽 꼭대기에 닿기 직전에 삼십 미터쯤 떨어진 곳에서 차가 지나가는 것이 눈에 띄었는데, 운전자는 정면만 바라보고 있었다. 나는 계속 절벽을 올라 도롯가에 쓰러졌다.

빗방울이 수백 가닥의 끈이 달린 채찍처럼 내 얼굴을 때렸다. 만약 응급실에 지금 나처럼 격렬하게 몸을 떠는 환자가 들어왔더라면 나는 환자의 상태를 심각하게 걱정했으리라. 그런 중에도 한편 덩컨이 어떻게 되었을지 걱정할 만큼의 기력이 남아 있었다. 덩컨이 살지 못했는데 나만 살아남는다면, 다 무슨 소용일까? 덩컨이 나보다 수영을 잘하긴 하지만 혹시 돛대에 부딪혔을 가능성은 없을까? 나에게는 아직 울음을 터뜨릴 기운도 남아 있었다.

12시 15분이 될 때까지도 지나가는 다른 차는 보이지 않았고, 나는 걸음을 옮기는 수밖에 없었다. 발은 맨발이었다. 사고 직후 신발에 물이 차는 바람에 걷어차서 벗겨낸 것이 이제야 후회가 되었다. 도로 가장자리에는 거친 풀과 진흙, 자갈과 돌멩이가 가득했다. 십 분이 더 지나자 발에서 피가 흘렀다.

나는 도로를 따라 걸어 마침내 거처Gutcher까지 왔다. 옐 섬과 언스트 섬을 오가는 페리의 출발 지점인 그곳 부두 바로 옆에 초록색 페인트를 칠한 나무로 지은 카페가 있어서 비틀거리며 그곳으로 들어갔다.

"어서 오세요!" 카운터 너머의 여성이 내게 고개를 돌리며 말했다. 카페 안에는 두 사람이 더 있었다. 열 살쯤 되어 보이는 남자아이와 아이의 엄마 같았다. 그들은 말없이 나를 바라보기만 했다.

"전화를 쓸 수 있을까요?" 나는 겨우 입을 뗐다. 그다지 필요하지 않은 것 같았지만 "요트 사고를 당했어요" 하고 덧붙였다.

"얀!" 여자는 반쯤 고개를 돌리더니 카페 안쪽 문을 향해 고함을 쳤다. 시선은 여전히 내게 고정되어 있었다. "여자분이 물에 빠져서 죽다 살아났어."

그들이 전화기를 가져다주었지만 나는 번호를 누르지 못했다. 전화번호가 기억나지 않았다. 내가 누구인지 힘겹게 설명하자 그들이 대신 전화를 걸어주었다. 시간이 한참 지난 것 같았다. 그동안 나는 덩컨이 돌아오지 못했다는 소식을 듣게 되리라 짐작하며 마음을 추슬렀다. 내 머릿속의 어느 지점으로 숨어든 채, 주변의 움직임과 소리를 막연히 감지할 뿐이었다. 그들이 뜨거운 차를 건네주었지만 컵을 쥘 수조차 없었다. 누가 담요로 나를 감싸주었다. 나는 작은 시골 마을에서만 찾아볼 수 있는 상냥한 호기심과 조건 없는 친절의 대상이 되어, 그렇게 남편의 사망 소식을 들을 때까지 기다렸다.

## 20

덩컨은 죽지 않았다. 한 시간쯤 지났을 때 그가 카페로 뛰어들어왔다. 평소보다 얼굴이 창백한 것말고는 아주 멀쩡했다. 나중에야 나는 요트가 뒤집히지 않았음을 알게 되었다. 요트는 높이 떠올랐다가 바다에 곧장 떨어지며 똑바로 내려앉았다. 덩컨은 요트 키의 손잡이에 매달린 덕분에 바다에 빠지지 않았는데, 돛대가 부러지고 돛이 찢어져 요트를 조종할 수도 없었던데다 설상가상으로 정면에는 절벽이 있었다고 했다. 그는 구명조끼에 바람을 넣어(다행히 그의 구명조끼는 부풀었다) 배에서 탈출할 준비를 하다가 마침 지나가는 배를 발견했다. 언스트 섬에서 가장 큰 연어 양식장을 소유한 이들 가운데 하나인 롭 크레이기가 이른 아침에 바다 양식장을 점검하고 돌아오는 길이었다. 그가 덩컨을 구조하여 두 사람은 그후 한 시간 동안 나를 찾아 헤매었다. 그렇지만 서서히 폭풍우가 밀려왔고, 덩컨은 크레이기 씨의 설득을 이기지 못해 언스트 섬으로 돌아가 해안경비대에 전화를 걸었다. 옐 섬의 카페에서 거스리의 집으로 전화가 연결될 때까지 거의 네 시간 동안 나는 실종 상태였다.

웨스팅으로 어떻게 돌아왔는지는 잘 기억이 나지 않는다. 리처드가 운전대를 잡았고, 나는 뒷좌석에 몸을 웅크린 채 덩컨의 곁에 바싹 붙어 있었다. 모두 말을 아꼈다. 악천후 때문에 페리가 연착되어 평소보다 시간이 많이 걸렸지만, 결국 오후 한창때 우리는 집에 도착했다. 엘스페스는 우리 방에 불을 크게 피워놓고 침대에 여분의 누비이불도 마련해놓았다. 덩컨은 뜨거운 물로 목욕하는 나를 돕고 리처드의 플란넬 잠옷을 입혀주었다. 리처드는 혹시 내가 뇌진탕을 입었는지 확인한 뒤 두통을 줄여줄 진통제와 잠을 잘 수 있게 수면 유도제를 주었다. 굳이 따지지는 않았지만 사실 그런 약이 별로 필요할 것 같진 않았다. 무엇보다 나는 잠이 절실히 필요했으니까.


목소리가 들려서 나는 잠에서 깼다. 여전히 머리가 멍했다. 다시 잠들고 싶었다. 눈을 감고 다시 잠을 불렀다.

덩컨이 고함을 질렀다. 이 집에서 그런 격앙된 목소리를 들은 것은 처음이었다. 나는 다시 눈을 떴다. 방안에는 커튼이 쳐져 있었고, 전등이 방구석에서 희미한 빛을 뿜었다. 고개를 돌려 시계를 보니 저녁 7시가 조금 지난 때였다. 나는 일어나 앉았다가 상태가 나쁘지 않은 것 같아 침대에서 빠져나왔다.

방문은 약간 열려 있었다. 이제 리처드의 말소리가 들렸다. 그는 고함을 지르지 않았지만(그가 고함을 지른다는 건 생각해본 적도 없다) 뭔가를 주장하고 있었다. 복도로 나온 나는 이제 어떡해야 할지 몰라 계단 꼭대기에서 서성거렸다.

리처드의 서재 문이 열려 있어서 문간에 서 있는 덩컨의 모습이 보였다. 그는 등을 돌린 채 서재 안쪽을 쳐다보고 있었다.

"난 할 만큼 했어요. 이제 그만두고 싶어요. 관둘 거라고요!" 확고한 말투였다.

그런 다음 그는 자리를 떠났다. 복도를 지나 주방을 통과해 뒷문으로 나가버렸다. 순간 그가 영원히 가버렸고, 두 번 다시 그를 볼 수 없을 것 같은, 이상한 기분이 들었다.

나는 계단을 내려갔다. 네 칸을 내려섰을 때, 서재에 리처드 혼자만 있는 것이 아님을 알았다. 엘스페스도 함께였다. 두 사람도 말다툼을 하는 중이었는데, 목소리는 아주 작았다. 계단을 한 칸 더 내려서자 엘스페스가 남편에게 간청하는 소리가 들렸다.

"상상도 할 수 없는 일이야." 리처드가 말했다.

"저 애는 사랑에 빠진 거예요." 엘스페스가 말했다.

"그럴 순 없어. 자신의 모든 걸 내팽개치고 떠날 수는 없어."

나는 얼어붙어 한 손으로 계단 손잡이를 꽉 쥐었다. 그러고는 힘들게 발을 옮겼다. 한 발을 뒤로 빼서 계단을 거꾸로 오르는데 갑자기 다리가 떨렸다. 한 걸음……. 두 걸음……. 세 걸음. 계단을 다 오른 다음에는 복도를 뛰다시피 해서 방으로 들어가 침대에 파고들었다. 그동안 이불이 차갑게 식어서 나는 몸을 떨기 시작했다. 누비이불을 머리까지 당겨 덮었고 떨림이 진정되기를 기다렸다.

덩컨이 내게서 떠나려는 걸까? 한동안 우리 관계가 썩 만족스럽지 못했다는 것은 나도 안다. 셰틀랜드로 이사 오기 전부터 그는 달라져 있었다. 웃음이 줄어들고, 말수도 적어지고, 출장도 더 많이 다녔다. 나는 이사 직전의 부담감 때문에, 또 아이를 갖지 못하는 것에 대한 불만 때문에 그런 것이리라 짐작했다. 이제 알고 보니 더 큰 문제가 있는 듯했다. 내가 그저 원만하지 않다고 여겼던 것들이 그에게는 끝으로 보였던 것이다. 그리고 그는 새로운 구명줄을 찾아 이제 탈출을 시도하고 있었다.

조금 전에 들었던 이야기에 다른 사정이 있는 건 아닐까? 곰곰이 생각해봤지만 도무지 떠올릴 수 없었다. 덩컨은 나를 떠날 작정이다. 다른 누군가와 사랑에 빠졌다. 출장을 다니는 동안 누굴 만났던 걸까? 아니면 이 섬에 있는 사람일까?

난 어떡해야 할까? 나는 이곳에 직장이 있다. 겨우 여섯 달 일을 하다가 갑자기 그만둘 수는 없는 노릇이다. 만약 병원을 그만

두고 지금의 상태에서 섬을 떠날 수 있게 된다고 해도, 앞으로의 경력은 안녕이다. 내가 이 황량한 섬에 오게 된 건 무엇보다 아니 덩컨 때문이었는데. 상황이 이런데도 나는 그저 아기를 갖겠다고 그렇게 애를 썼단 말인가?

눈에서 뜨겁고 얼얼한 눈물이 쏟아졌다. 흐느끼는 소리가 들리지 않도록 팔을 깨물어야 했다. 기다렸다는 듯 두통이 밀려왔다. 도저히 아래층에 내려가 리처드를 마주할 용기가 나지 않아 혹시 욕실에라도 도움이 될 만한 것이 있는지 찾으러 갔다. 욕실의 진열장과 이곳에 오기 전에 덩컨이 준비해주었던 위생용품 주머니에는 아무것도 들어 있지 않았다. 창틀의 내 가방 옆에는 덩컨의 가방이 있었다.

나는 또다시 흐느끼기 시작했다. 울수록 두통이 점점 심해졌다. 나는 덩컨의 가방을 내려서 가방 안을 살폈다. 축축해진 파란 속옷, 면도기, 칫솔, 진통제인 이부프로펜 그리고 다른 알약 봉투가 있었다. 나는 아무 생각 없이 알약에 적힌 이름을 읽었다. 데소게스트렐. 들어본 이름이지만 기억이 나지 않았다. 덩컨이 매일같이 약을 먹어야 하는 상태인 줄은 전혀 몰랐다. 이날 저녁 그에 관해 또 다른 새로운 사실을 알게 된 셈이다.

나는 이부프로펜 두 알을 꺼낸 뒤 덩컨의 가방을 선반에 올려놓고 불면의 밤에 대비하여 마음을 단단히 먹으며 침대로 돌아왔다. 그러고는 이내 잠이 들었던 것 같다.

덩컨은 침대로 오지 않았다. 만약 왔어도 내가 무슨 말을 했을지 모르겠다. 밤중에 잠깐 잠에서 깼을 때 그가 침대 옆에 서서 나를 내려다보는 것이 느껴졌다. 나는 움직이지 않았다. 그는 허리를 굽혀 내 눈과 귀 사이의 머리카락을 내만진 뒤 다시 나갔다.

새벽이 되기 직전, 창문 바깥의 어두침침한 회색빛이 점차 색깔을 띠기 시작할 무렵 잠에서 깬 내 머릿속에 가장 먼저 떠오른 건 데소게스트렐이었다. 그 약이 어디에 쓰이는지 생각났다. 평소 같았으면 어떤 약인지 금방 알아챘을 텐데. 데소게스트렐은 합성 호르몬제로 신체에서 남성호르몬을 감소시키는 역할을 하며 정자의 생산을 억제한다고 알려져 있다. 완벽한 남성 피임약 개발을 목표로 벌써 몇 년째 임상 실험이 진행중이었다. 신체의 균형을 유지하기 위해 정기적인 남성호르몬 주입과 병행해서 투약하면 상당히 효과가 있다는 것도 증명되었다. 아직은 처방전만으로 구할 수 없지만, 상용화되는 것은 시간문제에 불과했다.

덩컨은 미리 수를 내다본 것이다. 이 년 동안의 노력에도 불구하고 임신하지 못한 까닭을 나는 비로소 알게 되었다.

## 21

"수요일, 늦어도 목요일에는 돌아올게." 덩컨이 말했다.

"알겠어." 나는 고개를 돌리지도 않은 채 대답했다. 안락의자를 창가로 당겨놓고 앉아서 집 뒤쪽의 황무지를 내다보는 중이었다.

올해의 첫 헤더가 이제 막 꽃을 피워 진한 자주색 안개처럼 언덕 꼭대기를 뒤덮었다. 비는 그쳤지만 하늘에는 짙은 구름이 남아 있었다. 구름의 기다란 그림자는 소중한 무언가를 움켜쥔 수전노처럼 황무지를 손아귀에서 놓아주지 않았다.

"다음 주말에는 집에 돌아가야지. 정원도 손을 봐야 할 텐데."

"그러든지." 회색빛 날개를 퍼덕이며 창을 지나쳐 날아가는 하얀 새들의 선두를 바라보며 내가 말했다.

덩컨은 내 옆에 무릎을 꿇었다. 나는 뺨에서 눈물이 흐르는 것을 느꼈지만 계속 창밖을 똑바로 쳐다보고 있으면 그가 알아채지 못하리라 생각했다.

"여보, 당신하고 같이 못 가서 미안해. 당신이 여행을 떠날 만큼 회복되지 않았다고 아버지가 그러셨어. 그리고 난 며칠 동안 연달아 미팅을 해야 하고. 당신 곁에 있어주지 못해서……"

"가고 싶은 생각도 없어."

덩컨이 내 손을 잡았다. 나는 손에 힘을 주지 않은 채 가만히 있었다.

"미안해, 여보. 당신이 이런 모든 일을 겪은 게 전부 내 탓인 것 같아."

'잘도 알고 계시는군' 하고 나는 생각했지만 입 밖에 내지는 않았다. 이 모든 사실을 양지로 이끌어낼 몇 마디의 모진 말을 내뱉을 수가 없었다. 지금의 상황을 부인하려는 것은 아니었다. 단지 그의 입을 통해 그런 말을 듣고 싶지 않았을 뿐.

덩컨은 몇 분이나 주위를 서성거리다가 마침내 내 이마에 키스를 한 다음 떠났다. 나는 시동 거는 소리와 부두가 있는 절벽 도로를 타고 멀어지는 차 소리를 듣고만 있었다.

억지로 몸을 일으켰다. 덩컨과 이제는 불확실해진 내 미래에 집착하면서 하루 종일 집안에 머물 수는 없었다. 공식적인 환자든 아니든 간에 나는 산책을 나갈 작정이었다. 옷을 갈아입고 아래층으로 내려갔다. 다행스럽게도 주방에는 엘스페스뿐이었다. 리처드가 있었으면 외출하지 못하게 막았으리라.

처음 팔백 미터는 남쪽의 해안 두 루를 따라 걸었다. 도코기 수에예사운드 방향의 내륙으로 굽어지는 곳에서 우회로를 선택해 부라가르트 언덕을 돌아 세인트 올라프 교회 쪽으로 향했다. 12세기에 세워진 이 노르웨이 사람들의 교회는 섬에 남은 몇 되지 않는 유적 가운데 하나였다. 블루멀 협곡 너머로 옐 섬에 이르는 전망이 볼만해 평소 관광객에게 인기 있는 장소인데 이날은 나 혼자만 유적 주위를 걸으며 룬다윅의 전망을 구경했다. 바람은 잠잠해졌는데 파도는 여전히 성난 몸부림을 치고 있었다. 요트를 타기에도 좋지 않은 날씨였다. 나로선 다시 요트를 타고 싶은 생각이 손톱만큼도 없었지만.

주위에는 이곳 섬들을 대표하는 바닷새들 수백 마리가 높은 돌 위에 앉아 있거나 암석에서 날아오르고, 또 바람을 타고 미끄러지는가 하면 곤두박질을 치고 있었다. 세가락갈매기, 가마우지, 풀머갈매기, 제비갈매기, 도둑갈매기 들이 내 머리 위에서 빙글빙글 돌며 자기들끼리 또 나를 향해 비명을 질렀다. 내가 이리저리 고개를 돌리며 그들을 쳐다보는 동안 바닷새들은 점점 더 열광하며 흥분하는 것 같았다. 그러더니 갑자기 일심동체가 된 듯 내 머리 위에서 물가로 급강하해 모래장어떼 속으로 몸을 던졌다. 미끈거리는 장어떼를 먹어치우느라, 또 서로 몸싸움을 벌이느라 깃털이 사방에 흩날렸다.

커피를 마시러 우에예사운드까지 걸어갈 만한 기력이 내게 남아 있는지 생각하고 있는데, 도롯가에서 십 미터도 떨어지지 않은 곳에 비석이 있는 것이 눈에 띄었다. 대략 사 미터 높이의 비석은 수직으로 세워진 채 약간 기울었고 연한 회색의 이끼가 덮여 있었다. 나는 단순히 시간이나 때울 요량으로 비석에 다가갔다. 비석의 매끈한 표면에 문양이 새겨져 있었다. 똑같지는 않았지만 데이나가 도서관에서 빌렸던 룬문자 책에서 보았던 것과 거의 비슷한 형태였다. 또다시 룬문자를 만나다니. 이제 룬문자에 신경쓸 필요는 더 없을 것 같았지만, 덩컨에 대해 생각하는 것보다는 룬문자를 생각하는 편이 훨씬 쉽다는 건 분명했다.

나는 도로를 따라 계속 걸었다. 십 분이 지났을 때 휴대전화가 울렸다. 데이나였다.

"사고 소식 들었어요. 몸은 어때요?"

"괜찮아요." 늘 그렇듯이 빤한 대답이었다. "그런데 어떻게 그곳에서 내 소식을 알고……." 전화가 지직거려서 나는 걸음을 멈추었다. 잠시 후 잡음이 사라졌다.

"……해안경비대의 보고서를 봤는데 아는 이름이 있더라고요. 저기, 내가 도울 일이라도 있어요? 내가 그리로 갈까요?"

나는 감동받았다. 잠깐이나마 그녀가 곁에 있어준다면 더할 나위 없이 좋을 거라고 생각했지만 이내 그것이 이기적인 마음이라는 것을 깨달았다. 이곳까지 와서 나를 돌봐주기엔 데이나에게 할 일이 너무 많다. 나는 다시 걸음을 옮기기 시작했다.

"고마워요. 그렇지만 나를 돌봐주는 건 불법일걸요. 새로운 소식은요?"

"대단한 건 아네요. 그래도 당신에게 전화를 걸어야 할 것 같았어요. 지금 이야기해도 돼요?"

나는 주위를 둘러보다가 걸터앉을 만한 바위를 찾아냈다. "그럼요. 얘기해요. 그런데 전화가 얼마나 오랫동안 연결될지는 장담 못 해요."

"멀리사 게이어의 주치의를 다시 만나봤어요. 그가 했던 얘기 중에 확인하고 싶은 게 있어서요."

"말해봐요."

"그의 말에 따르면, 멀리사의 가슴에 종양이 있어서 검사를 받아야 하긴 했지만, 당시 그는 심하게 걱정하진 않았대요. 최악의 경우라 해도 초기 단계의 악성종양에 불과하다고 생각했다더군요. 나중에 그녀의 사망 소식을 듣고 꽤 놀랐대요. 전혀 불가능한 경우는 아니라고 했지만, 아무래도 난 그가 그렇게 생각한다는 느낌을 받았어요."

바람이 거세지고 있었다. 나는 재킷을 목덜미까지 끌어 올렸다. "그래서 내 생각이 궁금하단 말이군요?"

"그래요. 어떻게 생각해요?" 그녀는 약간 뜸을 들이며 물었다.

"글쎄요, 확실히 특이한 경우인 것 같긴 해요. 그렇지만 그런 일도 있을 수는 있어요. 어쩌면 멀리사는 종양이 생긴 걸 즉시 알지 못했고, 시간이 제법 지나 종양이 커진 뒤에야 주치의를 보러 갔을지 몰라요. 종양이 얼마나 넓게 퍼졌는지를 주치의가 몰랐을 수도 있고요."

"불가능하진 않단 말이군요?"

한기가 느껴져 나는 다시 걸음을 옮겼다. "그래요, 불가능하진 않아요."

그녀는 잘 안 들린다며 다시 말해달라고 했다. 몇 초 동안 전화가 들리지 않다가 다시 연결되었다.

"스티븐 게이어에 대해선 더 알아낸 게 있나요?" 내가 물었다.

"어제 그를 만나러 갔었어요. 집이 근사하더군요. 새 아내와 아이도 만났고요. 아이는 새 아내가 결혼 전에 낳았다고 했어요."

"그랬군요." 나는 그녀가 무슨 이야기를 하는지도 모르면서 맞장구를 쳤다.

"남자아이예요. 두 살이 좀 안 되었고요. 이름은 코너 게이어. 스티븐은 아이를 정식으로 입양했어요."

"훌륭하네요. 그래서……"

"아이는 새아버지와 꽤 닮았더군요. 사이도 좋아 보였고요."

그 아이가 사건과 무슨 관련이 있다는 걸까? 스티븐 게이어의 새 가족 이야기는 내 관심사가 아니었다. 차라리 내가 아이를 갖는 것, 혹은 아이가 없는 것에 더 신경이 쓰였다.

"머리색은 주황색이고 피부도 새하얗고 잘생겼어요. 반대로 아이의 엄마는 머리색이 검어요."

나는 잠시 생각했다. 정신이 번쩍 들었다. "맙소사!"

"그렇죠?"

전화가 다시 지직거렸고, 그녀에게 내 목소리가 들리는지 알지도 못한 채 저녁에 전화를 다시 걸겠다고 했다. 그리고 잠시 후 조그마한 천연의 항구 주위로 여기저기 건물들이 흩어져 있는 우에예사운드에 도착했다.

커피숍은 쉽게 찾을 수 있었다. 실내 테이블 한 곳에는 도보 여행객 한 쌍이 앉아 있었다. 다른 쪽에는 양복 차림의 남자도 한 명 있었다. 빈 탁자는 세 곳이었다. 나는 그중 한 곳에 앉았다. 실내 안쪽의 문 뒤에서 나이든 노파가 고개를 내밀어 주위를 둘러보았는데, 나를 보지 못한 듯 이내 고개를 집어넣었다. 나는 코트 주머니에서 볼펜을 꺼내고 탁자에 놓인 종이 냅킨을 한 장 뽑았다. 나는 낙서를 시작했다. 그러면서 생각했다.

코너 게이어는 하얀 피부를 가진 두 살 된 남자아이이다. 본래 아기들을 중요하게 여기는 나로서는 살해된 여성이 출산했다는 사실을 알게 된 당시에도 그녀의 아기가 어떻게 되었을지 궁금하게 여긴 게 당연했다. 과연 아기도 죽었을까? 아니면 자신의 엄마가 무슨 일을 겪었는지도 모른 채 어딘가에 살아 있을까? 혼자서 수십 번도 더 되뇌인 질문이었다. 과연 데이나가 그 아기를 찾아낸 걸까?

글쎄, 만약 그렇다면 스티븐 게이어는 멀리사가 낳은 자신의 아이를 키우면서도 그 아이가 새 아내의 자식이라고 속인 셈이고, 따라서 멀리사의 죽음과 직접적인 관련이 있는 것이 분명하다. 그외에 다른 설명은 불가능했다.

"트로비 부족의 글씨를 쓰나 보네?"

나는 깜짝 놀랐다. 가게 종업원인 노파가 나타나서 냅킨을 내려다보고 있었다. 내가 비석에서 보았던 룬문자 몇 개를 냅킨에 긁적이고 있었던 것이다.

"아, 이건 룬문자예요. 룬다윅의 비석에 새겨져 있더라고요." 내가 말했다.

그녀는 고개를 끄덕였다. "아무렴, 트로비 표시잖아."

셰틀랜드 지역의 사투리는 억양이 꽤 센 편이라 섬 주민들은 대체로 목소리를 낮춰 말하는 경향이 있다. 그래서 외부인들은 무슨 말인지 알아듣기가 약간 어려웠다.

"실례지만, 트로비 부족이 뭐죠?"

그녀가 나를 보며 빙긋 웃자 상태가 좋지 않은 치아가 드러났다. 한때 희던 피부는 바람 때문에 붉어졌고 머리카락은 마른 볏짚 같았다. 그녀는 육십 대로 보였지만 어쩌면 마흔다섯을 조금 넘겼을지도 모른다. "트로족, 그러니까 트로 부족을 말하는 거지." 그녀가 말했다.

내게는 생소한 단어였다. "이것들이 룬문자인 줄 알았거든요. 바이킹족의 룬문자요."

그녀는 고개를 끄덕였지만 흥미를 잃은 듯 보였다. "아무렴. 그들이 노르웨이 땅에서 왔다는 말을 듣긴 했는데. 뭘 줄까요?"

샌드위치와 커피를 주문하자 그녀는 주방 안으로 사라졌다. 트로비? 트로 부족? 나는 철자를 추측해서 그 단어를 적어두었다. 한 번도 들어본 일은 없지만 중요한 것일지도 모를 노릇이다. 내가 바이킹 룬문자라고 생각했던 것을 그녀는 트로 부족의 표시라고 했다. 트로족은 어떤 사람들일까? 왜 그들은 멀리사의 몸에 그런 표시를 새긴 걸까?

노파가 돌아오기를 기다리는 동안 카페는 사람들로 채워졌다. 잠시 후 그녀는 내가 주문한 것들을 가져와서 내려놓고 곧장 다른 테이블로 가버렸다. 나중에 카페가 한산할 때 다시 들르든지, 아니면 도서관을 찾아볼 수도 있었다. 그리고 이제야 생각이 떠올랐다. 나는 언스트 섬에서 가장 훌륭한 도서관을 알고 있었다. 섬의 전설과 민속 분야에 전문화된 곳이었다. 그 도서관을 샅샅이 뒤져볼 생각을 예전부터 품고 있던 터였다. 나는 음식을 얼른 먹어치운 뒤 계산을 마치고 카페에서 나왔다.

운이 좋았다. 리처드는 아직 돌아오지 않았고, 엘스페스는 오후 내내 집에 혼자 있기가 지겨웠던 모양이다. 오후 5시쯤 되었을 때 나는 셰틀랜드의 역사에 관해 내가 원했던 것보다 훨씬 많은 것을 알게 되었다. 8세기에 바이킹 전사들이 섬을 침략했고, 스칸디나비아의 오래된 종교를 들여왔다. 기독교는 그후 이백 년이 지나서 전래되었으며, 당시까지만 해도 셰틀랜드에는 고대 노르웨이 부족의 신앙이 깊이 뿌리를 내리고 자리잡은 상태였다. 노르웨이 부족의 문화도 마찬가지였다.

지리적으로는 스코틀랜드 해안과 근접했지만 셰틀랜드 섬들은 15세기 말까지도 고대 노르웨이의 영지 일부에 속했다. 섬이 스코틀랜드의 통치하에 들어간 뒤에도 바다가 문화의 전파를 방해했기 때문에 오랜 전통이 보존될 수 있었다. 섬의 사투리에는 여전히 고대 노르웨이어의 단어가 산재해 있고, 그중 다수가 변용되고 현지화되었다. 트로라는 단어 자체도 그러한 예에 속했다.

나는 트로가 스칸디나비아의 '트롤'이라는 단어의 변형이라는 것을 알아냈다. 전설에 따르면, 바이킹족이 강간과 약탈을 위해 섬에 왔을 때 그들은 단독으로 오지 않았다. 트로 부족과 함께였다. 초기의 문헌들 대부분은 트로족을 사람의 마음을 끄는 생물로 묘사하고 있었다. 다만 그들의 외모는 속이 뒤집힐 만큼 흉측했다고 한다. 그들은 유쾌하고 행복한 사람들로 땅속의 화려한 동굴에 살며 맛있는 음식과 술과 음악을 좋아했지만, 교회라든지 다른 종교와 관련한 것들을 혐오했다. 또한 초자연적인 능력을 지녀서 사람들은 그들을 화나게 만들지 않으려고 조심했다.

트로족은 마법과 최면을 거는 능력이 있어서 사람, 특히 어린아이와 젊고 예쁜 여자를 즐겨 홀리곤 했다. 그리고 자신의 몸을 보이지 않게 하는 재주가 있는데, 주로 밤중이나 황혼에 능력을 발휘했다. 이야기는 판본에 따라 조금씩 달랐지만 강한 햇빛은 그들에게 불편하거나 혹은 치명적이었다.

나는 트로족이 밤중에 집에 몰래 들어와 난롯가 근처에 앉아서 가재도구 만드는 것을 돕는다든지, 자신들이 가장 좋아하는 은제 물건을 만든다는 등의 이야기도 읽었다. 한편 아이들이 산타클로스를 위해 민스파이를 남겨주듯이, 섬 주민들은 도움에 대한 보답으로 신선한 물과 빵을 내놓았다고 한다. 또한 트로족은 쇠로 된 것을 들이대면 힘이 약해진다는 것도 알게 되었다.

모두 흥미롭고 악의라곤 찾아볼 수 없는 내용들이었다. 반면에 언스트 섬에 전하는 이야기는 달랐다. 이야기는 확연하게 암흑의 반전을 지니고 있었다.

예컨대, 우에예사운드에서 멀지 않은 곳에 있는 글레트나 교회는 트로족 때문에 결국 완공되지 못했다. 낮에 건물을 다 지어놓아도 이튿날이 되면 건물이 망가져 있었기 때문이다. 공사가 진전되지 않아서 화가 난 어느 신부가 하루는 밤에 현장에 남아 감시를 했다. 다음날 아침 그는 죽은 채로 발견되었다. 살인범은 찾지 못했고 교회 공사는 물거품이 된 채 모든 비난이 트로족에게 돌아갔다.

섬들 주위의 수많은 작은 언덕들이 트로족의 무덤으로 여겨진다는 내용도 있었다. 어떻게 매장되는지가 그들에겐 각별한 의미를 갖는 것 같았다. 트로족은 시신이 '부드러운 검은 대지'에 묻히지 않으면 영혼이 방황하며 심술을 부린다고 믿었다. 죽어서도 혼자 있는 것을 좋아하지 않는지 많은 트로족이 함께 묻혔다. 심지어 오늘날까지 어떤 섬 주민들은 자신의 땅에서 이상한 것이 발견되어도 혹시나 트로족의 무덤을 파내 사악한 영혼이 풀려날까봐 염려해서 조사를 하지 않는다는 주장도 있었다.

나는 결코 미신을 믿는 사람이 아니지만 그 이야기를 읽는 동안에는 등골이 서늘해지는 느낌이었다.

또 다른 이야기들은 여자들에 대한 것이었다. 해거름에 산책을 하는 여성이 목격되었는데, 실제로는 그 시각에 그녀가 자기집 침대에서 평온하게 죽었다는 내용이었다. 트로족이 무언가를 훔치면 항상 그 자리에 복제물을 남겨둔다는 내용도 있었다. 사람을 납치한 뒤에는 그의 환영을 남겨두었다. 나는 민속학 사전에서 '환영'의 정확한 의미를 찾아보았다. 사전에는 "혼령과도 같은 존재", "유령과 다름없지만 사람과 유사한 신체적 특성을 지녔다"라고 적혀 있었다. 리처드의 서재는 집의 동쪽에 있어서 오후 늦은 시간이 되자 커다란 창을 통해서도 햇빛이 전혀 들지 않았다. 문득 소름이 끼쳐 왔다.

언스트 섬과 관련해서는 장난스러운 행동을 하거나 난쟁이처럼 생긴 트로족에 대한 어떤 이야기도 찾을 수 없었다. 그 대신 쿠널 트로와 트로족의 왕에 대해 긴략하게 언급된 내용이 몇 가지 있었다. 사람의 모습을 갖춘 그는 엄청난 힘을 지녔고 기이할 정도로 수명이 길다고 했다. 또한 초자연적 능력을 지녔는데, 그중에는 최면술과 자신의 몸을 보이지 않게 하는 능력이 포함되었다.

어떤 책에는 쿠널 트로가 남성 종족이라 여자아이를 낳을 수 없다고 적혀 있었다. 아이를 낳기 위해서 쿠널 트로는 여자 사람을 납치하고 그 자리에 그녀와 닮은꼴인 환영을 남겨두었다. 그들 사이에서는 언제나 건강하고 힘센 아들이 태어났다. 한편 아이를 낳은 지 아흐레가 지나면 아이의 엄마는 죽게 된다.

나는 스코틀랜드의 한 여성이 쓴 책이 여러 차례 언급된다는 사실을 깨달았다. 언스트 섬의 쿠널 트로에 관해서라면 전문가로 알려진 사람이었다. 틀림없이 리처드의 서재에 그녀의 책이 있을 것 같았지만 어디에서도 찾을 수가 없었다.

글쎄, 흥미로운 이야기들이긴 해도 룬문자 혹은 트로족 표시를 해석하는 데는 그다지 도움이 되지는 않는 것 같았다.

앞서 나는 데이나가 러윅 공공도서관에서 빌린 것과 같은 책을 찾아냈다. 나는 그 책을 집어서 서문을 펼쳤다.

룬문자는 생명의 언어이다. 상처를 낫게 하고 축복을 내리며 지혜를 전수한다. 어떠한 해도 끼치지 않는다.

멀리사 게이어도 그 말에 동의할까?

리처드는 룬문자를 사람마다 다르게 해석할 수 있다고 했다. 데 이나와 나는 이 책에 나온 의미들을 추론할 수 없었지만 어쩌면 리처드는 다른 식으로 해석할 수 있을지도 모른다. 나는 가민히 서서 방안을 훑어보았다. 전에 다녔던 런던의 공공도서관에도 이 곳보다 책이 많지는 않았다. 리처드의 서재는 이 집에서 가장 넓 은 방으로, 모든 벽의 바닥부터 천장까지 진한 떡갈나무 재질의 선반이 달려 있었다. 서쪽 벽에는 조금 전 내가 살짝 살펴본 각종 신화와 전설에 대한 책들을 포함해 셰틀랜드에 관한 자료가 가득 했다. 아래쪽 선반에는 가죽 덮개를 씌워둔 파일 상자가 높이 쌓 여 있는데 상자마다 리처드가 작은 손글씨로 제목을 붙여놓았다. 처음 연 파일 상자에는 셰틀랜드 사투리에 관한 얇은 소책자 몇 권이 있었다. 더 많은 자료를 뒤져봐야 한다는 생각에 나는 불안 해졌다. 서재에서 책을 찾다가 들키면 대충 변명할 수 있을 것이 다. 그러나 상자에 담긴 자료까지 뒤지다가 들키면 무슨 말로 둘 러대야 할까? 이때 파일 더미의 맨 밑에 "룬문자 표시와 알파벳"이 라는 제목의 상자가 보였다. 그리고 때마침 문이 열렸다.

나는 일부러 천천히 돌아서며 미소를 지었다. 문간에 리처드가 있었다. 그는 고개를 내밀어보거나 하지도 않은 채 벌써 방안에 들어와 있었다.

"무얼 찾는 모양인데 내가 도와주련?" 야외에서 돌아다녔는지 그에게서 습지 냄새기 풍겼다. 밖에서 신었던 장화도 아직 벗지 않았고, 코트도 여전히 걸치고 있었다.

"가벼운 읽을거리가 있나 해서요. 밤에 잠이 오지 않을까 봐요."

"내가 가진 책 중에 로맨스 소설에 가장 가까운 건 아마 개스켈의 책일 게다. 아니면 윌키 콜린스라든지. 살짝 스릴을 느끼기에 괜찮은 작품이지."

나는 똑바로 섰다. "프랭클린 스톤 병원에서 일을 하셨으면서 왜 그 사실을 말씀해주지 않으셨죠?"

그는 움찔하지도 않았다. "그게 알고 싶었던 거냐?"

나는 한바탕 싸울 결심까지 하며 그를 응시했다. "아버님이 제게 일자리를 구해주신 건가요? 후임자에게 저에 대해 호의적인 말을 해주셨어요?"

나는 그에게서 시선을 떼지 않았다. "아니다." 그는 간단히 대답했다. 분명 거짓말을 하는 것 같았다.

"켄 기퍼드와 덩컨이 서로 미워하는 건 왜죠? 그들 사이에 무슨 일이 있었죠?"

리처드는 눈을 가늘게 떴다. "켄은 덩컨을 미워하지 않는다. 도대체 그런 생각을 할 틈이나 있을지 의문이구나." 너무나 사소한 문제여서 관심도 없다는 듯 그는 어깨를 으쓱했다. "덩컨이 때로 유치하게 구는 때가 있긴 하지만 말이다."

그는 내게서 눈을 돌려 내가 카펫에 남겨둔 책들에 시선을 고정했다.

"책들은 아주 세심하게 정리되어 있단다. 자리를 바꿔놓으면 찾기가 어려워지지. 혹시 필요한 게 있을 땐 얘길 해주면 고맙겠구나."

나는 허리를 굽혀 흩어진 책들을 주워 모았다.

"부탁인데, 그냥 두렴. 엘스페스가 차를 끓여놓았단다." 내가 나갈 때까지 그가 꼼짝도 하지 않으리라는 걸 깨닫고 나는 서재에서 나왔다.

## 22

다음날 아침, 리처드는 일찍 집을 나섰다. 은퇴 이후에도 그는 집 밖에서 꽤 많은 시간을 보냈는데, 어디에 가서 뭘 하는지를 전혀 알 수가 없었다. 전날 저녁의 일로 사이가 서먹해진 터라 물어보기에 더더욱 적당한 때가 아닌 것 같았다. 아침 식사를 마치자 엘스페스는 장을 보러 간다며 집을 나섰다. 내게 같이 가겠느냐고 물었는데, 내가 두통과 피로가 정말로 심하다고 둘러대는 바람에 약간 소란이 있었지만 곧 그녀도 떠났다. 나는 그녀의 자동차 엔진 소리가 사라질 때까지 기다렸다가 즉시 리처드의 서재로 향했다. 서재는 문이 잠겨 있었다.

나는 화가 나 문 앞에 잠시 서 있다가 위층으로 올라갔다. 내 가방에 머리핀 몇 개가 있었다. 가방 밑바닥 부스러기들 속에서 머리핀 네 개를 찾아 그것들을 구부려 모양을 만들었다.

어릴 때 나는 가장 가까운 마을에서 오 킬로미터나 떨어진 월
트셔 농장에서 오빠 세 명과 함께 자랐다. 수업을 마친 뒤 어울릴
수 있는 사람은 오빠들뿐이었다. 덕분에 나는 럭비를 할 줄 알게
되었고, 크리켓 점수를 계산하는 법도 배웠으며, 축구의 오프사이
드 규정도 이해하게 되었다. 영국 땅에서 기어다니는 모든 곤충과
벌레의 이름을 알았고, 스케이트보드를 타고 멋진 묘기를 부리는
법도 배웠다. 이미 어릴 때《플레이보이》를 통해 성에 대한 지식을
주워 모았으며, 지금도 자물쇠 따기쯤은 식은 죽 먹기라고 확신할
정도다.

서재의 자물쇠가 오래된 것이라 유리했다. 몸통이 약간 헐겁다
는 점은 도움이 되지 않았지만. 자물쇠를 여는 데는 십오 분이 걸
렸다. 서재로 들어선 나는 즉시 어제저녁에 보았던 박스 파일을
뒤지기 시작했다. 상자에는 내겐 전혀 생소한 이름의 잡지 여섯
부가 들어 있었다.《고대 비문과 상징》이라는 그 잡지의 몇 장은
복사된 사진들로, 나머지는 조악한 재질의 속지 수십 장으로 꾸
며졌다. 그 속에 룬문자 상징을 직접 그린 그림과 함께 단락별로
해설이 달려 있었다.

멀리사 게이어의 몸에 새겨진 룬문자 세 개 중에는 번갯불 모
양의 그림이 있었다. 아닌가? 아니다. 번갯불 모양은 벽난로 둘레
에 있었다. 그러면 연 모양은? 그래. 연줄에 매단 나비매듭 문양이

있었다. '다가즈'라는 명칭도 적혀 있었다. '다가즈'는 '수확'이라는 뜻으로 번역되었으며, 본래의 의미는 '열매 맺음', '풍요', '새로운 생명'으로 나열되어 있었다. '수확'이라니? 어째서 여자의 몸에 그런 뜻을 새겼을까? 의학 용어로 쓰일 경우, 수확은 장기 기증을 위해 신체 일부를 수거하는 것을 의미하기도 했다. 그녀의 심장이나 다른 어떤 것을 떼어냈다는 뜻일까? 나는 여러 페이지를 쭉 훑어보며 비슷한 상징이 있는지 찾아보았다. 두 번째 룬문자의 형태는 머릿속에 그려지지 않고 대신 '물고기'라는 단어가 자꾸 떠올랐는데, 잠시 후 나는 각을 이룬 물고기 형태의 문양을 찾았다. 명칭은 '오틸라', '다산'을 뜻했다. 아울러 '여성스러움', '분만'을 상징한다고도 설명되어 있었다. 사건과 연관이 있음을 알아채기는 어렵지 않았다.

세 번째 룬문자는 두 개의 직선이 교차하는 단순한 형태였는데, 그것도 찾아냈다. '노티즈'라는 명칭의 문양은 영어로 '희생'을 의미했다. '고통', '상실', '궁핍'이라는 뜻도 함께 나열되어 있었다.

내가 그 단어들을 한참이나 뚫어지게 보고 있었던 모양이다. 나중에는 단어들이 흐릿하게 서로 겹쳐 보여서 급기야 눈을 감아야 했다. 하지만 눈을 감아도 단어들은 눈앞에 떠올랐다. '고통', '상실', '궁핍'이라니. 대체 뭘 뜻하는 것일까? 그리고 '희생'이라니? 어떤 괴물이 여자의 몸에 그런 단어를 새겨놓는단 말인가?

그리고 다른 점도 있다. 데이나가 도서관에서 빌린 책을 보고 우리는 룬문자 세 개를 각각 '분리', '타개', '구속'이라는 뜻으로 해석했고, 그 사이에 어떤 관련성도 찾아내지 못했다. 한편 리처드의 책에 나온 대로 해석한다면 문자들은 확실히 이해하기 쉬웠다. 여성이 아이를 낳을 수 있다는 뜻의 '다산', 그녀의 몸에서 새로운 생명을 얻게 된다는 뜻의 '수확', 그녀가 치러야 했던 대가로서 '희생'을 뜻하는 것으로 해석할 수 있었다. 나는 이제 멀리사의 몸에 새겨진 룬문자들의 의미를 알게 되었고, 시아버지가 의심스럽게도 그 뜻을 알고도 말해주지 않았다는 사실도 알게 되었다. 한편 데이나가 도서관에서 빌린 책들에 나온 의미 역시 그다지 동떨어진 건 아니라는 점도 깨달았다. '구속'은 '희생'이라는 단어에 함께 포함된 '고통', '상실'과 비슷한 부류로 묶을 수 있을 것 같았다. 마찬가지로 '타개'는 '수확', '새로운 생명'의 뜻과 어울렸다. 단지 초점을 어디에 맞추어 강조하는지에 따라 해석이 조금씩 달라지는 셈이다.

뭔가 석연찮은 점이 있었다. 자세히 알게 되면 더 많은 의미를 유추할 수 있을 것 같았다. 다른 사실과 단어의 새로운 의미까지도. 나는 아직 뭔가를 놓치고 있었다.

서재 한쪽 구석의 책상에는 팩시밀리가 있었다. 나는 종이 몇 장을 가지고 가서 잡지를 복사한 뒤 청바지 주머니에 종이를 구겨 넣었다. 그런 다음 서재에서 나와서 문을 도로 잠그는 데 몇 분이 걸렸다.

데이나에게 전화를 걸어야 했다. 그녀는 휴대전화도, 집전화도 받지 않았다. 나는 전화번호부를 뒤져서 리윅 경찰서의 번호를 알아냈지만, 일단 그녀에게 음성 메시지를 남겼다. 이젠 뭘 해야 할지 궁리하고 있는데 갑자기 전화기가 울렸다. 전화를 받자 한 남자가 리처드를 바꿔달라고 했다.

"맥길입니다. 그 댁 아드님의 요트를 회수했거든요. 지금 저희 작업장에 있고요. 어떡하실지 여쭤보려고 전화를 드린 겁니다."

나는 용건을 전하겠다고 한 뒤 요트 수리소의 주소를 받아 적었다. 내가 요트를 처리해야 한다는 사실을 깨달은 건 수화기를 내려놓은 뒤였다. 요트는 덩컨과 나의 소유니까. 덩컨과 나라니. 언제까지 '덩컨과 나'라는 말을 쓸 수 있을까? 갑자기 눈물이 왈칵 치솟았다. 아니, 지금은 아니다. 아직은 그 문제에 대처할 자신이 없다.

수리소의 남자는 요트를 수리해야 되는지, 아니면 칠을 해야 되는지에 대해서는 별 얘기가 없었고 나도 묻지 않았다. 그는 나혼자 와서 요트를 살펴봐도 된다고 했다. 아무 할 일도 없이 고민만 하기보다는 그러는 편이 좋을 것 같았다.

나는 데이나에게 음성 메시지를 다시 남겼다. 새롭게 알게 된 룬문자의 의미에 대해, 또 카페 여자가 그것을 트로비 표시라고 불렀던 것에 대해서도 얘기했다. 음성 메시지의 녹음 시간이 끝나기 전에 이야기를 끝내느라 말이 지나치게 빨라졌다. 나는 트로족과 쿠널 트로에 얽힌 다양한 이야기에 관해 말하며 이곳의 오래된 전설과 관련한 섬의 이교도 집단에 대해 조사해보라고 제안했다. 리처드에 대해서는 얘기하지 않았다. 그가 옹졸하게 심술을 부렸던 것일 수도 있고, 솔직히 말해서 시아버지인 그를 밀고하는 것이 다소 꺼려졌기 때문이다.

나는 엘스페스의 자전거를 타고 우에예사운드로 가서 요트 수리소를 찾았다. 붉은 얼굴과 붉은 머리카락을 가진 십 대 후반의 소년은 맥길이 삼십 분쯤 외출을 나갔다며 나를 수리장 안으로 안내했다. 수리장에는 이미 수리중이거나 건조중인 여러 대의 배들이 목재 더미 위에 얹혀 있었다. 우리 요트는 한쪽 구석의 벽에 기대어져 있었다. 뱃머리 한쪽이 사라졌고 좌현은 심하게 움푹 파이고 긁힌 모습이었다.

"요트 주인이세요?" 소년이 물었다.

나는 고개를 끄덕였다.

그는 몸을 기울여 보트를 살펴보더니 다시 나를 보았다. "보험 처리를 하실 거죠?"

나는 고개를 들어서 그를 보았다. "응?"

소년은 누군가의 도움을 바라는 듯 수리실의 커다란 여닫이문을 휙 쳐다보았다. 아무도 없었다. 우리 둘뿐이었다.

"보험사에 비용을 청구할 계획이세요?" 그가 다시 웅얼거렸다.

"그럴 것 같은데. 왜 그러지?"

"맥길 씨를 만나보는 게 좋겠네요." 소년은 말을 마치고 내게서 멀어졌다.

"잠깐만." 나는 그를 불렀다. "보험사에 비용을 청구하는 데 무슨 문제라도 있어?"

그는 잠시 뜸을 들이다가 결심한 듯 되돌아왔다.

"사실은요." 그는 여전히 나를 보지도 않은 채 말을 이었다. "사실은, 저라면 안 그럴 거예요. 최근에도 여러 번 그랬거든요. 보트 사고 말이에요. 항상 사람들을 보내요. 조사를 한다고요. 그러니까, 보험회사에서요. 왜 사고가 났는지 알아내려고 말이에요."

"그게 무슨 상관이지? 돛대가 부러졌잖아."

그러자 소년은 약간 재미있다는 듯, 혹은 안타깝다는 듯한 표정을 지었다. 상대가 거짓말을 한다는 사실을 알고 있을 때 짓는, 그런 표정이었다. 그 표정을 본 사람은 상대가 거짓말을 알아챘음을 깨닫기 마련이고, 다시 상대는 이쪽의 깨달음을 알아챈다.

그런데 나는 몰랐다.

요트 쪽으로 다가가보았다. 요트는 뒤집혀 있었지만 밑으로 들어가 들어올릴 만큼 공간이 있었다. 나는 요트를 뒤집으려 했다.

"저기요!" 소년이 소리쳤다.

힘차게 밀자 요트가 뒤집혔다. 이제 조타석이 눈에 들어왔다. 돛대가 있던 자리에는 기둥만 약 이십 센티미터 정도 남아 있었다. 돛을 연결했던 밧줄은 거의 사라졌고 큰 돛도 일부만 남아 있었다.

이제 내 옆으로 다가온 소년이 돛대 기둥을 가리키며 말했다. "보험사에 연락해봤자 나중에 법원에 가야 할 거예요. 아무도 저절로 부러졌다는 말을 믿지 않을걸요. 거의 설반이나 살려 있잖아요."

## 23

나는 시내로 나와 B9084 도로를 따라 달렸다. 조금 전에 알게 된 새로운 사실 때문에 구역질이 치밀었다. 요트 사고는 우연이 아니었다. 딩기 요트는 애초에 부서져 있었다. 내 구명조끼가 부풀지 않고 상태가 나빴던 것도 떠올랐다. 나는 벨몬트 항구에서 페리가 도착하기를 기다리며 고통스러운 십 분을 보냈다. 내 행동이 옳은지에 대한 의문도 뇌리를 떠나지 않았다. 언스트 섬을 빠져나가는 것만이 유일한 대책이다. 그렇지만 내가 어디로 가는지 그들은 이미 알고 있을 것 같았다. 건너편 항구에서 나를 기다리고 있을지도 모른다.

페리가 도착했다. 대기하던 차량 네 대가 배에 올랐고 나는 그 뒤를 따랐다. 두 대의 차량이 더 도착하자 나는 그 안에 누가 탔는지 유심히 살폈다. 아는 얼굴은 없었다. 공기 중에 진한 디젤 기름 냄새가 가득해지고 페리의 엔진 소리가 주위의 모든 소리를 집어삼킬 즈음, 비가 부슬부슬 내리기 시작했다. 나는 코트 깃을 세우고 몸을 웅크린 채로 옐 섬에 시선을 고정했다. 한시라도 빨리 옐 섬이 가까워지기를 바라면서도 동시에 그 순간이 두려웠다.

옐 섬에서 셰틀랜드의 가장 큰 섬으로 돌아오기까지 짧지 않은 여정을 거치는 동안에는 생각할 시간이 너무 많았다. 누군가 내가 죽기를 원했다. 이유는 명백하다. 영원토록 감춰야 할 사건을 내가 파헤쳤기 때문이다. 사건을 그냥 내버려두었더라면, 경찰에게 수사를 온전히 맡겼더라면 아마도 안전했으리라. 그렇지만 경찰의 무성의한 수사에 화가 난 탓에, 또 나와 전혀 관계가 없는 일에 흥미를 느낀 탓에 수사에 연거푸 끼어들고 말았다. 내가 치아 기록을 조사하지 않았더라면 잔혹하게 살해된 여성과 암으로 죽은 여성 사이에 모종의 관계가 있다는 사실을 누가 상상이나 할 수 있었을까? 시신의 신원이 밝혀지지 않는 한 사건은 묻힐 수 있었는데, 다행하게도 이제 누군가는 겁을 먹고 말았다. 그리고 이제 나도 그랬다.

요트 수리소에서 나와 메인랜드 섬까지 오는 동안 철저하게 나의 안전만 생각했다. 그러다가 데이나가 떠올랐다. 나는 자전거를 멈추고, 휴대전화를 찾느라 주머니를 더듬었다. 위험에 치힌 사람이 나 혼자가 아니고, 또한 데이나와 내가 두려워해야 할 잠재적인 암살자가 한 명이 아니라는 사실을 깨달을 만한 정신은 있었다. 사실 생각하면 생각할수록, 사건과 상관없는 사람보다 연관된 사람이 더 많은 것 같았다.

멀리사가 입원했을 당시, 병원에서는 아주 수상한 일이 벌어졌다. 켄 기퍼드는 그때 뉴질랜드에 있었다고 주장했지만, 그는 병원 운영의 책임자였다. 사건은 그와 관련이 없을 수가 없으며, 그렇다고 혼자서 범행을 저지르지는 못했을 것이다. 지역 경찰은 수사를 하는 시늉만 했다. 애초부터 앤디 던은 살인 사건을 축소하려 하면서 언론의 접근을 막았고 데이나를 엉뚱한 곳으로 보냈다. 스티븐 게이어는 아내의 죽음을 목격하고 화장까지 치렀으면서도 삼 년이 지난 뒤 시체 안치소의 여성이 자기 아내라고 확인해주었다. 그리고 조금 전에 알게 된 사실, 딩기 요트의 돛대는 잘려진 상태였고 내 구명조끼는 부풀지 않았다. 도대체 몇 명이나 사건에 가담했단 말인가?

하지만 데이나는 아니다. 데이나는 나만큼이나 끈질기고 단호하다. 만약 누가 나를 제거하려 했다면 그녀 역시 목표물이 되었을 것이고, 나는 그녀에게 그 사실을 알려야만 했다. 문제는 내가 휴대전화를 가지고 있지 않다는 점이었다. 리처드와 엘스페스의 집에 전화기를 두고 와버린 터였다.

생각해보니 그녀와 마지막으로 통화한 것이 전날 오전이었다. 전날 저녁과 오늘 오전에 통화를 시도했을 땐 연결이 되지 않았다. 그땐 별로 걱정하지 않았지만, 이제는 그녀가 걱정되었다.

셰틀랜드 메인랜드 섬에 도착한 나는 모스뱅크로 갔다. 동부 해안의 작은 도시인 그곳에서 당일 마지막으로 떠나는 버스를 기다리느라 십오 분을 허비했다. 엘스페스의 자전거를 접어서 화물 선반에 얹을 때 버스 뒤쪽 창을 통해 경찰차 한 대가 서 있는 것이 언뜻 보였다. 이십 미터쯤 떨어진 곳이었는데, 내 눈에는 운전석에 앉은 경찰이 마지막 버스에 오르는 승객들을 유심히 살펴보는 것 같았다.

버스가 출발했다. 처음 얼마 동안은 몇 분 간격으로 버스 뒤를 힐끔거리지 않을 수 없었다. 경찰차는 보이지 않았다. 그후 나는 마음을 놓고 잠시나마 안전하다는 느낌을 받았다. 제아무리 용감한 살인범이라도 설마 나 하나 때문에 십여 명의 섬 주민이 탄 공공 버스를 습격하지는 않을 것 같았다. 나는 한 시간 동안 휴식을 취하며 샌드위치도 먹을 수 있었다. 버스가 러윅에 도착했을 때는 대략적인 계획을 세운 뒤였다.

첫째, 데이나를 만날 것. 내가 언스트 섬에 머물면서 알게 된 사실을 그녀에게 알려주고 조심해야 한다는 말을 전해야 했다. 둘째, 섬을 벗어날 것. 집에 얼른 들러서 옷가지와 중요한 개인 서류들을 챙겨 공항으로 향할 계획이었다. 필요하다면 공항에서 밤을 새우는 한이 있더라두 런던으로 가는 첫 비행기를 타고, 그다음 엔 기차에 올라 부모님 집으로 가야 했다. 셋째, 내가 무엇을 할 수 있을지 직업적인 선택에 대한 조언을 구할 것. 만약 내가 과도 한 심리적 부담을 핑계로 당장 프랭클린 스톤 병원을 나오는 경 우, 다른 괜찮은 직업을 구하게 될 가능성에 대해 알아봐야 했다. 그리고 넷째…… 아직 네 번째는 없었다. 어쩌면 유능한 이혼 전 문 변호사를 구해야 하는 것일 수도 있다.

러윅 버스 터미널에 도착한 것은 4시가 조금 지나서였다. 나는 버스에서 내려 자전거를 펼쳤다. 그곳에서도 다른 버스 뒤에 숨어 있는 경찰차를 발견했다. 나로선 다른 수가 없었다. 나는 자전거 에 올라 곧장 데이나의 집으로 향했다. 그녀가 집에 있을 가능성 이 적어 보였지만, 운이 좋으면 주차장에 내 자동차도 남아 있을 터였다.

데이나의 집 위쪽 주차장에 들어섰을 때는 목이 뻐근했다. 도 로에서 몇 번이나 고개를 돌려 뒤를 확인했기 때문이다. 게다가 가슴도 답답한 것 같고 머리도 띵했다. 그렇지만 데이나가 집에 있 다는 걸 알았을 땐 기운이 솟았다. 적어도 그녀의 차는 주차장에 있었다. 내 차도 전에 세워둔 자리에 그대로 있었다. 나는 코트 주 머니에 자동차 열쇠가 있는지를 얼른 확인했다.

나는 자전거를 내 차에 기대어놓고 주차장에서 빠져나와 아래쪽으로 뛰어 내려갔다. 그러고는 문을 쿵쿵 두드렸다. 집이 텅 빈 듯 문을 두드리는 소리가 안쪽으로 울려 퍼졌다. 어쩐지 다시는 데이나를 만나지 못할 거라는 생각이 들기 시작했다. 나는 다시 문을 두드렸다.

"열쇠가 없나 본데?"

나는 고개를 돌렸다. 인기척을 전혀 느끼지 못했는데 어느새 앤디 던이 등뒤에 서 있었다. 거리가 너무 가까웠다.

"나도 십 분이나 두드려봤는걸. 안에 있으면 소리를 못 들었을 리가 없는데. 그녀와 마지막으로 통화한 게 언제죠?" 그가 물었다.

나는 대답을 하지 못했다.

그가 한 발 더 다가와 양손으로 내 어깨를 잡았다. 그 손을 떨쳐내고 다시 골목을 뛰어가 차에 올라타든지, 아니면 자전거든 뭐든 타고 싶었는데, 어쩐지 움직일 수가 없었다.

"미스 해밀턴, 괜찮아요? 좀 앉아야 할 것 같은데?"

약간 긴장이 풀리는 기분이었다. "난 괜찮아요. 고마워요. 데이나를 만나야 해요."

그는 이유를 묻지 않았다. 내게서 손을 떼고 돌아서더니 데이나의 집 회색 현관문을 쳐다보았다. 그러더니 허리를 숙여 우편함의 덮개를 올려 안을 들여다보았다.

"나도 그렇긴 한데. 언제 그녀와 마지막으로 통화했죠?" 그가 다시 물었다.

나는 잠시 기억을 더듬었다. 그는 똑바로 서서 나를 쳐다보았다. 움푹 들어간 그의 눈동자는 흐릿한 청록색이었다. 눈 주위에 굵은 주름이 깊이 패었고 주근깨도 많았다. 평생토록 야외에서 떠돈 사람처럼 보였다.

"토라!" 그가 날카롭게 다그쳤다.

"어제 아침요. 메시지를 몇 통 남겼어요." 내가 대답했다.

"물러서요." 그가 명령했다. 나는 그 말을 따랐고, 그가 몇 걸음 뒤로 물러났다가 문을 향해 달려드는 모습을 지켜보았다. 그의 어깨가 닿는 순간, 불과 조금 전까지만 해도 더없이 튼튼해 보이던 문짝이 충격을 못 이기고 안쪽으로 부서졌다.

"여기서 기다려요." 그가 집안으로 모습을 감추었다. 다시 한번, 내게서 현실감이 사라져가는 것 같았다. 나는 그 자리에 오륙 분쯤 선 채 주위에서 들리는 소리에 귀를 기울였다. 길 위쪽 좁은 골목에 있는 정원에서 아이들이 놀고 있었다. 항구에는 큰 페리가 들어오고 있었다. 던 경위는 아래층 방들을 재빨리 지나다녔다. 규칙적인 박동이 크게 들렸다. 당시에는 정확히 알지 못했지만, 돌이켜보면 내 심장박동 소리였던 게 틀림없다.

던은 2층으로 뛰어 올라갔다. 문에서 쾅 소리가 들렸다. 그리고 침묵. 나는 기도하기 시작했다.

이윽고 계단을 쿵쿵 내려오는 발소리가 들렸다. 그는 마지막 세 칸을 남겨두고 풀쩍 뛰어내린 뒤 좁은 입구를 성큼성큼 지나와서는 내 눈을 똑바로 보았다. 얼굴에서 핏기가 거의 사라진 것 같았고 관자놀이에서는 땀이 흘렀다. 일 초 혹은 그보다 오래, 그는 나를 응시하기만 했다. 나는 그가 입술을 떼는 것을 본 기억이 없지만 그의 목소리를 들었다고 확신했다.

'이제 2층으로 올라가봐. 욕실을 확인해.'

나는 집안에 들어섰다. 무전기의 딸깍하는 소리와 지직대는 잡음이 들리더니 던의 다급하고 불안정한 목소리가 이어졌다. 계단을 오르며, 나는 어디로 가야 하는지, 또 그곳에서 내가 무엇을 보게 될지 알 것 같았다. 고음역의 전파음과 던의 목소리가 또다시 들렸다. 나는 계속 계단을 올랐다.

"잠깐!" 그의 고함 소리에 이어 집안으로 뛰어들어오는 발소리가 울렸다. 층계 꼭대기에 이른 나는 욕실의 문을 밀어서 열었다.

계단을 뛰어오르는 발소리. 거센 숨소리. 던은 내 뒤에 있었고, 또다시 양손으로 내 어깨를 잡았다. "뭐하는 거예요?" 그가 작게 말했다. "아래로 내려와요."

나는 앞으로 걸어가려 했지만, 그가 나를 잡았다.

"아래층으로 내려가요."

"맥박을 확인해야 해요."

내 말뜻을 알아챘는지 그가 나를 놓아주었다. 나는 앞으로 나서서 욕조로 몸을 숙였다. 데이나의 왼쪽 팔을 잡아보았다. 그녀의 팔은 어린아이의 팔처럼 가늘고 창백했으며, 손목에 비스듬하게 그어진 십 센티미터가량의 상처에서는 이제 피가 솟아나지도 않았다. 차가우면서도 부드러운 피부는 마치 아기 엉덩이처럼 폭신한 느낌마저 들었다. 맥박은 뛰지 않을 것이다. 나는 팔을 살며시 내려놓은 뒤 그녀의 목을 만져보았다. 아무런 박동도 느껴지지 않았다. 도무지 살아 있다는 증거를 찾을 수 없었다. 그녀의 얼굴을 보기만 해도 전부 알 수 있었을 테지만, 나는 차마 들여다보지 못했다. 이미 알고 있었다. 집 현관문을 두드렸을 때, 집안에 퍼지는 메아리를 들었을 때부터 진작 알았다.

던 경위가 다시 나를 잡았을 때 시야가 흐려졌다. 욕실 벽면의 타일도, 유리로 만든 색색깔 바다 생물이 놓인 창턱이나 문도 알아볼 수가 없었다. 그저 하얀 욕조와 아름다운 조각상 같은 데이나와 핏물, 그것뿐이었다.

## 24

다시 정신이 들었을 땐 내가 아직 데이나의 집에 있고, 던 경위가 나를 내려다보고 있는 거라고 생각했다. 그러다가 곧 그의 눈동자가 청록색이 아닌 회색이며 머리카락도 붉은 갈색이 아니라 탁한 금발인 것을 깨달았다.

"몇 시죠?" 내가 겨우 물었다.

기퍼드는 자기 시계를 보았다. "8시 20분이군."

"나한테 뭘 준 거죠?"

"다이아제팜." 그가 말했다. "그들이 여기 데려왔을 때만 해도 상당히 예민해져 있더군. 한참 걱정을 했지." 다이아제팜은 자극성이 약한 진정제였다. 만약 그의 말이 사실이라면 나는 몇 시간쯤 명한 상태일 테지만, 그것말고는 아무런 문제도 없을 것이다. 나는 시험 삼아 몸을 일으키려 해봤는데 생각보다 힘이 들었다.

"가만히 있어요." 기퍼드가 병원 침상에 달린 손잡이를 돌려서 앉는 자세를 만들어주었다. 그런 다음 내 손목을 잡았다. 나는 놀라서 시선을 내려뜨렸지만 손목은 온전했고 아무 상처도 없었다. 기퍼드는 삼십 초 동안 손목을 잡은 채 맥박을 쟀다. 그다음엔 혈압을 쟀고, 내 눈에 불빛을 비춰보았고, 손가락을 내밀어 몇 개인지 말해보라고 했다. 그가 확인을 다 마치고 괜찮다고 할 때까지 나는 잠자코 기다렸다. 내 몸은 어딘가 막다른 지경에 이르렀지만, 기본적으로 괜찮은 상태였다.

"그녀는 어디 있죠?" 내가 물었다.

그는 당황한 듯 보였다. "글쎄, 아래층에 있을 텐데. 토라, 약속 해줘요, 당신은……"

"약속할게요." 내가 대답했다. 진심이었다. 데이나를 살펴볼 마음은 전혀 없었다. 데이나는 가버렸다. 내가 절대 따라가고 싶지 않은 어딘가로.

"정말 유감이오."

나는 대꾸하지 않았다.

"우린 다른 사람들 머릿속에서 무슨 일이 벌어지는지 도무지 알 수 없다는 생각이 드는군."

"나도 그래요."

"그녀는 극심한 부담을 느낀 모양이야. 오랫동안 불만이 쌓였던 게지."

"알아요. 난 단지……."

"당신이 도울 수 있는 길은 없었소. 일단 자살을 결심하면 아무도 그들을 막지 못하지. 당신도 알겠지만."

나는 고개를 끄덕였다. 나도 아는 사실이었다.

"덩컨에겐 연락했소. 당장 오라고 했는데 내일 아침 비행기 표밖에 구할 수가 없다더군."

나는 그를 쳐다보았다. "난…… 아무래도 며칠간 부모님 댁에 가 있을 생각이에요. 그래도 괜찮을까요?"

기퍼드는 다시 내 손을 잡았다. "물론이지. 그런데 던 경위가 당신과 얘기할 게 좀 있다고 하더군. 내가 내일 아침까지 기다리라고 했소. 당신을 밤새 이곳에 데리고 있겠다고 했지."

나는 다시 고개를 끄덕였다. "고마워요."

기퍼드는 침대를 도로 눕혀주었고, 나는 눈을 감았다.


사람들은 나에게 그리 따뜻하지 않은 편이다. 여러 해에 걸쳐 스스로에게 질문을 던져보았지만 답을 알 수 없었다. 정확히 나의 어떤 점이 사람들에게 그렇게 매력 없게 느껴지는 걸까? 나는 답을 알아내지 못했고 답을 알려주는 사람도 없었다. 결국 내가 깨달은 건, 친구를 사귀거나 관계를 유지하는 것이 내게는 유난히도 어렵다는 사실이었다.

초등학생 시절에 사건이 하나 있었다. 우리 반 여덟 살 난 아이들이 그날따라 유나히 소란스러워서, 담임이던 윌리엄스 선생님은 아이들을 을러댔다. 가장 말썽을 부리는 아이를 교실 맨 앞의 책상 하나만 있는 자리로 옮겨놓겠다는 것이었다. 같은 책상에 앉은 시끄럽고 산만한 아이들 다섯 명이 진절머리 나게 싫었던 나는 손을 들어서 내가 그 자리에 가겠다고 했다. 단지 조용한 책상에 앉고 싶었던 것뿐인데 윌리엄스 선생님은 내 뜻을 자리를 옮겨달라는 것으로 오해하고는, 내게 어느 자리에 앉고 싶은지 물었다. 나는 새로운 제안에 당황해서 교실을 두리번거렸다.

교실 건너편에서 한 남자아이가 나를 자기들 책상에 오게 해달라며 고함을 쳤다. 그러자 하나둘씩 차례로, 학급 아이들 대부분이 똑같은 요구를 해대기 시작했다. 아이들 모두가 나를 자신들의 자리에 오게 해달라고 간청하고 있었다. 아마도 경쟁심에 사로잡혀서 그랬을 것이다. 정말로 나를 좋아해서 그런 것이 아니라는 생각을 당시의 나는 할 수 없었다. 내가 새로운 자리를 선택하기까지 몇 분 동안 나는 수많은 아이들이 환호하는 대상이었고, 곧 새로이 함께 앉게 된 아이들에게도 열렬한 환영을 받았다.

그때의 사건은 내게 깊은 인상을 남겼다. 그것이 내가 살면서 주위 사람들에게 가치가 있다고 느꼈던 유일한 경우였기 때문이다. 인기라는 것을 실감한 유일한 사건이었다.

중등학교에서는 항상 삼각관계로 엮였던 것 같다. 내가 가장 친한 친구를 구하면, 어디선가 누군가 나타나 우리는 둘이 아니라 셋이 된다. 중간에 끼어든 친구는 서서히, 그렇지만 급격하게 우리와 함께 지내는 시간이 늘어나고, 마침내 나는 그녀가 내가 아닌 나와 가장 친했던 친구를 더 자주 만난다는 사실을 용납하지 못하게 된다. 몇 번이나 그런 경우를 겪다 보니 결국 나만의 가장 진한 친구를 갖는다는 느낌이 어떤지를 잊어버렸다.

그렇게 나는 다른 여자 친구들에게 많은 것을 기대하지 말아야 한다는 점을 배우게 되었다. 의과대학을 다니는 동안에는 각별히 친한 동료가 없었다. 나는 얼뜨기도 아니었고, 매일 밤 열심히 공부하는 나를 외톨이라고 부르는 사람은 아무도 없었다. 다만 이틀에 한 번은 반드시 만나 대화를 나눈다든지, 상심했을 때 초콜릿과 위로를 전해준다든지, 결혼식 때 들러리를 서주고, 첫아이를 낳으면 대모가 되어줄 특별한 친구가 내게는 없었다.

문밖에서 목소리가 들렸을 때, 나는 깜짝 놀라 잠든 척했다.

"적어도 필요한 경우엔 그녀가 도움이 될 거예요." 아는 목소리다. 조산사 실습생 중 하나였다.

"그럴 일 없을 거야." 나이든 여자의 목소리였는데, 아마 제니인 것 같았다. "이렇게 건강한 아기들은 처음 봐. 금년 봄엔 물에 뭐라도 들었나 봐."

조산사들은 멀어졌고, 나는 다시 자기 연민에 빠져들었다.

적어도 한 가지는 짚고 넘어가야겠다. 나는 결코 적극적인 편이

못된다. 여자 친구들 사이에서 가능한 한 먼저 말을 꺼내지 않고, 언제나 전화를 기다리고, 다른 누군가가 함께 무언가를 하자고 청할 때까지 기다린다. 우정이 식어갈 때에도 절대 불평하지 않으며, 메시지 함이 계속해서 텅 비어 있어도 투덜대지 않는다. 나를 초대하지 않고 자기들끼리 여행을 다녀와도 아무 말도 하지 않는다. 나는 이런 것들을 일종의 규칙으로 삼았다. 나의 외로움은 병에 담겨서 선반에 고이 모셔져 있는 셈이다.

내가 이런 소리를 마구 주절거리는 건 데이나 때문이다. 그녀 때문에 이러한 모든 과정을 다시 겪었으니 말이다. 데이나는, 처음에는 썩 마음에 들지 않았지만 어느새 전적으로 의지하는 상대가 되었다. 무엇보다 그녀와 함께 있으면 즐거웠다. 지난 열흘 동안 그녀와 나는 차츰 가까워지며 친구처럼 지내게 되었다. 그랬는데 내가 겁에 질린 토끼처럼 섬들을 오가는 동안 그녀는 욕조에 누워 피를 흘렸던 것이다.

눈을 떴다. 수다를 떨어준 조산사들이 고맙기만 했다. 리처드의 서재에서 멀리사의 몸에 새겨진 상징 가운데 하나가 '수확'을 뜻한다는 것을 알게 된 순간부터 줄곧 신경쓰였던 무언가를 새삼 깨닫게 되었다. 이제 무엇을 알아봐야 하는지 알 것 같았다.

내가 있는 곳은 내 환자들의 병실에 딸린 1인실이었다. 옷을 찾아서 재빨리 갈아입었다. 지금은 8시 45분이고 밤 동안 병원은 조용할 것이다. 내 침상에 붙어 있는 차트를 힐끔 보았다. 밤사이에 내가 받아야 할 처방은 아무것도 없었다. 운이 좋으면 내가 사라진 것을 아침까지 아무도 모를 것이다. 문을 열었다. 외부 병실의 침상 세 곳에는 모두 환자들이 있었다. 산모 한 명이 앉은 채로 아기에게 젖을 먹이는 중이었다. 다른 두 산모는 잠든 것 같았고, 조그마한 아기들도 투명한 아기 침대에서 새근거리고 있었다. 나는 아무에게도 들키지 않은 채 문으로 다가가 복도로 나왔다.

컴퓨터가 필요했지만 내 사무실로 가는 건 너무 위험했다. 내 사무실에서 두 칸 떨어진 사무실에 들어가 책상 전등을 밝히고 데스크톱컴퓨터의 전원을 켰다. 내 암호는 아직 유효해서 몇 분 뒤에는 병원 전산망에 접속할 수 있었다.

내가 침상에 누운 채 지난날의 우정을 회상하고 있을 때 제니가 '아기들'이라고 말했고, 그때 무엇인가 떠올랐다. 나는 그 '아기들'을 찾아보기로 했다.

# 25

리처드의 서재에서, 나는 멀리사의 몸에 새겨진 룬문자가 실제로 뭔가 의미를 지녔다는 사실을 알게 되었다. 하지만 그것들 가운데 하나는 여전히 잘 이해가 되지 않았다. '다산'과 '희생'이라는 단어를 쓴 이유는 유추할 수 있었지만 '수확'은 그렇지 않았다. 의학계에서 이식할 장기를 수거할 때 '수확'이라는 단어를 쓰는 것으로 미루어 그것이 사라진 심장을 의미할지 모른다고 내 멋대로 생각했을 뿐이다. 그런데 정말로 고대의 이교도들이 현대 의학계에서 쓰이는 말을 비슷한 용례로 썼을 가능성이 있을까? 그 점에 대해 생각하면 생각할수록 '수확'은 심장을 언급한 것이 아니라 아기를 뜻하는 것으로 여겨졌다.

아기에 생각이 미치자, 이어서 다른 중요한 질문도 떠올랐다. 일반적인 경우 사람은 얼마나 자주 아기를 낳을까? 명사로서의 '수확'은 풍요롭게 많은 것을 거둬들인다는 뜻으로 다수라는 의미가 함축되어 있기 마련이다. 그리고 나는 멀리사가 죽은 것으로 추정되는 2004년에 불시의 죽음을 맞은 여성이 그녀 하나만이 아니라는 사실을 이미 알고 있었다. 커스틴 하윅은 밤을 나가 트럭에 치였는데, 그녀는 멀리사와 비슷한 나이였고 외모도 아주 흡사했다. 게다가 그녀의 결혼반지가 우리집 언덕에서 발견되었다. 나는 그것을 우연의 일치로 받아들일 수 없었다.

멀리사가 2004년에 죽어서 화장되었다는 것은 사실이 아니다. 그녀의 시신이 아직 시체 안치소에 있다는 것이 결정적인 증거다. 어떻게 해서 그런 일이 일어났는지는 아직 이해할 수 없지만, 그녀가 2004년에 죽었다는 것은 거짓이 틀림없다. 커스틴 역시 마찬가지다. 어쩌면 똑같은 일을 겪은 다른 여성들도 있지 않을까?

아직까지 발견되지 않은 사체가 더 있는 걸까?

먼저 2004년에 얼마나 많은 여성들의 사망 기록이 있는지를 알아내야 했기에, 나는 인터넷을 통해 셰틀랜드의 주민 등록 사무소에 접속했다. 사용자 입장에서 접근이 편리하지는 않았지만 나는 이곳저곳을 뒤져 자료를 찾아냈다. 1983년에서 2007년까지 셰틀랜드에서의 사망 기록을 연령별로 오 년 단위씩 묶은 간단한 표였다.

멀리사와 커스틴의 사망이 기록된 2004년에 섬에서 죽은 여성은 모두 백여섯 명이었다. 예상대로, 표를 쭉 훑어보니 대다수의 여성들이 65세 이상의 노년층 집단에 속해 있었다. 당연히 낮은 연령층에서는 사망 건수가 훨씬 적었다. 2004년만 살펴보면, 0세에서 19세 사이의 여성은 한 명도 죽지 않았다. 하지만 20세에서 24세 사이의 여성은 다섯 명이 죽었다. 25세에서 29세까지는 모두 세 명이 죽었다. 다음으로 30세에서 34세에 포함된 여성은 네 명이었다. 그해 사망한 젊은 여성은 모두 열두 명이었다.

꽤 많은 숫자인 것 같았다.

이번엔 2005년의 표를 살펴보았다. 같은 나이대의 젊은 여성의 사망 건수는 모두 여섯 건밖에 되지 않았다. 2006년에는 네 건뿐이었다.

2006년 자료가 가장 최근의 것이었기 때문에 그 이전 연도를 살피기 시작했다. 2003년에는 같은 범위에서 두 명이 사망했다. 2002년에는 젊은 여성이 사망한 경우가 아예 없었다. 한편 2001년에는 무려 열한 명이 사망했다.

나는 더 예전 기록들을 살펴보았다. 2000년에는 여섯 건의 사망 기록이 있고 1999년에는 두 건뿐인데, 1998년에는 무려 열 건이 있었다. 1997년과 1996년에는 똑같이 두 명이 사망했으며, 믿기 어렵게도 1995년에는 여덟 명의 젊은 여성이 때 이른 죽음을 맞았다.

남은 기록을 전부, 1983년의 것까지 살펴보았다. 비록 내가 통계학자는 아니지만 패턴을 발견할 수는 있었다. 삼 년마다 젊은 여성의 사망 건수가 근소하게나마 높아지는 경향이 나타났다. 자, 그렇다면 이것은 대체 무슨 의미를 지닌 걸까? 또 어째서 지금까지 아무도 이걸 알아채지 못했을까?

나는 이런 경향이 전체 사망자 숫자에 얼마나 영향을 주는지를 다시 확인했다. 셰틀랜드에서 사망한 여성의 전체 숫자는 2003년 여든세 명에서 1997년 백쉰네 명에 이르기까지 꽤 큰 차이를 보였다. 전체 숫자를 꽤 오랫동안 비교했지만 그것만으로는 삼 년마다 발생하는 경향을 찾아내기 어려웠다. 각 연도의 연령별 사망자 분포와 실제 사망자 숫자의 차이는 완전히 무작위인 것 같았다. 요약하면, 무슨 이유에서인지 삼 년마다 젊은 여성들의 사망 숫자가 치솟기는 하는데 전체 여성 사망 숫자에 가려져서 이러한 경향을 알아채기가 어려웠다. 거기에 남성 사망자의 숫자까지 합쳐지면, 내가 조금 전 알아낸 사실은 실제로 아무도 알아챌 수 없는 것이 되어버렸다.

결국 주민 등록 사무소의 예리한 통계학자들도 이 이례적인 경향을 파악하지 못했을 것이다. 셰틀랜드 인구 전체와 비교하면 더욱 그러했다. 셰틀랜드에서의 사망률 자체는 스코틀랜드의 여느 지역보다 낮기 때문에 누구라도 그 표를 자세히 살펴볼 이유가 없었을 것이다. 더구나 사망 건수가 많지 않다 보니 면밀하게 조사할 필요도 느끼지 못했을 것 같았다.

나는 의자에 몸을 기댄 채로 생각했다.

그러다가 특이한 경향을 하나 찾아냈다. 그러한 경향이 일어난 해는 모두 일곱 번이었다. 적어도 그 일곱 해의 젊은 여성 사망 건수는 평년보다 높았다. 만약 이러한 자료를 경찰에 보여준다면, 분명 그들도 뭔가 수상한 일이 일어나고 있음을 납득할 것 같았다. 그렇지만 불행하게도 이 사실을 누구에게 알려야 할지 알 수 없었다. 북부 경찰대의 사람들 모두가 부패한 것은 아닐 테지만 데이나도 없이 누구를 믿고 누구를 믿지 말아야 할지 내가 어떻게 알아낸단 말인가? 더 중요한 점은, 만약 이들 중 누군가의 죽음이 의심스럽다고 한다면(혹은 더 노골적으로, 그들이 실제로 죽지 않았다고 한다면), 과연 이 병원 고위직에 속한 인물들이 그 일과 연관이 없을 수 있을까? 도대체 내가 의지하고 도움을 구할 만한 사람이 있기나 할까? 더 구체적인 사실들을 알아내야 할 것 같았다. 사망한 여성들은 어떤 사람들일까? 그들은 어떻게 죽었을까? 나는 멀리사가 죽은 것으로 기록된 2004년부터 살피기 시작했다.

먼저 인터넷 창을 닫고 병원 전산망에 접속해서 2004년 사망자들의 자세한 기록을 살폈다. 그해에 사망한 여성은 모두 백여섯 명이고, 그중 열두 명을 찾아야 했다. 아무래도 시간이 제법 걸릴 것 같은데, 기퍼드가 준 진정제 때문에 아직도 머리가 멍했다.

다행히 사망자 명단에는 이름과 생년월일이 적혀 있었다. 삼십 분쯤 시간이 흐르는 동안 복도에서 소리가 들릴 때마다 화들짝 놀라기를 반복하며, 마침내 나는 2004년에 사망한 20세에서 34세 여성의 명단을 작성했다. 그들의 이름과 나이, 간략한 사망 원인을 책상에 놓인 수첩에 갈겨 적었다.

멀리사 게이이 32세 유빙임

커스틴 하윅 29세 승마 사고

헤더 패터슨 28세 자살

케이트 이니스 23세 유방암

재클린 로스 33세 임신중독

레이철 깁 21세 자동차 사고

조애나 버컨 24세 익사

비비언 엘릭 27세 자살

올리비아 버니 33세 심장 질환

로라 펜드리 27세 자궁암

케이틀린 코리건 22세 익사

피비 존스 20세 자살

나는 이 명단을 오 분, 십 분 동안 뚫어지게 바라보며 뭔가 이상한 점이 있는지 찾아보았다. 그렇지만 숫자가 꽤 많다는 점 말고는 딱히 이상한 점을 찾을 수 없었다. 이들의 사망 원인 또한 예상에서 크게 벗어나지 않았다. 젊은 여성이 죽는다면 주로 사고나

고의적인 자해에 따른 것이기 마련이니까. 그 밖에는 대체로 심장 질환이나 암, 간혹 출산과 관련한 문제 때문인 것 같았다.

나는 앞서 주민 등록 사무소 사이트에서 출력한 명단을 다시 살폈다. 대충 계산했을 때, 사망자 수가 유독 많은 연도를 제외하면 매년 셰틀랜드에서 사망하는 숫자의 평균은 3.1명이었다. 반대로 사망자가 많았던 해의 평균 사망자 수는 거의 열 명에 이르렀다. 삼 년마다 주기적으로 예닐곱 명의 여성이 평년보다 더 사망한다는 결론이 나왔다. 사망자 수가 조작되었을 가능성은 전혀 없을까? 이 여자들을 납치해서 몇 년을 더 살려두었다가 멀리사의 경우처럼 잔혹하게 살해하진 않았을까? 만약 그랬다면, 아주 중요한 질문인데, 멀리사의 경우처럼 그들도 죽기 직전에 아기를 출산했던 건 아닐까?

나는 2004년에 사망한 여성 열두 명의 명단을 다시 보았다. 멀리사와 커스틴은 자연사가 아니었고, 이제 나는 그 점을 확신했다. 그렇다면 다른 여자들은 어떨까? 비비언은? 피비는? 케이트는? 이들 가운데 납치되어 오랫동안 감금된 뒤 홀로 출산을 하고 위협당한 사람은 없는 걸까? 이들이 죽기 전에 가장 두려워했던 것은 뭘까? 자신의 죽음이었을까? 아니면 그들의 아기가 겪게 될 일이었을까?

아기들을 수확하다니. 마침내 내 입에서 그 말이 나오고야 말았다. 처음 부검을 했을 때부터, 토탄에 묻혔던 여성이 아기를 낳은 것을 알게 된 그때부터 줄곧 머릿속 한곳을 맴돌던 생각이었다. 아기들은 어떻게 되었을까, 그것이 그 순간 내게 떠오른 질문이었다. 리처드의 서재에서 룬문자 가운데 하나가 '수확'을 뜻한다는 걸 알게 되었을 때 그 의미를 알아차릴 수도 있었을 텐데, 실제로는 제니가 지나가며 '아기들'에 대한 언급을 했을 때에야 비로소 이를 깨달았던 것이다.

좋아, 생각을 해봐, 토라, 생각해보라고. 만약 이 여자들이 납치되었다면 어딘가에 갇혀 있었을 텐데, 그곳은 누구도 도망칠 수 없고 인적이 드문 곳이면서도 이 섬 부근이어야 했을 것이다. 그들은 이곳에 묻혔다. 황당하게도 우리집 뒤쪽의 언덕이 바로 그 장소였다. 말하자면 그들은 섬을 벗어나지 못했던 것이다. 한편 그곳에는 의료 시설도 있어야 했을 텐데, 그래야만 아기를 안전하게 낳을 수 있기 때문이었다. 맙소사! 이젠 너무나 명백했다.

나는 다시 자판을 두드려 산부인과 전산망을 열었다. 내가 멀리사를 찾아낸 다음날 출력한 자료였다. 2005년 3월에서 8월 사이, 멀리사가 아기를 낳았을 것으로 추정되는 시기의 모든 출산 기록이 담겨 있었다. 나는 자료를 출력해서 기억을 더듬으며 살펴보기 시작했다. 이 시기의 출산 건수는 모두 백사십 건이었다. 당시 데이나는 자료에 오른 여성 대부분을 조사했고, 그들이 모두 무사하게 살아 있음을 확인했었다. 하지만 나는 이제 내가 상대하는 자들이 영리하고 엄청난 수단을 가졌음을 알게 되었다. 병원

에서 산 사람을 죽었다고 가짜로 꾸밀 정도라면 그보다 더한 것
도 얼마든지 조작할 수 있을 터였다.

나는 명단을 확인하면서 표시를 남겼다. 잠시 뒤에는 트로날 섬
에서의 출산 건수 모두에 노란색 표시가 되어 있었다. 여섯 건이
나 일곱 건을 예상했는데 네 건이 나왔다. 숫자가 너무 적어서 확
신하기가 어려웠지만, 그래도 트로날 섬은 이상적인 곳이었다. 비
밀스러울 만큼 외따로 떨어진 섬이면서도, 배를 소유한 사람이라
면 얼마든지 접근이 가능하고 어려운 항해에도 대처할 수 있는
곳이니까. 그곳에는 현대적인 산과 시설이 갖춰져 있고, 산부인과
의사가 상주한다. 갑자기 심장이 내려앉는 것 같았다. 그 섬에서
멀지 않은 곳에 자격을 갖춘 마취 전문의가 있다는 사실이 떠올
랐다.

이런, 맙소사!

내 시아버지가 트로날 섬의 병원과 연관되어 있다. 틀림없다. 그
는 집에서 나가 하루 종일 그곳에 머물렀던 것이다. 스티븐 레니
가 했던 말이 기억났다. 멀리사가 죽기 전에 과도하게 마취되었다
고. 구역질이 밀려왔다. 리처드는 프랭클린 스톤 병원의 원장이었
으며, 후임자인 켄 기퍼드에게 권한을 전부 물려주었다. 만약 이
병원에서 죽음이 조작되었다면 병원 원장이었던 그는 모든 일을
알고 있을 것이다.

리처드가 연관되었다고 나는 갑작스레 확신하게 되었다. 아마

기퍼드도 마찬가지일 것이다. 또한 데이나와 나는 똑같이 앤디 던을 의심스럽게 생각했다. 그들 중 하나는 덩컨과 내가 요트를 타고 나가는 것을 지켜보았고, 내가 살아서 돌아오지 못하리라 믿었을 것이다. 그들은 나를 죽이려는 음모를 꾸몄다. 그리고 다시 시도할 것이다.

책상에 놓인 자료를 들여다보던 중 컴퓨터 화면이 깜빡거려 고개를 들었다. 메시지가 떠올랐다.

합법적이지 않은 접속으로 인해 시스템이 종료됩니다.

그러더니 화면이 꺼졌다. 전에도 본 적이 있는 메시지였다. 메시지야 대수로울 것이 없지만, 서둘러야 했다. 나는 컴퓨터를 끄고 자료들을 모은 뒤 의자에 걸쳐놓은 재킷을 집었다. 자료는 주머니에 넣었다. 나는 책상 전등을 끄고 문으로 향했다.

어두운 사무실에 가만히 서서 귀를 기울이자 평소와 똑같은 병원의 소음이 들렸다. 모두 희미할 뿐이었다. 바깥 복도에는 카펫이 깔리지 않아서 누가 다가오면 틀림없이 소리를 들을 수 있다. 나는 위험을 무릅쓰고 문을 연 뒤 왼쪽 오른쪽을 두리번거렸다. 목소리가 들렸다. 내 사무실의 문이 열려 있었다. 병원에서 나가려면 그쪽을 지나쳐야 했다. 더는 어슬렁거릴 수 없었다. 다행히도 나는 운동복 차림이라 조용히 움직일 수 있었고, 재빨리 내 사무실 문을 지나친 다음 복도 끝의 여닫이문을 통과해 계단을 내려왔다. 아는 사람을 마주치지 않게 해달라고 기도하면서 응급실을 통과해 밖으로 나왔다. 병원에서 가장 붐비는 장소인 탓에 평소에는 응급실의 통로를 이용한 적이 없었지만, 가장 빠른 길이라 어쩔 수 없었다. 주차장에 나온 뒤에는 잠시 생각을 가다듬었다. 지금은 저녁 9시 45분이고, 내게는 차가 필요하다. 어떡해서든지 데이나의 집으로 가서 내 자동차를 타야 했다. 나는 걸음을 옮겨 주차장을 가로지르다가 우뚝 멈춰 서고 말았다. 하마터면 웃음까지 터뜨릴 뻔했다.

내 자동차는 병원의 직원용 주차장에 모셔져 있었다. 자동차 열쇠는 아직 내 주머니에 있었다. 누군가 엘스페스의 자전거도 뒤쪽에 가져다놓았다.

시간이 늦은 탓에 이날 밤에는 섬을 떠날 수 없고, 따라서 애초의 계획을 변경해야만 했다. 당장은 아무 곳에도 가지 않을 작정이었다. 아침이 되기 전까지 더 많은 사실을 알아내 믿을 만한 사람과 이야기를 나눠볼 생각이었다. 아무튼 내가 찾아야 할 한 사람은 바로 헬렌이었다. 데이나의 여자친구. 그녀는 던디의 고위급 형사였다. 데이나가 그녀를 신뢰했다면 나도 충분히 그럴 수 있다.

우선 몇 벌의 옷과 침낭이 필요했다. 혹시라도 자동차에서 밤을 보내야 할지도 모르니 말이다. 나는 집에서 사백 미터쯤 떨어

진 곳에 멈추고 차고 뒤에 차를 감추었다. 그런 다음 엘스페스의
자전거를 트렁크에서 꺼내 늦은 황혼 속에서 언덕 위로 자전거를
몰았다. 걸어서 집을 한 바퀴 돌아본 뒤 창문 안쪽을 들여다보았
는데, 안은 텅 빈 것 같았다. 최대한 소리를 내지 않고 열쇠를 돌
려 집안으로 슬쩍 들어섰다. 현관문 뒤에 쌓여 있던 우편물이 타
일 바닥을 스치며 흩어졌다. 문을 닫고 귀를 기울였다. 아무 소리
도 들리지 않았다. 집안에 아무도 없는 것이 거의 확실했지만 그
래도 신경이 곤두섰다. 나는 2층으로 뛰어 올라가 큰 가방을 찾아
서 옷가지를 던져 넣었다. 침낭은 옷장 위에 있었고, 덤으로 침대
에서 베개도 집었다. 내가 가진 얼마 안 되는 장신구도 가방 속으
로 들어갔다. 마지막으로 할아버지가 말을 죽일 때 썼던 낡은 총
도 옷가지들 속에 쑤셔넣었다.

침실을 나설 때, 문득 내가 두 번 다시는 이 침실에, 또 이 집에
돌아오지 못할 수도 있으리라는 생각이 들었다. 그렇다면 적어도
메시지 정도는 남기는 것이 품위 있는 행동 아닐까.

화장대에는 덩컨과 내가 결혼식 날 찍은 사진이 놓여 있었다.
훤칠한 키에 우아한 예복을 입은 그가 교회 문 앞에서 내 손에
키스를 하는 사진이었다. 크림색 레이스 드레스 차림의 나는 평생
유일하게 여성스러운 모습이었다. 언제나 내가 사랑했던 사진. 나
는 액자를 집어서 바닥에 떨어뜨린 뒤 오른발로 세게 짓밟았다.
액자 유리는 박살이 났고 나무로 된 틀은 한쪽 모퉁이가 갈라졌

다. 메시지는 확실히 전달되어야 했다.

나는 힘겹게 아래층으로 내려왔다. 어떻게 해야 자전거에 모든 짐을 신고 균형을 잡을 수 있을까? 전화기의 자동응답기 불빛이 깜빡거렸다. 들어온 메시지는 다섯 개였다. 중요한 것이 있을지도 모른다. 나는 재생 버튼을 눌렀다.

"얘야, 시아비다. 이제 막 화요일 정오가 지났구나. 엘스페스와 내가 걱정하고 있다. 부디 전화를 다오."

그렇지, 정말로 걱정이 되시겠지. 삭제 버튼을 눌렀다.

"여보, 나야. 어떻게 된 거야? 하루 종일 당신 휴대전화로 연락을 했어. 제발 전화해줘."

삭제.

"여보, 정말 장난치지 마. 모두 당신을 걱정하고 있어. 무사하다는 것만이라도 알려줘……. 난 걱정이 되어 미칠 지경이야. 어휴, 토라. 전화해줘, 그럴 거지?"

삭제.

"또 나야. 조금 전에 데이나 소식을 들었어. 여보, 정말 안됐어. 난 내일 아침에 도착할 거야. 제발 전화해줘. 괜찮다는 것만이라도 알려줘……. 사랑해."

글쎄, 나를 바보라고 불러도 어쩔 수 없지만 그 메시지는 지울 수 없었다. 마지막 메시지의 버튼을 눌렀다. 새로운 목소리였다.

"토라, 이러는 건 좋지 않소. 당장 돌아와야 해. 제발 운전만은 안 돼. 어디 있는지 알려주면 내가 태우러 가겠소."

하지만 나는 정말로 운전을 할 작정이었다. 삭제 버튼을 눌렀다. 사실 걱정이 되긴 했다. 내가 진정제를 먹은 상태로 차를 몰고 다닌다고 기퍼드가 경찰에 신고한다면, 얼마 가지도 못해 검문을 받을 것이기 때문이다.

짐을 챙겨 현관에 이른 나는 허리를 굽혀 우편물을 집었다. 편지들을 거실 커피 탁자에 쌓아놓을 생각이었는데, 그중 하나가 시선을 끌었다. 앞면에 "토라에게"라고 손글씨로 쓴 보라색 봉투가 있었다. 우표는 붙어 있지 않았고, 약간 묵직하고 딱딱한 것이 들어 있었다. 나는 봉투를 열어 금색 열쇠를 꺼내고 짤막한 쪽지를 읽었다. 죽은 사람에게서 받아본 첫 편지였다.

## 26

어찌어찌, 나는 엘스페스의 자전거 페달을 밟지 않고 언덕 아래 내 자동차가 서 있는 곳으로 돌아왔다. 힘겹게 가방과 자전거를 트렁크에 실은 뒤 시동을 걸었다. 눈물을 쏟지 않았다면 거짓말이 리라.

다시 러윅으로 출발할 때 비가 내리기 시작했다. 나는 눈물을 멈출 수 없었다. 날이 너무 어둡지 않아 다행이라는 생각이 들었다. 차를 빠르게 몰아야 했기 때문이다. 그들은 이 도로에서 나를 찾고 있을 것이다. 일단 러윅에 들어서면 숨을 곳을 찾기가 한결 수월해질 것 같았다. 내가 어디로 가는지는 그들도 전혀 짐작하지 못할 테니까.

토라에게

데이나의 편지는 그렇게 시작했다.

조금 전에 당신 시어머님과 통화했어요. 그분은 늘 그런 식인
가요?

당신이 남긴 메시지는 아주 큰 도움이 됐어요. 점점 조각이
맞아들어가고 있거든요.

당신도 곧 돌아올 계획이겠죠. 집에 혼자 머물면 안 돼요. 내
집으로 와요. 집안에 들어와서 기다려요.

당신이 걱정돼요! 얼른 연락해줘요, 제발.

데이나

그녀는 편지를 쓴 날짜와 시간까지 편지 귀퉁이에 남겨두었다.
그날 12시 정각이었다. 나는 그녀의 사망 시각을 추정할 수 있는
결정적인 증거를 손에 넣은 셈이고, 그것을 경찰에 즉시 넘겨야
했다. 운이 좋으면, 당장 오 분 안에 기회가 생길지도 몰랐다.

하지만 러웍으로 오는 짧은 구간에는 검문을 하는 경찰차가 없
었다. 일단 고속도로를 벗어나자 약간 안전해진 기분이었다. 채 몇
분이 지나지 않아서 나는 골목길이 즐비한 지역에 접어들었고, 평
소 데이나가 주차하던 곳을 지나쳐 그다음 구역으로 갔다.

현관문은 고쳐져 있었지만 자물쇠는 그대로였다. 데이나의 집 복도도 여전히 고요했다. 그런데 한참 동안 서서 귀를 기울이자, 집안이 전혀 조용하지 않다는 것을 깨닫게 되었다. 본래 집이란 그런 곳이다. 부글부글 물이 끓어오르는 소리가 희미하게 들렸다. 전기기구들에서 들리는 나지막한 윙 소리. 시계가 똑딱거리는 소리까지. 빨라진 내 맥박은 진정될 기미를 보이지 않았다. 나는 들고 온 손전등을 켠 뒤 복도를 지나 주방으로 갔다. 주방은 깔끔했다. 바닥은 조금 전 걸레질을 한 것 같았고, 싱크대의 스테인리스 부분도 반짝거렸다. 정말 아무 생각도 없이, 어쩌면 배가 고파서 무의식적으로 그랬는지 모르지만, 나는 냉장고로 다가가서 문을 열어보았다.

데이나는 장을 봐둔 상태였다. 샐러드 칸이 꽉 차 있었다. 한쪽 선반에는 커다란 살구잼 통이 있고, 다른 선반에는 랩으로 감싼 콘티넨털 치즈 몇 덩어리가 있었다. 천연 요구르트 통도 가득차 있었다. 탈지유 이 리터와 크랜베리 주스 일 리터, 화이트와인 한 병이 냉장고 문 선반에 들어 있었다. 그 위쪽에는 유기농 달걀이 일렬로 늘어서 있었다. 육류나 생선은 없었다. 데이나는 채식주의자였다.

그것들로 허기를 때울까 잠시 고민했지만, 그럴 수는 없었다. 나는 냉장고 문을 닫고 주방에서 나왔다. 위층으로 가야 했다. 한 번에 한 걸음씩, 지난번에 천천히 내려왔던 계단을 이제 천천히 오르면서 줄곧 그런 생각을 했다. 만약에…… 만약 내가 언스트 섬에서 그렇게 겁에 질리지 않았더라면 어떻게 됐을까? 만약 리처드와 엘스페스의 집에 돌아가 자전거 대신 자동차를 타고 나왔더라면, 몇 시간만 더 빨리 메인랜드 섬으로 돌아왔더라면 아직 살아 있었을 데이나를 만나서…….

욕실 문은 닫혀 있었다. 나는 재킷을 벗어 손을 감싼 뒤 문을 밀었다. 그런 다음 손전등으로 사방을 비춰보았다.

아무런 흔적도 없었다.

욕조는 닦아놓은 상태였다. 바로 전날 타일에 남아 있던 분홍색 물방울 자국이 생각났다. 그것들은 모두 지워져 있었다. 바닥의 세라믹 타일도 깔끔해서, 사고가 있기 전 내가 기억하는 상태와 똑같았다. 데이나는 죽은 뒤에도 살았을 때만큼이나 깔끔하고 깨끗했다. 나는 뒷걸음질로 밖으로 나와 욕실 문을 닫았다. 이곳에는 내가 찾는 것이 없었다.

이제 데이나의 침실을 지나쳐 며칠 전 내가 짧게 잠을 청했던 방으로 향했다. 그 방이 데이나의 서재로 쓰였다는 것을 아는 터였다.

그녀의 책상은 사실상 텅 비어 있었다. 그녀가 사건 기록을 하늘색 서류철에 보관했다는 것을 알고 있었지만, 방안에서는 그것들을 찾아볼 수 없었다. 책상 서랍을 열자 걸개가 달린 보관함 안에 스무 개의 서류철이 있는 것이 보였다. 서류철의 누런 표지에는 보라색 잉크로 각각 제목이 적혀 있었다. 주택, 자동차, 투자, 연금, 여행, 보험 등이었다. 내가 집에서 자료를 보관하는 낡은 파일 상자 세 개가 떠올랐다. 만약 데이나가 조금 더 오래 살았더라면 내게 자료를 깔끔하게 정리하는 법을 가르쳐주었을지 모른다. 적어도 몇 가지 요령은 일러줬을 텐데.

나는 서랍을 닫았다. 아무래도 시간 낭비인 것 같았다. 사건과 관련한 자료들은 이미 경찰이 수거해 갔을 것이다. 기억하기에는 전에 이 방 책상에 컴퓨터가 있었는데, 지금은 그것도 사라진 상태였다. 프린터와 연결된 선 몇 개만 남아 있을 뿐이었다. 그리고 책상 한옆에 책들이 한 줄로 쌓여 있었다.

그중 맨 꼭대기에 놓인 책이 내 시선을 끌었는데, 바로 작가의 이름 때문이었다. 윌키 콜린스라는 이름을 보자, 리처드가 나처럼 수준 낮은 독자에게는 윌키 콜린스가 적당할 거라며 조롱하듯이 추천해준 기억이 떠올랐다. 책의 제목은 『흰옷을 입은 여인』이었다. 데이나가 잠들기 전에 읽을 책 같지는 않았다. 어쨌든 책은 그녀의 침대가 아니라 서재에 있었고, 또 그녀는 노란 포스트잇으로 몇몇 페이지에 표시를 남겨두었다. 나는 책을 집었다.

그다음 책은 제임스 R. 니콜슨이 쓴 『셰틀랜드의 민속』이었다. 이 책에도 역시 몇몇 페이지에 포스트잇이 붙어 있었다. 이어서 나는 마크 알렉산더가 쓴 『영국의 민속』과 『신화와 전설』도 발견했다. 맨 밑에 깔린 책은, 실제로 본 것은 처음이지만 익숙한 제목이었다. 책의 딱딱한 표지를 펼쳐보니 도서관에서 빌린 것임을 알 수 있었다. 안쪽에 표시된 반납 예정일로 미루어 최근에 빌린 모양이었다. 나는 리처드의 서재에서 그 책에 대한 언급을 여러 번 보았다. 쿠널 트로에 관한 내용이 들어 있는 책이었다. 섬의 이교 문화에 대한 나의 언급을 데이나가 진지하게 받아들었다는 것을 짐작할 수 있었다. 책에는 꽤 많은 포스트잇이 붙어 있었다. 나는 침대에 앉아 책을 읽기 시작했다.

데이나의 관심을 끈 첫 이야기는 발타 섬에서 건축 공사를 하던 중에 발견된 수많은 인골에 대한 것이었다. 섬 주민들은 고대의 무덤일 거라고 수군댔지만, (모두 성인의 것으로 밝혀진) 인골은 마구잡이로 한곳에 쌓여 있었고 묘비를 세운 흔적도 발견되지 않았다. 그 페이지에 데이나는 포스트잇을 붙여놓고 이렇게 적었다. "여자들의 인골이 아닌지? 실제 이야기인지? 날짜가 언제인지?"

뒤쪽에는 파파스투어 섬 근처 바다에 솟아 있는 암석에 대한 이야기가 나왔다. 주민들은 그것을 '프로 스택Frow Stack'이라고 불렀다. 저자가 글을 썼던 당시에는 암석 위에서 건물 잔해를 볼 수 있었다. 지역에 떠도는 이야기에 따르면 그곳은 행실이 나쁜 여자들을 감금하던 곳이었다. '처녀들의 암초'로 불린 바위에도 그와 비슷한 이야기가 전해지는데, 위치는 셰틀랜드 동쪽이었다. 데이나는 여기에도 메모를 남겨두었다. "감금된 여성들에 대한 섬의 전설. 암석에서 유골이 발견되었을까?"

몇 장을 더 넘겨서 그녀는 다른 이교도의 무덤에 관한 이야기를 찾아냈다. 옐 섬에 있는 수많은 작은 언덕이 그것이었다. 지역 전통에 따라 언덕의 비탈 전체를 무덤으로 만든 탓에 사람들은 그곳을 피해 다녔다고 한다. 데이나는 점점 짜증이 났던 모양이다. "언제?"라고 적혀 있었다. 그녀가 원했던 건 사실과 증거, 용의주도한 수사를 위한 실질적인 단서였다. 하지만 책에 나온 것들은 이야기에 불과했다. 흥미롭기는 했지만. 저자의 말이 사실이라면 이곳 섬들에서는 여러 시기에 걸쳐 장례를 치르지도 않은 감춰진 대형 무덤이 여러 번 발견된 셈이었다. 나는 그런 무덤이 얼마나 더 남았을지 궁금했다. 그리고 우리집 벌판에 묻혔던 사람이 멀리사 한 명이 아닐 거라는 점을 더욱 확신하게 되었다.

여러 책들을 훑어보는 동안 나는 시간 감각을 잃었다. 데이나는 이상하고 때로는 소름 끼치는 섬의 역사에 대해 점점 더 많은 것을 찾아내며 포스트잇으로 여러 곳에 표시를 남겨두었다. 나는 무수한 다른 이야기도 알게 되었다. 트로족이 젊은 여성과 아이들, 심지어 동물들까지 납치해 가면서 그들과 닮은꼴, 얼마 지나지 않아 죽게 될 환영을 남겨놓았다는 이야기였다. 물론 냉소적인 사람이라면 그 환영이라는 것을 얼토당토않게 여기고, 그들의 죽음도 그저 자연사일 뿐(혹은 다른 사람에 의한 죽음이든지) 트로족과는 아무 관련이 없다고 주장할 것이다. 다른 식의 주장도 있을 수 있다. 즉 트로족이 오랜 세월 동안 이 섬에서 행해진 누군가의 끔찍한 장난에 대해 모든 비난을 받고 있다고. 나 역시 그러한 가능성을 배제할 수 없었다. 하지만 비슷한 이야기가 너무도 많다는 점이 내게는 충격이었다. 같은 주제의 이야기들이 끝없이 이어졌다. 누군가가 납치되고 그와 비슷한 환영이 남았지만 얼마 뒤에 죽게 된다는 식이었다.

물론 환영이라는 것을 믿기는 힘들었다. 만약 납치를 숨기기 위해 죽음을 조작했다면(기본적으로 그 이야기들은 전부 이렇게 요약할 수 있었다) 그것은 자연스러운 수단으로 달성되어야 했다. 나로서는 초자연적인 방식만큼은 결코 인정할 수 없었다.

문제는 내가 다른 어떤 방식도 납득하지 못한다는 점이었다. 책에 적힌 단어들이 이곳저곳을 떠돌기 시작했고, 나는 하루 동안 너무 많은 생각을 한 터였다. 나는 읽으려 애쓰던 책을 바닥에 내려놓고 눈이 감기도록 내버려두었다.


꿈에서, 나는 덩컨이 들어오지 못하게 뒷문을 닫았다. 나무로 된 문이 쾅하고 닫히는 소리가 집안 가득 울려 퍼졌다. 나는 잠에서 깼다. 꿈이 아니었다. 누가 집안에 들어와 있었다. 아래층에서 돌아다니는 소리가 희미하지만 확실하게 들렸다.

순간적으로 닷새 전의 악몽이 떠올랐다. 그자가 돌아온 것이다. 그가 나를 찾아냈다. 이제 어떡해야 하지? '가만히 누워서 움직이지 마. 숨도 쉬지 말고. 그러면 너를 찾지 못할 거야.'

터무니없는 소리였다. 누가 이 집에 들어왔다면 그는 아마도 나와 똑같은 생각을 할 테니까. 그는 뭔가를 찾고 있으며, 데이나의 책이 있는 이 방을 곧 뒤질 것이다.

'숨어.'

나는 침대를 더듬었다. 소파 겸용 침대였다. 방안에는 옷장도 없었다. 나만 한 체격을 숨길 곳은 어디에도 없었다. 더구나 그가 찾는 것이 바로 나라면.

'도망가.'

그것만이 유일한 선택이었다. 나는 몸을 일으켰다. 자동차 열쇠는 책상에 있었다. 열쇠를 집어 들자 짤랑 소리가 났다.

나는 창문으로 손을 뻗었다. 창문 손잡이가 말을 듣지 않았다. 당연히 데이나는 창을 고정해뒀을 것이다. 경찰이었으니까. 자세히 살펴보니 창은 이중으로 되어 있었다. 깨뜨릴 수는 있지만 그러면 소리가 너무 클 것 같았다. 아래층으로 내려가는 수밖에 없다. 어떻게든 상대를 따돌려야 한다.

나는 가방에 손을 뻗어 집에서 가져온, 나를 보호해줄 특별한 물건을 찾느라 여기저기를 더듬었다. 찾아낸 것을 오른손에 꽉 쥔 채 문으로 다가간 뒤 손잡이를 살짝 돌려 문을 열었다. 아래층에서 작게 쿵 소리가 들렸다. 복도를 가로지르며, 나는 제발 데이나가 계단과 층계참에 카펫을 깔아두었기를 마음속으로 빌었다. 아래층 바닥은 딱딱한 마루와 세라믹 타일로 되어 있었다. 나는 아래층으로 내려가야만 했다.

계단 꼭대기에서 멈춰 서서 귀를 기울여보았다. 희미한 소음이 주방의 닫힌 문 안쪽에서 들려왔다. 나는 난간 위로 허리를 굽히고 살폈다. 바깥으로 이어지는 뒷문을 빼면 데이나의 집 주방으로 통하는 문은 두 개였다. 내가 바라보는 복도에서 주방으로 통하는 문이 하나 있었다. 다른 하나는 거실과 통하는 문이었다. 나는 거실에서 복도 쪽으로 뭔가를 던져서 주방에 있는 누군가의 주의를 끈 다음 그가 주방에서 나갔을 때 몰래 주방문으로 빠져나갈 계획을 세웠다. 일단 바깥으로 나간 다음에는 정원의 담을 넘어 자동차가 있는 곳으로 부리나케 달려갈 작정이었다.

계단이 다섯 칸, 아니 여섯 칸 남았다. 땀 때문에 오른손이 끈적거렸다. 나는 방아쇠를 확인했다. 안전장치도 풀었다.

맨 마지막 계단에서 삐걱 소리가 났다.

나는 복도를 가로질러 거실에 들어갔다. 집안은 예상보다 캄캄했다. 누가 커튼을 쳐놓은 상태였다. 나는 가만히 멈춘 채 귀를 쫑긋 세웠다. 오른팔을 들어 정면을 겨냥했는데 팔이 떨렸다.

이때 뭔가 내 등을 쳤고, 나는 거칠게 쓰러졌다.

## 27

나는 마루판에 옆머리가 짓눌린 채 바닥에 쓰러져 있었고, 오른
손에 들고 있던 것은 이미 놓치고 없었다.

상대는 내가 움직이지 못하게 체중으로 눌렀다. 내가 팔꿈치로
뒤쪽을 강하게 찌르자 상대는 윽 소리를 내더니 더 세게 나를 짓
눌렀다. 내 오른팔은 붙잡혀 등뒤로 비틀렸다. 버둥거리며 몸을 튕
기고 두 발로 뒤쪽을 찼다. 처음 세 번의 발길질이 상대의 몸에
닿자 그는 몸을 앞쪽으로 움직였다.

"경찰이야! 가만히 있어!"

아무렴, 그렇겠지! 그는 내 오른팔을 붙잡고 있던 손을 놓았다.
아마도 왼팔까지 붙잡아 수갑을 채우려는 모양이었다. 하지만 한
손만으로 나를 제압하기엔 힘이 부족했다.

나는 숨을 크게 들이쉰 다음(상대의 체중에 가슴이 짓눌린 상태인데도 숨을 쉴 수 있다는 것이 신기했지만) 몸을 휙 돌렸다. 나를 누르던 상대가 옆으로 밀려났다. 나는 일어섰다. 상대도 마찬가지였다. 우리는 서로 쳐다보았다. 주위가 어두웠지만 나는 큰 키에 짧은 금발을 알아볼 수 있었다 이목구비는 단정하고 반듯했다. 하마터면 "당신이 맞죠?" 하고 물을 뻔했다. 방금 내가 누구와 몸싸움을 벌였는지 알 것 같았다.

"대체 당신은 누구죠?" 그녀가 물었다.

"토라 해밀턴, 데이나의 친구예요. 데이나가 열쇠를 줬어요."

내 대답이 썩 그럴듯하다는 생각이 들진 않았지만, 그래도 상대 여성은 긴장을 푼 것 같았다.

나는 말을 덧붙였다. "병원에서 일하고 있어요. 데이나가 맡은 사건을 도와줬거든요. 살인 사건요. 우리집 벌판에서 시신이 나왔어요. 내가 찾아냈고요."

거기서 나는 말을 멈췄다.

상대는 고개를 끄덕였다. "데이나에게 들었어요."

호흡은 정상으로 돌아왔다. 머리가 쑤셨지만 어지럽진 않았다.

"정말, 정말로 유감이에요." 내 입에서 갈라진 목소리가 나왔다.

형사 반장인 헬렌 롤리 경감은 나를 한참 동안 쳐다보았다. 밤새 멈추었던 중앙난방 장치가 가동되는 소리가 들렸다. 바깥에서는 개가 짖었다.

"그녀가 자살했다는 걸 믿어요?" 목소리가 너무 작은 탓에 나는 그 말을 잘 알아듣지 못할 뻔했다. 내 대답을 듣고 싶어서 던진 질문은 아니었겠지만, 나로선 족히 여덟 시간 동안 말할 기회가 오기를 기다리고 갈망했던 대답을 하지 않을 수 없었다.

"그녀가 자살했을 거라고는 단 한순간도 믿은 적이 없어요."

헬렌의 눈빛에 놀란 기색이 스쳤다. 그녀는 눈을 가늘게 뜨고 나를 쳐다보며 속삭였다. "그건 무슨 소리예요?"

"냉장고를 봤어요?" 나는 가장 먼저 떠오른 생각을 꺼내놓기 시작했다. "데이나가 목숨을 끊기 불과 몇 시간 전에 냉장고를 채워놓았을까요?"

어째서인지 그녀의 눈빛이 강렬해졌다. 그녀는 나를 믿지 않았다. 그리고 금세 노기를 띠었다. 하지만 내 생각을 거두어들일 수 없었다. 헬렌은 누구보다 데이나를 잘 알 터였다. 어째서 그토록 빤한 사실을 두고 그녀를 설득해야 하는 걸까?

"만약 데이나가, 내가 알던 데이나가 자살을 할 계획이었다면, 그녀는 우선 냉장고에 든 것부터 모두 쓰레기통에 담아 바깥 주차장에 내놓았을 거예요. 그리고 세정제로 냉장고를 닦았을 테고요." 비꼬는 듯한 말투였고, 나도 내가 심하다는 것을 알았지만 어쩔 수 없었다. "참, 도서관에서 빌린 책도 반납했을걸요."

헬렌은 뒤로 한 걸음 물러나 벽을 더듬었다. 방안이 환해지자 그녀를 제대로 볼 수 있었다. 헬렌은 초록색 패딩 재킷과 호주머니가 여럿 달린 헐렁한 바지 차림이었다. 거의 나만큼이나 큰 키에, 머리는 짧은 게 아니라 뒤로 묶어 땋았다. 매력적이었다. 정확히 말하자면, 예쁘지는 않지만 매끈한 턱선과 갈색 눈동자를 지녔다. 나는 그녀가 나와 꽤 닮아 보여서 놀랐다. 그녀는 주위를 둘러본 다음 소파에 앉았다

나는 잠시 입을 다물기로 결심했다. 할말이 무척 많았지만 모든 말을 조리 있게 쏟아낼 자신이 없었다. 횡설수설하지 않을 수 있겠다는 생각이 들었을 때 다시 입을 열었다.

"사 년 전쯤 자살과 관련한 일을 담당한 적이 있어요. 당연히 그중에는 자살 미수에 관한 것도 있었고요. 이런 말을 하기는 좀 그렇지만…… 그들 각자에게는 다양한 이유가 있었어요. 다양한 사정들도 있었고요. 그래도 한 가지 공통점은 있었죠."

헬렌은 팔짱을 낀 채 몸을 앞으로 숙였다. 두 손으로 자신의 팔뚝을 잡고 있었다. 그녀는 발밑의 양탄자를 내려다보며 물었다. "뭐죠? 절망인가요?"

"비슷해요. 하지만 내가 하고 싶은 말은 공허함이에요. 자신의 앞날을 생각하면 아무것도 안 보이는 거예요. 더는 살아야 할 이유가 없다고 믿기 때문에 자살을 감행하죠."

그녀는 나를 바라보았다. "데이나는 달랐다는 말이에요?"

나는 말 속도를 줄이며 몸을 앞으로 기울였다. "전혀 달랐어요. 그녀의 인생에는 많은 일이 진행중이었어요. 그녀는 사건을 철저

히 파헤치기로 결심했고…… 협조를 받지 못해서 분개했어요. 지난 며칠 사이 그녀와 여러 번 통화를 했거든요. 그녀는 괜찮았어요. 걱정이 많았고 화도 냈고 예민해져 있었지만 공허하다는 느낌은 없었어요. 오늘 아침에도 내게 편지를 남겨뒀더군요. 보여줄게요. 2층 어디에 있어요. 자살하겠다는 내용도 없었고요. 데이나는 자살한 게 아니에요."

"사람들은 그녀가 적응하는 데 애를 먹었다고 하던데. 동료들과 친하지도 않았고, 예전에 있던 곳을 그리워하고…… 나를 보고 싶어 했다고요." 헬렌의 목소리는 불안정했다.

"아마 그 말은 맞을 거예요. 하지만 그걸로는 충분하지 않죠."

"어제저녁에 내게 전화를 했어요. 고민이 많다며 내가 도와주기를 바랐죠. 당신 말이 맞아요. 자살할 것 같지는 않았어요……."

우리는 잠시 가만히 앉아서 침묵을 지켰다. 나는 그녀가 다시 말을 꺼내면 차를 끓여 와도 될지 물어볼까 생각했다.

"집은 아주 데이나답게 꾸며놓았네요. 그녀는 집을 멋지게 꾸밀 줄 알았거든요. 던디에 있던 아파트도 똑같았죠. 내 집이 어떤지는 당신도 한번 봐야 할 거예요. 완전히 난장판이거든요."

"나도 그래요." 맞장구를 치기는 했지만 나는 다시 초조해졌다. 헬렌을 만나서 안도했던 마음은 온데간데없이 사라지고 불안감이 커졌다. 그들이 조만간 나를 찾아낼 것이다. 나는 경찰서로 가게 될 것이고, 표면상으로는 진술을 받기 위해서라고 하겠지만 언제까지 갇혀 있을지는 아무도 모른다. 헬렌의 도움이 필요했지만 슬픔에 잠겨 무기력한 그녀는 아무런 도움도 되지 않았다. 그녀가 기운을 내줬으면 싶었다.

"이건 뭐죠?" 헬렌이 물었다.

나는 바닥을 향한 그녀의 시선을 좇았다. "살해 도구예요. 밀을 쓰러뜨릴 때 쓰는 거죠." 내가 대답했다.

그녀가 웃음을 터뜨리는 건 아닌지 나는 순간 생각했다.

"맙소사. 합법적인 거예요?" 그녀가 물었다.

나는 어깨를 으쓱했다. "예전에는 그랬을걸요. 1950년대에요."

"내가 안전한 곳에 치워도 될까요?"

"그럼요."

헬렌은 일어나 총을 집어서 화장대 꼭대기에 올려두었다. 그녀가 다시 나를 보았을 때 눈 주위가 붉게 얼룩져 있었지만 결코 눈물을 보일 것 같지는 않았다.

"당신이 그녀를 죽였어요?" 헬렌이 물었다.

나는 입이 딱 벌어져 아무 말도 할 수 없었다. 내 표정을 보고서 그녀는 안심한 듯 약간 미소를 지었다.

"미안해요. 확실히 알아야 하니까요. 그럼 누가 그랬을까?"

"나도 몰라요. 그렇지만 단독 소행은 아니에요. 그리고 그녀가 맡았던 사건과 연관이 있는 게 거의 확실해요. 내 생각에는 데이나가 뭔가를 밝혀내기 직전이었던 것 같아요. 나도 그랬거든요.

이틀 전에 나도 죽을 뻔했어요."

나는 요트 사고에 대해, 돛대가 미리 잘려 있던 것을 알아낸 일에 대해 들려주었다. 내 이야기가 끝나자 헬렌은 아무 말도 없었다. 곧 그녀는 일어나 거실을 가로질러 가더니 연필로 그린 작은 그림 앞에 멈춰 섰다. 나는 벽에 그런 게 걸려 있는 줄도 몰랐다. 하이힐을 신은 다리들에 둘러싸인 테리어 그림이었다. 그녀가 내 이야기를 믿는지, 믿지 않는지 나로서는 알 수 없었다. 어쩌면 나를 완전히 정신 나간 여자로 생각하는지도 모를 일이었다.

"아침이 되면 당신에게 연락할 계획이었어요. 도움을 부탁하려고요." 내가 말했다.

다시 돌아선 헬렌의 표정이 약간 굳어 있었다.

"당신을 어떻게 돕죠?"

"음, 우선 안전을 보장해달라고요. 그리고 이곳에서 무슨 일이 벌어졌는지도 밝혀야 하고, 누가 데이나를 죽였는지도 알아내야 하니까요."

그녀는 고개를 저었다. "사건은 경찰이 수사하게 맡겨둬야죠."

나는 벌떡 일어섰다. "아뇨! 그게 문제란 말이에요. 경찰은 그럴 생각이 없어요. 데이나도 그걸 알았어요. 그래서 동료들을 믿지 않았고, 그들과 일하는 데 어려움을 겪었단 말이에요. 이곳에선 아주, 아주 잘못된 일이 벌어지고 있는데, 어떤 식으로든 경찰도 관련되어 있다고요."

헬렌은 소파에 몸을 기댔다. "그렇다면 자세히 얘길 해봐요."

나도 소파에 앉았다. "약간 기묘한 이야기처럼 들릴지도 몰라요." 나는 이야기를 시작했다.

이십 분 뒤에 이야기를 끝마쳤다. 시계를 보니 자정이 십오 분지난 시각이었다. 헬렌은 소파에서 일어나 거실을 나갔다. 주방에서 부스럭거리는 소리가 들렸다. 일이 분쯤 지나 그녀는 화이트와인 두 잔을 들고 돌아왔다.

"당신 말이 맞네요. 기묘한 이야기 같아요." 그녀가 말했다.

나는 어깨를 으쓱하고는 바보 같은 미소를 지었다. 예상한 반응이었다.

"트롤이라고요?" '진심으로 그렇게 생각해?'라는 표정으로 그녀가 물었다.

나는 와인을 홀짝거렸다. 맛이 좋았다. 상큼하고 깔끔하면서아주 차가웠다. "글쎄요, 아닐 거예요. 진짜 트롤은 아니죠. 진짜트롤족의 소행은 분명 아니겠죠. 그렇지만 섬의 오래된 전설에 바탕을 둔 모종의 이교 집단과 관련이 있을지 몰라요."

"그들이 스스로를 트롤족으로 생각한단 말이에요?"

그녀는 내 시간을 낭비하고 있었다. 나는 일어섰다.

"앉아요." 그녀가 큰 소리로 말했다. "데이나는 당신을 바보로 여기지 않았어요. 나 역시 당신에게 아무 잘못이 없다는 걸 이해하려는 거예요." 그녀는 화장대 위를 힐끔 쳐다보았다. "그렇지 않다는 증거가 있는데도 말이죠."

나는 부모에게 혼이 난 십 대처럼 인상을 찡그렸다. 헬렌은 이야기를 들으며 작성했던 메모만 들여다볼 뿐, 내 표정엔 눈길도 주지 않았다. 나는 다시 소파에 앉았다.

"좋아요, 셰틀랜드의 민속에 관한 것들은 일단 염두에 두기로 하고, 우리가 알아낸 사실에 집중하도록 하죠. 당신은 당신 집 벌판에서 사체를 파냈고, 현재까지는 그녀가 멀리사 게이어라는 여성으로 추정된다고 했어요. 그녀는 이 년 전에 사망했는데 죽기 직전에 아기를 낳았다고 했죠?" 헬렌이 말을 이었다.

나는 고개를 끄덕였다.

"약간 소름이 끼치기는 하지만 여기까지는 무난하게 납득할 만해요. 수상한 점은 멀리사 게이어가 거의 일 년이나 더 일찍 사망했다는 점이죠. 그렇다면 한 여자가 두 번 죽은 셈이에요. 앞선 죽음은 기록이 남았고 목격자도 있어서 적어도 서류상으로는 반박할 수 없어요. 물론 두 번째 죽음이 더 확실한데, 죽음을 증명할 시체가 있다는 점 때문이죠." 그녀는 말을 멈추고 와인을 한 모금 마셨다.

"정말 교묘한 사건이죠."

"나도 그렇게 생각해요. 이제 사체의 몸에 새겨진 어떤 표식 때문에, 또 당신 집에서 발견된 반지 때문에 당신은 죽은 여자가 한 명이 아닐 거라고 의심하게 되었어요."

나는 다시 고개를 끄덕했다.

"그래서 이곳 섬들의 시망지 숫지를 조사했고요." 그녀는 허리를 굽혀 내가 병원에서 작성했던 수첩을 집어 들었다. "당신의 계산이 정확하다면……."

"정확해요." 내가 끼어들었다. 그녀는 인상을 찌푸렸다.

"만약 이 계산대로라면, 일정한 패턴이 있다는 점은 나도 인정할게요. 삼 년마다 젊은 여성 사망자의 수가 증가하는 것으로 보인다는 점 말이죠. 좋아요, 그럼 이 사실을 가지고 이론을 세워보죠. 당신은 이렇게 많은 여성들이……."

"삼 년마다 평균 여섯 명이에요."

"그래요. 이렇게 많은 여성들이 납치되었단 말이군요. 그들의 죽음은 조작되었고요. 번잡한 현대식 병원에서 말이죠. 또 그들은 자기 의지와 상관없이 거의 일 년 동안 어딘가에 갇혀 있었고요." 그녀는 다시 수첩을 내려다보았다. "당신은 트로날 섬으로 불리는 그곳이 가장 유력하다고 추정한다는 거죠. 그리고 섬에 갇힌 여성들이 그동안에…… 임신을 한다고요?" 그녀는 얼굴을 찡그렸다. 나도 그랬다.

"그게 아니라면 임신 초기에 납치되었을 수도 있고요. 멀리사처럼요. 이곳 섬들에 전하는 이야기 중에는 젊은 여자들, 임신한 여자들, 또 아이들을 납치한 이야기가 너무 많아요. 유골이 발견된 경우도 많았고요. 맙소사, 어쩌면 보스니아보다 이곳에서 더 많은 대형 무덤이 나왔을 거예요." 내가 말했다.

"으음, 그래서 지하 동굴에서 살아가는 회색 진흙투성이의 남자들이 범행을 저질렀다는 건가요? 음악과 은을 좋아하고 쇠로 된 것들은 두려워하고요?"

나는 대답 없이 눈만 크게 떴다.

"알겠어요." 마침내 그녀가 다시 말했다. "실종된 여성들에 대한 이야기로 돌아가보죠. 당신은 그들이 감금된 동안에 아기를 낳는다고 생각하죠. 그런 다음 죽음을 맞는다고요. 그들의 시신이 메인랜드 섬으로 돌아와서 당신 집 벌판에 묻혔다고 말이죠."

헬렌이 말을 끝냈다.

"그래요. 난 그런 일이 벌어졌다고 생각해요."

그녀는 아무 말도 하지 않았다.

"전설과 정확히 일치해요. 쿠널 트로는 아내로 삼을 인간을 납치해요. 그런 다음 아들을 낳은 지 아흐레가 지나면(그들은 남성 종족이라 항상 아들만 낳거든요) 아이 엄마를 죽이는 거예요." 나는 서둘러 말했다.

"토라……"

"멀리사 게이어는 출산을 한 뒤 일주일에서 열흘 사이에 살해되었어요."

"워, 워, 진정해요……. 대체 병원에서 죽음이 조작될 가능성이 있기나 해요? 정말로요?"

"불과 얼마 전이었으면 나도 절대로 그럴 리 없다고 말했을 거예요. 그렇지만 지금은 가능성 있다고 생각해요."

"어떻게요?"

"꽤 많은 사람들이 연관되었을 수 있어요. 병원 직원들 몇 명, 어쩌면 관리자부터, 병리학자는 필수고요. 훈련된 의사를 속이기는 어려울지 몰라도, 보통 사람들, 특히 충격에 빠진 가족들의 경우라면 달라요. 주위가 혼란스럽고 심하게 흥분한 상태라면……. 정말로 죽은 듯이 누워 있는 환자는 과도한 약물을 주사해서 혼수상태에 빠진 걸 수도 있어요."

헬렌은 손에 든 와인잔을 돌리며 잔에 나타나는 문양을 뚫어지게 쳐다보았다. 아무 대꾸도 없었지만 그녀가 내 말에 귀를 기울이고 있음을 느꼈다.

"그리고 난 그들이 최면술을 쓴다고 생각해요." 이렇게 된 이상 어쩔 수 없다고 생각하며 내가 말을 이으려는데…….

그녀가 손동작을 멈추고 물었다. "최면술요?" 그녀의 표정을 보아 하니 진작 내게 수갑을 채우고 동료들에게 전화하지 않은 것을 후회하는 것 같았다.

"최면술은 가짜가 아니에요." 나는 재빨리 말했다. "과학으로도 증명이 되었어요. 수많은 정신과 의사들이 사용하기도 하고요. 상대의 머릿속에 생각을 주입해서 그들의 지각을 바꿔놓을 수 있거든요. 슬픔에 빠진 가족들에게 외견상 죽은 것처럼 보이는 환자를 보여주며 정말로 죽었다고 믿게 만들었다고 생각해요."

헬렌은 침묵했다. 이내 고개를 젓기 시작했다. 그녀는 내 말을 믿지 않았다.

"내가 읽은 이야기들은 전부 사람에게 최면을 거는 트로족의 능력을 강조했어요."

"단지 이야기일 뿐이에요." 그녀는 의심스러운 표정이었다. 당연한 반응일 수도 있다. 그녀는 내가 지난 열흘간 겪었던 일을 실제로 당해보지 않았다.

"나도 그런 줄 알았지만 지금은 달라요. 병원의 내 상사가 그런 능력을 지녔어요. 불과 얼마 전에 내 목장의 말이 사고를 당했었죠. 그는 나를 최면 상태에 빠뜨렸어요. 정확히 그가 시키는 대로 행동하게 만들었단 말이에요. 그리고 병원에서도 두어 번 그런 적이 있었던 것 같아요. 그가 내 어깨에 양손을 올리고 내 눈을 똑바로 쳐다보면서 말을 걸면 나는 기분이 달라져요. 마음이 차분해지고 그가 시키는 대로 기꺼이 따르게 된다고요."

헬렌은 이제 고개를 젓지 않았지만, 내 말을 믿는지 믿지 않는지는 알 수 없었다. "조금 전에 어떤 약물이 있다고 했죠. 사람을 죽은 것처럼 보이게 한다고요?"

"그럼요. 어떤 진정제라도 그럴 거예요. 충분한 양을 주입하기만 하면 혈압을 떨어뜨려서 말단 부위의 맥박을 찾지 못하게 되죠. 물론 위험할 수 있어요. 너무 많은 양을 주입했다간 정말로 죽을 테니까요. 그렇지만 능숙한 마취 전문의라면 양을 조절할 수 있을 거예요."

나는 헬렌에게 생각할 시간을 주었다. 한편으로 내가 아는 능숙한 마취 전문의에 대해서도 떠올렸다.

"그런 내용을 데이나와 어디까지 얘기했어요?" 그녀가 물었다.

"그럴 기회가 없었어요. 그냥 메시지를 남겼죠. 트로족의 전설에 대해서도 말했어요. 데이나는 내 얘기를 진지하게 받아들였어요. 위층에 그런 책들이 잔뜩 있다고요. 당신과 통화할 때 그런 얘기를 하진 않던가요?"

헬렌은 한숨을 쉬고 와인을 한 모금 더 들이켰다. 우리 중 누가 술을 더 빨리 마시는지 내기라도 한 것 같았다. 속도를 늦출 필요가 있었다. 특히 나는 더욱.

"아뇨. 그냥 나를 보고 싶어 했어요. 그녀가 고민이 많았다는 건 알았지만 전화로는 많은 얘기를 하지 않았어요."

"그녀는 너무 많은 걸 알아냈어요." 내가 말했다. 이 모든 사실들을 내가 제대로 다룰 수 있을까? 나 때문에, 내가 그녀에게 남긴 메시지 때문에, 데이나는 이곳에서 벌어진 사태의 실체에 너무 가까이 다가가고 말았다. 내가 참견한 최종 대가를 그녀가 치른 셈이었다.

마치 내 생각을 읽기라도 한 것처럼 헬렌이 내 어깨에 손을 올렸다. "당신이 알아낸 숫자를 나로선 모른 체할 수 없어요. 그렇지만 트로족에 대해서는 고민을 해봐야겠어요. 지금까지 나온 시신은 한 구뿐이니까요. 일단 그것부터 조사를 해야겠어요." 헬렌은 일어섰다. "일어나요, 이 모든 사건에 대해 데이나가 무슨 말을 하는지 알아봐야죠."

나는 멍청한 표정으로 그녀를 보았다. 무슨 계획이 있는 걸까? 유령이라도 불러낸단 말일까?

"가서 그녀의 컴퓨터를 뒤져보자고요. 암호는 내가 알아요."

나는 고개를 저었다. "책상은 텅 비었어요. 경찰이 전부 가져가 버렸어요."

"아, 정말 그럴까요?" 그녀는 돌아서서 2층으로 향했다.

## 28

2층의 큰 침실에서 헬렌은 커다란 떡갈나무 옷장 앞에 의자를 놓고 옷장 위쪽의 서랍 세 개 중 가운데 것을 열었다. 그러더니 붉은 가죽 테두리가 달린 자그마한 천 옷가방을 내려주었다. 가방에는 평평한 뭔가가 들어 있었다. 그녀가 지퍼를 열어서 꺼낸 작은 노트북컴퓨터를 나는 금세 기억해냈다.

헬렌은 나를 보며 미소 지었지만 눈빛은 흐렸다.

"데스크톱컴퓨터는 경찰 소유예요. 이건 그녀의 물건이죠. 데이나는 중요한 거라면 모두 복사해두거든요. 민감한 물건이라 항상 이곳에 보관했죠."

그녀는 컴퓨터를 다른 방으로 가져가 선을 연결하느라 잠시 시간을 끈 후 컴퓨터를 열었다. 화면이 켜졌다. 나는 창문 쪽을 보았다. 블라인드를 쳐놓았지만 희미한 불빛이 바깥에서도 보일 것 같았다.

헬렌은 데이나의 파일 자료에 접속하는 데 여념이 없었고, 나는 신경이 곤두선 까닭에 무작정 그녀의 옆에 앉을 수가 없었다.

"헬렌."

그녀는 고개를 들었다.

"경찰이 틀림없이 나를 찾고 있을 거라는 점을 명심해두세요."

헬렌은 의자에 몸을 기대 눈썹을 치켜세웠다. 데이나와 너무나 꼭 닮은 표정이라 나는 웃어야 할지, 울어야 할지 망설여졌다.

"오늘 이곳에서 벌어진 일 때문에 나를 신문하려고 해요. 아니, 어제 일 말이죠. 난 조금 전에 병원에서 빠져나왔어요. 허락도 받지 않고요."

"당신이 이 집 열쇠를 가지고 있다는 걸 경찰도 알아요?"

나는 고개를 저었다.

"아마 곧 알게 되겠네요. 그러니 서둘러야 해요."

나는 그녀의 옆에 앉았다. 우리가 본 것은 각각 번호가 매겨진 파일 목록이었다.

"데이나는 공식적인 사건 자료와 구분해서 자신의 자료에는 다른 번호를 매겨뒀어요." 헬렌이 설명했다. 그녀는 맨 아래쪽 파일을 클릭했다. 그것이 가장 최신 자료인 것 같았다.

"데이나는 보안을 중요하게 여겼어요." 내가 말했다. 켄 기퍼드가 데이나의 강박증을 언급했던 것이 떠올랐다.

"그랬을 거예요. 평범한 경찰이라도 완벽하고 꼼꼼하게 자료를 보관하니까요. 그럼 볼까요." 헬렌이 말했다.

헬렌은 사건 번호 Xcr56381 폴더를 열었다. 꽤 많은 파일이 들어 있었다. 그것들을 눈으로 쭉 훑다 보니 가슴속에서 묵직하고 서늘한 무언가가 점점 커지는 느낌이 들었다.

첫 번째 파일의 제목은 '실종자'였다. 그 하부 파일에는 '셰틀랜드', '오크니', '스코틀랜드', '영국'이라는 이름이 붙어 있었다. 두 번째 파일 제목은 '아기'였고 하부 파일에는 '프랭클린 스톤 병원', '트로날 진료소'가 있었다. 그리고 '금융 기록'이라는 제목의 파일도 나왔다. 거기에는 사람의 이름이 나열되어 있었다. 몇몇은 모르는 사람이었고, 내가 아는 몇 명도 있었다. '앤디 던', '켄 기퍼드', '리처드 거스리', '덩컨 거스리', '토라 해밀턴'. 스티븐 게이어는 없었다. 그런데 잘 살펴보니 그의 이름으로 따로 항목이 하나 만들어져 있었고, 그 하부 파일에는 '게이어-카터-고'라는 회사 이름이 붙어 있었다.

"배우자는 언제나 첫 번째 용의자예요. 데이나는 언제나 기본에 충실했죠." 게이어의 이름이 붙은 파일을 열면서 헬렌이 말했다.

파일에는 개인 신상도 몇 가지 나와 있었다. 학력과 과거 이력, 두 번의 결혼 날짜도 적혀 있었다. 그는 1999년에 멀리사와 결혼했으며, 2005년에는 앨리슨 제너와 결혼했다. 아무튼 기록 대부분은 그의 회사일과 연관된 것이었다.

우리는 맨 먼저 게이어의 법률사무소에 관한 요약 정보를 보았다. 게이어-카터-고는 러윅에 본사가 있지만, 스코틀랜드의 오번과 스털링에도 사무실이 있었다. 사업 대부분이 규모가 제법 큰 지역 석유 회사와 선박 회사와의 상업 계약을 취급하면서 발생하는 것 같았다. 나는 게이어가 덩컨이 속한 회사의 법률 대리인이라는 것을 확인하고 기겁한 반면, 그들이 우리 병원의 법률 조언을 맡고 있다는 사실에 대해서는 크게 놀라지 않았다. 그들은 가정법, 부동산 양도 수속, 신탁, 유언 검인을 다루는 부서도 두고 있었다.

스코틀랜드 제일국립은행의 대차대조표를 하나씩 천천히 살피는 동안 내 왼쪽 관자놀이가 점점 욱신거렸다. 게이어-카터-고 명의의 수많은 계좌가 있었다. 세 곳 모두 기업 계좌와 예금계좌를 보유했다. 몇 분 동안 살펴본바 이 회사가 상당한 자산을 보유했다는 사실은 확실했다. 그들에게는 고객을 유형별로 나눈 여섯 개의 고객 계좌도 있었다.

"데이나는 도대체 어떻게 이 자료들을 다 구한 거죠? 스티븐 게이어가 손수 넘겨줬을 리는 없어요. 영장을 이렇게 빨리 받았을 수도 있어요?" 내가 물었다.

"아닐 거예요." 헬렌은 고개를 들지도 않고 대답했다.

"그럼…… 어떻게?"

"그건 묻지 않는 편이 좋아요." 헬렌이 말하고는 고객 계좌 하나를 닫은 뒤 다른 하나를 열었다. 그러다가 동작을 멈추고 나를 쳐다보았다. "데이나가 보안에 철저한 만큼 절차에 신경을 쓴 건 아니라는 점만 알아둬요. 사실 그녀가 몇 년 전에 맨체스터에서 던디로 전근 왔던 이유도 정상적으로 자료를 입수하지 않았기 때문이에요. 난 그녀를 감시하라는 지시를 받았죠. 그런 식으로 잘못을 저지르는지 말이에요. 난 실패했고요."

"이 자료들을 전부 불법으로 구했단 말이에요?"

"그럴 거예요. 데이나는 컴퓨터에 관해서 모르는 게 없거든요. 소프트웨어 창작 분야에서 박사 학위도 받았죠. 특히 금융기관의 전산망을 해킹하는 데는 일가견이 있어요."

"어떻게요? 어떻게 그렇게 할 수 있죠?"

헬렌은 한숨을 내쉬었다. "토라, 나도 몰라요. 난 그런 것들을 잔뜩 물어보고 싶지 않았어요. 아무튼 내 추측을 말해본다면, 그녀는 이곳에 왔을 때 이곳 섬의 모든 은행과 금융기관에 계좌를 개설했을 거예요. 그곳에 자주 방문하면서 직원을 만나고, 계좌 번호와 분류 코드를 기록해두었겠죠. 상대가 자판을 두드리는 걸 보고 암호를 알아냈을 거예요. 당신 집에 갔을 때, 당신의 개인 서류들을 빤히 들여다보지 않던가요?"

"맞아요." 내가 대답했다. 우리집 주방에서 데이나가 주방의 메모판을 들여다보던 것이 생각났다. 거기에는 최근의 은행 고지서와 신용카드 내역서가 붙어 있었다.

"그녀는 숫자에 대한 기억력도 비상했어요. 소프트웨어를 다루는 실력을 감안하면 아마 대부분의 보안 시스템을 우회하는 법도 알았을 거예요."

음, 데이나가 악당이었다니. 그녀가 그런 줄 누가 과연 상상이나 했을까?

나는 미천한 법률 지식을 가지고 고민했다. "그런데 정보를 불법으로 확보할 경우 수사에 해가 되지 않아요?"

"정보를 활용하는 경우에는 그렇죠. 데이나는 절대 그러지 않았을 거예요. 일단 사정이 어떻게 돌아가는지 파악하고 정상적인 절차를 거쳐 증거를 찾아냈겠죠. 그건 됐고, 이걸 봐요, 데이나가 이 고객에 몇 가지 표시를 남겨뒀어요. 실러 드릴링, 들어본 적 있어요?"

"그런 것 같아요. 아마 대형 석유 회사일걸요."

헬렌은 게이어-카터-고 중 한 곳의 전년도 고객 계좌를 살펴보는 중이었다. 데이나는 여러 항목들에 표시를 해두었는데, 모두 실러 드릴링과 관련이 있었다.

"법률 회사는 법적으로 고객 계좌를 분리해서 가지고 있어야 해요. 알고 있어요?" 헬렌이 물었다. "회사에서 주고받는 자금이라도 고객의 돈이면 회사 자체 자금과 구별해서 계좌를 보유해야 한다는 말이죠."

내가 약간 바보 같아 보인 게 틀림없다. 그녀는 숨을 깊게 들이

쉬었고, 다시 한번 들이쉬었다.

"당신이 집을 구매하면, 법률 회사에 돈을 넘겨주겠죠. 그러면 회사에서는 이전 소유주에게 지급하기 전까지 고객 계좌에 그 자금을 보관해요. 투명한 거래와 책임을 보장하기 위해서요."

나는 고개를 끄덕였다. "그러니까 지금 우리가 보고 있는 이 금액이 고객인 실러 드릴링의 자금이란 말이죠? 게이어-카터-고의 것이 아니고요."

"맞아요. 이때 실러 드릴링은 상당히 많은 자산을 매각한 것으로 보여요. 여길 보면……."

헬렌은 데이나가 표시를 남겨둔 맨 앞의 세 항목을 가리켰다.

4월 11일 이체

실러 드릴링 매각: 미네소타. 목장 부지. 7만 5000달러

6월 15일 이체

실러 드릴링 매각: 보스턴. 자산. 15만 달러

6월 23일 이체

실러 드릴링 매각: 두바이. 해안 지대. 9만 달러

그것이 전부가 아니었다. 대충 보기에도 매각 건수가 적지 않았

는데, 모두 토지와 자산을 매매해서 벌어들인 수입과 관련이 있어 보였다. 문서 맨 끝에 데이나는 설명을 달아놓기까지 했다.

주의 사항

연간 수입 총액: 실러 드릴링―미화 907만 5000달러. 영화英貨 550만 파운드(현재 환율로 계산). 참조 3번.

헬렌은 검색창을 열어서 '참조 3번'이라고 적어 넣었다. 몇 초가 지나자 화면에는 숫자로 가득한 다른 페이지가 떠올랐다. 헬렌은 가장 마지막 페이지로 이동했다. '망가나이트 광물 주식회사 연간 회계 보고서'라고 나와 있었다. 데이나가 게이어-카터-고의 고객 계좌와 망가…… 광물 회사의 연간 보고서를 서로 비교한 내용이었다.

헬렌은 손가락으로 책상을 두드렸다. 그러더니 이전 화면으로 돌아갔다.

"그렇군요. 망가나이트 광물 회사는 그룹의 모회사예요. 실러 드릴링은 자회사고요."

그녀의 말이 옳았다. 표의 왼쪽 끝에 실러 드릴링의 이름이 나오고, 그 앞에 '자산, 토지 매매 수입'이라는 제목이 붙어 있었다. 헬렌은 손가락을 움직여 화면을 옆으로 이동시켰다. 연간 보고서에 따르면, 실러 드릴링은 그해에 454만 달러의 토지와 자산을 매각했다. 헬렌은 즉시 다른 아이콘을 클릭해 계산기를 열더니 숫자를 타이핑한 뒤 내게 미소를 지었다. 나로서는 그녀의 속뜻을 파악하기 어려웠다. 계산기에 나온 숫자는 2,751,515였다.

"이게 뭐인 것 같아요?" 헬렌이 물었다.

나는 천천히 고민했다. "550만 파운드여야 하죠?" 데이나가 세이어-카터-고의 은행 계좌 맨 끝에 적어둔 금액을 떠올리며 내가 되물었다. "합계 금액이 영국 돈으로 550만 파운드였어요."

"똑똑하군요." 헬렌이 말했다. 지친 기색은 전부 사라진 것 같았다. "게이어-카터-고의 특정 고객 계좌에서 해외 부지와 자산을 매각한 수입은 약 275만 파운드 정도인데 실제 고객사의 연간 보고서에 나온 금액은 다르다는 거예요. 그렇다면 그 차액은 어디에서 온 걸까요?"

"다른 연도에서 온 건 아닐까요?"

헬렌은 날카롭게 나를 쳐다보았다.

"좋은 지적이에요. 만약 회계연도가 일치하지 않아서 그렇다면, 정확히 어디서…… 수백만 파운드의 금액을 찾아야 할까요?"

나는 잠시 생각했다. "전년도? 아니면 그다음 연도를 봐야 하지 않을까요?"

헬렌은 고개를 끄덕였다. "데이나가 그 점을 몰랐을 리는 없을 거예요." 헬렌이 다시 마우스를 누르자 몇 초 뒤 바로 일 년 전의 은행 고객 계좌 화면이 나왔다. 데이나는 여기에도 설명을 덧붙여놓았다.

연간 수입 총액: 실러 드릴링―미화 1006만 5000달러, 영화 610만 파운드
(현재 환율로 계산). 참조 2번.

검색창에 '참조 2번'을 써 넣자 이번에도 망가나이트 주식회사
의 연간 보고서가 나왔고, 헬렌은 계산기를 이용해 미국 달러를
영국 파운드로 환산했다. 이번에도 연간 회계 보고서에 나온 해
외 부지와 자산 매각 금액은 앞선 고객 계좌의 합계 금액보다 상
당히 적게 나왔다.

우리는 다른 연도를 한 번 더 조사했다. 데이나는 이미 삼 년
전의 자료까지 조사해놓은 상태였다. 사정은 마찬가지였다. 게이
어-카터-고의 고객 계좌에는 실러 드릴링이 해외 부지와 자산을
매각해 수백만 파운드를 벌어들인 것으로 나오지만, 그룹 모회사
의 연간 회계 보고서에 나온 금액과는 역시 수백만 파운드 차이
가 있었다.

"대체 잠을 자기는 했을까요?" 나는 혼잣말을 하듯 중얼거렸다.

헬렌이 대답했다. "많이는 못 잤겠죠. 데이나는 새벽 1, 2시 전
에 잠자리에 드는 경우가 거의 없었어요. 생각이 너무 많아서요."

나는 숫자가 적힌 표와 설명을 내려다보았다. 법률 회사의 대차

대조표에는 차변과 대변 항목이 모두 나와 있었다. 토지와 자산 매각이 완료되었을 때 매매 금액은 고객의 은행 계좌로 이체되었으며, 모든 처리 건수에는 고객명이 기입되어 있었다.

"실러 드릴링으로 이체된 금액을 모두 더해보면 어떨까요? 총액이 얼마나 되는지 알아보며요?" 내가 물었다.

"안 될 것 없죠. 난 소변이 마렵네요."

헬렌이 일어난 뒤 나는 차변 항목을 쭉 훑었는데, 모든 항목이 실러 드릴링과 관련되어 있는 건 아니었다. 그리고 이상한 점이 있었다. 실러 드릴링의 은행 계좌는 하나가 아니었다. 이체금은 서로 다른 두 계좌로 입금되고 있었다. 나는 각각의 계좌 번호를 메모했다.

화장실에서 물을 내리는 소리가 들렸고, 헬렌은 아래층으로 내려간 것 같았다. 나는 데이나가 나뿐만 아니라 덩컨과 리처드, 앤디 던과 기퍼드에 관해서 무엇을 알아냈는지 정말 궁금했다. 나는 덩컨의 이름 위로 커서를 옮겨놓고 잠시 머뭇대다가 앤디 던의 이름이 적힌 파일을 열어 그의 은행 계좌를 확인했다. 헬렌은 물 두 잔을 가지고 돌아왔다.

"아주 넉넉하게 사는군요." 헬렌이 내 옆에 앉으면서 말했다. 나도 같은 생각을 하던 참이었다. 매달 상당한 금액이 빠져나가고 있었다. 자동차 임대 회사와 와인 가게에, 그리고 해외 항공료까지. 그가 매달 지불하는 융자금 액수를 보고 나는 깜짝 놀랐다.

"이곳 경찰들 수입이 얼마나 되죠?" 내가 물었다.

"그렇게 많지 않아요." 헬렌이 대답했다. 그녀의 표정은 갑자기 꽤 진지해져 있었다.

"그럼 이 돈은 어디에서 오는 걸까요?"

그녀는 대변 항목의 오천 파운드를 가리켰다. 우리는 몇 달간의 기록을 뒤졌다. 그와 비슷하게 상당한 금액이 들어오는 몇몇 항목이 있었다. 그 각각에 계좌번호가 적혀 있었는데, 아마도 금액이 송금되는 계좌인 것 같았다. 나는 심장이 점점 빠르게 뛰는 것을 느끼며 계좌 번호를 갈겨 적었다. CK0012946170. 본 적이 있는 번호다, 확실히.

"잠깐 멈춰봐요." 나는 헬렌에게서 마우스를 건네받았다. 게이어-카터-고의 고객 계좌로 돌아가 화면을 쭉 내린 다음 손가락으로 화면 한쪽을 짚었다.

"보세요. 본 것 같더라고요. 같은 계좌예요." CK0012946170이라는 계좌가 그곳에도 있었다. 나는 CK라는 철자 두 개를 기억했던 것인데, 캘빈 클라인Calvin Klein 상표를 떠올린 덕분이었다. 우리는 숫자가 적힌 표를 조사했다. 게이어-카터-고의 고객 계좌에서 CK 계좌 번호로 금액이 이체된 것은 일 년 사이에만 모두 열두 건이 있고 시기는 각각 달랐다. 전체 금액을 합하면 250만 파운드에 달했다.

"이건 너무 심하군." 헬렌이 혼잣말을 했다.

"내가 설명해볼까요?" 내가 물었다. "우린 해외에서 입금된 수백만 파운드의 정체를 알지 못했어요. 스티븐 게이어는 금액의 상당 부분을 이 계좌에서 처리하는데, 앤디 던에게도 매달 금액이 입금된단 말이죠."

"그런 것 같아요." 헬렌이 대답했다. "망할!" 그녀는 자신의 시계를 확인하더니 다시 덧붙였다. "망할."

헬렌은 이제 내 얘기를 진지하게 받아주었다. 덕분에 내 기분은 좋아져야 했다. 그렇지만 그녀가 걱정스러워 보이기도 했다. 내가 잠시 혼자 알고 있던 사실을 그녀도 확실히 깨달은 것이다. 마지막 비행기는 몇 시간 전에 떠났다. 아침까지는 섬을 벗어날 방법이 없다.

"기퍼드의 계좌도 조사해야 해요. 병원에서 무슨 일을 꾸몄다면 그가 틀림없이 연관되었을 테니까요."

헬렌은 고개를 끄덕이고 마우스를 돌려받았다.

"열려라." 켄 기퍼드의 파일을 열면서 그녀가 말했다. 맞는 말이었다. 이렇게 단순하고 짤막한 은행 계좌는 본 적이 없었다. 매달 급여가 지급되었는데, 그가 나의 상사인 점을 감안하더라도 그 금액은 꽤 많았다. 그리고 금액의 3분의 2는 저축예금 계좌로 빠져나갔다. 그는 매달 꽤 큰 금액을 현금으로 인출했으며, 그게 전부였다. 정기적으로 이체되는 금액이라든지, 직접 이체되거나 매달 지급되는 비용은 찾아볼 수 없었다. 딱 하나의 특이한 점이 발견되었다. 매달 일정하게 천 파운드가 그의 계좌에 입금되었는데, 관련 계좌 번호는 CK0012946170이었다.

"병원에서 나온 지 얼마나 되었죠?" 헬렌이 물었다.

"네 시간쯤요." 내가 대답했다.

"젠장, 우린 이 집을 벗어나야 해요." 그러면서도 그녀는 일어날 기미를 보이지 않은 채 다시 마우스를 쥐고 리처드 거스리의 파일을 열어 그의 당좌예금 계좌를 확인했다. 데이나는 두 항목에 표시를 남겨두었다. 한 곳에, 켄 기퍼드와 앤디 던이 매달 돈을 지급받았던 동일한 계좌에서 이천 파운드가 입금되었다. 다른 항목에도 역시 이천 파운드가 입금되었는데, '트로날 진료소 급여'로 참조 표시가 되어 있었다. 내 추측이 옳았다. 리처드 거스리는 아직도 병원 일을 하고 있었다. 트로날 산부인과에서. 몇 개월의 내역을 재빨리 확인해본 결과, 두 항목은 매달 일정하게 등장했다.

"당신 남편의 계좌도 조사할 수밖에 없겠어요." 헬렌이 말했다.

"알고 있어요."

헬렌이 덩컨의 파일을 열었을 때, 나는 자신도 모르게 기도하는 심정이 되었다. 데이나는 그의 대학과 직업 경력을 요약해놓았고, 그의 새 회사에 관한 몇몇 신문 기사도 발췌해놓았다. 덩컨의 회사와 개인 은행 계좌도 찾아놓은 상태였다.

데이나의 좁은 서재 안 공기가 희박해지는 느낌이었다. 갑자기 호흡이 가빠졌다. 헬렌이 페이지를 넘기는 동안, 매달 같은 항목이 반복되는 것을 볼 수 있었다. 천 파운드가 어디서 입금되는지는 두말할 필요도 없었다.

헬렌은 나를 바라보다가 내 어깨에 손을 올리며 물었다. "괜찮겠어요?" 나는 고개를 끄덕했지만 전혀 괜찮지 않았다. 더이상 화면을 보고 있을 수가 없었다.

"특이한 점이 있군요. 작년 말인데. 무슨 일이 있었는지 알아요?" 그녀가 물었다.

그녀는 작년 십이월 초의 거래 내역을 가리켰다. 엄청난 금액, 수십만 파운드가 CK 계좌에서 덩컨의 계좌로 입금되었고, 며칠 뒤 게이어-카터-고의 고객 계좌로 다시 빠져나갔다.

"십이월 첫째 주에 집을 구입했거든요. 바로 이 금액으로요."

"스티븐 게이어가 거래를 주도했나 본데요."

"덩컨은 신탁 기금으로 돈을 구했다고 했어요."

"남편은 텔레뱅킹을 하는군요." 그녀는 환자를 대하듯 나지막하게 말을 건넸다. "남편의 계좌 패스워드를 알아요?"

기억을 더듬던 나는 고개를 저으려다가 다시 조금 더 골똘히 생각해보았다. 실제로 덩컨에게서 직접 계좌 패스워드를 들은 적은 없지만 나는 그가 은행에 전화를 걸 때 수십 번이나 곁에 있었다. 그가 기념하는 날짜는 1974년 9월 12일, 내 생일이었다. 그가 기억하는 주소는 릴링턴 10번가*로 오직 그만 재미있다고 여기는 주소였다. 그의 어머니의 결혼 전 이름이 맥클레어인 것도 떠올랐다. 내가 생각할 수 있는 패스워드는 그런 것들뿐이었다. 그렇지만 한참 고민한 끝에 철자 몇 개도 떠올랐다. P, Y, S, O가 포함된 단어였다. 나는 철자를 적었다. 패스워드는 기억하기 쉬워야 하기 때문에 사람들은 자신이 좋아하는 물건이나 사람의 이름을 주로 쓰기 마련이다. 나는 덩컨의 가족들과 대학 시절 가장 친했던 친구, 심지어 애완견의 이름까지 떠올렸지만 일치하는 것을 찾을 수 없었다.

"남편분이 즐겨 하는 취미는 뭐죠?" 헬렌이 물었다.

"스쿼시예요." 내가 겨우 대답했다.

"유명한 스쿼시 선수는 누가 있어요?"

"모르겠어요. 아무튼 그래봐야 소용없어요. 내가 덩컨 거스리 본인이 아니라는 걸 그들도 뻔히 알지 않겠어요?"

"목소리를 깔아봐요."

나는 음정을 한층 낮췄다. "내가 덩컨 거스리가 아닌 줄 뻔히 알 거라고요." 남자 목소리를 바보처럼 흉내내며 내가 말했다.

"조금 빠르게, 코를 붙잡고요. 감기에 걸린 척해요."

"아, 제발, 당신이 해요. 어쨌든 남자 역할은 당신이 제격이잖아요!"

헬렌은 귀찮게 구는 아이 때문에 인내심이 바닥난 엄마처럼 코

---

◆   1971년 〈10번가의 살인〉이라는 제목으로 나온 범죄 스릴러 영화.

로 한숨을 내쉬었다.

"아스프레이Osprey." 약간 짜증을 내는 동안 나도 모르게 패스워드가 불쑥 튀어나왔다. "남편의 첫 요트 이름이 아스프레이였어요. 맞아요."

"그럼 시도해볼까요?" 헬렌이 전화기를 들고 물었다.

나는 고개를 저었다. "모르겠어요."

"그 돈이 어디에서 왔는지 알아내야 해요."

나는 전화기를 건네받아 은행에 전화를 걸었다. 덩컨의 이름을 말하자 수화기 건너편의 여자는 내가 누구인지 즉시 캐물었고, 나는 이제 다 끝났다고 생각했다. 수화기에서 고개를 돌린 채 재채기 소리를 낸 다음 다시 말을 이었다.

"미안해요, 뭐라고 하셨나요? 그래요, 덩컨 거스립니다."

"거스리 씨, 패스워드를 말씀해주셔야 해서요. 세 번째 철자가 뭔지 말씀해주시겠습니까?" 신원 확인에 십오 초가 더 걸렸다. "제가 지금 은행 계좌를 살펴보고 있거든요. 솔직히 몇 달 만에 처음이라서 그럽니다. 거래 내역 몇 개가 잘 기억나지 않아서요." 나는 수화기를 떼어내며 쿨룩 소리를 냈다. "좀 확인해주실 수 있을까요?"

"그럼요, 어떤 거래 내역을 말씀하시는 건가요?"

나는 계좌번호 하나와 금액을 불렀다. 상대가 내역을 확인하는 동안 침묵이 흘렀다.

"거스리 씨, 이 금액은 바디 맥스 체육관의 개인 트레이닝 비용으로 매달 자동으로 이체되는 건입니다. 혹시 취소하고 싶으신가요?"

"아뇨, 아닙니다. 그건 됐어요. 운동을 계속할 생각이거든요. 그런데 고객에게서 매달 입금되는 내역 가운데 조금 혼동되는 건도 있어서요. 계좌번호는 CK0012946170이고요. 이 금액이 어디에서 들어오는지 확인을 좀……?"

또다시 침묵이 흘렀다. "이 건은 트로날 산부인과 진료소에서 입금된 금액으로 나오는데요."

나는 말을 이을 수 없었다. 시계가 재깍거렸다.

"거스리 씨? 다른 도움이 더 필요하신가요?"

"뭐죠? 뭐라고 했어요?" 옆에서 헬렌이 작게 물었다.

"아뇨. 고맙습니다. 이제 알겠군요. 도와주셔서 정말 고맙습니다."

나는 수화기를 내려놓고서 입을 열었다. "트로날 섬이에요. 모두 트로날 섬과 관련된 거예요."

헬렌이 내 어깨 너머로 창문을 힐끔 보더니 벌떡 일어나서 방을 가로질러 가 바깥을 내다보았다. 그러고는 벽에 손을 뻗어 전등을 끄고 다시 창가로 갔다. 나는 그녀의 표정이 어떤지 보고 싶지도 않았다. 나도 일어섰다. 데이나의 서재에서는 항구가 내다보였다. 창문 아래쪽 상가 거리에 경찰차 세 대가 서 있는데 불빛만

번뜩거릴 뿐 사이렌 소리는 들리지 않았다. 우리가 지켜보는 동안 경찰차 한 대가 더 왔다.

"당신 때문에 왔다고밖에는 생각할 수 없겠네요."

"날 체포해요."

"뭐라고요?"

"나를 체포하라고요. 내가 당신에게 체포된 상태라면 그들도 어쩌지 못할 거예요."

헬렌은 잠시 창밖에서 시선을 뗐다. 내 말을 듣고 고민하는 것 같았는데, 곧 고개를 저었다.

"여긴 그들의 관할이에요. 소용없을 거예요."

"나를 그들 손에 넘기면 그들은 날 죽일 거라고요. 데이나를 죽인 것처럼요. 그래놓고 사고로 위장하든지, 아니면 자살로 꾸밀 거예요. 그 점은 반드시 명심해줘요."

"그만해요!" 헬렌은 나를 지나쳐 책상으로 갔다. 컴퓨터 프로그램을 끄고 노트북도 접었다. 그러더니 고개를 돌렸다.

"차는 있어요?"

고개를 끄덕이자 그녀가 앞장서서 집을 빠져나갔다. 뒷문을 나올 때 현관문을 두드리는 소리가 들렸다. 헬렌은 뒷문을 잠그고 담으로 둘러싸인 작은 정원을 휙 둘러본 뒤 걸음을 옮겼다. 나는 그녀를 따라 움직였다. 정원 맨 꼭대기에 이르러 헬렌은 담장 너머 이웃집 정원을 살피더니 풀쩍 뛰어서 담장을 기어올랐고, 곧 모습을 감췄다.

"가방을 이쪽으로 넘겨요." 나지막한 목소리가 들렸다. 나는 가방을 넘겨주었고, 이제 내가 담장을 기어오를 차례였다. 헬렌처럼 날쌔지는 않았지만 아무튼 몇 초 뒤에는 나도 건너편으로 넘어가 있었다. 우리는 주차장을 향해 오르막길로 걸음을 옮겼지만, 이쪽 정원에서 나가려면 경찰차가 대기중인 좁은 골목길을 통과해야 했다. 이번 담장은 나지막해서, 우리는 그 위에 올라 라일락 덤불에 몸을 숨긴 채 골목길을 살폈다. 제복을 입은 경찰 세 명과 갈색 가죽 재킷을 입은 다른 한 명, 또 그들보다 키가 훨씬 큰 남자(나는 그가 앤디 던이리라 확신했다)가 모두 데이나의 집 현관문 앞에 서 있었다. 우리가 지켜보는 동안 경찰 한 명이 문을 향해 돌진했고, 현관문은 이날 또 한 번 안쪽으로 부서졌다. 경찰들이 집 안으로 사라졌을 때 헬렌과 나는 담을 넘어 골목길을 내달렸고, 짤막한 계단을 오른 다음 주차장의 돌로 된 아치 길 사이로 몸을 숨겼다. 그런 다음 내 자동차가 있는 곳으로 뛰어가 차에 올랐다.

주차장을 빠져나올 때 데이나의 집 2층에 불이 켜지는 것을 백미러를 통해 볼 수 있었다.

## 29

"그들은 우리가 공항으로 갈 거라고 예상할 거예요. 그러니 남쪽 도로를 감시하겠죠." 헬렌이 말했다.

그녀의 말이 옳았다. 만약 우리가 섬버그 공항까지 간다고 해도, 그곳에서 차를 세운 채 첫 비행기를 기다리고 있을 수만은 없었다. 아직 날이 밝지도 않았건만 우리를 쫓는 자들은 모든 공항과 선착장에 이미 진을 쳤을 것이다.

뱃속이 울렁거렸다. 헬렌은 훌륭한 동료였다. 그녀는 용감하고 지적이며 좀처럼 겁을 먹지도 않았다. 하지만 우리가 결국 발견될 경우에 그녀가 북부 경찰 전체를 상대로 오랫동안 버틸 수 있으리란 생각은 들지 않았다. 그리고 그들이 우리를 찾아내는 데 애를 먹을 것 같지도 않았다. 셰틀랜드에는 도로가 몇 개 되지 않는다.

복잡한 뒷골목의 미로 속에 숨을 가능성은 아예 없었다. 한 시간 안에 검문을 당하지 않으려면 우선 도로를 벗어나야만 했다.

"아침까지는 헬리콥터를 부를 수 없어요. 몇 시에 날이 밝아지죠?" 그녀가 물었다.

"5시쯤요." 내가 대답했다. 여름철이면 출근하기 전 새벽에 종종 말을 탔었다. 이제 우리는 생각에 빠졌다. 헬렌은 심각하게 고민하는 듯 주먹으로 계기반을 두드렸다.

"토라, 잘 들어요." 잠시 후 그녀가 말했다. "지금까지 확보한 증거만으로는 상급 경찰관을 고발하지 못해요. 우린 시간이 더 필요해요." 그녀는 시계를 보았다. "이제 거의 2시네요. 세 시간 동안 숨어 있을 만한 곳은 없어요?"

내 집으로 가면 어떨까 싶었지만, 좋은 생각은 아니었다. 경찰은 가장 먼저 내 집을 뒤질 테니. 병원으로 돌아간다면? 이런 야밤이라면 병원에 숨을 곳이 많겠지만, 그래도 들키지 않으리란 보장은 없다. 한편 러윅 중심가를 돌아다니며 밤새 영업하는 카페라든지, 나이트클럽이라도 찾아보면 어떨까 하는 생각도 해보았다. 꽤 좋은 방법인 것 같았지만 문제는 그런 곳이 거의 없다는 점이었다. 헬렌과 나는 인파 속에 숨을 수 없었다. 셰틀랜드에 그만한 인파가 없기 때문에.

"말을 탈 줄 알아요?" 내가 물었다.

십오 분 뒤, 나는 또다시 집 아래쪽 도롯가에 차를 세웠다. 우리가 다가오는 소리에 찰스와 헨리가 울타리 너머로 빠르게 뛰어왔다. 박하향이 나는 폴로 캔디를 주자 말들은 더할 나위 없이 고분고분해졌다. 찰스의 다리가 약간 걱정스럽긴 했다. 절뚝거리는 말을 구슬려 외딴곳으로 가려다 보니 마음이 불안했지만, 그래도 다리가 꽤 나은 듯 보여서 무리하지만 않는다면 문제되지 않을 것 같았다.

데이나의 노트북과 그녀의 책상에서 가져온 책 몇 권, 우리가 가진 돈과 헬렌의 휴대전화는 두 개의 안장주머니에 나누어 담았다. 나머지 것들은 모두 남겨둬야 했다. 헬렌이 헨리의 등에 타도록 도와준 다음 나는 찰스의 등에 올랐다. 달밤의 외출에 신이 난 말들은 경쾌하게 앞으로 나아갔다. 헬렌은 뻣뻣한 자세로 앉아 주먹으로 고삐를 꽉 움켜쥐고 있었다. 말을 타고 출발하려는 순간에도 나는 불안감을 지울 수 없었다. 밤중의 승마는 영국승마협회에서 권장하는 활동이 아니었다. 더구나 헬렌은 승마 초보에다 찰스는 몸도 성치 않았고, 우리는 울퉁불퉁한 길을 지나야만 했다.

트레스타보 위쪽 언덕까지는 무사히 갈 수 있었다. 나는 벌판을 가로질러서 마을을 빠져나와 큰 도로로 접어드는 곳까지 길을 안내했다. 도로를 따라서 길을 가는 것도 큰 문제가 없을 것 같았는데, 그것은 내가 아스팔트 도로에서 커다란 말 두 마리의 말발굽 소리를 들어본 적이 없기 때문이었다. 다행히 찰스는 일주일 만에 처음으로 운동을 하게 되어 신나서 앞으로 잘 걸어나갔고, 헨리도 적당히 거리를 유지한 채 뒤를 잘 따랐다. 나는 말들을 뛰게 해서 도로를 최대한 빨리 벗어나고 싶었지만 헬렌이 승마에 자신감을 갖기 전까지는 모험을 시도할 수 없었다. 헨리의 발굽이 아스팔트에서 미끄러지거나 돌멩이를 밟아 달가닥 소리가 날 때면 그녀가 작게 욕설을 내뱉는 것을 들을 수 있었다.

트레스타보 쪽에서 동쪽으로 향할수록 빛은 점점 사라졌다. 달은 구름 뒤에 숨었고, 주위의 언덕이 우리를 에워싸는 것 같았다. 우리는 도로가 암석으로 된 언덕 사이를 가로지르는 지점에 도달했다. 헬렌도 나도 야간 시력이 썩 좋지 못했고, 말들도 길을 지나는 데 어려움을 겪었다. 말발굽이 도로에서 미끄러져 말의 앞머리가 시야에서 사라질 때마다 오싹한 기분이 들었고, 그럴 때 헬렌은 또 얼마나 불안한 심정일지 충분히 알 것 같았다.

굽은 길을 돌아 나오자 왼쪽 언덕은 절벽으로 바뀌어서 우리 머리 꼭대기에 있었다. 오른쪽 길은 메인랜드 섬에서 가장 규모가 큰 와이즈데일보로 이어지는 낭떠러지였다. 대낮에는 유명한 관광 명소지만 어두운 밤이 되니 다채로운 색채도, 육지와 바다에 쏟아지는 예리한 빛의 대조도 알아볼 수 없었고, 공허하고 흐릿한 풍경만 펼쳐져 있었다. 시커먼 바위들은 낯설고 생명력을 다한 듯 메말라 보였다. 낭떠러지 아래의 바닷가에서 달빛이 반짝거리긴 했어도 우리를 둘러싼 대지는 무섭게만 느껴졌다.

말을 타고 이동하는 동안에 나는 몇 시간 전 우리가 알아낸 사실들이 도대체 무엇을 뜻하는지 생각해보았다. 데이나가 남겨둔 단서들을 통해 우리는 불법으로 보이는 자금 흐름을 찾아냈다. 스티븐 게이어의 사업 계좌로 막대한 금액이 들어갔는데 그 출처는 불분명하며, 트로날 진료소 계좌로 보내진 상당한 금액의 일부가 섬의 주요 인사들에게 분배되었는데 그중에는 내 남편도 있었다. 그 돈은 전부 어디에서 보낸 걸까? 대체 무슨 짓을 해서 그렇게 막대한 금액을 모았을까? 우리가 본 것들을 혹시 잘못 해석했을 가능성은 없을까? 혹시 덩컨과 리처드, 기퍼드는 멀리사와 데이나의 죽음과 무관한 것 아닐까?

팔백 미터쯤 이동했을 때 내가 줄곧 두려워하던 소리가 들렸다. 자동차였다. 찰스의 고삐를 당겨 도롯가에 멈춰 세우자 뒤에서 헬렌도, 아니 헨리도 걸음을 멈추었다. 전방에 불빛이 보였다. 찰스는 안절부절못했고, 나는 고삐를 팽팽하게 당기며 웅얼거렸다. "진정하렴." 그러고서 고개를 돌려 크게 말했다. "말을 진정시켜요." 자동차가 우리 쪽으로 거의 다가왔을 때 갑자기 속도를 줄였다. 운전자는 우리를 보고 브레이크를 밟았지만 차를 멈추지는 않은 채 서쪽으로 제 갈 길을 갔다.

헬렌을 안심시킨 뒤 우리는 다시 출발했다. 곧 우리는 작은 도로로 갈라지는 지점에 이르렀다. 이제 와이즈데일에서 B9075 도로로 이어지는 북쪽 도로를 타고 갈 예정이었다. 빠르게 질주하는 자동차를 마주칠 가능성은 줄었지만, 누가 우리를 목격하거나 말발굽 소리를 들을 가능성은 여전히 남아 있었다. 서둘러 마을을 가로질러야 했기에 나는 말을 총총걸음으로 몰기로 했다. 우선 헬렌의 등자 끈이 충분히 짧은지 확인한 다음 그녀에게 발을 힘주어 딛고 고삐를 단단히 잡으라고 충고했다. 그러고 나서 찰스를 뛰게 했다.

헨리가 우리 옆으로 다가왔다. 나는 옆을 살펴보며 헬렌에게 격려의 미소를 보내려 했다. 말의 속보에 맞춰 헬렌의 몸이 들썩거렸는데, 약간 과장된 몸짓이었고 박자를 몇 번 놓치기도 했다. 어느 정도 몰 수는 있겠는데 점프나 질주는 못 하겠다고 그녀가 말했다. 어쨌든 그녀는 꽤 노련했다.

"어디로 가는 거죠?" 말발굽 소리 때문에 고함을 지르듯이 헬렌이 물었다. 말을 건넬 만큼 여유가 생겨서 다행스러웠다.

"커고드 계곡을 지나 좁은 만이 있는 북쪽으로 가고 있어요." 내가 대답했다. "그곳에 말 두 마리를 키우는 친구가 있어요. 여유가 생길 때까지 그녀의 목장에 말을 맡겨두려고요."

"계속 도로를 따라가는 거예요?" 그러길 바란다는 듯 그녀가 물었다. 와이즈데일 물방앗간을 지나치며 보니 바로 옆 주택에 불이 켜져 있었다.

"아니에요. 도로를 따라 팔백 미터쯤 가서 농장 길로 일 킬로미터를 더 가야 해요. 그러면 넓은 평야가 나올 거예요."

캄캄한 밤중에 평야를 가로질러야 한다는 말에 그녀는 한동안 입을 다물었다.

"전에도 이 길로 온 적이 있어요?"

나는 고개를 끄덕했다. 딱 한 번이었는데, 사실 그 경험은 별로 도움이 되지 않았다. 그땐 낮이었고 건강한 말과 노련한 지역 안내원의 도움을 받았으니까.

"얼마나 남았어요?"

"삼십 분요."

"먹을 걸 챙겨 올걸 그랬어요."

허기가 지기는 나도 마찬가지였다. 언제 식사를 했는지는 생각조차 하고 싶지 않았다. 그런데 한번 떠올리고부터는 생각을 떨쳐내기가 어려웠다. 버스에서 치킨과 마요네즈가 든 샌드위치를 먹은 것이 대략 열두 시간 전이었다. 데이나의 냉장고를 확인하고도 그대로 두었던 것이 후회스럽기만 했다.

앞쪽에 어두운 형체들이 나타났나 싶더니 이곳 풍경에서 낯설기 그지없는 광경이 펼쳐졌다. 나무들이었다. 커고드 농원의 전체 면적은 삼만 제곱미터가 넘는데, 셰틀랜드에서는 유일하게 삼림을 이룬 곳이 바로 여기였다. 내가 본 경우로도 유일했다.

도롯가에서 달가닥거리던 말발굽 소리는 이제 낙엽 때문에 바삭거리는 소리로 바뀌었다. 지난번 말을 타고 이곳을 지날 때, 지역 안내원은 늦은 봄이 되면 삼림지대의 땅바닥이 작고 노란 풀

꽃으로 뒤덮인다고 알려주었다. 나는 꽃을 살펴보려 했지만 구름과 나무에 달빛이 가려서 아무것도 볼 수 없었다. 머리 위에서 푸드득거리고 까악대는 소리에 말들이 놀랐다. 당까마귀들이 하늘에서 빙빙 돌며 잠을 방해한 우리를 질책했다.

농장 길에 접어들 무렵 나는 말의 속도를 늦추었다. 주위에 캐틀 그리드*가 있지 않은지 살펴야 했기 때문이다. 잠깐 뜀박질을 한 덕분에 말들은 안정을 찾았고 걸음도 차분해졌다.

말들은 걸음을 계속 옮겼고, 밤이 깊어지며 우리를 둘러싼 높은 언덕들이 계곡을 가로질러 그림자를 드리웠다. 나는 문득 공포감을 느끼고 스스로에게 진정하라며 혼잣말을 되뇌었다. 말들은 밤중에 이동하는 데 익숙하고, 그러한 습성은 수백 년이 넘게 이어져 왔다고. 찰스와 헨리도 당연히 그렇고, 나 역시 그럴 수 있다고.

몇 분이 더 지나자 헬렌도 다시 이야기를 나눌 수 있을 만큼 긴장이 풀린 것 같았다.

"음, 어떤 부정한 짓을 저지르지 않고는 출처도 불분명한 수백만 파운드의 돈을 벌어들일 방법이 없을 것 같아요. 혹시 짚이는 거라도 있어요?"

헬렌은 과감하게 길에서 눈을 떼고 입을 열었다. "나도 그 점을 생각하고 있었어요. 혹시 아기들을 매매한 건 아닐까요? 해외의

---

◆　가축이 달아나지 못하게 도랑을 파고 그 위에 격자판을 올려놓은 곳.

부유한 부부라든지, 공식적으로 입양이 금지된 국가라든지, 그래서 돈을 주고 아기를 사는 거죠. 우리가 본 자금들은 대부분 미국에서 온 것 같거든요."

나도 같은 생각을 했지만 적어도 트로날 섬에 관해 내가 아는 바에 따르면 그런 가능성은 희박해 보였다. "기록에 따르면, 그곳에서 태어나는 아기는 한 해 평균 여덟 명이에요. 그만큼 벌어들이려면 아기들이 더 많이 태어났어야 해요. 그렇잖아요? 더구나 아기들은 이곳에도 입양되거든요. 그 많은 아기들을 어디서 구했단 말이죠?"

"겨우 여덟 명이라고요? 개인이 소유한 섬의 산부인과에서 일 년에 여덟 명의 아기가 태어난단 말인가요? 그게 납득이 돼요?"

"아뇨." 나 역시 도무지 납득할 수 없는 사실이었다.

우리는 농장 길의 끝에 다다랐다. 농장 건물 몇 채만 더 지나면 넓은 평야가 나올 터였다. 이때 농가의 현관문이 활짝 열리더니 한 남자가 모습을 드러냈다. 키가 작고 상당히 뚱뚱했는데, 나이는 거의 칠십 대에 가까운 듯 보였고, 망사로 된 찢어진 조끼와 헐렁한 회색 운동복 바지를 입고 있었다. 바지가 엉덩이에 겨우 걸친 상태였다. 맨발에, 자다 말고 성급히 뛰쳐나왔는지 안경도 챙기지 못한 듯싶었다. 우리를 제대로 보려고 애를 쓰느라 얼굴을 잔뜩 찡그리고 있었다. 노인이 우리를 노려보며 12구경 산탄총을 겨누고 있다는 사실에도 불구하고 나는 조금도 걱정되지 않았다.

## 30

나는 시골에서 자랐으며, 내 아버지와 오빠들은 지역 사냥꾼이었다. 나 역시 산탄총을 잘 다룰 줄 알고, 근접 거리에서 그 위력이 어느 정도인지도 안다.

긴장이 흘렀다.

헬렌은 오른손을 앞으로 뻗었다. 순간적으로 나는 그녀가 항복 신호를 보내는 거라고 생각했다.

"경찰입니다. 총기를 당장 내려놓으세요." 헬렌은 신분증을 내밀고 있었다. 나도 천천히 재킷 주머니를 더듬어 병원 신분증을 꺼냈다. 그러고서 조깅 바지를 입은 노인이 절대로 신분증의 내용을 알아보지 못하리라 확신하며 신분증을 내밀었다.

노인은 제대로 살펴보지도 않고 산탄총의 총구를 내렸다. "뭔

일이오?"

"야간 순찰입니다. 총을 땅에 내려놓으세요. 지금 당장요. 경찰에게 총을 겨누는 건 심각한 범죄에 해당합니다." 헬렌이 말했다.

나는 입술을 깨물어야 했다. 야간 순찰이라니! 노인은 그 말을 믿은 모양이었다. 그는 무릎을 굽혀 총을 땅바닥에 내려놓았다. 똑바로 일어서는 것도 힘겨워했다.

"내가 지금 경찰에 전화해봐도 되는 거요?" 그가 웅얼거렸다.

"그러세요. 아마 경찰이 진술서에 서명을 받으려고 할 거예요. 그러니 아침까지 기다리는 편이 나을 겁니다. 그리고 총기 면허증도 지참해야 할 거고요. 경찰에서 일련번호를 확인할 테니까요." 헬렌이 말했다

나는 이 여성이 마음에 들었다. 산탄총 면허는 꽤 쉽게 발급받을 수 있지만, 많은 시골 사람들이 그것조차 성가셔한다는 건 흔한 상식이었다.

"우린 계속 순찰을 할 겁니다. 우리 때문에 잠에서 깼다면 미안합니다. 부디 가족분들에게도 사과를 전해주세요. 경사, 출입문 열게."

나는 앞으로 나아가 말에서 뛰어내린 뒤 농장에서 계곡으로 통하는 출입문을 밀어서 열었다. 헬렌은 내게 눈길도 주지 않은 채 문을 통과했다. 나는 문을 닫고서 다시 말에 올라탔다. 총총걸음을 쳐서 그녀를 따라잡고는 우리의 목소리가 들리지 않으리라

는 확신이 들 때까지 묵묵히 전진했다. 뒤를 돌아보니 조깅 바지를 입은 노인은 이미 집안에 들어가 문을 닫은 뒤였다. 다만 2층 창문에서 불빛이 새어 나오고 있었다. 내가 지켜보는 동안에 그 불은 꺼졌다.

"나를 부하 취급하다니 너무했어요."

그녀는 나를 힐끔 쳐다보고 애써 미소를 짓는 것 같았다. "야간 순찰 말이에요, 데이나가 얼마나 좋아했는데요."

말을 맺고는 그녀의 몸이 구부러졌다. 먼저 고개를 푹 숙이더니 어깨를 앞으로 축 늘어뜨리며 헨리의 갈기에 기대기라도 하듯 고꾸라졌다. 헬렌은 몸을 떨며 흐느꼈다. 가장 비통해하는 사람에게서 들을 법한 울음소리가 터져 나왔다. 비명 같기도 하고, 통곡 같기도 한 원초적인 소리였다. 헨리는 반항이라도 하듯 몸부림을 쳤고 헨리보다 훨씬 예민한 찰스는 히힝 소리를 내며 옆으로 뛰기 시작했다. 나는 찰스를 진정시킨 뒤 손을 옆으로 뻗었다. 헬렌이 쥐고 있던 말고삐를 대신 잡아서 헨리의 머리 앞쪽으로 당겼다. 내가 헨리를 이끌면서 계속 걷는 동안 헬렌의 울음소리는 점차 줄어들어 간헐적으로만 들리게 되었다. 이윽고 그녀는 조용해졌다. 뒤를 돌아보니 헬렌은 소매로 얼굴을 닦고 있었다. 십 년은 더 늙은 것 같았다.

"미안해요." 그녀가 웅얼거렸다.

"아뇨, 내가 미안해요. 이런 고생을 시키다니. 당신은 이럴 필요도 없는데 말이죠."

헬렌은 안장에 앉은 채로 몸을 쭉 폈다. "어제 데이나는 살해된 거죠?"

대답을 하기 전에 나는 아주 신중하게 생각했다. 더이상 소녀 탐정 낸시 드루 흉내는 내고 싶지 않았다. 우린 현실의 사건에 직면했을 뿐 아니라 심각한 상황에 처해 있었다. "그래요. 그녀는 살해된 거예요." 내가 대답했다.

"난 이제 괜찮아요. 고삐를 돌려줄래요?"

우리는 몇 분 동안 더 걸었다. 한쪽 편에 고원지대가 나타나더니 검은 하늘을 배경으로 짙은 그림자를 드리웠다. 우리는 셰틀랜드에서 바다와 가장 떨어진 내륙에 접근했다. 사실 거리는 오륙 킬로미터에 불과했지만 골짜기에 들어서자 풍경이 확연히 달랐다. 바다 내음보다는 육지 냄새, 습하고 퀴퀴한 토탄이나 상큼하게 느껴지는 신선한 초목의 냄새가 풍겼다. 바람의 세기도 줄어들어 우리가 긴장을 놓지 않을 정도로만 이따금씩 살랑거릴 뿐이었다.

가끔 구름 뒤에서 달이 모습을 드러내면 유릿조각을 뿌려놓은 듯 지면이 반짝거렸다. 발밑 땅에 박힌 단단한 돌조각들은 달빛 속에서 빛을 내뿜었다.

곧 몇 군데 있는 개울 중 한 곳에 이르렀다. 나는 말을 탄 채로 개울을 가로지르려 했는데, 찰스가 물을 마시려고 고개를 숙였다. 헨리도 따라서 그랬다.

"이 물 마셔도 돼요?" 헬렌이 물었다.

나도 꽤나 갈증이 났다. 앞서 와인을 마셨던 탓에 탈수증상이 나타나는 모양이었다.

"글쎄요, 말들은 그렇게 생각하나 본데요." 말에서 뛰어내리면서 내가 말했다. 헬렌도 나를 따라 말에서 내렸고, 우리 넷은 얼음처럼 차갑고 약간 토탄 맛이 나는 개울물을 마셨다. 헬렌은 얼굴을 씻었다. 나는 머리에 물을 잔뜩 끼얹었다. 그러자 기분이 한결 나아졌다. 물론 허기는 여전했다.

이때 뭔가 우리를 향해 다가오는 것이 언뜻 보였다. 양이라고 하기에는 너무 컸다. 나는 비명을 질렀다. 온몸의 털이 곤두서는 느낌이었다. 어느 순간 헬렌도 내 옆에 다가와 있었다. 잠시 뒤 우리는 둘 다 긴장을 놓았다. 형체 하나가 여럿으로 불어났고, 그들 모두가 우리를 향해 다가오고 있었다. 열 마리 혹은 그 이상의 셰틀랜드 토종 조랑말들이었다. 나는 이 골짜기가 대규모 조랑말 무리의 서식지라는 사실을 잊고 있었다.

말들은 대단히 사회적인 동물이다. 조랑말 무리는 자신들이 모르는 동족 두 마리를 발견하고 인사를 하러 온 모양이었다. 그들은 사람 둘을 보고도 전혀 놀라지 않았다. 특히 겁 없는 두 녀석 가운데 하나가 내 다리를 코로 문지르기 시작했다. 다른 녀석은 헬렌이 몸을 숙여 어루만지는 것까지 허락해주었다.

"그거 알아요? 조랑말이 인기라는 거?" 나는 헨리가 키가 일 미터도 되지 않는 회색의 암컷 조랑말과 얼굴을 부비는 모습을 보면서 말을 꺼냈다.

"무슨 뜻이죠?" 헬렌이 물었다.

"셰틀랜드의 기마경찰 말예요. 이곳 섬에는 도로가 깔리지 않은 지역이 무수히 많고, 토종 조랑말이 수도 적지 않거든요."

"그럴듯한 발상이군요. 조랑말을 타려면 키가 작아야겠는데요." 헬렌도 동의했다.

"신체 규정을 바꿔야겠죠."

"셰틀랜드만의 특별 규정이 필요할지도 모르겠네요. 이곳의 조랑말 숫자가 얼마나 되죠?"

"아무도 모를걸요. 새끼를 많이 낳는 것 같긴 해요. 꽤 많은 조랑말들이 팔리거든요. 애완동물 센터라든지, 시범 농장 같은 곳으로요. 아이들의 승마 훈련을 위해서도요. 인기가 엄청나단 말이죠. 전 세계로 수출할 정도로……." 나는 내가 하는 말의 의미를 깨닫고 말을 멈췄다.

"셰틀랜드의 아기들도 그럴까요?"

"어쩌면요. 다만……."

"대체 그 아기들을 어디서 구했느냐는 거죠?" 헬렌이 거들었다.

나는 고개만 끄덕였다.

잠시 생각하는 듯 인상을 찡그리던 헬렌이 마침내 입을 열었다. "그곳에서 태어나는 아기가 당신이 구한 자료에 나온 숫자보다 더 많다고 가정해보죠. 그리고 스티븐 게이어, 앤디 던, 켄 기퍼드…… 앞서 우리가 살펴본 남자들 모두가……."

"괜찮아요." 내가 끼어들었다. "덩컨과 리처드를 빼지 않아도 돼요."

헬렌은 희미하게 미소를 지었다. "그들 모두 관련이 있고, 그런 방법으로 엄청난 돈을 벌어들였다고 가정한다면, 그 사실을 알게 된 멀리사 게이어가 경찰에 자수하라고 위협했을 수도 있죠. 그거면 그녀를 제거할 충분한 동기가 아닐까요?"

"아마도요."

"그런데 어째서 그녀를 그냥 죽이지 않고 사고로 위장했을까요? 어째서 그녀의 죽음을 조작하고 오랫동안 살려뒀을까요?"

"스티븐 게이어는 그녀가 임신했다는 걸 알았으니까요. 그는 아이를 원했겠죠." 나는 스티븐 게이어가 양자로 소개한 아이가 실은 멀리사가 낳은 아들일 거라던 데이나의 견해를 헬렌에게 들려주었다. 데이나를 언급하자 몸을 약간 움츠리는 것 같았지만 그녀는 내 얘기를 끝까지 다 들었다.

"위험천만한 소행이군요. 그럼 어째서 그녀의 심장을 빼냈을까요? 등에 새겨둔 기이한 표식은요? 대체 왜 시신을 당신 집 벌판에 묻었죠? 그냥 바다에 던져버리지 않고 말이에요."

"포근한 검은 대지에 묻어야 했으니까." 나는 속삭이듯 중얼거렸다. 사실 그녀가 들으라고 한 말도 아니었다.

그녀는 나를 빤히 보았다. "또 트롤족 얘기예요? 지금은 그런 얘길 할 시간이 없어요. 우린 서둘러야 해요."

헬렌은 말의 고삐를 모아 잡고 말등자에 발을 올렸다. 잘못된 방향으로 올라타려 했지만 나는 잠자코 있었다. 헨리가 알아서 하겠지. 이때 헬렌이 동작을 멈췄다.

"말을 잡아줘요?" 내가 넌지시 물었다.

"조용! 들어봐요." 그녀가 급하게 말했다.

나는 귀를 기울였다. 조랑말들이 작게 히힝거리는 소리, 몇 마리가 물을 마시느라 꿀떡이는 소리, 언덕 꼭대기에서 불어오는 바람 소리. 그리고 다른 소음도 들렸다. 나지막하고 일정한 기계적인 소리였다. 자연의 소리와는 달랐다. 소음은 끈질기게 이어지면서 점점 가까워졌다.

"젠장!" 헬렌은 헨리의 머리 앞으로 고삐를 던지고는 말을 끌고 골짜기 가장자리의 가파르게 튀어나온 바위 아래로 향했다.

"어서 와요." 그녀가 고함을 질렀다. 소음은 점점 커졌다. 조랑말들도 이제 그 소리에 귀를 기울였는데 반응이 좋지 않았다. 몇 마리는 빠르게 달려갔다가 다시 돌아오는 식으로 무리를 이탈하기를 반복했다. 헬렌은 이제 바위 근처까지 다가갔다. 뒤이어 나도 그곳에 닿았다. 우리는 바위 가까이에 붙어서서 말들을 곁으로 가까이 당겼다. 말의 머리를 붙잡아 움직이지 않도록 하고서 헬리콥터가 접근할 때까지 기다렸다.

"결국 노인이 경찰에 전화를 걸었군요." 헬리콥터가 아직 몇백 미터나 떨어져 있는데도 나는 속삭이듯 말했다.

"그것보단 당신 차를 발견했을 가능성이 커요. 당신이 말을 키우는 걸 누가 알죠?" 헬렌이 물었다.

나는 생각해보았다. 당연히 덩컨은 말이 사라진 것을 즉시 알겠지만, 그는 현재 섬에 없다. 기퍼드! 기퍼드는 알고 있다. 그리고 앤디 던도. 사실상 셰틀랜드 경찰들 대부분은 알 것 같았다. 리처드도. 그랬다, 내가 말을 키운다는 사실을 모르는 사람은 거의 없을 것 같았다.

이제 헬리콥터는 근처까지 다다라 거대하고 환한 광선 같은 탐조등 불빛을 골짜기 위로 비추고 있었다. 나는 찰스의 고삐를 더 단단히 잡았다. 조랑말들은 무리 속에서 안전을 찾으려 했고 우리를 따라 모두 바위 근처에 다가왔다. 하지만 찰스나 헨리와는 달리 가만히 있지를 못했다. 서로 몸을 밀어내며 북적거렸고 이리저리 날뛰며 최대한 덩치 큰 말의 옆에 붙으려고 몸싸움을 벌였다.

"휘이! 저리 가! 저쪽으로 가라고!" 헬렌이 거세게 말했다. "말 때문에 들키겠어요."

이제 헬리콥터는 우리 머리 꼭대기에 있었다. 기이하고 위협적인 탐조등의 강한 불빛이 우리 주위를 대낮처럼 환하게 밝혔다. 불빛의 바깥쪽은 칠흑처럼 캄캄했고 이상할 만큼 어두웠는데, 잠시 뒤 그 어둠의 장막이 우리를 감쌌다.

헬리콥터는 우리 머리 위를 지나쳤다. 나는 감히 숨을 쉴 용기조차 없어 호흡을 꾹 참았다. 헬리콥터는 북쪽으로 백 미터쯤 가더니 방향을 돌려 다시 우리가 있는 쪽으로 다가왔다.

"우리를 봤나 봐요." 나는 다시 속삭였다. 어쩔 수 없었다. 본능적으로 목소리가 작아졌다.

"뭐든 보긴 했을 거예요. 움직이지 말아요." 헬렌이 말했다.

이번에 헬리콥터는 골짜기 중심이 아니라 서쪽 방향으로 이십 미터쯤 떨어진 곳으로 탐조등을 비추었다. 미세하지만 위치를 약간 조정한 탓에 이번에는 절대 우리를 놓칠 것 같지 않았다.

"처음 소리를 들었을 때 마구를 벗겼어야 했나 봐요. 이런 곳에서 주인 없는 말을 발견해도 아무도 이상하게 생각하지 않았을 텐데. 말들이 없었으면 우린 바위 뒤에 숨을 수 있었을 거예요." 내가 말했다.

헬렌은 고개를 저었다. "저들은 탐지 장비를 갖추고 있어요. 체열을 감지할 수 있다고요. 오히려 조랑말들이 우리를 구해줄지도 몰라요."

조랑말들은 소음보다 불빛이 더 무서운 모양이었다. 불빛이 접근하자 불쑥 튀어나가서 골짜기를 가로질러 안전한 어둠 속으로 흩어졌다. 헬리콥터가 방향을 돌려서 조랑말들을 추적하려는 순간 불빛이 헨리의 꼬리를 비췄다. 무리의 우두머리가 남쪽으로 질주해 가자 조랑말들 대부분이 방향을 바꿔 그를 쫓아갔고, 헬리콥터 조종사 역시 전문가답지 않게 그 뒤를 쫓았다. 그는 겁먹은 작은 짐승들을 더욱 위협했다. 무리가 방향을 틀자 헬리콥터도 방향을 바꿨다. 헬리콥터가 회전하자 불빛의 끝자락이 우리에게 다가왔다. 그때까지 우리 옆에 남아 있던 암컷 조랑말과 망아지도 서로 떨어졌다. 헬리콥터는 다시 선회하며 하늘 높이 올라가더니 북쪽으로 방향을 잡았다. 이번에는 바위 근처로 오지 않고 북쪽으로 계속 날아갔다.

찰스와 헨리는 좀이 쑤시는 모양이었지만 헬렌과 나는 헬리콥터 소리가 사라질 때까지 움직이지 못했다.

"들키지 않다니, 기적 같아요." 마침내 안전하다는 생각이 들었을 때 내가 숨을 뱉으며 말했다.

"동작 감지기와 체열 탐지기가 있었겠지만 조랑말인 줄 알았나 봐요. 정말 다행이에요."

조랑말들도 이제 잠잠해진 채 우리와 멀리 떨어졌다.

"그들이 또 올까요?" 내가 물었다.

헬렌은 고개를 저었다. "모르죠. 아마 상당히 넓은 지역을 수색할 거예요. 서둘러야 해요. 다시 돌아온다면 소리가 들리겠죠."

우리는 말 등에 올라 다시 출발했다. 앞서 몇 분간 긴장했던 탓인지 기력이 소진된 느낌이었다. 찰스에게 방향을 알려주고 앞으로 가라고 재촉하는 것말고는 아무것도 할 수 없었다.

"얼마나 더 가야 하죠?" 헬렌이 물었다.

나는 시계를 보았다. 거의 새벽 3시였다. 헬리콥터 때문에 시간이 지체되었다.

"사십오 분쯤요." 나는 대략 짐작했다.

"어휴, 엉덩이가 뻐근해요."

"내일까지 기다려보세요. 아마 걷지도 못할걸요."

이때 주위의 세상이 바뀌었다.

우리는 지금까지 캄캄한 회색의 어둠 속을 지나왔다. 짙은 청색의 하늘을 배경으로 절벽 꼭대기에는 빈약한 초목의 흔적만 남아 있었다. 미묘한 빛깔이 무수히 변모했지만 실제로 어떤 색깔도 구분하기가 어려웠다.

이제 섬세한 초록 비단의 거대한 장막이 하늘에 펼쳐졌다. 수 킬로미터의 허공에 매달린 장막은 시야의 끝까지 뻗어 그 자체의 빛깔을 반사하고 뿜어내면서 번득거렸고 끊임없이 형체를 바꾸었다. 주변 하늘은 점점 검어졌다. 장막의 형체가 바뀌자 하늘에 비단결 같은 파문이 일어나면서 나무와 바위들에게 더욱 가혹한 빛의 세례를 퍼부었고, 나는 지금껏 꿈도 꿔보지 못한 옅은 초록 색조의 군무를 눈앞에서 보게 되었다.

말들도 멈춰 선 채 그 자리에서 꼼짝도 하지 못했다.

"와, 저게 뭐죠?" 헬렌이 속삭였다.

마치 천국의 창을 활짝 열어젖혀 저 너머의 보석을 인간들에게 구경시켜주려는 듯 북서쪽 하늘에서 펼쳐지는 소리 없는 빛의 향연이었다. 쏟아지는 빛의 광선은 은백색의 초록빛에서 진한 보랏빛으로, 또 상상할 수 있는 가장 따뜻하고 포근하고 붉은 분홍빛으로 바뀌었다. 소녀들이 꿈꾸는 사랑의 빛깔이었고, 나로서는 짐작조차 못 할 따뜻하고 행복한 미래를 약속하는 광경이었다. 믿기지 않을 만큼 풍부하고 무엇보다 섬세해서, 그 빛깔 사이로 별들까지 들여다보였다.

시간과 지리적 위치, 대기 조건이 우연히 일치한 덕분에 우리는 운 좋게도 오로라를 직접 목격한 소수의 특혜받은 사람들에 끼게 되었다.

"북극의 빛이죠." 내가 말했다.

침묵.

"와우!" 헬렌이 탄성을 내뱉었다.

"손에 잡힐 것 같아요."

다시 침묵.

"어떻게, 어떻게 저런 광경이 펼쳐지죠?" 그녀가 물었다.

나는 숨을 깊이 들이쉬며, 장황하고도 극도로 지루한 설명을 늘어놓을 준비를 했다. 태양 광선의 충전된 입자가 산소와 질소 원자와 충돌하고……. 그러다가 문득 생각을 바꾸었다.

"이누이트족은 오로라를 망자의 선물이라고 불러요." 내가 말했다. 그러고는 잠시 뒤 나 자신조차 놀랍게도, 평소 냉소적인 천성과 전혀 어울리지 않는 말을 불쑥 내뱉었다. "데이나가 보낸 건지도 모르겠네요."

헬렌과 나는 번득이며 퍼져나가는 빛깔이 사라질 때까지 십분 동안 그 광경을 지켜보았다. 시간을 꽤 허비하긴 했지만 그건 중요하지 않았다. 우리는 다시 기운을 회복했다.

"고마워." 헬렌이 작게 말했고, 그 말이 나를 향한 것이 아니라는 사실을 알 수 있었다.

3시 30분이 되기 직전에 우리는 보에 있는 내 친구의 말 목장에 도착했다. 마구간은 비어 있었지만 그녀의 말 두 마리가 근처 벌판에서 우리를 살펴보는 것이 보였다. 나는 찰스의 등에서 내려 그의 다친 다리를 손으로 쓰다듬었다. 다리는 괜찮아 보였는데, 그래도 며칠은 쉬게 해주어야 할 것 같았다. 나는 물통을 찾아 말들이 물을 실컷 마시게 해주었고 건초도 한아름 구해 왔다. 그런 다음 마구를 떼어내고 벌판에 풀어주었다. 그러고는 안장과 등자를 마구실로 가져갔다. 열쇠는 내가 예상한 대로 점토 화분 밑에서 찾을 수 있었다.

친구는 마구실을 사무실로도 썼기에 그곳에 전화선이 깔려 있었다. 나는 헬렌에게 전화기를 가리킨 뒤 문을 닫고 곧장 책상 서랍을 향해 갔다. 다행이었다.

자파 케이크는 절반이나 남아 있고, 거의 한 통 그대로 남은 초콜릿 과자에 박하향 폴로 캔디도 세 줄이나 있었다. 넉넉히 나누어 우리는 오 분 만에 허겁지겁 먹어치웠다. 허기를 다소 면하기는 했어도 여전히 피곤하고 예민한 상태로, 우리는 데이나의 노트북 전원을 연결했다.

## 31

친구의 비좁은 책상에는 한 사람이 앉을 자리밖에 없었다. 그래서 헬렌을 의자에 앉게 하고 나는 마구실의 밀짚더미에 앉아 돌로 된 벽에 몸을 기댔다. 이런 불편한 곳에 앉게 될 줄은 예상도 못 했지만, 그래도 당장 눈을 감기만 하면 곯아떨어질 터였다. 나는 안장주머니에서 데이나의 책 『흰옷을 입은 여인』을 꺼냈다. 접혀 있던 A4 용지 몇 장이 책에서 떨어졌다.

헬렌은 책상에서 자판을 두드리다 말고 재채기를 하더니 손에다 가래를 뱉었다. 내가 보고 있는 것을 눈치챈 그녀가 말했다.

"망할 초콜릿 과자에 털이 잔뜩 붙어 있었네요." 그녀는 불만을 털어놓고 다시 자판을 두드렸다.

"개털이라면 다행인데, 말털은 안 좋아요." 내가 중얼거렸다.

"뭐라고요?" 손으로 자판을 누르며 그녀가 물었다.

"식사 시간에 우리 아버지가 늘 하시던 말씀이에요. 난 농장에서 자랐거든요. 말들과 함께요. 우린 음식의 위생에는 별로 신경을 안 썼어요."

"또 털이 나오면 당신에게 넘겨주죠. 뭐하고 있어요?"

"멍하니 자료를 보는 중이에요. 아침이 되기 전에 뭔가 떠오르기를 바라면서요."

"잠을 좀 자요. 원래 당신은 병원에 있어야 하잖아요." 헬렌은 몸을 한쪽으로 기울이더니 또다시 가래를 뱉었는데, 이제는 아까처럼 조심스럽지도 않았다. "젠장, 이건 뭐지?"

"죽기 전까지 진흙을 오백 그램쯤 먹게 되죠."

이제 헬렌은 무릎에 손을 올린 채 나를 향해 몸을 돌렸다. "뭐라고요?"

"또 아버지 말씀이에요. 할아버지에게 들었다고 하셨죠. 월트셔에 전해 내려온 격언이라면서요. 난 어렸을 때 그 말을 문자 그대로 받아들였어요. 정확히 진흙을 오백 그램만큼 먹으면 정말로 죽는 줄 알았죠. 난 겨우 일곱 살이었고 무척 튼튼했는데도 말이에요. 한동안 겁을 먹었죠. 과일도 멍이 들 때까지 닦은 다음에 먹었어요. 한번은 비스킷을 바닥에 떨어뜨려서 표백제로 씻어내려고 했을 정도였다니까요."

헬렌은 나를 빤히 보았다. 나는 자조감을 느끼며 바닥을 내려다보았다. 어이없다는 생각을 했다.

"괜찮은 거예요?" 헬렌은 내가 솔직하게 대답하면 어떻게 대처해야 할지 확신이 없는 듯 망설이며 물었다.

나는 그녀를 쳐다보지 않고 고개만 끄덕였다.

"맘껏 울어도 돼요. 나도 그랬잖아요."

나는 입술을 깨물고 숨을 깊이 들이쉬었다. "멈출 자신이 없어요." 잠시 뒤 내가 말했다. 헬렌은 대꾸하지 않았지만 그녀의 시선을 느낄 수 있었다. 마침내 내가 입을 열었다. "덩컨은 나를 버렸어요. 그에게 다른 여자가 있어요. 차라리 고마워해야 할 것 같은데, 정말 이런 상황에서는……."

헬렌은 내게 다가오려는 듯 의자에서 몸을 일으켰다.

"헬리콥터는 언제 부르죠?" 내가 물었다.

헬렌은 잠시 말이 없다가 다시 의자에 앉았다. "한 시간쯤 뒤에요. 금방이에요."

나는 손에 들고 있는 자료에 집중하려고 애를 썼다. 일 분 혹은 이 분이 지나자, 눈물을 참아내고 자료를 볼 수 있었다.

데이나가 수사를 처음 시작했을 때, 나는 섬에서의 출산에 관한 자료를 출력해 그녀에게 주었다. 데이나는 자료를 컴퓨터에 모두 입력해두었지만 내가 준 자료도 따로 보관해두었고, 나는 이제 그 자료를 들여다보는 중이었다. 그녀는 몇몇 항목을 분홍색 형광펜으로 표시해두었다. 형광펜 표시가 된 것은 네 항목으로 모두

2005년 3월에서 8월 사이 트로날 섬에서 출생한 건수들이었다. 나 또한 몇 시간 전에 그녀와 똑같은 식으로 조사를 했었다.

또다시 나는 KT라는 이니셜을 발견했다. 모두 일곱 개였다. 기퍼드는 그것이 뭔가의 약자라고 했다. 켈로이드 트라우마? 기퍼드는 나름 그럴듯하게 그것이 산모에게 나타난 증상을 뜻한다고 설명했지만, 나는 한 번도 그런 용어를 접한 적이 없었다. KT 표시가 된 건들에 다른 공통점이 있는지 궁금해서 출산 시기를 확인했는데 아무런 특이점을 찾지 못했다. 그 표시는 육 개월 사이의 자료에 거의 고르게 퍼져 있었다. 나는 다시 장소를 확인했다. 세 건은 프랭클린 스톤 병원에서 출산한 건이고, 다른 하나는 러윅, 하나는 옐, 하나는 브리세이, 나머지 하나는 파파스투어였다. 아기의 체중은 다양했지만 모두 정상 범위 내에서 약간 무거운 편에 속했다. 두 건은 제왕절개를 거쳤고 나머지는 정상 분만이었다. 그렇게 태어난 아기들은 모두 남자였다. 다시 확인해보았다. 아기들 가운데 여자는 없었다. '남성 종족'이라는 말이 떠올랐다.

결국 깨달았다. 나는 볏짚더미에 몸을 고정시키고 재킷을 끌어올려 몸을 감쌌다. 눈을 감자마자 의식이 사라졌다.


"토라."

깨어나기 싫었다. 하지만 깨어나야 했다.

"토라!" 더 단호한 목소리였다. 등교를 재촉하는 엄마 같은 목소리. 일어나야만 한다. 나는 억지로 몸을 일으켰다.

헬렌이 나를 내려다보고 있었다. 마구실의 문이 열려 바깥에서 빛이 들어왔다. 헬렌은 가방 두 개를 모두 꾸려서 양어깨에 하나씩 멘 상태였다.

"출발해야 해요. 1.5킬로미터 정도인데 걸을 수 있겠어요?" 그녀가 물었다.

나는 일어섰다. 입을 여는 것조차 너무 힘겨워서 대답은 생략했다. 물을 약간 마시고, 친구에게 남길 메모를 휘갈겨 쓴 다음 햇빛 속으로 걸어나갔다. 헬렌이 내 뒤에서 문을 잠그고 열쇠를 원래 위치에 숨겼다. 나는 찰스와 헨리가 풀을 뜯는 쪽을 쳐다보았다. 마치 자식을 남겨두고 떠나는 듯한 기분이었다. 헬렌이 목장 출입문으로 걸어나갔고, 나도 그 뒤를 따랐다. 그녀는 나를 위해 문을 잡아주었다.

우리는 보의 작은 마을로 향하는 도로를 따라 걷기 시작했다. 어깻죽지가 칼이 꽂힌 듯 욱신거리고 다리도 후들거렸다. 머리도 띵했는데, 이번에는 공포가 아니라 피로와 허기 때문이었다. 나는 공포에 빠질 기운조차 없었다.

"어디로 가는 거죠?" 내가 물었다. 시계를 확인하니 아침 5시 30분이었다.

"마을 술집요. 그곳에 주차장이 있어요. 헬리콥터가 거기 내릴 거예요."

지금까지 겪은 모든 일들에도 불구하고, 감격스러웠다. 헬렌은 나와 함께 이곳에서 탈출할 계획이다. 나는 안전해질 것이다. 쉴 수도 있을 것이다. 우리가 힘을 합쳐 사건을 해결할 수도 있을 것이다. 혹은 나 아닌 다른 누군가에게 해결을 맡기게 될지도 몰랐다. 이제 어떻게 되든 나와 상관없다는 생각도 들었다.

술집까지 아직 사백 미터가 더 남았을 때 헬리콥터 소리가 들렸다. 나는 당장 뛰어가서 숨고 싶은 충동을 억눌러야 했다.

"헬렌, 만약 우리 편이 아니면 어떡하죠? 그들이 보낸 헬기라면? 당신의 전화를 엿들었다면요?"

"진정해요. 그런 기술이 영화에만 나오는 건 아니겠지만 이런 곳에선 해당되지 않을 거예요."

헬리콥터의 소음은 더욱 커졌다. 헬렌은 내 팔을 잡아 주차장이 있는 곳으로 길을 건너도록 이끌었다. 이제 헬리콥터는 우리 머리 위에서 주위를 빙빙 돌았다.

나는 주변을 살폈다. 아무도 보이지 않았지만, 헬리콥터 소음이 사람들의 주의를 끄는 것도 시간문제였다. 어쩌면 누가 경찰에 전화를 걸 수도 있다. 그러면 경찰이 확인을 하러 올 것이다.

헬리콥터는 서서히 고도를 낮추었다. 주차장을 여전히 빙글빙글 돌았고, 한 번 선회할 때마다 지상에 조금씩 더 가까워졌다. 거리에는 배송 트럭 한 대가 서 있었다. 개 두 마리를 데리고 산책하던 어떤 여자가 다가왔다. 개들이 짖기 시작했지만, 개 주인은 개들을 데려가기는커녕 이른 아침의 햇빛에 눈을 가린 채 멈춰 서서 지켜보았다.

헬리콥터는, 병원에서 응급 상황이 발생했을 때 섬을 순회하며 이용하던 헬기와는 달랐다. 크기도 작고 검은색과 노란색이 섞여 있었다. 이제 헬리콥터는 우리 머리 위로 십오 미터 높이까지 다가왔고, 헬기 날개가 일으키는 바람 때문에 내 머리는 사방으로 휘날렸다. 헬렌은 머리를 땋아서 아무렇지도 않았다. 이제 다른 자동차 한 대가 멈춰 서더니 남자 두 명이 내려서 구경했다. 그중 한 명은 휴대전화로 통화를 했다.

서둘러야 해.

마침내 헬기가 착륙했다. 조종사가 헬렌에게 손짓을 하자 그녀는 내 팔을 끌어 헬기에 다가갔다. 헬렌이 문을 열어주어서 나는 뒷좌석에 올라탔고, 그녀도 헬기에 오른 뒤 문을 닫았다. 우리가 안전벨트를 매기도 전에 이미 헬기는 공중에 떠올라 있었다.

헬렌이 조종사에게 뭐라고 고함을 질렀지만 나는 알아들을 수 없었다. 조종사 역시 고함을 질렀으며, 헬기는 이내 한 바퀴 빙글 돌았다. 우리는 남쪽을 향해, 셰틀랜드 위를 날았다. 나로선 정말이지 섬에만 착륙하지 않는다면 어디로 가든 상관없을 것 같았다.

헬렌이 미소를 지으며 내 손을 두드렸다. 그러고는 눈썹을 치켜세우며 '아무 이상 없죠?'라고 말하듯 고개를 까닥했다. 말을 해도 알아들을 수 없는 상황이라 나는 고개만 끄덕였다. 그녀는 좌석에 몸을 기대고 눈을 감았다.

헬리콥터가 빠르게 남쪽으로 향하면서 기체가 흔들렸다. 헬렌과 나는 헤드폰을 받지 못했는데, 엔진 소리가 지나칠 만큼 시끄러웠다. 토할 것 같은 느낌이 들어서 멀미 봉투가 있는지 찾아보았다. 입안에 침이 고였고, 나는 눈을 감았다.

헬렌은 알려주지 않았지만 나는 우리가 던디로 가리라 짐작했다. 그녀의 본거지로. 그녀의 관할구역에서라면 가능한 한 모든 자원을 최대로 활용할 수 있을 테니까. 설사 앤디 던과 그의 무리가 오더라도 나를 더욱 확실히 보호해줄 수 있을 테니까.

시간이 조금 지나자 멀미 증상이 사라져 나는 다시 눈을 떴다. 다시 십 분, 십오 분이 지났을 때는 스쳐 지나가는 해안선을 구경할 만큼 상태가 나아졌다. 이른 아침의 햇살 속에서 바다가 반짝거렸고 하얀 포말은 은빛으로 변했다.

내가 덩컨을 맨 처음 보게 된 곳도 바닷가였다. 그는 서핑을 마친 뒤 한쪽 팔에 보드를 낀 채 물가로 걸어오는 중이었다. 검은 머리카락이 물에 젖어 번들거렸고, 그의 눈동자는 하늘보다 더 파랬다. 나는 감히 다가가지 못한 채 그저 그를 나와는 다른 별에 사는 종족일 거라고만 여겼는데, 나중에 밤이 되자 그가 나를 찾아냈다. 세상에서 가장 운 좋은 여자가 된 기분이었다. 그런데 지금은 이게 무슨 꼴이란 말인가? 정말로 내가 대답하고 싶지 않은 질문 열 개쯤이 머릿속을 떠나지 않았다. 덩컨이 사건에 얼마나 깊이 관여했을까? 그는 멀리사를 이미 알고 있었을까? 애초에 벌판을 감시할 목적으로 집을 구매한 건 아닐까? 언덕에서 익명의 무덤이 발견되는 성가신 일을 피하려고 그랬을까? 나는 도저히 믿을 수 없었고, 믿기도 싫은데……

잠시 후 던디가 가까워지면서, 나는 헬기가 고도를 낮출 때 생기는 울렁거림과 귀청을 찢는 소음에 대비하기 시작했다. 그런데 조종사는 헬기를 오른쪽으로 예리하게 꺾으며 서쪽으로 향했다. 우리는 던디에서 멀어지며 더 높이 올라갔다. 일 분 뒤 창밖을 내다보고서야 나는 그 이유를 알았다. 그램피언 산맥이 우리 밑에 있었다.

이미 이야기했을지 모르지만, 나는 스코틀랜드를 썩 좋아하는 편이 아니고, 특히 북동부 지역은 더욱 그랬다. 하지만 단언컨대 지구상에서 스코틀랜드 고지대보다 아름다운 곳은 아직 보지 못했다. 나는 우리의 발아래에 늘어선 산맥을 내려다보았다. 어떤 봉우리는 눈으로 덮여 있고 어떤 곳은 헤더가 무성했다. 반짝이는 청록색의 호수와 너무나 깊고 울창해서 용이라도 튀어나올 것 같은 숲도 보였다. 나는 기분이 좋아지기 시작했다. 어깻죽지의 통증도 약간 쑤시는 정도에 그쳤고, 이제는 손도 떨리지 않았다. 다시 바다가 보일 즈음 헬리콥터는 마침내 하강하기 시작했다.

헬렌이 눈을 떴을 때 우리는 지상에서 육 미터가량 떨어져 있었다. 헬기는 축구 경기장에 내렸다. 오십 미터 저쪽에 파란색과 흰색이 섞인 경찰차가 보였다. 나는 심장이 두근거렸지만, 헬렌은 눈 하나 깜빡하지 않았다. 그녀는 경찰에게 뭐라고 고함을 지르며 헬기에서 뛰어내렸다. 나도 그녀를 따라 헬기에서 내렸고, 우리는 경찰차를 향해 뛰었다. 운전석에 앉은 경찰이 시동을 켰다.

"반가워, 나이절."

"안녕하십니까, 반장님? 어디로 먼저 가시겠습니까?"

"부두로 가줘."

우리는 회색 벽돌로 지어진, 어딘가 낮이 익은 작은 마을을 지나갔다. 부두에 도착해서야 나는 이곳이 어디인지 깨달았다. 서너 해 전 덩컨과 함께 하일랜드의 위스키 증류소를 둘러보는 소형 크루즈 투어에 참여한 적이 있었다. 일주일 일정의 유람 여행 출발점이었던 이곳에서 술에 취해 황홀한 밤을 보냈던 일이 떠올랐다. 그때가 먼 옛날처럼 느껴졌다.

헬렌이 운전대를 잡은 경찰에게 방향을 일러주었고, 우리는 항구 앞쪽 길을 따라가다가 부두에서 조금 떨어진 곳에서 멈췄다. 나는 이유를 알 수 없었다. 경찰차에서 내리자 헬렌은 바닷가 마을 앞쪽에 줄지어 서 있는 작은 가판으로 나를 안내했다.

"해산물 좋아해요?" 그녀가 물었다.

"아침 식사로 즐기는 편은 아니에요."

"실망하지 않을 거예요. 해산물 좋아해요?"

"그럴걸요." 무엇으로든 뱃속을 적당히 채울 수만 있다면 적어도 멀미는 사라질 거라 생각하며 대답했다.

헬렌은 바다가 내려다보이는 벤치를 가리켰고, 나는 거기 앉았다. 햇볕에 말라버린 해초류와 전날 수확물의 찌꺼기에서 시큼하고 썩은 냄새가 풍겼다. 한편 다른 신선한 냄새도 나는 것 같았다. 헬렌은 내 옆에 앉으면서 큼직한 마분지 잔에 담긴 커피와 흰 종이 냅킨, 기름이 밴 종이봉투를 건넸다.

"로브스터 샌드위치예요. 오늘 아침에 잡아온 신선한 놈이에요." 그녀가 자랑스럽게 말했다.

아주 훌륭한 아침 식사였다. 쓰고 진한 커피는 약 같은 효능을 발휘했다. 갓 구워 짭짤하고 따뜻한 버터에 적신 희고 부드러운 빵이 내 입술을 고운 가루로 뒤덮었다. 또 푸짐하고 고소한 로브스터는 한입 베어 물 때마다 그 자체로 진수성찬을 맛보는 느낌이었다. 헬렌과 나는 경쟁이라도 하듯 음식을 먹어치웠고, 간발의 차로 내가 이겼다.

하늘에 태양이 떠오르고 바다가 은빛에서 풍부하고 진한 청색으로 바뀔 때 이곳에 앉아 커피를 마시며 머물 수만 있다면, 그 무엇을 내주어도 아깝지 않을 것 같았다. 조류가 밀려가고 고깃배들이 들어오는 것이 보였다. 하지만 시간은 우리를 재촉했다. 세상은 깨어나고 있었고, 헬렌이 오번으로 나를 데려온 것은 단지 끼니를 때우기 위해서만이 아닐 것이다.

내 생각을 꿰뚫어 본 듯 그녀는 시계를 들여다보고 말을 건넸다. "7시 45분이군요. 가정방문을 하기에 너무 이른 시각은 아니죠?" 헬렌은 일어나 옷을 털고 내게 손을 내밀었다.

차로 돌아와서 그녀는 내게 고개를 돌렸다. "자, 잘 들어요. 우린 일 분 안에 목적지에 도착할 거예요. 지난밤 당신이 잠들었을 때 난 게이어-카터-고의 은행 계좌를 다시 살펴봤어요. 혹시 다른 특이점이 없는지 조사했죠. 그들의 고객 계좌는 전부 여섯 개예요. 당신 남편의 회사, 당신이 일하던 병원, 그리고 트로날 섬에 참조 표시가 달려 있었죠. 그런데 다른 곳에는 데이나가 어디에도 표시를 남기지 않았어요. 결국 우리가 실러 드릴링에서 오갔을 것으로 추정되는 금액 전체를 비교해 알아볼 방법은 없어요. 무슨 말인지 알겠어요?"

"네, 지금까지는요." 우리는 항구를 떠나 오번의 주택가를 통과했다. 운전수 나이절은 거리 지도를 확인하느라 차를 세웠다.

"아무것도 찾아내지 못한 건 아니에요. 지난밤에 찾은 것보다 더 많은 것을 파헤쳐야 한다는 사실만큼은 알아냈죠."

"알겠어요." 우리는 다시 움직였다.

"그러다가 상업 계좌에 나온 거래 내역을 살피게 되었어요. 역시 특별한 건 없었어요. 수표와 현금이 거의 매일 입금되었지만, 출처에 대해서는 구체적으로 알 수 없었거든요. 그걸 알아내기 위해서는 그들의 장부를 조사해봐야 하죠. 매달 상당한 액수가 빠져나가기도 하고, 다양한 공공 기관으로 자동이체되는 금액도 있거든요. 그리고 몇몇 고객 계좌에 변호 수수료로 입금되는 돈도 있고요."

"모두 예상을 벗어나지 않는다는 말이군요?" 차의 속도가 줄어들었다. 우리는 막다른 골목으로 들어왔다. 신축 단독주택이 서 있는 곳이었다. 나이절이 차창 밖의 집 주소를 확인했다.

"맞아요. 그런데 게이어-카터-고의 오번 계좌를 살펴보다가 특이한 점을 발견했어요. 내가 마지막까지 살펴본 게 그거예요."

"도착했습니다, 반장님. 14번지예요." 나이절이 말했다.

"고마워, 잠시만 기다려줘." 헬렌이 말했다. "오번의 상업 계좌에서 캐시 모턴 신탁이라는 곳으로 금액을 지불한 경우가 세 건 있어요. 처음에는 금액의 규모를 눈여겨보았죠. 모두 합쳐서 50만 파운드였거든요. 그 돈은 고객 계좌가 아니었어요. 잘 들어요, 게이어-카터-고의 자체 자금이었던 거예요. 그리고 또 내 시선을 끈점이 있었는데, 바로 돈을 보낸 시기였어요."

헬렌의 어깨 너머로 커튼이 움직이는 것이 보였다. 14번지의 1층 창문에서 조그만 얼굴이 우리를 지켜보고 있었다.

"지급 시기는 2004년 9월과 10월이었어요. 그중 두 번째 건은 2004년 10월 16일에 지급되었고요."

나는 아무 말도 하지 않고 그녀를 마주보며 결론을 기다렸다. 헬렌은 실망한 표정이었다. 내가 뭔가를 놓친 모양이었다. "난 그래서 인터넷에 접속해 전국 경찰 기록부를 조회했어요. 오번에는 캐시 모턴에 관한 기록이 하나뿐인데, 이곳이 그녀의 마지막 주소로 나와 있었어요. 가죠, 저들도 우릴 봤을 거예요. 나이절도 함께 가지. 수첩을 챙기도록 해."

우리는 차에서 내려 차량 진입로를 따라 현관으로 걸어갔다. 헬렌이 노크를 했다. 재깍 문이 열리더니 삼십 대 후반으로 보이는 남자가 나타났다. 다림질하지 않은 정장에 파란 셔츠의 목단추도 채우지 않은 모습이었다. 스파이더맨 잠옷을 입은 꼬마 남자아이가 문틈 부근에서 우리를 빤히 보았다.

헬렌은 배지를 내보이고 나이절과 나를 소개했다. 남자는 우리 모두를 노려보았다.

"마크 솔터 씨죠?" 헬렌이 물었다.

남자는 고개를 까닥했다.

"당신과 아내분과 얘길 나눴으면 합니다. 들어가도 될까요?"

솔터는 비켜주지 않았다. "아내는 자고 있어요." 그가 말했다. 다른 아이, 이번에는 여자아이가 자기 오빠 옆에 와서 섰다. 아이들은 호기심이 가득한 눈으로 당돌하게 우리를 쳐다보았다.

"아내분을 불러주시면 좋겠군요." 헬렌이 앞으로 나서며 말했다. 솔터는 선택해야 했다. 뒤로 물러서든지, 아니면 고위 경찰에 맞서서 기 싸움을 벌이든지. 결국 그는 현명한 판단을 내렸고 우리는 집안으로 들어갔다.

솔터는 아내를 깨워야 한다고 중얼거리며 위층으로 사라졌다.

우리는 거실에 들어섰다. 텔레비전에서 어린이 프로그램이 나오고 있었다. 일곱 살과 세 살쯤 된 두 아이는 우리한테서 눈을 떼지 못했다.

"안녕! 네가 제이미구나." 헬렌이 남자아이에게 말을 걸었다. 아이는 대답을 하지 않았다. 헬렌은 여자아이도 불러보았다. "안녕, 커스티."

도자기처럼 매끄러운 피부와 주황색 머리카락을 지닌 작고 귀여운 커스티는 돌아서서 거실 밖으로 뛰어나갔다. 마크 솔터와 그의 아내가 계단을 내려오는 소리가 들렸다. 아이들의 엄마는 운동복 바지에 구겨진 티셔츠 차림이었는데, 급하게 옷을 차려입은 게 분명했다. 생후 사 주쯤 되어 보이는 조그만 아기를 한쪽 어깨에 안고 있었다.

"전 캐럴라인 솔터예요." 여자가 인사를 건네는 동안 커스티는 엄마의 다리에 매달렸다.

"난 일이 있어서 십오 분 후에 나가봐야 합니다." 마크 솔터가 말했다.

"경찰과 면담을 하느라 늦었다고 하면 충분한 변명이 되겠죠." 헬렌이 말했다. 그녀는 아이들을 힐끔 쳐다봤다가 캐럴라인 솔터에게 고개를 돌려 작게 말했다. "언니분에 관해서 얘길 나눴으면 해요."

여자는 팔을 내려 다리에 매달린 커스티를 단호하게 떼어냈다.

그러고는 남자아이를 불렀는데 그 목소리도 단호했다. "이리 와, 아침 먹어야지." 그녀가 남편을 바라보자 그는 아이들을 데리고 나가면서 텔레비전을 끄고 거실 문도 닫아주었다.

캐럴라인은 아기를 똑바로 안고 손으로 더 단단히 감쌌다.

"언니는 죽었어요." 소파 한쪽에 앉으면서 그녀가 말했다.

헬렌은 알고 있다는 듯 고개를 끄덕였다. "알아요, 정말 유감스럽게 생각합니다." 그녀는 우리 뒤쪽의 소파를 둘러보며 팔을 들어서 앉아도 되겠느냐는 시늉을 했다. 여자가 고개를 끄덕여 헬렌과 나는 소파에 앉았다. 나이절은 창가의 의자에 앉았다. 수첩은 안 가지고 온 것 같았다.

"아이들은 어떤가요?" 헬렌이 물었다.

여자의 표정은 약간 누그러진 것 같았다. "괜찮아요. 아직은 힘들 때지만요. 제이미는 특히 힘들 거예요. 커스티는 엄마를 거의 기억하지 못하고요."

헬렌은 아기를 가리켰다. "이 아기는 직접 낳으셨고요?" 그녀가 물었다.

캐럴라인은 고개를 끄덕였다.

"아기가 아주 예쁘군요." 헬렌이 말했다. 잠시 뒤 그녀는 나를 쳐다보았다. "여기 미스 해밀턴은 산부인과 의사예요. 이런 예쁜 아기들을 세상에 꺼내놓는 게 주된 일이죠."

캐럴라인은 의자에서 몸을 똑바로 세웠다. 피곤해 보이던 표정은 사라지고 약간의 호기심이 어린 얼굴이었다.

나는 일부러 미소를 지으며 물었다. "몸 상태는 어떠신가요?"

그녀는 어깨를 으쓱했다. "괜찮은 것 같아요. 힘들긴 하지만요. 아이들을 돌보는 건 익숙하지만, 갓난아기를 돌보는 건 전혀 새로운 경험이라서 말이죠."

"자세하게 말씀해보세요." 나는 슬며시 궁금증이 생겨났다.

문이 열리더니 마크 솔터가 거실에 들어와 아내 옆에 앉았다. 내 옆에서 헬렌은 몸을 꼿꼿이 세웠다. 여자들끼리 공감을 주고받던 시간은 끝나버렸다.

"언니분은 언제부터 병을 앓으셨죠?" 헬렌이 물었다. 창가에서 나이절이 뭔가를 빠르게 적기 시작했다. 캐럴라인은 남편을 쳐다보았는데 그는 생각에 잠긴 것 같았다.

"오 년 전에 유방암 제거 수술을 받았어요. 크리스마스 때였죠. 제이미가 아장아장 걸을 때쯤. 그리고 한동안은 괜찮았고요."

"그런데 암이 재발했군요?"

마크 솔터가 고개를 끄덕였다. "대개 그렇지 않은가요?"

"정확히 언제였죠?"

"2004년 초였어요." 캐럴라인이 말을 받았다. "언니는 커스티를 임신한 상태여서 약물요법을 받을 수 없었어요. 커스티가 태어날 무렵에는 암이 너무 광범위하게 퍼진 상태였고요."

"수술을 받을 순 없었나요?" 내가 물었다.

캐럴라인의 눈가가 촉촉해졌다. "시도는 했었죠. 수술실에 들어 갔지만 수술을 하지 못했어요." 환부를 열어보고 닫은 모양이었 다. "약물요법과 방사선치료도 받았는데, 나중에는 진통제밖에 쓸 수 없었죠."

"이곳에서 언니와 함께 사셨나요?" 헬렌이 물었다.

캐럴라인은 고개를 끄덕였다. "캐시 언니는 아이들을 돌보지 못 했어요. 끝에 가서는 아무것도 할 수 없었고요. 고통이 너무 심해 서……."

캐럴라인이 울음을 터뜨리자 놀란 아기가 보채기 시작했다. 마 크 솔터는 성난 남편의 역할을 수행할 기회를 잡았다.

"대단하십니다! 왜 지금 우리가 그런 질문을 받아야 하는지 모 르겠군요. 이제 충분하지 않나요?" 연기를 썩 잘하는 편은 못되었 다. 화가 났다기보다 겁이 난 것처럼 보였다.

"아직 안 끝났어요." 헬렌이 말했다. 그녀는 전혀 흔들리지 않았 다. "캐시 모턴 신탁에 대해 궁금한 게 있어요. 두 분이 피신탁자 시죠?"

마크가 고개를 끄덕였다. "그래요, 우리 둘과 우리 사무 변호사 까지요."

"게이어 씨가 맞죠?"

"그래요, 맞습니다. 이 일에 대해 지금 그에게 전화해도 되겠습 니까?"

"당장 그와 연락이 될 것 같진 않군요. 캐시가 스티븐 게이어를 만난 건 언제였죠?"

남편과 아내는 서로 마주보았다.

"왜 그런 질문을 하시는지 이유를 알고 싶군요." 남자가 말을 꺼냈다.

"솔터 씨, 이미 아실 것 같은데요. 당신의 처형인 캐시가 게이어 씨에게 받은 돈 때문이에요."

"그건 우리 돈이 아니에요. 우린 그 돈을 한 푼도 쓰지 않았어요. 아이들을 위해 남겨뒀어요." 캐럴라인이 말했다.

마크 솔터가 일어섰다. 그의 뒤에서 나이절도 일어섰다.

"더 할 얘기 없습니다. 부탁인데, 이제 나가주셨으면 좋겠습니다."

헬렌도 일어섰다. 이제 나가려는 줄 알고 나도 일어섰다.

"솔터 씨, 지금으로선 당신과 아내분이 어떤 범행을 저질렀다고 의심할 근거는 없어요. 그렇지만 두 분이 협조하지 않으면 공무 집행 방해로 체포할 수도 있다는 점을 명심하세요."

잠시 침묵이 흘렀다. 헬렌은 다시 앉았다. 약간 머저리 같은 기분이긴 했지만 나도 앉았다. 솔터도 잠시 머뭇거리다가 놀란 아내 옆에 다시 앉았다. 아기는 이제 심하게 찡얼거렸다. 캐럴라인은 셔츠 밑으로 손을 넣어 커다란 젖가슴을 꺼냈다. 그녀가 아기를 눕히자 아기는 크고 갈라진 젖꼭지를 빨아대기 시작했다.

솔터는 성난 표정으로 아내를 쳐다보며 말을 내뱉었다. "당신이 얘기해. 그 자리에 있었던 건 당신이니까."

아기를 내려다보는 캐럴라인의 입술이 떨리기 시작했다.

"캐시가 유언장을 남겼나요?" 헬렌이 물었다.

캐럴라인은 젖을 빠는 아기를 여전히 내려다보면서 고개를 끄덕했다. "유월에요. 이미 그때부터 자신이 오래 살지 못하리란 걸 알았어요."

"스티븐 게이어가 유언장을 대신 작성했겠군요?"

"맞아요. 언니는 그를 일 년 전쯤 만났어요. 살던 집을 팔 때요. 그는 본래 오번 사람이 아니었는데, 그래도 언니의 대리인을 맡아줬어요. 그 무렵에 잠시 사귄 모양이에요. 언니가 건강할 때였죠. 그러니까, 그가 이 주 정도 출장을 와서 시내에 머물 때 함께 저녁을 먹는다든지 했던 거죠. 언니가 많은 얘기는 안 해줬어요. 그가…… 음……."

"그는 유부남이었죠." 헬렌이 대신 말했다.

캐럴라인은 얼른 고개를 들었다. 마치 자신이 유부남과 사귀기라도 한 듯 자책하는 표정이었다. 그녀는 고개를 끄덕였다.

"그래서 어떻게 되었죠?"

캐럴라인은 다시 고개를 숙였다. 아기는 이제 젖을 다 먹고 잠들어 있었다. 맙소사, 기운이 다 빠질 지경이었다. 나는 꾸물대지 말고 아는 사실을 전부 털어놓으라고 고함이라도 치고 싶었다.

"2004년 9월에 무슨 일이 있었죠? 그가 그녀를 만나러 왔죠, 아닌가요?"

"언니는 무척 아팠어요. 항상 침대에 누워 있었죠." 캐럴라인은 남편을 쳐다보았는데, 그 표정에서 애정은 거의 느껴지지 않았다. "언니를 호스피스에 보내는 게 좋겠다고 한 건 이 사람이에요."

마크 솔터의 표정이 굳었다. "아이들 때문입니다. 엄마가 그런 상태인 걸 봐서 좋을 게 없으니까요."

"어느 날 그들이 찾아왔어요. 언니를 보게 해달라고 했죠. 언니가 아픈 줄 알지만 중요한 용건이라면서요."

"그들이라고요?" 헬렌이 물었다.

"스티븐 게이어와 다른 남자 한 명요. 말투가 의사인 것 같았는데."

"이름이 뭐였죠?" 헬렌이 재차 물었고, 나는 심장이 두근거렸다.

캐럴라인은 고개를 저었다. "이름은 못 들었어요."

"외모는요?" 내가 물었다. 헬렌이 '나한테 맡겨두지그래요?'라는 표정으로 나를 쏘아보았다.

캐럴라인은 나를 보며 말했다. "키가 컸어요. 아주 컸죠. 어깨가 넓고 금발이었어요. 그리고 또······."

"됐어요." 헬렌이 끼어들었다. "그건 나중에 얘기하죠. 그래서, 무슨 일이 있었는지 말해보세요."

"내가 그들을 언니에게 데려갔어요. 언니는 누구와도 얘길 나누기가 힘들었는데, 그래서 무척 애를 먹었죠."

"무슨 얘길 했죠?"

"그들은 제안을 했습니다. 처형은 결정했고요. 우린 그럴 필요 없다고, 아이들은 우리가 맡겠다고 했어요." 마크 솔터가 말했다.

이런, 대체 헬렌은 언제까지 이렇게 인내심을 발휘하려는 거지?

"어떤 제안이죠?"

"새로운 항암제를 시험하는 데 처형을 참여시키겠다고 했습니다. 그러려면 시험을 진행하는 셰틀랜드의 병원으로 데려가야 한다고 했고요. 그들 말로는 약물로 암이 반드시 치유된다는 보장은 없지만, 말기 단계의 암을 치료하기 위해 개발된 약물이기 때문에 가능성은 있다고 했어요."

"대가는요?"

"보답으로 제약 회사에서 아이들을 위한 신탁을 개설해주기로 했습니다. 순수한 호의라면서요. 그 돈은 온전하게 관리되고 있어요. 매달 제이미의 교복 구입비나 커스티의 보육비 같은 것들로 쓰이고요. 우린 전혀 손을 안 댔습니다."

나는 거실 안을 둘러보았다. 깨끗한 가죽 소파와 스테레오 장비, 대형 텔레비전까지. 진입로에 서 있던 새 자동차도 떠올랐다.

"캐시가 제안을 받아들였나요?"

"억지로 한 건 아니었습니다." 마크가 우기듯이 말했다.

캐럴라인이 말을 받았다. "그랬어요. 언니는 동의했어요. 언니는 아이들, 아이들의 장래를 가장 걱정했어요. 우리말고는 돌봐줄 사람도 없고, 또 우리 형편이 그다지 넉넉하지 않다는 것도 알았거든요. 아이들을 위해서라면 그 방법이 유일하다고 생각했어요."

"무슨 말씀인지 알겠습니다. 그때시 그다음에는 무슨 일이 있었나요?" 헬렌이 물었다.

"스티븐 게이어는 남편과 나를 피신탁인으로 지정해 신탁을 개설했어요. 우린 그다음 날 서류에 서명을 했고, 첫 납입금이 지불되었어요. 그러고서 이틀 뒤에 그들이 찾아왔죠."

"누가요?"

"그 의사 같은 남자요. 구급차를 타고 왔어요. 간호사 한 명도 같이 왔고요. 언니를 헬리콥터로 이송한다고 했어요. 우선 언니가 그곳에서 안정되면 우리가 면회를 할 수도 있다고요."

"언니분을 다시 만난 건 언제죠?"

캐럴라인은 고개를 저었다. "그러지 못했어요. 겨우 일주일 뒤에 죽었거든요. 제이미에게는 사실대로 말해줄 수밖에 없었어요. 그 아이는 엄마가 병을 고치러 간 줄 알았으니까요."

"장례식은 어디에서 치렀죠?"

캐럴라인의 얼굴이 성난 표정으로 바뀌었다.

"그런 것도 없었습니다." 마크 솔터가 대답했다. "게이어가 우리를 찾아왔어요. 계약에 따라야 한다고 했습니다. 처형의 시신은 연구를 위해 의료 기관에 기증될 거라고요."

"그럼 언니를 다시 본 적은 없군요?"

"네, 그냥 떠나보낸 셈이에요."

"통화를 한 적도 없나요?"

"우린 전화번호도 받지 못했습니다." 마크 솔터가 말했다. "스티븐 게이어가 주로 저녁에 우리에게 전화해서 경과만 알려주었어요. 처형이 편안한 상태지만 약물 때문에 아주 졸려한다고 했어요. 전화 통화도 할 수 없었죠."

"사망 일자를 기억하고 계신가요?" 헬렌이 물었다.

"10월 6일이에요." 캐럴라인이 대답했다.

헬렌은 내가 이해했는지 확인하려는 듯 나를 쳐다보았다. 물론 나는 알아챘다. 10월 6일은 멀리사가 병원에서 사망한 날이었다.

마크 솔터가 말을 이었다. "우리도 마음이 상했습니다. 처형이 그런 식으로 사라져버렸으니 말이죠. 의사와 이야기를 나눠보고 마지막 순간이 어땠는지도 알고 싶었어요. 스티븐 게이어에게 계속 전화를 했는데 받지 않더군요."

"병원에 전화를 거셨단 말인가요?" 내가 물었다.

"그래요." 캐럴라인이 대답했다. "러윅의 프랭클린 스톤 병원에 전화를 걸었지만, 그들은 캐시 모턴에 대한 기록이 없다고 했어요. 충격을 받아 시내에 있는 스티븐 게이어의 사무실을 직접 찾아가기도 했어요. 그는 없었는데, 아무튼 내가 난리를 피우기는 했죠. 그런데 바로 다음날 그 의사라던 남자가 찾아왔어요. 적어도 그때까진 우린 그가 의사인 줄 알았죠."

"그런데요?"

"글쎄, 그때 집에는 나만 있었는데, 그가 나를 사납게 협박했어요. 세이어 씨를 너 귀찮게 하시 밀타고요. 약물 때문이 아니다도 언니는 어차피 죽을 예정이었다고 했죠. 그리고 그동안 보살핌을 아주 잘 받았으니 이제 우리더러 신경을 끄라고 했어요. 직접적으로 말을 꺼내진 않았지만, 돈을 계속 받고 싶으면 입다물고 있으라는 식으로 말이죠."

"우린 아이들 생각도 해야 했습니다. 어차피 처형을 되살릴 방법은 없는 상태였고요. 아이들의 장래를 생각해야 했어요." 마크 솔터가 말했다.

"아무튼 난 기분이 상했어요. 경찰을 부르겠다고 했죠." 캐럴라인이 말했다.

"그는 뭐라던가요?"

"자신이 경찰이라고 하더군요."

잠시 아무도 입을 열지 않았다. 헬렌은 골똘히 생각에 잠긴 것 같았다. 그러다가 다시 캐럴라인을 쳐다보았다. "솔터 부인, 혹시 언니의 사진을 가지고 있나요?"

캐럴라인은 아기를 여전히 가슴에 끌어안은 채로 일어나 거실을 가로질러 가더니 화장대의 맨 위 서랍을 열었다. 그녀가 서랍을 뒤지는 동안 우리는 모두 바닥의 카펫으로 시선을 떨구고 있었다. 캐럴라인이 헬렌에게 뭔가를 건넸다. 헬렌은 사진을 잠시 들여다본 뒤 내게 넘겨주었다. 화창하고 바람이 많이 부는 날 해변에서 찍은 사진이었다. 몇 년 전의 젊은 얼굴을 한 스티븐 게이어가, 내가 그를 보았을 때보다 훨씬 행복한 표정으로 카메라를 보며 웃고 있었다. 그는 초록색 스웨터를 입은 예쁜 여성을 두 팔로 감싸고 있었다. 흔히 남자들이 좋아하는 특정한 외모가 있다고들 하는데, 게이어에게는 그 말이 딱 들어맞는 것 같았다. 쌍둥이처럼은 보이진 않았지만, 캐시는 멀리사와 아주 비슷했다. 비슷한 나이와 체형, 비슷한 길고 붉은 머리를 지니고 있었다. 머리칼은 곱슬하지 않았지만 캐시는 피부가 희고, 이목구비도 작고 예뻤다.

　말하자면, 그 둘은 닮은꼴이었다.

## 32

그다음 열 시간 동안 나는 테이사이드 경찰서에 머물렀다.

그런 뒤 헬렌과 함께 던디로 날아갔다. 그녀는 조종사와 앞좌석에 앉아 끊임없이 무전을 했다. 뒷자리에 앉은 나는 소음 때문에 몸을 웅크리고 있었다. 이십 분쯤 창밖을 바라보다가 가방을 뒤져 데이나의 집에서 가져온 『흰옷을 입은 여인』을 다시 꺼냈다. 이때까지도 데이나가 포스트잇을 붙여놓은 몇몇 곳을 읽어볼 기회가 없었다. 그녀가 대학 학력고사를 준비하면서 남겨둔 표시들인지도 모르지만, 어쨌든 공중에 떠 있는 동안 달리 할 일도 없었다.

나는 책의 맨 앞쪽에 표시된 곳을 펼쳤다. 50페이지. 데이나는 여기에도 분홍색 형광펜을 칠해놓았다.

그곳에 페얼리 양이 홀로 서 있었다. 달빛 속의 흰 옷차림과 우아한 자세, 고개를 살짝 기울인 그녀의 피부색과 얼굴형은 흰옷을 입은 여인의 생생한 화신과도 같았다.

391페이지에도 형광펜이 칠해져 있었다.

고난과, 지난 시절의 지독하고 거의 절망적이었을 공포 때문에 생겨난 겉모습의 변화는 앤 캐서릭과 그녀 자신의 치명적인 유사함을 더욱 굳어지게 했다.

'생생한 화신', '치명적인 유사함'. 스티븐 게이어에게는 믿기 힘든 행운이 연거푸 찾아왔다. 자신의 아내를 제거하려 했을 때, 그녀와 무척 닮은 말기 암환자를 찾아냈던 것이다. 캐시 모턴은 어린 자식들의 장래를 걱정한 나머지 병원을 다른 곳으로 옮기는 데 기꺼이 동의했다. 진통제 때문에 의식이 멍한 상태여서 주변에서 무슨 일이 벌어지는지도 알지 못했을 것이다. 현지의 법률 대리인이 그녀를 다른 사람으로 속이는데 과연 누가 의심을 품을 수 있었을까? 캐시를 진료한 병원 직원들 가운데 멀리사를 아는 사람은 없었다. 캐시의 동생과 매제는 병문안을 올 수도 없었고, 멀리사의 부모님은 그녀가 병원에 입원한 사실조차 듣지 못했다. 틀림없이 그녀의 친구들도 전혀 몰랐을 것이다.

설사 누군가가 멀리사를 한두 번 본 적이 있다 해도, 그들 역시 병원 침상에 누워 암으로 투병중인 캐시를 보고 깜빡 속아 넘어갔을 것이다. 캐시와 멀리사는 둘 다 미인이었지만, 캐럴라인이 보여준 두 번째 사진에서는 캐시의 본래 모습을 찾아보기가 어려웠다. 말기 암환자여서 몰골이 말이 아니었다.

입원한 지 며칠 지나지 않아 캐시는 죽었다. 부검이 이루어졌고, 나도 기퍼드의 사무실에서 보고서를 본 바 있었다. 또 그녀는 화장되었다. 나는 멀리사의 친구와 친척들이 잔뜩 참석한 교회 장례식을 상상했다. 갑작스러운 죽음에 충격을 받은 그들은 슬퍼할 겨를조차 없었을 것이다. 화로로 향하는 관 속에 멀리사가 아닌 다른 사람의 시신이 들었다고 누가 상상할 수 있었을까? 당시에도 멀리사는 여전히 생생하게 살아서…… 다른 어딘가에 있지 않았을까? 어떻게 그럴 수 있었을까? 어떻게 게이어는 자기 아내를 그렇게 감쪽같이 사라지게 만들었을까? 캐시가 죽고 나서 멀리사 또한 실제로 죽을 때까지 아홉 달 동안, 그녀는 어디에 있었던 걸까? 그 기간 동안 어떤 끔찍한 일을 겪었을까?

나는 『흰옷을 입은 여인』의 책장을 덮고 옆으로 치웠다. 이때까지 나는 이 책의 줄거리를 알지 못했고, 책을 다 읽은 것은 이후 몇 달이 지나서였다. 이 책은 아내의 죽음을 조작한 남자의 이야기였고, 범행 동기는 돈 때문이었다. 그는 아내를 내쫓은 뒤 다른 죽어가는 여자를 아내로 위장했다. 데이나는 책의 줄거리를 이미 파악하고 수사를 진행했던 것이다. 그녀가 솔터를 만나봤는지, 그래서 죽음을 맞게 된 것인지는 알 도리가 없었다.

던디에 도착하자 헬렌은 내게 미소를 지은 뒤 기다리고 있던 차를 타고 사라졌다. 나는 다른 차를 타고 경찰서로 왔고, 커피를 대접받은 뒤 이곳 신문실에 남겨졌다. 거의 한 시간을 기다리면서 미쳐버릴 지경이 될 즈음에야 헬렌 수사팀의 일원인 경위가 나를 면담하러 들어왔다. 다른 경찰 하나가 방 한쪽 구석에 앉아 있었고 모든 대화는 녹음되었다. 내 권리를 듣지 못했고 변호사를 불러도 좋다는 제안도 받지 못했지만, 모든 정황으로 미루어 나는 신문을 받는 중이었고, 그는 내 말을 전혀 믿어주지 않았다.

나는 시신을 발견한 일부터 솔터를 만나게 되기까지 모든 과정을 이야기했다. 커스틴 하윅이 승마 사고로 죽었으며, 모든 면에서 그녀의 것이 틀림없는 반지를 찾아낸 것도 말했다. 누가 내 집과 사무실에 침입했던 사실, 주방에 돼지 심장이 놓여 있었던 일, 내가 약물에 취했었고, 누군가 내 컴퓨터에 손을 댔던 일까지도 모두 말했다. 내가 탔던 요트가 침몰했고 구명조끼가 망가져 있었던 것도 말했다. 데이나가 너무 많은 사실을 알아내서 결국 살해되었다는 주장도 내놓았다. 나는 데이나가 밝혀낸 기이한 돈의 흐름이 그 증거라고 말했고, 헬렌과 내가 밤중에 셰틀랜드에서 탈출하게 된 경위까지 모두 설명했다. 그런 다음, 그 이야기들을 다시 한번 반복했다. 그리고 또 한 번. 경위가 몇 번이나 내 말을 중단시킨 채 했던 말을 반복하게 하고 해명을 요구해서, 나중에는 내가 실제로 무슨 말을 했는지 또 하지 않았는지조차 헷갈리게 되었다. 오 분 동안은 내가 사건의 용의자가 아니라는 사실에 안도감을 느꼈지만, 그후 이십 분 동안은 혹시 내가 용의자일지도 모른다는 생각에 조바심을 내야 했다.

한 시간 반이 지나서야 신문이 중단되었다. 나는 점심을 먹었다. 곧 경위가 다시 들어왔다. 더 많은 질문이 쏟아졌다. 다시 한 시간이 더 지났을 때 그는 의자에 몸을 기댔다.

"미스 해밀턴, 그날 아침 당신이 요트를 타려고 계획한 걸 아는 사람이 누가 있었습니까?"

"미리 계획한 건 아니에요." 나는 즉답을 피했다. "그 주말에 언스트 섬에서 시간을 보낸 것도 계획한 게 아니었고요. 급박하게 정해졌죠. 하지만 우리가 그곳에 요트를 보관한다는 사실을 아는 사람은 많아요."

"구명조끼도 본래 그곳에 보관했습니까?"

나는 상대를 똑바로 보지 못했다. "아뇨. 그건 집에 있던 거예요. 다락에요. 우리가 출발할 때 덩컨이 챙겨 왔을 거예요. 일요일 아침에 꺼내기 전까지는 자동차 트렁크에 들어 있었어요."

그는 인상을 찡그리고 한동안 수첩만 응시했다. 그러다가 다시 고개를 들어 나를 보았다.

"요트를 타러 가자고 제안한 건 누굽니까? 누가 먼저 말을 꺼냈죠?"

"남편요. 덩컨이 그랬어요." 내가 대답했다.

나는 독방에 갇혀 음식과 메모를 전달받았다. 좀 먹고 쉬라는 헬렌의 쪽지였다. 저녁 7시가 다 되었을 무렵 다시 깨어나보니 헬렌이 문간에 서 있었다. 몸에 꼭 맞는 검은 바지와 초록색 조끼 차림이었다. 감은 머리는 위로 말아 올린 상태였다. 전날 밤 나와 함께 말을 타고 섬을 달릴 때와는 딴판으로 보였다.

"기분은 괜찮아요?"

나는 겨우 미소를 지었다. "약간요."

"돌아갈 준비는 됐어요?"

돌아가다니? 섬으로? 이날 아침 수평선 너머로 사라지는 섬을 보며 이제 모든 게 끝났다고 혼잣말을 했는데, 사건과 관련된 일들은 내 평생 모두 끝이 났다고. 하지만 알고 보니 그 끝은 끝이 아니었다.

"가기 싫다면요?" 무슨 대답을 듣게 될지 알면서도 되물었다.

"안 돼요. 가는 동안 식사를 할 수 있을 거예요."

헬리콥터 착륙장으로 이동하는 동안 헬렌은 말을 아꼈다. 수백 가지 질문이 떠올랐지만 나는 무슨 말부터 꺼내야 할지 몰랐고, 솔직히 약간 두렵기까지 했다. 헬렌은 이제 나와 함께 도망치는 신세가 아니다. 그녀는 경찰 간부에, 심각한 수사를 책임지게 되었는지도 모른다. 한편 나는 주요 증인이었다. 지금 상황에서 어떤 식으로도 수사에 훼방을 놓고 싶지는 않았다.

차가 멈췄을 때 헬렌이 말했다. "스티븐 게이어가 자백했어요."

나는 좌석에 기대고 있다가 그 말을 듣자마자 몸을 벌떡 일으켰다. "설마요! 그가 범행을 실토했다고요?"

헬렌은 고개를 끄덕였다. "정오에 구속되었어요. 두 시간 뒤에 자백을 했고요."

"뭘요? 정확히 뭘 자백했다는 거죠?" 내가 본 스티븐 게이어는 쉽게 굴복할 유형이 아니었는데.

"음, 전부 다요. 맨 먼저, 아기들을 최고가의 입찰자에게 팔았다고 실토했어요. 해외의 몇몇 허술한 입양 기관들과 함께요. 돈 많은 부부가 나타나면 급행료를 받아서 절차를 줄였다더군요. 인터넷으로 익명의 경매를 했고요. 아기를 확보한 뒤 최고가의 입찰자에게 넘긴 거죠. 어떤 경우에는 백만 달러까지 받기도 했고요."

운전수가 차에서 내렸다. 그가 헬리콥터 조종사에게 손을 흔들자 조종사는 고개를 끄덕였고, 곧 헬리콥터 날개가 돌아가기 시작했다.

"사회복지 단체의 책임자인 조지 레이놀즈라는 인물이 러윅 경

478

찰서에서 현재 조사를 돕는 중이에요. 그는 아무것도 몰랐다고 주장하지만 아기와 입양 서류가 해외로 넘어간 다음부터는 그의 부서에서 관여한 게 틀림없어요."

"실제로 아기들을 해외로 넘겨준 건 누구죠?"

"보육원요. 그쪽 사람들과도 이야기를 나눠봤는데 불법인 줄 몰랐다고 주장하더군요."

"게이어가 병원에서 캐시와 자기 아내를 바꿔치기한 것도 인정했어요?" 헬리콥터의 엔진 소리가 점점 커져서 나는 목소리를 높여야 했다. 차에서 내리면 대화가 불가능할 것 같았다.

"그래요. 그녀를 아주 잘 간호했는데 병이 깊어져서 어쩔 수 없었대요. 그녀의 죽음에 대해 자신은 책임이 없다고요. 그리고 병원에서 그 사실을 아는 사람은 아무도 없다고 주장했어요."

"그를 도와준 사람은요? 구급차를 불렀다고 했잖아요?"

"자신이 알아서 한 거래요. 개인적으로 차를 빌렸다고요. 임시 간호사를 고용했대요."

나는 어느 때보다 머리를 빠르게 굴렸다. 과연 그럴 수 있었을까? 병원의 어느 누구도 관련이 없을 수 있을까?

"의사는요? 나중에 자신이 경찰이라고 했다는 그 의사는요? 캐럴라인을 찾아왔던 사람은 누구죠?"

"그는 공범이 없다고 주장해요. 캐럴라인이 착각했다고 말이죠."

"캐럴라인이 착각한 것 같지는 않았어요."

"그래요. 그녀는 지금 러윅에 있어요. 우린 이미 용의자들을 줄 세워놓았죠."

"누군지 짐작은 한단 말이군요?"

"모종의 방안을 염두에 두고 있다고만 얘기할게요." 그녀의 표정이 굳었다. 그에 관해서는 더 묻지 말라는 신호였다. 나는 다른 질문을 던졌다.

"그럼 멀리사는요?"

헬렌이 헬기 조종사에게 손가락 하나를 들어 보였다. "게이어는 그녀를 죽였다는 사실을 인정했어요. 입양에 관한 일을 알게 된 그녀가 경찰에 자수하라고 압박했대요. 이런 소식은 별로 듣고 싶지 않겠지만, 그는 당신 집 지하실에 그녀를 감금했다고 했어요. 법의학 수사팀이 몇 시간 전까지 그곳에 있었고요."

"말도 안 돼." 나는 작게 말했다. 데이나가 우리집 지하실을 살펴보겠다고 고집했던 것이 떠올랐다. 역시 그녀의 직감이 적중했던 셈이다.

"게이어는 당신 집 예전 주인의 유언장을 작성해주었고, 그래서 집이 빈 것도 알고 있었어요. 심지어 열쇠도 한 벌 가지고 있었고요. 멀리사를 그곳에 묶어놓고 약물을 주입했다더군요. 아기를 낳은 다음엔 죽였고요. 자신의 단독 범행이라고 주장했어요."

"거짓말이에요! 아무 도움도 없이 그런 짓을 할 수는 없어요. 임신한 여성을 몇 달이나 가둬놓고 아기까지 받았다고요? 누군가를 보호하려는 수작이에요."

"어쩌면요. 그는 멀리사의 등에 표식을 새긴 이유도 말했어요. 당신 집 벽난로에 그려진 표식을 보고 영감이 떠올랐다고요. 분냉 이교도의 소행처럼 보이게 만들고 싶었겠죠. 그녀가 발견될 경우를 대비해 수사에 혼선을 주려고 말이에요. 심장을 제거한 것도 같은 이유래요. 심장을 어떻게 처리했는지는 기억하지 못해요. 그의 말로는 극심한 스트레스 때문인지 기억이 통째로 사라졌다는군요."

"거짓말! 전부 거짓말이에요!"

"어쨌거나 우리도 확인을 했어요. 또 그는 코너, 양자라고 했던 어린 남자아이가 친아들인 것도 인정했어요. 새 아내 앨리슨이 아니라 멀리사가 아이의 엄마라는 사실도요."

"그것도 데이나가 맞혔네요."

내 옆에서 헬렌은 짧게 한숨을 쉬었다. "음, 우린 DNA 테스트를 해볼 수도 있고, 어떤 식으로든 사실을 증명할 거예요. 이봐요, 걱정하지 말아요. 몇 시간, 아니 며칠이 지나면 그가 모든 사실을 털어놓을 테니까요. 자, 이제 이동하죠."

한 시간이 조금 더 걸려서 우리는 섬에 도착했다. 그동안 헬렌은 수첩을 들여다보며 뭔가를 적었다. '지금부터 질문 사절'이라는 신호가 너무나 명확한 몸짓이었고, 나로서도 대답을 강요하고 싶은 마음은 없었다. 그래도 그렇지…….

헬리콥터가 떠올랐을 때 맨 먼저 떠오른 생각은, 만약 스티븐 게이어가 아내의 치아 기록을 조사하도록 애초에 허락하지 않았더라면 우리가 절대로 사건을 지금과 같이 밝혀내지 못했을 거라는 점이었다. 불과 며칠 전인 토요일 아침만 해도 게이어는 더없이 협조적이었다. 내가 윤리에 어긋나는 행동을 했지만 그는 어떤 불만도 제기하지 않았다. 조사를 거부할 권리가 있었는데도 결국 우리집 벌판에서 나온 시신이 자기 아내라고 확인해주었다. 물론 그때까지도 우리는 시신을 바꿔치기한 방법을 전혀 알지 못했지만, 사실상 스티븐 게이어는 그날 아침 항복을 선언한 것이나 마찬가지였다.

헬리콥터가 기우뚱하게 날며 북해를 거슬러 올라갔다. 태양은 하늘에 낮게 깔린 채 황금빛 온기를 파도에 실어 보냈다.

대체 왜 그랬을까? 죄짓고 사는 것에 지친 것일까? 종종 범죄자들이 내심 체포되기를 원한다는 얘기를 들은 적은 있다. 아니면 자신을 보호해줄 어떤 체계가 작동한다는 것을 믿고 교묘하게 장난을 친 걸까? 예컨대, 그를 궁지에서 빼내줄 친구들이 있다면?

그날 아침 데이나와 내가 그들에게 놀아난 건 아닐까? 가진 패를 전부 내보이도록 부추기고, 그런 다음…… 우리를 무력화시킨 거라면? 우리의 말을 진지하게 받아줄 누군가에게 진실을 알리기도 전에 제거하려 한 걸까? 그로부터 사흘 뒤에 데이나는 죽었고,

나는 가까스로 익사를 면했다.

멀리사는 너무 많은 사실을 알아내었기에 처리되었다. 산 채로 고문받고 잔옥한 죽음을 맞았다. 나는 멀리사가 처음 의심을 품은 계기가 궁금했다. 또 어떻게 해서 더 많은 사실을 알게 되었는지, 어떤 순간부터 진지하게 겁을 먹었는지, 그리고 도망치려고 시도는 했었는지도 궁금했다. 첫 번째로 멀리사가, 그다음으로 데이나가 너무 많은 것을 알아낸 대가를 치렀다. 그리고 아직 끝난 게 아니다. 헬렌은 게이어가 자백했다고 했지만 나는 그게 아님을 알았다. 대체 왜 내가 셰틀랜드로 다시 돌아가야 한단 말일까?

러윅 경찰서에서 멀지 않은 벌판에 착륙한 뒤, 헬렌과 대화를 나눌 수 있을 만큼 소음이 줄어들었다. 그녀는 수첩에서 고개를 들었다.

"차 한 대가 대기하고 있어요. 필요한 물건을 챙길 수 있도록 당신을 집까지 데려다줄 거예요. 그런 다음엔 오늘밤 묵게 될 호텔로 데려갈 거고요. 우리가 언제 경찰서로 부를지 모르니 꼼짝 말고 있어야 해요."

"이제 당신이 책임을 맡았어요?"

"아뇨, 해리스 총경이 책임자예요. 그렇지만 나도 공식적으로 조언하고 참관할 거예요. 지금부터는 정해진 규칙을 따를 거예요." 그녀는 바깥을 둘러보았다. 경찰차 몇 대가 우리를 기다리고 있었다. 헬렌은 다시 내게 고개를 돌렸는데, 표정을 파악하기가 어려웠다. "당신도 알아야 할 사항이 있어요. 오늘밤 꽤 많은 사람들이 구속되어 있어요. 그들은 사건과 관련이 없다는 것이 확실해진 다음에 풀어줄 거예요. 안타깝지만, 당신 남편도 그들 가운데 한 명이고요."

나는 고개를 끄덕였다. 이미 예상한 바였다. 오히려 그 소식이 반갑기까지 했다. 지금으로선 덩컨과는 절대로 마주치고 싶지 않았으니까.

"당신 시아버지와 병원의 상사도 마찬가지고요. 아마 병원에서도 며칠 안에 당신을 필요로 하게 될 거예요."

그렇다. 병원에서 나와 기퍼드 두 사람이 동시에 자리를 비워서는 안 되었다. 지금 내가 휴가중이라는 생각이 떠올랐다.

우리는 헬기에서 내렸다. 헬렌은 내 어깨를 힘주어 쥔 다음 대기하던 경찰차에 탔다. 한 여성 경찰이 자신을 소개하고는 나를 다른 경찰차로 데려갔다. 운전은 다른 남자 경찰이 했다. 이십 분만 달리면 집에 도착할 것이다. 오늘 저녁 러윅의 어느 호텔에 처박힌 채로 시간을 어떻게 보내야 할지, 나는 상상이 되지 않았다.

경찰차가 우리집 현관에 멈춰 섰다.

"함께 들어갈까요?" 스스로를 제인이라고 소개한 것 같은 경찰이 물었다.

"아뇨, 괜찮아요. 오래 걸리지 않을 거예요."

나는 현관으로 걸어가 열쇠를 꺼냈다. 복도는 캄캄했고 집안은 고요했다. 한동안 비워둔 탓인지 한기가 느껴졌다. 나는 복도를 지나 주방으로 갔다. 주방 출입문 밑으로 불빛이 새어 나오는 것이 분명히 보였는데 별다른 생각도 하지 못했다. 문을 밀었다.

주방 식탁에는 덩컨과 기퍼드가 함께 앉아 있었다. 그들 사이에는 뚜껑이 열린 탈리스커 위스키병이 거의 비워져 있었다.

## 33

비명을 지르다시피 했어도 집밖의 경찰들에게는 내 목소리가 들리지 않을 터였다. 밖으로 뛰어나갈까 하는 생각도 해봤지만, 덩컨이 너무 가까이 있어서 언제든 나를 막아설 것 같았다. 기퍼드는 나를 빤히 쳐다보았는데, 눈을 너무 가늘게 떠서 속눈썹 안쪽은 거의 보이지도 않았다. 덩컨이 내게 다가왔다. 아내를 다시 만나 안도한 나머지 제정신이 아닌 남편의 모습이었다.

"여보, 맙소사……."

나는 재빨리 물러서며 두 주먹을 치켜들었다. 덩컨은 당황한 듯 걸음을 멈추었다.

"괜찮아?"

"아니, 괜찮지 않아." 나는 그를 피해 주방 구석 쪽으로 돌아가

문에서 멀어졌고, 주방 조리대에 놓인 물건과 가까워졌다. "난 전혀 괜찮지 않단 말이야." 나는 팔을 뻗어 조리대에 놓인 칼을 집었다. 자르고, 썰고, 껍질을 벗기는 등 어떤 용도로도 쓸 수 있는 칼이었다. 크기는 작아도 날카로워서 제 역할을 할 수 있을 것 같았다. 덩컨은 놀란 표정이었고, 기퍼드는 은근히 즐기는 듯했다.

"둘 다 여기서 나가. 당장. 나한테 손이라도 댔다간 즉시 베어버릴 거야. 알겠어?"

"토라……" 덩컨이 다시 앞으로 나섰다.

"내 말 못 들었어?" 나는 고함을 지르며 그를 향해 칼을 휘둘렀다. 덩컨은 아직 육십 센티미터쯤 떨어져 있었지만 내가 이겼다. 그는 뒤로 물러섰다.

"난 알겠군." 기퍼드는 움직이지 않았다. 그는 술잔을 들어서 입가로 가져갔다. "덩크, 자넨 어때?"

덩크? 언제부터 둘이 애칭을 부르는 사이였지?

"토라에게도 한잔 권하지 않고 뭐해?" 기퍼드가 말했다.

"밖에 경찰이 두 명이나 있어." 내가 말했다.

"글쎄, 근무중인 경찰이 술을 마실 수는 없지." 기퍼드가 말했다. 맹세코, 내게 총이 있었으면 그를 쏘았을 것이다.

"둘 다 자리에 앉지? 토라, 혹시 불안하면 바깥의 친구들도 들어오라고 해요." 기퍼드가 말했다.

나는 두 사람을 차례로 살펴보았다. 훤칠한 키에 잘생긴 내 남편은 근심이 많은지 안절부절못했다. 못생겼지만 매력적인 내 상사는 그저 차분한 모습이었다. "당신들은 구속된 줄 알았는데?"

"그랬소. 흥미로운 경험을 했지. 한 시간 전에 풀려났지만." 기퍼드가 말했다.

한 시간 전에 헬렌과 나는 던디에서 헬기를 탔었다. 한 시간이라면 많은 일이 일어나고도 남을 시간이다. "설마, 던 경위가 당신들 친구라서 봐주더란 말이야?"

덩컨과 기퍼드는 서로 마주보았다. "꼭 그런 건 아닌데." 기퍼드가 혼잣말을 하듯 말하고 다시 내게 눈을 돌렸다. "경찰서의 친구들은 우리가 답변할 필요가 있는 어떤 혐의도 찾지 못했소. 물론 당신 생각은 어떤지 모르지만."

순간적으로 나는 밖으로 걸어나갈 생각을 했다. 아주 잠깐.

"당신은 스티븐 게이어가 자신의 아내와 죽을병에 걸린 여자를 바꿔치기하게 도와주었어." 내가 기퍼드에게 말했다. 어떤 이유에서인지 기퍼드를 비난하는 것이 덩컨을 비난하는 것보다 훨씬 수월했다. "그를 도와서 멀리사 게이어를 여덟 달이나 이곳, 우리집 지하실에 가뒀을 테지. 그녀를 살려둔 채 아기를 낳게 했고, 그런 다음 죽인 거야." 나는 말을 멈추고 숨을 깊이 들이마셨다. "난 그녀가 어떤 고통을 겪었을지 상상도 할 수 없어, 이 잔인한 짐승 같은 놈들!"

기퍼드는 움찔했다. 잠시 뒤 그의 눈은 더욱 가늘어졌다. "캐시 모턴이 우리 병원에서 사망했을 때 난 뉴질랜드에 있었소. 이미 그 얘긴 당신에게 했지. 오늘 경찰에 가서도 같은 말을 했고. 그들은 내 공항 기록을 확인하고 오클랜드에서 나와 함께 지내던 사람들에게도 연락을 했소. 당신과 달리 그들은 내 말을 믿어주더군. 난 캐럴라인 솔터를 본 적이 없어. 오늘 오후에 용의자들과 줄을 서서 확인을 받기 전까지는. 그녀가 나를 지목했더라면 난 여기에 없었겠지."

나는 그 말을 믿지 않았다. "누군가는 게이어를 도왔어. 그가 혼자서 그런 일을 벌일 순 없으니까."

"물론, 나도 그럴 거라고 생각해. 하지만 우린 그를 돕지 않았거든. 우린 트로날 섬에서 벌어진 사건과 아무 관련이 없소. 멀리사 게이어의 죽음을 바랄 이유가 없으니까." 기퍼드는 거의 속삭이듯이 목소리를 낮췄다. 어느 순간 나는 그의 눈동자를 응시하고 있었으며, 그의 말을 믿고 싶어졌다. 그래서 얼른 시선을 딴 곳으로 돌렸다.

"어쨌든, 당신은 내가 죽기를 바랐지." 내가 덩컨에게 말했다.

"여보, 보트 수리소의 멍청이가 오해한 거야." 덩컨은 감히 내게 다가오지 못한 채 여전히 서성거렸다. "당신이 무슨 생각을 하는지 알아. 하지만 전부 오해야. 우리가 바다에 있을 때 돛대가 꺾였는데 제대로 부러지지 않았다고. 내가 구조된 다음에 연어 양식장 부근에서 요트를 건졌어. 구조대에서 돛대 기둥의 남은 부분을 톱으로 잘라낸 거야. 수리소의 그 아이는 그걸 몰라서 그냥 자기 멋대로 결론을 내린 거라고."

생각해보니 허튼소리는 아니었다. 돛대가 항상 깔끔하게 꺾이는 것은 아니며, 가끔 바람 때문에 휘어버리는 수도 있었다. 돛대가 부러지지 않고 꺾인 채로 사방을 휘젓는 경우도 있는데, 그러면 아주 위험한 상황이 발생하기 때문에 배를 타는 사람들은 만약을 대비해 대부분 볼트 제거기를 싣고 다녔다.

"당신을 죽이려는 사람은 아무도 없어." 덩컨은 거의 속삭이듯이 말했다.

"하우스 오피서 도널드슨은 요전날 당신이 호통을 쳐서 꽤 화가 났소. 공식적으로 불만을 제기하려고 하더군." 기퍼드가 입을 열었다.

"그래서 그렇게 소란을 피웠어요? 간밤에 섬 주민들 절반이 나 때문에 창밖을 살펴야 했을걸요? 헬리콥터로 황무지까지 수색하다니. 아무리 사람을 붙잡고 싶어도 그럴 순 없어요."

"우린 당신을 걱정했소. 진정제에 완전히 취한 상태로 병원을 빠져나갔으니까. 당신이 하늘을 날 수 있다고 착각하고서 가장 가까운 절벽에 가서 새들과 함께 뛰어내릴지도 모른다고 생각했거든."

"누군가가 데이나도 죽였죠. 너무 많은 사실을 알아냈으니까. 스티븐 게이어에 관해서, 또 당신들 모두에 관해서 말이에요."

"데이나의 부검이 오늘 실시되었지. 부검 결과가 궁금하지 않소?"

갑자기 나는 의자에 주저앉고 싶었다. 어쩐지 위스키에도 눈길이 갔다. 기퍼드가 자기 잔을 내게 내밀었다. 덩컨은 그에게 눈을 부라렸다. 나는 그들의 뒤쪽, 지하실 출입문에 경찰의 접근 금지 테이프가 붙어 있는 것을 보았다. 억지로 시선을 돌렸다. 지하실에서 벌어졌을지 모를 일에 대해서는 상상조차 하기 싫었다. 나는 기퍼드에게 계속 이야기하라는 뜻으로 고개를 끄덕했다.

"과다 출혈에 의한 사망이오. 양쪽 손목의 노동맥과 자동맥이 심하게 잘렸거든. 절단 각도와 오른쪽 손목의 상처가 경미한 점으로 미루어 자신이 직접 그랬다는 걸 알 수 있지. 혈액에서 약물은 검출되지 않았고 어딘가에 묶인 흔적도 없소. 결론은 자살이야."

나는 고개를 흔들었다.

"당신이 직접 보고서를 읽어볼 수도 있소."

"데이나는 자살하지 않았어요." 나는 이제 기퍼드가 사건에 개입했는지의 여부를 확신할 수 없었고, 덩컨이 나를 죽이려고 시도했다는 사실에 대해서도 장담할 수가 없게 되었다. 하지만 내가 유일하게 명백한 진실 하나를 주장할 수 있다면, 그것은 데이나가 자살하지 않았다는 사실이었다. 만약 데이나에 대한 내 판단이 틀렸다면, 나의 다른 모든 판단도 틀렸을 수 있다. 하지만 아니었다. 나는 절대로 틀리지 않았다.

이때 기퍼드가 깜짝 놀랄 말을 내뱉었다.

"어쩌면 자살이 아닐지도 모르지. 그렇지만, 당신은 절대로 그걸 증명할 수 없소."

그의 눈동자가 커지고 홍채는 빛을 잃었다. 나는 눈을 질끈 감고서 그의 시선을 피하려고 고개를 휘저었다. 덩컨을 보니 그는 의자에 앉아서 나를 향해 식탁에 손을 뻗고 있었다. 나는 햇볕에 그을리고 딱딱해진 그의 손을 보며 고개를 흔들었다. 그리고 내두 손을 꽉 맞잡았다. 기퍼드가 덩컨을 쳐다보았고 덩컨이 고개를한 번 끄덕였다. 기퍼드가 입을 열었다.

"캐럴라인 솔터는, 게이어가 그녀의 언니 캐시를 찾아갔을 때동행했던 남자가 앤디 던이 맞는다는 걸 확인해줬소. 던은 입양사건에 개입해서 몇 년간 수천만 파운드를 벌었지. 게이어가 멀리사를 죽일 때도 틀림없이 공모했을 거요. 그가 데이나 툴로치를죽였다 해도 어쩌면 당연한 일이지. 하지만 토라, 당신은 그런 사실들을 절대로 증명할 수 없소."

나는 의자에 몸을 기댄 채 두 손으로 입을 눌렀다. 금방이라도 흐느껴 울 것 같았다. 방금 그에게 들은 말은 전혀 의심할 것이없었다. 나는 기퍼드의 잔을 들어 술을 들이켰다. 위스키에 목구멍이 턱 막혔지만 도움은 되었다. 아직은 울음을 터뜨릴 수 없다.

"어떻게…… 그는 어떻게 그럴 수가……?"

기퍼드는 술을 더 따랐다. "던 경위는 경찰로서는 부족한 점이 많은데, 그래도 뭐랄까, 몇 가지 특별한 기술을 지녔거든."

이제야 뭔가 이해가 되기 시작했다. "그녀에게 최면을 걸었군요! 그녀가 스스로 손목을 긋게 만든 거죠?"

기퍼드는 고개를 끄덕였다. "아마도."

나는 덩컨을 쳐다보았다. 그는 안타깝다는 듯 입술을 씰룩거렸다. 다시 기퍼드를 보았다. "당신도 그럴 수 있죠?"

기퍼드는 잠시 머뭇거리더니 인정한다는 듯 고개를 앞으로 살짝 기울였다.

"오, 이런!" 나는 공포에 사로잡혀 일어섰다. 칼을 찾으려고 주위를 두리번거렸는데, 칼은 이미 덩컨의 팔 옆에 놓여 있었다. 저걸 언제 가져갔지? 나는 문 쪽을 보았다.

"토라, 그건 단지 재미있는 장난 같은 거요." 기퍼드는 자리에서 일어났다. "덩컨이 어떻게 당신과 결혼할 수 있었을까?"

나는 충격에 휩싸인 채 덩컨을 쳐다보았다. 내 남편이 화를 내든지, 그 말이 틀렸다고 말해주기를 간절히 바랐다. 하지만 그는 나를 물끄러미 보고만 있을 뿐이었다.

"축제가 언제까지나 계속될 것 같나?" 기퍼드가 말을 이어가며 다시 의자에 앉았다. "이제 그만둘 때도 되지 않았나?"

"그만해, 켄, 전혀 재미없어." 덩컨이 말했다.

"그래, 자네 말이 맞아. 미안하네." 기퍼드는 팔을 뻗어 내 손을 잡았다. 나는 뿌리칠 생각조차 떠오르지 않았는데, 덩컨이 크게 헛기침을 하자 그는 내 손을 놓았다. 나는 다시 의자에 앉았다.

"그래서 지금 무슨 말을 하려는 거죠? 당신들이 지금까지 계속 그랬단 말이에요? 학교에서 그걸 배우기라도 했단 말이에요?"

"당연히 그런 건 아냐." 덩컨이 입을 열었다. "오래된 몇몇 집안에서만 그래. 집안에 내려오는 일종의 내력 같은 거지. 그냥 게임 같은 거야. 물론 사업적인 만남에서 유리하긴 하지. 사람들을 더 빨리 자기편으로 만들 수 있으니까. 전혀 해를 끼치진 않아."

"그 점에서 앤디는 보통 사람보다 유능했지. 자신의 능력을 마음껏 써먹은 셈이고." 기퍼드가 말했다.

"그렇게 말해요. 경찰에 가서 그 얘기를 하라고요."

덩컨과 기퍼드는 또다시 서로 마주보았는데 나로서는 그 광경이 너무나 못마땅했다. 이들 둘이 눈짓을 주고받는 모습이 정말로 낯설었다.

"당신이 원한다면 그렇게 하지." 기퍼드가 말했다. "다만 자살의 증거가 아주 확실한데, 우리의 말을 진지하게 받아들일 사람이 있긴 할까?"

이때 조용하던 집안이 갑자기 소란해져 우리 모두 깜짝 놀랐다. 누가 현관문을 두드렸고, 동시에 전화기가 울렸다. 우리는 어떡해야 할지, 무엇부터 대처해야 할지 몰라 서로 쳐다보기만 했다. 먼저 내가 일어나 주방에서 나갔다. 등뒤에서 덩컨이 전화를 받는 소리가 들렸다. 나는 얼른 현관으로 가서 문을 열었다. 문 앞에 여자 경찰이 서 있고, 동료 경찰도 급하게 다가왔다.

"괜찮으세요? 당신 신변을 확인하라는 지시가 있었어요. 혼자 남겨두지 말라고요." 그녀가 내 어깨 뒤쪽을 살피며 말했다.

나는 고개를 끄덕였다. "난 괜찮아요. 들어오세요."

나는 경찰들을 거실로 안내했다. "여기에서 잠시 기다려주시겠어요? 마무리지을 일이 있어요."

내가 주방에 들어서자 덩컨이 수화기를 내밀었다. 나는 전화를 받았다.

"토라, 조금 전에 소식을 들었어요." 헬렌은 빠르게 말을 이었다. "당신 남편이 풀려났다던데. 괜찮은 거예요?"

"괜찮아요. 정말로요. 걱정 마세요."

"경찰들도 같이 있어요?"

"옆방에요."

"아, 제발 그들과 함께 있어요. 정말 나도 이러고 싶지 않지만, 지금은 여기서 나갈 수가 없어요. 게이어가 앤디 던과 범행을 공모했고, 멀리사를 죽일 때도 도움을 받았다고 실토했어요."

덩컨과 기퍼드 두 사람은 나를 바라보고 있었다. "앤디 던이 데이나를 죽였어요." 내가 말했다.

수화기 건너편이 잠시 조용해졌다. "지금은 그 문제를 따질 때가 아니에요. 곧 당신을 보러 갈게요." 헬렌이 전화를 끊은 뒤 나도 수화기를 내려놓았다. 거실에 있는 경찰들에게 대화가 들리지 않도록 나는 주방문을 닫고 다시 의자에 앉았다.

"던은 어젯밤 11시 이후로 종적을 감췄소." 기퍼드가 말했다. "솔터라는 여자가 그의 사진을 보고 확인해야 했지. 경찰은 그가 섬을 떠났을 거라고 생각하는데. 그를 찾아내기 전까지 당신은 몸조심을 해야 해."

덩컨은 화를 참지 못했다. 위스키병을 들어 남은 술을 전부 자신의 잔에 붓고 누런 액체를 노려보았다.

"진정해, 덩컨." 기퍼드가 온화한 투로 말했다. 주방의 분위기는 통제가 안 될 만큼 부글부글 끓어오르고 있었다. 그들 둘에게 정당하게 분노를 쏟아내었건만, 이제 화가 난 사람은 나뿐만이 아니었다. 뭔가 더 큰 문제가 있는데 나로서는 그게 뭔지 알 수가 없었다. 이때 어떤 생각이 떠올랐다.

"당신들 둘 다 트로날 섬에서 돈을 받았어." 나는 덩컨을 돌아보며 말했다. "심지어 이 집값도 그곳에서 지불했어. 당신들이 그곳 산부인과와 관련이 없다면, 어째서 그곳에서 돈을 받는 거지?"

"이봐, 친구, 이젠 아무것도 숨길 수가 없겠어." 기퍼드가 주방 안을 둘러보며 말했다. "자네가 말할 건가, 아니면 내가 할까? 그건 그렇고 난 배가 고픈데. 누구든 뭐라도 먹지 않을 텐가?"

기퍼드가 일어나 주방을 가로질러 갔고, 나는 덩컨이 마지막 비밀을 털어놓기를 기다렸다.

결국 덩컨이 입을 열었다. "트로날 섬에서 매달 돈을 받는 사람은 여덟 명이야. 물론 그곳 직원들을 제외하고. 켄과 나, 아버지, 게이어, 던까지. 나머지 세 명은 당신도 모르는 사람들이야."

"어째서?" 나는 의자에 기대며 답변을 요구했다. 기퍼드는 이미 내 시야를 벗어나 있었다. 그 점이 마음에 걸렸다.

"우리가 주인이니까. 십 년 전쯤 우리가 지분을 샀어. 진료소가 재정적인 어려움으로 파산 직전이었는데 우리가 구해준 셈이지. 당신을 만나기 훨씬 전의 일이라 그 얘기까지 할 생각을 못 했던 거야. 내 신탁 기금은 출자금의 일부였어. 십이월에 집을 구입할 때 그 돈을 돌려받았어."

그들이 진료소를 소유했다니? 그러면서 지금까지 그곳에서 벌어진 일을 몰랐다는 걸까? 내가 그 말을 믿을 거라고 진지하게 생각하는 걸까?

"트로날 섬의 진료소는 생긴 지 꽤 오래되었어." 덩컨이 말을 이었다. "게이어와의 거래는, 그건 단지…… 나무의 썩은 가지에 불과해. 트로날 진료소는 힘든 일을 겪는 여성들과 섬의 가정들에 도움을 줬어."

기퍼드가 냉장고 문을 열어 안에 아무것도 없는 것을 확인하고 우리를 향해 돌아섰다. "그곳에서 태어난 아기들은 대부분 정상적으로, 또 합법적으로 입양되지. 진료소에서 일하는 사람들 대부분은 게이어와 던이 무슨 일을 꾸몄는지 모를걸. 리처드도 분명 그럴 테고." 그는 찬장도 열었다가 도로 닫았다.

"그래도 난 당신들이 왜 그 진료소에 투자를 했는지 아직도 이해가 안 돼. 왜 그곳에 신경을 쓰지?"

기퍼드가 다른 찬장을 열었다. "이런, 당신들 장을 본 지가 얼마나 된 거야?" 그는 포기하고 식탁으로 돌아왔다.

"우리가 그곳 출신이니까." 덩컨이 말했다. 그는 잠시 뜸을 들이며 내가 이해할 때까지 기다렸다. "우리 둘은 트로날 섬에서 태어났어. 섬의 가정에 입양되었고. 앤디 던도 마찬가지야. 다른 사람들은 어떤지 모르겠어."

나는 덩컨을 뚫어지게 보았다. "엘스페스와 리처드가 당신 부모님이 아니라고?"

"어머니는 아기를 갖지 못했어." 덩컨의 얼굴에 그늘이 드리웠다. "아버진 가능했지만." 그는 말을 덧붙이고 기퍼드를 보았다.

"리처드는 내 아버지지." 기퍼드가 말했다.

나는 어안이 벙벙해졌다.

"리처드와 엘스페스는 아기를 가지려고 몇 년이나 애를 썼소." 기퍼드가 설명을 대신했다. "그러는 동안 내 생각엔 두 사람 사이에 갈등이 있었던 것 같아. 리처드가 병원의 하우스 오피서와 바람을 피웠지. 그녀는 트로날 섬의 산부인과에서 아기를 낳았고, 그 아이는 기퍼드 집안에 입양된 거요. 그로부터 삼 년이 지난 뒤에 엘스페스는 임신을 포기하고 입양에 동의했지. 당시 덩컨은 생후 사 개월 쯤이었는데, 매력적인 아기였다고 그러더군."

"당신들이 형제라고요?" 나는 둘을 번갈아 보며 물었다.

기퍼드가 어깨를 으쓱했다. "글쎄, 생물학적으로는 아니지만, 아무튼 그렇지. 난 언제나 그를 가족처럼 느꼈거든."

덩컨의 안색이 어두워졌다.

"어째서 당신을 입양하지 않고요?" 나는 기퍼드에게 물었다.

"엘스페스는 나에 대해 알지 못했소. 나도 유전자를 물려준 아버지가 누구인지 열여섯 살까지 몰랐으니까. 그렇다고 해서 크게 놀랐던 건 아니지만."

물론 그는 놀라지 않았을 것이다. 나는 어째서 여태껏 그 생각을 떠올리지 못했는지 이해가 되지 않았다. 리처드와 기퍼드가 닮은 것을 알았고, 덩컨과 기퍼드의 사이가 좋지 않으며 덩컨과 부모님 관계가 서먹한 것도 알았지만, 그것들을 모두 합쳐서 생각하지는 못했던 것이다. 의사인 기퍼드는 리처드의 친자식이고, 정신적인 면에서도 그의 후계자였던 셈이다. 한편 불쌍한 고아였던 덩컨은 엘스페스의 행복을 위해 입양되었다. 불쌍한 덩컨. 다른 한편으로 불쌍한 기퍼드. 운명이 이렇게 엇갈리다니.


한 시간이 지났지만 나는 여전히 집에 머물렀다. 낯선 호텔에서 밤을 보낼 자신이 없어서였다. 제인 순경은 헬렌의 엄한 지시 때문에 우리집의 남는 방에서 묵게 되었다. 덩컨도 마지못해 다른 방을 쓰기로 했다. 그의 말을 전부 믿지 못해서 그렇게 한 건 아니었다. 사실 나는 그의 말을 온전히 믿었다. 헬렌에게 그 내용을 전해서 전부 확인해야 하겠지만, 곰곰이 생각하면 생각할수록 그 이야기가 거짓이 아님을 확신하게 되었고, 결국 대부분의 의문에 대해서 대답을 들은 셈이었다.

나는 한참 동안 샤워를 하고, 샴푸를 두 번 하고, 이도 닦았다. 욕실을 다시 쓸 수 있게 되니 기분이 한결 나아졌다. 던디의 경찰서 독방에서 선잠을 자기는 했어도 여전히 눈꺼풀이 무거웠다. 그러다 욕실 선반에서 덩컨의 세면용품 가방을 발견한 순간, 다시 정신이 번쩍 들었다. 그래, 아직 덩컨에게서 모든 대답을 들은 게 아니었다.

나는 복도를 가로질러 덩컨이 있는 방의 문을 열었다. 그는 헤드폰을 낀 채 침대에 누워서 풀이 죽은 표정을 짓고 있었다. 나를 보자 밝아진 얼굴로 헤드폰을 벗었는데, 그것도 내 표정을 보기 전까지만이었다. 나는 그의 가방에서 꺼낸 약 꾸러미를 보여주었다.

"이것에 대해 할말이 없어?"

그는 헤드폰을 치우고 일어섰다. "미안하다는 말로는 안 될까?"

나는 고개를 저었다. "그걸로는 충분하지 않아." 방안으로 들어서며 나는 생각했다. 그가 힘으로 나를 제압하거나 혹은 경찰이 끼어들기 전에, 어떻게 하면 그를 때리고 상처 입힐 수 있을까? "내가 몇 년 동안 얼마나 상심했는지 알기나 해?"

덩컨은 이제 내 눈을 똑바로 보지 못했다.

"난 병원에 있으면서 거의 매일같이 임신한 여자들을 만나 이야기를 나누고 진찰을 해야 했어. 속이 메스껍다고, 피곤하다고, 등이 쑤신다고, 또 사타구니 통증을 느낀다고 불평하는 소리를 들으면서도 아무렇지 않은 척했단 말야. 임신이 얼마나 커다란 축복인지 알지도 못하는 여편네라고 호통을 치거나 쥐어박지도 못했어. 아기가 태어나면 항상 그 작고 단단한 몸뚱이를 손으로 만져보고, 매번 아기를 훔쳐서 달아날까, 아니면 창밖으로 던져버릴까 고민해야 했다고. 산모에게 아기를 넘겨줄 때는 심장이 반으로 찢기는 것 같았어. 분만실 바닥에 엎어져서 왜, 왜, 왜 나만 안 되느냐고 울부짖고 싶었단 말이야. 세상의 다른 여자들은 다들 임신을 하는데 왜 나만 못하느냐고."

이야기를 끝마칠 즈음에는 복도에서 인기척이 들려오지 않을까 싶을 만큼 내가 큰 소리로 고함을 질러대고 있었다. 덩컨은 아직도 나를 똑바로 보지 못한 채 불안한 표정을 짓고 있었다. 나 자신도 놀랍고 불안했다. 임신을 하지 못해 몇 달이나 비참해하고 당혹스러워했는데, 이날 저녁에야 처음으로 그 모든 심정을 말로 쏟아낸 것이다. 덩컨은 내게서 멀어지더니 창틀에 몸을 기댔다. 나는 침대 옆을 돌아 그에게 다가가며 목소리를 낮게 깔았다. 절대로 내 목소리처럼 들리지 않는, 어쩌면 증오에 찬 음성이었다.

"내 잘못이 아니었어, 그렇잖아? 난 아기를 가질 수 있었어. 처음부터 이런 고통을 겪을 필요도 없었다고. 덩컨, 당신은 톱으로 돛대를 자를 필요가 없었어. 이미 일 년이 넘도록 줄곧 나를 죽을 만큼 힘들게 했으니까."

나는 약 꾸러미를 그에게 던지고, 그것으로는 성에 차지 않아 더 큰 물건이 없는지 방안을 둘러보았다. 다행인지 몰라도, 손으로 잡을 만한 물건은 아무것도 없었다. 침대 옆 전등이 꽤 튼튼했지만 플러그를 뽑아야 하는 탓에 던지고 싶던 충동도 사라졌다.

나는 문 쪽으로 가다가 돌아섰다.

"그 약은 영국에서 인가도 되지 않았어. 어디서 그걸 구했지? 당신 아버지? 아니면 형? 그거 알아? 난 이제 그딴 것 신경 안 쓸 거야. 어쨌든 당신은 나를 버릴 생각이니 오히려 천만다행인 셈이지."

쾅하고 문을 닫으며 방에서 나와보니 층계참에 제인이 서 있었다. 나는 내 방으로 가서 문을 닫았다.

글쎄, 이제 잠은 다 잔 것 같았다. 남은 밤을 어떻게 보내야 할지 막막했다. 앞서 기퍼드가 그랬듯이 배가 고팠다. 찬장에는 먹을 것도 없었다. 침실 문이 열렸다.

"어떤 소리도 듣기 싫어." 내가 말했다. 문득 고개를 돌렸는데 제인이 서 있다면 아주 창피할 거라는 생각이 들었다.

"내 생모가 나를 입양 보낸 건, 그럴 만한 사정이 있어서야." 덩컨이 말했다.

"누구를 탓해도 소용없어." 나는 덩컨을 쳐다보지도 않고 대꾸했다.

"그분은 다발경화증\*을 앓으셨어. 나를 임신하기 전부터. 자신의 병세가 급속히 악화될 거라는 걸 아셨던 거야." 덩컨이 말했다.

나는 대꾸하지 않았지만, 그의 말에 귀기울이고 있다는 것을 들킨 것 같았다.

"난 그분의 유전인자를 지니고 있어. 그분이 돌아가신 나이보다 지금 내 나이가 더 많긴 하지만, 나도 그 병을 앓을 가능성이 높아. 자식에게 그 유전인자를 물려줄 확률도 오십 퍼센트나 되고."

나는 고개를 돌렸다. 덩컨의 눈 주위가 붉게 얼룩져 있었고 눈동자는 반짝거렸다. 이제껏 그가 우는 것을 본 적이 없었다. 우리는 주변 사람들에 대해 얼마나 잘 알고 있을까? 그는 방안으로 좀더 들어와 있었다.

"당신에게 말했어야 한다는 건 알아. 정말 미안해."

"왜? 그 얘기를 왜 진작 하지 않았지? 언제 그 사실을 알았어?"

"어릴 때부터. 내겐 변명의 여지가 없어. 그렇지만 처음 당신을 만났을 때, 당신은 가족을 늘리는 데는 관심이 없었어. 일을 하지 않을 때는 말을 탔고, 주말마다 크로스컨트리 시합에 목숨을 걸었으니까. 서른다섯 살에 전문의가 되고 승마 시합에서 우승하는

---

◆   중추신경계에 발생하는 만성 면역계 질환.

게 목표였잖아. 그런 생활 방식을 고수하면서 어떻게 아기를 낳는단 말이야?"

그의 말은 진실이지만, 어디까지나 팔 년 전의 나에 관한 얘기였다.

"난 변했어. 생활 방식도 바뀌었고."

"나도 알아. 그렇다면 언제 말을 꺼내야 옳았을까? 결혼 전에?"

"그럼. 그래야 옳았겠지."

"난 당신의 마음이 변할까 봐 두려웠어. 게다가 당신도 장차 아기를 몇이나 낳을 거라는 식의 얘기를 꺼낸 적이 없었고."

"그 애긴 이미 했잖아. 이제 신물이 나려고 해. 그리고 당신도 아이들을 원한다고 했어."

"맞아. 하지만 반드시 내 혈육을 원했던 건 아냐."

"사실을 진작 알았어야 했는데. 그랬으면 난 약을 먹을 필요도 없었겠지. 온갖 검사를 하지 않아도 되었겠지. 어리석게 서로 괴롭힐 일도 없었겠지. 그리고 줄곧……."

"난 우리가 이곳에 이사를 오면 입양을 할 거라고 생각했어. 갓난아기로. 몇 명이라도."

"당신은 검사를 받았잖아. 정자 검사 말이지. 결과는 모두 정상이었어. 그건 어떻게 된 거지?"

"아, 제발. 그게 그렇게 중요해?"

"그래, 중요해. 어떻게 한 거야?"

"그냥 시기만 조절했던 거야. 복용을 중단하면 피임약의 효능은 금세 사라지니까. 내가 피임이 안 되었거나 당신이 배란기일 때는 그냥 당신에게 접근하지 않았고."

덩컨은 침대로 다가와 내 옆에 앉았다.

"여자들은 입양한 아이도 사랑해줄 수 있다잖아. 친자식이 아니더라도 모성애가 발휘된다고. 그건 남자의 경우도 마찬가지야."

"아, 그래서 당신과 당신 가족들은 그렇게 친밀하군?"

그는 고개를 저었다. "우리는 좀 다르지만, 난 입양된 아이들을 많이 봐왔어. 다들 소중하고 귀하게 자라지. 부모에게 엄청난 기쁨을 주기도 하고."

"당신은 여전히 이해를 못 하는군. 내가 원하는 건 누구의 아기도 아닌 바로 당신의 아기란 말이야. 진한 파란빛 눈동자에 팔다리는 길쭉하고 내가 아무리 빗질을 해도 절대로 곧게 펴지지 않는 머리카락을 가진 아기를 갖고 싶었단 말이야. 난 그 아이에게 들려줄 이야기까지 생각했었어. 부모에 대해, 친척들에 대해, 태어났을 때 우리가 어떻게 해주었는지에 대해서도. 이름도 미리 정해놨단 말야." 아직 말할 것이 한참 남아 있었지만 더이상 입이 떨어지지 않았다.

"이름이 뭔데?"

"그게 뭐가 중요하겠어?"

"중요해. 이름을 뭐라고 지었어?"

"덩커루니." 나는 겨우 말했다.

나는 덩컨이 웃음을 터뜨릴 거라 생각했지만 그는 웃지 않았다. 우리는 침대에 나란히 앉아 있었고, 그렇게 밤이 깊어갔다.

## 34

다음날 나는 일을 하러 나갔다. 전날 기퍼드가 우리집을 나서기 전에 마음이 내키면 출근을 해달라고 부탁한 터였다. 아무 혐의가 없다는 게 밝혀진 이상 나의 직무 정지도 해제된 셈이었다. 여전히 주변 사람들에게 따가운 눈총을 받을까 두려웠지만, 막상 아침이 되고 보니 달리 할 일도 없었다. 그래서 출근을 결심했다.

지난밤 덩컨과 나는 휴전을 선언했다. 아직 풀리지 않은 숙제가 남았지만 양쪽 모두 싸움을 다시 시작할 기운조차 없었다. 우리는 당분간 떨어져 지내기로 했다.

미래에 대해서도 확신이 없기는 마찬가지였다. 덩컨이 언스트섬에서 부모님과 말다툼을 벌인 이유는, 그가 셰틀랜드를 떠나고 싶어했기 때문이라고 했다. 덩컨이 사랑에 빠졌다고 한 엘스페스의 언급은 바로 나를 지칭한 것이었다. 그는 무슨 일이 있어도 내 곁을 떠나지 않을 거라고 말했다. 어쨌든 결론은 아직 나지 않았다. 그의 곁에 머물지, 병원에 계속 다닐지, 섬에서 계속 살 건지에 대해 나는 결정하지 못했다. 그 문제들은 천천히 결정하기로 마음먹었다. 그 모든 거짓말과 숨겨온 사실들에도 불구하고, 내가 여전히 그를 사랑하기 때문에.

병원 직원들의 호기심 어린 시선을 모른 체하며 병동을 순회하고 났을 때는 내가 없어도 병동이 잘 운영된다는 사실을 인정하지 않을 수 없었다. 그제야 오후 진료를 준비하러 위층으로 올라갔다.

보에 사는 친구에게 전화를 걸어 찰스와 헨리가 무사하다는 소식도 들을 수 있었다. 나는 말들을 돌봐줘서 고맙다고 하면서, 어째서 말들이 그곳까지 갔는지 궁금해하는 친구의 몇몇 질문을 재치 있게 받아넘겼다. 저녁에 말들을 데리러 가겠다는 약속도 잡았다.

한편 내 집에서 무슨 일이 벌어지는지 궁금했다. 아침에 덩컨과 내가 집을 나설 때 경찰이 무더기로 도착했다. 헬렌이 예고한 대로 우리집 벌판을 또다시 수색하려는 건데, 솔직히 그들이 뭔가를 찾아낼 거라는 기대는 없었다. 언젠가 이 섬의 여성 사망자 통계를 다시 한번 살펴본다면, 다른 생각을 하게 될지도 모를 일이다. 나중에 언젠가. 하지만 오늘 확인해야 할 것은 한 가지였다.

나는 수화기를 들고 런던 지역 번호를 눌러 내가 마지막으로 일했던 병원의 동료를 바꿔달라고 했다. 그녀는 마취 전문의였다.

"다이앤? 토라예요." 전화가 연결되어 나는 인사를 건넸다.

"맙소사, 이게 얼마 만이에요. 어떻게 지냈어요?"

음, 내 안부를 짧고 솔직하게 설명할 길이 없으니 흔한 거짓말을 할 수밖에. "잘 지냈어요. 당신은요?"

"난 아주 잘 지내요. 구월에 볼 수 있겠죠?"

"그럼요, 정말 기대하고 있어요." 그녀와 구월에 만나기로 약속한 것을 벌써 몇 주째 떠올리지 못했다. 그녀는 그림 같은 풍경의 버킹엄셔 마을에서 결혼식을 올릴 예정이었다. 다른 어느 곳에서는 여전히 평범한 삶이 이어지고 있다는 사실조차 나는 잊고 있었다. "저기, 성가시게 해서 미안한데, 몇 가지 급하게 알고 싶은 게 있어요. 물어봐도 될까요?"

"말해요."

"추적이 안 되는 약물에 어떤 것들이 있죠?"

다이앤은 쉽게 동요하는 성격이 아니었다. 그녀는 잠시 침묵한 뒤 대답했다. "글쎄요, 결론적으로 말하면 그런 건 없어요. 약물의 종류를 안다면 뭐든 추적할 수 있죠."

"그럴 줄 알았어요. 한데 사람의 정신을 잃게 만들려면 말이에요, 반드시 죽이려는 건 아니고 잠깐 동안 무기력하게 만들려고 할 경우에 말이죠, 통상적으로 쓰이지 않아서 병리학자들이 검사를 하지 않을 만한 것이 있을까요?"

"덩컨이 또 속을 썩여요?" 그녀의 목소리가 날카로워졌는데, 나로선 그런 반응을 탓할 수가 없었다. 보통은 이런 질문을 하지 않으니까.

"미안해요. 설명할 시간이 없어서요. 나중에 자세히 말해줄게요. 뭐든 생각나는 종류가 있어요? 잘 쓰이지 않아서 콕 집어주지 않으면 검사를 빠뜨릴 그런 종류 말이에요."

"글쎄, 확인을 해봐야겠지만, 통상적으로 벤조디아제핀 같은 종류라면 검사를 하지 않을 거예요. 그리고 니트라제팜이나 테마제팜 같은 것도요. 그 정도면 도움이 될까요?"

"그럼요, 됐어요. 장담하는데 난 범죄를 저지르려는 건 절대 아니에요."

"알아요. 참, 나 드레스 맞췄어요."

그녀는 엄청나게 값비싼 런던의 결혼 예복 디자이너를 거론하며 몇 분 동안 신나게 수다를 이어갔다. 나는 기꺼이 그녀의 잡담을 들어주었지만, 사실 귀담아들을 수는 없었다.

앤디 던이 옛날 방식의 최면술에 능할지 몰라도 데이나처럼 예민하고 똑똑한 여자가 단지 최면에 걸려 자살을 감행했을 가능성은 그다지 커 보이지 않았다. 어쩌면 한참 동안 최면을 건 뒤 약물을 주입했을지도 모른다. 일단 의식을 잃게 한 다음 그녀를 욕조로 옮기고 그녀의 손을 빌려서 양쪽 손목을 긋게 하는 것이 한

결 수월했을 것이다. 스티븐 레니가 데이나의 혈액에서 어떤 약물도 찾아내지 못한 이유는 사용된 약물의 종류를 알지 못해서일 것 같았다. 나는 지난밤 기퍼드가 했던 말을 고스란히 받아들일 생각이 없었다. 데이나는 자살로 생을 마감하지 않았다. 나라도 그러지 않았을 것이다.

"이봐요."

나는 고개를 들었다. "어머, 반가워요!"

헬렌이 문간에 서 있었다. 어젯밤과 똑같은 옷차림이었는데 블라우스만 빨간색으로 바뀌었다. 여전히 멋졌다. 데이나가 그녀의 쇼핑을 거들고, 의상까지 감독하지 않았을까? 혹은 그 반대이든지. 어쩌면 데이나의 패션 감각이 헬렌의 도움을 받은 덕분인지도 모른다. 나로서는 결코 알 수 없는 일이다. 두 사람을 한곳에서 볼 수 없다는 사실이 안타까울 뿐이었다.

헬렌은 사무실 안으로 들어왔다. 그녀를 다시 만난 것이 터무니없을 정도로 반가웠다.

"커피 드실래요?" 내가 물었다. 그녀가 고개를 끄덕여 나는 커피를 따르려고 일어섰다. 잠시 뒤, 우리는 마주보고 앉았다.

"괜찮은 거예요?" 그녀가 먼저 물었다. 나를 빤히 쳐다보는 것이, 왠지 할말이 있는 것 같았다.

"그럼요." 나는 시간을 끌다가 대답했다. 그녀가 하려는 얘기를 들어줄 자신이 없었기 때문이다. "괜찮다는 말로는 부족하죠. 남편과의 몇 가지 일도 해결했고, 병원에 다시 출근도 했으니까요."

"스물네 시간 전까지는 전혀 예상 못 했죠?"

나는 고개를 끄덕했다. "그럼…… 덩컨은……."

"결백하냐고요? 그런 것 같아요. 그가 진료소의 지분을 보유한 건 확인이 되었어요. 몇 년째 트로날 섬을 방문하지도 않은 것 같고요. 프랭클린 스톤 병원과 기퍼드 씨 역시 마찬가지예요. 앤디 던 소식은 당신도 들었죠?"

"그래요. 그의 죄는 심각하죠?"

"심각하다마다요. 경찰이 범인이라면, 결코 행복한 결말을 예상할 수 없죠."

"아직 행방불명이에요?"

벌써 커피를 다 마신 헬렌은 자리에서 일어나 커피를 따랐다. "그래요. 화요일 저녁에 메인랜드 섬으로 가는 페리에 오르는 걸 본 사람이 있어요. 우리가 공항과 페리 부두에도 수배령을 내렸지만……."

"지금쯤 멀리 달아났겠군요?"

헬렌은 고개를 끄덕였다.

"그렇겠죠. 좋은 소식도 있는데, 오늘 아침 당신 집 벌판을 철저하게 수색했다는 거예요. 이제는 봄에 꽃을 심어도 시체 같은 게 나와서 골머리를 썩는 일은 없을 거예요."

"제대로 조사한 게 맞죠? 첨단 장비를 동원해서 전부 조사한 거죠?" 글쎄, 나로선 재차 묻지 않을 수 없었다.

헬렌은 불쾌해하기는커녕 웃음을 터뜨리려 했다. "그래요. 수색을 어떻게 했는지 내가 이해하는 범위 내에서 설명해줄게요. 맨 먼저, 오늘 아침에 헬리콥터를 타고 항공사진을 잔뜩 찍었어요. 사실 나도 이 부분은 정확히 알지 못하지만, 땅을 조금이라도 파헤치게 되면 지표면에 흔적이 남거든요. 토양이나 작물에 표시가 남아요. 더 많은 초목이 자라기도 하고요. 가령 봄꽃이 무더기로 핀다든지 말이죠. 항공사진을 통해 알아볼 수 있어요."

"그래서 뭐가 나왔어요?"

"아무것도. 항공사진만 가지고는 무리예요. 항공사진은 넓은 지역을 조사할 때, 가령 선사시대의 공동묘지를 찾아내는 데 더 적합하죠. 작은 무덤 하나하나를 찾아내는 건 힘들어요. 그래도 시신이 나온 곳이니 철저하게 조사를 진행했어요."

"그다음은요?"

"그다음 단계로 지하 투과 레이더로 탐사를 했어요. 땅속에 전자기파를 쏘는 장비죠. 전자기파가 토양 표면에 부딪히면 수분 함량에 따라 되돌아오는 신호가 달라요. 수사팀에서는 그 신호들을 전부 그래프로 나타내죠. 만약 뭔가 묻혀 있다면 반사된 패턴이 그래프에 나타나요. 심지어 얼마나 깊은 곳에 묻혔는지도 알 수 있고요. 파장이 되돌아오는 시간이 지연되거든요. 우린 벌판을 한 곳도 빼놓지 않고 샅샅이 조사했어요."

"똑똑한 장비군요."

"놀라운 장비죠. 물론 간단하진 않아요. 모래땅이나 저항력이 높은 토양에서 가장 잘 활용할 수 있는데 당신네 집 벌판은 전혀 그렇지 않거든요. 그래서 그걸로 수색이 끝나지 않았죠. 이제는 토양을 채취해서 분석중이에요. 그것도 설명해줄까요?"

"부탁해요."

"토양 분석은 흙의 인산염 수치를 측정하는 방식이에요. 모든 토양에는 인산염이 존재하지만, 사람이든 큰 동물이든 사체가 매장된 곳에서는 인산염 수치가 급격히 증가하거든요."

이 조사 방식은 나도 확실히 이해할 수 있었다. 사체에 풍부한 인 성분은 칼슘과 마찬가지로 뼈의 강도와 경도를 높여주는 역할을 한다. 인은 신체의 피부조직에서도 검출된다.

"매장된 시신이 부패하면 주변 토양에 인 성분이 풍부해지죠." 헬렌이 말을 이었다. "수사팀은 당신 집 벌판 수백 곳의 토양을 채취했어요. 만에 하나 인 성분이 과다한 곳이 있으면 그곳에 시체가 묻혔을 가능성이 크겠죠."

"분석이 끝나려면 얼마나 걸리죠?"

"며칠은 지나야 할 거예요. 어쨌든 이미 분석에 들어갔고, 아직 발견된 건 없어요. 정말이지 거기에 뭐가 더 묻혔을 거라는 생각은 안 들어요, 토라."

나는 잠시 아무 말도 하지 않았다.

"그러니까 이제는 은에 집착하는 잿빛 난쟁이를 무서워할 필요도 없다고요." 헬렌이 말했다.

나는 기꺼이 멋쩍은 표정을 지어 보였다. "요전날 밤에는 스트레스가 너무 심했던 모양이에요."

헬렌이 미소를 지었다. 그녀를 유심히 보니, 여전히 약간 조심스럽고 긴장한 기색이 남아 있었다.

"다른 할 얘기가 있죠, 그렇죠? 별로 안 좋은 소식이죠?"

"그래요. 스티븐 게이어는 결국 처벌받지 못하게 되었어요. 적어도 이번 생에는 말이죠."

그녀가 먼저 내 눈을 피하고는 일어나서 창가로 갔다.

"왜죠?" 내가 간신히 물었다. 어쩐지 등골이 서늘해졌다. 그가 도망쳤다는 이야기는 아닌 것 같았다.

"스스로 목을 맸어요. 오늘 새벽 5시가 막 지났을 때 발견되었고요." 창밖의 주차장을 내다보며 헬렌이 대답했다.

그녀는 내게 생각할 시간을 주었고, 나는 생각에 빠졌다. 이제 내가 법정에서 그를 마주보며 "당신이 무슨 일을 벌였는지 알아"라고 증언한다든지, 사람들에게 내가 옳았다는 걸 증명할 기회는 영영 사라졌다. 그의 눈을 빤히 쳐다보며 "다 안단 말이야, 이 나쁜 자식아!"라고 말할 수도 없게 되었다. 결국 내 기분이 어때야 옳았을까? 솔직히, 너무나 화가 났다. 나는 자리에서 일어섰다.

"어떻게 그런 일이 생긴단 말이죠? 대체 어떻게 한 거예요? 그에게 밧줄을 건네고 고리 묶는 법을 알려주기라도 했던 거예요?"

마침내 헬렌이 돌아섰다. 그녀는 한 손을 들었다. "진정해요. 왜 그런 일이 생겼는지는 조사를 할 거예요. 유감스럽지만 더 자세한 얘기는 해줄 수 없어요. 아무튼 이런 경우도 있는 법이에요. 우리가 더 주의를 기울여야 했는데 그러지 못했나 봐요. 그가 자살하리라고는 아무도 생각하지 못했던 거죠."

"데이나의 경우와는 다르겠죠? 설마 증거도 없이 자살로 결론 내리는 건 아니죠?"

내뱉자마자 내가 말이 지나쳤다는 생각이 들었다. 헬렌은 표정이 굳었다. 나는 걸음을 내딛는 그녀를 막아섰다.

"미안해요, 쓸데없는 소릴 해서."

그녀는 조금 화가 풀린 듯했다.

"그럼 수사는 모두 종결되겠군요?"

"설마 진심으로 하는 말이에요? 트로날 사건을 조사하는 데는 앞으로 몇 년이 더 걸릴지 몰라요."

다시 자리에 앉아야 할 것 같았다. "그건 무슨 얘기죠?"

"트로날 섬은 병원과 복지 단체, 법률사무소가 불법적인 아기 거래를 공모한 복마전 같은 곳이에요. 관련자만 수십 명이 넘어요. 그들을 모두 조사해야죠. 그뿐 아니라 트로날 섬에서 입양을 보낸 아기들도 전부 추적해봐야 하고요."

"시간이 꽤 걸리는 일이군요."

"그래요. 문제는, 자금이 유입된 정황은 우리가 알고 있지만 그 것들이 전부 현찰로 이체되었기 때문에 추적하기가 대단히 까다 롭나는 섬이에요. 어떤 입양 기관이 연관되었다는 의심이 늘어도 증거가 나오지 않으면 누구도 죄를 인정하지 않으니까요."

"결과물이 있을 텐데요? 출생 기록과 입양 서류, 여권 같은 것 들요."

"그렇겠죠. 그런데 아직 찾지 못했어요. 아무튼 일 년에 대여섯 명의 아이가 섬에서 입양된 건 사실이고, 그 건들은 정상적인 절 차를 거쳤어요. 지금까지 복지협회의 조지 레이놀즈와 그의 직원 들을 포함해서 여러 인사들과 면담을 했는데, 모두가 해외 입양 에 대해 몰랐다고 주장해요. 자금 거래도 그렇고요."

"설마요, 그들이 거짓말을 하는 거겠죠?"

"맞아요. 그런데 사실 그곳에서 꽤 많은 아기가 태어났다는 증 거 자체가 없거든요. 아무리 따져봐도 일 년에 열 명도 채 되지 않아요. 표면상 입양이 그들의 주력 사업처럼 보이지 않는 거죠. 잘 생각해보면 당신도 알 거예요. 요새 아기를 입양 보내려고 맡 기는 경우가 얼마나 될까요?"

그녀가 핵심을 찔렀다.

"하지만 그가 인정했잖아요. 인터넷으로 아기들을 팔았다고요."

"그랬죠. 자금 흐름과 이미 죽은 남자의 자백말고는 어떤 증거 도 확보하지 못한 상태예요."

헬렌은 커피 탁자로 가서 머그잔을 내려놓았다. "이제 난 그곳에 가볼 예정이에요."

"시간이 꽤 걸릴 텐데요." 문간에서 목소리가 들렸다. 우리는 고개를 돌렸다. 켄 기퍼드가 서 있었다. 우리 둘 다 그가 오는 소리를 듣지 못했다. "트로날 섬에는 헬리콥터 착륙장이 없으니 차를 타고, 또 배를 타고 가는 수밖에 없을 겁니다."

"토라, 나중에 전화할게요." 헬렌은 기퍼드에게 고개를 살짝 숙이고 사무실을 나갔다.

"롤리 경감이군?" 그가 내게 물었다. 나는 고개를 끄덕였다. "듣던 대로 매력이 넘치는걸."

나는 가만히 있으면 안 될 것 같았다. 헬렌의 머그잔과 내 잔을 집어서 싱크대로 가져갔다. "관심 끊는 편이 좋을 거예요. 시간 낭비일 테니까."

그는 웃었다. "출근했다는 말을 들었지. 기분은 어떻소?" 그는 나를 유심히 쳐다보며 가까이 다가왔다. 체격이 큰 남성이라는 사실 하나만으로 남에게 위협적인 느낌을 줄 수 있다니 너무나 불공평하다. 그들은 머리를 굴릴 필요도 없고, 굳이 협박을 할 필요도 없다. 그냥 그곳에 서 있는 것만으로 충분하다. 나는 그를 피해 옆으로 걸음을 옮겨 창가로 갔다.

"괜찮아요." 오늘 아침에만 이 대답을 열 번은 한 것 같았다.

"당신이 돌아와서 기쁘군." 그는 커피메이커를 힐끔 보더니 커피가 없는 것을 알고는 옆에 놓인 비스킷을 하나 집어먹었다.

"애초에 내 출근을 막으려던 분이 하실 말씀은 아닌 것 같네요."

"언제까지 그걸 물고 늘어질 건지 궁금하군." 그는 나를 향해 다가왔고, 나는 책상 뒤로 몸을 피했다.

그는 성난 표정을 지었다. "나를 계속 멀리할 셈인가? 당신에게 최면을 걸려는 게 아니야. 정말로 최면을 걸려고 한 적도 없고. 당신은 유난히 까다로운 상대거든."

그렇다. 그 점에 대해서 자부심이 생기는 한편, 스스로가 어리석다는 생각도 들었다. 이제 감히 그의 눈동자, 오늘 아침에는 이끼처럼 짙은 초록색인 그 눈동자를 똑바로 쳐다보기로 결심했고, 만약 그가 내 어깨에 두 손을 올리기라도 하면 비명을 지를 작정이었다.

"어젯밤에는 환영한다는 말을 할 기회가 없었잖소."

혹시 빈정거리고 있는 걸까 싶어 표정을 살폈는데 그런 기색은 전혀 없었다.

"하마터면 당신이 직업을 잘못 골랐다는 말을 할 뻔도 했지만, 그래도 정말로 당신을 병원에서 떠나보내고 싶진 않았어."

"병원에 아무 혐의가 없다고 하니 그런 말씀을 하시는 거죠? 만약 당신과 당신 무리에 오점이 있었으면, 아마 이번에도 내 머리를 토닥이며 온갖 소문을 상기시키고 진정하라는 식으로 주문을 읊었겠죠."

그는 내게 시선을 고정했다. "리처드는 지금도 구속중이오."

젠장, 나는 스스로 덫을 놓은 꼴이었다. 언제쯤 말을 하기 전에 생각하는 법을 배우게 될까?

"미안해요. 그건 미처 생각 못 했어요."

이때 크고 따뜻한 손이 내 팔뚝에 와 닿았지만 나는 아무 소리도 내지 못했다.

"당신은 지난 한 주 동안 평생 어느 때보다 고생을 했소. 리처드는 알아서 처신할 테고." 그가 나가려고 돌아서자 팔뚝이 서늘해지는 느낌이었다.

"기퍼드……."

그가 문간에서 돌아섰다.

"미안해요."

그는 한쪽 눈썹을 치켜세웠다.

"당신을 의심해서 미안해요." 내가 덧붙였다.

"사과는 받아들이지. 그리고 난 여전히 고민중이야."

"뭘요?"

"당신을 어떡하면 좋을까." 그는 빙긋 웃더니 밖으로 나갔다.

나는 자리에 앉았다. "젠장!" 큰 소리가 입에서 튀어나왔다. 내 문제가 저절로 해결되어간다고 생각했는데.

나는 아래층으로 갔다. 임신 3분기의 환자 두 명이 지난번 진료를 받을 때 나를 만나지 못해 아쉬웠다며 다정하게 말을 건넸다. 하지만 트로날 섬의 사건은 여전히 내 머릿속을 떠나지 않았다. 점심시간이 되자 나는 샌드위치를 집어 들고 사무실로 돌아가, 모든 조사의 출발점이 되었던 서류 몇 장을 가방에서 꺼냈다. 셰틀랜드 보건 당국의 출생 기록이 담긴 자료였다.

그만둬, 토라. 머리 안쪽에서 목소리가 들렸다. 희미하지만 간절한 이 목소리가 어른다우며 사려 깊은 내 일부를 대변하고 있었다. 불행하게도 나는 그 목소리에 귀를 기울인 적이 한 번도 없었고, 지금도 마찬가지였다. 나는 트로날 섬에서의 출생 건수를 다시 세어보았다. 네 건. 육 개월 사이 네 건이면 일 년 동안 여섯 건에서 열 건은 될 듯싶었다. 섬에 입양된 아기가 여섯 명이라면 해외로 팔아넘겨 돈을 벌어들일 만한 아기는 얼마 되지 않았을 것이다.

스티븐 게이어는 대체 아기들을 어디서 구했을까? 도대체 최신식 산부인과 장비를 갖추었다는 그곳에서 한 해에 고작 여덟 명의 아이를 출산한다는 게 말이 되나? 그 말이 사실이라면 트로날 섬의 시설과 직원들은 거의 일 년 내내 놀고먹는 게 분명했다. 통계자료에 나온 것보다 트로날 섬에서 더 많은 아기들이 태어나는 게 분명했다. 그런데 출생 등록을 하지 않는 게 가능할까?

데이나가 낙태에 대해 말한 적이 있지만 그건 별로 의미가 없었다. 낙태는 영국 어디에서든 가능하니까. 상당수의 여성들이 단지 낙태를 목적으로 트로날 섬처럼 먼 곳까지 올 이유는 없다. 그들은 자신들이 사는 곳에서도 낙태를 쉽게 할 수 있다.

헬렌이 트로날 섬에 갈 때 내가 동행할 수 있으면 좋았을 텐데. 나는 어떤 질문을 해야 할지, 어떤 점이 수상한지 더 잘 찾아낼 수 있었을 것이다. 하지만 불가능한 일이다. 만약 이 사건과 관련해 재판이 열린다면 나는 핵심 증인이 될 터였다. 공식적인 수사에 관여할 수는 없었다.

나는 다시 한번 자료를 훑어보기 시작했다.

가장 먼저 눈에 띈 것은 이니셜이었다. KT. 켈로이드 트라우마는 회음부에 흉터가 남아서 발생하는 문제라고 했다. 나는 컴퓨터 스크린을 열어 구글 검색엔진에 '켈로이드 트라우마'를 써 넣었다. 아무런 결과도 나오지 않았다. 아마도 셰틀랜드에서만 쓰려고 고안한 용어라 아직 널리 알려지지 않은 모양이었다. 이번엔 병원 자료실에 들어가 다시 한번 검색했다. 어떤 결과도 나오지 않았다. 나는 KT 표시가 붙은 출산 건을 전부 살펴보기 시작했다. 4월 1일, 남자 아기가 파파스투어 섬에서 태어났다. 그리고 5월 8일에 이곳 프랭클린 스톤 병원에서 남자 아기가 또 태어났다. 5월 19일에 세 번째 아기가 태어났는데, 물론 이번에도 남자였다. 아기의 성별이 회음부 흉터에 어떤 영향을 미친다는 게 가능할까? 6월 6일, 앨리슨 제너라는 산모가 브리세이 섬에서 남자 아기를 낳았다. 6월 말에 프랭클린 스톤 병원에서 또 다른 출산 건도 있었다.

잠깐. 어쩐지 이름이 낯설지 않은데. 앨리슨 제너? 어디선가 들어본 이름인데. 제너, 제너, 제너. 젠장, 기억이 나지 않았다.

스티븐 레니는 창문이 없는 사무실에서 샌드위치를 먹으면서 캔에 든 환타를 마시는 중이었다. 문간에서 인기척을 느끼고 고개를 든 그는 나를 보더니 혼자 뭘 먹는 모습을 보였을 때 누구나 그렇듯 조금 창피해하고 안절부절못하며 부산을 떨었다. 먹는 것이 세상에서 가장 자연스러운 행동이라기보다 점잖지 못한 식탐이라도 되는 것처럼.

"죄송해요." 나는 겸연쩍은 투로 말했다. 마치 그가 소변 보는 장면을 목격한 듯 나도 약간 수줍어졌다.

"무슨 말씀을요." 그는 터무니없이 관대하게 대답하더니 일어나서 의자를 가리켰다. 나는 거기 앉았다.

"궁금한 게 있어서요. 데이나 툴로치에 관해서요."

그는 책상에 팔뚝을 붙인 채 몸을 앞으로 기울였다. 숨결에서 참치 비린내가 풍겼다.

"그녀의 혈액에서 어떤 약물도 찾아내지 못했다는 말을 기퍼드 씨에게 들었거든요, 그래서……."

"미스 해밀턴……." 그가 몸을 조금 더 기울였고, 나는 몸을 빼지 않으려고 애를 써야 했다. 방금 고양이 사료를 먹은 것 같은 냄새를 견디기가 힘들었다.

"알아요, 구체적인 사항까지 내게 설명할 순 없을 거예요. 나 역시 당신을 곤란한 상황에 빠뜨리고 싶지 않지만……."

"미스 해밀턴……."

"부탁인데, 조금만 시간을 내줘요. 오늘 아침에 마침 전문의인 친구와 통화를 했어요. 그녀가 말하길, 사람의 정신을 잃게 하지만 통상적으로 부검할 때 검사하지 않는 종류의 약물이 있다고 했어요. 궁금해서 그러는데 만약 당신이……."

"미스 해밀턴. 툴로치는 제가 부검하지 않았습니다." 스티븐 레니의 목소리가 커졌다.

"네?" 기퍼드는 스티븐 레니를 언급했었다. 아니면 내가 그렇게 들었다고 착각한 걸까?

"물론 보고서를 구할 수는 있지만, 작성이 벌써 끝났을 것 같진 않네요. 제가 확인해드릴 순 있습니다."

"그럼 누가 했단 말이죠?" 나는 예의고 뭐고 따질 것도 없이 대뜸 물었다.

그가 얼굴을 찌푸렸다. "전 툴로치를 실제로 본 적도 없습니다. 시신이 이곳에 두 시간쯤 있었는데, 그때 전 회의중이었거든요. 시신은 던디로 보내졌습니다. 그녀의 근친자인 경찰이 이송을 요청했다고 알고 있습니다. 부검은 던디에서 이뤄졌고요."

"그랬군요. 미안해요." 헬렌에게서 그런 말을 듣지 못했지만, 그녀가 굳이 그런 말을 내게 할 이유가 없는 것도 사실이었다. 자신이 알고 신뢰하는 사람에게 데이나의 부검을 맡기고 싶었던 건 충분히 납득할 수 있었다.

"너 노와느낄 게 있을까요?"

글쎄, 그 말은 거부의 의미 같았다. 나는 고개를 저으며 고맙다는 말을 남기고 그곳을 나왔다.

사무실에 돌아와보니 오후 수술을 도와달라는 기퍼드의 이메일이 와 있었다. 이미 자신의 일정이 전부 잡혀 있는데 아침에 맹장염 환자가 입원했다는 얘기였다. 내가 수술을 맡아주면 그는 일정을 조정하지 않아도 되었다. 나는 일반 외과의 자격이 없지만 그래도 맹장 수술은 처치할 수 있는 범위에 속했다. 나는 덩컨이 보낸 메시지 하나와 다른 급하지 않은 것들을 확인한 뒤 수술실로 내려갔다.

환자는 서른 살의 남성으로 체격이 좋고 건강했다. 나는 맹장 부위를 열어 몇 분쯤 더듬거린 끝에 염증 부위를 제거했다. 염증 부위가 크게 부푼 까닭에 환자가 고통스러웠던 것도 이해할 만했다. 봉합을 끝내고 환자를 수레에 실어 회복실로 옮기고 있을 때 기퍼드가 들어왔다. 여전히 수술복 차림이었고 장갑에는 피가 잔뜩 묻어 있었다. 시선을 내리자 나 역시 마찬가지였다. 다른 직원들이 모두 나가서 수술실에는 우리 둘만 남았다. 그가 한쪽 귀에서 마스크를 풀었다.

"같이 저녁 식사를 하면 어떨까?"

나는 마스크를 벗지 않았다. "언제요?"

그는 어깨를 으쓱했다. "오늘밤에."

나는 용케도 그의 눈을 똑바로 보았다. "정말 친절하시네요. 덩컨에게 시간이 되는지 알아볼게요."

그는 손을 뻗어 내 얼굴에서 마스크를 벗겼다. 그의 장갑 손가락이 내 뺨을 스칠 때 어쩔 수 없이 몸이 떨렸다. 물론 그도 그것을 보았다.

"다시 한번 묻지."

내 얼굴에 피가 묻진 않았을까? "나중에 이메일로 병원의 성희롱 예방책을 보내드리도록 하죠."

그는 웃었다. "그럴 필요는 없어. 그걸 만든 게 나거든."

그는 잠시 가만히 서서 나를 쳐다보았다. 수술실의 고약한 소독약 냄새 속에 아주 생생하고 익숙한 향내가 느껴져서, 나는 문득 그의 옷을 부여잡고 얼굴을 문지르고 싶은 충동을 느꼈다. 이윽고 기퍼드가 돌아서서 나가버리자 향내는 사라졌다. 나는 몸이 떨리는 것을 깨달았다. 수술실 간호사가 안으로 들어와 도구들을 챙기기 시작했다. 나는 그녀에게 감사 인사를 한 뒤 수술실에서 나와 사무실로 올라가며, 부디 기퍼드와 마주치지 않길 빌었다.

병동을 돌아보며 한 시간을 더 보낸 다음 맹장 수술 환자를 확인하러 갔다. 그는 깨어났지만 의식이 혼미한 상태였다. 남자의 옆에는 그의 아내가, 침대 모서리에는 열다섯 달쯤 된 어린 아들이

서 있었다. 아이 엄마가 양손으로 아들과 남편을 각각 붙잡고 있었는데, 아이는 기분이 좋은지 침대 위에서 방방 뛰었다. 불편해 보였지만 환자가 거부하지 않으니 나로서도 어쩔 수 없었다. 나는 신경을 거슬리게 하는 등뒤의 움직임을 의식하며 그의 상태를 확인한 뒤, 충분히 휴식을 취한다면 내일 당장 퇴원해도 좋다고 허락해주었다.

그러고 나서 매점에 들러 초콜릿 머핀을 사서 사무실로 돌아왔다. 커피를 끓여 책상에 자리를 잡고 기억을 더듬어보았다.

가족들. 맹장염 환자와 그의 아내와 어린 아들. 앨리슨 제너가 누구인지 생각났다. 그녀는 스티븐 게이어의 두 번째 아내, 그러니까 멀리사가 낳은 아들의 새엄마였다.

어째서 그녀의 이름이 셰틀랜드의 출산 목록에 올라 있는 걸까? 그녀는 임신한 적이 없는데. 임신은 멀리사가 했다. 스티븐 게이어는 자기 아들을 입양했으며, 코너는 멀리사가 낳은 아이였다. 그런데 어째서 앨리슨의 이름이 그해 여름에 출산한 산모의 명단에 있는 걸까? 그리고 어째서 그녀의 이름 옆에 KT 표시가 있는 걸까?

혹시 착각했을지 모른다는 생각에 나는 명단을 찾아 다시 확인해보았다. 달라진 건 없었다. 나이가 마흔인 앨리슨 제너가 6월 6일에 3.7킬로그램의 아들을 낳았다. 확실히 우연의 일치는 아니었다. 그녀는 내가 보았던 여자가 분명했다. 좋아, 생각해보자! 게이어는 자식이 하나뿐이었다. 그렇다면 코너가 멀리사의 아들이라고 했던 말이 거짓말이든지 (그가 무엇 때문에 그런 거짓말을 한단 말인가?) 혹은 그 항목의 출생 건이 실은 멀리사의 아들에 관한 것이어야 했다.

나는 KT라고 표시된 항목이 전부 몇 개인지 두 번이나 확인했다. 그해 여름에만 모두 일곱 건이 있었다. 이번에는 2005년 9월부터 2006년 2월까지 같은 표시가 있는 것들을 찾아보았다. 하나도 없었다. 다시 그전 겨울까지의 기간을 확인했다. 없었다. 2004년 여름까지도 조사했다. KT 표시가 있는 항목은 없었다. 나는 다시 KT가 나올 때까지 예전 기록을 확인하며 되짚어갔다. 2002년 여름에 다섯 건의 KT 표시가 있었는데, 출산 지역은 섬의 여러 곳이었고, 태어난 아기들은 전부 남자였다. 기간을 더 길게 잡아 일 년 단위로 이전 기록을 확인해나갔는데, 가슴이 답답해지는 느낌이었다. 2001년에는 하나도 없었다. 2000년도. 1999년 여름에는 KT 표시가 여섯 건 있었다. 모두 남자 아기가 태어났다.

나는 컴퓨터를 끄고 싶었다. 차에 올라 집으로 돌아가서 딸들을 데리고 해변을 몇 킬로미터나 내달리고 싶었다. 아니, 그보다 켄 기퍼드의 사무실로 올라가 문을 잠그고 내가 입은 옷을 전부 벗어버리고 싶었다. 지금 내 눈앞에 보이는 것들을 잊을 수만 있다면 무엇이든 하고 싶었다.

하지만 나는 자리를 뜨는 대신 더 많은 화면을 열었다.

1980년의 기록까지 돌아가보니 알 수 있었다. 일정한 패턴이 있는 것이 확실했다. 삼 년 단위로 네 명에서 여덟 명의 남자 아기들에게 KT 표시가 있었다.

삼 년 간격으로 셰틀랜드에서 여성 사망 숫자가 증가하는 것 역시 빠뜨릴 수 없는 사실이었다. 그리고 이듬해 여름이 되면 여지없이 조금 특이한 남자 아기들이 태어났다. KT는 연막에 불과할 뿐 '켈로이드 트라우마'와는 아무런 관련이 없었다. 그러한 증상은 존재하지도 않았다. KT는 바로 쿠널 트로의 약자였던 것이다.

나는 더 빠른 속도로 과거 기록을 뒤지며, 병원 자료를 처음 전산화했던 시기까지 살펴보았다. 전산 기록은 1975년부터 시작되었다. 더 이전의 자료가 필요했다.

자리에서 일어섰을 때는 다리의 힘이 다 빠진 느낌이었다. 나는 가능한 한 빠르게 복도를 지나쳐 직원용 승강기가 있는 곳으로 향했다. 승강기는 이 분이 채 지나기 전에 도착했고 기적적으로 아무도 타고 있지 않았다. 나는 지하층의 B 버튼을 눌러 아래로 내려갔다.

지하층은 텅 비어 있는 것 같았다. 나는 표지판을 따라서 드문드문 불이 켜진 복도를 지나갔다. 전구 몇 개는 불이 아예 들어오지도 않았다. 걸음을 옮기면서 벽면 스위치가 있는지도 확인했다. 혹시라도 지하층의 칠흑 같은 어둠에 갇힌 채 있지도 않은 스위치를 찾느라 벽을 더듬거리고 싶지 않아서였다.

마침내 복도 끝에 이르렀다. 대부분의 병원 기록 보관소는 뒤죽박죽이고, 그 점에 관해서는 어떤 예외도 없다. 보관소는 세 개의 방으로 이루어져 있었다. 나는 첫 번째 방의 문을 열었다. 캄캄했다. 벽을 더듬어 전등 스위치를 찾았다. 희미한 불빛이 방안을 비추었다. 먼지 때문에 목이 칼칼했다. 모든 자료는 커다란 갈색의 종이 상자에 담겨서 철제 선반에 높게 쌓여 있었다. 상자 대부분에는 전면에 라벨이 붙어 있었다. 나는 열려 있는 문에서 눈을 떼지 않은 채 선반을 따라 걸었다. 이곳에 누가 들어오는 일이 일 년에 한두 번이나 있을지 의심스러웠다. 만약 문이 쿵 하고 닫혀서 바깥에서 잠겨버린다면, 나는 배고픔과 공포 때문에 며칠도 버티지 못할 거라는 생각도 들었다.

첫 번째 방에는 산부인과 자료가 없어서 두 번째 방의 문을 열었다. 첫 번째 방과 같은 구조였다. 이번엔 문을 열어놓은 채로 고정시켰다. 선반의 셋째 열에 내가 찾는 것들이 있었다. 필요한 상자를 찾는 데 몇 분을 더 소모한 끝에 마침내 문제의 상자를 끄집어 내렸다. 상자 안의 기록 대장에는 출산 일자가 수기로 적혀 있었다. 서류의 양식은 컴퓨터에서 보았던 것과 같았다. 나는 애초부터 궁금했던 1972년을 찾아서 6월의 기록을 확인했다. 6월 25일의 기록이 나왔다. 엘스페스 거스리, 35세, 언스트 섬, 남자 아기, 3.6킬로그램, KT.

상자를 굽어보며 몸을 쪼그리고 있던 나는 바닥에 주저앉아버렸다. 오랜 세월 쌓여온 먼지와 잔해 더미 속에서 옷과 몸이 더러워지는 것도 개의치 않았다.

아기를 입양한 양모를 생모로 뒤바꾸는 방식으로 출생 기록을 조작한 이유에 대해 나로서는 한 가지 이유밖에 떠올릴 수 없었다. 그들의 출생이 잘못된 것이기 때문에 수사를 피하려 했던 것이다. 덩컨의 생모는 살해되었다. 멀리사가 그랬던 것처럼. 나머지 다른 여성들도 전부 그랬을 것이다.

삼 년마다 섬의 여성들은 농장의 가축처럼 갇혀서 아이를 배고 급기야 도살되었던 것이다. 그것이 트로족의 전설에서 영감을 받은 어떤 미치광이들의 소행일까? 아니면 그런 전설이 오랜 세월 동안 섬에서 발생해온 실제의 사건에서 나온 건 아닐까? 사람들은 그런 일들을 알면서도 진지하게 토론하거나 공개적으로 밝힐 수 없었을 것이다. 왜냐하면 자신이 괴물과 뒤섞인 채 살아가고 있음을 인정하는 꼴이 될 것이기 때문이다.

기퍼드의 출생 기록을 찾아볼까 싶기도 했지만, 차마 그럴 수가 없었다. 지금까지 알게 된 정보로도 충분했다.

나는 억지로 몸을 일으켜 상자의 뚜껑을 덮은 뒤 선반에 도로 올려놓았다. 기록 장부를 옆구리에 끼운 채 그 방에서 나올 땐 뜀박질을 치지 않으려고 애를 썼다. 전등 스위치를 끄고 승강기로 향하다가 마음을 바꿔서 반대쪽 계단으로 갔는데 그러는 동안에도 줄곧 진정하라고, 차분하게 행동하라고 자신을 다독여야 했다. 지금 내가 알아낸 사실을 아는 사람은 아직 아무도 없고, 따라서 당분간은 안전하다. 지금으로선 정신을 바짝 차리는 수밖에 없었다.

도대체 그들은 어떻게 그럴 수 있었을까? 어떻게 살아 있는 여성을 멀리 감춰둔 채 친지들에게 그녀의 죽음을 납득시킬 수 있었을까? 텅 비어 있는 관을 가지고 어떻게 장례를 치렀을까? 도대체, 어느 누구도 그녀의 관을 들여다보고 벽돌이 든 것을 발견하지 못했던 걸까?

나는 1층으로 올라왔다. 황당할 만큼 숨이 차 잠시 걸음을 멈췄다.

죽어가는 캐시 모턴에게 썼던 바꿔치기 방법을 모든 여성에게 쓸 수는 없다. 심하게 고통받으며 죽어가는 여성을 그렇게 많이 찾아내지는 못한다. 캐시와 멀리사를 바꿔치기했던 경우는 특별한 사례였을 것이다. 나는 최면과 약물을 떠올렸고 그 과정에서 의혹을 피하기 위해 꽤 많은 사람들이 연관되었을 거라고 짐작했다. 의사는 약물을 주입하고 사망 선고를 내린 다음 가족들을 위로했을 것이다. 병리학자는 존재하지도 않는 시신의 부검 보고서를 작성했을 것이다. 당사자의 친지들은 수많은 핑계들에 속아넘어가 시신을 살펴볼 엄두도 내지 못했을 것이다.

나는 사무실로 돌아왔다.

커스틴. 불쌍한 커스틴은 나와 마찬가지로 말을 즐겨 탔다. 그녀의 무덤에서 무릎을 꿇고 봄꽃들을 단장해주면서, 나는 말을 타다 죽었다는 이유만으로 그녀에게 무척이나 동질감을 느꼈다. 그런데 그녀는 그곳에 없었다. 여선히 우리집 벌판에, 실제 무덤인 그곳에 있는 게 분명했다. 온갖 장비를 동원한 수색도 엉터리였다. 당장 오늘도 조사를 벌였다고 했지만 모두 헛수고였다. 만약 해리스 총경이 나섰더라면 어땠을까……. 글쎄, 그가 언제, 어디서 태어났는지를 아는 것이 중요하겠지.

문득, 스티븐 게이어가 아기들을 어디서 구해 왔는지 알아내야 한다는 생각이 들었다. 그 부분을 여전히 이해할 수 없었다. 일 년 평균 두 명만으로는 헬렌과 내가 알아낸 정도의 상당한 수익을 거두기에 터무니없이 부족했다. 더구나 내가 아는 아기들, 그러니까 덩컨, 기퍼드, 앤디 던, 코너 게이어는 모두 섬에서 입양되었다. 다른 아기들도 그럴 가능성이 있었다. 돈은 돌고 돌기 마련이지만, 매년 수백만 파운드나 되는 막대한 금액이 해외에서 들어오는 까닭을 그것으로 설명할 수는 없었다. 다른 한편 가장 높은 금액의 입찰자에게 아기를 팔아치우기 위해서 굳이 여자들을 납치해 감금하고 살해하는 것은 위험부담이 지나치게 커 보였다. 그렇다. 그들을 움직이는 동기가 뭔지는 몰라도, 그것은 돈보다 더 중요한 것이어야 했다. 섬에서 팔려 가는 아기들은 다른 수단으로 구해야 했을 것이다.

사무실은 내가 나갈 때와 똑같은 상태였다. 나는 커피를 따르다가 꽤 많은 양을 쏟았다. 정신을 똑바로 차려야 한다. 그러지 않으면 누가 나를 보고 무슨 일이 생긴 것을 당장 알아차릴 테니까. 그러고는 수화기를 들었는데, 아마 그때까지 책상의 전화기가 한참이나 울리던 모양이었다.

"집으로 전화를 걸어야겠다고 생각하던 참이었어요." 헬렌이었다. 아직 그녀에게 사실을 털어놓을 수는 없었다. 먼저 내 머릿속이 정리되어야 했다. 혹시라도 입을 열었다가는 바보처럼 횡설수설할 것 같았다.

"어디예요?" 내가 물었다.

"방금 트로날 섬에서 출발했어요. 이봐요, 바람이 점점 거세지네요. 내 목소리 들려요?"

갑작스러운 공포에 가슴이 저릿했다. 헬렌이 트로날 섬에 갔다는 사실을 잊고 있었다니. "괜찮아요? 누구와 함께 있어요?"

"토라, 난 괜찮아요. 뭐가 문제죠? 무슨 일이라도 있어요?"

"아니에요, 아무것도. 그냥 피곤해서요." 나는 서둘러 대답하면서 진정하라고, 침착하라고 혼자 되뇌었다. 크고 깊게 숨을 들이쉬었다. "그래서, 그곳은 어떻던가요?"

"조용한 곳이에요. 여자는 몇 명뿐이고 대부분 잠들어 있어요. 신생아실에 아기가 두 명쯤 있고요. 아침에 다시 방문해보려고요. 난 언스트 섬에서 며칠간 머물 예정이에요."

"곧 만날 수 있는 거죠?"

헬렌은 잠시 침묵했다. 보트 엔진 소리와 바람이 휘몰아치는 소리도 들렸다. "괜찮은 게 확실해요?" 헬렌이 새삼 물었다.

"난 괜찮아요." 왠지 충분하지 않은 느낌이 들어서 나는 말을 덧붙였다. "집에 가려고요. 덩컨과 외식을 할 거예요."

"잘됐네요. 그런데 좀 물어보고 싶은 게 있어요. 약간 개인적인 건데, 오늘 아침에 기회가 없었거든요. 지금 물어봐도 될까요?"

"그럼요." 내가 대답했다. 가장 적절한 때였다. 나는 무슨 얘기든 들어줄 준비가 되어 있었다. 고민하고, 행동하고, 말을 해야 하는 것만 아니라면 뭐든 상관없었다.

헬렌은 목소리를 낮추었다. "실은, 데이나의 장례식을 어떻게 할지 고민이 되어서요. 그녀와 가장 가까운 사람은 나뿐이거든요."

그 점은 나도 알고 있었다. 이곳의 병리학자가 얘기를 해주었다. 데이나의 장례식이라니. 나는 눈을 감고서 비통하고 엄숙한 모임의 가운데에 자리잡은 내 모습을 떠올렸다. 성당처럼 웅장한 오래된 교회에서 기다란 하얀 양초가 은은하게 빛을 뿜었다. 촛불의 연기 냄새와 높은 제단에서 퍼지는 향냄새가 느껴지는 듯했다.

"당신이 그녀를 안 지 얼마 되지 않았다는 건 알아요." 헬렌의 목소리가 아득하게 들려왔다. "그래도 내 생각엔…… 글쎄, 당신이 꽤 강한 인상을 준 것 같아서요. 그 점은 나한테도 마찬가지였고요. 당신이 참석한다면 더 의미가 있을 거 같아서요."

데이나에게 바칠 꽃은 흰색일 것이다. 장미와 난초와 백합 같은, 그녀만큼 세련되고 아름다운 꽃들일 것이다. 빛나는 제복 차림의 젊은 경찰 여섯 명이 그녀를 제단으로 나를 것이다. 나는 목 안쪽이 따끔거렸다. 눈물이 뺨으로 흘러내렸고, 눈앞이 흐려져 아무것도 보이지 않았다. "그럼요. 당연히 가야죠. 고마워요."

"아뇨, 내가 고마운걸요." 헬렌도 목소리가 잠겼다.

"장례식은 던디에서 할 거죠? 날짜는 정했어요?"

"아직요. 시신을 언제 보내줄 건지 알아야 하니까요. 그래서 기다리는 중이에요. 당분간 그쪽에 둬야 한다고 들었어요. 물론 나도 이해해요. 단지 마음이 조급해서."

눈앞에 보이던 광경이 얼어붙었다. 제복 차림의 운구 행렬이 멈춰 섰고, 양초는 깜빡거리다가 꺼져버렸다. "그녀가 아직 여기 있다고요? 병원에요?"

헬렌이 내 말을 잘 듣지 못했을 거라고 생각했다. 나 자신도 알아듣기 어렵게 웅얼거렸으니까. 그런데 마침 바람이 잦아들었고, 그녀가 뒤이어 말했다.

"당분간 그런다고 했어요. 끊어야겠어요. 나중에 봐요."

그녀는 전화를 끊었다. 나는 눈을 질끈 감았다. 얼굴이 축축했지만 눈은 개운해졌다. 불과 몇 초 전까지 흐릿해 보이던 사무실이 시야에 선명히 들어왔다. 이제 볼 수 있었다. 나는 일어섰다. 다시 움직일 수도 있었다. 또한 고맙게도, 생각도 할 수 있게 되었다.

이 순간, 나는 직관이라는 단어의 참된 의미를 온전히 이해했다. 왜냐하면 그것을 떠올렸으니까. 아직 내가 이해하지 못하는 것들이 많지만 한 가지 사실만큼은 완벽하고 분명하게 이해할 수 있었다. 미안하지만 헬렌의 부탁을 나는 들어줄 수 없다. 나는 데이나의 장례식에 참석하지 않을 작정이다. 우아하지만 무게감이 없는 관을 무덤까지 나르는 것을 지켜보면서 입술을 깨물고 눈가를 문지르는 일도 없을 것이다. 나는 그녀의 시신을 땅에 묻거나 불길에 밀어넣는 오래된 의식에 참석하지 않을 것이다. 그녀의 장례식에 나는 절대로 갈 수 없다.

데이나는 죽지 않았으니까.

## 35

한 시간 반 뒤, 나는 옐 섬으로 향하는 페리에 자동차를 실었다. 아직 8시도 되지 않았지만 오늘 섬을 오가는 페리는 이 배가 마지막이었다. 머리 위로 짙은 구름이 드리웠고 폭풍의 조짐도 보였다. 재킷을 입고 자동차 안에 앉아 있는데도 몸이 떨렸다. 옐 해협을 가로지르는 페리에 다가와서 부딪치는 파도를 나는 애써 신경 쓰지 않으려 했다. 페리 승무원이 요금을 걷으러 왔을 때 바람 세기가 어느 정도인지 물어보았다. 그는 풍력 5에서 6 정도의 돌풍이라고, 밤사이에 바람이 더 거세질 거라고 했다.

날이 밝기 전까지 다른 폭풍이 더 몰려올지 모른다는 걱정을 하고 싶지는 않았다. 나는 마지막 순간에 내가 취해야 할 모든 행동에 온 신경을 집중했다. 병원에서 나오기 직전에 나는 집에 전화를 걸었다. 덩컨은 전화를 받지 않았다. 그렇다고 그의 휴대전화로 전화를 걸 만한 용기는 나지 않았다. 나는 병원에 응급 상황이 발생해서 늦게까지 일을 할 거라고 메시지를 남겼다. 사랑한다는 말도 덧붙였다. 실제로 내가 그를 사랑하기도 했지만, 그보다는 앞으로 두 번 다시 그 말을 할 기회가 없을지 모른다는 생각이 들어서였다.

페리가 부두에 닿자 뱃속이 울렁거리는 것을 느끼며 배에서 내렸다. 아직 차를 몰고 가야 할 길이 남았지만 그것은 문제가 되지 않았다. 앞으로의 계획을 위해서, 또 그동안 용기를 더 끌어모으기 위해서라도 어둠이 필요했다. 한편으로 생각이 너무 많아지면 내가 꽁무니를 뺄 것 같기도 했다.

이미 나는 만약의 경우를 대비해놓았다. 병원 지하에서 가져온 진료 장부와 컴퓨터에서 출력한 자료 몇 장, 황급히 갈겨쓴 메모를 갈색 봉투에 담았다. 그 봉투는 러윅을 빠져나오던 길에 데이나의 집에 들러 주방 냉장고 위에 눈에 띄게 올려놨다. 헬렌은 며칠 안에 그것을 보게 될 것이다. 내가 돌아오지 못할 경우, 그녀는 내가 어디로 갔는지, 왜 그곳에 갔는지 알게 될 것이다. 무슨 일이 발생하더라도, 내가 흔적도 없이 사라지는 일은 피하고 싶었다.

이날 대부분의 시간을 트로날 섬에서 보낸 헬렌과 수사팀은 이제 언스트 섬에서 밤을 지내고 있었다. 트로날 섬의 사람들은 이미 경계 태세일 것이다. 감춰야 할 것들을 모두 잘 감추고, 북쪽과 북동쪽에서 누가 섬에 접근하는지 감시하고 있을 것이다. 언스트 섬에서 출발하는 배가 있으면 경보를 울리고도 남을 만큼 넉넉한 시간 안에 발각될 터였다. 그쪽 방향에서 섬에 접근하면서 들키지 않기를 바랄 수는 없었다.

그래서 나는 그렇게 시도하지 않을 작정이었다.

옐 섬 거처의 부두 근처에는 작은 요트 클럽이 있다. 섬에 기반을 둔 스무 명가량의 회원으로 구성된 그 클럽은 인접한 언스트 섬의 클럽과도 관계를 맺고 있었다. 덕분에 나는 클럽 회관으로 통하는 창고의 열쇠를 지니고 있었다. 일단 그곳에 가면 여분의 보트 열쇠가 보관된 벽장을 열어볼 생각이었다. 그 정도는 식은 죽 먹기처럼 간단하다.

그런 다음에는 캄캄한 밤중에 내가 잘 알지도 못하는 요트를 끌어내고, 폭풍 직전의 바람 속에서 혼자 힘으로 요트를 물에 띄워서, 낯설 뿐 아니라 항해가 까다롭기로 악명 높은 해역으로 배를 몰아야 했다. 간단하지는 않아도 그 정도는 할 수 있다.

맙소사, 내가 무슨 생각을 하는 걸까?

나는 차를 세웠다. 다행스럽고 (동시에) 실망스럽게도 주차장은 텅 비어 있었고, 클럽 회관은 깜깜했다. 이 단계에서 무언가 나를 방해하는 것이 있다면 나는 그것을 계획을 중단해야 하는 신호로 받아들였을 것이다. 클럽 회관에 들어가 벽장을 열고 찾던 열쇠를 손에 넣기까지는 몇 분밖에 걸리지 않았다. 나는 방수복과 구명조끼를 챙긴 다음 선창으로 내려갔다.

덩컨과 리처드의 친구 중에는 옐 섬에 사는 노련한 선원이 있었다. 최근에 새 요트를 구입하여 덩컨과 나를 몇 번 태워주기도 했던 사람이다. 그의 세일링 요트는 빠른 속도를 내도록 만든 것으로, 용골이 깊숙해서 여느 딩기 요트보다 훨씬 안정적이었다. 엔진이 달린 덕분에 바람이 원하는 방향으로 불지 않아도 상관없고, 자그마한 덮개의 조종석이 있어서 궂은 날씨에도 끄떡없었다. 바다 위에 정박할 수 있게끔 닻도 갖추고 있었다.

경찰과 섬 당국에서 나를 상대로 제출할 고소장 항목에 중절도죄가 추가되려는 상황이었는데, 사실 정당한 처벌을 받을 때까지 내가 살아남을 수 있을지 의문이었다.

낮이었다면 오십 년이나 되어 보였을 낡은 선창이 발밑에서 흔들렸다. 머리카락이 바람에 휘날렸는데, 풍력이 6 정도로 거세진 느낌이었다. 바람이 아무리 세게 불어도 나는 목숨을 건 무모한 모험에 나설 작정이었다. 무슨 일이 있어도 그랬을 것이다.

요트 정박장은 고요함과는 거리가 먼 곳이며, 특히 거센 바람이 그 사이를 통과할 때 들리는 소음은 정말로 신경을 거슬리게 한다. 선창에 묶인 몇몇 배의 돛줄들이 조율되지 않은 팽팽한 기타줄처럼 윙윙 소리를 냈다. 어떤 배들은 서로 부딪혔고, 비교적 안전한 정박장인데도 거센 물살이 뱃전을 때렸다. 바다에 나가기에는 결코 좋은 징조 같지 않았다.

나는 요트를 찾아서 배 위에 올라 조종실의 잠긴 문을 열었다. 약간의 죄책감이 느껴졌지만, 출항 준비에 정신을 모으고 차근차근 행동했다. 혹시라도 내가 감당하지 못할 상황이 발생하면 모험을 포기해야 한다는 신호로 받아들이기로 했다. 먼저 삼각돛을 제 위치에 고정하고 아딧줄*을 연결한 뒤 큰 돛대의 돛을 부착하고 엔진을 꺼냈다. 연료와 다른 장비들도 점검했다. 당장이라도 누군가의 성난 고함 소리가 들리지 않을까 마음을 졸이며, 나는 예상보다 빠르게 준비를 마쳤다. 그제야 마음이 조금 진정되었다.

요트의 주인이 배 안에 근처의 해도海圖도 갖추어놓아서 나는 한동안 지도를 살폈다. 거처의 정박지를 출발해 사람이 살지 않는 링가라는 작은 섬의 뒤에 숨어서 남동쪽으로 1.6킬로미터를 내려갈 예정이었다. 링가를 벗어난 다음에는 항로를 바꿔 트로날 섬의 서쪽까지 직진이다. 트로날 섬의 서쪽 면은 절벽이지만 비탈진 해변도 있었다. 그곳에 닻을 내릴 수 있을 것이다. 거기까지 갈 수만 있다면.

지금이 절호의 기회라고 자신을 다독이며 나는 선미에 묶인 줄을 풀고, 뱃머리에는 쉽게 풀리도록 매듭을 묶은 뒤 요트의 시동을 켰다. 우선 후진으로 천천히 정박장을 빠져나왔다. 나를 본 사람은 아무도 없었다. 아니면 보았어도 고함을 지르거나 경보를 울

---

◆  바람의 방향을 맞추기 위해 돛을 매어 쓰는 줄.

리지 않은 것이다.

정박장을 나오자 요트의 오른쪽 앞머리에 파도가 몰아쳐 얼굴이 흠뻑 젖었다. 바닷물이 그렇게 차가울 줄은 생각도 못 했다. 나는 두건을 덮어쓰고 끈을 단단히 묶었다.

하늘에 먹구름이 짙어 주위가 금세 캄캄해졌다. 나는 해상 지도를 투명한 플라스틱 덮개에 넣어 계기판에 매달았다. 잠시 뒤 시야가 완전히 어두워지면 몇 분 간격으로 지도를 확인해야 하니까. 이제 요트 방향을 오른쪽으로 예리하게 꺾어 링가 섬과 옐 섬 사이의 해협으로 들어갔다. 이곳에서는 파도가 정면에서 몰아쳤다. 몇 초 간격으로 느닷없이 밀려오는 파도 속을 뚫고 지나가야 했다. 얼음처럼 차가운 물보라가 뱃머리를 넘어왔다. 나는 이내 흠뻑 젖고 말았다.

등뒤에서 거처의 불빛들이 멀어졌다. 요트 양쪽의 육지는 검은 그림자처럼 우뚝 솟아 있었다. 소형 엔진을 쓰는 탓에 속도가 겨우 4노트밖에 안 나는데도 소음은 너무 컸다. 트로날 섬에 한 시간 안에 도착하려면, 또 소리를 들키지 않으려면 돛을 펼쳐야 했다. 주돛을 펴려고 하자 요트가 즉시 기우뚱했다.

삼각돛을 펼치려면 모든 용기를 끌어내야 했다. 삼각돛을 펴지 않고는 요트의 균형을 잡을 수 없었다. 나는 삼각돛을 절반만 펼쳤고, 돛이 바람을 맞으면서 배의 속도가 빨라지자 엔진을 껐다.

몇 분이 지나자 배의 속도는 7노트로 올라가고 각도는 30도 정도 기울었다. 요트가 벽돌 벽처럼 단단한 파도와 부딪힐 경우를 대비해 나는 요트의 균형을 유지하는 데 집중했다. 어쨌든 일은 계획대로 진행됐고, 나는 요트를 조종하고 있었다. 틀림없이.

나는 조종석에서 몸을 웅크렸다. 세찬 돌풍이 불어닥칠 때마다 요트가 한옆으로 뒤집힐 것 같았다. 한 손으로 조종 막대를 꽉 쥔 채 다른 손으로 아딧줄을 붙잡았다. 조종 막대를 지탱하기 힘들 때면 팽팽한 아딧줄을 약간 풀어 요트가 다시 균형을 잡을 때까지 필사적으로 매달렸다.

어느새 링가 섬의 남쪽 끝에 다다라 이젠 해협을 벗어나야 했다. 요트 방향을 좌측으로 틀면서 돛을 조정했다. 바람은 이제 선미 좌측에서 불어와 요트는 기울지 않은 채 중심을 똑바로 잡았다. 돛이 바람을 가득 안자 속도가 빨라졌다. 7.5노트, 8.5노트. 이 속도로 멈추지 않고 간다면 금세 트로날 섬에 닿을 것이다.

과연 나는 그곳에서 무엇을 발견하게 될까?

헬렌은 틀렸다. 그녀는 훌륭한 경찰이고 훈련받은 대로 모든 일을 수행했다. 그녀는 사실에 집착했다. 하지만 사실만으로 밝혀낼 수 있는 것은 얼마 되지 않았다. 트로날 섬이 아기를 불법 매매한 범행의 소굴이라는 것, 또 스티븐 게이어가 이 사건을 지휘하고 앤디 던과 아직 정체가 밝혀지지 않은 다른 몇 명의 도움을 받았다는 것은 사실이었다.

우리는 그들이 범행을 감추기 위해 멀리사를 살해했다는 사실도 알아냈다. 그녀의 시신이 발견되긴 했지만, 교묘한 살해 수법 때문에 보통의 경우였다면 절대로 들키지 않았을 것이다.

그러나 사실만 가지고는 그녀의 시신을 간편하게 바다에 내버리는 대신 어떤 기이한 의식이라도 치른 듯 우리집 벌판에 매장한 이유를 설명할 수 없었다. 게이어는 그녀를 오랫동안 감금하고 아기를 낳을 때까지 기다렸는데, 부성애 때문이라면 모를까 그런 막대한 위험을 감수한 이유 역시 설명할 수 없었다. 게다가 커스틴의 결혼반지가 우리집 벌판에서 발견된 이유도 설명할 수 없었다.

삼 년마다 여성 사망자의 숫자가 늘어나고, 바로 그다음 해에 남자 아기들이 무더기로 태어나는 이유도 그랬다. 또 그렇게 태어난 아기들의 양모를 생모로 둔갑시켜서 잘못된 기록을 남긴 것도.

이 모든 것을 해명하기 위해서는 신념의 큰 도약이 필요한데, 헬렌은 그럴 수 없었다. 데이나는 방향을 돌렸고, 결국 나는 그녀가 얻고자 했던 결론에 이르게 되었다. 이곳, 셰틀랜드에는 전설이 살아남아 있었다. 트로족에 관한 수많은 이야기들은 실재하며, 그들이 사람들과 섞여 살면서 사람 행세를 해온 것이다.

물론 그러한 트로족의 신체를 해부하고 모든 의학적 수단을 동원해 그들의 혈액과 DNA, 골격 구조를 검사할 경우, 그들 역시 해부학적으로 보통의 인간 남성들과 다르지 않다는 결론이 나오리라는 점을 나는 알고 있었다. 여기서 결정적으로 중요한 점은, 그들이 스스로를 나머지 인간 종족과 다르다고 믿는다는 것이다.

즉 그들에게는 다른 권리, 다른 책임이 주어졌다. 일반적인 인간의 법 대신, 그들이 결정하고 그들이 집행하며 그들 스스로 관리하는 고유의 법전을 따르는 셈이었다.

요트는 칠흑 같은 어둠 속을 나아갔다. 나침반이 내가 가는 방향을 일러주고, 해도가 요트 앞에 당장 어떤 장해물도 없음을 알려주었는데 그렇지 않았다면 눈을 감고 달리는 것과 마찬가지였을 것이다. 깜빡이는 수로 표지 몇 개를 지나쳐서 나는 짙은 어둠의 공간 속으로 전진했다. 거의 분간도 되지 않는 수평선 위에 섬이나 암석 같은 흐릿한 그림자들이 보였는데, 그중 어떤 것도 아직 가까워지지는 않았다. 수심 측정기는 작동하지 않았다. 수심이 너무 깊으면 측정할 수 없기 때문이었다. 논리적으로 그것은 안심이 되었지만 내 발밑에 깊이를 알 수 없는 어둠이 도사리고 있다는 사실만은 떠올리고 싶지 않았다. 배가 계속 나아가는 동안 나는 트로날 섬에서 나를 기다리고 있을 무언가를 생각했다.

역사 속에는 스스로를 지배자 종족으로 칭한 부족이 무수히 등장한다. 이제 나는 그러한 부족과 상대해야 했다. 이들 남성 종족은 애초부터 자신들을 나머지 인간들보다 우월하다고 믿었다. 외지고 구석진 이곳 섬에서 수십 명의 남자들이 자신들의 은밀한 왕국을 운영해왔다. 경찰, 지방정부, 보건 당국, 학교, 상공회의소를 움직이고, 섬의 모든 기관들을 통제했던 것이다. 그들은 자동적으로 최고의 직장을 얻고, 이득이 되는 계약을 따내고, 최고의 클럽에 가입해서 합법과 불법이 복잡하게 뒤섞인 거래를 통해 부를 축적했다. 북해 유전이 발견된 뒤로 셰틀랜드는 전에 없던 경 세적인 번영을 향유하게 되었고, 지역의 남성 집단이 이득을 독차 지했다. 비밀결사 조직인 프리메이슨과 범죄단체 마피아가 합쳐진 격이다. 거기에 약간의 추잡함이 가미되었다.

밤이 깊어질 즈음 나는 당연한 의문을 떠올렸다. 어째서 이들 남성 종족은 지금의 상태에 만족하지 않은 걸까? 다른 사람들처럼 결혼하고, 아이를 낳고, 그들의 작은 왕국의 결실을 즐기면 되지 않았을까? 왜 자기 아들의 어머니가 될 여자를 납치해서 강간하고 결국 죽여야 했던 걸까? 그러한 끔찍한 과정을 거쳐 태어나는 아들이 결국 단 한 명밖에 되지 않는다는 점이야말로 그들만의 독특한 본질인 것 같았다. 그들의 희귀함은, 적어도 그들의 관점에서 더없이 중요한 가치를 지니는 것이다.

트로족 집단에서 태어나는 남자아이는 준엄한 선택의 순간에 직면한다. 현실을 받아들이면 막대한 이득을 향유하게 되지만 그 대신 자신의 출생과 관련한 잔혹한 실체 또한 인정해야 한다. 아니면 자신에게 소중한 것이라고 배워온 모든 것과 모든 사람을 잃을 각오로 집단을 떠나야 했다. 덩컨에게 나를 떠날 마음이 없었다는 것을 이제야 알게 되었다. 그가 벗어나고 싶었던 것은 자신의 삶이었다. 셰틀랜드로 이사를 오면 막대한 이득이 생기는데도 그가 그토록 우울해했던 이유도 이제 나는 알게 되었다. 우리의 관계가 삐걱거렸던 것도 그럴 수밖에 없었다. 덩컨은 자신을 섬으로 끌어당기던 세력에 맞섰던 것이다. 나는 그에게 연민을 느꼈지만, 그 싸움은 그가 혼자서 치러야 한다. 나는 나만의 당면한 문제를 처리해야 하니까. 어쨌든 지금까지, 그는 승리하지 못했다.

내 앞에 드리운 어두운 형체는 더욱 검어지면서 주위의 다른 어둠보다 더 단단한 모습으로 변했다. 작은 불빛이라도 보일 줄 알았다. 트로날 섬은 이제 가까웠다. 삼각돛을 접자 요트의 속도가 확연히 느려졌다. 이제 삐죽삐죽 솟은 절벽과 능선을 분간할 수 있었고, 희뿌연 모래사장 같은 것도 보였다. 수심 측정기도 작동하기 시작했다. 십오 미터, 십사 미터, 십삼 미터…….

파도가 해안에서 부서졌다. 십 미터, 구 미터……. 바람이 부는 쪽으로 요트의 방향을 틀어서 멈추려는 참에 좌현 쪽에 바위가 솟아 있는 것이 보였다. 우현에는 아무것도 없는 것 같았고 나는 요트를 거의 삼백 도쯤 회전시키며 살폈다. 속도는 거의 줄어들었다. 다시 좌현을 보니 더 많은 바위들이 눈에 띄었다. 수심은 점점 얕아져서 오 미터에서 사 미터로, 다시 삼 미터……. 나는 최대한 빠르게 팔을 뻗어 조종 막대를 당기고 주돛을 내렸다. 그러고는 막대를 꽉 쥔 채로 눈을 감았다. 바람이 불어와 요트가 앞으로 더 밀리자 선체 아래에서 긁히는 소리가 났다. 요트가 앞쪽으로 심하게 흔들려 해변에 도달한 것을 알 수 있었다. 요트는 일 미터쯤 더 나아가다가 멈췄다.

나는 조종석에서 필요한 물건들을 챙겨 다시 요트에 올라섰다. 좁은 갑판에 서서 내가 돌격할 지형적 요새인 트로날 섬을 바라보았다. 역사가 시작된 이래 침략에 대비하기 위한 방편으로 사람들은 자신의 주위를 물로 둘러쌌다. 하지만 내가 침범할 곳은 단순한 섬이 아니라 트로족의 요새였다. 겉으로 드러나진 않아도 아주 강한 남자들이 다스리는 복잡한 구조물인 셈이었다. 또 그들은 힘이 세고 사람에게 최면을 거는 능력까지 지녔다. 그래봐야 그들 역시 사람일 뿐이라며 스스로를 다독였지만 소용없는 짓이었다. 그들은 여러 세대를 거치며 자신들이 특별하다는 믿음을 지니게 된 자들이다.

어떤 믿음에 깊게 몰입하면, 결국에 그것은 일종의 진실이 되는 법이다.

## 36

협소하고 비탈진 해변의 어둠 속에서 어슴푸레 빛을 뿜어내는 뭉우리돌이 여기저기 흩어져 있었다. 낮고 뾰족뾰족한 절벽들이 도처에 우뚝했다. 절벽이 움직이는 듯 보여서 나는 비명을 지를 뻔했다가 겨우 진정했다. 절벽은, 갈매기인지 풀머갈매기인지 나로서는 구분할 수 없지만, 그곳에 사는 수백 마리 바닷새들의 서식처였다. 새들은 하얀 배를 옴죽거리며 날개를 퍼덕이고 시커먼 화강암 절벽을 향해 고갯짓을 했다.

　나는 닻을 꺼내서 해변으로 서너 걸음 들어가 작은 바위 뒤에 쑤셔넣었다. 다시 이곳으로 돌아올 때까지 요트가 나를 기다려주리라 생각하면서. 그러고는 챙겨 온 작은 배낭을 짊어지고 걸음을 옮겼다.

우선은 절벽의 가장 야트막한 언덕으로 향했다. 너무 어두워 잘 보이지 않는 탓에 몇 초 간격으로 발이 걸리거나 미끄러졌다. 모래사장이 끝나는 지점부터는 거의 기어오르다시피 했다. 자갈이 깔린 길을 몇 미터쯤 지나자 흙이 살짝 덮인 지대가 나왔다. 풀포기와 바람에 흔들리는 헤더가 여기저기 보였다. 언덕의 경사가 가파르지 않았음에도 꼭대기에 다 오르자 몹시 숨이 찼다. 섬의 위쪽 지역에는 가시철조망이 빙 둘러져 있었는데, 이에 대해서는 미리 대비를 해둔 터였다. 나는 요트에서 가져온 작은 펜치를 써서 철조망을 끊고 길을 냈다. 철조망을 지나자 허리 높이의 돌담이 나왔다. 나는 혹시라도 담이 허물어지지 않도록 조심하며 돌담을 넘고는, 근처에 떨어진 돌멩이를 주워 돌담에 올렸다. 철조망을 자른 위치를 대충이나마 표시하기 위해서였다.

이제 몸을 낮추고 주위를 둘러보았다. 트로날 섬은 달걀형의 작은 섬으로 이 킬로미터가 안 되는 길이에 좌우 폭은 오백 미터쯤 되었으며, 동남쪽에 뭉툭한 절벽이 세 곳 있었다. 가장 높은 지점은 내가 웅크리고 있는 곳과 거의 같은 해발 오십 미터였다. 북쪽으로 언스트 섬 우에예사운드에서 불빛이 반짝였고, 트로날 섬의 조그마한 정박장에도 서너 개의 불빛이 보였다. 새로 만든 듯 견고해 보이는 잔교 하나가 자그마한 천연 부두에서 삐죽 튀어나와 있었다. 크고 흰 순항 보트를 포함해 몇 척의 배가 그곳에 정박해 있었다. 방파제 인근에는 랜드로버 한 대가 세워져 있었는데, 금방이라도 그 주변에서 누군가 움직이는 것이 보일 것만 같았다.

부두에서부터 이어진 1차로의 비포장 길은 섬을 가로질러 유일한 건물로 이어졌다. 거의 섬의 정중앙, 불쑥 떠올랐다가 움푹 꺼진 우묵한 땅에 건물이 자리잡고 있었다. 나는 몸을 낮춘 채로 건물을 향해 다가갔다.

본능적으로 언덕에 가까이 붙어 가능한 한 빠르게 험난한 길을 이동했다. 한순간 목소리가 들린 것 같았고, 십 분 뒤에는 보트 엔진 소리가 나는 듯했다. 그렇지만 바람이 너무 강해서 확신할 수는 없었다.

몸을 숨긴 채 십오 분쯤 기어가자 가까운 곳에 불빛이 보였다. 나는 언덕 끝까지 올라가 거칠고 따끔거리는 풀밭에 엎드렸다. 아래쪽으로 불과 십오 미터도 떨어지지 않은 곳에 진료소가 있었다.

진료소는 섬의 석재로 지은 단층 건물로 슬레이트 지붕이 높이 솟아 있었다. 한가운데 있는 안뜰을 중심으로 둘레에 건물이 길게 이어졌다. 북서쪽 높은 지대에 위치한 아치형 입구가 안뜰로 들어가려는 차량의 출입을 차단했다. 출입문은 활짝 열려 있었다. 건물 지붕에 일정한 간격으로 창문들이 툭 튀어나온 것도 보였다. 한 면에만 여섯 개의 창이 있었다. 불이 켜진 곳은 몇 군데 되지 않았지만, 자갈이 깔린 좁은 길을 따라 늘어선 작은 전등이 주변을 희미하게 밝혀주었다. 나는 건물에서 적당히 거리를 유지한 채 다시 걸음을 옮겼다. 어느 쪽으로 접근해야 안전할지 결정하기에 앞서 건물을 모든 각도에서 살펴보고 싶었다.

입구의 남쪽에서 바라보자 캄캄한 방이 쭉 늘어선 모습이 눈에 들어왔다. 블라인드를 걷지 않았지만 방안에 아무것도 없다는 것을 알 수 있었다.

건물 동남쪽은 번잡했다. 몇몇 창문에 블라인드가 걷혀 있고 불도 켜져 있었다. 나는 그늘 속에 웅크린 채 살펴보았다. 방안에 남자들이 보였다. 여섯 명까지 셀 수 있었는데 실제 숫자가 그보다 많은지는 알 수 없었다. 그중 서너 명은 휴게실 한곳에 모여 있었다. 안락의자와 벽면에 붙은 텔레비전이 보였다. 다른 두 명은 큰 주방에 있었다. 스테인리스 식기들이 번득거렸다. 몇몇은 청바지와 스웨터 차림이었고 두 명은 하얀 수술복을 입고 있었다. 그들은 이리저리 서성이며 잡담을 나누고 머그잔의 음료를 마셨다. 한 남자가 주방에서 담배를 피우느라 열린 창문으로 담배를 내밀고 있었다. 시계를 보니 10시가 조금 지난 시각이었다. 일반적인 병원은 밤이면 조용해지기 마련인데, 이곳은 전혀 그렇지 않았다.

나는 몸을 숙인 채 혹시라도 비디오 감시 장비나 탐조등, 비상벨 같은 것이 있을지 생각했다. 만약 이 건물이 내가 추측한 대로 감옥이라면 틀림없이 그런 장비를 갖추고 있을 터였다. 다시 다른 쪽 모퉁이를 돌아가자 여덟 개의 창문이 보였는데 모두 블라인드가 내려져 있었다. 나는 계속 움직였다. 건물과 십 미터쯤 떨어진

곳에 별채 건물이 늘어서 있었다. 나는 그 뒤쪽으로 숨을 계획을
세웠다.

창고 건물에서 육 미터쯤 떨어진 거리에 다다랐을 때, 천둥 같
은 소리가 들렸다. 대형견 몇 마리가 미친듯이 짖기 시작했다. 나
는 땅에 엎드려 최대한 몸을 둥글게 만들고 양손을 가슴팍에 묻
었다.

개들은 더욱 사납게 짖으며 발톱으로 나무를 긁어댔다. 나한테
달려들어 물어뜯으려고 울부짖으면서 서로 다투기까지 했다.

그런데 아무 일도 일어나지 않았다. 대형견들이 달려드는 소리
도 들리지 않았고, 날카로운 이빨이 내 살점을 파고들지도 않았
다. 하지만 귀청을 찢는 소음이 끊이지 않았다. 개들은 자기들과
나, 또 이 상황에 점점 더 흥분했다. 개들이 내게 달려들 수 없다
는 것을 깨달은 뒤에는 너무나 안심이 되어 정신을 잃을 것 같았
다. 개들은 전부 갇혀 있었다.

나는 억지로 몸을 펴서 기어가기 시작했다. 왔던 길을 되돌아
가 휴게실과 주방 쪽으로 향했다. 내가 멀어지자 개들은 조용해졌
다. 이윽고 개들을 진정시키는 남자의 목소리가 들렸다.

휴게실에는 텔레비전이 켜져 있고 서너 명의 남자가 그 주위에
서 방송에 집중하고 있었다. 운이 좋으면 한동안은 텔레비전이 그
들의 감시를 소홀하게 만들어줄 터였다. 조금 전에 개들과 마주쳐
서 심하게 놀라긴 했지만, 한편으로 개들이 있다는 것은 좋은 징

조이기도 했다. 가둬두기만 한다면 말이다. 경비견들이 섬의 보안을 맡고 있는 거라면, 경보 장치나 카메라 같은 다른 장비에 의존할 가능성은 줄어드는 셈이다. 물론 개들을 풀 경우 내 기대 수명은 십 분을 채 넘기지 못할 테지만.

주방은 비어 있었는데, 남자가 담배를 피우던 창문은 열린 채였다.

진료소의 직원들이 대부분 휴게실에 있을 거라고 가정하는 것 자체가 어리석고 황당한 모험이었다. 차라리 다시 언덕을 기어올라 요트가 있는 곳까지 간 다음 언스트 섬으로 향하는 편이 좋을 것 같았다. 헬렌을 설득해 불시에 이곳을 조사하는 편이 낫지 않을까? 그렇게 하면 적어도 아침해가 뜰 때까지는 내 목숨이 붙어 있을 테니까. 그러면 데이나는 어떡하지?

주위를 둘러보니 키 큰 덤불이 보여 나는 그쪽으로 달려갔다. 덤불 뒤에서 배낭을 열고 방수복을 벗었다. 나는 하루 종일 입고 있던 수술복도 아직 벗지 않은 상태였다. 모자를 덮어쓰고 모자 안으로 머리카락을 말아 넣었다. 수술복 차림이라면 멀리서 언뜻 보더라도 그들이 나를 대수롭지 않게 여길 가능성이 있었다. 나는 다시 앞으로 달려가 주방이 여전히 비었는지 확인한 다음 창문으로 기어올랐다.

옆방의 텔레비전은 볼륨을 한껏 높인 상태라 아무도 내가 침입한 것을 눈치채지 못하리라는 확신이 들었다. 나는 주방의 철제 조리대를 넘어 바닥에 내려서는 귀를 기울였다. 텔레비전 속의 스포츠 관중들이 나지막이 노래를 불렀고, 옆방 사람들은 이따금 씩 감탄사를 내뱉었다. 나는 팔을 뻗어서 창문을 내렸는데, 꽉 닫 지는 않고 약간만 열어두었다. 운이 좋으면, 그 창문이 닫힌 채로 잠긴 것처럼 보일 것이다. 이제 주방을 가로질러 가서 문을 살짝 열었다. 복도는 텅 비어 있었다. 나는 휴게실의 반대편인 왼쪽으로 이동했다. 고개를 들어보니 벽과 천장 사이에 감시 카메라가 붙어 있었다. 제발 그들이 감시를 소홀히 하기만을 바라는 수밖에 없었 다.

나는 누군가 다가오는 소리라도 들릴까 봐 한시도 긴장을 풀지 않은 채 천천히, 조용하게 걸음을 옮겼다. 복도의 오른쪽 벽면에 있는 몇 개의 창을 통해 건물 안뜰이 어슴푸레하게 내다보였다. 안뜰 건너편의 복도에도 창이 나 있고 불이 켜져 있었다. 당장이 라도 저들에게 발각될 것 같았다. 건물은 바깥에서 보았을 땐 무 척 낡아 보였지만 막상 안에 들어오니 전혀 그런 느낌이 들지 않 았다. 건물 구조가 일정할 뿐 아니라 깨끗하고 현대적이며, 큰 창 문도 많았다. 내 왼쪽에는 방들이 있는데 대부분 문이 닫혀 있었 다. 문 아래쪽으로 불빛이 새어 나오는 방을 재빨리 지나쳤다. 두 곳은 문이 열려 있어서 안쪽을 힐끔 들여다보기까지 했다. 한 곳 은 사무실이었다. 책상과 컴퓨터, 전면이 유리로 된 책장도 있었 다. 다른 한 곳은 회의실처럼 보였다.

복도 끝까지 와보니 오른편에 안뜰로 나가는 문이 있었다. 왼편에는 이중의 철제문이 달린 대형 승강기와 계단이 보였다. 나는 계단을 올라갔다.

일곱 칸을 올라가자 방향이 180도로 꺾였고, 꼭대기에 방화문이 있었다. 나는 문을 열고 안을 살펴보았다. 좁은 복도에는 창이 없었다. 나지막한 천장을 따라 침침한 빛이 고르게 비추었다. 나는 복도 오른편에 여섯 개의 문이 있다는 것을 알아챘다. 각각의 문에는 창문 형태의 작은 덧문이 달려 있었다. 나는 첫 번째 방의 덧문을 밀어젖혔다.

방안은 어두웠지만 병원에서 쓰는 파이프 골격의 침상과 그 옆에 놓인 연한 빛깔의 서랍장을 알아볼 수 있었다. 안락의자와 벽쪽의 작은 텔레비전도 보였다. 누가 침상에 누워 있는데 담요를 높이 끌어당겨 덮어서 그가 남자인지 여자인지, 젊은지 늙었는지, 죽었는지 살았는지도 알 방법이 없었다.

나는 그다음 방의 덧문을 확인했다. 구조는 같았다. 다만 이번에는 침상 위의 누군가가 움직였다. 그는 몸을 돌려서 쭉 펴더니 다시 잠들었다.

그다음 방은 비어 있었다. 네 번째 방도 그랬다.

다섯 번째 방에는 불이 켜져 있었다. 한 여자가 안락의자에 앉아 잡지를 읽고 있었다. 그녀가 고개를 들자 나와 눈이 마주쳤다. 여자는 잡지를 내려놓고는 두 손으로 의자 팔걸이를 잡아 몸을 일으켰다. 잠옷에 가운을 걸치고 있었다. 그녀는 임신중이었다.

여자는 문으로 다가왔다. 나는 신경이 잔뜩 곤두섰지만, 지금 도망을 치면 모든 노력이 물거품이 될 터였다. 그녀는 문을 열더니 고개를 한옆으로 살짝 기울였다.

"안녕하세요." 그녀가 말했다.

나는 멍하니 그녀를 바라보고 있을 수밖에 없었다. 여자가 이마에 주름을 지으며 눈을 가늘게 떴다.

"미안해요. 너무 고된 하루네요. 네 시간이나 수술실에 있었더니 머리가 멍할 지경이에요. 기분은 어때요?" 내가 겨우 말했다.

여자는 긴장을 풀고 뒤로 물러나며 나를 방안으로 들어오게 했다. 안에 들어간 나는 문을 닫고, 덧문이 본래대로 닫혔는지도 확인했다.

"괜찮아요. 약간 불안하지만요. 모텐슨 씨가 수면에 도움이 되는 약을 주신다고 했는데 계속 바쁘신가 봐요." 여자가 말하며 침상에 기댔다. "내일 일은 잘 되겠죠?"

나는 억지로 미소를 지어 보였다. "그럼요, 그럴 거예요."

"고마워요. 어서 빨리 끝냈으면 해서요. 정말로 다시 돌아가서 일을 해야 하거든요."

낙태 얘기였다. 데이나는 이곳 진료소에서 낙태 수술을 한다고 했었다. 적어도 이 여성은 여기에 제 발로 찾아왔을 것이다.

"혹시 우리가 만난 적이 있나요?" 그녀가 물었다.

나는 고개를 저었다. "아닐 거예요. 이곳에 온 지 얼마나 되었죠?"

"이제 닷새째죠. 정말 집에 돌아가고 싶어요. 어쨌든 스물네 시간 뒤에는 그럴 것 같지만요."

"난 일주일 동안 출장을 다녀왔어요. 오늘 오후에 복귀했고요. 아직 당신의 기록을 살펴볼 겨를이 없었어요. 혹시 어떤 합병 증세가 있어요?"

여자는 한숨을 내쉬더니 몸을 일으켜서 침상에 걸터앉았다. "한두 가지가 아니에요. 우선 혈압이 아주 높아졌어요. 전에는 이런 문제가 한 번도 없었거든요. 당뇨와 요단백 증상도요. 혈액에 바이러스가 감염된 흔적이 있다고 했어요. 그것이 수술과 무슨 관련이 있는지도 모르겠지만요."

그 점은 나 역시 이해가 되지 않았다. 황당한 소리 같기만 했고, 뭔가 불길한 느낌도 들었다. 나는 침상 발치에 붙은 기록에 눈을 돌려 그녀의 이름을 확인했다.

"에마, 배를 잠깐 봐도 될까요?"

여자는 침상에 누워 가운을 벌려주었다. 그녀는 대단한 미인에 키도 컸다. 나이는 이십 대 후반으로 보였다. 금발 머리카락은 뿌리 부분이 약간 검었지만 그래도 화려해 보였다. 큰 눈은 옅은 갈색이고, 입술은 앵두처럼 아주 붉었다. 치아도 희고 완벽했다.

나는 손으로 그녀의 복부를 살짝 눌렀다. 그러자 즉시 발길질을 하는 느낌이 났다. 눈을 들어 그녀를 보자 에마의 표정이 굳었다. 그녀는 나와 눈을 마주치지 않으려 했다.

"에마, 직업이 뭐죠?" 손을 더 위로 올리며 내가 물었다.

그녀는 미소를 지었다. "난 배우예요." 마치 오랫동안 그 말을 하고 싶었던 사람처럼 그녀가 대답했다. 들뜬 모습이 스스로도 익숙하지 않은 듯 쑥스러워 보였다. "얼마 전에 런던의 웨스트엔드에서 주연을 따냈거든요." 그녀는 내가 어렴풋이 들어본 기억이 있는 뮤지컬 제목을 말했다. "지금은 임시 대역이 내 자리를 메꾸고 있는데 빨리 돌아가지 않으면 역할을 아예 빼앗길지도 몰라서요."

나는 진찰을 끝낸 후 고맙다고 말했지만 전혀 만족스럽지 않았다. 침상 끝에 붙어 있는 기록을 다시 살폈다. 두 번째 페이지에 내가 찾던 답이 있었다. LMP: 2006년 11월 3일. 나는 침상의 뼈대를 응시하면서 가만히 머릿속으로 계산을 해보았다. 그런 다음 나머지 기록들을 더 살핀 뒤 고개를 들었다. 에마는 이제 일어나 앉아서 나를 지켜보고 있었다. 조심스러운 눈빛에 입술을 꾹 다문 채였다.

"에마, 마지막 월경 날짜가 11월 3일이라고 적혀 있어요. 이때가 확실해요?"

그녀는 고개를 끄덕였다.

"그렇다면…… 이십칠 주나 이십팔 주가 지났군요?"

그녀는 다시 천천히 고개를 끄덕였다. 나는 그녀를 뚫어지게 바라보았다. 그런 다음 다시 기록을 보며 내가 알게 된 사실을 전부 재확인했다. 그녀는 침상에서 몸을 일으키려 했다.

"혹시 무슨 문제가 있을 거란 말씀은 하지 마세요. 분명 괜찮다고……."

"아뇨, 아니에요……." 나는 두 손을 들어 보였다. "걱정하지 말아요. 앞서 말했듯이 그냥 확인하는 거예요. 이제 좀 쉬어요."

나는 그녀의 기록을 재차 살핀 뒤 문을 향해 다가갔다. 에마는 침상에 앉은 채, 방을 돌아다니는 사람을 지켜보는 고양이처럼 나를 주시했다. 문 앞에서 나는 걸음을 멈추고 돌아섰다.

"에마, 트로날 섬에 대해서는 어떻게 알았어요? 웨스트엔드에서 일을 했으면 런던에서 살았을 텐데. 꽤 먼 거리잖아요?"

그녀는 경계를 누그러뜨리지 않고 천천히 고개를 끄덕였다. "맞는 말씀이에요. 런던의 진료소를 찾아갔었죠. 나를 도와줄 수 없다는 말만 들었는데, 아무튼 거기서 광고 전단을 봤어요."

"트로날 섬을 소개하는 전단 말인가요?"

그녀는 고개를 살짝 저었다. "트로날 섬이라는 말은 없었어요. 셰틀랜드까지 오게 될 줄도 전혀 몰랐고요. 전단에는 임신 2, 3분기 여성들에게 상담과 조언을 해준다고 적혀 있었어요. 전화번호가 있었고요."

"그래서 전화를 했었군요?" 건물 어딘가에서 어떤 소리가 울렸다. 나는 에마에게 긴장한 모습을 들키지 않으려 했다.

"밑져야 본전이니까요. 할리 스트리트에서 조금 떨어진 사무실에서 의사를 만났어요. 그가 이곳을 소개해줬고요."

이제 나가야 했다. 나는 억지로 에마에게 미소를 지어 보인 뒤 시계를 확인했다. "한 시간 안에 모텐슨 씨를 만나볼게요. 그와 얘기 나누고 당신의 수면에 도움될 약을 구해 오도록 하죠. 그때까지 기다릴 수 있겠어요?"

그녀는 약간 안심한 듯 고개를 끄덕였다. 나는 마지막으로 미소를 지은 뒤 방에서 나왔다. 다행히 그녀는 한 시간은 기다린 뒤에야 나를 수소문할 것이다. 한 시간의 여유가 생겼다. 기껏해야.

복도로 나온 나는 벽에 기댔다. 잠시 숨을 가다듬고 머릿속을 정리해야 했다.

다른 산부인과 의사들과 마찬가지로 나 역시 낙태 수술을 하는 법을 배웠고 셰틀랜드에 와서도 세 건의 수술을 했다. 나로서는 낙태 수술이 내키지 않고 그 일반적인 규칙에도 동의할 수 없지만, 이 땅의 법과 궁극적으로 자기 신체에 대해 결정할 수 있는 여성의 권리도 존중하고 있었다.

하지만 어떤 상황이 닥치더라도, 에마의 낙태 수술에는 동의할 수 없었다.

유럽의 다른 국가들과 비교할 때 영국의 낙태 관련 법률은 상당히 관대한 편이다. 관대함이 지나쳐서 많은 논쟁이 벌어지기도 한다. 예컨대 임신한 지 이십사 주가 되기 전까지는 낙태보다 임신 상태를 유지하는 것이 임신부의 건강에 해가 된다는(혹은 뱃속 아기의 건강이 위태롭다는) 의사 두 명의 동의만으로 두 합법적으로 낙태 수술을 할 수 있다. 다시 말해서 낙태를 결정할 수 있는 여성의 권리를 의사가 지지하는 경우인데, 일명 '사회적 낙태'로도 불리며 많은 비판을 받기도 한다.

임신 이십사 주가 지난 후라면, 임신 상태가 지속될 경우 여성의 생명이나 건강에 큰 위협이 되거나 아기에게 심각한 장애가 있을 것으로 예상된다는 의학적인 증거가 있을 때에만 낙태가 허용된다. 에마의 기록을 자세히 살펴보면서 나는 낙태 수술이 이렇게 늦춰진 합당한 이유를 찾지 못했다. 태아에게 심각한 장애가 있다거나 그녀의 생명에 중대한 위협이 있다는 증거가 없었다. 그녀의 임신은 정상이었다. 물론 불편한 점은 있겠지만, 그것들말고는 모두 정상이었다.

나는 에마가 불법 수술의 대가로 얼마나 많은 돈을 지불했을지가 궁금했다. 그리고 왜 그들이 즉시 수술을 하지 않고 엉뚱한 핑계를 대며 닷새씩이나 그녀를 이곳에 데리고 있는지도 궁금했다. 매년 얼마나 많은 절박한 여성들이 유럽 어디에서도 받을 수 없는 수술을 받기 위해 이곳을 찾는 걸까?

이제 이동해야 했다. 나는 다음 방의 덧문을 살짝 열어서 안을 들여다보았다. 이 방의 여성은 침상에 앉아 텔레비전을 보고 있었다. 그녀(겨우 열여섯 살도 안 된 것 같은) 역시 임신한 것처럼 보였는데, 그래도 단정하기는 어려웠다. 조금 더 살펴볼 시간이 있다면 그녀의 상태를 확실히 알 수 있을 것 같았다. 임신한 여성들은 본능적으로 특정한 동작을 취하며, 커가는 태아를 보호하기 위해 일정한 자세를 유지하기도 한다. 조만간에 그녀는 복부에 두 손을 댈 것이고, 복부에 지나치게 압박이 가해지시 않노록 몸을 일으켜서 등을 살살 문지를 것이다. 나는 걸음을 옮겨 복도 모퉁이를 돌아섰다.

다시 여섯 개의 방을 지나쳤는데 그 방들은 전부 비어 있었다. 모퉁이를 또 한 번 돌았다. 이번 복도의 첫 번째 방은 비어 있었다. 빈 침상에 베갯잇을 씌우지 않은 베개들이 포개져 있었다. 노란 담요 한 장이 접혀 있었지만 침대보는 없었다. 두 번째 방도 첫 번째 방과 똑같았다.

세 번째 방도 비었지만 당장이라도 환자를 받을 준비를 갖춘 상태였다. 나는 그 방으로 들어갔다. 침상은 깔끔하게 정돈되어 있었다. 안락의자에는 흰 수건이 개어져 있었다. 깨끗하고 완벽하게 다림질된 꽃무늬 잠옷이 접힌 상태로 침대 발치에 놓여 있었다. 벽에는 야생화 그림이 몇 점 걸려 있었다. 주로 상류층이 이용하는, 깨끗하고 단정하며 안락한 개인 병원의 병실처럼 보였다. 침상의 각 귀퉁이에 쇠로 된 네 개의 수갑이 쇠사슬에 묶여 있다는 점만 제외한다면.

나는 방에서 나온 뒤 문을 당겨 처음 상태와 똑같이 약간만 열어놓았다. 이틀 전에 알아낸 사실대로라면, 셰틀랜드에서 젊은 여성의 사망률은 삼 년 주기로 치솟았다. 그 마지막이 2004년이고 멀리사와 커스틴은 당시에 죽은 것으로 여겨졌다. 지금은 2007년 5월, 삼 년이 지난 시기다.

방이 세 개 더 남았다. 그 방들을 살펴보기가 망설여졌다. 네 번째 방의 손잡이를 돌리자 문이 열렸다. 작은 침상 옆의 전등이 적당히 주위를 밝히고 있었다.

침대에 누운 여자는 스무 살 정도로 보였다. 진한 갈색 머리에 눈썹은 검고 두꺼우며, 아직 젊어서인지 가냘프고 날씬한 몸매에 피부는 완전히 새하얬다. 잠이 든 듯 숨결이 고르고 차분했는데, 반듯하게 누운 채 다리를 쭉 뻗고 양팔을 가지런히 몸에 붙인 모습이었다. 정상적으로 잠이 들면 그런 자세를 취하는 경우가 드물기 때문에 나는 그녀가 약물을 투약받았으리라고 생각했다. 담요는 배 부위까지 팽팽하게 펴져 있었다. 나는 침대 발치로 다가갔는데 침상에는 아무런 기록도 없이 프리야라는 이름만 적혀 있었다. 수갑도 있었지만 바닥에 닿을 만큼 축 늘어져 있었다. 나는 살금살금 밖으로 나왔다.

다섯 번째 방의 여성은 나이가 더 많아 보였지만, 앞방의 경우와 마찬가지로 좁은 침상 위에서 부자연스러울 만큼 반듯하게 누운 채 잠들어 있었다. 이름은 오델이고, 손이 아니라 발에만 수갑이 채워져 있었다. 오델? 프리야? 이 두 여성은 누굴까? 그들은 어떻게 이곳에 왔을까? 어딘가에 이들의 가족이 있지 않을까? 가족들은 이들이 죽은 것으로 알고 슬퍼하고 있지 않을까? 혹시 내가 전에 병원 복도를 지나다니다가 마주친 적이 있는 사람들은 아닐까? 하지만 둘 다 낯익은 얼굴은 아니었다. 두 사람 모두 임신한 것처럼 보이지도 않았다. 낮에 헬렌이 방문했을 때 이들은 어디에 있었을까? 헬렌이 내일 이곳에 돌아온다면 이들은 또 어디에 숨겨지게 될까?

마지막 방의 문을 열어보니 지금까지 그랬듯 안락의자 위에 잠옷이 단정하게 개어져 있었다. 하얀 리넨 잠옷의 깃과 손목과 발목 둘레에 가리비 문양이 수놓여 있었다. 잠옷은 새것처럼 세탁된 상태였고, 내가 언젠가 보았던 연분홍색의 핏자국은 흔적도 없었다. 나는 숨을 멈췄고, 다시는 숨을 쉬지 못할 것처럼 보일 거라고 생각하며 침상을 향해 돌아섰다. 침상에는 누가 누워 있었다. 그쪽으로 다가가서 베개 위의 얼굴을 가만히 내려다보았다. 나는 울음을 터뜨렸다. 고함을 치기도 하고 흐느끼기도 했다. 여태 많은 일을 겪었고 지금도 아주 위험한 상황에 처해 있었지만 엄청난 기쁨에 휩싸인 나머지 방안을 돌아다니며 춤을 추고 허공에 주먹을 내지르고 환호성을 지르고 싶은 걸 애써 참아야 했다. 나는 억지로 마음을 진정시키며, 침대에 누워 있는 그녀에게 손을 뻗었다.

이틀 전 데이나의 집에 갔을 때, 나는 지치고 겁을 먹은데다 그녀가 끔찍한 일을 겪었을까 봐 두려움에 빠진 상태였다. 노련한 최면술사에게 나는 다루기 쉬운 노리개에 불과했을 것이다. 내 머릿속에 어떤 생각, 이미 내가 염두에 둔 생각을 주입하는 것이 앤디 던에게는 식은 죽 먹기였으리라. 여태 그 생각을 떠올리지 못할 만큼 교만하고 멍청했던 스스로가 이해되지 않았다.

그녀의 손목에는 섬세한 하얀 붕대가 감겨 있었다. 나는 몸을 숙여 다른 손목도 확인했다. 똑같았다. 데이나가 지난번 욕실에서 끔찍하게 피를 철철 흘리는 것을 상상하지 않았던 것이 다행스러웠다. 손목이 칼에 베였지만 상처는 깊지 않은 모양이었다. 당시에 피를 흘렸어도 이곳에서 수혈할 수 없을 만큼 많은 피를 흘리지는 않은 것이다. 그때 내가 욕실에서 그녀의 맥박을 찾지 못했던 건 어떤 약물을 주입해 그녀의 말초 맥박을 감지하지 못하게 했기 때문이리라. 이제는 강하고 일정한 맥박을 느낄 수 있었다.

내가 앤디 던의 차에서 몸을 떨며 거의 실신할 지경으로 뻗어 있을 때, 구급차의 사이렌 소리가 들렸었다. 앤디 던이 나를 병원으로 데려올 때 나는 구급차가 데이나를 싣고 따라오리라 생각했었다. 하지만 아니었다. 데이나는 곧장 이곳으로 실려왔다. 무엇 때문에? 이번 여름철의 번식 계획을 위해서 그런 건 아닐까?

나는 몸을 숙였다. "데이나, 내 말 들려요? 토라예요. 데이나, 정신 차려요."

나는 그녀의 이마를 쓰다듬고 어깨를 잡아 흔들다시피 했다.

그런데 반응이 전혀 없었다. 그녀는 단순히 잠든 게 아니었다.

문이 쿵 하고 닫히는 소리에 이어 복도에서 발소리가 들렸다. 나지막하지만 다급하게 주고받는 말소리도 들려왔다. 시간이 없었다. 먼저 높다랗게 시 있는 좁은 벽장이 보였다. 그 안으로 들어갈 수 있을지 확신이 서지 않았다. 그리고 욕실. 나는 방을 가로질러 가 욕실 문을 당겨 열었다.

욕실에는 변기와 세면대, 샤워 칸이 있었다. 창문은 없었다. 나는 샤워 칸 문을 열고 들어가서 몸을 웅크렸다. 만약 누군가 욕실에 들어온다면 어쩔 수 없이 들킬 터였다. 나로선 일말의 희망을 가지는 수밖에 없었다. 어쩌면 저들은 데이나의 방에 오는 게 아닐지도 모르니까. 어쩌면 내 운이 조금 더 오래 지속될지도 몰라.

발소리가 멈췄다. 데이나의 방문이 열렸고, 바람 때문에 욕실 문도 조금 벌어졌다. 잠시 침묵이 흘렀다. 그리고…….

"어떡하면 좋을까?" 리처드의 목소리가 분명했다. 나는 운이 다했음을 직감했다.

"음……. 이 여자는 똑똑하고 건강하고 외모도 훌륭해요." 세상에서 내가 가장 잘 아는 목소리가 대답했다. "그래봤자…… 소용없죠." 그가 말을 이었고, 나는 비명을 지르든지 토할 것 같았다.

"맞는 말이지. 괜히 또 다른 위험을 감수할 필요는 없잖아요?" 앤디 던 경위였다.

나는 샤워 칸 안에 쪼그린 채 아플 정도로 격렬하게 몸을 떨었다. '왜? 왜? 내가 왜 여기에 들어왔을까?'

"위험부담이 너무 큽니다." 다른 목소리가 들렸다. 막연히 귀에 익은 듯했지만 누구의 목소리인지 정확히 짚어낼 수는 없었다. "자넨 이 여자를 없애라는 지시를 어겼어. 여기까지 데려오다니."

"그래, 그렇긴 한데, 현실적으로 어쩔 수가 없었어." 앤디 던이 잘라 말했다. "최면을 걸어도 자기 손목을 직접 긋진 않더라고. 더구나 괜히 사고로 몰았다가 지금 낭패를 보고 있잖아. 그런데 어쩌란 말이야?"

"이 여자는 인디언의 피가 섞였어요. 우리 혈통이 오염되어서는 안 되죠." 목소리를 정확히 알 수 없는 남자가 다시 말했다.

"어휴, 무슨 소리야? 지금이 중세인 줄 알아?" 앤디 던이 퉁명스럽게 말했다.

"로버트 말이 맞아. 이 여자는 적합하지 않아." 내 시아버지의 목소리였다.

로버트? 내가 아는 사람들 중에 로버트라는 이름이 있었나? 맙소사, 그제야 생각이 났다. 나는 일주일 전에 그를 만났었다. 로버트 툴리와 그의 아내 세라, 임신하지 못해 나를 찾아왔던 부부. 저자는 내 사무실에 앉아 내 도움이 필요한 척했다. 그의 아내는 아기를 갖지 못해 한계에 다다라 있었다. 그렇다면 결국 그들은 트로날 섬에서 태어난 아기를 입양할 계획이라도 세운 걸까?

"알겠어요. 그럼 툴로치를 어떻게 하죠?" 내 남편이 물었다.

"우리가 나머지 두 명과 함께 배에 실을 거다. 멀리 나간 다음 약을 더 주입해서 빠뜨려야지. 끝까지 아무것도 모를 거야." 리처드가 말했다.

"소변을 좀 봐야겠어요. 잠깐만요." 덩컨이 말했다.

욕실 문이 열리고 덩컨이 들어왔다. 이날 아침에 보았던 진회색 양복 차림이었다. 그는 세면대 앞에서 허리를 숙였다.

"여자친구인 형사에게는 뭐라고 할까요?" 앤디 던이 물었다.

"관을 보내야지. 가능하면 장례식 마지막 순간까지 손을 못 대게 해야 해. 혹시 관뚜껑을 열어보려고 할지 모르니 사람을 붙일 거다. 그건 별일도 아니지, 전에도 그랬으니." 리처드가 말했다.

"알겠습니다, 그럼 됐군요. 그럼 이제 뭘 더 해야 하죠?"

덩컨은 수도꼭지를 틀고 얼굴에 물을 끼얹은 뒤 한숨을 쉬며 허리를 폈다. 세면대 거울 속에 그가 맨 넥타이가 보였다. 내가 크리스마스에 선물한, 작은 분홍 코끼리가 그려진 파란색 실크 넥타이였다. 곧, 우리는 눈이 마주쳤다.

"1호실과 2호실 환자는 걱정할 필요가 없어. 정상적인 입양인데 둘 모두 일이 주 안에 분만할 것 같으니까. 롤리라는 여자도 오늘 두 사람을 면담했으니 더 귀찮게 하진 않을 거야."

"에마 레너드는요? 내일이 분만 예정이죠?"

덩컨은 나를 향해 고개를 돌렸다. 나는 그가 고함을 지르든지,

바깥에 알리든지, 더 나쁘게는 웃음을 터뜨릴지 모른다고 생각했다. 그들은 나를 어쩔 작정일까? 얼마나 고통을 주고, 얼마나 시간을 끌까? 또 덩컨도 그들과 함께…….

"예정대로 진행하지. 수술이 끝나면 주사를 놔줘. 입을 놀려선 안 되니까." 리처드가 말했다.

나는 일어나려 했다. 샤워 칸에 쭈그리고 앉아 엉덩이가 젖은 채로 붙잡히고 싶지는 않았다. 그런데 몸이 말을 듣지 않았다. 덩컨을 노려보는 것말고는 아무것도 할 수 없었다. 그 역시 나를 보고만 있었다.

"에마를 배로 내보내는 편이 더 안전하지 않을까요?" 욕실에서 소리 없는 연극이 진행되고 있는 줄 전혀 알지 못한 채 바깥의 대화는 계속 이어졌다.

"그럴 수도 있겠지. 경찰이 내일까지만 찾아온다는 보장만 있으면 말이야. 그녀를 더 오래 붙잡아둘 순 없어. 점점 예민해지더군. 얼른 수술 끝내고 내보내야지."

"6호실 여자는요?"

"그 여자는 문제없어. 이제 겨우 이십육 주 차인데, 아무튼 만나는 사람들마다 자기 기록이 잘못되었다고, 자기는 겨우 이십 주가 지났다고 우긴단 말이지. 그녀의 기록은 내가 손을 봐두었어."

"아슬아슬했군요."

"다른 얘길 해봐."

우리 둘 중 한 명이 먼저 눈싸움을 끝내야 했다. 먼저 움직여서 무슨 말을 하든지, 크게 고함이라도 질러야 했다. 내가 먼저 그러려 했다. 긴장 상태를 더 견딜 수 없었다. 이때 덩컨이 손가락 하나를 자신의 입에 댔다. 그는 내게서 눈을 떼지 않은 채 욕실에서 나가더니 문을 꼭 닫았다.

"리처드, 짐이 세 개나 되는데요. 혼자 하실 수 있겠어요? 새벽까지 그냥 두는 게 낫지 않아요?"

"아냐. 혹시라도 경찰이 오기 전까지 서둘러 치워버리고 싶어. 당장 아래층에 가서 텔레비전을 꺼버릴 거야. 할 일은 해야지."

발걸음 소리가 복도 쪽으로 사라졌다. 그들 전부 돌아간 걸까? 내가 움직여도 될까? 덩컨은 무슨 생각을 하는 걸까? 데이나의 방은 고요했다. 나는 몸을 일으키기 시작했는데……

"유감이야, 친구." 테니스 시합에서 패배한 친구를 동정하는 투로 덩컨이 말했다. "그녀가 이렇게까지 엮일 문제는 아니었는데."

"아, 그래서 자네 아내는 그렇게 살려뒀나?" 앤디 던이 쏘아붙였다. 목소리에 짜증이 가득했다. 그는 데이나를 좋아한 걸까? 지시를 어기고 그녀를 살려놓은 이유가 뭘까? 그녀를 몇 달 더 살려두려고 언쟁이라도 벌인 걸까?

"몰골이 말이 아니군. 하루 종일 여기 있었어?"

"지하실에. 기절한 여자 셋이랑 같이. 공포의 집이 따로 없더군. 경찰이 하마터면 문을 열 뻔했지 뭐야. 아마 내일은 열어보겠지."

앤디 던이 대답했다.

"수를 써야겠어. 아침에는 먼지 낀 낡은 창고처럼 보이게 해놓을 거야. 참, 수레가 필요한데. 아래층에서 하나 가져다주겠어? 여기……."

순간 겁에 질린 격렬한 고함 소리가 밤중에 울려 퍼졌고, 그 바람에 욕실 문이 조금 열리려고 했다.

"옆방이군." 앤디 던이 한숨을 내쉬었다. 누군가 방에서 나갔고, 옆방에서는 계속 악을 쓰는 소리가 들렸다. 쿵 소리, 이윽고 겁먹은 듯 작게 낑낑대는 소리도 났다. 마치 동물이 내는 소리 같았다. 하지만 그들이 옆방에 묶어놓은 것은 동물이 아니었다. 잠시 뒤 욕실 문이 열리고 덩컨이 다시 나타났다.

"대체 여기서 뭐하는 거야?" 그는 쉿 소리를 내며 말했다. "망할, 바보같이. 대체 생각이 있기나 해!" 그가 샤워 칸 문을 열고는 팔을 뻗어 나를 일으켜 세웠다. "대체 여긴 어떻게 들어왔어?"

나는 대답할 수 없었다. 그를 노려보는 것말고는 아무것도 할 수 없었다. 그는 말할 겨를도 주지 않고 내 몸을 흔들었다. "배는? 배를 타고 왔어?"

나는 고개를 끄덕였다.

"어디 있는데?"

"해변에." 내가 겨우 대답했다. 그들이 요트를 찾아낸다고 해도 상관없었다. 어차피 나는 도망갈 수 없게 되었으니까.

"배가 있는 곳으로 가야 해. 지금." 그는 내 팔을 잡아 바깥쪽으로 끌어당겼다. 나는 그를 제지할 만큼은 기운을 되찾았다. 아니, 맘대로 되지 않을 거야, 덩컨. 나는 그렇게 쉽게 끌려가지 않을 테니까. 이때 덩컨이 나를 끌어당겨 두 팔로 감싸더니 한 손으로 내 입을 막았다.

소음이 들려왔다. 철커덩, 윙윙. 그리고 복도의 발소리. 그들이 돌아왔다. 끽끽거리는 소리가 나는 걸 보니 수레를 가져온 모양이었다. 내가 덩컨에게서 벗어나려고 몸부림을 치자 그는 내 귀에 입을 대고는 "쉬잇" 하고 작게 속삭였다. 데이나의 방문이 열렸다. 수레가 방안으로 들어왔다. 누군가가 방안을 오갔고, 담요를 젖히는 소리도 났다. 내가 알지 못하는 목소리가 숫자를 셌다. "하나, 둘, 셋, 들어……" 이어서 털썩하는 소리.

"침대보 벗겨. 사슬 챙기고." 다른 목소리가 말했다. 잠시 후 수레가 방밖으로 나갔다. 덩컨이 숨을 크게 내뱉었다.

복도 옆방에서도 방금 들은 것과 비슷하지만 약간 작은 소리가 들렸다. 누군가 비명을 지른 것 같은데 확실하지 않았다. 잠시 복도가 다른 병원의 복도처럼 소란스러웠다. 그런 뒤 발소리와 수레가 구르는 소리가 멀어졌다. 마지막으로 승강기가 철컹하는 소리가 들렸고, 그게 다였다. 주위는 고요해졌다.

덩컨이 내 몸을 돌려서 자신을 마주보게 했다. 새하얗게 질린 얼굴에 눈 주위는 붉게 얼룩져 있었다. 그렇게 화난 모습을 본 건 처음이었다. 하지만 화가 난 것이 아니었다. 덩컨은 겁에 질려 있었다.

"토라, 정신 똑바로 차려, 안 그러면 죽어. 내가 무슨 말을 하려는지……. 안 돼, 울려고 하지 마." 그는 나를 다시 끌어안았다. "잘 들어, 여보, 잘 들으라고." 그는 아기를 달래는 엄마처럼 다정하게 몸을 들썩이며 속삭였다. "내가 당신을 진료소 밖으로 나가게 해줄게. 하지만 배가 있는 곳까지 가는 건 당신 몫이야. 할 수 있겠어?" 그는 대답을 기다리지도 않았다. "우에예사운드로 가. 이 섬에서 최대한 멀리 간 다음에 무전으로 경찰 친구에게 연락해. 할 수 있지?"

나는 자신이 없었다. 그렇지만 고개를 끄덕였던 것 같다. 덩컨이 욕실 문을 열었고, 우리는 밖으로 나왔다. 데이나의 방은 텅비어 있었다. 침상에는 매트리스만 남아 있고 그녀의 잠옷도 사라졌다. 십오 분만 더 늦었더라면 나는 그녀를 아예 보지도 못했을 것이다. 덩컨이 문 쪽으로 가서 밖을 내다보았다. 그런 다음 다가오라는 손짓을 했고, 내 손을 잡아 황량한 복도로 끌어냈다. 나는 다리에 힘이 다 빠진 느낌이었지만 걸을 수는 있었다. 우리는 복도 모퉁이를 돌고 짤막한 네 번째 복도를 지나 계단까지 달려갔다. 덩컨이 계단 위에서 잠시 멈추고 아래쪽에서 아무 소리도 들리지 않는 것을 확인한 다음, 우리는 계단 중간까지 내려갔다. 높은 벽에 고정된 감시 카메라가 우리를 내려다보고 있었다.

다시 귀를 기울였다. 아무 소리도 들리지 않았다. 뛰어서 계단을 내려가자 위층에서 본 것과 똑같은 짤막한 복도 앞에 서게 되었다. 왼쪽의 방문은 활짝 열려 있었다. 나는 방안을 확인했다. 수술실이었다. 마취를 실시하는 작은 방처럼 보였고, 그 안으로 수술실로 통하는 문이 있었다. 덩컨이 나를 앞쪽으로 당겼다.

우리는 이제 건물의 별채 쪽, 내가 개들을 마주쳤을 때 살펴보려 했던 건물에 이르렀다. 이곳 방들에는 사람이 있었다. 문 뒤에 불이 켜져 있고 인기척도 느껴졌다. 누가 나타나기 전에 황급히 움직여야 했다. 앞으로 걸어가자 첫 번째 문이 나왔다. 유리로 된 창 안쪽은 어두컴컴했다. 우리는 계속 걸었다. 다른 문, 다른 창이 나오고 불빛도 새어 나왔다. 덩컨이 걸음을 멈추는 사이 나는 안쪽을 살필 수 있었다. 방은 불이 환했고 길이가 이십 미터, 폭이 팔 미터는 되어 보였다. 사람은 없는 듯했다. 적어도…….

덩컨이 끌어당겼지만 나는 팔에 힘을 주었다. "얼른 와." 그가 입 모양을 지어 보였지만 나는 고개를 저었다. 문에 "무균실, 관계자 외 출입 엄금"이라는 글자가 적혀 있었던 것이다. 나는 덩컨의 손을 뿌리친 뒤 문을 열고 안으로 들어갔다.

그곳은 신생아집중치료실이었다. 복도보다 몇 도 정도 더 따뜻했고 기계 장비에서 계속해서 윙 소리가 들렸다. 주위를 둘러보니 초음파 스캐너, 최신 망막 검사 장비, 소아용 인공호흡기, 경피성 산소 감시기도 있었다. 몇몇 기계들에서 나지막한 삐 소리도 몇 초 간격으로 들렸다. 데이나의 말이 옳았다. 이곳은 최첨단 시설을 갖추었다. 장비가 잘 갖추어진 현대적인 시설에서 일해온 나조차 이 정도의 최신 장비가 모두 갖추어진 곳을 본 건 처음이었다.

"토라, 시간이 없어." 나를 따라 안으로 들어온 덩컨이 어깨를 끌어당겼다.

열 개의 인큐베이터 중 여덟 개는 비어 있었다. 누가 보든 말든 개의치 않은 채 나는 방안을 가로질러 갔다. 확인해야만 했다.

인큐베이터에는 여자 아기가 들어 있었다. 신장은 삼십 센티미터, 체중은 이 킬로그램도 안 될 듯했다. 빨간 피부에 눈을 꽉 감고 분홍색 니트 모자를 썼는데, 작고 수척한 몸에 비해 머리가 비정상적으로 커 보였다. 아기의 양쪽 콧구멍으로 연결된 가늘고 투명한 관이 반창고로 얼굴에 붙어 있었다. 손목 혈관에는 다른 관이 연결되어 있었다.

나는 손을 뻗어 아기를 쓰다듬어주고 싶은 충동을 느꼈다. 태어난 지 얼마 되지도 않았을 아기가 사람의 손길을 얼마나 알고 있을까? 한참 보고 있을수록, 아기를 꺼내 들고 도망치고 싶은 생각이 더 커졌다. 물론 그랬다가는 아기가 죽어버릴 테지.

다른 인큐베이터 쪽으로 가보았다. 덩컨은 나를 쫓아왔지만 더이상 막아서지 않았다. 이번에는 남자 아기였고, 조금 전에 본 아기보다도 체구가 작았다. 기껏해야 일 킬로그램 정도로 보였는데, 피부는 똑같이 짙고 불그스름하게 얼룩졌다. 인공호흡기가 아기의 숨을 유지시켰고, 인큐베이터 옆의 화면에는 심장박동이 계속해서 표시되었다. 아기의 눈에는 빛을 막아주는 파란 마스크를 씌워둔 상태였다. 내가 지켜보는 동안 아기는 한쪽 발을 버둥거리며 작고 힘없는 울음소리를 냈다.

*심장이 비수에 찔리는 듯한 느낌이 있다.*

한참이나 거기서 아기를 내려다보면서 서 있었던 것 같다. 신생아실에는 반드시 상주하는 사람이 있어야 하기 때문에 당장이라도 누가 들어올 수 있었지만 쉽사리 발을 뗄 수가 없었다. 나는 순간순간 고개를 들어서 여자 아기가 있는 쪽을 건너다보았다. 앤디 던과 정신을 잃은 여자 세 명과 함께 이 아기들도 오늘 하루 종일 지하실에 숨겨져 있었던 걸까? 어쩌면 헬렌과 수사팀이 무균 신생아실까지 자세히 살펴보지 않으리라 예상하고, 위험하지만 아기들을 그냥 이곳에 남겨두었을지도 모른다. 설사 수사팀이 이곳을 살펴보았더라도 상황을 제대로 파악하지 못했을 수 있다.

나는 스티븐 게이어가 아기를 어떻게 조달했는지 깨달았다. 헬렌이 해외로 입양된 아기들에 대한 기록을 찾지 못했던 이유도 알게 되었다.

사회복지협회 수장인 조지 레이놀즈는 결백을 주장하며 그와 직원들이 어떤 해외 입양에도 관여하지 않았을 뿐 아니라 어떤 서류도 승인하거나 준비한 적이 없다고 말했다. 그의 말은 진실일 수도 있다. 덩컨과 내가 지금 보고 있는 아기들이라면 해외 입양을 위한 공식적인 승인이나 서류가 필요하지 않을 테니까. 공식적으로, 또 행정적으로 이 아기들은 세상에 존재하지 않으니까.

임신 이십육 주에서 이십팔 주 사이에 달을 다 채우지 못한 상태로 조기 출산된 아기들이었다. 즉, 낙태된 채로 여전히 살아 있는 태아였다.

# 37

최근에는 기술이 대단히 발달해서 아주 이르게 태어난 아기도 무사히 살아남는다. 그리 오래되지 않은 과거만 해도 임신 이십사 주 차에 아기가 태어나면 출산 후 몇 분 안에 죽든지, 설사 살아남는다 해도 심각한 장애를 지니게 되리라 여겨졌다. 이제는 그런 아기들이 살아남을 확률도, 정상적이고 건강한 아이로 성장하는 비율도 높아졌다. 그럼에도 이십사 주 차의 태아가 유산되는 경우는 여전히 흔하다.

태아는 산모의 자궁 안에 있는 동안 하루가 다르게 건강해지고 생존력도 강해진다. 임신 이십육 주 차만 되어도 태아의 생존 가능성은 이십사 주 차 때보다 확연히 높아지고, 이십팔 주 차가 되면 대부분 살아남는다.

내일, 에마가 이십팔 주 된 태아를 낙태하면 태아는 즉시 이곳 인큐베이터 한 곳에 들어오게 될 것이다. 에마는 걱정을 덜어내고 고마워하면서 배우로서 경력을 계속 쌓아갈 것이다. 낙태가 정상적으로 이뤄졌다고 믿으면서. 하지만 그녀의 아기는 이곳에 남아 몇 달 동안 높은 수준의 보살핌을 받게 된다. 뇌와 허파, 다른 중요한 신체 기관들이 정상적으로 건강하게 발달한다면, 인터넷 경매를 통해 높은 가격에 거래될 게 분명했다. 에마의 낙태는 닷새나 지연되었다. 때늦은 낙태를 위해 이곳을 찾아온 모든 여성들이 비슷한 과정을 거쳤을 것이고, 덕분에 태아는 조금 더 자라고 성장했을 것이다. 스테로이드 약물을 주입해 태아의 허파를 더 발달시켰을 수도 있으리라.

스물네 시간 전만 되었어도, 나는 이런 사악한 짓을 생전 들어보지도 못했다고 말했을 것이다. 이곳의 악당들이 다른 여자들에게 했던 짓이며, 데이나와 다른 여자들을 어떻게 처리할 계획인지 알게 된 지금은 정말이지 놀랍다는 말조차 나오지 않았다.

나는 덩컨에게 고개를 돌렸다. "당신은 언제부터 알았어?"

그는 눈도 깜빡이지 않은 채 내 눈을 지그시 바라보았다. "이 아기들? 조산아들? 몇 주밖에 되지 않았어."

"그럼 다른 일들은?"

"열여섯 살 때부터. 우린 열여섯 번째 생일에 그 이야기를 듣게 돼." 덩컨은 손으로 머리를 쓸어넘겼다. "하지만 난 믿지 않았어,

토라." 그는 말을 멈추고 시선을 돌렸다가 다시 나를 보았다. "아니, 어쩌면 믿고 싶지 않았던 걸지도 몰라. 내가 셰틀랜드를 떠난건 그래서야. 대학에 가면서 이곳을 떠났고 그동안 한 번도 돌아오지 않았어. 주말에도 그랬고. 이 섬에 다시 온 건 오늘밤이 처음이야, 맹세해."

덩컨은 능숙한 거짓말쟁이다. 내가 지난 며칠 동안 깨달은 사실이었다. 그런데 어째서인지 지금은 그가 거짓말을 하는 것 같지 않았다.

"하지만 결국 우린 돌아왔잖아. 돌아오고 싶어 한 건 당신이었고. 왜 그랬어?"

"난 돌아오고 싶지 않았어." 그가 반박했다. "돌아오지 않으면 그들이 당신을 죽이겠다고 협박했어. 당신과 내가 낳은 자식도 죽일 거라고. 난 어쩔 수 없이 약을 먹어야 했어. 당신이 임신을 했으면 그들은 당신의……."

덩컨은 말을 맺지 못했다. 그럴 필요도 없었다. "내 심장을 도려냈을 거란 말이군?"

그는 고개를 끄덕였다. 앙상해진 얼굴과 눈 밑에 짙어진 커다란 그늘이 내 눈에 들어왔다. 처음으로, 덩컨이 지난 몇 달 동안 겪었을 일을 이해했다. 그가 평생토록 고민해왔던 일들도.

"그럼 당신 어머닌 병을 앓으신 게 아니었어?"

"어머니는 아주 건강하셨어. 그들이 손을 쓰기 전까지는."

나는 그의 손을 잡았다. 손이 놀랄 만큼 차가웠다. "그럼 우린 이제 어떡해야 하지?"

그는 누가 지켜보기라도 하는 것처럼 문 쪽을 두리번거렸다. "당신은 배가 있는 곳으로 돌아가. 아까도 말했잖아."

"당신도. 나랑 같이 가."

순간적으로 그는 내 말에 동의하려는 듯 보였다. 그러나 이내 고개를 저었다. "내가 당신과 함께 가면 저 여자들은 죽게 될 거야. 경보가 울리는 즉시 아버진 여자들을 전부 바다에 빠뜨리겠지. 자신은 야간 낚시를 나갔다고 주장할 테고. 그 말이 거짓이란 걸 아무도 증명하지 못해."

"우리가 있잖아. 우린 전부 봤어." 인정하고 싶지 않지만, 이 순간 나는 너무나 겁이 나서 데이나와 다른 두 여자를 생각할 정신조차 없었다. 내가 바라는 건 덩컨과 둘이 무사히 섬을 빠져나가는 것뿐이었다.

"여보, 당신은 우리가 어떤 자들을 상대하는지 전혀 몰라. 당신이 상상도 못 할 영향력을 지닌 사람들이야. 우리가 살아남는다 해도 아무도 우리 말을 믿어주지 않을 거라고. 그러니 데이나와 다른 여자들을 살려야 돼."

물론 그의 말이 옳았다. "당신은 어쩌려고?"

"난 부두로 내려가서 그 배를 탈 거야. 아버지가 혼자 갈 테니까. 내가 그를 상대할 수 있어. 바다에 갈 때까지 기다렸다가 뒤통

수를 내려쳐야지. 그런 다음 배를 몰아서 우에예사운드로 갈 거야. 운이 좋으면 당신 친구 헬렌을 만날 수 있을 테고."

"내가 당신을 얼마나 사랑하는지 알지?" 내가 말했다.

덩컨은 가까스로 미소를 보였다. 그러더니 나를 끌고 방을 가로질러 한쪽 끝의 문으로 들어갔다. 안쪽 방은 어두웠다. 우리는 들어가 문을 닫았다. 육아실이었다. 흰 페인트가 칠해진 여섯 개의 나무 침대가 벽면 둘레에 놓여 있었다. 흰 벽면에는 만화 속 등장인물이 그려져 있고, 천장에 매달린 모빌이 살짝 흔들렸다. 뚱뚱한 곰 인형과 귀가 축 처진 토끼 인형이 선반 위에서 우리를 내려다보았다. 기저귀 교환대, 살균 장비, 아기 욕조도 보였다. 소름 끼치고 무서울 만큼 정상적이었다.

당분간 쓸 일이 없어서인지 아기 침대는 매트리스만 남아 있었다. 그것들을 빤히 지켜보는 동안 많은 것들이 이해되기 시작했다. 트로날 섬에 관해 처음 들었을 때 나는 어떻게 이곳에 산부인과 진료소가 존재하는지 의아해했다. 매년 이곳에서 태어나는 아기의 숫자가 너무 적었으니까. 공식적으로 기록된 그 수치는 이 섬에서 벌어진 더욱 사악한 행위를 '포장'하는 수단에 불과했던 것이다.

이곳 진료소는 트로족 아들들의 출산을 용이하게 하기 위해 만들어졌다. 위층 방들은 납치된 여성들이 임신 기간 내내, 약물에 취해서 혹은 수갑을 찬 채로 지내는 장소였다. 감금할 필요가 없거나 외부인이 없을 때는 여자들에게 어느 정도 자유가 허락될 수도 있었을 것이다. 트로날 섬 자체가 아무도 침범할 수 없는 감옥 같은 섬이니 말이다. 임신부들 가운데 거친 바다를 팔백 미터나 헤엄칠 만큼 용감한 여자가 있기나 할까? 물론 출산 직후 몸에 북유럽의 표식이 새겨지고, 산 채로 심장을 빼앗길 거라는 사실을 미리 알았다면 한두 명쯤은 그런 모험을 감행했을지도 모르지만.

이 여성들에게서 태어났을 대여섯 명의 아기들은, 트로족 남편과 아기를 낳는 데 실패해서 체념에 빠진 아내의 가정에 입양되었을 것이다. 덩컨과 내가 그랬을 수도 있다. 이 아기들의 존재를 법적으로 인정받기 위해, 그들은 양모를 생모로 위장해서 출생증명서까지 발급받았을 것이다. 그렇다면 아기의 양모인 어머니들, 즉 남편의 아내 또한 이 모든 일에 공모한 것일까? 엘스페스는 덩컨의 출생에 관한 진실을 알았을까? 나는 그런 의문들로 정신을 산만하게 만들고 싶지 않았다.

덩컨과 나는 방을 가로질러 가장 끝에 있는 문으로 뛰어간 뒤 귀를 기울였다. 아무 소리도 들리지 않았다. 우리는 문을 열고 저장실로 들어갔다. 나무로 만든 아기 침대가 해체된 채 벽에 기대어져 있었다. 접힌 유모차들도 서로 기대고 있었다. 다른 문 두 개가 있었는데 하나는 복도 쪽으로 열려 있고, 다른 하나는 외부와 통했다. 덩컨이 그쪽으로 다가가 외부 출입문을 열었다. 그가 몸을 빼고 주위를 두리번거리는 동안 차가운 공기가 들어왔다. 진료소 어딘가에서 목소리가 들렸지만 가까운 곳은 아닌 것 같았다.

트로족은 삼 년마다 아기들을 낳고, 합법적으로 아기가 입양되는 경우는 극히 드물다. 그 외의 다른 시기에 이곳 진료소는 거의 비어 있고, 시설도 사용되지 않을 터였다. 결국 용감한 트로족은 진료소를 다른 용도로 쓰기로 한 것이다. 임신 말기의 불법적인 낙태 시설로. 그들은 유럽 인근의 병원, 가족계획 센터, 낙태 시술소의 연결망을 이용해 절박한 여성들을 찾아냈다. '조언과 상담' 서비스를 제공한다는 광고에 속은 수많은 여성들은 터무니없는 비용을 들여서라도 기꺼이 수술을 받으려 했을 것이고, 그렇게 섬에서 며칠을 보낸 뒤 일상으로 돌아갔으리라. 트로날 섬에 자신이 남겨놓은 것이 무엇인지는 까맣게 모른 채 말이다.

자신의 혈육이 여전히 살아남아 있다는 사실을 그들은 죽었다 깨어나도 알 수 없고, 아기는 진료소의 집중치료실에서 발달하고 성장해 가장 높은 가격을 제시한 입찰자에게 팔려나가는 것이다. 대단하다. 극악무도하지만 대단히 똑똑한 발상이었다.

덩컨이 돌아왔다. "지금이야. 개들은 갇혀 있고, 직원들 대부분은 여자들을 배에 싣는 걸 도우느라 정신이 없을 거야. 그래도 조심해야 해. 가능한 한 빨리 섬을 빠져나가. 들키면 안 돼."

낙하산 점프를 해본 적은 없지만, 뛰어내릴 준비를 마치고 열려 있는 비행기 문 앞에 서는 순간을 상상해본 적이 있다. 바로 그 순간의 심정이었다. 덩컨을 남겨둔 채 홀로 섬을 가로질러 빠져나가야 한다는 것을 알면서도, 당장 몸이 말을 듣지 않았다. 덩컨은 거침없이 나를 바깥으로 떠밀었고, 나는 달리기 시작했다.

나는 물건들을 남겨뒀던 곳에 잠시 들렀다가 곧 진료소 주변을 벗어나 바위 언덕을 향해 뛰었다. 언덕에 다 와서는 몸을 낮게 숙인 채 숨을 가다듬으며 혹시라도 들키지는 않았는지 확인했다. 건물 쪽을 돌아보니 이미 문은 닫혔다. 덩컨은 코빼기도 보이지 않았다. 다시 용기를 모아 걸음을 옮기며 왔던 길로 되돌아가기 시작했다. 앞서 남겨둔 배낭을 찾아 방수복을 걸친 다음 절벽 길을 따라 돌을 올려둔 돌담에 도착했다. 돌담을 넘고 가시철조망을 통과한 후에는 절벽 꼭대기를 향해 달려갔다. 이제 절벽을 기어서 내려가려는 순간, 나는 동작을 멈췄다. 해변에서 뭔가 움직이고 있었다.

절벽에 사는 새들이었다. 먼젓번에도 나를 놀라게 하더니 이번에도 마찬가지였다. 하지만 그뿐이다. 서둘러 언덕 아래로 내려가야 했다. 덩컨에게도 도움이 필요했다. 그런데 다시 뭔가가 움직였다. 나는 얼어붙었다. 새가 저렇게 클 리가 없는데. 절벽 길에 엎드리자 헐거운 돌멩이가 아래로 굴러떨어져 또다시 간담이 서늘해졌다. 요트가 있으리라 짐작되는 아래쪽에서 불이 켜졌다. 광선이 바위 근처를 비추며 서서히 올라왔다. 나는 절벽에 몸을 바짝 붙이고 최대한 숨을 죽였다. 불빛은 내 발을 비추다가 이내 다른 곳으로 향했고 일이 분이 지난 뒤에는 꺼졌다.

더는 헐거운 돌멩이를 밟지 않게 해달라고 기도하며 천천히, 조심스럽게 절벽을 다시 오르기 시작했다. 꼭대기에 이르러서야 한숨을 돌릴 수 있었다. 내 요트는 이미 발각되었다. 그들은 나를 찾기 위해 선 전체를 수색한 것이다. 새벽까지라면 몰라도, 날이 밝으면 숨을 곳도 없어질 터였다. 그들에겐 개들도 있지 않은가. 혹시 개들을 풀기라도 한다면……

어떡해서든 섬을 빠져나가야 했다. 그리고 내가 떠올릴 수 있는 방법은 하나뿐이었다. 리처드는 또 다른 승객을 배에 실을 것이다. 나는 이제 북쪽을 향해 달리기 시작했다. 찻길이 나오자 최대한 길가에 붙어서 팔백 미터가량 더 이동했다. 그러자 섬 반대편 끝이 나왔다. 부두에서 자동차 엔진 소리가 크게 들려와 땅바닥에 몸을 숙여야 했다. 앤디 던이 몰던 것과 비슷한 커다란 사륜구동 차량의 소리였다. 어쩌면 실제로 앤디 던의 자동차인지도 모른다. 차 안에는 남자 몇 명이 타고 있었다. 울퉁불퉁한 도로 상태를 고려한다면 차의 속도가 상당했다.

나는 점점 더 숨을 헐떡이며 계속 달렸다. 가장 높은 언덕을 가로질러 아래쪽으로 비틀대며 내려갔다. 스쿠다 해협이 곧장 내려다보였고, 우에예사운드의 불빛도 손에 잡힐 듯 가까웠다. 부두에는 대형 모터보트가 아직 정박중이었다. 선실에는 불이 켜져 있었고, 선미 쪽에서 거품이 부글거리는 것으로 보아 엔진이 돌아가는 것 같았다.

보트에서 들릴 법한 소리를 전부 묻어버릴 만큼 바람이 여전히 거셌지만 덕분에 짙은 구름이 얼마간 걷혀 조그마한 달과 몇 개의 별빛이 보였다. 내가 섬에 처음 들어왔을 때보다 시야가 밝아져서 이제 시계의 숫자도 읽을 수 있었다. 11시 30분이었다. 나는 부두를 향해 뛰어내려가 보트 옆에 이르러 몸을 낮췄다. 보트의 좌현은 아직 이물과 고물의 밧줄에 고정되어 있었다. 가까운 선실의 창문 쪽으로 기어가서 안을 들여다보니, 그곳은 가장 큰 선실 내부였다. 조타 장치와 제어반, 무전기, 작은 좌석을 갖춘 티크 재질의 실내 공간과 차트 테이블, 그리고 세 개의 문이 보였다. 리처드는 없었다. 나는 조금 더 이동해 작은 수면실 안쪽을 들여다보았다. 데이나가 침대에 꼼짝 않고 누워 있었다. 데이나말고 다른 누군가도 있었다. 잘 닦인 검은 구두의 끝과 진회색 바지의 끝자락이 보였다. 다행히도 덩컨이 이미 배에 타고 있었던 것이다. 나는 최대한 조심스럽게 보트 위로 몸을 올리고 난간에 발을 걸쳤다. 보트가 살짝 흔들렸다.

"거기 누가 있나?" 아래쪽에서 시아버지의 목소리가 들려왔다.

사실 작은 보트에는 숨을 만한 곳이 없었다. 미친듯이 주위를 두리번거렸지만 빠져나갈 방법은 단 하나뿐, 옆으로 뛰어들어 언스트까지 헤엄치는 수밖에 없었다. 아래쪽에서 계단을 올라오는 듯 인기척이 느껴졌다.

보트의 선실 지붕은 악천후 때 조종실에 물방울이 들어가는 것을 막기 위해 차양이 접힌 형태로 만들어져 있었다. 나는 그 위로 올라가 엎드려서 캔버스 천이 접힌 틈 속으로 파고들었다.

리처드가 승강구 계단을 올라오자 보트가 흔들렸다. 계단 꼭대기에서 주위를 살피며 아무도 보이지 않아 의아해하는 리처드의 모습이 눈에 선했다. 그와 나는 오십 센티미터도 떨어져 있지 않았다. 나는 숨을 참은 채 캔버스 천이 나를 완전히 가려주기를, 평소보다 불룩해진 지붕을 그가 알아채지 못하기를 빌었다.

아래쪽에서 보트의 무전기가 지직거리며 정적을 깼다. "아크틱 스쿠아, 송신하라, 아크틱 스쿠아. 여기는 본부." 리처드는 다시 계단을 내려갔다. 나는 바람 소리가 조금만 줄어들기를 빌었다. 그들이 무슨 말을 주고받는지 알고 싶었다.

무전기가 다시 지직거렸다. "지하실"이라는 단어와 두어 번의 탄성이 들린 것 같았는데 확신할 수는 없었다. 이때 리처드가 말했다.

"그래, 알겠어. 유의하지. 이제 출발하겠다. 아크틱 스쿠아 이상."

아래쪽에서 리처드가 다시 부스럭거렸다. 선실 문이 여닫히고 그가 다시 올라오는 소리가 들렸다. 일곱 계단을 올라 조종실로 들어선 뒤 조종석에 털썩하고 앉는 소리가 났고, 이어 뱃머리의 밧줄이 씽하고 풀리는 소리가 들렸다. 보트는 획 돌더니 조류에 실려 선창에서 멀어지기 시작했다. 리처드는 갑판으로 나와 선미

쪽으로 갔다. 나는 그가 걸음을 멈추는 소리를 기다렸다가 과감하게 캔버스 천 너머를 살펴보았다. 그는 내게서 등을 돌린 채 허리를 굽혀서 밧줄걸이에 감긴 선미의 밧줄을 풀고 있었다. 밧줄이 풀리면 보트는 빠르게 부두에서 멀어지고, 리처드는 신속히 조종실에 들어가 트로날 섬을 벗어날 것이다. 지금이 절호의 기회였다. 등뒤로 몰래 다가가 온 힘을 다해 밀어버리면 그는 물속에 떨어지겠지. 그런 다음 덩컨과 함께 보트를 몰아 우에예사운드로 가는 건 식은 죽 먹기이리라.

하지만 너무 늦었다. 리처드가 이쪽을 향해 돌아섰다. 나는 다시 몸을 잔뜩 숙였다.

보트는 금세 정박장에서 멀찌감치 떨어졌다. 리처드는 조종실을 성큼성큼 지나서 계단을 내려갔다. 잠시 후 엔진이 돌아가는 소리가 들리며 보트는 우현으로 돌았다. 나는 내 물건들을 붙잡느라 고개를 들었다. 전방에는 캄캄한 어둠뿐이었다. 뒤로 우에예사운드의 불빛이 가물거렸다. 우리는 스쿠다 해협의 동쪽 방면, 북해를 향해 나아갔다.

리처드는 속도를 줄이지 않았다. 보트는 7, 8노트쯤 되는 속도로 달려나갔다. 거대한 시계의 초침을 망치로 때리듯, 주기적으로 파도가 선체에 부딪쳐 왔다. 뱃머리의 출렁거림에 따라 갑판 위를 덮친 물보라가 간헐적으로 차가운 물세례를 퍼부었다. 극도로 불편한 상황이었다. 선실 지붕에 더 오래 있다가는 몸이 얼어붙고 말 터였다. 대체 덩컨은 언제 행동을 개시하려는 걸까? 나는 일어섰다. 선실 지붕이 바닷물로 미끄러워진 터라 갑판으로 내려오려면 난간을 꽉 붙잡아야 했다. 등의 배낭이 걸리적거렸다. 나는 배낭을 벗어서 밧줄걸이에 고정한 다음 가방 안에 손을 넣고 찾던 물건을 꺼내 방수복 앞주머니에 넣었다.

이때 리처드가 엔진 속도를 줄여서 보트는 몇 노트쯤 느려졌다. 우리는 남쪽으로 향하고 있었다. 트로날 섬은 보트 우현에서 이백여 미터 떨어졌고, 예상하지 못했던 시커멓고 거대한 형체가 위협적인 모습으로 우리를 둘러싼 채 내려다보았다. 섬의 동쪽으로 이렇게 멀리까지 와본 건 처음이었다. 이곳에서 셰틀랜드의 가장 오래된 바위들을 볼 수 있다는 것도 미처 몰랐다. 화강암 암석들, 수백만 년 전에 이곳에 솟아난 웅장한 절벽의 잔해가 우리를 온통 둘러쌌다. 어떤 것은 아치를 그리며 머리 위에 우뚝 솟았고, 통짜로 된 한덩어리의 암석들은 당장 튀어 오르려는 무시무시한 짐승처럼 물속에 낮게 웅크리고 있었다. 발밑의 바닷속도 마찬가지였다. 리처드가 보트 속도를 줄인 것도 이곳에선 항해가 위험하기 때문이었다. 검은 고깔을 쓴 수도승 같은 암석들은 기도를 하다가 얼어붙은 듯 그곳을 지나가는 우리를 지켜보며 말없이 서 있었다.

이날 밤 내 머릿속에는 뭔가 기묘한 생각이 떠올랐다. 이 암석들에게 마음이 있는 것처럼 느껴졌다. 자신들 앞에서 펼쳐지는 인간들의 연극이 그다지 새롭지는 않지만, 그래도 차분하게 호기심을 가지고 이번에는 어떤 연극이 펼쳐질지 구경하려는 듯했다.

십 분쯤 시간이 지나자 우리는 그들에게서 멀어졌고 리처드는 다시 배의 속도를 높였다. 구조를 기대할 만한 곳에서 점점 멀어지고 있는 것 같은데 아직도 덩컨은 보이지 않았다. 서둘러 행동을 개시해야 했다. 혹시 덩컨이 선실 안에 있느라 우리가 어디로 가는지 깨닫지 못하는 것은 아닐까? 어찌되었든 더는 지체할 수 없었다. 나는 갑판을 따라 이동하여 조종실의 계단에 발을 들여놓았다. 승강구를 내려다보니 리처드가 해도를 팔꿈치 밑에 깔고서 키를 잡고 있었다. 고개를 돌리면 그 즉시 나를 보게 될 게 뻔했다. 나로선 그가 고개를 돌리지 않기를 바라는 수밖에 없었다. 보트 좌현 쪽에 있는 덮개를 들어 안을 살펴보니 밧줄 뭉치가 여러 개 있었다. 나는 가장 짧은 것을 꺼낸 뒤 덮개를 닫고서 조종실 안쪽의 계단으로 향했다. 이제 숨을 생각은 없었다. 그가 고개를 돌리면 나를 보게 될 것이다. 그러든지 말든지.

나는 승강구로 가서 계단에 발을 디뎠다.

리처드는 꼼짝도 하지 않았다.

한 손으로 난간을 붙잡은 채 나는 한 칸을 더 내려갔다. 그리고 한 걸음 더.

세 번째 계단은 젖어 있어서 운동화가 약간 미끄러졌다. 작게 찍 소리가 났다.

"오랜만이다, 토라."

리처드가 차분하게 인사를 건넸다.

몸속에서 바람이 전부 빠져나가기라도 한 듯 나는 계단에 털썩 주저앉았다. 리처드가 고개를 돌려 우리는 서로를 바라보게 되었다. 나는 리처드가 발끈하며 화를 내든지, 혹은 잔혹한 종류의 승리감을 표현할지도 모르겠다고 예상했다. 하지만 그의 눈은 슬퍼 보였다.

한참 동안 우리는 서로를 바라보았다. 그러던 중에 문득 그가 내 어깨 너머 좌현 쪽 선실을 힐끔 쳐다보았다. 덩컨이 배에 탄 걸 그도 아는 걸까? 나는 곁눈질로 문이 완전히 닫혀 있는 것을 확인하고 다시 리처드를 보았다. 그가 조절판을 당기자 보트는 거의 정지하다시피 속도가 느려졌다. 그는 팔을 뻗어서 자동조종장치를 켠 다음 일어나 나를 향해 한 걸음 다가왔다.

"넌 여기에 와선 안 됐다." 그가 말했다.

나는 눈이 따끔거리고 턱이 떨리기 시작했다. '제발, 울면 안 돼. 지금은.'

"에마가 내 얘길 했군요?" 부디 그랬기를 바라면서 내가 물었다. 만약 에마가 얘기한 거라면 그들은 내가 덩컨을 만난 사실을 모를 수도 있다. 리처드는 덩컨이 배에 탄 사실도 아마 모를 것이다. 그런데 대체 그는 어디 있는 거지? 나는 오른손으로 가슴팍을 눌러 방수복 안에 있는 단단한 것을 느끼며 용기를 냈다.

"그래, 누가 찾아왔었다는 얘길 하더구나. 비디오를 확인해보고 너인 줄 금방 알았다. 당연히 너일 거라고 생각했지. 아가, 넌 정말로 용감해."

나는 몸을 일으켜 계단 아래로 뛰어내렸다. 리처드는 한 발 뒤로 물러섰다. 그가 다시 내 뒤의 문을 힐끔 쳐다보았지만 나는 주의를 흩트리지 않았다.

"'아가'라는 말은 빼요. 당신과 난 한 번도 가까운 적이 없었고, 지금 당신이 하려는 행동만 보더라도 앞으로도 그럴 일은 없을 테니까. 당신이 진료소에서 어떤 서비스를 제공했는지에 대해서는 국가의사협회에서 답변해야 할 거예요. 경찰 수사는 그후에 마무리되겠죠."

리처드의 표정이 굳었다.

"부탁인데 내게 설교를 하려들지는 마라. 그 아기들은 태어나기도 전에 죽을 운명이었어. 우리가 아니었으면 태어나기도 전에 살해되었을 거란 말이다. 우리 덕분에 아기들은 건강하게 자라서 자신들을 원하고 사랑해줄 부모를 얻게 될 게다."

나는 말문이 막힐 지경이었다.

"전부 불법이에요."

"법이란 게 완전히 엉터리다, 토라. 태아의 심장에 염화칼슘을 주입하는 것까지 허용하고 있잖니, 그것도 출생 직전에 말이다. 임신 이십사 주 차까지는 임산부가 몸이 불편하다는 이유만으로도 그렇게 할 수가 있다는 거지. 하지만 이십사 주 차 아기가 실제로 태어나면, 우린 그 생명을 지키기 위해 온갖 노력을 다한단 말이다. 그게 무슨 잘못이란 말이냐?"

"우리가 그 법을 만든 건 아니죠." 내 대답이 왠지 어설픈 변명처럼 들렸다. "그리고 그 법의 허점을 이용해 돈을 버는 것도……."

"매년 얼마나 많은 낙태가 엉뚱하게 이루어지는지 알고는 있냐? 아이가 심한 장애를 갖고 태어날 수 있다는 구실로 말이다." 리처드는 노기를 띠고 대꾸했다. "내가 병원에서 일하던 시절에도 여러 번 그런 적이 있었다. 그 아기들은 태어나기 전부터 엄마에게서 버림을 받은 거다. 그 아기들이 태어났으면 어떤 삶을 살았을까? 확실히 우리의 방식이 그보다는 나아."

"당신들은 아기를 매매하잖아요."

내 말투는 야유에 가까웠다.

"우린 어려운 상황에 처한 여자들을 도왔다. 자식이 없는 부부에게 희망을 주었어. 단지 사회적 편의 때문에 살해되었을 수도 있는 아기들을 수십 명이나 구했다. 우린 생명을 지키는 일을 한 거야."

그가 진지하게 도덕적 우위를 주장한다는 사실이 나는 믿기지 않았다. "그럼 데이나는요? 그녀의 목숨도 지켜줄 계획이에요?"

리처드는 약간 움찔한 것 같았다. "안타깝지만, 아니야. 그건 이미 내 손을 벗어난 일이다. 그녀가 젊고 예쁜 여자라는 말은 들었다. 그녀가 이 일에 끼어든 게 유감스럽구나." 그는 다시 몸을 일으켰다. "그런데 솔직히 말해서, 툴로치 양의 죽음에 대해서 책임질 사람이 있다면 그건 바로 너일 게다. 네가 경찰 수사에 그렇게 열심히 참견하지만 않았어도 그녀는 목숨이 위태로울 만큼 많은 사실을 알지 못했을 거란 말이다."

"당신 손을 벗어났다니, 그걸 말이라고 해요? 당신 손으로 직접 그녀를 들어서 바다에 던질 거잖아요."

리처드는 말이 통하지 않는 아이와 상대한다는 듯 고개를 저었다. 그가 제정신일까? 아니면 내가 이상한 걸까?

"토라, 넌 항상 그런 식이구나. 따지고 들지 않으면 직성이 풀리지 않지, 계속 그러려고만 해. 그래서 우리와 가까워지지 못한 거다, 알겠니?"

"입 닥쳐요! 무슨 화목한 가족이 되자고 이러는 줄 알아요? 어떻게 그 입으로 생명을 구한다는 둥 설교를 늘어놓을 수 있죠? 지난 일요일에도 나를 죽이려고 했잖아요. 요트와 내 구명조끼에도 손을 댔고요."

"솔직히 나는 그 일에 대해 전혀 몰랐다."

"거짓말하지 말아요. 당신은 나를 죽이려 했어요. 진실을 말할 자신은 죽어도 없죠?"

"리처드의 말은 거짓이 아냐. 돛대를 자른 건 나거든."

나는 주위를 둘러보았다. 좌현 선실 문간에 스티븐 게이어가 서 있었다. 그는 약간 상기된 채 인상을 찌푸리고 있었다. 나는 그의 발을 내려다보았다. 검은 구두를 신고 있었다.

"젠장, 눈 좀 붙이려 했더니 왜 이리 소란이야?"

## 38

나는 밧줄을 떨어뜨리고 게이어의 손이 닿지 않을 곳으로 걸음을 옮겼다. 차트 테이블이 옆구리를 찔렀다. 게이어는 한옆으로 다가가 계단에 기대어 섰다. 빠져나갈 곳이 없어졌다. "토라, 마치 유령이라도 본 것 같은 표정이군." 졸린 얼굴로 미소를 지으며 말했다.

나는 방수복 주머니의 지퍼를 잡고 조금 내렸다. "바보 같은 소리. 당신의 사망 보고서가 가짜였군. 덩컨은 어디에 있지?"

"덩컨은 마음을 바꿨어. 오늘밤에는 당신을 보러 오지 않을 거야."

나는 위험을 무릅쓰고 게이어에게서 시선을 돌려 리처드를 보았다.

"덩컨을 어떻게 한 거죠?" 내가 다시 물었다.

리처드는 몸을 굽혀 선실 내부를 둘러싼 선반을 뒤적거렸다. 그가 다시 몸을 일으켰을 때, 그의 커다란 손에 들린 주사기 봉투가 언뜻 보였다.

"아무도 당신을 죽이진 않을 거야, 적어도 이제부터는." 게이어는 두 팔을 머리 위로 치켜들며 말했다. 그는 하품을 하며 말을 이었다. "당신은 트로날 섬으로 돌아가야 하니까."

무슨 뜻인지 이해하지 못해 나는 그를 빤히 바라보았다. 그러다가, 문득 알아차렸다. 차가운 손이 심장을 거세게 움켜쥐는 것 같았다.

"지금은 안 돼. 내가 이곳에 온 걸 아는 사람이 한두 명은 있으니까."

게이어는 얼굴에서 웃음기를 지우지 못한 채 고개를 흔들고 입을 열었다. "당신이 훔쳐 타고 온 배는 이틀쯤 뒤에 바다에서 발견될 거야. 조종석에서 당신 물건들이 발견될 테고, 갑판에는 핏자국도 남아 있겠지. 사람들은 당신이 사고를 당해 물에 빠졌다고 생각할 테고. 물론 당신의 시체를 찾으려고 할 테지만, 찾지 못하면 대신 추모식은 아주 근사하게 열어주지 않을까?"

나는 헬렌에게 메모를 남겨두고 온 사실을 발설하지 않으려고 입술을 깨물었다. 만약 이들이 알게 되면 새벽이 되기 전에 데이나의 집에 침입해 메모를 없애버릴 테니까. 메모가 없고 덩컨도 없으면, 내가 폭풍이 몰아치는 바다에 요트를 타고 나가서 (알 수 없는 나만의 이유로, 어쨌든 최근 내 상태가 아주 불안했던 점을 고려하면 그럴 만도 하지만) 결국 돌아오지 못했다는 것을 수상하게 여길 사람이 누가 있을까? 메모가 없다면 이 악당들은 아무런 책임도 지지 않을 것이다. 메모를 남겨둔 사실을 절대로 들켜서는 안 되었다.

"그쪽이 아무래도 상관없다면, 난 기꺼이 물에 빠지는 쪽을 택하겠어." 게이어를 노려보며 내가 말했다.

내가 알아채지 못하던 사이 가까이 다가와 있던 리처드가 말했다. "스티븐, 그녀에게 무기가 있어. 옷 안에 뭔가를 숨기고 있네."

게이어는 리처드를 힐끔 바라보고 다시 내게 눈길을 돌렸다. 그의 시선은 내 배로 향했다. "알아요. 안타깝군, 당신과 당신의 작은 친구는 꽤 값이 나갔을 텐데."

나는 오른손을 방수복 안으로 집어넣을 준비가 된 상태였다. "무슨 소릴 하는 거야?"

"토라, 당신은 임신중이야. 축하해." 그는 더없이 환하게 미소를 지었다. 늑대처럼 보였다.

"뭐라고?" 순간적으로 너무 놀라 두려운 느낌마저 사라졌다.

"임신을 했다고, 애를 가졌다니까."

"미쳤군."

"리처드, 내 말이 맞죠?"

나는 위험을 감수하고 리처드 쪽으로 시선을 돌렸다. "그 말은 사실이다, 토라. 지난 일요일 네가 잠들었을 때 혈액 샘플을 채취했단다. hCG 수치가 상당히 높았어. 덩컨이 약 먹는 걸 소홀히 한 모양이다."

hCG, 즉 인간 융모성 고나도트로핀은 임신한 여성에게서 생성되는 호르몬이다. hCG를 검출하는 용도로 고안된 것이 바로 임신 자가 진단 키트인데, 임신 후 며칠이 지나면 혈액 검사로도 측정이 가능하다.

게이어는 여전히 내게 미소를 띠고 있었지만 나는 그를 제대로 볼 수 없었다. 그들이 주고받은 말을 의심할 생각조차 떠오르지 않았다. 며칠째 기분이 엉망이었다. 구역질이 나고 기운이 빠지는 것이 임신 초기의 전형적인 증상인데도 나는 스트레스 때문이라고만 생각했다. 내가 임신을 하다니. 이 년 동안 그토록 애를 쓰고도 실패했는데 마침내 임신을 한 것이다. 덩컨의 아기가 내 몸속에 있고, 이들, 이 괴물 같은 작자들은 아기를 내게서 빼앗아 갈 생각이었다.

"내 사무실에는 어떻게 들어왔지?" 내가 물었다. 멀리사의 정체를 알게 된 그날 밤 나도 모르는 사이에 약에 취했던 일이 떠오르자 게이어에 대한 적개심이 치솟았다. 아주 적은 양이라 해도 약물은 태아에 해를 입힐 수 있지 않은가. "당신이 내 집에 어떻게 들어왔는지는 알아. 그런데 사무실에는 어떻게?" 이렇게 묻는 동안 나는 그가 어떻게 그럴 수 있었는지를 깨달았다. 사무실 열쇠가 사라지지 않았던가. 우리집에 딸기와 돼지 심장을 남겨놓았던 그날 밤, 게이어가 열쇠를 훔쳤던 것이다. 그는 좀도둑질까지 했다.

"밧줄을 주워서 리처드를 묶어." 내가 조금 전 떨어뜨린 밧줄을 가리키며 말했다. "어서 빨리 제대로 묶어. 그래야 그가 안전할 테니까."

게이어는 나를 보았다. 공허해 보이는 그의 눈동자는 아마도 내가 본 것 중 가장 무서운 것이었으리라.

"내가 왜?" 그가 물었다.

나는 주머니에서 손을 꺼냈다. "안 그러면 쇠로 된 볼트가 당신 뇌를 파고들어 조금 아플 테니까."

게이어는 시선을 깔았다. 다소 망설이는 듯한 그의 태도가 나로선 너무나 흡족했다.

"그 망할 건 뭐야?"

"내 할아버지가 만드신 총이지, 말을 쏘는 자비의 총. 물론 이게 당신 관자놀이를 꿰뚫으면 별로 자비롭다는 생각이 들지 않겠지만."

손으로 머리를 감싸며 얼굴을 문지르고 다시 몸을 쭉 펴는 리처드의 일거수일투족을 나는 곁눈질로 의식했다. 평소의 기퍼드와 완전히 흡사한 모습이었다. 그들 두 사람이 부자 관계인 것을 왜 미처 짐작하지 못했는지 알 수가 없었다.

"토라, 제발 그거 내려놓아라. 누가 다칠지도 모른다." 리처드가 말했다.

"맞는 말씀이에요. 물론 난 아닐 거고요." 내가 말했다.

게이어가 나를 향해 다가왔다. 나는 팔을 휙 들었다. 그는 뒤로 성큼 물러나 다른 방향에서 접근하려 했다. 내가 재빨리 무기를 그에게 겨누자 그는 다시 뒤로 풀쩍 뛰었다. 게이어는 왼쪽으로, 다시 오른쪽으로 움직이며 내게 달려드는 척하다가 마지막 순간에는 꼭 뒤로 물러섰다. 내 기운을 빼려고 도발한 것인데 그 방법은 통했다. 그는 선실 안을 조금씩 돌면서 계단에서 멀어지며 내게 다가왔고, 한순간 나는 리처드에게 등을 보이게 되었다.

내가 몸을 휙 돌리며 뛰어서 그에게서 멀어지자 나를 마주보게 된 리처드가 팔을 뻗었다. 나는 몸을 피한 뒤 리처드의 스웨터 뒷덜미를 잡고 그의 얼굴 옆에 총을 갖다 댔다. 당장 방아쇠를 당긴다면 그의 머리를 관통하지는 않더라도 완전히 난장판이 되어버릴 터였다.

"꼼짝 마. 꼼짝하지 말란 말이야. 두 사람 다."

게이어는 동작을 멈추더니 허공에서 두 손을 맞잡고 당장이라도 덤벼들 듯한 자세를 취했다. 신이 났는지 눈이 번들거렸다.

"토라, 다른 사람들이 오고 있다. 당장 도착할지도 몰라." 리처드가 헐떡이며 말했다.

"좋은 소식이네요." 내가 대꾸했다. 아직 내 정신은 멀쩡했다. 물론 그게 좋은 소식이 아니라는 것도 알고 있었다. "앤디 던에게 하

고 싶은 말이 한두 가지 있거든요. 내가 제일 좋아하는 상사한테
도요."

게이어가 인상을 찡그렸다. 리처드는 나를 향해 고개를 약간
틀었다.

"켄 말이냐?" 그가 물었다.

"리처드, 우리 그냥……."

"켄은 오지 않아." 리처드가 말했다.

나는 리처드의 얼굴을 누르고 있던 총을 약간 떼어 그가 내 얼
굴을 볼 수 있게 했다. 게이어는 당장이라도 달려들 태세였다.

"움직이지 마, 스티븐. 당신보다 내가 방아쇠를 당기는 게 빨라."
나는 리처드에게서 눈을 떼지 않고 물었다. "그게 무슨 말이죠?"

리처드는 내 얼굴을 살피기라도 하듯 눈을 가늘게 떴다. 그가
잠시 입을 다문 사이 나는 숨을 죽였다. 마침내 그가 작게, 마치
나쁜 소식을 전하기라도 하듯 입을 열었다. "켄은 우리와 한편이
아니다. 네가 왜 그렇게 생각하는지는 알겠어. 틀림없이 우리 편으
로 보였겠지. 하지만 그는 아니다."

"어째서요?" 논리적으로 사실일 리가 없는 말이었지만, 나도 모
르게 마음이 쓰였다. "덩컨은 한편이라면서…… 어째서…… 기퍼
드는 아니라는 거죠?"

"리처드, 정말 이렇게 꾸물댈 필요가 있는 겁니까?"

"난 그 애의 어머니를 사랑했다. 때가 되었을 때 그녀를 해칠

수 없었어. 그녀의 탈출을 도와주었지. 지난 사십 년 동안 그녀는 뉴질랜드에서 살았다."

"기퍼드는 이 일들을 전혀 모르고요?"

리처드는 고개를 저었다. "켄도 어머니에 대해서는 알아. 몇 년 전에 내가 만날 수 있게 해주었지. 하지만 아니야. 그는 우리와 한편이 아니다. 여러 가지로 부끄러운 일이지만. 그는 재능이 뛰어나고 특출한 아이였다. 뭔가를 이루려고 했다면…… 글쎄다, 이런 얘기까진 할 필요가 없겠지. 물론 내 잘못이야. 난 내 의지에 따라 이 일에 관여했으니까 그런 일이 다시는 있어서는 안 되지."

게이어의 조급한 움직임이 시야에 들어왔다.

"아무튼, 너를 이 일에 끌어들일 의도는 없었어." 리처드가 말을 이었다. "엘스페스와 나는 너를 좋아했다. 덩컨이 너를 사랑하는 것도 알았고." 이제 그는 상념에 잠긴 듯 더이상 나를 쳐다보지 않았다. 혹시 기퍼드의 어머니를 떠올리고 있는 걸까? "일 년 뒤면 넌 아기를 입양할 수 있었을 게다. 덩컨의 아기였을 수도 있고. 너에게는 아무런 해도 끼칠 생각이 없었단다."

"물론 아기의 생모는 해를 입었겠죠. 내가 오늘밤에 봤던 여자들 중 한 명인가요? 누구죠? 오델이에요? 아니면 프리야?"

"그 얘긴 해봐야 아무런 소용이……."

"당장 그 물건을 내려놓으면 좋겠군." 게이어가 한 발 다가서며 말했다.

"당신이 직접 손목을 긋고 바다에 뛰어들면 더 좋겠는데."

갑자기 어떤 움직임과 소음이 느껴졌다. 우리와는 상관없는 것이었다. 리처드와 나는 동시에 좌현 선실로 고개를 돌렸다. 게이어가 우리를 향해 몸을 날렸다. 너무 늦었다. 그가 온몸의 체중을 실어 덮쳤을 때 나는 총을 치켜들었다. 방아쇠를 당기자 볼트가 발사되는 것이 느껴졌다. 우리가 바닥에 넘어지는 순간, 나는 총을 놓치고 말았다.

순간 나는 선실 바닥에 쓰러져서 정신을 잃었다. 게이어가 내 위에 걸터앉아 꽉 짓눌렀다.

"제발, 그녀를 조심해서 다뤄. 아기를 잃고 싶지 않네." 리처드가 말했다.

"리처드, 보트 방향 잡아주세요. 대체 여기가 어디죠?"

리처드가 움직이는 소리가 들렸다. 곧 엔진이 돌고, 보트는 좌현으로 예리하게 방향을 틀었다. 지지직거리는 무전기 소리가 들렸는데 리처드가 다른 배와 교신을 하려는 모양이었다.

게이어는 구겨진 회색 정장 차림이었다. 살인 혐의로 체포되어 신문을 받을 당시 입고 있던 옷이 틀림없었다. 아마 유치장에 갇히기 전에 옷을 갈아입을 수 없었던 듯했다. 진정제를 삼켜서 말초 맥박을 떨어뜨렸을 그날 아침도, 스스로 목을 맨 듯 꾸며 유치장에서 실려나올 때에도 그 옷을 입었을 것이다. 그런 뒤 그는 물론 시체 안치소가 아니라 트로날 섬으로 왔다. 그의 오른쪽 어깨에 짙은 얼룩이 서서히 번졌지만 고통스러운 기색은 전혀 없었다.

이때 내 머릿속에 떠오른 건 수천 가지 애원의 말들이었다. 나는 허세를 부릴 수 없었다. 더이상 맞서 싸우고 싶지도 않았다. 단지 조금 더 오래 살고 싶을 뿐이었다.

심지어 입을 벌려서 말을 하려 했지만 말할 기회를 잡을 수 없었다. 게이어의 시선이 내가 아니라 선실 바닥에 떨어진 뭔가를 찾고 있었기 때문이다. 그는 바닥의 총을 잡으려고 몸을 약간 일으키고 체중을 옮겼다. 그런 다음 다시 나를 짓누르며 자비의 총을 내 왼쪽 허벅지에 대고 내 눈을 응시했다. 방아쇠를 당길 때 그는 미소를 지었고, 극심한 고통 속에서 나의 세계는 새하얗게 폭발했다.

## 39

아무것도 보이지도, 들리지도 않았고, 숨조차 쉴 수 없었다. 보트가 다시 기우뚱했다.

"……무슨 짓을 한 거야?" 아득하게 리처드의 고함 소리가 들렸다. "섬에 돌아가기 전에 출혈로 죽을 수도 있어."

"그럼 치료를 하시죠, 의사 선생님. 보트는 내가 몰죠."

머리와 가슴과 복부의 통증이 약간 가라앉으면서 단 한 곳, 허벅지의 살점에 모든 고통이 집중되었다. 머릿속 어둠이 조금씩 걷혀가며 다시 눈앞이 보이기 시작했다. 소리도 들렸다. 선실을 가득 채운 끔찍한 소음은 바로 내 목소리였다. 나는 비명을 질렀다. 리처드가 손으로 내 어깨를 받쳐 질질 끌어 우현 선실로 데려갔다. 그는 믿기지 않는 힘으로 나를 들어서 침대에, 가만히 잠들어 있

는 여자의 옆에 눕혔다. 프리야였다. 지독한 고통 속에서도 나는
그녀를 알아볼 수 있었다. 리처드는 내 두 손을 잡아 상처를 누르
게 했다.

"힘껏 눌러라. 출혈을 막아야 해. 안 그러면 어떻게 되는지 너도
알 게다."

너무 잘 알았다. 다리에서 시뻘건 액체가 펑펑 쏟아져 나왔다.
게이어가 동맥을 쏘았을 가능성이 컸으므로 나는 큰 곤경에 처한
셈이었다. 허벅지를 세게 눌렀지만 점점 힘이 빠지는 느낌이었다.
마치 졸음이 몰려와 아주 간단한 일에도 집중하지 못하는 것처
럼. 하지만 잠들 수는 없었다. 의식을 유지해야만 했다. 나는 게이
어가 무전을 보내는 소리와 누군가가 응답하는 소리에 귀를 기울
였다.

리처드가 다시 들어왔다. 그는 내 손을 치우고 허벅지를 무언
가로 감기 시작했다. 그는 그것을 꽉 조이고 더 조였다. 상처 부위
를 내려다보니 하얀 붕대는 이미 진홍색으로 물들어 있었다. 새빨
간 피를 볼 때마다 늘 그렇듯, 나는 경외감에 사로잡혔다. 얼마나
놀라운 물질인가! 그토록 진하고 선명하고 강렬하다니. 색깔은 또
얼마나 아름다운가. 그것이 내 몸에서 새어 나와 선실 바닥에 뚝
뚝 떨어져서 배의 배수관을 타고 북해의 차가운 소금물 속으로
흔적도 없이 사라지는 것이 너무나 슬펐다.

게이어는 배의 좌표를 불렀다. 지원군이 오고 있었다. 나는 의

식을 잃었다. 이제 트로날 섬으로 돌아가 앞으로 팔 개월 동안 그곳에서 지내게 될 것이다. 사슬에 묶이고 약에 취한 상태로, 내 몸속에 새로운 생명을 키워나갈 것이다. 내가 애초에 계획하고 갈망하고 기도했던 생명을. 그리고 그 생명이 태어나면, 그것은 곧 나의 죽음을 의미하리라. 저들이 덩컨을 어떻게 했을지 궁금했다. 그를 살려두었을까? 무리에 돌아갈 마지막 기회를 주었을까? 아니면, 그는 이미 죽은 걸까?

리처드는 내 몸을 틀어서 프리야의 어깨에 머리를 기대게 한 뒤 출혈을 줄이기 위해 다리를 벽에 기대어 세웠다.

그런 다음 몸을 숙여 내 어깨 밑으로 손을 넣고 내 눈을 똑바로 보았다. 그를 빼고 방안이 온통 어두워지는 것 같았다.

"이제 긴장을 풀렴. 고통도 사라질 게다."

나는 눈을 질끈 감았다. "나한테 최면을 걸 작정이군요?"

"아니다." 그는 내 이마를 쓰다듬었고, 내가 다시 눈을 뜨자 말을 이었다. "그냥 진정시키는 거란다. 고통을 참을 수 있게."

리처드가 계속해서 이마를 쓰다듬자 고통이 확연히 줄어드는 것 같았다. 하지만 그럴수록 집중력이 흐려졌다. 의식이 어디론가 흘러가기 시작했다. 그래선 안 된다.

나는 손을 뻗어 그의 팔을 잡았다.

"왜죠? 왜 우리를 죽이려는 거죠? 왜 당신 어머니들을 그렇게 증오하는 거죠?" 내가 겨우 물었다.

그는 두 손으로 내 손을 감쌌다. "우리에겐 선택권이 없다. 그 덕분에 지금의 우리가 있는 거니까." 그는 몸을 더 숙였다. "그래도 우리가 자식을 낳은 여자들을 미워한다고는 생각하지 마라. 그건 아니야. 우린 평생토록 어머니의 죽음을 슬퍼하고, 그들을 기념하고, 그들을 그리워한단다. 우리가 종교적인 사람들은 아니지만 종교를 가진다면 어머니들을 성자로 모실 게다. 그분들은 자기 아들들을 위해 궁극적인 희생을 했으니까."

"그들의 생명을 바쳐서요." 내가 작게 말했다.

"그들의 심장이지."

나는 그에게서 시선을 돌려 빨갛게 물든 다리의 붕대를 보았다. 그가 무슨 말을 하려는지도 알 것 같았다.

오, 제발. 제발 신이시여. 안 돼요.

리처드가 내 옆에 앉았다. 여전히 내 손을 잡고 있었다. "태어난 지 아흐레가 되었을 때, 나는 내 어머니의 심장에서 나온 피를 마셨다."

그는 말을 멈추고 내가 이해할 수 있도록 잠시 시간을 주었다. 나는 그를 빤히 쳐다보기만 할 뿐 아무 말도 할 수 없었다.

"병에 담긴 피를 말이다. 내 어머니의 마지막 젖과 함께."

목구멍으로 신물이 올라왔다. "그만. 듣고 싶지……"

그의 손가락이 내 뺨을 살짝 스치며 말을 막았다. 나는 침을 세게 삼키고 숨을 깊이 들이쉬는 데 집중했다.

"물론 당시에는 아무것도 몰랐지. 나중에 열여섯 번째 생일에 그것에 대해…… 뭐랄까…… 특별한 유산에 관해 알게 되었다."

숨을 늘이쉬고, 숨을 내쉬고, 나는 오직 그 생각에만 집중했다. 그의 말이 들렸지만 귀담아듣지 않았다. 내가 그의 말을 기억한 건 그때가 아니라 훨씬 나중이었다.

"그때의 충격은 너도 상상할 수 있을 게다. 나는 아버지와 어머니 사이에서 자랐다. 아버지의 아내인 그분을 나는 아주 사랑했지. 그분이 생물학적으로 내 어머니가 아니라는 것도 전혀 몰랐다. 그리고 그들에게서 이야기를 들었을 때, 나를 낳아준 생모가…… 그때 내가 얼마나 공포스러웠겠니? 아마도 내 평생 가장 암울한 시기였을 거다."

어떤 짤막한 구절이 머릿속에 떠오르더니 혀끝에서 맴돌았다. 심장이 찢어질 것 같아요. 그 말이 튀어나오기 직전이었다. 맙소사, 어떻게 그런 짓들을 할 생각을 했을까?

"하지만 그것이 내 인생의 출발점이 되기도 했단다. 내가 진짜 누구인지 이해하게 되었으니까. 내가 특별하고 학급의 다른 아이들보다 훨씬 똑똑하다는 걸 이미 알고 있었다. 내겐 음악적 재능이 있었고, 무려 네 가지 언어를 구사했단다. 그중 두 개는 혼자서 익힌 거였지. 나는 힘도 세고, 더 빠르고, 모든 면에서 훨씬 유능했어. 어떤 운동이든 하려고만 들면 곧 숙달했다. 또 한 번도 아픈 적이 없었지. 십육 년 동안 아파서 학교를 빼먹은 적이 한 번도 없었어. 열두 살 때는 축구를 하다가 발목이 부러졌는데 이 주 만에 나았단다."

나도 모르게 말이 튀어나왔다. "당신은 그저 운이 좋았을 뿐이에요. 유전자의 기막힌 조합 덕분에요. 그건 그 일과는 아무런 상관도……."

"내겐 다른 능력도 있다. 더 신기한 능력이지. 나는 원하는 대로 사람들을 조종할 수 있다는 걸 알게 되었어. 그냥 암시를 통해서 말이다."

"최면이군요."

"그래, 젊은 사람들은 그렇게 부르더구나."

나는 고개를 저었다. 그 말을 믿지 않았지만 반박할 말을 찾을 수 없었다.

"나는 열여섯을 갓 넘긴 다른 두 소년도 소개받았다. 한 명은 메인랜드 섬에서, 다른 한 명은 브리세이 섬에서 왔지. 그들도 나와 똑같았다. 나처럼 강인하고 영리했어. 나보다 몇 개월 어린 다른 동료 네 명이 있다는 얘기도 들었다. 모두 내 또래였어. 그리고 이제 막 열아홉이 된 청년들 여섯 명도 만났다. 우리가 무슨 일을 겪을지 알고 있는 사람들이었지. 이미 삼 년 전에 자신들이 경험한 일일 테니까."

"삼 년 간격이군요." 내가 말했다. 그는 고개를 끄덕였다.

"삼 년 주기로 다섯에서 여덟 명의 남자 아기가 태어난단다. 우리는 평생 단 하나의 아들을, 우리 중의 하나가 될 아들을 갖게 되지."

"트로족 말이죠?" 나는 큰웃음을 치고 싶었지만 힘이 들어 그럴 수가 없었다.

그는 인상을 찡그리며 "쿠널 트로지" 하고 정정했다. 그런 뒤 긴장을 풀고 희미하게 미소 지었다. "수많은 이야기와 믿기 힘든 말들이 전해 내려왔다. 동굴에 사는, 쇠를 두려워하는 회색 난쟁이 남자들에 대해서 말이다. 모든 전설들 속에는 핵심적인 진실이 감추어져 있다."

"여성들이 전부 죽었다는 이야기 말인가요? 어떻게 그럴 수 있죠?"

그는 다시 미소를 지었다. 심지어 자랑스러워 보이기까지 했다.

"사실 그 방식은 간단하단다. 적재적소에 사람이 있기만 하면 돼. 일단 어떤 여자를 찾아내면, 우리는 그녀를 아주 자세히 관찰한단다. 그리고 일부러 사고를 내거나, 아니면 그녀의 주치의가 질병을 발견하는 거지. 물론 섬의 의사들이 전부 우리 편은 아니니 그럴 수 없을 때도 있긴 하다만. 일단 그녀가 병원에 입원하면 일은 훨씬 수월해지지만 경우에 따라 방식을 달리해야 한다. 대개는 수면 진정제인 미다졸람 같은 약을 다량으로 주사해서 신진대사를 느리게 하는데, 그러면 생명 유지 장치에서 자동적으로 신호를 울리지. 만약 그 자리에 친척들이 있으면 의료 팀은 환자를 살리겠다며 소란을 피우지만 결국에는 실패하지. 의식을 잃은 여자가 시체 안치소로 옮겨지면 우리 사람들이 대기하고 있다가 그녀를 트로날 섬으로 데려온단다. 병리학자는 사망 보고서를 작성하고, 무거운 관은 매장하든지 화장을 하지 당연히 우리는 화장을 하도록 부추기고."

"그렇군요. 그럼 멀리사는요?"

리처드는 한숨을 내쉬었다. "특별한 경우였다. 너와 마찬가지로, 멀리사가 이 일에 끼어든 건 결코 우리의 의도가 아니었어." 그는 선실의 열린 문으로 시선을 돌려 게이어가 있는 방향을 주시했다. "우린 아내를 이 일에 이용하진 않는다."

"그녀가 눈치챈 거죠?"

그는 고개를 끄덕였다. "스티븐의 암호를 알아내서 어느 날 밤에 컴퓨터 파일을 뒤졌단다." 리처드는 한 손을 뻗어 또다시 내 이마를 쓰다듬으며 말을 이어갔다. "멀리사는 아주 영리하고, 고집이 셌다. 여러 면에서 너와 비슷했어. 그녀의 시신을 찾아낸 사람이 너였다는 사실이 내게는 얄궂게 느껴졌다. 물론 스티븐 앞에서 자신이 알아낸 것들을 따지려던 건 그녀의 실수다. 우린 행동을 서둘러야 했지. 그녀를 제거할 계획을 세웠는데, 그녀가 임신 사실을 알렸고 스티븐은 아기를 잃고 싶어 하지 않았다. 오번에 살던 다른 여자와 그녀를 바꿔치기한 건 그의 생각이었다. 나는 반대했지. 너무 복잡해지니까. 하지만 우리로선 시간이 촉박했다."

"커스틴 하윅은요? 그녀도 우리 벌판에 묻혔다는 걸 알아요. 사고도 일부러 꾸민 건가요? 화물차를 본 것도 당신들인가요?"

그는 고개를 서있다. "아니다 커스틴의 사고는 진짜였어. 우린 단지 그녀의 부상을 과장했을 뿐이지. 그녀는 아들을 낳았다. 잘 자라서 지금은 옐 섬에 살고 있단다."

커스틴은 죽지 않을 수도 있었다. 참을 수 없는 슬픔을 견뎌내며 살아가는 조스 하윅도, 전혀 그럴 필요가 없었을지 모른다. 나는 비명을 지르고 싶었지만 그랬다가는 멈출 수 없을 것 같았다.

"왜 그 여자들을 매장했죠? 그냥 바다에 던져버리지 않고요? 아니면 불태워버리든지? 그렇게 했더라면 내가 멀리사를 찾아내는 일도 없었을 텐데요."

"아니, 그럴 수는 없다. 그건 우리의 믿음에 반하는 짓이야. 우리 어머니들은 신성한 땅에 묻히도록 되어 있다. 우리가 그들을 기리는 방식이기도 하지."

"그들을 트로날 섬에 전부 묻는다는 건 너무 위험할 것 같은데요. 섬 전역에 그런 무덤이 있단 말이에요?"

그렇다는 듯 그는 고개를 약간 기울였다.

"덩컨은요? 덩컨도 똑같았나요? 어머니의 피를……."

리처드는 고개를 끄덕였다. "그랬다. 그의 아버지와 할아버지가 그랬고, 내 아버지와 조부와 증조부가 그랬듯이. 우린 쿠널 트로야. 지구상의 어느 누구보다 힘이 세고 강하단다." 그는 일어나 큰 선실 쪽으로 향했다. 나는 너무 지쳤다. 무의식 상태로 빠져드는 것말고는 아무런 바람도 없었다. 또한 그랬다가는 죽게 되리라는 것도 알고 있었다. 나는 계속 말을 해야 했다.

"얼마나요? 당신들은 모두 몇 명이나 되죠?"

리처드는 문 앞에서 멈춰 섰다.

"전 세계에 사백에서 오백 명이 있지. 대부분 이곳에 살지만, 우리가 이주해 온 건 불과 백 년 정도밖에 안 됐다. 우린 섬을 선호해. 외따로 떨어져 있으면서 지역 경제가 튼튼한 곳 말이지."

몸이 부들부들 떨리고 토할 것 같았다. 충격을 받은 덕분에 그나마 의식을 잃을 위험은 사라졌다. 허벅지가 지독하게 아팠지만 그것도 참을 수 있었다.

"당신은 특별하지 않아요. 그건 모두 망상이에요."

리처드는 아파하는 아이를 달래듯이 목소리를 낮췄다. "너는 우리가 어떤 힘을 가졌는지 전혀 모른다. 영향력이 어느 정도인지 상상도 못 할 거야. 이곳 섬들과 세상의 다른 많은 땅이 우리 소유란다. 우린 부를 과시하지 않지만, 액수로 따지면 어마어마할 게다."

"당신은 그냥 평범한 인간일 뿐이에요."

"토라, 내 나이가 여든다섯이다. 그런데 난 오십 대 중년만큼 힘이 세단다. 그걸 어떻게 설명하겠니?"

"리처드, 엔진 소리가 들리는 것 같습니다." 게이어가 불렀다.

"올라가서 신호를 보내야 할 것 같아요. 키를 맡아주세요."

리처드는 돌아서며 말했다. "내 말을 믿으렴, 아가. 그래야 몇 달 동안 버티기 쉬울 거다."

그는 선실을 나가며 꼼짝도 못 하는 프리야와 나만 침실에 남겨둔 채 문을 닫았다. 문득 그가 나를 마취시키지 않았다는 사실이 놀랍게 여겨졌다. 어쩌면 자신이 가진 그 특별한 능력을 과시하느라 깜빡 잊은 것인지도 몰랐다. 아니면 내가 피를 많이 흘리고 고통스러운 상태이니 움직이지 못할 거라고 속단했거나. 피는 이제 아까처럼 펑펑 새어 나오지 않았다. 동맥이 아예 절단된 것은 아닌 모양이었다. 나는 다리를 내리고 몸을 일으켜 침대에 걸터앉으려 해보았다. 피가 더 많이 새어 나왔지만 놀랄 정도는 아니었다. 나는 프리야를 보았다. 미약하게 숨이 붙어 있다는 것만 제외한다면 전혀 살아 있는 것처럼 보이지 않았다. 그녀에게서는 어떤 도움도 기대할 수 없었다.

나는 침상에 앉아 생각했다. 부상을 입은 내가 리처드와 게이어를 이긴다는 것은 불가능했지만, 시도해보는 수밖에 없었다. 둘은 지금 서로 떨어져 있다. 게이어는 갑판에 있고, 리처드는 보트를 조종하느라 등을 돌린 상태다. 지금이 절호의 기회다. 일단 다른 배가 도착하면 그들은 데이나를 물에 빠뜨릴 것이고, 나는 아마 마취되어서 경찰 수사가 끝날 때까지 트로날 섬의 안전한 곳에 갇히게 될 것이다.

나는 애써 몸을 일으켰다. 다리에 극심한 통증이 밀려왔다. 숨을 깊이 들이쉬고 열까지 세며 고통이 잦아들기를 기다렸다. 그런 다음, 걸음을 내디뎠다. 이번에도 고통이 밀려왔지만 그렇게 심하지는 않았다.

선실 둘레의 선반에 의지하여 나는 조금씩 걸음을 옮겼고, 마침내 문손잡이를 잡을 수 있었다. 모디보트의 엔진 소리는 지독하게 시끄러웠지만 리처드가 속도를 줄인 터라 멀리 어딘가에서 들려오는 다른 엔진 소리를 감지할 수 있었다.

나는 손잡이를 돌리고 문을 당겼다. 문은 소리 없이 열렸다.

큰 선실에서는 리처드 혼자 타륜 앞에 선 채 전방을 살피는 듯 정면을 주시하고 있었다. 새로운 암초들 때문에 항해가 까다로운 상황이었다. 애초 내 계획은 그를 쓰러뜨리는 것이었다. 보트는 섬 주변의 거대한 화강암 바위에 부딪힐 것이고 구멍이 생긴 선체는 금세 가라앉을 것이다. 그러면 나는 구명보트(모터보트에 하나쯤은 있을 법한)를 띄워 의식을 잃은 다른 여자 세 명을 태우는 동시에 힘세고 난폭한 미치광이를 상대해야 했다. 그것도 한쪽 다리만 성한 상태로. 앞서도 말했다시피 나는 행운을 믿지 않았다.

아니면 차라리⋯⋯. 정말이지, 나로서는 다른 선택지는 생각하고 싶지도 않았다.

무기가 필요했다. 할아버지의 총은 선실 끝 선반에 놓여 있었는데, 리처드에게 들키지 않고 그곳까지 갈 방법이 없었다. 나는 선실 안을 둘러보았다. 아직까지 바닥에 흥건한 내 핏물을 보자 속이 울렁거렸다. 억지로 눈을 돌렸다. 선실 둘레의 선반을 살펴보니 보트 상비를 보관해둔 곳이 눈에 띄었다. 손을 미끄러뜨리듯 아래로 뻗었다. 마치 목숨을 걸고 막대 빼기 게임을 하는 기분이었다. 막대 더미들 가운데 다른 것들을 움직이거나 소리 내지 않도록 하면서 하나의 막대만 빼내는 놀이 말이다. 놀랍게도, 나는 성공했다. 손을 들어 찾은 것을 확인해보니, 두꺼운 쇠로 된 펜치 종류의 연장으로 길이가 삼십 센티미터쯤 되었다. 도움이 될 것 같았다. 더 꾸물댈 수 없었다. 나는 절뚝거리며 앞으로 나아갔고 팔을 머리 위로 치켜들었다.

물론 리처드는 선실 창에 비친 나를 보았다. 그는 몸을 휙 돌려 내 팔을 잡아 뒤로 꺾었다. 나는 다른 손으로 그의 가슴을 필사적으로 떠밀고 눈을 할퀴었다. 그는 단 한 번의 공격으로 내 관자놀이를 가격했다. 입에서 피가 터져 나와 선실에 흩어지고 다리가 풀렸다. 하지만 리처드의 옷깃을 잡고 매달린 덕에 우리는 함께 쓰러졌다.

우리는 바닥에 세차게 부딪혔다. 리처드가 내 위에 있었다. 그가 몸을 일으키는 걸 지켜보며 기다렸다가 나는 그의 귓불을 거머쥐었다. 그가 고통에 찬 고함을 내지르며 내 팔을 세게 내려치는 바람에 놓쳤지만, 다른 손으로 다시 그의 눈을 겨냥했다. 그는 이제 내 위에 걸터앉아 움직임을 제지했다. 그러고는 한 손으로 내 오른쪽 손목을 꽉 쥐고 다른 손은 목을 향해 뻗었다.

나는 온 힘을 다해 마지막 비명을 내질렀다.

리처드가 내 목을 조르기 시작했다. 고개를 이리저리 돌려보았지만 그의 손아귀에서 벗어날 수 없었다. 믿을 수 없는 힘이었다. 힘으로 그를 제압할 수 있으리라 생각했다니 얼마나 멍청한 짓인가. 그의 얼굴을 향해 왼손을 뻗었지만 그의 팔이 내 팔보다 길어서 닿지 않았다.

나는 목을 감싼 손을 쥐어뜯고 손톱을 살갗에 박아 떼어내려 했다. 숨을 쉴 수 없게 되자 본능적인 공포가 더 커지며 평소라면 꿈도 못 꿀 엄청난 힘을 짜냈는데도 여의치 않았다. 리처드는 내가 아닌, 내 머리 위의 어느 곳을 보고 있었다. 목을 조르면서도 차마 내 눈을 바라보지 못했던 것이다. 눈앞이 가물거리는 와중에도 그런 사실이 내게는 다소나마 위안을 주는 것 같았다.

이때 그의 몸이 한 번 꿈틀댔다. 순간 손아귀의 힘이 풀리며 목을 누르던 압박감도 줄어들었다. 허파가 심하게 요동치며 산소를 갈구했지만 리처드의 강한 손아귀에 눌려 목이 손상된 상태였다. 움푹 들어간 파이프처럼 충분한 공기를 들이마시지 못해 내 머릿속의 어둠은 계속해서 커져갔다.

리처드가 내 위로 고꾸라졌다. 그와 눈을 마주쳤지만 그는 아무 표정도 없었다. 그의 체중이 옮겨지자 내 허파는 전력을 다해 활동을 이어갔고, 곧 공기가 한꺼번에 밀려들었다. 나는 겨우 두 손을 들어 그를 막아내며 거세게 떠밀었다.

옆으로 굴러떨어지는 리처드를 떠밀었다. 무슨 일이 벌어졌는지 알 수가 없었지만 그에게서 벗어난 것은 확실했다. 그는 쓰러진 채 선실 바닥에 얼굴이 짓눌려 있었다. 뒤통수의 빽빽한 흰머리 사이에 시커먼 구멍이 뚫렸고 피거품이 부글거리며 솟았다. 나는 그에게서 눈을 떼고 뒤쪽에 무릎을 꿇고 있는 사람에게 시선을 옮겼다. 나와 눈이 마주친 순간 잠시 눈인사를 보내는 듯했던 상대의 눈빛이 이내 흐릿해졌다. 리처드의 피가 묻은 두꺼운 쇠볼트, 자비로운 살인 도구가 바닥에 떨어지며 쿵 소리를 냈다.

나는 억지로 몸을 일으켜 리처드의 목에서 맥박이 뛰는지 확인했다. 아무 느낌도 없었다. 이제 자리에서 일어나서 그를 넘어가 승강구 계단을 올려다보았다. 게이어는 보이지 않았다. 다른 배에 신호를 보내는지 불빛이 깜빡이고 있었다.

나는 몸을 굽혀 무기를 집어든 뒤 볼트를 다시 장전했다. 그런 다음, 마침내 손을 뻗어 리처드를 살해한 그녀의 얼굴을 어루만졌다. 약에 취해 멍한 눈동자가 내게 공허한 시선을 던졌다. 이어 약간 정신을 차린 듯, 데이나는 입술을 벌려 미소를 지었다.

"내 말 들려요?" 나도 미소를 지으며 속삭였다. 데이나는 고개를 끄덕였지만 대답은 할 수 없는 듯했다.

"스티븐 게이어가 위에 있어요." 나는 갑판 조종실을 가리키며 말했다. "그는 아주 위험한 인물이에요." 그녀의 눈에 놀라는 기색은 없었다. "계단을 감시해줄래요? 그가 나타나면 내게 알려줘요."

그녀는 다시 고개를 끄덕였고, 나는 일어나 타륜을 향해 절룩이며 걸음을 옮겼다. 급박한 상황이 벌어질 것 같지는 않았다. 수심 측정기는 깊이를, 늘 나를 안심하게 하는 수치를 파악하지 못하는 상태였다. 나는 보트를 자동 운항으로 설정한 다음 무전기를 잡고 16번 채널에 주파수를 맞추었다.

"메이데이, 메이데이, 메이데이." 나는 가능한 한 크게 할 수 있는 선에서 소리를 냈다. 무전기의 지지직 소리가 게이어에게 들릴지도 몰랐지만, 그저 리처드의 교신으로 생각하기만을 바랐다.

"메이데이, 메이데이, 메이데이." 나는 반복했다. "여긴 아크틱 스쿠아 모터보트. 아크틱 스쿠아. 우린 셰틀랜드 해역에 있어요. 트로날 섬의 남동부 해역요. 의료와 경찰 지원이 시급해요."

지지직거리는 소리만 이어질 뿐 아무런 응답이 없었다.

나는 고개를 돌렸다. 데이나는 승강구에서 눈을 떼지 않고 있었다. 갑판에서 발소리가 들려왔다.

"배에 여섯 명이 타고 있어요." 내가 다시 무전기에 대고 말했다. "두 명은 부상을 입었고 세 명은 마취 상태고 몸이 성한 사람은 한 명뿐인데 그가 나머지 사람들에게 위협을 가하고 있어요. 도움이 시급해요. 다시 말할게요, 도움이 시급해요."

또다시 지직 소리. 여전히 응답은 없었다.

절망적이었다. 누가 무전을 듣는다 해도 (적어도 셰틀랜드 해안경비대는 그래야 했는데) 제때 이곳에 도착할 수는 없을 것 같았다. 트로날 섬의 다른 보트가 이곳에 도착하기만 하면 나를 비롯한 여자들은 바다에 내던져질 터였다. 적어도 흔적만은 남겨두어야 했다.

"배에 탄 사람은 토라 해밀턴, 리처드 거스리, 스티븐 게이어, 데이나 툴로치예요. 반복할게요, 데이나 툴로치는 살아 있고 무사해요." 하지만 더 오래 살지 못할 게 분명했다. 다른 엔진 소리가 더 가까워지는 것이 분명하게 들렸다. "또 다른 여자 두 명의 실명은 알 수 없어요. 우린 납치 감금되었어요. 리처드 거스리와 스티븐 게이어의 소행이에요. 두 사람 모두 극도로 위험한 인물이에요."

약간 과장된 면은 있었다. 리처드는 이제 꼼짝도 하지 않는데다 위험해 보이지 않으니까. 물론 게이어는 달랐다. 선실에 내려오는 순간 그는 우리를 죽일 것이다. 다른 방도가 없을 것이다. 리처드가 없는 이상, 이제 내게 약물을 주입해 인사불성으로 만든 뒤 트로날 섬으로 데려갈 수도 없을 테니까. 아기도 희생될 것이다. 나는 그의 손에 죽어서 바다에 던져질 것이다. 데이나도. 다른 여자 둘은 이 여정에서 살아남을지 모르지만 그래봐야 무슨 소용이겠는가. 앞으로 여덟 달을 더 갇혀 있다가 끔찍한 죽음을 맞을 텐데. 게이어가 선실로 내려오지 못하게 막아야 했다. 내가 올라가서 그를 제지해야 했다.

하지만 그럴 수가 없었다. 난 이미 피를 너무 많이 흘렸고 고통 때문에 정신이 혼미했다. 이날 밤 줄곧 긴장에 시달려 아드레날린도 바닥이 난 것 같았다. 나는 그와 맞서 싸울 수 없었다. 계단을 올라갈 힘조차 없었다. 나는 이곳에서 기다릴 생각이었다. 침실로 쓰는 선실에 숨어 있다가 그가 내려올 때 덮치는 수밖에 없었다. 그것만이 유일한 방도였다.

위쪽에서 소음이 들렸다. 누가 선실 천장에서 쿵 뛰어내렸다.

"이봐, 아가씨들!"

승강구에 게이어의 얼굴이 나타났다. 그는 선실 지붕에 엎드린 채 우리를 거꾸로 내려다보고 있었다. 이마에 핏줄이 불거졌고, 크고 하얀 이빨을 드러냈다. 제정신이 아닌 듯했다. 그는 리처드의 시체를 재빨리 살펴보더니 눈을 가늘게 떴다. 그런 뒤 다시 나를 보았다.

"토라, 이리로 올라와."

## 40

게이어의 얼굴에서 눈을 떼지 못한 채 나는 고개를 저었다. 절대로 그에게 가까이 가고 싶지 않았다. 그가 무서웠다.

그의 얼굴이 사라지더니 갑판 위를 성큼성큼 걷는 소리가 들렸다. 나는 데이나에게 조금 다가갔다. 내가 총을 꽉 거머쥐자 그녀는 손을 뻗어서 내 발목을 잡았다.

잠시 뒤 게이어가 다시 얼굴을 드러냈다.

"토라, 난 배 밑바닥 밸브를 열어놓을 생각이야. 십 분만 지나면 보트가 돌덩이처럼 가라앉겠지. 당신 친구들 셋을 살리고 싶으면 당장 이리로 올라와." 코웃음을 치면서 그가 말했다.

게이어는 보트 뱃머리 쪽으로 가버렸다. 나는 비틀거리며 승강구로 다가가 힘겹게 계단을 올랐다. 게이어는 닻 보관함을 굽어보고 있다가 나를 보자 몸을 일으켜서 다가왔다.

나는 물러서지 않았다. 나만큼 심하지는 않지만 게이어도 부상을 입은 상태였고, 내게는 총이 있었다. 아직은 굴복할 수 없었다. 그는 선실 지붕에 올라가더니 다리를 벌려 균형을 잡고 서서 나를 내려다보았다. 바람에 그의 옷이 펄럭이면서 늘씬하고 강건한 몸의 윤곽이 드러났다. 검은 밤하늘을 배경으로 흰 얼굴이 번득였고, 끔찍한 미소를 지으려는 듯 이빨을 드러냈다. 그는 이제 늑대처럼 보이지 않았다. 악마처럼 보였다.

나는 뒤로 물러서다가 조종실 타륜에 부딪혔다. 창자가 쪼그라들고 근육도 힘이 다 빠진 것 같았다. 뭔가 뜨근한 것이 고약한 냄새를 풍기며 다리를 타고 흘러내렸다. 다리가 지푸라기라도 된 듯 체중을 지탱하지 못했다. 나는 조종실 바닥에 주저앉았다.

게이어는 한쪽 손에 뭔가를 들고 있었다. 짤막한 길이의 쇠사슬이었다. 그는 쇠사슬을 빙빙 돌리다가 선실 지붕을 내려쳤다. 그런 다음 왼손으로 쇠사슬 끝을 잡고 당겼다. 쇠사슬의 길이는 약 일 미터, 고리의 두께는 육십 밀리미터쯤 되어 보였다. 그는 선실 지붕 끝에 서서 뛰어내리려다가 보트가 흔들려 다시 중심을 잡았다. 아래쪽에서 데이나의 목소리가 들리는 것 같았다. 내가 그랬듯이 메이데이를 반복하고 있었다. 잡음 속에서 희미하게나마 응답하는 소리가 들린 것 같았다. 하지만 늦었다. 내겐 너무 늦었다.

그가 다시금 나를 향해 뛰어내리려 할 때, 좌현 전방에 거대한 형체가 어렴풋이 보였다. 또 다른 화강암 암석도 위태로울 만큼 가까이 있었다. 나는 총을 떨어뜨리고 오른손을 뒤로 뻗어 타륜 손잡이 사이를 이리저리 더듬었다. 마침내 타륜 가운데의 버튼에 손가락이 닿자 힘껏 눌렀다. 삑 소리가 났다. 버튼의 기능도 모르고 무작정 누르면서도 나는 일말의 기대를 버리지 않았다.

게이어는 이제 발끝으로 섰다. 나는 손을 위로 뻗어 타륜 손잡이의 가장 윗부분을 잡고 힘껏 아래로 끌어당겼다.

보트가 반응했다. 내가 누른 버튼들 가운데 자동 운항을 해제하는 것이 있어서 이제 보트는 수동으로 작동하고 있었다. 한껏 속도를 내던 보트는 갑작스러운 변침으로 하마터면 뒤집힐 뻔했다. 배 아래쪽에서 뭔가가 구르는 소리와 데이나의 비명이 들려왔다. 게이어는 비틀거리며 뭔가를 잡으려고 손을 버둥거리다가 다시 기적적으로 몸의 중심을 잡았다.

이때 우리는 육 미터 높이의 화강암 바위를 들이받았다.


보트는 항로를 이탈하고 나는 조종실 바닥에 쓰러졌다. 타륜에 어깨를 부딪힐 때 충격이 너무나 커서 하마터면 정신을 잃을 뻔했다. 가까스로 눈을 떴을 때 나를 향해 다가오는 스티븐 게이어가 보였다. 그와 눈을 마주치는 짧은 순간 나는 그의 눈에서 분노와 두려움을 함께 목격했다. 그는 허공을 날아와서 타륜 손잡이에 거세게 처박혔다. 뿌직하는 소리에 뼈가 부러진 것을 알 수 있었다. 내가 타륜에 걸린 게이어 쪽으로 고개를 돌리는 순간, 타륜이 그의 몸뚱이를 실은 채로 제멋대로 돌아가 그는 보트 선미 쪽으로 내동댕이쳐졌다.

나는 타륜을 잡고서 몸을 끌어당겼다. 겨우 몸을 일으키자 가까이에 게이어가 보였다. 그는 갑판에서 고개를 들려고 애쓰며 몸을 꿈틀댔다. 나는 마음을 단단히 먹고 타륜에 몸을 의지한 채 그를 발로 찼다. 내 발이 닿자 그는 뒤로 밀려나면서 손을 뻗어 내 발목을 잡았다. 나는 양손으로 타륜을 잡고 다른 발로 그의 손목을 짓밟았다. 내 발목을 놓친 그에게 다시 발길질을 했다. 그가 뒤로 더 밀려났는데도 나는 발길질을 멈추지 않았고, 이번에는 발이 그의 얼굴에 닿았다. 너무 잔인한 것 아닌가 하는 생각이 들었지만 그만둘 수는 없었다. 마지막으로 두 발을 다 써서 힘껏 차고 선미에 쓰러졌을 때, 그는 갑판 너머로 미끄러지며 떨어졌다.

보트 뒤쪽의 물살을 내려다보며 얼마나 오래 무릎을 꿇고 있었을까? 나는 보트 너머로 몸을 굴릴 생각까지 했다. 사실, 보트가 통제 불능 상태인 것을 깨닫기까지는 불과 몇 초밖에 걸리지 않았을 것이다. 나는 조종실로 기어가 엔진을 멈추는 버튼에 손을 뻗었다. 엔진이 꺼지자 소음은 고요한 어둠 속으로 잦아들었다. 보트는 여전히 바람과 조류에 밀려 이동했는데, 바람과 조류는 이제 미친듯이 밀려오지 않았다. 그리고, 그것말고 내가 할 수 있는 건 아무것도 없었다. 나는 타륜에 기댄 채 쓰러졌다. 어디서 도움의 손길을 구할 수 있을지 막막하기만 했다. 정말로 누군가의 도움을 받을 수나 있을까?

이때 승강구에서 데이나의 얼굴이 보였다. 그녀도 나를 보았지만 여전히 말은 하지 못하는 것 같았다. 잠시 후 그녀가 사라졌다. 계단에서 쓰러진 걸까? 다가가 그녀를 돕고 싶었지만 몸을 일으킬 수가 없었다. 울부짖고 싶었지만 그럴 기운조차 남지 않았다.

그런데 승강구 계단 꼭대기에 뭔가 나타났다. 천으로 된 혁대와 금속이 엉켜 있는 구명조끼였다. 큰 선실 둘레의 선반에 쌓여 있던 것이었다. 내가 지켜보는 동안 구명조끼가 하나 더 나왔다. 그리고 또 하나 더.

"토라, 어서요. 이것들 중 하나를 착용해요." 바람 때문에 데이나의 연약한 목소리는 거의 들리지 않았다. 나는 타륜을 잡고 몸을 일으키려고 애를 썼다. 그러다가 다시 조종실 바닥을 기어 타륜을 빙 둘러갔다. 욱신거리는 다리는 생각하지 않으려 했다. 계단까지 가는 데만 정신을 집중했다.

여자의 팔이 나타났다. 나는 손을 뻗어 잡았다. 기력이 달렸지만 손을 꽉 잡은 채 몸을 뒤로 젖히자 여자의 몸이 계단 꼭대기에 걸쳐졌다. 검은 머리카락이 앞으로 쏟아져서 그녀의 얼굴을 가렸다. 다시 그녀를 당기는 동안 아래쪽에서 데이나가 그녀를 밀어 올리느라 끙끙대는 소리가 들려왔다. 검은 머리의 여성이 계단 위로 다 올라와 내 몸 위로 엎어졌다. 나는 그녀를 한옆으로 밀었다.

프리야, 두 여자 중 어린 쪽이었다. 그녀는 잠깐 눈을 떠서 나를 보더니 다시 눈을 감았고, 조종실 좌석 옆에서 잠이 들었다.

데이나의 목소리가 들리더니 계단 쪽에서 인기척이 느껴졌다. 난간을 잡은 손이 보였다. 오델은 혼자 힘으로 올라왔다. 그녀는 기운도 없고 정신도 흐린 것 같았는데, 아마도 데이나가 뒤에서 그녀를 밀어 올린 모양이었다. 나는 비틀거리는 그녀에게 손을 뻗어 계단을 오르게 하고 조종실로 이끌었다. 그녀는 차가운 공기에 숨이 막힌 듯 쓰러지다시피 기댔다.

나는 어떻게든 몸을 일으켜 비틀대며 계단으로 갔다. 그리고 손을 뻗어서 데이나의 팔을 잡았다. 그녀는 놀랄 만큼 쉽게 올라왔고, 나는 마지막 계단을 넘도록 그녀를 도왔다. 바람이 불자 그녀는 격렬하게 몸을 떨었다. 아래쪽 선실 바닥이 물에 잠긴 것이 보였다. 물은 빠르게 차올랐다. 게이어는 보트가 십 분이면 가라앉는다고 했었다.

데이나가 내 눈을 바라봤다. "구명조끼요." 나는 숨을 몰아쉬며 프리야와 오델을 보았다. 똑똑하고 노련한 데이나는 벌써 구명조끼를 입고 있었다. 그녀는 고개를 끄덕이고 하나를 내게 주었다. 나는 힘겹게 구명조끼를 덮어쓰고 금속 버클을 채웠다. 데이나의 도움을 받아 다른 두 여자에게 구명조끼를 입힌 뒤, 나는 구명조끼를 전부 부풀리고 조끼에 부착된 작은 전구도 전부 켰다. 조금이라도 구조 가능성을 높이기 위해서였다.

이제 파도는 보트 고물 위로 넘실거렸고, 우리 네 사람은 얼음장 같은 물속에 앉아 있었다. 모두 물살에 흠뻑 젖었다. 조종실에 물이 차오르면서 요트가 빠르게 가라앉았다. 구명보트를 찾아낸다 해도 물에 띄울 만한 시간이 없었다. 나는 구명조끼에 달린 멜빵 네 개를 찾아 우리의 허리 부위를 연결했다. 물에 잠기든, 헤엄을 치든, 다 같이 움직일 생각이었다.

"일어설 수 있어요?" 데이나에게 고함을 질렀다.

"아마도요." 그녀는 겨우 대답했고, 우리는 있는 힘을 다해 몸을 일으켰다. 오델도 함께 일어나 힘을 합쳐서 프리야를 부축했다. 눈가가 검게 변한 프리야는 다시 주저앉으려고 했다. 나는 조종실 좌석 위로 올라가서 옆 갑판으로 이동했다. 데이나와 오델이 내 뒤를 따랐고, 프리야는 다 같이 끌어올렸다. 단단해 보이는 것은 뭐든 붙잡아가며, 우리는 흔들리는 보트 선미에 간신히 이르렀다. 선미에 선 채 돌아가지 않는 프로펠러를 내려다보았다. 나는 난간의 빗장을 풀고 한쪽 기둥을 꽉 잡았다.

"다 같이 뛰어내릴 거예요." 한 팔로 프리야의 허리를 감싸 안으며 나는 고함을 지르고 데이나와 오델이 내 말을 알아들었는지 확인했다.

데이나는 고개를 끄덕였고 오델은 눈을 뜨려 애를 썼다. 데이나가 그녀의 허리를 감싸고 다른 손으로 기둥을 잡았다.

나는 층계 위에서 몸을 낮췄다. 트로날 섬에서는 한참 멀어져 있었고, 가까운 거리에는 헤엄을 쳐서 갈 만한 육지도 보이지 않았다. 파도가 발밑에 와서 부딪쳤다. 나는 고개를 돌리고 비틀거리며 데이나에게 고개를 끄덕여 보였다.

"셋을 셀게요." 그녀가 힘겹게 말했다. "하나, 둘, 셋, 뛰어요!"

우리는 허공을 날아 비단처럼 매끄러운 바다의 품에 안겼다. 물에 떨어지는 순간 하늘의 별들이 반짝였고, 바닷속 어둠이 팔을 뻗어 우리를 끌어당겼다. 추위도, 고통도, 두려움도 느낄 수 없었다. 내 옆에 있는 다른 여자들의 존재도 느껴지지 않았다.

평화롭게, 모든 게 끝났다는 느낌으로 충만해졌다. 이처럼 고요하고 아늑한 어둠 속에 가라앉아 죽음을 맞는다면 그것도 썩 나쁘지는 않아.

하지만 생명의 의지는 대단히 끈덕져서 나는 자신도 모르게 헤엄을 치듯 발을 젓고 있었다. 오래된 물리학의 법칙대로 구명조끼에 든 공기가 몸을 수면으로 밀어 올렸다. 마치 유리가 깨지듯 얼굴이 수면을 박차고 나오자 바다의 밤공기가 폐를 가득채웠다. 나는 데이나를 찾아 손을 잡았는데, 이때 그녀의 눈이 반짝인 것 같았다. 오델과 프리야는 물속에 검은 형체처럼 떠 있었다.

다시 엔진 소리가 들렸다. 누가 다가오고 있었다. 이렇게 모진 고생을 했는데 결국 트로날 섬에서 온 다른 보트에 잡히고 말다니. 그러나 분노를 표현할 수조차 없었다. 이제 아무래도 상관없다는 생각이 들었다.

엔진 소리가 점점 커져서 귀가 먹먹했지만 배가 어느 방향에서 오는지는 알 수 없었다. 나는 데이나 쪽을 건너다보았다. 불빛이 우리를 감싸기 직전에 그녀가 눈을 치켜드는 것을 본 것 같았다.

다시 눈을 떴을 때, 나는 비명을 내질렀다.

## 41

크림색의 작은 병실이었다. 벽에는 꽃무늬 그림이 있고, 욕실 문이
열려 있었다. 트로날 섬으로 돌아와 좁은 병원 침상에 사슬로 묶
인 것이다. 내 비명이 건물 안에 메아리쳤다.

　복도로 통하는 문이 덜컥 열리더니 간호사가 달려왔다. 당직
의사와 다른 젊은 의사가 뒤를 따랐다. 그들은 침대를 둘러싸고
나를 진정시키려는 척 침대에 눕히려고 했다. 나는 침대에 똑바로
앉아 있었다. 손목을 내려다보았다. 수갑이 채워져 있지 않았다.
다리를 움직여보니 한쪽 다리는 쉽게 움직였지만, 다른 쪽 다리는
붕대가 감겨 뻣뻣했다. 쇠사슬은 보이지 않았다. 병실 안에는 다
른 침대도 있었지만 누가 있는지는 알 수 없었다. 간호사가 시야
를 가로막은 채 서 있었다.

의사가 손에 주사기를 든 채 내 팔을 잡았다. 나는 그의 손을 뿌리치고 때렸다. 그는 투덜대며 주사기를 내려놓았다.

"약은 안 돼. 나를 마취하진 못해!" 나는 고함을 질렀다.

"정말로 약이 필요한 것 같군." 귀에 익은 목소리였다. 모두 고개를 돌렸다.

병실 문간에 켄 기퍼드가 서 있었다. 나를 둘러쌌던 사람들이 전부 물러서며 침대에서 멀어졌다. 어찌할 바를 모르는 듯했다.

"여긴 어디죠?"

"밸푸어." 기퍼드가 대답했다. "오크니 섬이지. 롤리 경감과 난 당신이 당분간 셰틀랜드를 떠나 있고 싶을 거라고 생각했거든."

"덩컨은요?" 나는 숨을 헐떡이며 다시 비명 지를 준비를 했다.

기퍼드는 병실 한옆을 가리키며 슬쩍 미소를 지었다. 간호사가 비켜서자 비로소 옆 침대에 누운 남자가 보였다. 아픈 것도 잊은 채 나는 두 다리를 침대 옆으로 밀어 일어서려고 했다.

기퍼드가 허리에 팔을 감아 약간 들어주었고, 덩컨의 침대로 다가가게 도와주었다. 남편은 눈을 뜨고 있었지만 눈빛이 흐렸다. 나를 제대로 보지 못하는 것 같았다. 손을 뻗어 그의 뺨을 쓰다듬었다. 덩컨은 붕대로 머리를 완전히 감싼 상태였다. 기퍼드와 간호사가 나를 안심시켰지만 그들이 나를 침대에 다시 앉힐 때까지 덩컨에게서 눈을 뗄 수 없었다.

"머리에 심한 타격을 입었소. 오늘 아침, 당신들 전부 이곳에 왔

을 때 CT 촬영을 했지. 중간 뇌막 동맥 파열로 경막외혈종이 생겼
거든."

덩컨의 눈이 서서히 감겼다. 그는 흔한 머리 부상을 입은 상태
였다. 중간 뇌막 동맥은 머리 양쪽의 관자놀이 바로 위를 지나는
혈관이다. 두개골이 얇은 지점이라 손상을 입기 쉽다. 경막외혈종
이라면 두개골과 뇌 사이에 형성된 혈종 때문에 섬세한 뇌 조직이
압박될 가능성이 있고, 제때 치료하지 않으면 뇌 손상을 주거나
사망에 이르는 수도 있었다.

"괜찮을까요?"

"그럴 거요. 혈액이 응고되어서 개두 수술이 필요했지만 간단한
수술이니까. 아마 열두 시간쯤은 약에 취해 있을 거요."

젊은 의사가 주사기를 든 채 서성거렸다.

"난 절대 안 돼요." 나는 그에게 내뱉듯이 말했다.

그는 기퍼드와 눈길을 주고받더니 잠시 후 병실에서 나갔다. 간
호사와 당직 의사도 뒤따라 나가며 문을 닫아주었다.

기퍼드는 침대에 걸터앉았다.

"데이나와 다른 여자들은요? 그들도 이곳에 있어요?"

기퍼드는 고개를 끄덕였다. "데이나는 두 시간 전에 스스로 퇴
원했소. 앨리슨과 콜레트는 아직 있지. 둘 다 괜찮은 상태요."

잠시 나는 그의 말을 이해하지 못하고 어리둥절해하다가 곧 깨
달았다. 프리야와 오델, 당연히 그 이름은 두 사람의 실명이 아니

었다.

"앨리슨과 콜레트였군요. 그들에 관해 말해줘요."

"당신은 안정이 필요해."

"아뇨, 그들이 누군지 말해줘요." 나는 몸을 일으키려 했지만 그러기가 힘들었다. 덩컨은 여전히 눈을 감고 있었지만 가슴팍이 규칙적으로 오르락내리락하는 것을 보니 안심이 되었다.

기퍼드는 일어나서 침대를 조정해 세워주었다.

"콜레트 맥닐, 서른세 살." 의자에 다시 앉으면서 그가 입을 열었다. "이미 결혼해서 두 아이가 있어. 섬버그 외곽에 거주했소. 매일 아침 아이들을 학교에 보내고 애완견과 절벽 위를 산책했지. 서쪽 해안의 절벽 말이오. 한 달 전에도 똑같은 일과를 보내던 중에 어떤 남자들이 접근했다더군. 그후에는 트로날 섬에서 깨어난 것만 기억나고. 애완견이 집으로 돌아가서 마구 짖었다는데 사람들은 그녀가 절벽에서 떨어졌으리라 짐작했소."

"가족들은요? 그들도 알아요?"

기퍼드는 고개를 끄덕였다. "그녀의 남편이 지금 이곳에 와 있소."

"그럼 다른 여자는요? 앨리슨은?"

"앨리슨은 관광객이었소. 친구들과 이곳에 왔다가 혼자서 섬을 더 구경하겠다고 남았지. 그녀는 어떻게 된 사정인지 기억을 못해. 충격이 심했던 모양이야. 아무튼 삼 주 전에 페어아일로 가는 페리를 탄 건 분명한 것 같소. 그녀가 메인랜드 섬으로 돌아오는 걸 본 사람이 없거든. 그녀는 바다에 빠진 것으로 여겨졌더군."

"이번 여름에는 시체를 구하지 못하겠군요." 내가 말했다. 기퍼드가 인상을 찡그리는 것을 보고 나는 설명을 덧붙였다. "스티븐 레니는 그들과 한편이 아니죠? 그는 병원에서 일한 지 몇 달밖에 되지 않았고, 또 셰틀랜드 출신도 아니고요. 올해는 병원에서 가싸 사망자도 만들지도 못했을 거예요. 사고는 많았어도 시신을 훔쳐가진 못했을 텐데요."

기퍼드는 침묵을 지켰다. 우리는 바깥 복도에서 들리는 소음과 덩컨의 숨소리에 귀를 기울였다. 마침내 그가 입을 열었다. "그렇겠지. 이봐, 이제 그만하지." 그는 자리에서 일어섰다. "당신은 쉬어야 해." 그가 병실에서 나가려고 하자 다시 공포가 엄습했다.

"어떤 약물도 안 돼요. 마취제도, 진통제도 안 돼요. 약속해줘요."

기퍼드는 두 손을 들어 보였다. "약속하지."

"당신은 그들과 한편이 아닌 거죠, 그렇죠? 그들이 말하길 당신은 아니라고 했어요."

"안심하라니까. 그래, 난 그들과 한편이 아냐."

"리처드는, 그의 일은…… 정말 유감이에요."

그는 다시 돌아와서 내 두 손을 잡았다. "그러지 않아도 돼."

"그는 사백 명이나 오백 명쯤 된다고 했어요. 그들이 도처에 있다고. 이 병원에도 그들이 있을지 몰라요."

"진정해. 당신은 안전하니까. 내가 곁을 떠나지 않겠소."

"너무 피곤해요."

그가 고개를 끄덕이고는 침대를 다시 내려주었다. 그런 다음 허리를 굽혀 내 이마에 입을 맞췄다. 그가 내 옆의 의자에 앉을 때 나는 겨우 미소를 지어 보였지만, 서서히 감기는 내 눈이 마지막으로 향한 곳은 덩컨의 얼굴이었다.

에필로그

은백의 이른 새벽빛이 부드러운 황금빛으로 변해갈 때쯤 종달새
가 우리를 깨웠다. 아침 식사를 하기에 앞서 우리는 절벽으로 산
책을 나갔다. 절벽 아래 바위에서 파도가 부서졌고, 곧 새끼를 낳
을 바닷새 무리는 둥지를 짓느라 부산했다. 오월 말치고는 유난히
따뜻한 날이었다. 아르메리아와 파란 종 모양의 작고 파란 실라꽃
이 색종이를 뿌려놓은 것처럼 절벽 위 곳곳에 피어 있었다. 도로
변을 따라 집으로 돌아오는 길가에는 흐드러지게 핀 앵초 때문에
풀 한 포기도 찾아보기 어려웠다. 셰틀랜드가 절정의 아름다움을
뽐내는 시기였다. 그리고 소규모의 경찰들이 커스틴 하윅의 유해
를 찾는 중이었다.

덩컨과 나는 집 뒤편의 돌바닥에 앉았다. 제법 떨어진 거리였지

만 경찰이 이번 수색에 무척 공을 들이는 것을 알 수 있었다. 앞서 채취했던 토양 샘플에서는 인산염이 하나도 검출되지 않았는데, 헬렌의 지시로 추가 분석이 이루어진 결과 검사했던 샘플들이 우리 땅에서 채취한 것이 아니라는 사실이 밝혀졌다. 큰 충격이었다. 그래서 모든 절차가 다시 시작되었다. 더 많은 샘플을 채취했고, 여러 곳의 연구소에서 검사가 진행되었다. 그리고 이번에는 인산염이 일부 발견되었다.

이제 우리집 벌판은 촘촘하게 구역이 나뉘었다. 가로세로 몇 미터 간격으로 테이프를 쇠말뚝으로 고정해 교차시켰다. 경찰들은 세 명씩 한 팀을 이루어 체계적으로 각 구역을 차례차례 조사했다. 그들은 인산염이 발견된 각 구역을 측량하고 탐침하며 땅을 파내는 등 각별한 주의를 기울였다. 네 시간째 수색이 이어졌고, 벌판의 상당 부분들은 이미 조사가 끝난 터였다. 아직은 아무것도 찾아내지 못했다. 하지만 지난 일주일 동안 우리집 문 앞에 진을 친 세계 각국의 언론들은 오늘 아침 한층 늘어난 것 같았다. 불길한 기대가 현실이 될 것 같은 분위기가 감돌았다.

우리가 트로날 섬에서 모험을 한 것도 벌써 이 주 전의 일이 되었다. 내 다리는 많이 나았고 덩컨은 거의 회복되었다. 우리는 놀라울 만큼 운이 좋았다. 그날 밤 내가 데이나의 집에 들러 봉투를 남긴 덕분에 우리는 목숨을 구할 수 있었다. 같은 날 헬렌이 부하 경찰에게 그곳에 남겨두고 온 물건을 찾아오라고 지시를 내렸던 것이다. 내가 남겨둔 봉투를 발견한 경찰은 헬렌의 허락을 받아 봉투를 열어보고, 그렇게 내 계획을 알게 된 헬렌은 십여 명의 경찰을 트로날 섬으로 보냈다(나중에 들었지만, 그때 그녀는 두 시간 동안이나 쉬지 않고 나를 저주했다고 한다). 그들은 지하실에서 덩컨을 구조하고 내가 훔친 딩기 요트도 해안에서 찾아냈다. 헬렌이 경찰 헬리콥터를 타고 수사를 직접 지휘했으며, 다른 경찰 헬기가 바다에 침몰중이던 보트 근처에서 우리를 구조했다.

정말 재미있는 일은 그후에 벌어졌다.

트로날 진료소의 직원과 몇몇 병원 직원들, 치과 의사 맥더글러스, 앤디 던 경위, 지역 경찰 두 명을 포함한 모두 열두 명의 섬 주민들이 다양한 죄목으로 고발되고 구속되었다. 살인, 살인 공모, 납치, 실질적인 신체 상해 등이 그 이유였다. 북부 경찰 해리스 총경은 직무가 정지되었으며 내부 조사를 받을 예정이다. 덩컨은 그들이 빙산의 일각에 불과하다고 하는데, 나는 그 말을 조금도 의심하지 않는다. 물론 사실을 믿는 것과 명백한 증거를 찾는 것은 별개의 문제다. 실질적이고 명백한 물증을 찾는 것은 트로족의 전설을 증명하는 것만큼이나 어려울 것이다. 우리로선 위의 열세 사람을 체포한 것으로 모두 만족해야 할지 모른다.

스티븐 게이어는 여전히 실종 상태다. 그가 살았는지 죽었는지를 우리는 모른다. 알고 싶을 뿐이다.

리처드의 장례식은 내일 언스트 섬에서 열릴 예정이다. 그날 밤 우리가 빠졌던 바다가 비교적 얕은 곳이라 보트와 그의 시신은 쉽게 회수되었다. 리처드의 장례식에는 셰틀랜드 주민들 절반이 참석한 것으로 예상되지만 덩컨과 나는 빠질 생각이다 장례식에 대해서 장황하게 대화를 나눠봤지만 우리 둘 다 참석할 용기가 없었다. 내 목 주위에 아직까지 멍이 남아 있다. 내 목을 조르던 남자의 죽음에 대해 나는 일부러도 슬픈 표정을 지을 수가 없다. 또한 그곳에 참석한 사람들을 마주볼 수도 없으며, 그들에 대한 의심은…….

덩컨은 더 복잡한 구실을 들었다. 그는 자신이 그들과 얼마나 더 가까워야 하는지를 고민하고 있다.

그래서 내일은 기퍼드가 우리의 대리인이 될 것이다. 지난 이주 동안 우리는 자주 만났다. 그는 연락도 없이 불쑥 나타나곤 했는데, 주로 식사 시간에 그랬다. 지금도 점잖지 못하게 시시덕거리긴 하지만 그것도 덩컨이 함께 있을 때뿐이다. 다른 경우엔 나와 단둘이 있는 상황을 피했기 때문에 적어도 그 점은 당분간 신경쓰지 않아도 되었다. 누가 누구의 여자친구를 빼앗았는지 나는 아직 알지 못하고, 아마 앞으로도 그럴 것이다. 그들이 그 점에 대해 아직 신경을 쓰는지조차 의문이다. 덩컨의 머리에서 혈종을 제거하는 수술을 맡았던 사람이 기퍼드라는 사실은 나중에 알게 되었다. 생의 마지막 날이 다가왔을 때, 생명을 구해준 사람을 계속 미워하기란 어렵지 않을까. 더구나 두 사람은 경찰 수사가 한없이 지연되는 것에 대해서 마치 입을 맞춘 것처럼 불평을 해댄다.

지금까지 덩컨이나 기퍼드에 대해서는 어떤 혐의도 발견되지 않았지만, 아직 마음을 놓을 수 있는 상황은 아니다. 헬렌의 수사팀이 섬을 급습한 그날 밤 덩컨이 지하실에 갇힌 채 머리에서 피를 줄줄 흘리며 거의 죽어가고 있었다는 사실이 그에게 가장 유리하게 작용했다. 거의 이십 년 동안 셰틀랜드에 발을 들이지 않았다는 사실도 도움이 되었다. 기퍼드의 경우에는 여자 사망자의 수가 늘어났던 매해 여름마다 외국에 나가 있었던 사실이 참작되었다. 아마도 리처드가 사랑하는 아들을 보호하기 위해 오랜 세월 동안 애를 써온 것이리라.

트로날 산부인과 진료소는 영원히 문을 닫았다. 그날 밤 보았던 두 아기는 에든버러에 있는 신생아 병원으로 이송되었고 둘 다 건강한 상태다. 아기들의 생모도 추적할 예정이다. 최근 몇 년간 트로날 섬에서 때늦은 낙태를 했던 여성들도 마찬가지다. 자신이 낙태한 줄 알았던 아기들과 그들 사이의 법적 관계가 어떻게 될지는 아무도 모른다. 이 역시 트로날 섬에서 드러난 수많은 추악한 사건들 중 하나다.

진료소 부근의 땅에서도 광범위한 수색이 진행되고 있다. 이미 사람의 유해가 일부 발견되었다는 이야기를 들었지만, 수색이 끝나려면 한참 걸릴 것이다. 그날 밤 내가 상륙했던 해안에서 멀지 않은 어떤 곳에서 자그마한 해골이 몇 점 발굴되었다. 그동안 트로날 섬에서 태어난 아기들 가운데 그렇게 땅속에 묻힌 아이들을 생각할 때면 그 어느 때보다 마음이 아프다. 절대로 그런 일을 겪게 해서는 안 되었는데.

콜레트 맥닐과 앨리슨 로저스는 트로날 섬에서 머물던 동안 임신을 했다. 육체적인 관계는 없었다. 의사가 여자들의 사타구니를 벌려서 그들의 자궁에 직접 정액을 주입하는 방식을 쓴 것이다. 변호사들은 법적인 면에서 그것이 강간에 해당하는지의 여부를 두고 논쟁을 벌이고 있다. 콜레트는 낙태를 하고 가족들과 함께 셰틀랜드를 떠날 계획이다. 스무 살에 독신인 앨리슨은 아기를 낳을 것을 염두에 두고 있다.

나는 자갈을 밟는 소리를 듣고 고개를 돌렸다. 데이나가 기자들 사이를 뚫고 우리를 향해 걸어왔다. 그녀는 청바지에 벙벙한 스웨터를 입고 머리를 포니테일로 당겨서 묶은 모습이었다. 우리가 다 같이 바다에 뛰어든 그날 밤 이후로 그녀를 보지 못했다. 지금 보니 내 기억보다 더 작고 마른 것 같았다. 우리에게 다가온 그녀는 무슨 말을 꺼내야 할지 고민하는 것 같았다.

"던디에 간 줄 알았어요. 병가를 내고 말이에요." 내가 먼저 말했다. 그녀가 당장이라도 울음을 터뜨릴 것 같은데다 정말로 울어버리면 나 또한 어찌할 도리가 없을 듯해서였다. 지난 이 주 동안 눈물을 그렇게 많이 쏟았는데도 말이다.

데이나는 나무로 된 접의자를 당겨 펼치며 맞장구를 쳤다. "맞아요. 그랬죠. 그런데 너무 지루해서요. 오늘 아침에 날아왔어요."

그러고는 내 옆에 앉았다.

"아무래도 야단이 나겠는걸." 덩컨이 벌판 꼭대기를 바라보며 말했다. 우리도 그의 시선을 좇았다. 하얀 방호복을 입은 헬렌이 어미닭처럼 바삐 움직이던 걸음을 멈추고 우리를 내려다보고 있었다.

용기를 내어 미소를 지으며 데이나를 보았는데, 그녀는 하얗게 질린 표정이었다.

"몸은 어때요?" 내 배를 내려다보며 그녀가 물었다.

"끔찍하죠." 내가 대답했다. 거짓말이 아닌 것이, 실제로 첫 분기에 임신부가 어떤 고통을 겪는지에 대해 다른 말로는 설명할 수가 없었다. 내가 헛구역질을 하지 않고 통화를 할 수만 있게 되면, 과거의 내 환자들에게 전부 전화를 걸어 내가 그들의 심정을 충분히 이해하지 못했던 것에 대해 사과할 생각까지 했을 정도였다.

"그러면…… 괜찮은 거예요?"

"아뇨, 하지만 이게 정상이에요." 내가 대답했다. 우리는 입을 다문 채, 헬렌이 갈등하는 모습을 지켜보았다. 당장 이곳으로 내려와 데이나더러 왜 돌아왔냐며 야단을 칠지, 아니면 현장에서 계속 수색을 진행할지 마음을 정하지 못하고 갈팡질팡하는 듯했다. 그러는 동안에도 나는 임신부로서 가장 신기한 일은 바로 몸속에 있는 이 작은 생명체가 아닐까 줄곧 생각하고 있었다. 조산사 제니가 어제 초음파 검사를 해주었다. 덩컨과 나는 손을 맞잡고 눈물을 줄줄 흘렸다. 아직 형체가 없는 이 작은 덩어리의 강한 심장 박동에, 우리는 그동안 고생했던 일을 모두 잊어버렸다.

"아마 원하는 건…… 여자아이겠죠?" 데이나가 조심스럽게 물었다. 덩컨이 나지막이 웃는 소리가 들렸는데, 꼭 좋은 징조인 것 같았다.

이때 갑작스러운 소음이 주의를 빼앗았다. 벌판을 가로지르는 울타리 위로 꼬리가 갈라지고 검은 머리와 붉은 부리를 가진 연한 회색빛 새들이 보였다. 남반구에서 긴 겨울을 보내고 돌아온 극제비갈매기 무리였다. 습성대로 우리 벌판에 둥지를 틀고 싶은데 갑작스러운 인간들의 습격에 화가 난 모양이었다. 극제비갈매기는 얌전한 새들이 아니다. 그들은 울타리 주위에서 폴짝거리며 뛰고, 하늘 위에서 맴을 돌면서 경찰들에게 소리를 질렀다. 가서 다른 곳을 파보라고. 이곳이 우리의 번식처라는 것도 모르나?

"뭔가를 찾았나 봐요." 데이나가 말했다.

나는 새들에 대한 생각을 떨쳐냈다. "어디요?"

"헬렌 근처의 사람들요. 키 큰 갈색 머리 남자 말이죠. 두꺼운 테 안경을 쓴 여자도 있잖아요. 갈대밭 근처요."

나는 벌판을 살폈다. 데이나가 말한 팀은 다른 많은 팀보다 움직임이 활발했다. 다른 곳에 있던 흰옷 차림의 경찰들도 한 명씩 그곳으로 다가갔다.

"아, 저 사람들은 한 시간 전부터 계속 저러고 있어요. 내 생각엔 다른 팀보다 활력이 넘쳐서 그런 것 같은데요." 덩컨이 말했다.

"멀리사를 찾아낸 곳이랑 가까운 장소인데." 내가 들릴 듯 말 듯 말했다. 아무도 입을 열지 않았다. 벌판 위쪽에서 네 명의 남자가 열심히 땅을 파기 시작했다.

"집안으로 들어갈까?" 덩진이 말했다. 아무도 움직이지 않았다. 땅파기는 계속되었다. 벌판의 다른 팀은 조사를 멈춘 상태였다. 모든 시선이 삽을 든 네 남자에게 쏠려 있었다. 극제비갈매기들도 조용해진 것 같았다.

좁은 만에서 구름이 몰려오기 시작했다. 조금 전까지 그토록 화려하던 대지에 그림자가 드리웠다. 벌판의 어느 누구도, 집 뒤 테라스의 누구도 입을 열지 못하는 것 같았다. 우리는 축축한 흙을 파내는 일정한 삽질 소리에 귀를 기울인 채 기다렸다.

내 인내심이 바닥날 무렵 삽질 소리가 멈췄다. 삽을 든 남자 넷은 뒤로 물러났고, 다른 사람들이 앞으로 나섰다. 카메라들이 찰칵거리고, 사람들은 무전을 주고받으며 벌판에 세워져 있던 트럭들에서 장비를 내렸다. 기자들 사이에서 환호성도 들렸다. 헬렌이 언덕 아래의 우리 쪽으로 걸음을 옮겼다.

그곳에서 발견된 것은, 토탄으로 얼룩진 채 완벽하게 보존된 여성의 시신 네 구였다. 이날 맨 처음 파낸 시신은 레이철 깁이라는 여성이었다. 다른 시신들은 헤더 패터슨, 케이틀린 코리건, 커스틴 하윅으로 밝혀졌다. 모두 내가 아는 이름이었다. 헬렌을 만났던 날 밤에 컴퓨터 화면 속에서 나는 그 이름을 보았다. 다음 날 그들에 대해 더 많은 사실이 드러났다. 나는 그들이 어디에 살았고 어떤 사람들이었는지, 또 어떤 식으로 죽음이 위장되었는지도 알게 되었다. 그들이 살아 있던 마지막 해를 상상하며 나는 많은 시간을 보냈다. 삶을 박탈당하고 사랑하던 모든 사람들과 단절된 채, 이 여성들은 길고 고통스러울 만큼 지루한 임신 기간을 보내야 했다. 출산이라는 끔찍한 시련을 홀로 겪으면서 두려움에 떨었을 것이다. 그들은 최고의 의료 시설에서 아기를 낳았을 테지만, 아무도 그들의 손을 잡아주거나 다정하게 포옹해주지 않았을 테고, 궁극적으로 그 모든 것이 가치 있는 일이 되리라 말해주는 사람도 없었을 것이다. 트로날 섬의 남자들이 지키는 감옥뿐 아니라 자기 육체의 감옥 속에서, 이 여성들은 새끼를 밴 가축처럼 자신의 의무를 수행하고 스스로 쓸모없는 인간이 될 때까지 병실에 앉아 있었을 것이다. 만약 이런 이야기를 듣고 화가 나서 고함을 지르고 싶어진다면, 당신은 나와 같은 마음을 지닌 인간이리라.

일주일 동안 발굴된 여성들은 멀리사와 마찬가지로 모두 심장이 제거된 상태였다. 등에는 룬문자도 세 개씩 새겨져 있었다. 다산을 의미하는 '오틸라', 수확을 의미하는 '다가즈', 희생을 의미하는 '노티즈'.

수색은 중단되었다. 당황스러운 일이었다. 틀림없이 어딘가에 두 구의 시신이 더 있을 것이기 때문이다. 이들 여성들이 사망한 것으로 기록된 이듬해에 태어난 아기들 가운데 KT 표시가 붙은 아기는 모두 일곱 명이었다. 경찰은 우리집 뒤편의 벌판을 샅샅이 조사했다고 주장했다. 덩컨과 데이나도 이제 그만두자고 말했다. 그 여인들은 여전히 이곳에 묻혀 있을 것이다. 아마 영원히 셰틀랜드의 땅속에 남게 되리라. 수 세기 동안 이곳 섬들에서 흔적도 없이 사라진 다른 모든 여성들과 함께. 어쩌면 사정을 잘 모르는 누군가가 감히 이 땅을 파헤치는 어느 날 느닷없이 모습을 드러낼지도 모른다.

이제 극제비갈매기들은 둥지를 틀 다른 곳을 찾아냈다. 그들을 탓할 수는 없다. 우리도 그럴 계획이니까.

# 맺는 말

『희생양의 섬』의 바탕이 된 이야기들은 기록으로 남아 있지만 양은 많지 않다. 오랜 세월 셰틀랜드 주민들이 기록의 필요성을 느끼지 않은 것이 주된 원인이었다. 멀리 동떨어진 탓에 이곳 섬의 인구는 변동이 적었고 오랫동안 이야기들은 입에서 입으로 전하는 것으로 충분한 듯 여겨졌다. 다른 한편으로 이곳 주민들 사이에 기이하고 초자연적인 사건에 대한 언급을 삼가는 경향이 있다는 것도 알게 되었다.

그러나 세월이 흐르고 섬 바깥의 사람들이 점차 관심과 흥미를 가지게 되면서, 셰틀랜드의 전설이 실린 책이 여러 서점에 진열되기 시작했다. 쿠널 트로의 소름 끼치는 전설을 (다른 곳도 아닌 에일즈버리 도서관에서) 발견했을 때, 『희생양의 섬』에 대한 구상이 떠올랐다. 그리고 집필을 끝마치기 직전까지 북부에 가보지도 않은 채, 나는 잉글랜드의 본가에서 이 소설을 써 내려갔다.

내가 실제로 처음 셰틀랜드제도를 보게 된 것은 십일월 말의 청명하고 서늘한 아침이었다. 소설을 집필하던 몇 년 동안 내가 품어온 엄청난 기대를 이곳은 조금도 실망시키지 않았다. 내가 본 가장 아름다운 장소였다.

섬버그 공항을 출발해 북쪽으로 차를 모는 동안 도로의 매 굽이를 지날 때마다 앞서 본 것보다 더 멋진 풍경이 펼쳐져 내 입가에는 미소가 끊이지 않았다. 옐 섬을 가로지르면서 보았던 가을 잎사귀들의 빛깔이며, 언스트 섬의 모습이며, 정말이지 지구상에서 가장 사랑스럽고 고독한 장소였다.

이날 하루 종일 내가 만났던 사람들은 따뜻하고 친절하며 도움을 아끼지 않았음은 물론, 무엇보다 지극히 정상적이었다(내가 대체 그들을 어떤 식으로 상상했는지 스스로에게 의문을 표해야 했다). 한편 나는 이 아름다운 섬들이 알려지지 않고 찾아오는 사람이 적다는 사실이 의아하기까지 했다. 더하여 걱정도 있었다. 정말 이처럼 평화롭고 아름다운 섬에 대해 이런 무서운 이야기를 써도 괜찮은 걸까? 그렇지만…….

이날 저녁, 내가 자그마한 지도를 더듬으며 세인트 마그누스 교회를 찾아갔을 때, 러윅의 거리는 묘하게 조용하고 거북할 만큼 어두웠다. 용기를 내보려 했지만, 섬뜩한 나무들과 텅 빈 음침한 건물들 사이의 어둡고 적막한 거리를 따라 걸어갈 수가 없었다. 그래서 환한 대낮에 그곳을 다시 찾아보기로 마음먹고, 대신 바다를 보러 갔다. 사당 진입로미디 시커멍고 축축한 거묵이 덮여 있었다. 그것들이 무엇을, 혹은 누구를 낚기 위한 것인지에 대해서는 더이상 생각하고 싶지 않았다. 해변에 도착했을 때, 모래사장의 큰 모닥불 주위에 조용히 모인 사람들이 보였다. 뒤늦게 가이 포크스 축제*를 여는 것일까(11월 5일은 한참 지난 때였다), 아니면 전혀 다른 모임일까? 나는 책에서 보았던 모든 이야기를 떠올렸다. 실종된 여자들, 외딴섬의 감옥, 이웃 사람들을 잡아먹는 칙칙한 회색의 남자들. 더불어 내 의지와 상관없이, 리처드의 말이 뇌리를 스쳤다. "수많은 이야기와 믿기 힘든 말들이 전해 내려왔다. 동굴에 사는, 쇠를 두려워하는 회색 난쟁이 남자들에 대해서 말이다. 모든 전설들 속에는 핵심적인 진실이 감추어져 있다."

서둘러 호텔로 발길을 돌리며 나는 생각했다. 영국 땅을 아직 밟고 있긴 하지만 어쩌면 나는 내가 살던 곳에서 아주 멀리 떨어져 있는지도 모르겠다고……

---

◆   1605년 의사당을 폭파하려던 가톨릭교도들의 화약 음모 사건 실패를 기념하는 영국의 불꽃 축제로 11월 5일 열린다.

# 희생양의 섬
Sacrifice

| | |
|---|---|
| 초판 발행 | 2017년 11월 27일 |
| 지은이 | 샤론 볼턴 |
| 옮긴이 | 김진석 |
| 펴낸이 | 염현숙 |
| 책임편집 | 이송 |
| 편집 | 임지호 이현 |
| 외주교정 | 홍상희 |
| 표지 디자인 | 김형균 |
| 본문 조판 | 이현정 |
| 표지 이미지 | Getty Image |
| 독자 모니터 | 윤현진 |
| 저작권 | 한문숙 김지영 |
| 마케팅 | 우영희 정진아 김혜연 |
| 홍보 | 김희숙 김상만 이천희 |
| 제작 | 강신은 김동욱 임현식 |
| 제작처 | 한영문화사 |
| 펴낸곳 | 주)문학동네 |
| 출판등록 | 1993년 10월 22일 제406-2003-000045호 |
| 주소 | 10881 경기도 파주시 회동길 210 |
| 문의 | 031-955-1918(편집) 031-955-8896(마케팅) 031-955-8855(팩스) |
| 전자우편 | editor@elmys.co.kr   홈페이지 www.elmys.co.kr |
| ISBN | 978-89-546-4699-4 03840 |

엘릭시르는 출판그룹 문학동네의 임프린트입니다.